LUDI WENJI
CHANGPIAN XIAOSHUO

陆地文集

第二卷

长篇小说

陈南南　陈田田　整理

广西师范大学出版社
GUANGXI NORMAL UNIVERSITY PRESS
·桂林·

长篇小说

LUDI WENJI

瀑布·黎明

雄鸡一声天下白
——李贺

第一章

羊城，热情洋溢的都市。

它是革命怒潮澎湃的海洋，又是革命的国民政府开府的所在。

孙逸仙首创的、培养革命军官的黄埔军官学校就在这里，“到黄埔去！”这是当时广大革命青年的呼声；彭湃首创的农民运动讲习所就在这里，它是全国各地革命群众运动骨干的摇篮，引起千百万人的向往；苏兆征、邓中夏等领导的省港大罢工的指挥台也在这里，它拥有来自广东、香港的十三万工友，声援上海“五卅惨案”的斗争，在全国范围内树起了鲜明的反帝旗帜。

羊城，无疑是当前举世瞩目的地方，是国人的希望，是当代大革命的温床。

韦步平，这位为着寻找救国救民的革命真理，曾经走过曲曲折折的道路，而遭受历史的时代的种种误会的漂泊者，终于有幸到这里来了。这块革命的策源地，终于印上他的足迹。这里，扑面而来的革命新潮，给予我们的漂泊者多大的鼓舞啊！多年来，他在黑暗和坎坷的道路上摸索，到此，似乎摆脱了长夜的梦魇，发现了曙光；多少年来为着爱国思想的驱使而奔波跋涉，到此，算是有了落脚的地方。

我们记得，自从那天晚上他和凌云青深谈终宵，告别前一段走过的弯路，决心重上征途的情景。第二天黎明之前，他仍然穿戴瑶人服装，取道钦州，从北部湾渡海奔赴广州。经过三天海船的颠簸，一天早晨，终于在长堤天字码头结束了他的旅程。

这时，正当一九二五年炎夏，六月快过了，七月还未来临。市内一些高大楼房，正在一年一度地照例搭起遮阴的席棚，作为降温的设备，宛如给城市穿上罩衫。但是，它今年给人突出的印象，却不是到处搭起的棚架，而是在火车站、码头和街口树起的那些大幅标语——

打倒帝国主义！

全中国人民团结起来！

拥护上海工、商、学各界联合会的斗争！

一致要求香港英国当局，给我们工人法律平等、居住自由、劳动保护、减低房租！

和这些标语同样令人触目的还有：从天字码头到双门底，从西濠口拐过太平南路，一直到中华路的末端，以及西关的上下九甫，十三行一带商业繁盛的大街所搭起的、准备七月一日庆祝国民政府成立的牌楼和商店字号，张灯结彩，处处显示着热情洋溢的气氛。

韦步平一来就下榻于不夜的长堤，擎天酒店最高一层楼上，551号房间。

看来，澎湃的革命怒潮，正在期待着成千上万的革命志士到来。但是一个星期了，韦步平他那博大的抱负和充沛的精力，却无处施展，眼前的人海，对他还是一片汪洋。

这里，不仅革命的声势咄咄逼人，就是市面的繁华和市声的喧嚷，也是他前所未见的。它给初来的客人的感觉是那样新奇又那样陌生，激励人心的革命声威，居然使这位曾经闯荡江湖的人，不由得感到形单影只的哀愁。

既然人海汪洋，无处问津，那就从名胜古迹、历史文物去寻找慰藉和启示吧。在观音山五层楼的文物馆，他景仰着林则徐焚烧鸦片的历史壮举；在大总统府的废墟上，他深恶军阀陈炯明背叛的可耻；在流花桥的三元里，当年广大人民抵抗英兵入侵的英雄遗迹，令他缅怀凭吊；在黄花岗，那辛亥革命的前驱——七十二烈士的陵墓，引起他对爱国先烈们的钦佩和向往。他越看，越发感到自己壮志未酬；越想，越觉得个人的渺小！广州的茶楼是驰名的，多少人在那里消磨着可贵的时光，多少人在那里排遣着心胸的郁闷。但是，休说广东音乐多么动听，女伶的歌声怎样婉转悦耳，遗憾的是，这形形色色，没有一样能使我们的漂泊者分心！

他来到这里已经一个星期了。一个星期的时光就这样过去了。

显然，他有着迫切的追求和难以言说的渴望。但是，他的生活起居又那样令人不可理解；既不见出门拜客，又不见来电话、发信函，当然，来访者也都没见登门。整天只见他独来独往，每次出街回来不是抱着一包新书，就是一捆报纸和杂志。

有时，他叫茶房来询问市内交通，调查各个名胜古迹的去处，顺便打听军政机关头面人物的姓氏。茶房不免生疑，支支吾吾，叫他不得要领。

“投考黄埔军校去吗？”他自己跟自己嘀咕过，“再去接受立正、稍息的制式教练，再去背诵步兵操典，再去坐冷板凳吗？不，好马不吃回头草。我缺的并不是这一行的学问。进‘农讲所’吧，那是新的门道，顾名思义，是干农民革命的，在那里也许能找到没有弄通的道理和办法。不过，入学条件规定必须由各地方的法团保送，不凭个人自由报考录取。到哪里去找这方面的人事呢？”

自己跟自己一问一答，想过来想过去，都得不到答案。夏日虽长，总是一天一天过去了。前两天，他想写封信去省政府查交原先孙中山大元帅府的林秘书长，后来一打听，说人已去了苏联，信也就没有写；接着，又想打听原广西马省长的消息，也许能指望这位学者给他伸出援手。不料，就在前天香港的《探海灯》小报上，在“名人行踪”专栏里披露马氏一则逸闻：

自从挂冠沪上，悄然匿迹，无心仕途。对其死于乱兵中的姬人，旧情难遣，赋诗吊亡。诗云：“人去影留忍烛泪，万事无如死别哀；海不能填惟有恨，人难再得始为佳。”大有不尽缠绵悲恻之慨，亦谓书生本色也。近闻，极力筹建“中国公学”以培育英才之议，果如是，则学术教育界之得人也哉……

既然这头又落空了，但是前途并未失望。章斌——川军中的故人——忽然唤起他的记忆。他记起在成都分手时，章斌讲过可能到广州方面来的话。于是，他拟了一则《寻人启事》连同他近日吟成的一首七律——《登五层楼》，一起送给《大华日报》，企望有个回音。

今天茶房送来报纸，打开一看，报屁股上倒是见到这样一方加了花边的豆腐块：

极目河山风满楼，
旌旗北向指中州。
“三策”高潮人归附①，
万腔敌忾我同仇。
报国有心劳日夜，
请缨无路费绸缪。
一粒委尘何足道，
喜看苗秀被高丘。

《登五层楼》登出来了，《寻人启事》却未见在广告栏露面。

这就使他又焦急又纳闷，弄得茶饭无心，书报也看不下。

傍晚，华灯初上的时候，他又一个人上街去了。也没有一定的目的要到哪里去，只是随意散步，踯躅街头。从太平南路往西关方面走，过了长寿路又转个

① “三策”，指当时孙中山的国民党的三大政策，即：联俄、联共、扶助农工。

弯,到了十三行。这一片都是原先的旧城,市民保持古老的地方风俗要比别处浓厚。今天是旧历七月初七,小巷里家家户户都烧着香火,有的门前摆下茶几或独头凳,供着时鲜果品和糕饼,说这是过的"七巧",供奉牛郎织女的。

韦步平这边走走,那边瞧瞧,不觉走到泮溪口来了。前面就是有名的夏日消暑的荔枝湾。那里,有条蜿蜒的小河流过,两岸种着荔枝树和各种花木。游人到这里租用花艇,在灯光、月色、树阴和花影掩映下的河面来去游荡。城市的溽暑在这里被荡涤了,心胸的郁闷暂时得到舒展。你要不喜欢划船,附近还有个游泳场,无数的游泳爱好者在那里找到乐园。

"先生,叫艇吗?"一位年轻的艇妹伫立河堤,用乞求的目光,向着路过的行人招揽生意。

韦步平踌躇不前,瞥视这少女一眼,不料和她那双眼睛碰上,她嫣然一笑,紧接着说:

"叫个艇玩一下啦！今晚是'七巧',好难得的啵,一年只有一回。"

韦步平可没有被她的话引起缥缈的神仙幻想,但是,他却跟这少女到她的花艇去了。花艇里有个精健的老妈妈,女孩把客人交给了妈妈,悄悄地说句什么话,又上岸揽生意去了。

"先生,你要游河还是过夜?"老妈妈向客人问。

韦步平对这方面的行情是个"初哥",窘惑一阵,才说了两个字:"游河。"

"要几个钟头呀?"船家婆又问,看了看客人,不免有些失望。

"你给我划到河中心去,越远越好。几个钟头回头再算数。"韦步平说。

船家婆又看了看客人,觉得奇怪,有点不放心。想了想,装着笑脸说:

"先生你是外地新到的吧？我们的规矩是,讲明钟点,先付款,后开船。"

"要多少？给你两块行了吧!"韦步平掏出两块银洋抛在席子上。

船家婆捡起钱笑嘻嘻地说:"生受了！现在是九点过了两个字,回头照算。先生你不留下过夜呀？船上样样都方便哪！方才先生不是看到啦,我们就是母女两个,靠这条船卖力气过日子……唉!"

船轻悠悠地划到了河中心,嘈杂的市声渐渐减弱,微风掠过水面,送来一阵阵清凉。从河中间回头看望城市的夜景多迷人呵！那繁星似的灯光倒影,与天空连接起来了。

韦步平躺在船头的甲板上，枕着两手，凝视天星。看他的神色那么平静，仿佛这小河的水面，风平浪静，谁知他的心潮却起着波涛。这些天来，他想得很多，也想得很苦。说起年龄，三十岁还未到，但是，他的智慧却比他的年岁早熟，思想也比同龄人沉重而庞杂，消化和澄清它都需要更多的时间和心思。十年来，他所经历的事，所接触的人，所想所做的一切，在这间歇的日子里，都回到他的眼前。过去，他也曾断断续续地作过反省。可是，一来，没有像现在这样，让他得到空闲来从容思索；二来，有些事没经过身体力行，很难断定它是荒谬还是真理，犹如走道，不是过来人，无从断定它是平坦或崎岖。如今，他见也见了，做也做了。过去的一切，说它是从生活中得到的感受也罢，从书本得到的知识也罢，从实践里得到的检验也罢，不管怎样，都得重新估价。

在他短促而漫长的过去，在他的所作所为、所反对和所崇拜当中，究竟哪些是对的，哪些是错了？哪些是弯路，哪些是正道？哪些是幻想，哪些是现实？哪些才是真理，哪些属于荒谬……这些，他觉得都应该澄清而加以抉择！

语云："三十而立。"他想："我虽然还不到这个年纪，但是，人的一生确立应奔赴的目标，何尝一定要受年岁的限制？前一段走过来的路，回头看去，真是盲人骑瞎马，可是碰得焦头烂额的了，再不拐弯，岂不要坠入深渊？但是，拐弯，又将往何处去……"

他想着想着，脑子里浮起好多的问号，宛如这河面的涟漪，一圈套着一圈。

"先生，十二点了，要上岸吗？"船家婆问。

"不，给我划到河当中去！"

"吔？已经十二点了……"

"十二点怎的？"

"过了十二点就算过夜，另外……"

"另外再给钱行了吧？"

"那就生受了！"船家婆高兴起来，接着又担心地说，"不过，别家的游艇都返回头了，在这里不怕……"

"怕什么呀？"

"我一个老太婆有什么慌啫？只怕你先生……"

"妈！"小姑娘喊一声。

一只住家的小篷船，轻轻划过来，伸过长长的竹篙，把花艇钩住。小姑娘敏捷地跳上甲板，用无言的失望的目光，回答妈妈无声的询问。

"去吧！"老妈妈说，朝躺在甲板上的客人努着嘴，"这位先生不上岸了，去……"

"你们别来打扰我！把钱拿去吧。"韦步平又掏出三块银洋抛在席子上。

"这人好古怪！"船家婆心想。

"先生你贵姓？大号是……"船家婆问。

"免贵，姓牛。"韦步平说完，翻了个身，把背朝着船家母女。

"是个初哥！"船家婆向小姑娘耳语。

黎明。

韦步平回到擎天酒店。茶房赶紧来替他开房门，一边给倒茶水，一边告诉他：昨晚十一点半钟有位女士来访，足足等了半个钟头，海关的大钟敲过十二点才走。

"真见鬼，该是织女找错了牛郎啦！"韦步平笑着说。

"不会错，先生可不就是姓牛吗？"

"唔？"韦步平一愣，"那，来访的是什么样的女子？不会是认错了房间的吧？"

"牛先生说的是昨晚夜来的女士吧。"另一个茶房凑上来，拿出一张字条，"喏，这是她留下的，请牛先生过目。认得吗？"

韦步平接过字条一瞧，上面是铅笔写的几个字：

明晨九时再来，望君留步！

就是这样谜语似的、没头没脑的几个字，叫人好难猜。

"她到底是谁呢？"韦步平一肚子的狐疑。反复仔细品了品字迹，还是认不出谁的笔迹。

“莫非是那些女流氓、拆白党耍的花招，想抓大头？”韦步平想到这儿，心里一缩，感到这个大都市真不简单。

本来，他想躲开这个谜样的约会，但是，好奇心又诱惑着人。他留下来，躺在床上看报。头落在枕上，眼皮就睁不开了。报纸从他的手中落下，盖住了他的脸。

不多一会儿，时钟当当敲了九下。随即，551号房间响起叩门声。睡着的人惊醒过来，朦胧中随口说道：

“请进！”

房门“伊呀”一声，门首立即出现亭亭玉立的倩影。昨夜留下字条的人来了。

来人穿的是一身素净的天蓝色的麻纱旗袍。右襟上别着一支地球牌的自来水笔，腋窝挟着文件夹，左手提着一把小巧玲珑的阳伞。人，长得秀美、匀称，从她的装束到她的体态，从她的热情而智慧的眼睛，到她稳重而坚定的嘴唇，都显得那样和谐，又那样纯洁。

她，不仅令人喜悦而倾倒，还使人肃然起敬！

韦步平坐在床上发愣，揉着眼睛，仿佛从暗房出来，乍见阳光，一霎时睁不开眼似的。“哪里来的丽人啊？该不是董永遇见七仙女吧？”他心头浮上一片疑云。极力从记忆里搜索那些消逝的面影。可哪里也找不出有这样风采的丽人。他笨拙地居然忘了下床待客。

“还记得吧？”丽人走进房间，含笑地深深地盯着床上发愣受窘的人。

也许是这微笑的真挚的一瞥，唤起韦步平遥远的回忆。他仿佛触到了电流，立即掀开毛巾被，跳下床来，睁大惊讶的眼睛，半信半疑地说：

“好像是似曾相识？您是……”

“我叫言真。”

“呵！您……”韦步平不禁惊呼，“您那个灯笼——哈哈，十年了，整整十年了！您该是大学毕业了吧？”

“去年离开了学校。”

“现在在哪儿服务？”

“你猜!”

“哎,猜哑谜我是个低能儿。呵,你请坐。”

两人坐下来,相互对视着。

“听说,”过了一阵沉默,韦步平才说,“贵省有一种风俗:新姑爷头一回到娘家,必须得预备好多谜底,应付新娘的十姐妹给出的谜儿;要是新郎揭不开那谜底,就得当众出洋相,是不是呀?那,可是吓人呢!”

“怕什么呀,你又不是个新郎?”言真说着话,给对方投以火一般热烈的目光。

不知怎的,韦步平的脸红了起来。

言真瞥了韦步平一眼,微微一笑,问:“失望了吧?广告没见登出来是不是?”

韦步平瞠目无言,无限困惑。停了一会儿,他愤愤地说:

“报馆不讲信用,我正要找它算账去呢。”

“不关报馆的事。”言真说,“有一个人把它撤下来了。我这就把广告费退还给你!”

“呵?不,钱我不要。是谁把它撤下来的呢?他得把人给我!你知道,这些天,我一个人好苦呵!找不到说话的人。”

“别焦急,你先说说,你跟那位你要找的人是什么关系?”言真严肃起来,直瞅着对方。

韦步平不觉一怔,仔细端量着她。心想:“事情好蹊跷:她怎么管到这些事?会不会是个什么特殊角色……”他脑子里立时闪现出在桂林遇见海银华那一幕戏剧,不觉收敛了笑容,警惕地说:

“对不起,不便奉告。”

“那,好吧,公事公办。我是个记者,应该有采访的权利吧?”言真从文件夹里拿出张名片交给韦步平。

韦步平接过名片,脸上浮现出笑容:“这个谜好难猜呀!”他呼了口气。

言真默默地盯对方一眼,好像要品一品这句话的潜台词。

第二章

“谜底揭不开就该挨罚咯!”言真盯着韦步平说,嘴边浮露微笑。

“你要罚,我也只好遵命吧。罚什么呀?”韦步平直望她的眼睛。

她不觉红了脸,一会儿,掠着额前的头发说:“把你的广告费拿来请客!”

“客人是谁呢?”

言真含笑说:“别焦急,你要不肯请客也罢。已经有人要做东,正要给阁下接风洗尘呢。”

“这个谜可是越发难猜了。”

言真笑而不答。

一会儿,她把谜底揭了。先从她个人情况谈起:十年前父亲去世后,她就离开桂林回到广州,一直寄居舅父家;先在“高师学堂”读预科,中间病了一场,休学一年;预科学完了,直升“高师”本科,选的是“社会学”专业。去年秋季拿到了毕业文凭，戴上四方的学士帽。以她的成绩来说，是可以留在“高师”做研究生的，她说自己没有那个耐心继续去听那些唯心主义者的唠叨，可是又不甘心去当教员，让青春随着粉笔屑飞掉。正当她站在十字路口，何去何从还拿不定主意之时，一个偶然的机会来到她的面前。命运给她作了适当的安排：那就是现在所服务的社会职业——《大华日报》的记者。

她说昨天晚上，她为了要校正她写的省港大罢工风潮的访问记，到排字房去校清样，发现“牛犇寻人启事”的广告正在拼版，她马上去找广告科讲明，把广告撤下来了。因为被寻找者，跟她舅父陈南斗教授是老朋友，他们经常见面。

“谜底就是如此这般。你看，疑团总该解开了吧？”言真说。

在她讲述当中，有些地方虽然闪烁其词，但是，态度是诚实的。韦步平不觉由衷地说道：

“嗯。谢天谢地！可是，你怎么就知道我现在这个名字？”

“怎么不知道，你忘了你曾经写过那篇‘讨袁檄文’是用这个笔名发表的啦？”

“你读过它？”

“何止读过。当时我们几个同学，几乎都能把它背得出来呢！反正你和凌云青的文章一出来，我们都像小孩见到糖，抢着看。”

“不见得吧，你这位记者未免夸大其词了。我们那些文字，是什么玩意呵，只不过逢场作戏，实在难登大雅之堂。”

“当然咯，拿大人眼光去看小孩学步，总不免有可笑的地方，可是它到底是天真烂漫……唔，凌兄近况如何？眨眼工夫就是十年了。品微前些日子来过信：她很忧郁，婚姻不如意。唉！时代的悲剧！”

韦步平告诉了她关于凌云青的动向，也提到三年前在小乐园医院和桂品微的邂逅。这里边，他不得已才说到王光宗两句。这不是对他没有可说的话，而是由于厌恶，不屑挂齿。

他们两人谈着谈着，不觉当——当……时钟敲了十二下。

“嗨唷，又是十二点了！”言真说，“昨晚夜也是这个钟声把我催走的。你昨晚到哪儿去啦？”

韦步平不觉满脸发烫,很为尴尬。言真不好意思紧着追问,只是默默相对。

“昨天是七月七吧?”一会儿,韦步平才说,“听说你们这里有一种风俗……”

“你打听那些风俗干吗?人家问你的话你还没回答呢,难道你来这里是做社会调查吗?”言真盯着他,好像是想从他眼神里窥伺他的隐私。

“我……怎么说呢?我自己还理不出头绪来,改天再谈吧。我请你吃饭,走!”韦步平穿上了白麻葛的西装外套。

言真也站了起来,说:“你是客人嘛!”言真含笑看他一眼。

“那就该你做东啰?”

“反正有人请客就是了。走吧!唔,你床头堆那么一大堆书,都是些什么呀?”

“我是饥不择食,见了新书就买。”

“饥不择食?当心消化不良,败坏了胃口呵!”

“那,你给介绍介绍呗!”

“我介绍?”言真反问,紧瞅着他,好像说,“是真的吗?”她发现对方的眼光是诚实的,和他的话一样明白,也就默默点了点头。

“不过,比起来,我还是更急于找朋友。你几时领我去见章斌先生呀?”

“你不回答我刚才的问题,我就不答应你。”

“哎哟,你真是染上职业病,什么事都得寻根究底呵!”

两人一边说,一边走下楼梯。

“要说昨夜的事,行动是很简单的,一句话可以说完;要说思想内容,那就十分复杂,说起来话就长了。我不说,就是不愿让自己的苦恼去折磨别人的神经;我认为那样做,未免太自私了。”

“那,你这样说,岂不否认了人与人之间的同情和友谊?”

“友谊是存在的,而且它永远存在下去。不过,要有个限度,滥用它,那就不是对它的扶植而是扼杀了。”

“你真是越说越玄。请问,这个限度是指什么呢?”

“这个……一言难尽。”韦步平说。

走出酒店门口,言真见附近停有黄包车,叫了一声:“车!”

好几个车夫拖着车子奔跑过来,围上客人,一面用肩上的手巾掸打坐垫上的灰尘,一面连声请坐,几乎要把人抢走。言真选了一架干净一些的,让韦步平坐上,然后向车夫说:“红棉酒家!”

跟着,言真坐上另外一辆车子。

韦步平掉转头来看她一眼,好像要向她说什么,车子却走得很快,话没说出口,又把头转回去了。

“这个人怎的?像个中学生一样腼腆!”言真心里默默地嘀咕。

红棉酒家是越秀山脚下的一家第一流的粤菜馆子,坐落在小北路末尾一座园林式的庭院里。房间雅静而舒适,四周有经年常绿的密叶多荫的乔木、竹子和荔枝树。夏天到这里来听听蝉唱蛙鸣,纳凉消暑,可以把城市的喧哗和溽暑暂时忘却。

“你们迟到了,该挨罚了吧! 韦先生,好吗? 久违,久违!”

一位别着上校领章的军官在鞭炮花的藤架下读着报,见到言真和韦步平来了,立刻迎上来,有说有笑地拉住韦步平的手不肯放。这可叫韦步平喜出望外,一时说不出话。

他就是韦步平登广告要寻找的人。现在是黄埔军校的军事教官。昨天是星期六,晚上进城来,言真把她的发现告诉他,他便安排了这个会晤。

他说,韦步平离开川军不久,他也走了。本来说是马上投奔广东这方面来的,后来他的堂伯章玉瑚老先生要他去法国,要他一边上学,一边兼办点留学生的事。他到那里,满以为会见到韦步平的,可一再打听,都得不到音信。前年回到这里来,起初,在国民政府警卫部队的独立团当参谋长。这时,黄埔军校校长蒋介石闹什么鬼名堂,一度离开了黄埔,孙中山派廖仲恺去整顿,加强政治思想教育,成立政治部,请周恩来当主任。周恩来是他在法国的同学,于是,把他从独立团调出来,进黄埔当教官。

“你来得太好了!”章斌兴高采烈,精神饱满,仿佛运动场上夺得锦标的优胜者,言语里总是带着笑声。

“迷途的羔羊,总算是走回大路上来了!”章斌说了一连串的话之后,用着高兴的口气,对韦步平讲了一句笑话。

“先问客人要吃什么吧。到底是请客还是叫人听你演说呀?”言真对章斌笑着说。

“呵,对不起,这个我已经交代妥了。”章斌说,转向韦步平,“请阁下吃龙虎凤怎样?尝尝广州风味。”

“我是什么也敢尝一尝。”韦步平说,“小时候,家人请一位算命先生给算八字,说是命里注定:必须在土地庙寄养,给土地公做干儿子才能长命富贵;因此就得终生禁忌吃狗肉,否则过不了二十岁,神明就要把命收回去。我就不信,狗肉不但不忌口,比别人还要吃得凶。现在,二十岁不但闯过来了,而且多活了好几年。我看,再过两个二十岁也死不了。”

“哈哈,好!我们来干一杯,恭喜你反抗精神胜利!健康长寿百岁!”章斌说着,斟了三杯五加皮,让韦步平和言真都拿了一杯,然后带头把酒一饮而尽,对着韦步平说:

“阁下还记得吧,五年前在泸州,刘大麻子那席酒宴,如今还历历在目,就像是昨天的事一样。”

“前尘影事,真所谓不堪回首话当年了!”韦步平说。

“怎么伤感起来啦?”言真望着韦步平说道。

“往事并不都是坏的,没有昨日哪来的今朝呢!来吧,菜来了。阁下这次到来,有个打算吗?想不想到‘黄埔’去?”章斌一边抹筷子一边问。

“我提议,吃了饭再讨论好吗?”言真说,“韦先生请!”

“哎哟,我们的女记者真是急先锋呀!”章斌说,“阁下还不知道吧,她是新闻界的异军突起。”

言真红了脸,故意敬酒让菜,把话岔开。

韦步平一直考虑着自己的事,也没有怎样留心对女记者的评价。

吃罢饭,章斌正经地征求韦步平的意见:“黄埔那里,军事教官缺人。阁下愿去,我可以再作一次媒婆,向周主任推荐不成问题。周主任的夫人在省妇女界工作,就是言真叫她邓大姐的那一位,什么时候一起去拜望他们一趟如何?周主任还兼任两广区的党务和军事方面领导工作。”章斌笑着说。

韦步平有所踌躇。这是因为前一段戎马生涯给他留下的伤疤至今仍有余痛的缘故。停了一会才说：

“章先生虽有诚心做媒，可我却无志于再作冯妇。武装带对我这匹脱缰的野马，未免太拘束了。”

“也许阁下在云南和四川吃过箩底橙，可不能就此认为潮州柑也是一般味道呀。”章斌说。

“到处杨梅一样花，我看差不了多少。”韦步平自信地说。

“虚无主义……”言真脱口而出，但是，章斌马上给她使个眼色，她伸了个舌头，把话突然收住了。

稍停一会，章斌望着韦步平说：

“阁下留意到报上的新闻了吧，川军旧人冯秋公不幸，同中山先生一样患肝癌，前月初在上海过去了。此公爱国有心，革命无谋，乡土观念太深，囿于一孔之见，卒至走进死胡同。在他本人来说，那是壮志未酬，不免遗憾。”

“是呀，人是正直不阿的。朱剑公欧游景况如何呢？有消息吗？”韦步平问。

“朱同冯到底不一样：老同盟会员，一生追求革命；听说为了找到奋斗的目标，在国内踏破铁鞋无觅处，到国外去倒是遇到了引路人，精神上有了皈依。目前还在苏联作考察，流连忘返。”

“是吗？”韦步平不觉惊喜，“人随世变，诸位都有很大进步呵！兄弟在乡下呆了几年，眼光都变窄了，乍见此间气象，真有隔世之感。”

这时，伙计端来三份冰淇淋，谈话中断了。吃完了冰淇淋，章斌看着韦步平，略微沉吟一会，说：

“阁下在农村呆了几年，外界事物可能知道的少些，但是，对某些问题也许观察得更深，考虑得更实际。这里的情况有革命的一面，也有反动的一面，有阳光就会有阴影。总之，事态很复杂。阁下刚来，好多情况还不了然。工作问题再多看几天，了解好，考虑周到了再说。住处怎样？在旅馆不方便吧？”

“韦先生不嫌弃的话，就搬到我舅父家去住好吗？房子是空着的。”言真说。

章斌马上接着说：“这倒是个好主意！我现在住的跟陈大夫是邻居，星期天我都回家。住到那里，大家就好见面了。再说，言真她是新闻界的蜜蜂，要打听什么行情，她可以做你的向导。”

“两位的盛意很感谢。脑子现在还塞着一把麻,挺乱,想想再说吧。”

“别想什么了,夜长梦多,应该当机立断。阁下原来不是个犹豫的人呀,怎么现在变了样呢?对啰,记得在成都临别时,曾给阁下一本……”

“是呀,书是薄薄一本,分量可不轻,内容丰富而深奥。真惭愧,啃了多少遍还啃不动哩!”

“一本什么呀,讲得那样玄乎?”言真很感兴趣,睁着好奇的眼睛问。

“一部‘论语’。”韦步平含着笑说。

“我不信!”言真微微一嗔,用疑问的眼光望着章斌。

“天机不可泄漏,且听下回分解。哈哈!”章斌笑着站了起来。

言真并不跟着笑,凝视着韦步平,好像说:“难道是什么秘密吗?”那目光是这样深切而炽热,和对方的眼睛相遇,心头禁不住一悸,平复不下来。

从红棉酒家出来,章斌另有约会走了。韦步平没别的地方要去,只好回擎天酒店。言真送他到开往西壕口的 8 路公共汽车站。汽车正好到站,韦步平急忙跟她握了握手,说声“再见”就挤上了汽车。

言真眼看人被载走了,剩下自己一个人踟蹰街头,顿觉落寞,心想:“他一个人回旅馆去能有什么事呢?刚才为什么不邀他一道去中山公园走走?不是说要请他到家来住吗?他到底愿不愿意呢?临时又忘了提这件事。唉,先拉他去家里坐坐就好了。撵他去! ……”想到这里,心一横,转回头来,正要跨过对面马路去搭 8 路公共汽车,不想,迎面奔来三个报童,挥舞着报纸,连声喊叫:

“喂,看报,看报,新到的香港报!”

“喂喂,看新闻啦:省港继续大罢工,气死了番鬼佬。香港变成了臭港!”

“喂喂,看报,看报,新到的香港《星岛日报》!”一个报童拦住了言真的去路。

她掏出一角钞票给报童,拿了一份《大公报》,没等找回小钱就走了。

报童望着她的背影笑着喊:“谢谢,愿你好心得好报!”

言真拿着报纸,且走且读,赶到站上,刚好一辆汽车开走了。一个人伫立街头,心里稍稍平静了些,仔细想想,又觉得:“刚刚分手,马上又跟着跑去,说什么呢?晚上还要去陈塘采访哪……”

等了十来分钟,第二趟车到站了。她却没有上车,默默地走开了。

她信步走着,到了双门底光华书店的门市,耳边响着韦步平的声音:“我是饥不择食,见了新书就……”不觉灵机一动,决定买几本书,当作礼物送去。她浏览着新书架。有些书她已经有了,不过,自己还在读,没有读完。“索性另外买几本送给他吧。”她想到这儿,终于,选了《中国青年丛书》的《唯物史观》,《列宁全书》的《列宁传》,萧楚女著的《社会科学概论》和恽代英演讲集《中国民族革命运动史》。另外,还买了好几本新出的杂志:一本《政治周刊》,一本《语丝》,一本《创造》和一本《狂飙》。

买了书出来,就像是办了嫁妆的姑娘,心里有说不出的高兴。路过花木商店,一时兴致顿生,进去买了一束玫瑰和几支晚香玉,末了,又在诞香阁买了几样妈妈喜欢吃的点心,才搭上 5 路公共汽车回东山舅父的家。

舅父是个眼科专家,在医学界颇负盛名,今年正满五十岁。十年前丧偶,精神上留下创伤,到现在也没有续弦,把精力和兴趣都用在医学的研究上了,生活过得扎实而平静。一个女儿学美术,在杭州美专;一个儿子,在上海交通大学学桥梁工程,都不在身边。言真母女俩来了,成了他家的成员:母亲帮料理家务,女儿经常陪着舅父谈天、散步。有时,一老一少为着争辩一个什么社会问题,往往吵得不可开交。这几天,舅父应邀出席医学会的年会,到青岛度夏去了,言真每天下班回来没合适的人对话,不免感到寂寞。

“妈呀!”言真一进客厅就喊。

屋里寂然无声。何妈一声不响,轻手轻脚地踱到客厅来,摇着手,叫别声张。言真不管她的手势,张嘴就问:

“妈呢?”

“章太太来说话,刚走一会儿,才眯着呢,别吵!”何妈低声说。

“不,”言真努着嘴撒娇,“人家有要紧事!”她连说带跳,冲进妈妈的房里去了。

她坐到妈妈的床沿上,一手推着妈,一手把花藏在背后。妈被弄醒过来了,睁开惺忪的眼睛。

“妈,你猜,我买了什么花来?”

“我又不伤风，那么浓的香气还闻不出来呀？”

“还有，还有一样？”

“箭兰呗，插瓶子的花，还不就是这些。”

“噢，妈没猜着。喏，玫瑰！”女儿把花塞到妈怀里。

“鬼丫头，你塞给我干么，还不拿去把旧的换了。”

言真把花拿到客厅，何妈把瓶子里那束将谢的花儿拿掉，回头从小姐手上接过花，插在瓶子里。

妈妈跟着来到客厅，望着点心盒，问：

“你又买了什么？”

“点心。妈，你猜，是什么？”

“我可没心思给你猜。你今天遇上什么啦，高兴成这样！”妈有些奇怪，看了女儿一眼。

言真被妈看得怪不自然的，立即低下头，打开盒子，让妈瞧：“喏，都是妈喜欢吃的：小凤饼，椰蓉酥，还有榄仁蛋糕。”

“你就会花钱，那一包又是什么？”

“书。”

“什么书？舅父那么多书，还不够你读一辈子呀？那么任性，说了你多少遍，就不听，还要买！就会花钱。一个月的薪水，就买了这些，衣服也不添一件！”

“这，人家是买来送人的。”

“送谁？”妈妈盯着女儿眼睛，留心她的表情。

女儿不好意思起来，脸庞泛着红晕。

“呵，妈，”女儿停了一会，依偎到妈身边，握着母亲的手，亲昵地说，“我有件事要跟你商量。”

“什么事？”

“有一位在桂林时候的朋友，从广西来，住在旅馆。让他来我们家住好吗？”

“谁？是品微吗？”

“不，是个男的。”

"云青?"

"也不是。"

"是朋友?"

女儿点点头。

"上帝保佑！我怎么不知道?"

"是我刚到桂林不久,在中流社见过一面;就是那晚上把小灯笼借给他的那个人。"

"就是那样见过一回面?"

妈妈眼睛一直盯着女儿的目光。女儿用虔诚的眼睛看着妈妈,点点头。

"这样的一个朋友,就把人请到家来住?"

妈妈照样望着女儿问话,女儿依然用虔诚的眼睛看着妈妈,点点头。母亲不再作声。

"唔,对啰,人家还是爸爸的高足呢！是爸爸在怀远中学堂把他带到桂林的。"

"那,在桂林怎么没见来往?"

"开头是有来往的,我们去了不几天就迁到新居不是嘛,一来他不知我们搬家,二来那些日子他正在带头闹学潮,被开除了。爸爸去世时,他已经投军去云南打袁世凯,天南海北,哪能跟我们见面。"

"哎!"母亲深叹一声,把女儿的头拉到怀里,揉搓着她那柔软的头发,"真真,提起你爸爸,我又在伤心。你的脾气跟他一样,太任性了！妈一年一年为你的婚事操心哪！你说等你大学毕业出来自己找。现在,大学毕业了,再过两个月就满二十四了。你总是这样下去能行吗?"

"妈！看你又念经了,我……我不听……"女儿撒着娇,两手捂住耳朵。

"好,你不听我说,我听你的。你说你跟那个朋友,不算是萍水相逢,是曾经要好过的,可那也不过是小孩时候闹着玩,有什么正经的。如今相隔十年,各人都长大了,你能知道人家的底细吗?"

"人家是章教官的老同事,午晌不就是章教官叫去陪他吃的饭嘛。"

"那,章教官能知道人家家里……"

“妈，”女儿马上打断妈的话，“你真是老糊涂，什么事总是往这边扯。你管人家家里什么的。你就不准人家有个应酬交际呀？老封建！”

言真挣开妈的怀抱，掠了掠散乱的头发，拿起书回自己卧室去了。

自从父亲逝世以后，母女两人相依为命，这唯一的女儿对年老的母亲来说，真是掌上明珠；女儿在学校，在社会上是那样斯文，在母亲跟前却特别任性。妈怕女儿受了委屈，赶紧跟进房来，告诉她：舅父来了信，说是她要的刻图章用的料石，已经邮寄回来，过两天就会收到。

“是吗？信在哪儿？”言真高兴得几乎蹦起来，连忙到妈妈房里去找信看。

“妈，我还有一件事……”女儿看完了信，一会儿，又向母亲试探地问道。

“看你，一件事还没说妥，又来第二件。”

“怎么没说妥？不是就请他来住了吗？”

“要不，这样好了，后天是妈生日，请他来家吃饭，先让你们认识认识。”

“好吧，好吧！讲第二件吧？”

“舅父夏天穿的西装都带走了吗？”

“干什么？”

“我要借一套用用！”

“给那位朋友借呀？”

“哪里，妈把人想得太寒碜了。是我自己要的。”

“你，干什么用？”

“演戏！”

“咳，你们这一代的年轻人，名堂真多！”

第三章

言真从母亲手里接过一套米黄色的山东绸西服。一件浆洗得很平整的白府绸衬衣,一条黑领带,一顶白通帽,一双黄皮鞋,一根“士的”文明棍;另外又拿了一副墨镜。

吃过晚饭,她把买来的新书打开,给自己留下两本杂志,其他的都没动,另外还挑了她自己已经读过的一本《共产党宣言》,放在里面。她怕全是理论书太单一,没有调剂,又在文学著作里头,挑了一本鲁迅的《呐喊》,一本蒋光赤的《少年漂泊者》,一本屠格涅夫的《前夜》和一本歌德的《少年维特之烦恼》。她估计他一时也不会看得那么多,不过只管多带几本去,随他选吧。她把书包好,然后把房门关上,一个人在房里把舅父的衣裳鞋帽都穿戴上,对着镜子,打扮、化装。她,人长得俊俏、秀气,长相像父亲,穿上男人衣裳,戴上帽子,把发脚拢进帽里,可真变成个风流倜傥的男青年啦!心想:“这样到街上去,可别叫姑娘们当作追逐的对象呵!”

天黑亮灯的时候,等妈进了浴室,她才像只躲过猫的耗子,抱着书,拿着文明棍,戴上墨镜,悄悄地溜出门去了。何妈发觉有点儿蹊跷,在背后喊:

“是真姑娘吗? 哪儿去?”

言真转回头来,摇摇手,暗示何妈不要声张,急忙就跑。何妈吓了一跳,慌忙向浴室喊道:

“姑妈,姑娘穿她舅爷的衣裳出去了!”

“什么?! 疯啦! 你还不去拉她回来!”

何妈撵出门去,赶到街口,前面一辆黄包车把人载上,一眨眼已经飞跑出老远,附近又没有黄包车过来,怎么能撵得上? 真是望尘莫及。只得垂头丧气地转回家来,嘟嘟哝哝道:

“太任性了!”

“她不是说拿去演戏的吗? 怎么穿起就走?”做妈妈的急忙出了浴室,瞪着眼睛向何妈诘问。

何妈也是一肚子的气:“谁知道她!”

其实,言真说拿去演戏只是一句遁词:原来是她想了好久,要给报社写篇《为受侮辱与受损害者呼吁》的社评,对解放奴婢、妓女的问题提出她的见解。但是一想,倘若泛泛地讲些空洞无物的道理,或者凭着剪刀糨糊,拿第二手材料编凑成篇,作出不冷不热的文章,叫人读起来,不痛不痒,也没多大意思。想来想去,最后才下决心:女扮男装,亲临其境,直接到陈塘妓院去作一次戏剧性的采访。

路过长堤,她下了车,顺便把书拿到擎天酒店去。

这时,551 号房间,房门洞开,人影渺然。言真进到房里,见不到人,以为是洗澡去了,只好等一下。她信步浏览着房里的东西,发现桌上有一本打开的小册子,反扣在一张信笺上,书皮是用油纸包着,已经磨得毛茸茸的了。她把它翻过来一瞧,不由得一惊。原来是一本初版的《共产党宣言》,扉页上还有章斌的题词和签字。在红棉酒家,章教官最后讲的“天机不可泄漏”那句讳莫如深的话,不禁在她耳朵边响起。

“天机就在这儿!”她沉吟一会,点点头,嘴边浮泛着微笑。

她把书又照样扣回去,那信纸上涂抹着潦草的文字吸引住她。一张纸上写的是——

弃我去者,昨日之日不可留,乱我心者,今日之日多烦忧……

另外一张写的是——

不辞求索意何如?

鸿鹄搏天志未抒。

枕戈我欲乘风去,

一滴入海信不枯。

“自相矛盾!”言真看了,轻轻喃道。忽然,灵机一动,信手提起笔来,写下两句评语——

始信不枯唯入海,

问君何事尚徘徊?

写罢,把书扣还回去。

好奇心魔鬼一般怂恿着她,终于不能自已地走到人家床头,翻阅起那堆随便搁置着的书籍、报纸和杂志。书,有三四本和她今天买的是雷同的;杂志,《政治周刊》和《新青年》这里也有;另外,一本薄薄的三十二开本的《农声》周刊夹在当中。

“人家自己都有了,我这礼物,岂不成了‘画蛇添足’?”言真不禁觉得索然。

但是,一转念,又得到安慰:没想到自己挑选的,也是他看上的。

“这难道是英雄所见略同吗?”言真想到这儿,不禁脸上绯红,心跳加速。

茶房进来,仔细打量着这位客人,却半天没有言语。言真问他:“客人哪儿去了?”

“上屋顶花园乘凉去了,先生你……”茶房问。

"我这就找他去。"

言真说着马上走出房门,要上屋顶花园。才上了两步楼梯,却又迟疑起来,趑趄不前。她在楼梯口的大镜子上看见了自己这个模样,心想:"这……站在人家面前多滑稽呀,不,不去……"临时改变主意,转身就往楼下跑,仿佛被人撵似的。

一会,韦步平从屋顶花园回到房间,见桌子上有包东西,连忙打开,里边夹着一张字条:

介绍几位精神上的朋友跟你谈心!

"奇怪,又是谁来过呢?"他马上按响电铃,喊来了茶房问:"谁送来这包书?"

"刚才一位先生亲自送上来的,他没上天台去?"

"没有。"

"奇怪!看见上去了的呀!"

"是个女的吗?"

"不。一身西装革履,可是够派头啦。不过,人倒长得像个大姑娘。"

"刚走吗?"韦步平没等茶房回答,赶紧撵下楼去。

茶房在背后瞠目,莫名其妙,喃道:"真是革命世界,新鲜事层出不穷。"

韦步平搬到言真舅父家来住已经五天了。现在,他坐在阳台的藤椅上读报。言真正要出门,看见了他,想起什么事,走过来,从手提包中拿了张过门券给了他:

"今天下晌中山大学礼堂又有演讲会,估计比前两回的还要精彩。给你张票,到时间你自己去吧,我午饭不回来吃了,会场见!"说着转身就走。

韦步平接过票瞧了瞧,把她喊住:"不,等一等。今天是谁主讲?"

"毛润之!"言真站住,回头答道。

"讲什么问题?"

“中国革命与农民问题。”

“他,就是将要接任农讲所所长的那一位吗?”

“你打听那么详细干什么?唔,不跟你啰嗦,我得走了。以后再告诉你!”她一边说一边跑开了。

“这疯丫头!”言母望着女儿的背影说。

她提着水壶来给盆花浇水,留心看着客人对女儿的眼神,仿佛发现一种秘密,一边浇着花,一边在思索。完了,她拉过一把藤椅坐下,望着韦步平说:

“今天又有什么新闻呀?香港罢工还没个了结呀?这一闹,番鬼佬可尝到苦头了。要不然,他们总以为中国人好欺负哪!”

“是呀!”韦步平漫不经心地应着,继续读他的报纸。

送信的邮差走过大门口,把信投进信箱,脚不停步地走了。何妈出去开箱,拿到几份陈大夫长年订阅的国外学术期刊和一份《东方杂志》,另外还有一封信。

“谁的信?”言母问。

何妈把信件交给主人。言母盼弟弟的信有好几天了,今天又落了空。她失望地把信交给韦步平。

这是凌云青从梧州宣传讲习所寄来,请言真转交韦步平的信。凌云青信上说:他接受革命潮流的洗礼,澄清了过去许多糊涂观念;末尾,隐隐约约地流露着爱情的苦恼。说什么,不必明讲,韦步平也应该猜到:品微在他心灵中所占的位置,别人是代替不了的。写信的人引用了元稹的《离思》——“曾经沧海难为水,除却巫山不是云;取次花丛懒回顾,半缘修道半缘君”,以说明他的痴情。他说,可怜命运小儿,偏偏作弄于他,使得他仿佛小孩手上的蜻蜓,要死也死不了,要飞又飞不起。

韦步平读到这儿,不由得发笑。

言母在旁边看着,十分奇怪:“什么人的信那样好笑?”

“一个朋友说他是……唔,怎么说呢?”

“怎么啦?”言母也跟着微笑,乘兴试探,“不是家来的信?”

韦步平见问,收敛了笑容,叹了一声,说:“这怎么说呢?向我要家信,等于向尼姑要梳妆了。”

“我不信，又不是孙猴子打石头缝蹦出来的人，谁好歹没个家？”

“话是这样说，世上可就有不少人无家可归呢！”

“嗨，”言母说，“真不懂你们年轻人倒是拿的什么主意？阿真也学会她父亲那股劲：成天就是为国奉公，舍己为人，奔奔波波，从来不把家放在心上。你说，国家，国家，国和家是连在一道的嘛，没有家，哪来的国呀？”

韦步平停止读报，默默地望着老人家，只听她说，却不作声。

“韦先生今年多大啦？二十八？阿真再过两个月就满二十四了。一年一年过去，自己的事，她一点都不着急。唉！本来，她表哥就比她大三个月，两人从小在一起长大，可亲热哪，谁见了，不夸赞这兄妹俩，都说合在一块挺般配哪！不料想，这一个去了一年桂林，回来就全变了。两人在一块儿就跟猫同狗似的，不是辩论就是争吵，气得那一个索性转学去了上海完事。”

“辩论并不是就合不来。”韦步平说。

“可一见面就是吵吵，不伤感情呀？唔，你们这两天晚间也常大声嚷嚷，都争的什么呀？”

“我们争的都不是自己的事。”

“那么大声，不是有气呀？我说，朋友还做不成，倒反结下了仇，多没趣。”

“人和人在一道，从来都是这样的：不交成朋友，就变成敌人嘛！”

“哪有这个道理。”

“姑妈奶奶！电话！”何妈在客厅喊，“好像是章太太的声音。”

“哎！”言母答应着，站起身走了。

韦步平枯坐在那里，仿佛停了呼吸的僵尸，眼睛呆呆地望着言母的背影，脑海里回味着这一席话，把它逐字逐句地推敲。老人家对女儿的终身大事操心，是无须怀疑的，但是，对他说的话，是不是有什么暗示？刚才原想把家庭的不幸，一股脑儿端出来，可是，又考虑到，人家未必认真地关心自己这些不愉快的家务，要是你自己啰哩啰嗦说了一大串，岂不自讨没趣？

“不过，她还是把我当作小伙子呢！糟糕，我应该坦率地作自我表白，像面镜子抹得干干净净！”韦步平自己跟自己言语。

阳光透过竹丛,阳台洒下阴影。南方的八月,清晨的凉快很短暂,整天都像火炉。

韦步平回到房里来,又把云青的信重读了一遍。本想立即写回信,却觉得要将广州见闻描绘一番才好下笔,就是对复杂而矛盾的爱情问题,难得给对方说什么。何况他自己的出路问题还悬着呢:进学校还是找事做?都还没个定夺,怎么告诉云青呢?脑子里乱糟糟的。他一直在房里踱步,几乎有一个钟点,什么事也没做。

下午,韦步平依时到文明路中山大学礼堂听演讲去了。今天听众特别踊跃,他来到的时候,走廊里已经挤满了青年男女,正在等待开讲。好在言真事先在记者席上替他留了个空位,使他不至于向隅。

不一会,一阵掌声,主讲者被迎进了会堂。言真悄悄地告诉韦步平:

"个子最高的那位就是他!"

韦步平注目正视:人确实是长得特别魁伟,步态从容而庄重,神色宛如惯于深思的学者;披着浓密的头发,好像无心于修饰而任其自然地分开垂下,胡须倒是修得挺光洁;脸盘丰满,鼻准正直,轮廓分明,仪表非凡。

韦步平不禁联想起孙中山。孙氏的丰采给人的印象是不易泯灭的,然而,说不清是什么道理,眼前这位比起孙先生来似乎更有吸引力,叫人得到更强烈的感染。好比洞庭湖吧,虽说水天一色,烟波淼淼,总也不如大海浩瀚无边。

主讲者不仅丰采道貌出众,令人惊奇;就是那非凡的谈吐,也都像块磁石,从一开口到最后一句全都把人给吸住了。言真要作速记,韦步平不好打扰她,只好自己默默地听完了演讲,两人才一道欢喜雀跃地回家。路上,言真喋喋不休,大谈特谈主讲者给她的启示。她用抑制不住的热情和赞叹的言词,吐露着对演讲者的钦佩和推崇。她说,这半年来,听了好些这类演讲,增长不少知识,开阔了胸襟。她说,她沾了记者——无冕之王——的光,到处通行无阻。当今社会名流——恽代英、萧楚女、周恩来等等,他们的讲演她都听过。听了这些讲演,回头想想过去在大学堂听的那些讲学,简直是小巫见大巫了。大学堂里讲的那些无非是书本里抄来的死定义,而这些讲演,讲的却是活生生的人和事,言之有物,叫人信服。

“今天这场讲演可是异峰突起！”言真说，“真不知道讲演人哪儿来的这样渊博的知识？举的事例，又实际又生动，讲的道理，深入浅出，见解精辟，立论独到。让人感到‘听君一席话，胜读十年书！’要拿周恩来的讲演比，两人都各有千秋：一个是长河奔流，一泻千里；一个则是汪洋大海，浩瀚无涯。一个是那样铿锵明朗，机敏灵辩；一个则如此睿智含蓄，博大精深。唔，你怎么不言语？你说不是这样吗？”言真把话说完，回头盯着韦步平反问。

韦步平自己闷声不响，但言真的每句话他却都留心倾听。一边听，一边思索，思索演讲者每句话的含义。

他们并排走着。如果说女的是一团烈火，将真理的火花扩散，那么，男的正是一块海绵，默默地将智慧的水滴蕴藏于心间。

显然，今天的演讲，对韦步平产生的影响是空前的。仿佛是多年紧闭的心扉一下子被打开来，透进了阳光；又如失路于密林，蓦地听到向导的呼声。多少往事都涌到跟前，等待重新认识；多少复杂而矛盾的思想都来到脑际，急需给以澄清。

一直到进了家门，韦步平还是闷声不响。平日在饭桌上，他总是少不了说这说那的，今天吃完一顿饭，却连声也不吭。言真自己说了这句没了那句，没人接起话头。看韦步平这个神气，言母以为两人在外头闹了别扭，也就不好插嘴。等到韦步平回房里去了，才把女儿拉到自己房间，掩上门，小声问道：

“怎么回事，吵嘴啦？”

女儿睁大眼睛，惊疑地说：“没有呀？”

“我看他，心情挺沉，你知道他家……”

“他家？什么家不家的，我犯不着去打听那些！”言真咕嘟着嘴。

“唉，我说过多少遍了，你就那样执拗！难道就不想想自己的事呀？你难道就这样一个人过一辈子？我看，他对人倒挺诚实的，从前又同章教官共过事，总不会是个不务正业的花花公子……就怕人家家里……”

“妈，别说了。我自己的事，自己会办。你别操心！”

“会办，会办！你要等到什么时候去呵！俗话讲的：过了这个村就没这个店了。岁月不等人，可不要再任性了！”

“妈,我走了,晚上有个会,恐怕要晚些回来。”

言真出了家门,一个人朝着小组约会的地点,慢慢儿走。一边走,一边仿佛老听到母亲唠叨的声音。自从大学毕业之后,这一年来,老人家就常常为女儿的终身大事唠叨。讲得多了,叫人听得真不耐烦。不过,母亲刚才的话,听来却不寻常:仿佛春雨连绵过后,突然出现阳光,把人的心花催发了。不知怎么回事,一时平静不下来。她自己也奇怪,几天来无缘无故地总是想跟他在一起。只要有他在身边,就觉得心里踏实,生活丰富,别的什么也不需要了。有时两人坐在一块儿默默相对,即使不说话,也觉得好像交谈了好多好多。有时两人散步林荫道上,走了那么远,时间过了那么久,却感到不满足,过后总带着遗憾的懊悔,感到有话没有讲完。可认真自问,又觉得没什么话非讲不可。

第二天清早,韦步平和言真还是同往常一样,到附近梅花村去散步。可是,今天有点反常:起初,两人沉默了好长时间都不说话,等到快要往回走了,言真才说一句:

“回吧!”

韦步平好像没听到她的话,反而问道:“昨晚你哪儿去啦?什么时候回来的?”

言真一怔,睁着疑惑的眼睛:“你问这干什么?”

韦步平盯着她:“我昨晚等到十二点还不见你回家。”

“我们有个学习会。”言真说,“讨论昨天演讲会的问题。大家的兴致可高啦,发言特别踊跃,争得脸红脖子粗,嘻嘻。”

“你们?是报馆的同事吗?”韦步平也好奇起来。

言真这才感到失言,“嗯呀”一声,催着韦步平:“回吧!”想以此摆脱困境。

“我昨晚正是要找你讨论这个问题!”韦步平说。

“是吗?昨天瞧你老闷声不响,好像是不感兴趣。”

“哪里的话?正因为太兴奋,找不到最适当的话来表白。”

“找不到话来表白?那,你找我要说什么呢?”

韦步平先不讲话,盯她半天,叫人家不好意思。她躲开了他的视线,喃道:

“尽是演哑剧!”

“我想跟你……”韦步平期期艾艾地说，“不，我请求你给参谋参谋……”

“参谋？”言真摸不清对方的意图，不禁红了脸，有点儿发窘。

“你听我说：昨天听了演讲，我的决心下定了：你不是说他要接办农民运动讲习所吗？我想进‘农讲所’，你说，行吗？”

“进‘农讲所’，好倒是好。不过……你到那里……”

韦步平说：“是呀，到那里。你先别打岔，我昨天听了演讲，一夜没睡，觉得能跟那样的名师当学徒，平生志向可就如愿以偿啦！”

“去当学员？”言真瞟他一眼，迟疑起来。

“怎么？当学生不够资格呀，老啦？”

“你今年多大？”

韦步平的眼睛遇上两道热切的视线，不由得摸摸两天没刮的络腮胡，笑着说：

“讲起岁数，倒想起李长吉两句话：‘三十未有二十余，年来对镜颇有须。’哈哈！”

太阳已升起，草坪的露水悄悄消失了。四周报童的呼唤，卖菜的叫喊，学校的钟鸣，车船的汽笛，使城市又沸腾起来。

言真沉浸在昨天母亲的唠叨里，脚步漫无目的地一直往高尔夫球场的末端走去。

“回吧，”韦步平说，“你妈不是说要去涎香楼品茶吗？别让老人家久等，走！”

“你倒挺会孝顺呵！”言真嫣然一笑，瞟了他一眼，鼓着勇气说，“老人家要我向你打听一件事情呢，等什么时候我好好地考你！”

“什么事那么严重呵！现在说不行吗？”

“不行！”言真脸庞绯红，赶快把头拧过去，“走，看谁跑得快，一、二、三！”

言真说完，拔腿跑开了，韦步平在后头紧撵。

第四章

这一天晚上九时才过，言真就回家了。她满怀喜悦地走进韦步平的房间，向他报喜：说他的志愿达到了。

“你说你拿什么来答谢我这个信使吧？”言真手里拿着封信在他面前晃一下，马上藏在背后，朝着他笑。

韦步平把书合起来，转过头来打量着对方，迅速将伸在桌面上的两条腿放下，站了起来，拉张藤椅过来让座，殷勤地递给她一把葵扇，默不作声。

“这就算是酬劳呀？”言真含笑地盯着他。

“你还需要什么呢？”韦步平老老实实地问。

“嗬，你倒是挺慷慨似的。嗯，现在先别说，以后再同你要账。喏，给你！”

言真把信给了他。这是章斌给韦步平写的一封介绍信，要他拿去谒见中央农民部林部长，请林部长用农民部名义保送他进农民运动讲习所学习。言真说,这事章斌已经向林部长当面谈妥了,入学的事大体上不成问题;但是,必须本人写一份自传,详细叙述本人的社会经历和思想演变过程,并对当前的政治形势表明个人的见解。另外还要填一张履历表,一起拿去审查。录取与否,等候通知。言真说:“农讲所很重视这点,考试分数多一点少一点倒是无关紧要。”

“这比做博士论文还难呢!”韦步平搔了搔头发。

“这也为难?”言真说,“过去的事,怎样做就怎样写;现在的见解嘛,怎么想就怎么讲呗!”

“要是像你一样,当然好说……”

“为什么?”言真不等韦步平说完话,马上问道。

“这,难道还需要解释吗?”

“哟,人家没有你那么丰富的阅历不是……不过,也不一定像你所想的那样单纯。唉,一个人要被人了解多不容易!”言真无端感慨。

“我从来就不承认单纯这个字眼。”韦步平说,“客观事物那么复杂,矛盾斗争又是永恒不息的,你要单纯,怎么可能啊!”

“那,你又说人家比你一定怎样?”

“那是指你的信仰!”

“信仰?”言真想了想说,“难道你的信仰就那么玄,那么难以回答吗?真不明白。”

“也许说信仰太严重了。不过,你刚才不是说,要我在自传里写上对当前政治的见解吗?不瞒你说,这,对我来说,是一团乱麻,还要花些工夫才能理得清。而对你,却如同白水,一清见底!”

“原来是这样!你还在钻牛角尖哪!”言真说着,仔细地注视着他的脸。

“你说它是牛角尖?”

“不是牛角尖就是死胡同。”言真说得很干脆,接着,带着讽刺口吻问,“你还能说它是什么呢?是理想的王国吗?”

这是两天前,两人一场辩论的余音。

两天前的辩论,是从交换读书心得开始的。接着,谈到各个历史时期各国的革命思潮；谈到两个“十月”革命的领袖人物：一个是苏俄的列宁，一个是中国的孙逸仙。这两人，无疑被认为是伟大的人物，是划时代的英雄，是值得敬仰的革命家。孙逸仙，韦步平认为他的革命精神、道德风貌是难能而可贵的；至于他的哲学思想——“行易知难”的学说，那就难得恭维了。列宁呢，韦步平说，比起孙逸仙来，不仅是个行动的革命家，而且是个革命的理论家；何况两人所代表的阶级利益都不一样，怎能相提并论？总之是列宁旗帜鲜明，是站在工农一边的；而孙中山口口声声虽说要做老百姓的公仆，要完成民主革命，可惜他所依赖的、身边的左膀右臂，却不少是封建的遗老遗少和资产阶级的野心家。

“是吗？”言真望着对方。

韦步平不做声。

“列宁是革命的理论家。”言真喃道，“那，他的无产阶级专政理论，你看怎样？赞成吗？”

“这个……捉摸不透，还得……”

“还得钻牛角尖？”言真含笑，盯着他的眼睛。

“不管怎么说，”韦步平说，“我认为只要有政党，有权力存在，人和人之间就不可能真正的平等，自由也就没有保障。我看太平天国革命之所以失败，无非是因为他们承袭封建王朝那套旧衣钵，封王称帝，才引起争权的内讧，结果一败涂地。辛亥革命到现在之所以纷争不息，还不是由于有政府有衙门，有元帅有总统这些臭骨头，才引起野心家们你抢我夺！”韦步平振振有词，夹杂着一大堆急进的虚无主义和五花八门形而上学的似是而非的调调。

言真默默地听着，默默地注视着他的自以为是的神气。她本来应该继续辩论下去，给对方这套谬论打它个落花流水的。可是，她一想，这时候再往深处争辩下去，也未必能扭转他的执拗。绷得太紧，反而断弦。于是，改变了口气问道。

“你不是早读过章教官送的那本‘论语’吗？”

“读过了。”

“读过了？”言真摇摇头，表示怀疑。意思是说：读了，为什么还唱这个调调呢？

"我不是讲了嘛,我脑子现在还是一团乱麻,理不出个头绪来。读东西,囫囵吞枣,消化不良。读了的,未必就懂;懂了,也未必就信。"

"当然喽,理论不经过实际行动,还不能证实其真伪。不过,像你这样,阅历比别人都丰富,按理应该是容易理解的。"

"那不一定。正因为有过局部经历,才不容易接受一般道理。守株待兔、刻舟求剑,不是这样的吗?"

"那,不是对了嘛。前次给你的书,有一本叫作《社会主义从空想到科学的发展》,读了吗?没有?那,你应该好好读一读。它可以帮你把那一团乱麻理出个头绪来。"

"你说的那本书早就接触了,就是同实际问题对不上号。"

"我看就是跟你脑袋里的那团乱麻对不上吧。"

韦步平凝神沉思,再没有作声。

两天过去了。韦步平一些片面的形而上学观点,并未能从恩格斯的书中得到启发。言真也觉察到了。

"看来,这两天他读的一定不那么用心,不然,为什么还是这个口气呢?"言真想着,见对方不做声,沉默一会儿问道:"唔,问你:上次说的那本从空想到科学的书读了没有?没有?为什么?"

韦步平没有回答,看了她一眼,以问代答:"你说,恩格斯在那里讲了些什么吧。"

言真说:"那是讲得很明白的。至少,把你那些可悲的'高论'驳得体无完肤。比方巴枯宁他们所鼓吹的乌托邦幻想,鼓吹什么极端民主,绝对自由等等,说起来似乎怪动听,揭穿了只不过是一场梦呓。恩格斯说:'即使是由两个人组成的社会,要不是每人都牺牲些自治权,又怎能生存呢?'事情的确是这样;就说两个人的友谊吧,如果不是相互谅解,相互迁就一些,而只让一方一味自行其是,不尊重对方一点,那么,恐怕是再要好的朋友也会闹翻。"

韦步平听到这话,不由得悸动一下,用惊讶的眼光看着她,恍惚地嗫嚅着说:

"呵,难怪你这两天……"

“这两天怎的啦，对你冷淡了是不是?”言真含笑地问，“嘿，神经过敏！不会的，我不会那么小气。争论是争论，绝不会为争论而伤了感情。不同的见解是不能和平共居的，生活总不免有斗争。真理愈辩愈明，友谊的树也只有在共同理想的土壤上才能常青。”

韦步平默不作声。

“说实在话，”言真见韦步平不言语，又拿话来驱散这闷人的空气，“我还得感谢你呢！由于你的争辩，倒是逼我认真地翻了两本英文版的列宁著作。喏，列宁在这里说过这样的话。”她拿来一册《列宁全集》的英译本，翻开，“列宁说，无政府主义不是别的，就是改头换面的资产阶级个人主义，而个人主义就是无政府主义世界观的基础。那种世界观并不是什么时髦的玩意，其根源无非是那些处于日益破产和绝望中的小资产阶级和流氓无产阶级。这些小资产阶级生活在资本主义制度下备受排斥和压抑，往往表现不满，反抗现实，目的是想把整个世界改造成为适合他们口味的‘独立自由’的理想王国。列宁说：历来的无政府主义者除了讲一些反对剥削的空话，再没有给人类社会提供任何东西。一不懂得剥削的根源；二不懂得社会是在向社会主义发展；三不懂得阶级斗争是实现社会主义的创造力量。它是绝望的产物，是失常的知识分子或流氓的心理状态。”

言真照着书说完了，“啪”的一声，把厚厚的《列宁全集》合上，等待对方的反应。

韦步平站起来，搔着头发，来回踱步，好久也不吭气。

外面客厅里的挂钟，滴答滴答地响。

约摸过了两分钟，韦步平才坐下来，望着言真说道：

“我不懂英文，不知道什么人讲过了什么。翻译成中文的，你前两天介绍的那本书，我已经看了。我觉得道理说得是不错的。这样的道理，记得四年前，在成都，章斌先生用它来开导过我，遗憾的是，他终也未能把我说服。末了，我还是走我的路。”

“结果怎样呢?”言真问。

“结果？老实说，当然不好，碰得焦头烂额。不然，何至于千里迢迢跑到这儿来取经呢？”

言真不言语，诧异地望着他。那眼色仿佛在问：“这又怎么说呢？”

“你听我把我这十年来的经历告诉你吧。”韦步平说。

言真微微点头，表示愿意倾听他回叙他走过来的道路。

韦步平过去这段岁月，前后算起来，有十年的时间，经历的事那么复杂，走过的道路是那样坎坷。如今，他认真地一段一段、一点一滴地作详实的叙述。不仅很生动地叙述着事件的原委，而且将自己当时的心情和意志都掺和在里边了。活像个说评书人的演说，夹叙夹议，讲得有声有色，故事一桩接着一桩，好比水上放木排，过了一滩又一滩。

“就这样，我从学生时代因反学校总务贪污，反当局拥戴袁世凯称帝，而两次被开除学籍。在讨袁的营垒中看到野心家们的争权夺利而另谋出路，一直闹到自己搞农民暴动而失败。斗争那么复杂，道路如此曲折。哪些是对的，哪些是错误？错是有的，不然怎么会失败呢？不过，错在哪里？自己还不能把它理出个头绪来。书本的道理还不能在实践中得到印证。”韦步平说到这，顿了顿。

夜的脚步悄悄地在移动。当叙述者停顿他的言语时，发觉喧闹的市声已经沉寂，周围犹如冻结了一般。倾听的人一声不响，久久凝视着这故事中的主人，就像中学生算对了数学习题，植物学家收集到新标本，天文学家发现新的星座，内心闪烁出一道喜悦的光芒。正如刚才他深受她所介绍的理论，产生无言的钦佩一样，她对他的风尘生涯给予默许与同情。

他从她凝视的眼神里，读到默许的诗，正如她刚才从他的搔首和踱步中看出他衷心信服的表示。他何尝不想乘兴将他个人家庭生活的不幸向眼前期待着回答的人如实地倾诉，使双方都了却一番心思啊。却不想，当他才要开口之际，言母起夜，听见两人说话，干咳了一声，在门外催着说：

“你俩还睡不睡啦，快亮天了！”

“妈，几点了？”

“快三点了。”

“哦！”言真惊呼一声，“我走了。你照我刚才说的，把自传写起来吧。三天为限，行吗？还有，你的……关于家庭一部分还没有讲呢！”言真走到房门口，又掉过头来带着微笑瞟了韦步平一眼。

三天来,韦步平果然埋头在他的自传里。他依照言真的嘱咐:不仅限于只写经历的事实,而是在每个段落之间阐述自己当时的思想状况。篇幅写得很长。问言真要了两次稿纸才算把过去那段历史写下来。最后,自己看了一遍,把涂抹得太多的地方,换过稿纸,重新誊抄;拿张包书纸作了封面,用钉讲义的圆铜钉把它钉成了一本。封面上写上四个大字:“牛犇自传”。正文的前头留下一张扉页,在上面题了两句话:

在这里,
写下我自己的墓志,
埋葬着
我的过去!

不到三天期限,自传同履历表提前完成了。第三天一早,把它交给了言真。

言真接过来翻开,看到扉页上的题词,含笑地望他一眼,意味深长地问:

“真的埋葬了吗?”

韦步平平心静气地答道:“反正不再走回头路了。”

“但愿如此!”

她高高兴兴地替他送去了。过了两天,来了通知,要韦步平去“农讲所”办理入学手续。

要去“农讲所”入学的头天,正逢星期日。言母叫何妈去菜市买来一只肥嫩的“项鸡”和三斤生盐,特地做一样东江的名菜——“盐焗鸡”,表示对客人的欢送。本来约了章教官一道吃顿便饭,事不凑巧,一早,黄埔来电话,说是蒋某人又回黄埔复职了,有个临时会议,要他马上回校。不说晚餐没吃成,连他同韦步平约好晚间谈话也落了空。

“韦先生你吃菜呀!”言母说,随即夹了一块鲜嫩的鸡腿放到客人的碗里,“尝尝我们家乡风味。”

“谢谢!师母太客气了。”韦步平说。

现在，她们母女俩、韦步平加上何妈四个人围着一张铺着白净的抽纱台布的餐桌，静静地进晚餐。除了“盐焗鸡”，还有一盘韦步平爱吃的炒虾球和一盘清蒸鳜鱼，一碗冬瓜盅①，另外，还有酒。

“韦先生不喝点酒吗？阿真，让韦先生喝杯酒嘛！你们俩平时倒是唧唧喳喳地吵这吵那，怎么现在连杯酒也不能喝呀？来，我给你们斟酒。”言母给两人的杯子斟满了酒，然后自己也举起来，催着，“来，愿你们俩有始有终！”

韦步平和言真俩含笑交换着眼色，顺从地端起杯子，一饮而尽。

“让我也给师母敬一杯！”韦步平放下酒杯，给言母倒酒，“祝愿老人家健康长寿！”

言真接着说：“也敬何妈一杯：但愿何妈万事如意！”

“韦先生，进了学堂，可别忘了我们，以后星期天可来玩呀！”何妈说。

“他不来行吗？跑到天边也要把他揪回来！”言母笑着说。

“哪有不来的呢？如果主人不下逐客令，我还赖着不走哪！”韦步平说。

“那，你就放心待一辈子好了，担保不会有半个不字。”言母满怀喜悦地说道。

言真故意掩藏着她由衷的欢喜，含嗔地向妈说：“妈，你别信他。”

“是吗？”言母意味深长地望着韦步平问。

韦步平红了脸，说：“信不信只好等将来证明吧！”

“这不等于没有说，什么时候也有个将来。”

“哈哈！”韦步平一笑，大家也笑了起来。

言母说，中秋快到了，言真的舅父也该回来了。到时，请韦步平一定来聚一聚。下月重阳，又是言真的生日，打算把章教官和言真几个要好的姐妹都请一请，大家热闹一天。

“九月九重阳，阳历是十月多少号啦？你可记住啊，到时候请假也得来呀！”最后，言母向韦步平说。

“那我得在衣襟上多钉一只纽扣。”韦步平幽默地说。

---

① 一种广东名菜。

“干什么呀？”言母奇怪地问。

“作个记号呀，怕到时候忘了。”

“嗬嗬，韦先生真会逗乐！”何妈笑着说，“我看呀，还不如让姑奶奶送只戒指带着好哪！”

“这个……”韦步平脸孔不觉涨红。

言母含笑望着两个青年人。

言真机灵地说：“你们只顾说话，不吃菜呀？来，我给你舀汤，何妈的冬瓜盅做得挺讲究哪！”

“清蒸鳜鱼是阿真的拿手把式，韦先生多尝尝。”言母说。

一个星期以后，韦步平又在言真的舅家出现了。一来是拿一包衣服来请何妈给洗，二来是怀着满腔热情，要找人倾诉。看他得意成那样：有说有笑，好像身上长了翅膀，轻快得都要飞起来。他找不到言真，看见言母就迫不及待地问：

“师母，你现在有空吗？我有件事正要告诉你呵！”

“什么事呀？你坐下来好好讲。”

“唔，说起来也不是什么急事……”

“那，倒是什么样的事呀，看你乐成这个样。”

“咳，叫我怎么说呢？真是找不到合适的话来形容……”

“你就不形容呗，老老实实讲不行呀？是不是言真她……”言母仔细地瞅着对方。

“不，不是，我要找她说话呢。”

“找她？说什么呀？咳，真让我也着急了。”

“我是说，我们那‘农讲所’太好了！我又听到了一次演讲，咳，师母你不知道，你没听过，当然不懂得，那真是令人五体投地呢！言真听过，她懂得。当代好多名人都是我们的老师，都来给我们演讲革命道理。哎，总之太好了！这一下，我可是掉进米缸里的小鸡一样了。”说得简直有点手舞足蹈。

言母看他疯疯癫癫的样子，忍俊不禁地笑着，还淌了泪水。她要留韦步平吃晚饭，韦步平说来不及，得赶回去，还要去报馆找言真。

晚间,言真回家,见到妈妈笑眯眯的,问道:“妈,你笑什么?”

“笑你那个朋友。”

“谁?”

“还有谁好笑的。你没有见到他呀?”

“没有。是哪一个嘛?”

“韦先生!”何妈插了一句。

“他来了吗,在哪里?”言真说着,要往房里找。

“还找呢,人家不是到报馆找你去了吗?”

“去找我?有事吗?”

“事可大着哩!你刚才没见到他那个高兴劲儿啦,乐呵呵的嘴巴也收不拢了,就像小孩得到压岁钱。说什么你是他的好引路人,感谢你介绍他去那样一个好学堂。我看他有话要跟你讲呢。”

“他走了多久?我找他去!”

言真说完就走。言母望着她背影说:“你不吃饭呀?”

“我去拉他回来吃!”言真大声回答,头也没回。

“我看,个个都快成疯子了!”言母欢喜地叹了口气。

第五章

这个星期天本来言真和韦步平事先约好的，要他在“农讲所”等她，一道去净慧公园看菊花。那里，一年一度的菊花会今天正式开幕。早晨，八点刚过不到五分钟，言真就来了。两人高高兴兴地正要往中华路走，韦步平却临时改变了主意，说是菊花没有什么看的，如今正是秋高气爽，不如到郊外去看看辽阔的天地，胸怀会舒畅些。经他这样一提，言真也就同意了。但是，到哪里去呢？白云山远了点，到观音山，韦步平已经去过一回了。说来说去，最后决定去黄花岗瞻仰七十二烈士的陵墓。

南国的九月秋阳，给大地撒下一片黄金。盛暑随着轻微的西风减退了，凛冽的北风还未到来。早晨，当清凉的露水被朝阳抹掉以后，到处还是黄花绿树。郊外，稻田正待收割，青翠的菜圃把地面织成一幅锦毯，无数的蜻蜓在半空飞翔。

从东校场往北，一直到黄花岗，大路两旁的山坡，都埋葬着各种的人物，树起大大小小的石碑。现在，不少的大人小孩，男男女女在那里扫坟祭奠，墓上挂着白色的纸钱，随风飘动。

开到沙河去的公共汽车在黄花岗停站，韦步平和言真下了车。走不多几步，就见到左边山坡一片宽阔、宏伟而深邃的陵园。孙中山书题的“浩气长存”四个金字，在大理石的石牌坊横额上闪闪发光，给人以肃穆而庄严的感觉。从石牌坊的拱门往前，直到陵墓，地势逐步升高，陵墓上直立的自由神，一直为凭吊者注目。这时节，长长的台阶两旁，陈列着几百盆花卉，千姿百态、五颜六色的菊花，引起游人的兴趣。陵园十分宽阔，侧边还有好几座不属于“三二九”之役的其他爱国革命烈士的陵墓和石碑。早年种植下的松柏和翠竹已经成林，各种鸟类在这里得到安居，斑鸠和夜莺不时在密叶里歌唱。从喧哗的街市偶然来到这里，感到格外幽静。

言真领着韦步平参观了合葬的烈士墓，看了来自东南亚、拉丁美洲各国华侨团体捐献的一块一块垒起来的基石；仔细地读着记载当时革命起义始末和烈士们英名的碑文。然后，转到旁边一个僻静的亭子，找到石椅、石凳歇下。

不知两人是累了呢，还是各自耽于遐想？沉默好久，谁也不作声。两三对斑鸠好像没有发觉有人，大模大样地飞到亭子附近来寻食。

言真凝神注视着一对斑鸠。其中的一只叼起一粒树籽，“谷咕”一声，旁边的伴侣马上凑过来，那只叼着树籽的斑鸠往地上啄一啄，把食物让给了对方，又“谷咕、谷咕”地叫唤。不知什么声音惊动了它们，忽一下，扑打着翅膀，迅速地飞进一株樟树的密叶里，荫蔽起来了。

言真把视线收回来，从侧面瞧了瞧韦步平。他，化石一般，依然不动声色，沉浸在无边的遐想中。

“你在想什么？”言真问，“看了这些先驱们的事迹，感触不少吧？”

韦步平想了想，说：“我一向对死后留下的什么陵园墓志都不感兴趣。人生最重要而可贵的应该是生前能为他人造福。哪怕是只做了一丁点小事也不妨，只要是尽力为之，真心诚意，不存私，不掺假。”

言真不搭腔，心想：“还是有点那个——虚无！似是而非，主观、唯心的玩意。”可是她没明说出来，今天她不打算跟他再抬杠了。今天一早醒来，她就打了个腹稿：她不能再沉默了，她下决心要在今天，在她二十五岁生日的前夕，把她多年来深藏在心坎里的话向他表白。她自己已经同自己一再叮咛：今天一定要把他抓住，不能再让他从身边溜走；今天，一定要在今天，拿出毕生的勇气跳进他的心的深潭！她要用好奇而带着冒险的心去迎接一场感情的风暴；她要大胆地伸出胳膊，擎起爱情的火炬，去烛照他灵魂的奥秘。但是，正如无数的古往今来的纯洁心灵一样，越是过于认真，把事情看得过于神圣，事到临头，往往会越紧张慌乱。仿佛一个演员头一遭上舞台，即便台词背得再熟，正式做起戏来也不免期期艾艾。

她的腹稿，说是今早才想好是不准确的。应该说这个胎儿在她心灵里已经孕育了好长好长时间，只不过是到了最近才一天一天成熟。有好几回，她都自己对自己说："这一回要向他表白了。"可是，每次见了面却又说这说那，而把预备说的话瞒起来。等到两人分手时，才恍惚地感到空虚，懊悔失了机会，没有把想要说的心事倾诉给对方。

现在，她极力克制，不再让自己去扯别的离题太远的问题，免得又失了机会。谁知越是这样，她越显得那么不自然，局促而呆板。话题如何起头呢？这样那样，好像都不好开口，勇气不知到哪儿去了，想不到这个问题那样难对付。

"你今年多大岁数了？嘻嘻！"经过好久的沉默，她居然说出这句话来。这是她自己也没想到的，话说出了口，又觉失言，赶快笑了笑，企图掩饰过去。

幸好韦步平并不重视这句话本身包含的深意，只是老实地，随口又念着李贺的两句诗当作回答：

"三十未有二十余，年来对镜颇有须。"他摸了摸下巴，对她微笑。

他今天没有刮脸，嘴唇上下都长着毛扎扎的髭须。在言真看来，倒不见得跟那些故意不修边幅的那样，叫人生厌，相反，觉得这胡须使他更加威武而朴实。

"你这不是又出叫人难猜的谜？你的生日是哪一天呀？"言真问。

"最容易记了，每年旧历第一次月圆的晚上。"

"元宵？"

“猜得不错。到时候可记住送礼呵！”韦步平的心思从遥远的天外回到眼前来了，深深地瞅着对方。

言真受他的感染，紧张、局促的心情消失了，恢复了平静和自然，顺嘴就说：“礼尚往来，我先问你：明天你来不来我家吃饭？”

“来呀！师母不是说请我来吃禾花雀吗？”

“你就只记得吃禾花雀呀？”

“当然不止，还要吃寿面、吃蛋糕！”

“哎哟，你就光想吃！”

“那，我应该准备一样礼物对吗？你说，你想要什么？”

言真凝视他半天，不好意思地说：“我别的什么也不想要，就想要一样东西。你猜吧。”

“这就难了。”韦步平说，“我说过我最不会猜谜。”

两人都没说话。

一会儿，言真才鼓起勇气说：“我想请你给写一首诗。诗是心的声音，什么能比一颗心可贵呢？”

“旧体诗丢掉了，新体诗还未学成。”韦步平说，“明天恐怕贡献不上了，这份礼物只好以后补送吧。”

“你的旧体诗不是做得挺好吗？为什么丢掉？”

“那种形式也跟服装一样，不合时代的潮流，是不是？但是，你在什么地方看见我做过诗呢？”

“怎么没看见？报上那首《登五层楼》不是吗？擎天酒店那句‘一滴入海’不是诗吗？嘿，你想瞒我，十年前就听你行吟街头了！”

“十年前？那，未必是我做的。”

“是你做的，我查过好些诗书，问过好些人都没发现这样现成的五言绝句。”

“奇怪！那是在什么地方出现的奇迹呢？”韦步平喃喃自语，“你可能是记错了。”

“我一点也没错，倒是你忘了。贵人多忘事。”

“别骂人了吧，我是什么贵人啊！”

"那好吧,我问你:刚才我说的你在报上发表的和在擎天酒店里的那些诗指的什么?"

言真注视着,逼着他不敢回避。

"那是指的政治见解,是表明我对当前世界潮流的态度。"韦步平变得严肃起来,"当然,政治也罢,潮流也罢,都是通过人表现出来的,所以,也可以说是,包含着我的敬仰与倾心!"

"真是这样吗?"言真问。

"是的!"韦步平深深地凝视着言真。

她不觉红了脸。

"我妈叫我问你的话,你到现在还没回答呢。"言真说。

韦步平不由悸动,站了起来,在旁边捡回两只松子来玩弄。言真却一动也不动地坐在那里,抿着嘴不哼,看那神气,非要他今天把话讲出来不可。

"言真,"韦步平又坐回原来的座位,"个人的事,我几次想讲而没有讲,并不是什么不可告人的……"

"那为什么不告诉人呢?"

"那是个人生活中刺下的一道伤口。自己的痛苦自己忍着吧。应当像大笨熊似的,自己的伤口就用自己的舌头去舐干净。把它展示于人,岂不叫别人无端为自己承当精神上的负担?"韦步平讲到这里,神色深沉。言真默不作声,过了一会儿,才说:

"那,你不是否定了人和人之间的同情吗?照你这样说,友谊是不存在的了?"

"友谊是相互的、平等的。"韦步平盯着言真的眼睛,那眼睛却正在等待他把话续下去,"天平两头的砝码分量一定得对等,否则……"

"否则会失掉平衡,是不是?"

"难道你说不是吗?"

"不是我说,而是法国一位哲学家叫巴斯卡尔的,说过一句话:'感情自有一些理智所不懂的理由。'"

"也许哲学家是对的。"两人沉默了五分钟之久,韦步平才感叹了一句。

终于,韦步平还是将他的个人生活的不幸告诉了等待他回答的人。完了,不禁深深呼口气,表现出难以排解的哀伤。

显然,言真受了感染,胸口仿佛压下块石头,对他的遭遇表示无限的同情;她那颗善良而真挚的心,被深深地打动了。如果说那位不幸的女人曾经引起她的嫉妒,那么,最后却使她对殉情者深表惋惜。

“是我说得对吧?”韦步平说,“我不应该把沉重的感伤传染给你!”

“不,应该感激你的坦率!”言真说,“我们换个地方,往那边去走走!”她站起来,指着对面落着枫叶的林荫道。

两人并着肩,默默地漫步,谁也没说话。一张艳红的枫叶蝴蝶似的从树上飘落下来,言真跑上去从半空中接住它,珍惜地拿着小小的叶柄在旋转、欣赏。然后把它夹在一本小小的袖珍记事册里。韦步平留心观察着她,问道:

“你对落叶这么有兴趣呵?”

“我喜欢的不在乎它是落叶,而是它红得可爱。难道你不喜欢吗?呐,给你一片!留作书签多有意思。”她从地上的落叶中拣起一片完美的红叶给了他,对他意味深长地瞟了一眼。

韦步平接过枫叶,拿在手上摆弄,喃道:

“比起来,到底是没有长在树上的绿叶那样叫人喜欢。不管怎样,有生命的东西总是值得歌颂的。”

“那,还得要看它是什么样的生命。”言真反驳道,大有当仁不让的神气,“博物馆里的鲸鱼,难道不比污水沟里的蛤蟆壮观吗?我宁愿欣赏一根孔雀的羽毛,也不爱听乌鸦的乱叫。”

“可是,我认为森林里整只孔雀总比一两根零星的翎毛令人神往。”

言真回过头来,看见韦步平的神情那样郑重,不觉扑哧一笑:

“真是一位诡辩家!”她戏谑地说了一句。

两人并肩在铺满落叶的林荫道上走着,让树叶在脚下发出轻微的碎裂声。

“你明天一定得早点来呵!”来到“农讲所”门口,当韦步平正要往里走的时候,言真向他再作叮咛。

韦步平稍作趑趄,腼腆地笑道:

“一个空手而来的客人会受到欢迎吗?”

“我什么也不稀罕,就要你一首诗!”言真说着,把他的手捏了一下,深切地看着他的眼睛。

“就要你一首诗!”这天真无邪的声音,和那热情洋溢的面容,一直跟着韦步平,依恋地陪伴他一道走进“农讲所”,一道进到膳厅,一道回到寝室,一道去散步,一道上自修,一道不能入睡。他的思想全都被这个声音占了。他挖空心思,考虑怎样去搜索警句,怎样去设想意境。他多么渴望能一气呵成一首诗啊。谁知道,精神越是紧张越是找不到表达感情的语言,仿佛越是发火的人,越是叫人躲开了自己似的。

自修时间过去了,熄灯就寝的铃声也响过了,他眼前还是一张白纸。但是,他躺在床上,脑里却没有闲着:一幕又一幕地展现着言真隽永的谈吐和真挚而热情的目光。

他努力闭着眼睛希望睡眠来带走他零乱的心思。可是,他的脑子却给他捣乱,越想睡越兴奋。他翻了个身,改变一下姿势,企图把那些念头摆脱,却不顶事,就像封满水面的浮萍,用竹竿把它隔开,不一会,又恢复回来了。他急得无法,数着数,从一数到百,由百倒数到一,连续数了三遍,结果还是不灵。“就要你一首诗!”这声音老在耳边恳求,接着是隽永的谈吐和真挚而热情的目光,依然一幕又一幕展现在眼前。

他终于悄悄地离开寝室,走到后院。这时,已接近午夜。初月早已下去,黯蓝的天空,闪烁着一片繁星。墙边的竹丛轻轻摇曳,露水很浓,宿在屋檐下的麻雀偶然翻身,发出轻微的梦呓。他在后院踱着步,慢慢地穿过角门,踱到前院来。这里,是个小小的校园,种着高大的木棉、笔直的桄榔和茂盛的玉兰树;当中有个荷花池,上面架起一拱白石桥。

韦步平低头沉思寻句,不觉来到荷花池旁边。当他抬起头来,骤然发现一个魁伟的身影负手背立,盘桓于拱桥上。在朦胧的夜色中,分辨不出是哪一个,只听到轻轻低吟:

“问苍茫大地,谁主沉浮?”

“好呵,胸襟如此博大!谁呢?”韦步平听了,不禁由衷地赞赏,恨不得立即

上前拉住他的手,表示敬意。但是,又怕唐突,冒撞着对方的沉思,迟疑了片刻,才走上拱桥,顺嘴喃出两句来:

"如此星辰非昨夜,为谁风露立中宵?"

话刚落音,那人马上转过头来,韦步平一见,不由得惊呼:

"所长!"

被尊称的人,向着走上前来侍立致敬的学生,含笑点头,注视不放。

"你就是牛犇?"所长问。

韦步平点了点头。

"我本来就要找你谈一谈的。你是广西人呵,太平天国是从你们那里打出来的哩!"所长放下了他的思索,眼睛直盯着对方。态度是那样诚恳、亲切,兴致那么高,尽量使眼前的学生解除不必要的拘束。

"这些光荣只能给博物馆增添一批古董就是了。"韦步平说。

"这话说得不对。当然,历史是不能当作现代革命的罗盘,但是,古人可以成为今人的借鉴。你说,太平天国所以没有成功,原因何在?"

所长有意考考学生,眼睛直瞅着对方,等待回答。

韦步平看所长一眼,沉吟片刻才大胆地答道:

"失败的原因?唔,晚生恐怕说不准。是不是斩草不除根?革命、造反、应当是无法无天,撕碎帝王将相那套衣钵吧?可是,太平天国仍然保留一个天字。革命者自己也登基封王,换汤不换药,结果弄到争权夺利……"

"唔,这……客厅是看到了。可它的内室和武库怎样呢?还须深入侦察,才能摸到它的底细。比如说,他们为什么要内讧呀?引起内讧难道只是由于有权力的存在吗?权力能不能完全取消?草根是要除的,但是,完全没了草,世界就成一片沙漠了。这恐怕不是办法,事实上也办不到。"

韦步平在这几个问号面前,遇到一股不可抗拒的威力,不觉瞠目结舌。所长却莞尔而笑,让他从容去思考。两人沉默一阵,韦步平才笑着自我解嘲地说:

"'一个先生怕三个何以',我这个学生一个'何以'就回答不上来了。"

"不,不是这样。我看你能够答得上,当然,答案不一定都能打上一百分就是了。根据唯物史观的分析,太平天国的失败是在于缺乏远大而正确的目标,而不在于权力之有无。伟大而正确的目标何以树立不起来呢?”所长朝着学生问,但是,他并不等待回答就说了,“无它,就是缺乏正确的革命理论去指导,凡是不在坚强的政党领导下进行的革命,革命即使取得一时胜利也不可能巩固。”

韦步平默不作声,心想:“这些话我似乎在什么书本上读到过?为什么我就没有理解得这样透彻?道理讲得这样明确,真是一语道破!”他看了看对方,觉得论年龄,恐怕比自己大不了几岁,论智慧和才干,却是大海和池塘之别了!他在心里暗暗责备自己:“说起来我真是白过了那些岁月,白走了那么漫长的弯路!”

“露水大,回房里谈吧。”所长说。

韦步平跟着所长走进寝室。这是一间用薄板间隔开的普通平房,房里的陈设整洁朴素,一张铺着草席的板床,一张普通的桌子,床上和桌上却堆满了书报,床脚底下搁着一对竹箱。

“坐!”所长拉过一张凳子让着学生,接着开门见山地说道,“你的自传我读了。你的经历丰富,这就很好。”

韦步平没等所长讲完话,马上插上嘴说:“还好呢,瞎闯。碰得焦头烂额,走了不少冤枉路。”

“不。事情的正反两面都必须看到。反面的东西当然不好,如果你善于运用它,坏事往往变成好事;只有走过弯路的人才懂得正路在哪里。塞翁失马,焉知非福。”

所长就这样跟学生谈辩证法。从辩证的法则谈到革命的道理,然后,回头来又谈到韦步平的自传,谈到他进“农讲所”的动机。

“你是学过军事的,怎么不到黄埔去呢?”所长问。

韦步平说:“搞军事到底是听命令行事,吃人的饷,受人的管,不合口味。”

“哦!”所长不免略为诧异,重新看他,稍停一会儿才问:

“农民运动你干过,合口味吗?”

“那是暴动,和现在要搞的运动,只差一个字,内容却不一样了,那是逼上梁山,跟弟兄们一道打抱不平,不懂得怎样闹,到处碰壁。”

所长留心倾听,等到对方不肯往下谈了,才说:“你在自传上写的,我都知道了。其中，一部分见解是对的；中国的革命，农民问题应该占重要位置。但是，你说，农民问题的核心又是什么呢？”

“废除封建剥削！”

“唔，说到问题的边上了，还不是核心所在。”所长把话顿了一顿，让对方有个思考的空隙。

学生瞪着眼睛，期待解答。所长不做声，起身从床脚底下拖出一只竹箱，揭开盖，找出一本剪贴起来的簿子。回头端量一下韦步平说：

“农民问题，实质上就是土地问题。”

韦步平一听，像在黑暗里乍然亮了电灯，豁然开朗。正要说句什么，所长接着说：

“但是，土地问题的解决，必须有革命政权作保障。我这里从一份期刊上剪贴了一本列宁的著作，是讲政权问题的，对你也许有用，拿去读读看！”

韦步平用打颤的手，恭敬地把本子接过来。翻开封皮一看，里面写着《国家与革命》几个字。

韦步平真像是个贫苦的农民从地里掘起一块金砖，心里涌上说不出的高兴。回到寝室躺下，把书抱在怀里，独自傻笑。所长那亲切、温和、平易近人的风度，那丰富而渊博的学识，深印进他的心灵。这时刻，他简直忘了睡觉这回事，仍在欣喜地回味着刚才的情景。想着，想着，觉得太快乐太兴奋了！他想马上把它分给别人，让别人也分享同样的快乐。这时，言真的影子首先来到他想像的门槛，“就要你一首诗”的声音，又在他耳边响起。

“心如墨夜见灯光……”

忽然，激情洋溢，灵感跃动，诗句脱口而出，仿佛雨后的晴空，出现一道彩虹。

“心如墨夜见灯光……”韦步平自言自语，呢喃着准备献给言真的一首诗的起头。

第六章

现在,为言真生日举办的家宴已经到了尾声。章斌接到黄埔电话,催他今晚务必回校。饭后不敢多留,同太太匆匆走了。陈大夫送章斌夫妇出门,转身回来,说是某要人的父亲患白内障,请他出诊,夹起皮包也走了。

舅父走后,言真才轻轻地对韦步平说:“我今晚也有个会,你陪我出去走一段路行吗?”

韦步平看了看她,含笑地说:“不仅是走一段,哪怕是天涯海角也将奉陪到底。”

言真一怔,歪过头来瞅他一眼,意思是说:“真的吗?”随即笑道:“那就走着瞧吧!”拿起文件夹向他摆一摆头。

“你们又去哪儿?”言母看两位年轻人也要走,在背后追问一声。

“开会。”言真说。

“开会,开会,天天开也没个完!”

韦步平走出门槛,回过头来,向老人家笑着说:“开会,开会,不开不会,哈哈。”

言母望着肩并肩走去的这对人的背影,高兴地自己喃道:“开会,游行,同志,可是时兴呐!连老头也学起后生来了。”

“可不是怎的,我看,舅老爷这一年来变得年轻多了。”何妈一边换着桌布,安放檀香的香炉,一边搭腔。

言母沉思一会,问何妈:“你看他俩怎样?”

“没有怎样呀?他俩一向不是好好的吗?!”

“我说,他们两人还般配不?”

“那还用说嘛!只是小姐她……我看她的心从来就不搁在这上头。其实,这个年月,正是小姐的好时候哪。”

“可不是嘛,哎!就跟她的老子一样,怪脾气……嗯,她不是不准叫她小姐的吗?你总也改不过口来,还是小姐长、小姐短的。”

“叫惯了,就是改不过来。可不让叫小姐又叫什么呀,也叫同志?可我……称她同志,成什么话!”

“你真会逗乐。就叫她阿真不行吗?乡下人两口子一辈子也没个称呼,不敢当面叫人家的名,可也没少说话。”

“那是多年的老规矩啦。”

“就是喽,可时兴的,你又不习惯。”

“慢慢来吧。”

这里,两位老人正谈着话的时候,外头,一对青年人已经到了梅花村的林荫道上。他们好像各有各的心思,好长工夫都没作声,两人紧挨着,脚步走得很慢。

“很抱歉,我今天没有带来礼物!”韦步平沉默了老半天,才找到这句话来说。

“谁巴望你带什么礼物。”言真显出要生气的样子,“不是要你作一首诗吗?做成了没有?”说着,认真地盯着他。

“没有。”

“看你,就是不把人家的话放在心上!”

“你要这么说,可是冤枉了人呵!人家为它昨晚一夜没合上眼皮,到现在也还在搜索枯肠呢!”

“你昨晚一夜也没睡?嘿,谁能证明你不是撒谎?”

“所长!”

“什么?你再说一遍,谁?”

“所——长!”韦步平郑重地拉长着调子说。

“他?”言真诧异地瞪着眼睛看对方,“他怎么能证明你……”

“因为我中宵不寐,正遇他行吟桥上。”

言真笑了笑,摇摇头,表示不相信。

“哎,你不信呀,我背两句他做的诗词给你听吧。”韦步平干咳一声,然后正正经经地念道,“‘问苍茫大地,谁主沉浮?’你看,不是他,谁能有这样博大的胸襟和抱负?”

言真默不作声,细细地品味这两句诗。显然,诗打动了她。

韦步平看出对方的心思,顺嘴就把所长昨夜如何向他提的问题,他又怎样的回答,后来,所长再怎样进一步阐述许多观点等等,仔细地描绘了一番。接着又赞扬起所长的立论如何精辟,见解如何高深,谈吐如何幽默和生动,叫他如何的敬仰,等等。

言真默默地瞅着他得意的样子,顾不上插嘴。

“在我潦倒半生中,”韦步平看言真不做声,喃喃自语,就像演员独自用心在背诵台词,“潦倒半生,终于遇到这样一位可敬的老师,交上章斌那样一位诤友,真所谓三生有幸呵!假如再……”

“再什么?”言真盯着他的眼睛。

“再……咳,也许我太奢望了!”

“不,你不是奢望,你是健忘!”言真的话里带着微嗔,“看你得意的,把做诗的事丢到九霄云外去了!”

韦步平不觉红了脸,说:“不,不。我一刻也没忘,倒是忽然灵机一动,开了一个头，可惜，只得了一句。”

“一句什么，念来听听。”言真迫不及待地紧追着问。

韦步平瞅她一眼：“念出来，可别贻笑大方呵？”

“看你像个大姑娘，忸忸怩怩的样子。”

“心如墨夜见灯光……”韦步平终于开口了。

言真听了，瞟他一眼，含笑不语。

“怎样？”韦步平笑着问。

她脸颊泛着红晕，一会儿，才笑着问：“就这一句呀，底下呢？只有锣声，没有戏文呀？”

“下面还想不出来。不过，既开了锣，到时候，角色终会要出台的。”

“等到什么时候呢？唔，再过半个月，等我第二个生日再问你要！”

“第二个生日，怎么回事？一个人能有两个生日吗？真是海外奇谈！”

“这有什么奇怪的；人除了生理上的细胞，还有精神方面的生命嘛！”

韦步平沉吟一会儿，不觉点点头，心里说：“呵，我懂了！”

两人又都不说话了。等到走完了长长的相思树覆盖着的林荫道，正要拐到道旁的花圃去的时候，言真从文件夹里翻出一张字条交给韦步平说：

“你没有想好，我倒胡诌了几句。正是无巧不成书，刚好也是用你的三江韵。你看吧。可不准取笑人家！”说完赶紧跑到花圃去了。

韦步平将字条展开来一瞧，果然是四句七言：

当年结社事难忘，
中流风雨撼漓江。
今日逢君无限意，
相期携手挽狂澜。

韦步平念着，仿佛喝了一口茅台酒，忽一下，全身血液都沸腾起来，心跳加快，脸上发烧，脚跟就像不是站在地上，而是踩在云端上。他仿佛列车上的旅客通过长长的隧道，豁然见到山那面灿烂的阳光和壮丽的河山。他抬起头，看见言真的月白色马蹄袖上衣,配着修长的青纱的百褶裙,这圣洁而完美的形象,显得特别典雅。

他不知道是怎样迈着脚步走到她的身边的,她也没留心什么时候他来到跟前的。

两人不知不觉地坐到葡萄架底下的石凳上来,夜幕随着沉默落到他们身边。

言真默默地望着他,欲言又止。

韦步平默默地瞧着她,嗫嚅无声。

沉默几乎令人窒息。约摸过了四分钟,韦步平才低声吟咏:

心如墨夜见灯光,
顿觉痴迷枉断肠。
携手同仇斩荆棘,
乾坤变幻话沧桑。

吟咏者一字一句地朗诵。听的人不觉一怔,回过头来凝眸注视对方,沉吟半晌,也找不到话来讲。

"怎样,和得上吗?"韦步平说,"与其说,你的江韵跟我的开句巧合,不如说,我是在你的韵脚后面亦步亦趋。"

"先别讲谁先谁后了。你自己说你的大作吧。第二句是指什么讲的?"言真睁大眼,盯着对方不放,"是指的感情还是指的信仰?"

"恐怕两样都有。信仰难道不包含着感情吗?"

"那,我问你:什么样的事,什么样的人,使你痴迷到扭断了柔肠呢?"

"诗无达诂,意在言外。再作注解,就是往酒里掺水了!"

"嗨,你说你怕猜谜,可挺会出谜语呢!"

"怎样讲都行,你倒是给个评论吧。"

言真歪着脑袋,用灼热的目光瞅着对方。

韦步平也不作声,用同样的目光对视。

沉默的帷幕又落在这对年轻人的身边。沉默给人带来那样甜蜜，那样温柔，那样和谐，那样称心……

一会儿，言真梦一般拢一拢弄乱了的头发，发觉发夹掉了，弯着腰在地下找。韦步平替她捡到了，一边交给她，一边腼腆地轻声说道：

“请原谅，没有等到你第二个生日就把礼物送上了……”

言真不觉扑哧一笑，紧紧地捏住他的手，停了片刻才说：

“我问你：一点水怎样才能使它不干？”

“把它放到海里去！”

两人相视而笑。他情不自禁握住她两只手，把她拉到怀里。

周围鸦雀无声。

当天晚间，言真到妇女运动委员会出席一次会议。完了，主动要求同她平日最为崇敬和最堪信赖的邓大姐谈话，说是有件事请教于她。

“看你方才在会上精神不集中，出了什么事？你坐吧。”邓大姐说，眼睛直盯着对方。她比言真大三四岁年纪，人长得结实，举止庄重、沉着。她是五四运动中天津学生界的头头脑脑，前年才从里昂勤工俭学归国，现在在中共广东区委妇女运动委员会负责宣传部门工作。言真由于采访新闻，为大姐赏识，吸收她参加“妇委”搞宣传。言真先加入共青团，不久转党，都是靠这位大姐栽培的。引路人的思想品德，对言真的成长起了极大影响。在这位先进者面前，她常常联想到母亲的慈爱和先父的严正，因而对她，向来是尊崇、虔诚而坦白的。

“大姐，”言真开了口，“有件事……唔，我做了一件不妥的事……”

言真说着，低下脑袋，扭绞着手绢。

“什么事？”邓大姐严正地盯着她的眼睛，很为关切，“凡事认错就好。列宁说过一句很有意思的话：‘在我们的革命事业中，当你认识到错误，就等于改正了一半！’革命，是惊天动地的行动，是前所未有的创举，谁能保证没有迈错步子的时候？吃一堑长一智，只要不是执迷不悟，而能从错误中去吸取教训，往后少出岔子就好。”

“你说的都是革命道理，可我……”

“那你不是在干革命的吗?”大姐打断她的话,“一个革命者就是整部革命机器的螺丝钉,个人和集体的关系是辩证的。有对立的一面,又有统一的一面。作为个人,应当时刻注意克服个人的不利于集体的思想意识,力求个人和集体一致。在组织上讲,就要在集体所允许的范围内照顾到个人,使之得到合理的发展,为集体作出更大的贡献。所以说,个人的生活和集体的事业,并不都是对立的。”邓大姐就像老师授课,在对学生讲述着道理。

“我爱上了一个人!”言真脸孔通红地说。

“啊?”大姐又惊又喜,直瞅着她,“是同志吗?”

“现在还不是。”

“不是?”大姐沉吟一下,“将来一定是吗?”说话的人严肃起来,眼睛不离对方的脸。

言真将她和韦步平的相识过程,以及她对韦步平的家庭出身、社会经历和政治态度,各个方面的了解,作了详细的汇报。

大姐听了,说道:

“既然如此,但愿两人的命运能结成一体吧!你告诉章斌同志了吗?没有?章斌是他的故旧,对他了解得多些,应当请他当参谋。看来,你要他跟我们一道走,还得认真拉他一把呢!当然,‘农讲所’是个革命摇篮,他的政治生命在那里会得到成长。不过,有你在旁边助以一臂之力,会走得快一些。”

“反正我有这样的自信。他要跟不上来,并肩前进,我也不会停下来迁就他!”言真态度坚决地说,“唔,大姐,人家都在羡慕你和周主任是模范的一对呢!”

“羡慕什么呀,我们是因为都要革命才自自然然地结合起来的。如果志趣不同,就不要勉强。但愿理智能驾驭感情的烈马吧。比起革命事业来,个人的悲欢太渺小了。”

言真默默地点点头。

她回到家时,母亲同何妈都睡了,舅父的书房也熄了灯。她悄悄地走进自己房间,拧亮床头的台灯。一只趴在桌上酣睡的金银猫被惊醒了,“喵呜”一声,伸出鲜红的小舌片,望着她。她高兴地把它抱在怀里,抚摸它的脑袋……对着案头的座镜，凝神默想，看了自己半天。在花圃那场叫人窒息的风暴好像还在她身边，那战栗的语言，那深沉而灼热的眼睛，还在拨动着她的心弦……

她轻轻地把猫放开，从抽屉里拿出一本日记簿来，翻阅过去的记录。在新的一页上是有千言万语要记下的，可是，拿起笔来，什么词儿都找不到了。仿佛感到已经够了，很满足了，不需要说什么了。再想也想不出最美的语言、最幸福的字眼来表达她这时候所感到的那些。临末，她把韦步平向她倾诉的献诗默诵一番，和她自己作的那首，一字一句用心誊录在这一页的日记上。完了，仔细玩味一会儿，才轻轻合上本子，放回抽屉。抽屉里的一只小漆盒触动她的念头。她把它揭开，那里搁着各种各样晶莹鲜丽的石印。其中一方是凝脂如玉的青田石，是十年前刻的一句话，那么多年她一直珍藏着它，没有跟谁说过，现在可成了宝贝。她把它印在一张雪白的玉版宣的纸笺上，看了看，自言自语：

“到元宵节，拿它作礼物吧……不，等他第二个生日再给他！”

“但是他的第二个生日要等到什么时候呢？”想到这儿，支部书记邓大姐的话，跟着又在她耳边响起。她想起刚才自己在支部书记面前表示的信心，也想起晚上她和他的对话：

“一滴水怎样才能使它不干？”

“把它放到海里去！”

“他回答得多干脆呵！态度那样坚决，一点也不迟疑！”言真猜想着，“……他心目中的‘海’，和我所想的是不是一样呢？”

想到这儿，不觉迟愣住，顿然发现自己对他的信任并不那么有把握，仿佛一个初学游泳的人，突然涉足于海滨，不免有所踌躇。

“我是不是冒失了？”她忽然这样想。原来那么明净的心的天空，浮过一片乌云。她觉得夜太长了。“等天一亮就去问他，要他回答这个问题。”她自己跟自己说。

然而，人们遇到这样的心情，往往夜里梦寐难成，拨不开许许多多的思虑，可是等天亮醒来，仿佛又都烟消云散了。言真也不免有这样的经历。第二天清早，她只记得要去采访革命军第二次东征——出发的消息。夜里的心思，梦一般消失了。

韦步平自从那天晚上回去以后,隔了好些日子既不拿衣服来洗,也不来家玩了。这,一方面是由于讲习所功课本来就紧,自己又担任了学习班长,比别人更忙些;另一方面,自从向言真表白了心事以后,每每想起就不免害臊,心情十分矛盾。虽然很想跟她在一起聊聊,可又怕见面;每天夜里想得好好的,一到白天,自己又把它推翻了。仿佛要写篇很费思量的文稿,写了开头看看还可以,一会儿,又觉不妥,扯掉了。反反复复,思绪不宁。

"我配吗?我是一个有孩子的父亲,是结过婚的人了!而她……"这个念头折磨着他,"人说:'恋爱,往往使傻子变得聪明,而聪明人却常常变得愚蠢。'我呢,在别的方面未必聪明,可是在这件事上,确实是个低能儿呵!"

就在韦步平为这事又欣庆又烦恼的那些日子,一天黄昏,言真到"农讲所"找他来了。一见面,二话不说,马上开门见山就讲:她要随革命军东征,到前线采访,立即就到广九车站,乘火车去樟木头,然后转赴惠阳。

"这里有一包书是舅父托我向邓大姐要的,我来不及拿回家了,你帮我送去吧。"言真说着,将手上一包东西交给韦步平,"妈问,你怎么好些天都不去我们家了?"

韦步平红了半个脸,支吾地说:"所里功课忙,最近为农民问题展开大辩论,又要找参考书、查资料,又要准备发言提纲……"

"我大前天托人带给你的两本小册子看了吗?"言真问。

那是一本《中国共产党党纲与党章》,另一本是《共产国际党纲草案》。韦步平不仅是看了,而且他多么想找人谈论呵,但是在同学当中,因为都卷入农民问题大辩论的热潮里,谁也分不出心来谈别的了。他这头心事只好搁一搁。现在,言真提起,正是抓到痒处,迫不及待地说:

"我正要找你谈一谈。你马上就上站吗?"

言真点点头。

韦步平遗憾地叹口气,说:"我找章斌谈去!"

"你找他?谈什么?"言真用试探的口气问。

"谈……我想……"韦步平吞吞吐吐,怪不好意思的样子,"就谈你那两本小册子里的问题。"

言真望着他笑了笑。

“一定要找他吗？”她问。

“我觉得他是我的引路人，有些事是必须向他请教的。”

“可是，他已经带一部分黄埔学生上前线去了。你要请教，为什么不找身边的老师？你不是有一位最可敬的老师吗？”

“找他？行吗？”

“谁知道你要解决什么问题？依我看，有什么不可以谈呢？你不是说，所长是个平易近人、和蔼可亲的人吗？”

“那，当然嘛。”

“那就得了呗，不然，你得等我们胜利归来。唔，到点了，我得赶快走。”

“我送你上站。章先生也是今晚走吗？”

言真说：章斌他们已经走了两天。说是前方战事很顺利，陈炯明叛军一触即溃，彭湃同志在海陆丰领导的农民赤卫队配合革命军作战很得力。报馆要她亲上战地采访，写篇战地目击记。“你们都走了，那就没有办法了！”

“什么没有办法？”言真瞪对方一眼，回头向黄包车打了个招呼，“上车吧。”

韦步平跟言真坐上黄包车，直趋广九火车站。赶到站时，还有一刻钟时间，两人在站台上来回踱步。经过一阵沉默以后，言真忍不住问：“你那天回答很好：一滴水要它不干，只有把它放到大海里去。那么，我再问你：海在哪里？”

“你说呢？”韦步平反问。

“人家先问你，你就得先回答。”

“这样吧，今晚上各人都写封信，把答案写在上面，看我们两人的理解是不是一个东西。”韦步平说。

言真笑了笑：“你真会出点子，好吧，各人都等待着回答。你可记得把书送家去给舅父啊。你再不去，妈可生气了。”言真说着，跳上车厢。

火车嗤嗤地放汽，猛然汽笛发出一声尖厉的长鸣。站台上送客的人直直望着车厢挥手，拿红绿旗信号的职工摇晃着绿旗，列车缓慢地开始蠕动。

第七章

岁月匆匆，冬去春来，春分夏至，一九二六年又将过一半了。

作为革命政治中心的广州，斗争的火焰日夜在燃烧，生活的激流始终奔腾不息。革命军东征，以肃清潮汕一带陈炯明叛军的捷报来庆祝新的一年；接踵而来的是国民党第二次全国代表大会的召开，重申孙中山先生遗嘱——联俄、联共、扶助农工三大政策。但是，这一革命纲领触动到大官僚、大地主阶级的利益，遭到了阻挠。到了三月间，反动派的代理人——蒋介石利用他窃取的兵权，悍然制造所谓“中山舰事件”，栽赃诬陷革命进步力量。于是，省港罢工委员会的机关，苏俄顾问的住宅，无端遭受包围，海军局代局长无辜被捕。野心家蒋介石拿这一事端为借口，在国民党中央全会上居然单方面撕毁国共两党合作协议，取缔共产党员在国民党内担任中央部长一级的职务。中国共产党代表毛泽东为孙中山生前任命的代理宣传部长名义被取消了，黄埔军校政治部主任周恩来,受到怀疑。晴朗的天空骤然掠过乌云,逆流开始出现。然而,方兴未艾的革命怒潮并未因此而抑止,相反,历史巨浪终归越过暗礁向前奔流。“五一”国际劳动节这一天,全国第三次劳动代表大会还是如期开幕;广东全省拥有六十二万农民协会会员的第一次代表大会,也在此时此地以巨人的姿态登上历史舞台。

所有这些先后发生的、接二连三的政治事件,对于作为一个记者的言真来说是应接不暇的新闻线索。采访消息,撰写评论,日子是够紧的。年终,一年一度的花市、元宵,韦步平的生日,清明踏青郊游的乐趣,端午龙舟竞渡的狂热……这些个人生活的花絮,一股脑儿都在忘我的忙碌中飞走了。如同在花期中的蜜蜂似的,她从东江结束了军事采访归来之后,紧接着就投入这一连串政治事件的漩涡,日夜奔忙,席不暇暖。

在韦步平这一边呢?半年多来,由于革命理论的熏陶,同时也由于在实际生活中又有一番新的感受,胸襟和眼界更加开阔了。与其说,随着时代季节的更替,精神的衣衫也将随着气候的变化而换季改装;不如说,仿佛灌洗了肠胃后的病人,对食物显得特别贪婪。半年多来,读马列主义的经典著作,几乎成了韦步平的嗜好。在那些日日夜夜,除了听演讲、开讨论会,剩下的时间,全都用来翻书、读报、写心得笔记去了,日子倒也过得挺充实。言真不见常来,他也没空常去。有时星期天上她家去,遇上,谈一会,欲言不尽,又得各自奔忙去了;遇不上,只能从言母和何妈口里打听几句,又急于回所了。

有一回,言母留他晚餐,他不肯,拿了两本书就走了。何妈在他背后向言母叨咕:“韦先生怎么的啦?看他神不守舍似的。”

言母叹了口气,说:“我们这一个也还不是,从来不把这些事放在心上,一天不知她忙些什么名堂。”

就在两位老人嘟哝着的时候,言真回来了。不知什么事叫她得意地叫了一声:“妈!”跟着就是一跳,跳到母亲身边,攀着老人的肩膀。母亲歪过脸来,端量着女儿说:

“看你轻狂的样!见到步平了吗?”

言真睁着发亮的大眼睛,惊喜地问:“他来了吗?在哪儿?”

“走了!”

“走了？糟糕！他没说什么?”

“什么也没说,拿了两本书就走了。”

“几时走的？我追他去!”

“你别费那力气吧,这时辰只怕已经到所里了。我问你:你俩到是怎的？就跟小孩捉迷藏一样,一个来一个去,老碰不到一块儿。”

“不怎的。今天本来是我约他来,谁料报馆临时有点事,走不开。他稍等一会都不行呀？这家伙！他生气了吧?”

“谁知他生气还是高兴？反正留他吃饭,他怎么也不肯。”

“以后跟他算账!”言真站起来,回自己房里去了。

广东全省农民协会第一次代表大会,已经开了一个星期。韦步平和“农讲所”一部分同学被邀列席会议,言真则是大会的记者,开会期间,他们俩倒是天天见面。不过,都没有长谈的工夫。直到闭幕那天晚上,他们才相约到荔枝湾去划船。

正是黑叶荔枝成熟的时节,天气开始炎热,游河的旺季开始了。每天夜里多少游艇,多少灯火,多少不同职业、不同身份的人在这里凑热闹呵。

言真把韦步平领来,雇了一只游艇,让撑船的老婆子把艇划到河心去。大半个月亮已经从云端露脸,河岸上罩着一层青纱般的雾霭,树影、桅樯、楼房、瓦瓴,隐隐约约,仿佛一幅宁静而柔和的粉画。青蛙、蝈蝈和其他昆虫在堤岸的芦苇和附近稻田里合奏着夜歌。船桨“哗哗”地划着水,风轻轻地吹拂着船头的布帘。夜,仿佛微醉欲眠的人,那么恬静。清风不时送来《柳浪闻莺》、《彩云追月》和《平沙落雁》等轻音乐乐曲,更是使人沉醉。

这两人好久不在一起深谈了,各人都怀着满肚子的话,想告诉对方,希望得到共鸣。可是,头绪纷繁,不知拣哪头来说好。你等我先说,我让你先讲,好长时间谁也不作声。

“你听,一共有几种声音?”终于,言真开了腔,问韦步平能不能从周围嘈杂的合唱里分辨出哪是青蛙,哪是蛤蟆,或者别的什么小动物的声音。

韦步平跟着留心谛听,却无从分辨这支乐曲的音色。而此情此景给他留下的印象却挺深,以后好多年,每一想起,还是历历在目。

“你在想什么?”言真见他不吭声,又问。

“没有,什么也没想。”

“我不信,你一定有什么事瞒着我!”

韦步平转过头来直直地望着她,好像要端量她什么,把言真弄得不好意思起来,鼓着腮帮说:“这样看人干什么?”

“你不是也在看人家。”韦步平像耍赖的小孩瞟着她微笑。

言真拿指头,指着他的额角说:“你呀,你呀……”

韦步平没让她说下去,一手把她拉过来。两个脑袋贴在一起,沉默了片刻,才激动地说:

“我想……我告诉你一个秘密……”

“什么秘密?”言真机警地反问。

“你听我说吧。”他把声音压低,神秘地凑在她耳根说,“所里一位同学要我重新写一份详细的自传,另外写张申请书,要在‘七一’之前交给他。”

“干什么呀?”

“我要参加共产党!”韦步平庄严而郑重地说,“这是绝对秘密,那位同学叫我无论对什么人都不能讲。我现在只告诉你一个人,你……”

言真态度严正,掠掠额角的乱发,瞪着眼问他:“你知道我是什么人?”

这一问,无异一声霹雳,叫他发愣。稍一冷静,那同学叮咛的话,又在耳边响起:“阶级斗争的形式是形形色色的,十分复杂,一定得绝对保守秘密,就是对自己亲人也不能泄漏!”他不免失悔,一时哑口无言,端量着对方,好像是重新认识似的。

她歪着脑袋,俏皮地斜着眼睛发笑:“你这样看我干什么?”

他猛一下抓住她两只胳膊,带着失悔和怀疑的口气诘问:

“你说,你是什么人?我要你告诉我!”

言真看他这样,不觉变了脸,使尽力气抽开胳膊,恼怒地说道:

“你管我是什么人?你走开!”

一片寂静。两人僵持着,看来都窝了一肚子的火,硬着脖子,谁也不肯低头。等到小艇划到码头的时候,韦步平居然跳上岸,走了。

言真憋着一肚子气回到家,关起房门,趴在桌上,伤心饮泣。眼泪却怎么也浇不灭心上的火,最后,她找到章斌夫人诉说,又无端地痛哭了一场。

星期天,韦步平到章斌那里。章斌不等他开口,劈头就说:

"你怎么搞的?自己行为失检不算,还要委屈了别人!"

韦步平两天来经过冷静的反省,不免懊悔。本想向章斌谈谈,把怄在心里这股闷气消散消散,哪怕挨一顿骂,也比闷着好受。不料,对方不由分说,开门见山就是兴师问罪,叫他招架不住,非常狼狈。

章斌看他神色紧张,才把态度放缓和一点,笑了笑,端着一盘红鲜鲜的荔枝,放到他旁边的茶几上,说道:

"尝尝吧,这是好品种——'糯米糍':核小、肉厚、干包、香脆,荔枝湾未必有这样好的呢!增城的'挂绿'我们吃不上,可这一种,也不坏。"

韦步平陪着主人吃了两颗,心不在焉,食而不知其味。

章斌继续批评他那天晚上的过失,说他不应该把秘密告诉别人,这是违反组织纪律的。

"她是别人吗?"韦步平瞪着眼睛,疑惑地看着章斌,"难道她是……"

"她是'孙文主义学会'的喽啰?哈哈。"章斌不觉发笑,"老弟,要是她属于那一流人物,你更应该挨批评。阿真已经把你们的事情讲给我听了。你先泄漏了秘密而不自责,反而错怪了好心的同志……"

"同志?难道她早已……"韦步平惊喜地望着章斌。

"不错。"章斌回答得十分肯定,"她的年纪比你小三四岁吧?"

"三岁。"

章斌含笑地说:"嘿,在这一点上,你倒不含糊,可你恐怕还不知道,她的革命生命却比你诞生得早呢!在这点上,你应该叫她作姐姐!"

"原来是这样!"韦步平深深呼口气,眼睛闪耀着钦佩和喜悦。

"那,我现在该怎么办?"韦步平没等对方说话,紧跟着问。

"怎么办?做错了事就老老实实认账嘛。应该到她那里去,拿出廉颇的风度来,‘负荆请罪’!”

“那,我马上就去!”

韦步平忽一下站起来要走,章斌按着他肩膀,笑着说:

“别着急!我懂得她,她的选择不是那样轻易得来,也不会那么轻易撒手。两人既然已经走到一条道上,彼此有共同的语言就好说话了。坐一会儿,我们好好谈一谈。”

韦步平规规矩矩地坐下了。

“我问你,”章斌说,“你们这期‘农讲所’什么时候结业?七月?那就是下个月了。工作问题你自己有个打算吗?”

“搞农运。”韦步平回答得干脆,“这回有幸列席了广东全省农协代表大会,听了所长和各地农运代表的演讲,那真是令人见猎心喜。眼前广东全省组织起来的农民就有六十二万!六十二万,咦,好大的一支队伍呵!广西对广东来说是小弟,打它一个对折,组织它三十万,总是可以的吧?有了三十万人,那就有好戏唱了!我已经填了志愿表,又找所长谈过了,下决心回老家搞农民运动。”

“所长有什么意见?”

“他同意。他还要我去找恩来同志,说他是领导两广区党委工作的,工作部署得请示他。”

“那,这样说,你还是不愿干军队?我本来想把你们拉扯在一块儿,同我到军队里来的。”

“我们?”韦步平一时发蒙,用询问的眼光看着章斌,“谁?谁要到军队去?”

“言真呀!”章斌说。

韦步平默不作声。

过了一会儿,章斌说:广州国民革命政府正在酝酿“北伐”,把粤、桂、湘、赣、滇、黔几个省的军队统一编为国民革命军,一个省编一个军。仿照苏俄红军的制度,在军师团营和连队当中,设政治委员,作为部队的领导核心。组织上决定派她到第四军去,言真要求在政治部搞宣传。

“这,现在还是内幕新闻,你可不要又宣传出去呀。不过,同阿真讲是例外,哈哈!唔,你去跟她商量也好,如果你执意要搞农运,那你俩就得分开一段时间,等到北伐胜利后再团圆。行吗?”

“我个人没二话,让她自己拿主意吧。”

“她的性情你还摸不透?我看她是早就跃跃欲试了。去年年底上了一次前线,对戎马生涯发生好大兴趣。不过,说不定爱情可能使人的志趣改观。你去找她谈谈吧。”

韦步平辞别章斌出来,自己嘀咕:言真是进步的,独立的,有革命气概,这都没有问题,正因为这些才使他发生爱慕和倾心。但是,一旦说她居然走在自己的前头,称她作“姐姐”,那就未免伤了他的自尊心。一种难以言说的微妙的不悦,像一缕轻云,不知不觉地掠过他明净的心空。不过,回头又想:“她是自己所敬佩的人,可见我的眼力不错!可是,马上要北伐,人走了,什么时候再见面?她为什么要上前线?两人一块儿留在后方搞农民运动不好吗?”想到这儿,两人在将近一年当中,彼此来往的情景,一幕一幕重现于眼前,一旦要分开了,心头不免惆怅起来。

他想立刻见到她,把章斌讲的,他自己想的,全都告诉她。他要对她讲:他不仅有了一位可敬的、终生难忘的老师,一位不可多得的诤友,而且遇上一位一生难逢的知己,她不仅是在生活上同呼吸,共命运的伴侣,最可贵的还是革命事业的同志……

“不过,那不愉快的荔枝湾之夜……”韦步平想到这儿,踌躇起来了,“她能饶恕我吗?”由于内疚,脸上不觉发烧,他边走边想。虽然到了熟悉的门前,脚步却迟疑起来。

“韦先生,还等谁呀?快进屋吧!”何妈从菜市回来,见到韦步平在家门口趑趄不前,向他打着招呼。

“言真在家吗?”韦步平低声问。

“刚才还待着哪!请进。”何妈推开门,让着客人。

韦步平进到客厅,屋里静悄悄的。中间一张镶大理石的小圆桌中间,搁着檀香的铜炉,升起袅袅的发蓝的香烟。那只金银猫闻到鱼腥,从言真的房里溜出来,“喵呜”一声,跟着何妈到厨房去了。

韦步平怀着悸动的心,轻手轻脚地掀起门帘,跨进言真的门槛。

她正在全神贯注地写东西，韦步平踮着脚跟，悄悄地走到她背后，从她肩头望过去，半晌才以战栗的声音问：

“写什么呢？”

言真不觉一惊，回过头来嗔道：“哎哟，吓了人家一跳！”

“写什么，我看看。”

“不，不，不让你看。”她赶紧伸出胳臂，用手掌将稿纸捂住，脸孔绯红。

“什么事那样秘密呀？”

“当然嘛。”言真说着，顺手把没有写完的稿件藏到抽屉去了。回头来深深地瞧韦步平一眼，意思是说：“谁跟你一样！”

他怪不好意思地躲开她逼人的眼光。一会儿才嗫嚅着说：“很对不起！那天晚上……”

她不让他讲下去，马上拦住说：“别说了，以后也不准你再提那件事！”

她那样豁达，仿佛一阵风把人心头的阴云一下子吹散了。

“自传和申请书都送去了吗？”言真的语气和她的眼睛一样，充满着体贴人的温柔。

韦步平欲言又止，用眼睛反问着她：“难道可以随便讲吗？”

“呵，秘密！我不该问？”她含笑说。

“秘密，对你应该是例外！”

“看你，又来了！”她嗔怪着，瞟了他一眼。

他红了脸。

“我们到章先生那儿去坐一会儿，回来再吃饭！”言真说。

“我刚从他那儿过来。”

“呵！”言真恍惚地呼了口气，稍停一会，才问，“他把话都跟你讲了吗？”这一下，该她脸红了，把眼睛盯到案头那只做镇纸的小铜狮上。

“什么话？”韦步平故意逗她，把话字拉得特别长。

“你需要而且应该听的呗。”

“应该听的？那，不仅是我，也还有别人吧……”韦步平用眼睛作了注解，“不过，这又是秘密，天机不可泄漏，哈哈！”

“看你,笑也是假笑!”言真含着笑瞅了他一眼,“你说,你对这件事有什么评论吧?”

“什么样的一件事呀?”

“看你装得倒像。北伐!”

“北伐,打倒列强,除军阀,除军阀,歌曲成天唱,那还用问?当然举双手赞成啰!”

“那,你答应了章先生没有?他要把你这个老搭档拉在一块呢,他没有跟你讲?”

“讲了,我没有答应。”

言真一听,不觉有些沮丧,谴责地问:“为什么不答应?”

“很简单,人各有志。条条道路通罗马,只要目标一致,何必一定都挤在一个角落呢?”

言真默不作声。

停了片刻,韦步平才正经地说:“我决心将我这回在‘农讲所’学到的革命道理,拿到实际斗争中去实践一下,看看灵不灵。换句话说,打算回老家搞农民运动。你不赞成吗?”

言真听着,有点不耐烦,带着讥讽说:“别说漂亮话吧,我看,你就忘不了你那宝贝的家乡罢了。”

“如果你这样理解,那,真是悲哀!不过,我要真有忘不了的家乡,难道就不能引起你的向往吗?”韦步平用试探的目光等待她的回答。

言真一点也不掩饰她的惊异,一下子严肃起来,反问:“为什么?”

韦步平没有明确的回答,只是喃喃自语:“‘嫁得浮云婿,相随即是家’。”

“什么?”言真一怔,几乎跳了起来,瞪着眼睛问,“谁嫁给谁啦?”说着,脸颊泛红,“我就嫁人也绝不会把自己的事业和信仰当作陪嫁的妆奁。你说,人各有志,那我也告诉你:我可不是那种嫁鸡随鸡的人。”

她口锋凌厉,态度凛然。

屋里空气一时冻结了,好长时间,谁也不哼。

“原来是一场误会!我是不应该得到的!”韦步平带着索寞的歉意,轻轻地喃道。

“什么?”言真像触到电流,竖起眉毛惊叫,“只知道猜疑人家,就不反省一下自己?”她气愤之中略带委屈,拉开抽屉,将没写完的稿件收拾起来,放进文件夹,负气地站起来,冲出房门。

言母在客厅拦住了女儿,瞪她一眼,责怪地说:“哪儿去?”

“找邓大姐!”

“不,哪儿也不能去,给我回房里!”

言母把女儿推进房里来。两人拧着鼻子在赌气。屋里一片沉默。

“两人又辩论什么啦? 都不是三岁小娃娃啦,唉!”言母说着,叹了口气,“都是革命同志嘛,什么事还不好说,我看呀,都不要挑三拣四的了……”

“妈,”言真说,“你别说了!”

她正要转身夺门而出,外屋忽然响起舅父的脚步声,随着听到他跟何妈说话:

“步平来了吗?”

韦步平正好借梯下楼,连忙跨出房门,走到客厅来。

舅父满面春风,伸出手来迎接这位令人器重的后生。大夫仿佛是微醉的新郎,开朗、喜庆的气色洋溢在他的眉梢。

“年轻人,你说这回革命军北伐,一旦成功,全国到处都像今天的广州这个局面,那,历史的册页上应该大书特书一笔吧? 你讲讲你的看法! 你说,中国前途不该乐观吗?”

陈大夫很兴奋。

今天上午他给共产党广东省委陈书记的老母亲治眼疾去了。凑巧省委书记跟黄埔政治部主任也在场,两人跟这位大夫纵论当前的政治形势和中国革命的前途,说得他心悦诚服。真像一个患白内障的病人经过治疗,重见光明。

“我向来就自信。中国是个有五千多年文化的民族,有四万万人民的国家,不可能长久四分五裂,一任各国列强瓜分奴役的。终有一天,睡狮会猛醒,历史要改观!”陈大夫慷慨地说。

“中国是病在垂危,但,不是没有挽救的希望,只看采用的是什么单方。”韦步平说。

“今天在陈公馆那里，周先生就说：‘能使国家起死回生的良药，在目前来讲，当务之急就是要实行孙中山先生的三大政策——联俄、联共、扶助农工，非此，则将如孙中山说的：中国革命断无成就。”陈南斗大夫说，“咳，周先生可是一表人才啊，正是阿真说的那样。他之所以叫人一见难忘，不在于他相貌俊秀，英气勃勃，眉锋如剑，目光炯炯；最为使人敬重的还在于他洒脱的风度，谈吐精辟。我们认为复杂难解的问题，他却能一语道破，不异庖丁解牛。共产党真是有人才呀！”

何妈悄悄向姑奶奶耳语。

“吃饭再说吧！”言母向着弟弟说，然后瞟了两位年轻人一眼，意味深长地说，“自己的小事都管不好，还能管国家大事！”

言真懂得母亲的话有所指，瞟了韦步平一眼，仿佛在说：“咦，听到了吧！”马上转身进厨房帮何妈忙去了。

饭后，韦步平和陈大夫继续谈论刚才中断的话题，谈了一阵就走了。言真关起门来专心续写她的稿件，也没有去管韦步平的去留。两人心中结下的疙瘩还是没有解开。

以后，言真忙于准备行装，参加北伐；韦步平为下月初的结业写学习总结，比平日格外紧张，尤其是党支部找他写思想转变过程的补充材料，更是使他颇费心思。两人一连好几天都抽不出空来见面。

第八章

六月三十日晚上，正是周末，韦步平本想这天来找言真的，言真也猜想他今晚一定会来，既不去信，也没去找，只在家里开留声机，听广东音乐：《孔雀开屏》、《步步高》和《小桃红》……唱片一张又一张换过去，时钟半点敲一次，不知敲过了几下，人迹始终渺然。

这情况，言真是想不到的。她哪里想到，当她正在揪心等待的时刻，韦步平却在锤子镰刀的红旗下，举起右手，面对马克思、恩格斯、列宁三位世界革命领导者的画像庄严地宣誓：

"为无产阶级共产主义革命事业奋斗到底！"

第二天，七月一日，"农讲所"为中国共产党成立五周年召开党员大会，请所长讲话。直到吃过晚饭，韦步平才有工夫来言真家。

事情往往那样凑巧：今天是国民革命军举行北伐誓师大会。言真一早就去采访,傍晚回到家,吃过晚饭又走掉了。

韦步平来到客厅,听言母说言真刚走,像被浇了一头凉水,膝盖直打颤,坐也不是,站也不是,走也不是,眼睛直愣愣地发呆,说不出话。

言母望了望他,叹口气说:“进她房里去吧,她捡出一包东西在桌上,说你再不来,就让何妈送到农讲所去。”

房里的陈设有些异常,椅子上放着捆好一件黄油布包裹的行李卷,旁边有只崭新的军用水壶。这就说明,主人将要远行。韦步平按捺着跳动的心,走到桌子旁边,那上面果然有一小包东西搁着。他把它打开一瞧,原来是一方青田石印章,是用古色古香的囊匣装着的,里头一张“十行笺”写着这样两句话:

再说什么,语言是多余的;猜迷也都枉费心机!

临别无以为赠,也许这块石头能代我说点什么。

石头能说明什么呢?韦步平翻开下面第二张纸笺,在那小片雪白的玉版宣纸当中,印着鲜红的小块印章,印章显示一句五言的篆体阳文:

闻鸡怀壮士

韦步平不觉一惊,原来是自己偶然之作,居然被铭刻在石上,心情不禁悸动。他把这颗凝脂般的石章揣摸细看,那侧面边款刻有两行阴文小楷:

公元一九一五年端午,初刻于桂林;一九二五年重阳,完成于广州。言真弄斧。

韦步平痴痴地呆了半晌,自己往脑袋上敲了一下,自言自语:“唉!我是个笨蛋!”马上走出客厅,朝着言母结结巴巴地问:

“师母!言真她……”

“她可能在章先生家。”言母说。

“我找她去!”

“你别忙,我问你,”言母以长者对待晚辈人说话的口气说,“他们要上北伐前线，你不跟他们一路呀？”她仔细打量着面前的后生。

“我这就找她去！”

韦步平说完掉头就走。他冲进章斌公馆，一个勤务兵正在客厅里收拾东西，看他冒冒失失的样子，不免疑惑，问他：

“你找哪个？”

他还没搭腔，里屋的门帘一晃，伸出个端庄而秀丽的脸庞。她是章太太，一见是韦步平，赶快跨出客厅来，殷勤地招呼：

“韦先生你来了，请坐！哎呀，东西收拾得乱七八糟，随便坐吧。”

韦步平几乎没有听到她说的话，只顾急着问：“章先生不在家？”

“开会去了吧，刚走还不到一刻钟；跟你的那一位……”

“他们去哪儿，知道吗？”

“好像是党里的会，地点没听说。高头来通知：部队提前出发，明天天亮前就得上站。你就在这里等着他们回来呗。”

“不，我找他们去！”

“那，你等一等。我跟你一块去，可能他们去维新路三台别墅周主任那里了。”章太太撵着韦步平说。

韦步平疾步如飞，竟不回头。章太太赶出院门时已见不到他的影子了，只好由他自去。

韦步平到了街口叫了一辆黄包车，直趋维新路，到西湖路口，车子正要拐弯时，言真迎面走来了。他叫车夫停下，言真一见是他，不由发愣。

两人相视默然，都不做声，并肩踽踽而行，各人都憋着气。西湖路走到头了，该转惠爱路的当口，韦步平却朝着相反的方向，往永汉路走。

“还往哪儿去？”言真终于开口。

“不知道。”

“不知道？”言真不禁诧异，瞪大眼睛仔细瞅他。

韦步平是特别苦恼，精神有些恍惚，不能自已，好像失掉平衡的天平。脸上肌肉在搐动，嘴唇在哆嗦。

“你怎么啦？”言真很觉异常，不免焦急。

好一阵子韦步平才嗫嚅着说:“想不到你……竟然就走……”

“太突然了吗?”

“那天我们谈,你不是……”

“那是个人的考虑。最后还得听从组织的安排。”言真表示很干脆。她看对方不搭腔,往前走了两步又说:

“你怎样呢?上前方吧!跟我一道!”

“言真!”韦步平激动地冲口而出,机械地拉住她的手,站立不动,用颤抖的声音问,“你明早就出发吗?”

“情况有变化,明天先不走。”

“真的?”韦步平喜出望外。

“看你,我几时同你讲过假话?”言真轻轻地挣开手,两人又并着肩踽踽而行。

韦步平自言自语地喃道:“那……”话到嘴边又咽回去。

“刚才开了会,组织上要我晚走两天,等着宣传品印好带走。”

“原来是这样!”韦步平颓然停步。

“那你以为是什么?”

“我要你跟我一块儿……”

“干什么?”

“并肩战斗!”

言真从旁瞧韦步平一眼,心情沉重。两人又都不做声。大约过了一刻钟,韦步平才喃喃自语,说他平素对生活都不大留心,前些日子害病,医生叫他忌盐,这才发觉盐的作用不小,食物缺了它,简直是食而不知其味。

“那样说,精神生活的盐是什么呢?”言真问。

“信仰!难道你说不是吗?”

“不是。不是你所说的那样。”言真逼视着他。

“的确,我实在也不了解我自己。”韦步平认输地叹道。

两人又陷于沉默,信步街头。这是一条僻静的街道,行人稀稀落落,月光穿过街树洒下稀疏的月影……

三天后,入夜时分,韦步平从火车站带着满怀懊恼回到“农讲所”。他是为言真送行的,可是,赶到车站,列车已开出了,人没有见着。走进房间,言真的音容笑貌老是在眼前闪现,两人辩论的言语仍在耳边回响。他耐着性子坐在桌前,理着思绪,开始考虑给所里写要求工作的申请书。但究竟是上前方打仗——跟言真一道搞宣传鼓动工作,还是回本省搞农民运动,这个两人争辩的问题没有解决,现在提起笔要写申请就颇费踌躇。

不想,正在这时,言真突然来了。看他正在深思,脱口就问:

“还在犹豫吗?”

“怎么回事?你没有走?”韦步平梦一样的迷离恍惚,诧异地望着站在眼前的人疑惑不解。

“不走了。”言真含笑答道,但是,眼色里却调皮地反问,“你不相信?”

“为什么?”

“叫人家的柔肠拴住了腿,怎好忍心跑得开呢!”言真意味深长地瞟着对方。

韦步平脸色微红,喃道:“真不会猜你的谜。”

“什么我的谜。都是你讲的:‘我可把我的柔肠拴在你脚上啦’!”言真学着韦步平讲过的话,“唔,这可不是我记者的职业病——瞎编的吧?”

“好,好。言归正传吧。”

“你先说:你那么专心致志地写什么?给我写情书吗?”

“你真会寻开心,咳,情书也写不下去了。”

两人相视而笑。接着,言真敛起笑容,郑重地告诉韦步平,说是火车开出黄沙站,到了西村突然停下来。车厢上来一位带着两名卫兵的副官长,说是政治部的人员统统下车,回机关待命。“这样,我又回来了,事情就是这样,懂了吗?”言真俏皮地瞟对方一眼。

韦步平睨视她一身戎装,捉摸不定地问:“是不是情况变化不走了呢?”

“不知道。”言真说着,拉出凳子坐下,“回到政治部,得到通知,明天有重要会议。”

“干脆,跟我留在后方算了。”

“不,我不干。我可不是那种嫁鸡随鸡的人。”

“那,我做……唔,上前方! 跟你一道。”

“真的呀? 好,好,太好了!”言真拍着手,乐得像个五岁的孩子。但是,当她发现韦步平的脸色流露的不是她想的那样,看出他讲的一定不是真心话,于是,失望地哎一声:“你呀,你还是……‘小鸟恋巢归树早’,哈哈……”

“你别笑,只有前线,没有后方行吗?”

“又是这一套。”

“唔,叫你一打岔,申请书写不成了。这么的吧,我这就去向所长当面请教?”

“现在就去?”

“嗯。”

“我也早想拜访他一次,一直未能如愿!”

“现在一道去吧!”

“合适吗?”

“有什么不合适的,学生拜见老师嘛,何况你是……”

“是什么?”

“无冕之王,哈哈。”

“去你的吧,你不瞧人家这一身打扮……”

她一身军装,还打着裹腿,要不是军帽下露出发脚,一下子还真认不出是个女的呢。

“喏,”言真指着自己胸前别的徽章,“是个二等兵!”其实徽章表明的是少尉级军官。

两人说笑着来到所长的房里。所长伸出手来握住来访者的手,和蔼地注视着陌生的女兵。女兵热情地说一声:“所长,您好!”所长用询问的目光转向韦步平。

韦步平给所长介绍了言真。

“哦,早认识啦。”所长高兴地说道,“请坐。你的文章报上常见到。《东征随军记》写得好,让事实说话,叫人信服;文采飘逸,读后留有余味。最重要的是,你看到海陆丰农会如何协助革命军作战这一点,就是独具慧眼。你现在是……”

“她参加北伐军政治部工作，准备上前方……”

所长不待韦步平说完就问：

“哦，那就跟恩来同志一道啰！好，他是难得的人才，跟他可以学到很好的本事。年轻人要经风雨见世面。你们俩……早认识的吗？嗯，朋友？那就是志同道合的啰。怎么样呢？”所长转对言真的眼睛，问，“是不是要两人一起打吴佩孚、孙传芳去？携手同仇，并肩前进？”

言真含笑，不好意思说话，但是，她的眼睛却流露出这样的意思：“这难道不行吗？”

“革命军需要北伐。”停了一会，所长接着说，“北洋军阀就是景阳冈上的拦路虎，你没有武松那样的勇气把它打死，老百姓就不好走路。北伐，到前线去，是需要千军万马的，现在各方面都在动员。不过，人走路要靠两条腿，两条腿走起路来必须是一前一后才能前进是不是呢？只有军队在前方打仗，没有老百姓在后方支援，胜利怎么可能？前方和后方是对立的统一。客观事物的法则就是如此，一正一反，同一体的两个侧面，缺了一面，另一面就不可能存在。哲学家把它讲得很深奥，玩弄名词，叫人不易懂，在实际生活中倒是常见的道理。”

所长发现两人维恭维谨地潜心静听，把话停顿下来，莞尔一笑，然后又说：

“我这不是在讲课呵，大家随便说说。”

这时，一位女士从隔壁房间掀帘进来。她身穿普通的马蹄袖布上衣，下裳是黑裙，修得齐整的短发，眉目清秀，丰满端庄，手上捧着一盘削了边，破开了瓣的杨桃，轻轻搁在客人旁边的茶几上。所长正要给他们两位介绍的时候，言真不禁惊异，马上站起，伸出手握住对方，热情地招呼：

“杨同志，您好！”

“您好！茶凉了，请尝尝这个吧。”

所长不免诧异：“这样说，你们早就认识了？”

杨女士带着笑意说：“鼎鼎大名的《大华日报》专栏作家还不认识？”

“杨同志，您别挖苦人了。”言真难为情地红了脸，随即转向韦步平解释似地低声说道，“我们是在省妇委邓大姐那里常见的。可不知道杨同志就在……”

“我也不知道你们俩是朋友……怎么呢？打算一道上前线吗？”

“不了。还是回后方。”韦步平说，“要不，所学非所用了。”

“不是听我方才讲了两句辩证法才改变的主意吧？”所长问。

“不，不完全是这样。不过，所长讲的倒是一个重要的启发。”

言真接着说：“真是的，听了所长几次演讲，早就想来亲聆教益了，一直找不到机会。”

所长注视着这位求教者，寻思片刻，然后说道：“革命道理平日讲得不少了。马克思、列宁主义有千条万条，归根一条就是一句话——造反有理！历来的剥削阶级实行统治，就是不讲道理的嘛，老百姓对待他们也只有造反；对他们造反就是道理。是不是这样？”

“我们懂得什么呀？是请教来的。”言真含羞地说道。

“不一定。智慧是善于吸取别人的知识得来的，没有天生的圣人。你上前方做宣传工作吧，你不事先做调查访问，了解群众心里想的什么，只顾自己夸夸其谈，乱车大炮，别人就不听你的。无的放矢，不是白费口舌吗？当医生的不先作望、闻、切、问，怎能对症下药呢？调查，就是向别人请教。你要宣传别人，就得先倾听别人向你宣传，是不是这样？”

“是呀，是呀。”韦步平由衷地表示敬佩。

杨女士把言真请到隔壁去了。屋里稍静了一会儿。

“同学们对分派的工作都满意吗？有哭鼻子的没有？”所长点支烟卷吸了一口，望着韦步平问。

“还好，大家情绪都很高，没听到什么。”

“革命是靠自觉的。走前，还有什么事要办的吗？”

“事是没有什么了。只是这番回去，觉得‘农运’工作道理倒是懂了，实际上到底如何入手，心里还不那么踏实。”

“怎样入手是方法问题。根本问题是立场、观点首先要对头。革命口号，大家都会喊，问题是看你站在为什么人谋利益的位置来说话。革命，不但要摧毁旧世界的班房，最终目的是要建设新社会的大厦。造房子就得必须先有个基础，这道理是容易明白的。哪个老百姓造房屋不是先打好地基呢？就当前中国革命来说，广大农民就是一股必不可少的基础力量。农民问题解决不了，你哪来的兵？哪来的粮食吃，哪里来的棉花做衣穿？没有兵怎么去打倒吴佩孚、孙传芳那帮列强帝国的走狗？只有兵，饭没得吃饱，衣没得穿，仗就打不了，革命也就成了空话。话又回到你的问题——从何入手？各地情形参差不一，办法要因地制宜，海陆丰的经验是不是适合你那地方呢？要看，要分析，要做调查，要听群众呼声，要向群众请教，不能生搬硬套。”

说到这里，所长指着果盘里的杨桃，继续说道：“这种水果在你们广西恐怕不见得这样爽脆清甜的吧？同样的道理，湖南的柚子就比不上你们的沙田柚那样有名气。这里头都包含着复杂的内在因素，共性寓于个性之中……”

杨女士同言真回到房里，她手上拿着两张六寸照片，轻轻放到所长面前的桌子上，然后说道：

“他俩想要张照片作纪念。”

所长翻翻照片，说：“两张都是一个样的嘛。”

“一人一张。”

所长看着韦步平、言真两人，意味深长而幽默地问：“不是一家子的吗？”

言真和韦步平不好意思说话。杨女士替他们回答：

“一个要带上前线，一个要留在后方，不得一人一张吗？他们说还要你给题字签名呢。”

“有这个必要吗？”所长对着两人问。

“有。”韦步平说，“对晚生来说，这次有幸亲聆教导，太难得了！”

“不是那么回事，不要把个人的作用夸张了。”

所长说着，又把话题转到下期“农讲所”扩大招收学员的事情上来。他说，广西方面很积极，梧州宣传员讲习所就送来四十二名。上星期一位特使把名单送来，看了一下。学生成分占多数。这在现阶段的中国革命是免不了的，问题还要看这些知识分子在今后的革命实践中，脚跟能否同工农大众站到一个位置上。

“马克思、列宁本身就是大知识分子嘛，也并不妨碍他们成为无产阶级的革命导师。”

所长一边说话，一边在照片上题款签字。

韦步平两手接过照片,感激地含着笑意欣赏片刻,然后转向所长问:“梧州宣传讲习所送名单来的人叫什么名?”

“叫高洁,恐怕也是新改的名字。”

“是不是戴眼镜的?”韦步平问。

“是戴眼镜的。”

韦步平同言真交换眼色,悄声说道:“可能是凌兄?”

“你们认识他?”所长问。

接着所长谈起送名单来的“特使”给他的印象:说是书生气十足,为人倒蛮天真。听他自己讲,在梧州,有天晚上同一位女同学上公园,两人坐在一条凳上,警察来捉他们,说有伤风化,报纸上当作社会新闻,大肆渲染,闹得满城风雨,叫他啼笑不得,只好把名字改了。他说报纸上这样干是有政治目的的,项庄舞剑,意在沛公。用意是借此攻击“宣讲所”,因为那里有共产党员,是培养革命骨干的地方。

“可见。封建反动势力还不能忽视呢!”最后,所长着重说了一句。

韦步平问:“四十二个人的名单里有他吗?”

“没有。他讲那边的组织要他结业后上省里去,另有差遣。他来这里是临时专员,自己也想顺便打听打听这里的政治行情。”

韦步平喃道:“不知他住哪里?”

“说是住广西会馆。”杨女士搭腔。

“不,我记得是广西留穗学会。”

言真说:“留穗学会就在越秀街那里,离这里不远。”

韦步平和言真正要告辞的时候,所长想起了什么,对着韦步平说:“对啰,你不是回老家吗,恩来同志是领导两广区党委工作的,两广政情他熟,工作方针任务,听他指挥。他上前线要推迟两天,把后方工作安排好再走。你不是问如何入手吗? 找他要钥匙!”

韦步平和言真走到街上来,从惠爱东路转到仓边街,再拐进贤豪路,在街树的林荫道上步行,各有各的心思,沉默好久谁也不开腔。

“你在想什么?”言真终于打破沉默,突然问道,“是不是改变了主意?”

“不,一番谈话的阳光,把我踌躇不决的迷雾驱散了。你别看他话虽不多,却充满着哲理,言简意赅,令人深思!”

“我走开去的那阵子,他又谈了什么?”

“谈造房子问题……”韦步平幽默地盯着言真。

言真说:“见鬼,我不信。造房子?现在是什么时候?革命!革命就是破坏、摧毁旧的世界,《国际歌》不是唱了吗——‘旧世界打个落花流水’,造什么房子?”

“可是,旧的破坏了,不是要建设新的吗?”

言真一时语塞。

韦步平这才慢慢地将所长讲的,关于基础和上层建筑的辩证关系——关于现阶段革命的基础力量——农民运动的观点,告诉了言真,同时,说出他自己的领会。

言真静静地听着对方娓娓而谈,完了,由衷地赞叹:“真是非凡的头脑!什么问题都解释得那样透彻!再复杂艰深的理论,都能一语道破,叫人信服。杨同志也挺精明,想不到他们是……”

“是伙伴,战友!”

“嗯。这一对是这样,我看邓和周一对更是令人羡慕!”

“周?你说的是……”

“就是方才所长要你去向他请示的那一位。”

“周恩来!我们这就请教他去!”

“这样的吧,先去‘留穗学会’找那位特使,周是两广区党委领导人,他来,不会不向周请示,先在他那里打听周的意图,然后再去见面,话就好讲了。”言真说。

“你真不愧是个记者,主意出得好。走,你引路,‘留穗学会’在哪条街?”

“不远,拐过左边一条小巷口就是。”

两人并肩而行,快到拐弯的街口,韦步平才开口喃道:

“高洁?梧州宣传员讲习所来的,未必就是凌云青吧?”

言真说:“听所长讲的那个模样,倒是有点像他,戴眼镜,书生气……”

“还有那个同他一道上公园的女士,难道是海银华?”

“银华,你认识她?”言真问。

“有过一面之缘。”

接着,韦步平一边往越秀街拐,一边把他当年在桂林的一段遭遇和在凌云青桌上见到的照片,讲给言真听。言真说,品微同云青在一起,倒是天生一对,谁知命运的魔鬼偏偏将两人拆散了。品微这样的性情,跟王光宗那个派头,硬凑到一块儿,实在太残酷了。

韦步平说,他们几个当初都曾经是抱着满腔热情要为社会国家做一番事业的,不想十年光景,各走西东……各人都起了很大的变化。

“变化是难免的,看你变好还是变坏吧。知识分子,神经过敏,临机应变,善于保护自己,对个人说来是其长处的一面。”

“可惜,伴随而来的不免是一种缺点。”韦步平接着说,“方才所长讲得多深刻:人的好坏,就看他站在什么立场,为什么人说话,给什么人办事。具体来说,就是看你愿不愿意同工农大众打成一片。”

“这样说,你如此坚决回老家,更加有了理论根据了?”

“难道你说不是吗?”

“我几时说过一个不字?放心吧,我不是块年糕,把人粘住。嗯,到了——从这街口进去就是广西‘留穗学会’。”

但是,两人又走回街口来了。学会的门房告诉他们:那位叫高洁的先生昨天已经走了,说是回梧州。

“现在时间还不太晚,访周去吧。”言真说。

“好。你知道他的住处吗?”韦步平问。

“就在维新路,这儿过去不远。”

果然,穿过惠爱西路就是维新南路了,再走不到百步,三台别墅——那座绿瓦红墙的中西合璧的建筑就显在眼前。言真在工作上同邓大姐有联系,来过好几回,主人又挺好客,出入比较随便。韦步平却有点拘束,不大放得开,小心谨慎地跟在言真后面,亦步亦趋。

两人走进客厅时,主人正坐在一张藤椅上读报,听到脚步声才放下报纸抬起头来,目光正遇上言真的眼睛。

“主任,邓大姐不在吗?”言真先开口问。

“噢,是你,来,请坐!大姐她们‘妇委’女工部有个会,一会儿就回来。”主人说着,注意到言真后头的人,问道,“这位是……”

“啊,我来介绍:他是农讲所的,分配回老家广西工作,所长叫他来看您,请示工作。”

“好呀,欢迎,欢迎。”主人热情洋溢,伸出手来握住对方的手,使劲地摇了几下,“这样一来,我们的人马就一天一天扩充壮大了。我叫周恩来。你大号是……”

“牛犇。”言真代作回答。

“噢,听章斌同志提到过。说他在川军遇到一位奇人,就是阁下吧?好,川流归大海,都走到一块儿来了。坐,随便坐。你不是打算到法国去的吗?后来……”

“后来,中途变卦,走了好些弯路。”韦步平说,不免带着歉意。

“弯路?不,不。你不亲身实践,哪里懂得社会呢?走了弯路是付出了代价,可换来了经验教训,懂得了哪是正道,哪是歧途,这不就是一种收获吗?”

主人一边说话,一边让客人围着一张镶嵌着大理石的紫檀木小圆桌坐下来。

对韦步平来说,眼前这个人,过去虽然听过他几回演讲,却没有相与面谈,只觉他在讲坛上,英气卓绝,雄才善辩,措辞犀利,以为是个不苟言笑,凛然不可犯,傲岸不可亲的风云人物。

不想此刻相对而坐,给人的感觉却是一位平易可亲、谈笑从容的热心人。你别看他浓眉如剑,目光炯炯,却并不是那种装腔作势、金刚怒目的小人。他年岁那么轻——二十六七岁吧,同韦步平不相上下,但是,他那样持重、沉着,表明他修养有素,阅历宽阔,见解非凡。

“主任,”言真才开口,话没讲下去,就给主人拦住了:

“看你,老习惯。不是不准称官衔的吗?”主人抱起双臂在怀,哈哈笑道,“怎么样,是不是来说情,两人一道上广西呀?”

言真被主人盯着,脸上不禁绯红,赶紧辩解:

“不,我还是待命上前线。”

“那,是不是要两人一道上战场?”主人这时把视线移到韦步平身上。

韦步平见问,毫不迟疑地否认:“不,我是为了要回广西工作,来请示面授机宜的。”

“那,你们就得前线与后方配合作战啰。”

“我们……”

言真正要解释她俩的关系,主人又打断了她,问道:

“你们是最近认识的吗?”

“不,我们是十年前在桂林组织的一个叫‘中流社’的活动中……”

不等言真说完,主人马上说道,“噢,老相识啦!那个时候,反动封建势力逼迫我们,到处都组织起来向它回击。从我们一代来说,十年了,卖国贼袁世凯虽然死了,幽灵却未消散,大小袁世凯又在承袭他的衣钵,粉墨登场。正如一位作家说的:‘斗争正未有穷期’,革命还得准备付出一笔代价。但是,代价再大,战斗还是要进行下去。五四运动两大历史任务——科学与民主,一定要实现!孙中山先生生前所赞成的三大政策,一定要贯彻执行!”讲话人口气,犹如斩钉截铁,铿锵有声,使听者受到强烈的感染和鼓舞。

“周主任你看,此番回广西开展农运,工作如何着手?”韦步平提问。

“这个问题,关系重大。农民占全国人口百分之八十,它是中国这个社会的基石。你要造高楼大厦就非得在这方面打下牢固的基础不可。润之同志对这个问题很有研究,看得比我们实际,懂得比我们多。在方法上,彭湃同志在海陆丰做出了榜样,可作借鉴。总之,要记得一条:遇事必须想到大多数老百姓的利害关系。当前,政治形势对革命事业有利:国共两党合作,铲除封建军阀割据,统一全国;上下军民一致,抵御列强帝国侵略,保持民族独立;这是大势所趋,人心所向。即使有少数败类妄图逆流而动,那也只不过螳臂当车,终将被历史的车轮碾碎。”主人侃侃而谈,信心百倍。

韦步平由衷钦佩,默不作声。

屋里沉默片刻。

“你搞过军事,”主人接着对韦步平说,“搞过自发的农民暴动,现在回头去搞农民运动,从自发到自觉,两个不同的范畴,不仅是方式的不同,而是质的飞跃，两者斗争的形式和内容都不一样。必须注意策略，后方必须保证支援北伐前线：补充兵员，供应粮饷。要保证这两条，就得非动员农民大众不可。农民大众是要求安居乐业的，但是，要明白地告诉大家，你不把反动军阀铲除，安居乐业就办不到。农村的土豪劣绅、地主老财，都是反动军阀的支柱，你不认真对付他们这股反动势力，你想在前线取得胜利就不可能。所以说，上前线和在后方都是一样在打仗，只是形式不同罢了。”

稍停一会儿，主人接着向韦步平问道：

“是决定回广西了吗？手续办了没有？唔，那好。我和柴大姐到过贵省门口——梧州，建起第一个党支部，形势发展得很快。现在那里省工委已经建立起来了。到了那里，工作由省工委安排。我只是讲个原则。言真同志，加印的传单明天能拿到手吗？那好，后天同我一道走。”

…………

韦步平和言真从三台别墅出来已经深夜时分。街上特别清静，明月高悬，街树在发亮的柏油路面洒下水墨画般的影子。两人并肩徐行，久久沉默不语，脚步声听得很清楚。

“哎唷，十二点多了！”言真突然惊讶起来。

“他的话叫人忘了时间。”

“又是胜读十年书吗？”言真这话是重复韦步平同所长作过一次长谈后说过的话。

“你说呢？他们两位给你的印象……”

“我说，各有千秋。”

第九章

韦步平从革命的策源地广州回到广西的新省会来了。

他手上拿着两道证件:一件是公开的国民革命政府中央农民部派遣的农民运动特派员手令;另一件是秘密的中共两广区党委给广西省工作委员会(简称省工委)的介绍信。昨天午夜,结束了三天三夜的水路航程,凭他中央农民特派员的名片,顺利地下榻于一座为招待官员而专设的宾馆——乐群社。

今天一早,他一边对镜刮他的络腮胡须,一边打定主意:先去省工委报到,了解情况,然后,再去拜会省政府。

当时,正是国共两党合作的局面,共产党的地方组织没有公开挂牌子;党的骨干多半是在当时的国民革命政府机关、军队、学校和群众团体担任社会职务,只有少数人员在党的领导机关办理日常的组织工作。

韦步平跑了老半天才在当阳街西一里的一间大宅子里找到了省工委的办

事处。一位管理来往组织关系的女同志看了看介绍信，对他说：不巧，负责同志外出了，请他晚上再来。要不然，就请他到“后援会”去会会凌主任。

“凌主任是我们党的同志，担任宣传方面的工作。”女同志说，紧接着又特别嘱咐，“不过，你是秘密党员，不能在他面前暴露党员身份。”

女同志见客人略为踌躇，补充说道：“他那地方属民众团体，不设门岗，进出比较方便，就凭你这张特派员的名片，准能通行无阻。”

韦步平本想多问几句，看她挺忙，不好意思啰嗦，说声“再见”就出来了。

“后援会”的全称是——

国民革命军北伐军广西省后方民众支援会

看牌子挺大，门面却很小。是附设在省立民众教育馆里头的。两边还挂着“广西妇女界协会”和“广西学生联合会”的牌子。

韦步平进到传达室一打听，听差说，凌主任才出去，有事下晌再来。

“这姓凌的是什么人啊？”

韦步平往回走，边走边揣摸。顺便到街头打了一转，才回乐群社寓所。刚走进客厅，不容他细看，一位戴金丝眼镜，身穿白纺绸长衫的人，蓦地站起，跨上两步，几乎把他抱起来，激情洋溢地堆着一脸笑容，用折扇指指对方，笑哈哈地说：

“我的老弟，你真是天上掉下来的啊！”

韦步平梦一般发现面前就是凌云青，不由得高兴起来，紧紧握住他的手不放。

凌云青上下打量着这位阔别经年的伙伴，笑哈哈地说：

“看你满面春风，越来越年轻了。唔，你到哪儿去啦？”

韦步平淡淡地说：“吃了两只空团子。”

“找谁？”

韦步平突然想起那女同志的嘱咐，警惕地改了口，说：“随便走走。到四角亭找位老乡，人不在屋，转到‘后援会’拜会凌主任，不想又扑了空。”

凌云青忍不住笑出声来,盯着客人问:“你要见他?他可是看你来了。”

“嗨,凌主任就是你?”韦步平惊呼。心想:“他居然也成了共产党,好家伙!”喜悦的心情不觉油然而生,重新拉过他的手来,紧紧握在一起。仔细地瞧他的眼睛,好像要从他的神气中寻找什么奇迹。

他,变化不多,还是那样的潇洒文雅,热情之中带点冷漠;傲岸之态带点怯懦;善良之余不免包含私念;豁达过头就有偏执之疵。就如同尚未成熟的果子,色调不那么稳定。

凌云青说:“从官方透露出来的消息,知道这两天广州国民革命政府有位姓牛的农民运动特派员要到。猜想,可能是阁下。天天往宾馆打电话。果然,不出所料。”

“你是不是去过广州一趟?”

“你怎么知道?”

“若要人不知,除非己莫为。”韦步平说,“嗯,我还去会馆找过你哪。”

“是吗?什么时候?八月十五?哈哈,那时我正在桂安船上赏月呢!失之交臂,真遗憾。不然,他乡遇故知,惠如楼饮茶,倒是蛮写意的啊。”凌云青见对方默不作声,接着问道,“怎样,此行收获不少吧?”

“到屋里谈吧。”

韦步平把凌云青请进房里,叫茶房弄来一梳香蕉和一盘杨桃待客。

凌云青瞅着将熟的香蕉,说:“香蕉还未出点,糖化不够,既不香又不甜。要让它像女子脸上长起雀斑那样——广东人叫作梅花点,那就恰到好处了。杨桃,怎样?试一试。”凌云青拿起一只杨桃,削开瓣,“广州有一种叫花地杨桃,味道清甜爽脆,确实名不虚传。”

凌云青说得津津有味。韦步平却不动声色,一直耽于心思。

“阁下好像有什么心事?”凌云青问,“谈谈你的收获吧。广州是令人流连的地方,从革命的观点来说,它是司令台。阁下这番西天取经,该满载而归啰?”

“这,怎么说呢?”韦步平说,“总之,此行对我来说,可真是不虚平生;在那里,遇到几位终生难遇的人:一位是深邃如海、令人肃然起敬的老师;一位是巍然如山、英明果断的故人;一位是志同道合、携手同仇的知音……”

“啊,知音,谁呀?”凌云青迫不及待,紧着追问,“是命运的同盟者不是?”

“天机不可泄漏,且听下回分解。”韦步平一笑带过。

“不行,你不坦白。看你满面春风,准是艳福不浅。”

韦步平却一本正经地说:“艳福倒不一定,最大的幸运是在革命的道路上,终于遇到了伙伴。”

“伙伴?找到伙伴,爱人就在眼前了。革命与恋爱大可顺理成章,合二而一不是?”

凌云青正在得意,茶房进来说:妇女联合会来电话请凌主任。凌云青赶紧往外走。韦步平瞅着走出房间的背影,摇摇头,不知怎么说好。

不一会儿,凌云青转回屋来,兴致勃勃地说道:“看来,这时代真是一股旋风,什么人都被卷进去了。千流归大海。三国演义开宗明义两句话:天下大势,分久必合,合久必分……哈哈。唔,老弟真是哲学家,沉思默想什么?记得刘禹锡有这样的诗句:‘玄都观里桃千树,尽是刘郎去后栽。’阁下看看省城的景况变化不少吧?”

韦步平这才开口,冷淡地说一声:“新的招牌是挂了好几块。”

凌云青兴致不衰,答道:“慢慢来。革命,是要雷厉风行;建设,可不能百废俱兴。我看,头绪万千,一切的一切都有待于清理。比方要建筑高楼大厦,蓝图如何规划,施工怎样进行?当局衮衮诸公,胸无成竹,不知从何入手?”

“那,这个委员会,那个团体的,都干些什么呀?”

“开会,发议论,拟稿,发传单,在思想上造舆论,在经费上举办游艺会募捐筹款,在人力上动员民众入伍上前线。总之,尽最大努力,在人力物力上支援前方北伐……事情是有得干。只是,目的是什么?这些举动对社会进步,对民众福利,到底有多少用处?这不仅被动员的老百姓不明白,就是动员别人的宣传者,自己也不甚了了。”

凌云青侃侃而谈,韦步平只是静听,默不作声。

一会,凌云青突然想起了什么,瞅着沉思的人问:“唔,对啰,你在广州会到过黎柏初没有?”

“黎柏初?没有。”韦步平像从梦里醒来似的,抬眼摇摇头。

“就是当年‘风雨社’的同仁呀。他们要枪杆子的真有两手:原先他同夏雷不是合伙搞了一场兵变,夺取了老军阀陆大帅一个混成旅的兵权,自称定桂军司令什么的吗?他们就凭广西这块地盘和手上掌握的万把人马作本钱,跑去广州向革命政府输诚,愿在青天白日的旗帜下,接受改编。借得革命军旗号,势力日益发展;陆大帅垮了台,他们统一了全省,参加北伐。黎当了将军,夏当了省主席。时势造英雄,两人居然一跃而成为风云人物。”

“这样说,阁下是不是有点……”

“不,不。富贵于我如浮云,我不稀罕那些虚荣。”凌云青赶紧声明,以示清高,“本来,黎柏初倒是有意要我到他的政治部去当什么主任的。”

“为什么又不去呢?”

“一来,上级不同意,二来,有人……”凌云青突然收了口,不禁腼腆。

韦步平仔细看着他,打趣地笑道:“有人扯腿?哈哈,不好意思!”

凌云青红了半个脸,回避正面答话,稍停片刻,说:“腿倒没有人扯,只怪自作多情,拿柔肠去套野马。”

“‘少年维特的烦恼’?哈哈。”

韦步平正在同老朋友开玩笑,茶房进来说,开饭的时间到了,问是不是把饭端到房里。凌云青挥手拦住说:

“不,不在这儿开饭。”说着,对韦步平讲:他请客,去林友记茶楼饮茶;完了,就一道去看望桂品微。说着,两人走出了宾馆。

“今天干脆就休息它一天,走走玩玩。明天再办正经事。”凌云青说,“反正‘大人物’都出差了。省主席夏雷到河口坐镇,指挥弹压瑶民起义,日内未必回得来。你是不是等着见他?”

“见不见他,倒不要紧。省党部主委是谁?”

凌云青说,国民党省党部主任委员是省政府主席兼;主持日常工作的是王光宗,他是秘书长。韦步平听了,鼻孔哼了一声。凌云青接着说:

“王兄本性难移,死拍夏雷的马屁。”

“他没有出差吧?”

凌云青说:“跟夏雷去了。听说西部那边,民情不稳,巴龙、岚山一带闹瑶民起义。王光宗是那边人,又当过岚山知事,夏雷把他拉去当助手,这是一;其二,王光宗自己也百般钻营,巴不得借此攀龙附凤。”

韦步平听到瑶民起义的消息,引起注意,问道:

“巴龙、岚山瑶民起义?志高、罗汉和家庆他们有什么消息吗?”

凌云青说,自从韦步平走后,就没见罗汉他们出城来过;不久,他自己也走了。梁少英也没给他回信,虽然,临走时,他给他留下了通讯处。

“他们的景况一直使人挂心!”韦步平喃道,好像是对自己说话似的,沉湎于遥远的回忆。

两人都不哼声,默默地走了一大段街道,快到要转弯拐进民生路口的时候,韦步平才开口问道:

“省党部还有哪些人?”

“数得着的人没有谁了。几位部长——青年部、工人部、农民部,都是兼差,挂个名儿。宣传部长还不是叫我挂个头衔,反正没有多大意思。”

他们边走边说,来到林友记茶楼。两人要了一间雅座喝茶,吃过午饭才下楼。路上顺便买了香蕉、沙梨,拎去拜会桂品微。

桂品微现在住在兴宁路银丝巷王光宗租赁的一间大宅子里,有可种植花卉的庭院,有玲珑剔透镶嵌彩色玻璃窗棂的大厅和厢房。厅里摆着豪华的紫檀坐椅和茶几,墙上挂着某某官员馈赠的镜屏和字画。说它庸俗也还间有雅致,说它典雅古朴又夹杂着珠光宝气。看来主人的趣味是不能自已的,有些显然是仆人无心的摆布。

桂品微这位主妇,一直被肺结核折磨,时好时歹,弄得王光宗烦死了。但是,又不敢将她甩开。夫妻之间,只有不冷不热,敷敷衍衍,貌合神离。这就叫桂品微深受难以排解的寂寞。寂寞令人窒息,可也使人得到平静。除非不得已,她宁愿让寂寞填满她的心坎,也不肯陪伴丈夫出去分尝热闹的苦果。老朋友,旧同窗,各人随着年龄的增长,都有了自己的窝,拴住了寻朋访友的腿;各人的社会职业不一,大家都为生计分心。平日就没有年轻时候那样,随心任意,时常聚首了。

生活改变了人:有的天地开拓得越发宽广了,可有的精神世界却一天一天缩小。桂品微比那年在小乐园医院同韦步平邂逅时更忧郁,更孤僻了。早晚可以谈得来的,就只有随身的丫头阿红。丫头虽然一年比一年长大,品微却不肯让她从身边走开,老拖着人家陪伴自己度着寂寞的黄昏和漫长的黑夜。

当然,阿红自己的心思也挺矛盾:觉得当一辈子丫头也不是办法。但是,要她一旦离弃这样一位好心的主人而去,又觉得难忍难舍。何况,人海茫茫,前面又会遇到什么样的人呢?她不是没有计算的人,对她自己下半辈子的命运,她思量过,反复掂过斤两,青春的渴望也曾多次叩击她那少女的心扉。然而,眼前摆着的是一团乱麻,叫人捋不出个头绪。仿佛那天早晨从岚山逃亡出来,遇上的迷蒙大雾,看不清东南西北。想起那次的遭遇,真是患难中的侥幸啊。难道是命里注定吗?不然,怎叫她遇到做梦也遇不到的那样一位好人?绝处逢生,感激之情是难以言说的。那天,几十里的跋涉,对于一个未出过远门的姑娘来说,是多么漫长的旅程呀!可是,过后那么些年,她每一想起,却觉得太短了。感到那个搭救她的陌生人,给她无限的温暖,无比的亲切,无边的诚挚。他,是一个什么人呢?每一想起,总觉得泉水那样清,蜜汁那样甜,冬夜的火盆那样暖。可惜,这美妙的幸福的闪光,如同梦幻,再也不可能重现。记忆却宛如凳子上烙下了铜钱的火印,深深留在心灵中,怎么也抹不去。每一想起,心头不禁闪电似地悸动。

主仆两人,就这样被不幸的命运的绳索捆在一起,好比长在不见阳光的密林中的两株小草,默默地度着它的岁月。

"阿红,拿剪刀给我。"

桂品微在小院里浇花,见四季桂和满天星长起新的枝叶,散蔓不齐,叫阿红进屋拿剪刀来修剪。阿红拿来剪刀给主人,接过浇花的莲蓬水壶,往海棠和朱兰上洒水。她对着含苞待放的深红得发紫的玫瑰,喃喃说道:

"王老爷辛辛苦苦到天主教堂弄来这盆花,我看也不怎的,还不如山茶开得日子长些。"

"反正是他喜欢的东西,我一样都看不上。"

"我看呀,凌先生送来的这盆罗汉竹,虽说无花,可四季常青,还有意思呢!"

"你别说了,你再说,人家又不好意思了。"

“他,你说凌先生他……嗯,对啰,他跟海小姐俩的事到底怎样?”

“死丫头,你管人家什么事!”

“嗨,你们又在谈什么啦?”

随着声音,院门洞开,凌云青满面笑容,领头闯了进来。韦步平含着微笑跟在他的后面。

桂品微听到声音,不由吓了一跳,回过头来,两颊微红,含嗔地说道:

“你真是啰,叫人……”随即站立起来,眼睛不免发花,一时认不出新来的客人,流露出迷惘的神情。

凌云青马上把韦步平拉到前面来,说:“你瞧,谁来了!”

品微凝眸细看,不禁惊喜,正要伸出手来,忽然又抱歉地说:“对不起,我的手沾着泥。什么风把你吹来的?快进屋里坐吧。哟,你们还带礼物来呀。”她发现客人拿着香蕉和沙梨。

“这都是凌兄出的主意。”

“小意思,小意思。”凌云青说。

桂品微笑笑:“看你,还是意思意思的。阿红,去把水缸里的西瓜拿来。”

阿红应声走了。韦步平盯着她的背影,沉思片刻,向主人悄声问道:

“她就是跟你到过岚山的丫头?”

品微莫名其妙,瞪目审视对方,反问:“你认得她?不认得?那……有人跟她一样的长相?”最后一句是带着意味深长的笑意探问的。

“其中有个故事……”韦步平刚说起一个头,对面的凌云青躲在桂品微背后,挤眉弄眼,摇着手,叫韦步平把话咽了回去。改口说道:“嗯,身体好吧?”

品微叹口气:“好不好就是这样!”

三个朋友又一道坐在一个厅里了。虽说时隔十载,各人都经历了一番沧桑,但是,在这场合里,他们又都回到同学少年那种天真烂漫的岁月,往事历历,无端挤进各人的心怀。

“在广州常见到言真吧?”桂品微问。

韦步平见问,接着就说:“哎呀,你不说,我差点给忘了,言真有封信给你,还有一张照片。”说着,伸手从西装上衣的胸袋里掏出一封西式的雪白信套。

桂品微急忙把信拆开,用心细读。

言真在信里,先关心地问她健康,代她母亲致意,表示对品微这位远道的姐妹问候起居。接着,谈起她自己这次从军北伐的抱负;临末,告诉品微,说她当年在桂林没有刻完的印章,已经刻成而给了步平。她要看,就向他要,希望她给品评。品微看完信,猜到了言真的这个"谜底",歪过脑袋,对客人瞟了一眼,不禁由衷地羡慕。

读罢信,才要瞧照片,凌云青却伸过手来抢走了,笑哈哈地边瞧边嚷:

"嚯,女大十八变,可是变得更漂亮了!瞧她那双眼睛呀,会说话。老弟,"凌云青往韦步平肩上拍了一下,"你……"

韦步平瞅着凌云青反问:"说你自己的吧?什么时候请吃糖?"

桂品微把照片交给阿红,叫她装进案头的相架里去。随即向韦步平使眼色,然后瞟凌云青一眼,叹口气,说道:

"人家是不同我们这样庸俗:恋爱是一首诗,言有尽而意无穷,百读不厌;一结了婚,可就成了一篇乏味的散文了。"

她学着别人的腔调,半开玩笑地把话讲完了,对凌云青凝眸而视,好像是在问他:"你说是不是这样?"

韦步平懂得桂品微讲的"人家"指的是谁,看了凌云青一眼,含笑不语。

凌云青当然更懂得品微的话,不得不向韦步平声明:"那是她(海银华)的哲学,与鄙人无关。哎,在这方面,我始终是个落伍者。"

韦步平又跟桂品微交换眼色,品微瞟了云青一眼,表示对他爱莫能助,同时也难掩内疚之情。

停了一会儿,桂品微猛然想起件事,朝着两位客人说:"这样好不好,你俩在这下盘棋,我到医院去一趟就来,今晚就在这儿吃顿便饭。"

桂品微拿来两只(装棋子的)紫檀木盒和一张棋盘搁在小圆桌上。然后进里屋拿出一把花伞和手提包,出门去了。

凌云青到后院解手,厅里只剩下韦步平一个人。

阿红出来收拾瓜皮,抹茶几,换茶水……韦步平看了看她,两人视线不觉相遇。

“你到过岚山县吧?”韦步平先开口问。

阿红一愣,大胆地重新打量问话的人,感到对方的眼神那样亲切,对自己好像是挺熟悉的样子,这使她发窘,只简单地应一声:“去过。”

“有个叫罗汉的,认得吗?”

这一问,无异一声焦雷,脸色立刻泛起红云,嘴唇却在打颤,眼睛闪着惊喜,几乎惊叫起来:

“他……你认得?他现在……”

“他现在怎样,我也不清楚。”韦步平说,“我想,大概还会活着吧?不过,他为了搭救别人,自己倒成了罪犯,蹲过班房,差点叫王知事要了他的命。”

“为什么?”阿红既惊讶又焦急。

“说他拐骗妇女。”

“拐骗妇女?拐了谁呀?”

“一个逃难的姑娘。”

“啊,天老爷!可人家不是好好地回来了吗?”

“姑娘不知道:那个过路的好心人,他把姑娘送上船后,回到客栈就给衙门的兵差抓走了。”

阿红听了,喉咙发哽,眼睛酸涩,想哭却没有泪,喃道:“真是!他……”

韦步平接着说:“他是我的把兄弟,他后来从监狱里想办法逃出来了。你回来,没有把你的事告诉过桂小姐吗?王老爷也不追究?”

阿红摇摇头,嗫嚅着说:“我对什么人也没讲过。”

“凌先生来也没问过?”

“不。他们哪顾得上跟我这样的人讲话。嗯,那姓罗的恩人……你能见到他?”

“你还记挂着他?”

阿红满面通红,显出要哭的样子,说不出话来,赶快端起瓜皮走了。一会儿,端回茶来时,茶盘上的小碟里搁着一只镶着金边的翠玉耳环。阿红鼓起勇气,对韦步平说道:

“那姓罗的恩人,搭救我一场,无辜替人受罪,我是什么也报答不了他了。

韦先生，请你代我把这只耳环给他，作个人情吧。”

韦步平抬起头，看到她左耳朵上没了耳环，懂得姑娘用情深挚，欣然答应成全她的意愿，为她代劳。

阿红抑制不住激动的心情，匆匆走开了。

韦步平拿起耳环揣摸半天。罗汉的音容笑貌立即来到他的眼前；接着，家庆、志高、玉姑、马大嫂、盘大爷和蓝大妈……一个接着一个，像浪花在脑海中浮沉，他如痴如呆地陷于默想。

“你在想什么想得那样入神啊？来，三盘两胜，看看谁走运。”凌云青回到客厅，忙把棋盘摆正，“你用黑子还是白子？”

韦步平应战，同凌云青对弈。棋局未终，桂品微领着一位女士进来。她俩悄悄地走到棋手的身边，站了老半天。棋手全神贯注于棋盘上的两军对垒，旁若无人。桂品微见他俩这个神气，只好开口说话：

“哎哟，你们那样专心呀！云青兄，你瞧谁来了？”

第十章

凌云青抬头一瞧，海银华骄傲地站在他面前，眼睛盯着他，好像在生气。

韦步平等了片刻，说："怎么，你想半路开小差呀？"

"不来了。"凌云青说，"来，你们还没见过吧？"

韦步平抬头一瞧，见到海银华笑吟吟的眼睛，不由得站起来。

"哟，见过，见过！"海银华轻狂地说完，红了脸。

韦步平爱理不睬地漫声应道："似曾相识，哈哈。"

凌云青赶紧插话："让我全面地介绍吧，这是广西的柯仑泰，妇女界领袖——全省妇女联合会主委，还有什么啦？《妇女周刊》主编……"

"去你的吧！"海银华动手动脚，往凌云青肩头捅一拳，"别骂人了。"

凌云青无心打闹，严肃地转向韦步平说："这位是国民革命政府中央农民部的特派员。"

“哦!”海银华闻声,睁圆眸子,不胜惊讶。

韦步平冷眼瞅着她跟凌云青的那个亲昵劲儿,不觉从心里打个问号:“就是这一匹野马?”

“你们随便坐,我去让阿红给我们弄点什么吃的。”桂品微说罢,往里屋去了。

韦步平对海银华说:“讲起来,我还得感谢海小姐哪,那年在桂林……”

海银华赶快抢着说:“是啊,好像是我那天晚上去拜会孙夫人,我们曾经见过一面。”

“我记得比那时刻还早几个钟点。”韦步平口气里含着讥讽。

海银华的脸蛋忽一下,羞得挺不自在,稍停半分钟才开口:“别提了,真对不起!那是一场小小的误会,多余的疑神疑鬼,真是庸人自扰!韦先生记性真好,事隔多年还没忘掉。”

“什么事?”凌云青瞠目而视。

“与你无关。”海银华拉长语调,“你那样焦急干吗?赶快给人当帮手去吧。”说着,意味深长地瞟他一眼。

“哼!”凌云青生了闷气,他知道海银华话中有话。

海银华见对方生气,得意地发笑:“嘻嘻,看你不好意思啦。”

晚餐,桂品微弄了几样菜,还开了一瓶庆远的名产红蓝酒,各人都喝得微醉。饭后,余兴未尽,东道主没有送客的表示,客人也忘了告辞。阔别多年,友情在怀,如骨鲠在喉,不吐不快。可是,要认真谈起来又觉得头绪纷繁,一部二十四史,不知从何讲起。好几回,话题刚开了一个头,却未能顺畅地谈开去。可见各人志趣和经历迥异,心思凑不到一块儿。

“我给你们开留声机听听《雨打芭蕉》如何?”桂品微站起来,去开留声机。

韦步平望着凌云青说:“我们重新上战场——再来一盘。这回一定得战到底,不许中途逃跑啊。”

海银华扔掉嘴边的牙签,说道:“吔,你俩撇开我们呀?不行。我临时动议,要玩就一块玩。搓麻将,东南西北,两男两女,正好四个。”

“算算,麻将这玩意儿……”

“不好意思？庸俗，低级趣味，唔？”不等凌云青把话说完，海银华就拦住话头抢白。弄得凌云青好狼狈，真是不好意思地伸出手指，推推落到鼻翼的眼镜。

品微回过头来解围：“云青是比从前变了。”

“嘿，人家是……”银华撅起嘴皮，斜着眼睛要作弄云青。

韦步平不等她说下去，抢着问道：“是什么？”

“是两栖动物！嘻嘻……”银华给云青飞个媚眼，俏皮地笑道。

“哈哈！”韦步平不禁笑开，口里的茶水喷了一地。

“银华，你这张嘴真损。”品微觉得过分了，说了她一句。

云青瞪了银华一眼，嘟哝道：“野马难驯。”

银华却自鸣得意：“你说你不是呀，又是国民党，又是共产党。问你：你既然入了国民党，干吗还要脚踏两只船？小心失足落水！”

“既然两栖，何患落水之有。”韦步平说。

“你让他自己讲嘛。为什么要扛两块牌子？图摩登吗？”银华抓住不放，逼着云青亮相。

云青也不肯示弱，反唇相讥：“摩登是你的嗜好，鄙人敬谢不敏。”

“哟，你别打岔嘛，你说，你一身两面，到底打的什么算盘吧？”

“嘿，我又不做买卖，打什么算盘？当前政局不正是国共两党合作，‘打倒列强，除军阀’吗？我参加国民党，是因为它实行孙中山的‘三大政策’，跟共产党同路，是实际工作的需要；至于要做共产党，那是出于一种信仰。我觉得它的理论是代表了真理的，我衷心接受它，服从它，拥护它！如斯而已，岂有它哉。”

韦步平瞧着凌云青，好像刚刚认识他似的。

银华撇着嘴说：“嘿，又在弹高调。问你，什么代表真理？人家国民党，顾名思义就是人民的国家，国家的人民，是真有一套道理的嘛！共产党，共产，共产，不言而喻，就是平分财产罢了。比孙中山讲的‘节制资本’，民生主义，能有更充足的真理吗？”

凌云青浩叹一声：“知其一不知其二，真是‘唯女子与小人为难养也’！”说完，还摇头摆手表示不屑的神气。

银华闻言，火冒三丈，立刻质问：“什么？你再说一遍！”看样子真像要扑到对方身上,厮打一场。

品微生怕败坏这场难得聚首的友情,赶紧打圆场:“都别吵了,银华,你也是,老叼着人家不放,谈谈自己吧。”

“哟!”银华拉长声调,看了品微一眼,意思是说,“你倒帮起他的忙来了。”赌着气说道,“我自己有什么好讲的,简单得很,桂林马肉米粉,独占一味。奋斗的宗旨就止一样:追求妇女解放。不过,我讲是讲,文章可不会作,作不出洋洋大观的文章,为娼妓和奴婢洒下廉价的同情泪。我要的是实际行动!行动!”演讲者振振有词,煞有介事。

凌云青趁机讨好地说道:“好啊,这可是妇女界的福音!”

韦步平敏感地觉察出银华所说的文章是指前些时候,言真在《大华日报》上发表的那两篇呼吁解放妓女的社评专稿。正想为言真辩白几句,阿红却端来一大漆盘的金黄而鲜美的木瓜。不等主人请,客人已经自动拿起牙签挑着吃开了。屋里空气顿时变得活跃起来。

品微正要叫阿红给客人拿抹手的餐巾,发现她耳环缺了一只,甚为诧异。

“阿红,你过来。”品微叫丫头到跟前,拉住她的手,朝着她的左边耳朵瞧了瞧,疑惑不解。

不等主人开口,阿红已经意识到那眼神所流露的语言,不禁脸上发烫,掩饰不住心头的慌乱,怯生生地挣开手,跑了出去。

“阿红,你……”品微望着丫头的辫子喊道。

韦步平拦住品微:“别追问她吧。你想知道其中底细,我可以奉告。”

“什么事?”凌云青问。

银华吃着木瓜,也好奇地问:“发生了什么啦?”

“地震!”韦步平半开玩笑,望着银华。

银华瞟对方一眼:“韦先生真是个幽默大师。”

韦步平灵机一动,对她挑战:“对啰,海女士不是要做解放妇女的实行家吗?正好,眼前就有正待解放的受难者,等待实行家伸出援助之手呐!”

“哦,这可是要将军啦。”云青在一旁对银华挤眉弄眼。

银华看韦步平的威严样子,不由胆怯三分,口气却不让人,反问:“什么将军?”

“看你们斗鸡似的,都说的什么呀?”品微直犯疑,睁大眼睛瞅着面前的人。这三人都是她少年时候先后相与往来的朋友,曾经一度为着忧国忧民的崇高目标,以中流砥柱自命,一道参加社团。后来,团体风流云散,大家各奔前程,难得聚首一堂了。唯有他们这几位,即使人居异地,天各一方,友情的丝缕却仍将他们维系不绝。不过,随着岁月的消长,各人的际遇、阅历自是不一。如今,流露于各人眉宇间的神情,已非当年天真烂漫的光芒了。此刻,品微发现三个人都有各自的防线,就如同双方对弈,不但自己步步计算着路数,同时也要时刻留心对方的动向。

韦步平扫视大家一眼,郑重其事地叙述起这样一个故事——

说是曾经有过这样一个不幸的姑娘,给一位小姐做陪嫁丫头。小姐是个善心人,一向待她挺好。不想那位姑爷人品轻薄,平日对待丫头总是嬉皮笑脸,动手动脚。那一回,小姐回娘家,丫头留下料理姑爷起居,姑爷竟乘机做起手脚。那是夜阑人静的时刻,丫头被迫陪着姑爷烧大烟。姑爷满足了烟瘾,神经兴奋,想入非非。单纯的丫头,哪里提防到明媚的晴天,骤然下起冰雹;柴门关得好好的,想不到竟闯进了可恶的豺狼……

事情尽管下流、丑恶和卑鄙,讲述者却用象征性的比喻,说得含蓄而文雅。性急的银华女士却耐不住好奇心的催促,把人家的故事截断了:

“那豺狼是谁?”银华问。

品微说声:“缺德!”

云青目瞪口呆,似乎猜到几分。望着讲述者,意思是说:“是真的吗?”

“后来呢?”银华追问。

“后来嘛,”韦步平扫视每个人的神色,个个都在等待他讲下去,“第二天一早,离县城不远的村道上,在路旁的一间粥棚里,一位正要赶路回家团年的后生,凑巧同逃跑出来的丫头路遇,后生出于仗义,不仅一路护送丫头绕弯路走小道,躲避了后头的追捕。到了一处码头,后生给丫头买了船票,还给她路上花费的零钱,让她投奔省城寻找她的小姐。但是,如今世道,善行不一定都得善报。后生才将丫头送上轮船,追捕的差人就从大路赶到了。尽管为人做好事的正直人据理辩白，总难推卸拐带妇女逃亡的大罪。迎接后生的，不是温暖团年的家，而是冰冷而黑暗的班房。仗义为人的后生竟成罪犯，而恰恰是坑害、糟踏丫头的老爷，成了审判无辜的法官……”

“岂有此理！”凌云青不等韦步平把故事讲完，情不自禁地脱口冒了一句。

银华向韦步平问：“那坏蛋是谁？不是哪位小说家胡编的吧？”

韦步平说：“我不是小看小说家，像这样的故事，恐怕小说家还编不出来呐。”

“那丫头后来的下落怎样？她敢回来找她的小姐吗？”海银华寻根问底，不肯放弃她的好奇心。

凌云青不等韦步平回答，抢着说：“她不回来怎么办？一个孤苦伶仃的女孩子能到哪儿去啊？”

海银华不以为然，盯凌云青一眼。“这是弱者自我解嘲的逻辑。要我，远走高飞，就不再吃回头草。”

“大话好讲。”凌云青伸出食指，推一推掉到鼻翼上的眼镜，沉吟片刻才又说道，“天网恢恢，疏而不漏，整个社会都布满了陷阱，责备一个弱女的屈从是不公平的。”

韦步平盯着海银华说：“所以，妇女界有不少实际问题正在等待妇女联合会拿实际行动去解决呐。不过，我并不因此否认舆论的作用。”

“这……”海银华顿时发窘。稍停一会儿，仍不甘示弱，开口辩白：“那，我要说，你们男人把几千年封建的重担全都推到妇女身上，也是公平的吗？拿妇女当玩物，逼迫人家做丫头，当侍妾，这些还不都是你们男人干的？嘿。”说罢，撅起两片薄嘴唇，狠狠地瞪凌云青一眼，“对啰，忘记告诉你们一件号外新闻了：人家说，西部山区的‘瑶乱’已经平息了。说是为了维持今后的和好局面，双方立下不成文的契约：瑶王同意将他的儿子送上省来留学；但是，要求我方把王兄留在瑶山做驸马。看，这不是旧谱填上新词——又是一出现代的王昭君和蕃？总少不了女人这一角。哈哈……”

“是真的吗？谁讲的？”凌云青瞪起双眼，十分惊讶，疑惑地盯住海银华问。

“是真是假，我又不在场，信不信由你。”

韦步平异常冷静,默不作声。

凌云青向桂品微递眼色,喃道:“有这么回事?”

屋里顿时冻结,一片沉寂。

“阿红!”桂品微脱口喊了一声,仿佛突然发起高烧,脸色苍白,眼睛发直,牙齿咬得紧紧的,顿时晕了过去。海银华慌作一团,凌云青急得直跺脚,显出要哭的样子,不知如何是好。韦步平却沉着不乱,叫一声:“阿红!”

阿红赶到客厅,韦步平以眼示意,催她将人扶起。海银华和阿红将人搀扶起来,才走两步,品微“哇”的一声,吐出一口痰,里头带着鲜血。

银华大惊失色,嘴唇哆嗦,喊道:“哎呀,不行了,不行了!”

大家七手八脚,总算让病人躺到了床上。阿红给病人喂了半杯早已炖好的人参汤。

凌云青和韦步平两人退出房来,茫然若失,不知说什么好,沉默半晌。

“都是你的故事讲得好。”凌云青瞪对方一眼,说完转身就走。

海银华掀起雪白的门帘,从房里出来,瞅着朝外走的凌云青,正要张嘴叫唤,韦步平拦住她说:“让他请大夫去吧。”

海银华转头瞅瞅韦步平,好奇地问道:“方才阁下讲的那个坏蛋是——嗯,品微她怎么……”

韦步平看着对方的眼睛说:“还问呢,都是你的新闻火上加油。”

“是我的新闻,还是你的故事啊?”

“阿红!”屋里传来使人痉挛的呼唤。

海银华扭着水蛇腰,转身跨进里屋。

不多一会儿,门外传来铃铛响。凌云青同一位大夫坐着一辆出诊的专用包车赶到。

当大夫给病人切脉的时候,凌云青和韦步平静坐在客厅,两人的胸口都像压着一块石头,一时说不出话。

“你的故事叫人已经够受了,再加上‘号外’新闻,更叫她担当不起。现实太残酷了!”凌云青浩叹着,推一推掉到鼻翼上的眼镜。

“现实?现实是人造出来的!”韦步平站起来,两只胳膊交叉在胸前,来回踱步。

“你说,号外新闻能当真吗？光宗他会不会……”

韦步平不等凌云青吞吞吐吐地把话说完,抢过来斩钉截铁地说道:“会！对他,领教得不少了,这号人什么事也会干得出来的。”

“也不能抱成见,人总会变的嘛。”

“对,会变。有的变好,也有的变得更坏。像他,万变不离其宗。卖身投靠、临机应变。唔,马鬃蛇——一天三变。”

“老弟,你这一刀未免锋利了,病人可受不了啊。”

“脓包不把它捅破,岂不成了养痈贻患？”

“我总觉得人情之事,叫人下不来台,很不好意思。”

“又是‘不好意思’,哈哈,你这口头禅也还不变啊。”

韦步平发笑,在对方肩膀上拍了一下。

第二天,星期一。省政府秘书长照例主持总理纪念周的仪式,念完“总理遗嘱”之后,才到办公室视事。一位秘书送来一大堆卷宗,在卷宗上面搁着一张请求进见的客人的名片。秘书长拿起名片揣测半天,上面仿宋体的名字使他皱起了眉头,好像在端量一位陌生人,捻着两撇胡须,打鼻腔哼了一声,自言自语:“牛犇？看名字就不逊,那样的刁钻古怪。”秘书长瞅瞅垂手侍立的秘书问,“是什么样的一个人？”

“说是中央农民部的特派员。”秘书回答。

“这个,名片上不是印得明明白白的吗！我是说,什么样的派头？”

“派头？说不上是啥家伙,嗯,人倒还朴实,穿的中山装……”秘书支支吾吾,说不到节骨眼上。秘书长听得不耐烦,摆着手说道:

“算、算,让我自己来品吧。去,请他来！”

韦步平被引进秘书长的办公房间。一眼看到的,这位高官不是别个,正是十年前曾经把他放逐出法政学堂的堂长——朱元敬。这真是叫人仿佛一脚踩上癞蛤蟆,不由一怔。

秘书长抬起头,睁开老花眼,一边请客人就座,一边疑惑地打量对方,又重

新瞧瞧名片。寒暄两句,然后稍微斟酌地问道:

“牛先生贵处是……”

“啊！鄙人四海为家,哈哈,都是中国国民。”

朱元敬看客人出言不逊,神态傲岸,马上联想起十年前在法政学堂的那匹“害群之马”。“果然是他吗?”这真叫秘书长颇费猜疑,“是他!”一会儿,秘书长自己肯定了自己的猜测。然后小心地嘀咕着:“真是来者不善,善者不来！不过,管他牛头马面也罢,如今人家居然是挂国民革命政府特派员的官衔,那就不简单,在旧时代来说,大小也是个钦差。何况当今革命这块牌子,正红得发紫的时候,可不敢怠慢他们这帮新贵呀！‘识时务者为俊杰’,少不了虚与委蛇,看他拿的什么底牌,再作打算。”想到这儿,主意拿定。秘书长慢条斯理地从烟盘拿起两支烟卷,让了让客人,完了,自己点火吸起来。当年吸水烟袋的那些动作已经没有了。

“十年前,桂林法政学堂有位同学。”秘书长从容不迫,喷出烟雾,瞟客人一眼,试探地说道,“恕我冒昧,那同学跟牛先生长相有点……唔,莫非是牛先生的昆仲?不过,记得他似乎不是先生的同宗?”

韦步平把对方一言一行都看在眼里,打心里骂了一句。“老奸巨猾!”然而,他却装出若无其事地说道:

“过去的事不提也罢。”

“是呀!”朱元敬叹了一声,“‘过去种种譬如昨日死’。不过,‘前事不忘,后事之师’,也都是古人的至理之言。回顾过去,是为了展望未来。以往,兄弟在‘法政’办学,无德无才,毫无建树,惭愧,惭愧。如果有可告慰于心的话,那就是对培育人才,鄙人倒是苦心孤诣,始终不渝的。王君光宗,凌君云青,如今都是社会的柱石,为当局所依重。而他们原先就是法政的高材嘛！唔,同他们都见过了吗?王君出差河口,襄助夏主席平定瑶乱去了;凌君是‘后援会’的主委。牛先生此次使命……”

秘书长表白一番之后,看看客人板起面孔,既不肯随声附和,又不轻易点头敷衍,只好把话转到正题。

韦步平说,他此次奉命下来,职责是促进农民运动的开展,唤起后方民众的革命觉悟,铲除封建势力,支援北伐前线,上下一心,打倒军阀,抵抗列强帝国。

“事关大局,如何着手,希望秘书长明教!”韦步平最后说道。

秘书长听完,摸摸秃顶的脑瓜,沉吟着说:“这个……这个事情嘛,是关系大局的,办是要办的。妇女联合会、青年联合会、劳工总会等法团,都先后挂起牌子来了。有了庙,神才好拜不是?当今世界潮流所趋,广西岂敢后人?阁下提起‘唤起民众’,这是总理遗嘱的明训,谁敢不履行呀!只是,农民嘛,散漫成性,恐怕跟青年学生和劳工大众不一样。学生有学堂,工人有工厂,一声号令就集合起来了。农民怎样对付?倒是颇费周章的。以我之见,心急吃不下热汤圆,急不得。夏主席和党部王秘书长眼下都不在家,稍候几天,等大家都聚齐了,到时再从长计议如何呢?既来之则安之,就待几天再说。嗯,住处都安顿下来了吗?‘后援会’凌主任见到没有?”

“我们是老同窗。”韦步平答道。

“哦!”朱元敬惊喜交集,面带笑容,“这样说来阁下也是法政的啰?我说呢,看面上挺熟。”秘书长端量客人,用长者的口气说道,“人是长高了点!”

“在学堂时候,少不更事,有劳老师操心,很遗憾。”韦步平说。

“哪里,哪里。没有读到毕业吧?后来又到哪里深造了呢?”

“说起来,话就长了。‘过去种种譬如昨日死’,哈哈。”

“哈哈,是的,是的。‘法政’旧人,在省会做事的不少,不妨大家聚聚嘛。”

朱元敬夸耀桃李满天下,自鸣得意。

韦步平打心里苦笑。

第十一章

当晚，韦步平在当阳街西一里的一所住宅会见自己的党省工委书记黄逸奎。书记三十来岁，细高个子，眉目清秀，态度沉着冷静，像个教书先生。他的社会职业是《国民日报》主笔，兼国民党省党部工人部部长。原先在北京大学参加李大钊教授领导的马克思主义研究会，后来入了党，是个秘密党员。

书记听完韦步平汇报他见过省政府秘书长朱元敬的情况以后，右手捏着一支红蓝铅笔轻轻地敲着左手拇指指甲，思索半天，才朝着韦步平说：“封建余孽！一具等待被埋葬的活尸。对革命来说，是块绊脚石；不过，眼前正当讲究国共两党合作，你又不能把他搬开。周围像他这样的人不少：说他反动派，可他表面上是拥护‘三大政策’，赞成北伐的；说他是开明进步人士吧，他们却在你背后扯腿。这些人，你叫他什么呢？顽固势力？总之，我们面临的斗争十分复杂。你说，你的工作岗位摆在哪儿好？广东那边的做法怎样？”

韦步平说：根据广东搞农运的经验，省里挂不挂牌子倒是其次，中心问题必须在广大农村当中，先把农民协会搞起来，唤起了民众，革命才有牢靠的基础。广东农运之所以搞得轰轰烈烈，就是彭湃同志在他家乡海陆丰地区先动员了广大农民，组织了农会，配合孙中山东征，取得了讨伐陈炯明叛军的胜利，推动了全省农运大发展。

"临来，特地向所长请示……"韦步平刚一提所长，黄逸奎立即接过来追问："是农讲所所长吗？他有什么嘱咐？"

"他说，搞农民运动，海陆丰就是个活标本。"韦步平回答得很干脆。

黄逸奎沉吟片刻，在一张纸头上写了什么，然后抬起头来端量对方，又问："你到海陆丰参观没有？"

"没有。"韦步平摇摇头，"我们列席广东全省农民代表大会，听过彭湃同志在会上的介绍。"

"哦，到底是增长了见识，学到不少宝贵的经验。"黄逸奎说，"搞农民运动，人多势众，好比一堆干柴，容易起火。从历史看，有过不少次的农民起义曾经动摇过剥削阶级的统治。就因为本身有自己的局限性，小生产者习气重：散漫、自私、狭隘。对这方面的客观状况，我们必须要有充分的估计。"

"这点，所长跟我们讲了：正因为广大农民本身存在这个弱点，所以必须把他们组织起来，成立一个团体，才能发挥出他们的力量。所长讲得很生动：说外国人笑我们中国人是一片散沙，那要什么紧？你把它掺上石灰或水泥一搅拌，嘿，比起石头还坚固呢。所长还讲，你单独一个小指头能有多大用嘛，可你五个手指攥成一只拳，一拳就能把人打倒！哎，所长讲话深入浅出，拿平常的事给你讲出深奥的道理。"韦步平的话里流露出深深的敬佩。

"是呀。"黄逸奎表示同感。

"你见过两广区党委书记吧？"稍停片刻，黄逸奎从抽屉里拿出一份文件，一边看一边问。

"是恩来同志吗？"韦步平反问，"他和恽代英、萧楚女几位同志都是农讲所最受欢迎的兼课老师。我决定回来之后，所长说，负责两广党的工作的是恩来同志，要我一定去向他请示。"

“去了没有?”

“去了。”

“他怎么交代?”

“他讲了农运的重要性,说海陆丰的经验可以借鉴,但重要的是,遇事要想到大多数老百姓的利害关系。至于工作步骤如何着手,他说要因地制宜,听省工委意见安排。此外,他还着重讲了一点,必须注意国共两党合作问题。既要注意统一合作,又要保持独立自主。同流合污固然要不得,孤高自傲也不符合斗争策略。”

“是呀,这点非常重要。见到云青了吗?”

“是后援会主任吧?我们是老同学。”

“啊,你看他是不是有点……”工委书记稍作斟酌才说,“唔,有点热情有余,冷静不足?我说,阶级斗争不是做诗,可不能太天真啊。”

两人谈到这儿,女秘书进来对黄逸奎说,河口来的一位海员工人,要求面谈。黄逸奎看了韦步平一眼,然后问秘书:

“问他有什么事?”

“那,工作问题是不是改日再谈?”韦步平起身打算告辞。

“不,不,请坐下。”黄逸奎伸手向客人示意,“茶凉了吧,换一换。说来说去,还是言归正传:工作。你的意见……”

“我的意见:回老家。先在巴龙、岚山一带把农民协会搞起来,做个示范。那边,两年前同乡亲们闹过‘三三会’,有点群众基础;当地山区土豪劣绅对农民的剥削压迫,比别处更残酷,农民反抗也就更加激烈,局面容易轰开。”

黄逸奎不动声色,一边听一边在考虑,等韦步平把话讲完才说:“那就是说,在‘三三会’松散的沙子里掺进革命思想的水泥,组织坚强的农民协会,攥起巨人的拳头,朝着封建的势力进攻?”黄逸奎讲到这儿,凝视着韦步平,等待回答。

“是,是这样。”

“不过,巴龙、岚山到底不是海陆丰,要因地制宜,可不能依样画葫芦啊。认识事物,决定方针,采取的方法步骤,都不能忽视时间、地点、条件这些客观因素。当前的斗争,总的矛头是反抗列强帝国主义侵略,反对封建复辟和军阀割据。同时,又要讲究统一战线,同国民党合作。而国民党里头,成员很复杂,不少封建余孽——地主豪绅,昨天还是吸血的蚂蟥,今天却摇身一变,成了国民党员,胸口挂上青天白日党徽,成了新贵。他说他要同你合作,你怎么办?斗争可是一门深奥的学问呢。"

女秘书又掀帘探头进来,朝着黄逸奎请示:"部长,客人……"

"客人怎么样啦?"

"他说一定要亲自见到你说话。"

"那,好吧,请。"

"我!……"韦步平用眼睛看着黄逸奎。

"你先别走,还有话谈,进里屋等一会儿。"

黄逸奎掀起套间的竹帘让韦步平进去。然后在房里踱步,等待来访者光临。

女秘书领着客人进房间,主人招呼客人坐下。秘书给客人斟了茶,然后向部长问话:

"报社夜班室来电话问:北伐军衡阳告捷,跟夏主席平息瑶乱,凯旋归来的两道新闻稿,先后次序如何排列?"

黄逸奎不假思索,马上回答:"前一道,按北伐捷报发稿,登要闻版,发头条,通栏标题;题字特大,文四转二;后一道,作地方消息编排,登二版头条,题三文二转一。"①

秘书走后,黄逸奎才注意看客人,略带歉意地说道:

"哎呀,事情多,久等了。先生你……"

"我是个海员,受工友嘱咐,专程来请示黄部长:我们工友商量,要求省党部批准我们在河口也成立一个工会。"客人开门见山,口气直爽,上身略向前倾,两支肘撑在膝盖上,搓着巴掌。

他脸色黧黑得像板栗,眼睛炯炯发亮;二十五六岁年纪,留个平头,上身穿

---

① "文四转二"、"题三文二转一"是新闻业务术语。

"文四转二"——正文排印开头占四栏,后转占两栏。

"题三文二转一"——题目占三栏,正文开头占两栏转为作一栏排印。

一件对开襟的褪了色的点梅纱,看派头,跟旅馆的茶房、饭铺的跑堂和理发店的师傅那号人员差不多。

黄逸奎稍微打量一下,觉得对方身上有股海员的耿直、朴实而刚强的气味。于是跟他开怀畅谈:

“你们想成立工会好嘛。你到省党部工人部去过没有?那里有各种行业工会的组织章程。”

“章程倒是拿到了,就是想见见部长……”

“部长?哈哈。”黄逸奎爽朗地笑起来,“部长部长,不长不长啊。我个人也还不是照章程办事嘛。嗯,河口码头那边的搬运工弟兄不少吧?”

“不少。云南出来的烟土,外头进来的洋货,都得经我们这些苦力,手搬肩扛。”

“原先成立过工会没有?”

“有是有。那是黄家伙,油水都叫把头捞了。不是真正工友自己当的家。”客人见部长跟他平起平坐,不拿架子,自己才放松戒备,不那么拘谨了。他停止搓手,端起茶杯呷了一口,把胳膊肘搁在椅子的扶手上。

“还没领教呢,请问贵姓?”

“什么贵不贵啊,姓罗,四维罗;叫罗汉,十八罗汉。”

“啊啊,十八罗汉!”黄逸奎笑起来。

“罗汉!”韦步平闻声,喊着从套间里掀帘冲出来。

客人立即站起,看着出来的人大吃一惊,梦幻似的眨眨眼睛,审视对方一会儿,突然,情不自禁地上前一步,紧紧拉住对方的手,颤声说道:“则明,你……”眼眶噙满泪水。

“我昨天才到。”韦步平高兴而亲切地往他肩上一拍,然后转向黄逸奎说道:“介绍一下,这是我们‘三三会’的弟兄。”

黄逸奎马上说:“好哇,又都聚到一块了。”

“嗯,让我看看你。”罗汉把韦步平的手拉过来,瞧瞧他左边的耳屏。那上面有颗绿豆那样大的胎记,特别显眼。“唔,不错。”罗汉自己喃道。

韦步平对老朋友笑笑,问道:“怎么,你学会算卦、看相那套走江湖的玩意了?”

“不,受人之托。河口码头有位工友老大爷叫我替他留心找一个人……”

“你们请坐下谈吧。”黄逸奎招呼着客人。

罗汉等韦步平归了座,然后说,那位老工友讲他一个伙计有过这样的故事:年轻时候跟随叔父流落外乡谋生,天缘巧合,不知他什么地方被一位东家看上了,把他招郎入赘。第二年,娘子头一胎就生个男孩。就在一家人为此庆贺的日子里,娘子却得产褥热症,到处延病求神也医治不愈。年轻的外乡人,一旦丧失了妻室,宛如破了牢笼的云雀,很难收住离散的心。婴儿由外公请人奶养,自己则远走他乡,另谋生计去了。从此,到处无家到处家,再也没回过头去想那个伤心的地方。那一家人后来的景况如何,他也无心去打听。岁月催人,年复一年,不觉转眼工夫人已渐入老境。到孤独的时候,不免回首往事。有时同朋友闲谈起来,不由萌生遐想:要是他那个婴儿侥幸活得下来,这时也该是个后生哥了。但是,人海茫茫,哪里能在海底捞到针啊?老工友也懂得希望是渺茫的,但是,又不肯放弃这点心思,有机会总不忘向人打听。韦步平说,这无头公案,叫人如何了结。即算叫他父子走对面,互相也无从识得出来。别人更难帮上忙。

“不,是有个眉目来的。”罗汉说,“老头说,他那个伙计讲,孩子生下来有个明显的胎记:左边耳屏上长着一颗有绿豆一般大的黑痣。”罗汉说到这儿,瞅着韦步平耳朵。

“有这样的事?”韦步平疑惑地喃道,“那个人都到过哪些地方?”停了片刻,韦步平问道。

罗汉说,老头讲,他那个伙计老家是巴龙县,田州、岚山都待过。开头是同老叔做学徒,给人家弹棉花。后来老叔死了,自己找不到合适的伙计,不再弹花了,随便给人家打短工做杂活,有时给货栈扛麻袋,有时在衙门当杂差,喂牲口、给班房犯人送饭什么的。前几年,在岚山县署当马伕,有天夜里,马厩附近炮楼关进来一个什么人。衙门师爷要他给送饭。他从小小的窗洞窥见那个人的耳屏就长有颗黑痣。这可是叫他犯疑了:难道这是自己的骨肉吗?天下事哪有这样巧?本来,他是鼓起勇气想冒一下风险,悄悄跟犯人搭话,问问他的身世,但是天不作美,几次身边都有人盯着,没法开口。不多久,本地农民造反,半夜破了城。衙门起火，鸡飞狗跳，各人慌里慌张，都散摊了，谁也顾不了谁。那个马伕，心里一动：管他什么人呢！这世上，不冤枉的就不会坐牢受罪。于是，他横了心，拿起磨刀石头，把炮楼的门锁砸了，把人带出后院，见到前面来人，自己赶紧就跑。也不知那个落难人逃掉没有。这之后，那个流浪汉就到田州，在码头扛包做苦力，以后，又来到河口打零工……

"原来是他!"韦步平在心里捉摸着，却不动声色，只是问："老人家现在在哪儿?"

"在河口，同我一块儿。"罗汉说。

"为人如何?"

"江湖义气。"

"他讲的那个朋友会不会是他自己啊?"

"不会吧？没有问过。"

这时，秘书在帘外召唤："部长电话。"

黄逸奎起身，韦步平和罗汉也同时站起，对着主人说："我们也走了。"

黄逸奎对韦步平说："那，明晚再来一趟，罗先生……"

韦步平接着说："我同他出去谈谈。"

韦步平和罗汉两人走到街上时已经十点多了。第二场电影还未散场，大沙街的夜市正热闹着。罗汉一定要韦步平一道上林友记茶楼饮茶。进了茶楼，两人对面而坐，互相端量了半天。

"好好谈谈你这一两年来的经历吧。"韦步平先开口。

实际上不到两年工夫，眼前的罗汉比原先老成多了。人生的忧患在他脸上投下了阴影：早年那股敢闹敢闯、正直不阿的气概，在眉目间虽然依稀可见，可是少年人乐观的爽朗和憨直的稚气却已消失。人倒是健壮结实，胸脯突出像只斑鸠，嘴唇上下长满了短须，脸庞黑得像只荔枝核。

"你走不久，我也就离开了岚山，到田州干了一段，又转到河口。"

罗汉以低沉的声调，叙述他的故事。如今他在河口卖苦力，周围的弟兄倒也挺讲义气，大家能合得来。白天流一身汗，晚上吃饱了饭，跳下河洗个澡，夜里做个好梦，早起，力气又回来了。又照样流汗，吃饭、洗澡、睡觉、做梦……

“只是,往前一寻思,又觉得不那么对路。”罗汉停了一会儿说,“你眼前年轻力壮,能打能跳,卖苦力干活路,日求两餐,夜求一宿,是不用担忧的。日后年老力衰,扛不起,走不动了可怎么办?”罗汉说到这儿,把话顿了一下,眼睁睁地望着老朋友。

韦步平拿眼睛反问他,意思是说:“你说呢?”

“在我们身边有不少老工友,不是腰酸腿疼,就是力气不支,上不了工,只靠工友发善心周济度日。人就像被扔掉的烂麻袋……”

“那,你打算怎么办?”韦步平问。

罗汉说,听人讲省里工人成立了工会,筹办互助金,为工友自己谋福利。大伙推举他出来牵头,到省里来打听情况,省工会的弟兄告诉他:到省党部问工运部。工运部的干事告诉他黄部长住处,他就闯来了。

“省工会的弟兄们说,有了工会,工友就有了伞,晴天雨天都有遮拦了,老板不能再随意把人解雇,也不能轻易克扣工钱了,年老干不动时,会里有互助金救济……”

“想得倒远,人还没长大就想到老了。”韦步平把话引开。

“还没长大,胡须都一大把了。”罗汉摸一下下巴,眯起眼睛对着老朋友笑。

韦步平仔细瞅瞅对方,想起件事,问:

“还记得你为搭救一个人坐牢的事吗?还想得起那个姑娘吗?”

“你说那个丫头吗?人,现在要是在街上见到,只怕也认不出来了,事情倒忘不了。是呀,这样的事,一辈子怕也只会有这一回吧,怎能忘得了呐。”

“人家跟你可不一样,故事虽然不愿再提,恩情却刻记在心上。”

“见鬼去吧,你怎么知道?”

“我怎么知道,你就别管了。我只问你:你倒是想不想见她?”

“这年月,泥菩萨过河,自身难保,还够顾得这些。”

“是不是心头挂上另外一个人了?”韦步平歪着脑袋,盯着对方深沉的眼睛,嘴边浮着笑意。

罗汉脸色沉着,对韦步平开玩笑的试探,没有搁在心上。论年纪,他离三十岁还差大半截呢,模样儿却像个饱经忧患的中年人了。

“哎,一个已经够累赘了,哪里有心机再管另外一个!”罗汉轻轻地叹道。

这时刻,韦步平才问起他:曾在汪锯人家当过丫头的阿连——后来改名重九的旧事。

对此罗汉并不否认,原先他对她是有过心思的,只是:“那是剃头的担子,一头热一头冷——单相思。”

“后来你俩一直没当面谈过?”

“没有。”罗汉摇头,“谈什么呢,人家的心未必搁得上我这样一个打石头的小子。”罗汉说,“‘三三会’结盟那天,虽然见了一面,也不好意思说话。过后,打蚂蟥大院失败,各人东奔西跑,再也见不到了。”

“世事也确实难得对路。正所谓‘有意栽花花不发,无心插柳柳成荫’。”

两人沉思无言。

“到我那里去吧,我有件东西给你。”

“现在就去?”

韦步平抬起头,望着对面墙上的挂钟,说:“现在太晚了,明天下晌你去乐群社找我。”

罗汉说,明早七点,他的船(他在船上当水手)就开回河口了,等下一班船打转来再说。

“下一班船,来回得一个星期,恐怕等不到了。”韦步平表示遗憾,说他再过三五天就回老家,打算在岚山、巴龙一带组织农民协会,把农民弟兄联合起来。

“就同你们工友要成立工会一样,闹翻身。”韦步平说到这儿,又兴奋起来。

“再来一次‘三三会’?”

“不。‘三三会’那只是在山里的小水沟捞虾,这回可是要下海擒龙了。”

“先生,还要什么吗?”跑堂的过来问。厅里的茶客已经走得差不多了,这只不过是催客人走的话。

韦步平对罗汉示意:“走吧,你明早不是就走吗?”

两人起身到柜台跟前,跑堂瞅着桌面的杯盘点数,随后高声向收款柜台报账。韦步平到柜台照数付了款,走出茶楼。

两人走到民生码头,韦步平说:“我送你下船。”

“不用。”罗汉说。

韦步平还是陪着把兄弟走下码头。一边走，一边讲他回岚山、巴龙搞农运的打算，问罗汉知不知道家庆、志高和马大嫂他们的音讯？罗汉说，那年自从步平走后，大伙也就分头散开。他临走时，家庆对他讲，打算找个木匠师傅，到山圩、万象一带，游乡过寨，给人拉大锯解板；志高躲回老家瑶山，跟外公上山挖草药，同玉姑小两口共度日月。这回瑶民造反，说不定也有他一份。

罗汉说，这回瑶民造反，说是瑶王牵的头。起因是官府逼迫瑶王缴纳瑶区历年积欠的盐税，把瑶王激怒了。这本来是瑶王跟汉官狗咬狗的勾当。瑶王却欺骗瑶民说：汉官指令摊派民工修筑公路，为的是好运兵马进山霸占瑶区，一来，改变盘王世代相传的风俗；二来，从此瑶民不论男女，都要被抓去外地，当兵作奴，任由汉人糟践。盘王给他托梦：叫他出头联合各地山主，歃血为盟，一致反抗汉官筑路。声言瑶区独立自治，抗拒汉人入山进寨。这样一来，瑶人闻声响应，盲目归附瑶王。事态发展日见扩大。省主席夏雷带了千多兵马，封锁包围了瑶区，威胁利诱，软硬兼施，敦促瑶王臣服。

“夏主席上个月就是封了我这条船开上河口的。”罗汉说，“里头有个副官一类的家伙，就是在岚山被我们赶跑的县知事，老跟在人家屁股后面吹牛拍马，抽大烟，打麻将，吃吃喝喝，像个妓女。”

“王光宗？你没有被他认出来？”韦步平问。

罗汉摇摇头：“没有。他怎么会记起我这个小萝卜丁。人家眼角多高，长到额头上了。他到底当了什么官？”

“省党部秘书长。”

“那，他会不会……”

“会什么？”韦步平反问，但接着又说，“唔，很难讲，他这种人，什么事都会干得出来的。”

“你现在的官是不是比他大？”

“比他小。”

“那……”

“放心。官再大，不得民心也不行。你现在不是要成立工会吗？我这就回岚山、巴龙去教农民弟兄们联合起来，成立农会。工人有工会，农民有农会，人多力量大，如今官大也压不住小民。这回闹起来，跟上次可大不一样了；这回，好比是大海行船，有了罗盘针，不再瞎闯了。”

“那怎么闯？工会跟农会是一样干吗？”

“道理一样，章程不同。”

“章程？就照方才黄部长给的那份章程办吗？”

“是呀。”韦步平说，“对啰，我在广州临回这里来时，一位老师对我说：革命道理有千万条，归根到底就只一句话——造反有理！”

“好，造反有理！哈哈，妙！哎，时间不够了，能跟你多谈点就好了。”

“多谈，我也只有这么一句：‘造反有理’！哈哈，再见！”韦步平说着，往把兄弟肩膀上使劲地拍一下，开心地望着走开去的背影。

背影走不几步，忽然又转回头，小跑上来，稍带腼腆，问把兄弟：“你说谁给我一件什么玩意儿？”

韦步平盯着他眼睛，含笑地说：“没带在身上，代你保管好就是了。”

“那，我们什么时候再见面呢？”

“回岚山看情况怎样，叫人去跟你联络。另外，你留意一下那位老工友，到底是什么人？”

“好。再见！”

两人分了手，一个上船，一个回乐群社。

这时，凌云青正在韦步平的房间里等着，将近有一个钟点了。没见主人面，客人就不肯走。独自坐在房里信手翻阅桌上的书报——《人民周刊》和《农民问题丛刊》等等刊物和小册子。在《人民周刊》上面，有周恩来一篇论文《国民革命与国民革命势力的团结》，在《农民问题丛刊》上有彭湃的《海丰农民运动》，还有《土地与农民》等等。

凌云青一边读一边在想：韦步平也该是入了共产党的吧？在这时代，潮流所趋，识时务者为俊杰，除非浑浑噩噩、醉生梦死的可怜虫，有哪个热血青年甘心作时代的落伍者呢？凌云青自己回顾这两年来的经历和变化，虽然没有同辈人黎柏初、夏雷那样，官运亨通，飞黄腾达。社会阅历却深了一层，思想见解有了飞跃。不但是孙中山的一般信徒，做了国民党党员，而且还加入了共产党。这并非如海银华所理解的那样：为的是赶浪头，学时髦，而是自己用心反复思索过才作的抉择。当然，促使他决然离开岚山——放弃教育事业，走上新的征途，与海银华的热情召唤，不是没有一定的关系。可是决定其投身政治，皈依革命，信仰马克思——共产主义的理想，那是在梧州宣传员讲习所期间，听了从广州革命方面派来指导建立共产党支部的同志的一席演讲所促成的。那一席演讲，对他在思想觉悟上，真是顿开茅塞，在精神生命上，无异一次新生。

那一回，奉宣传员讲习所委派，携带保送学员名单到广州农运讲习所，本想借此机会寻找韦步平的。只因一来梧州有事，来电催回，二来保送名单原有他在内，以为来日方长，只要韦步平在广州就不会遇不到。不想，回到梧州，党组织找他谈话：为了开展工作需要，不让下广州学习了，要他上省筹办"后援会"。加上海银华的怂恿拉扯，只好放弃再去广州的机会，同她一道上省里来，担任了现在的职务。

不可讳言，海银华对他来说有一股不可抗拒的魅力，遗憾的是，他在银华眼里，却没有在品微心中那样的分量。北山公园那场外界的压力，虽然没有造成彼此屈服而分离，却也未能因此激起两人的热情而得到进一步的发展。即算彼此都同走在革命的道上，然而，彼此的见解却始终保持一定的距离。也许这就是海女士所标榜的独立性。由于一方好玩弄若即若离的小游戏，使得认真而执拗的一方，忐忑不安，感情生活失掉平衡。

韦步平终于回到住所。茶房伙计守在门口迎着他说："有位客人在房间等着会见。"

韦步平心想："谁呀？"随即急忙推开房门一瞧，原来是凌云青，正端坐在椅子上翻阅书刊。

"啊，是你！几时来的？"韦步平又高兴又诧异。

凌云青放下《向导》，若有所思地盯着韦步平，有片刻工夫才开口问道：

"你也入共产党了吗？"

韦步平不觉一怔，随后笑吟吟地反问："你看我够得上做个共产党吗？"

"只要你愿意,岂止够得上而已。"

"是吗？哈哈。不胜光荣之至!"韦步平一笑带过了。

"到哪儿去啦?"凌云青以审视的目光望着对方。

韦步平把他会见黄逸奎那一节省掉,只说在码头遇见原先的把弟兄罗汉,请他上茶楼坐了一会儿。随即反问桂品微的病情。凌云青说,品微的病,一半是生理上的,这已经是难治之症;另一半是心理上的,更加令人为之担忧。

"真是一场悲剧!"凌云青说到最后,叹了口气。

韦步平沉思片刻,表示惋惜:"是认错了门牌了。她怎能跟王兄合到一块嘛!"

"这只能说明王兄手段太狡猾,而品微的心肠太软。"

"瑶王招驸马的事是不是真的?"

"有可能。"凌云青说,"王兄此人,逢场作戏,什么花招都会弄得出来。"

"我看他跟海女士倒是一对,为什么他们反而凑不到一块儿?"

"是呀。海女士好赶浪头,这一点倒是类似王兄;不过,前者的心地到底是善良的。"

"看她对你似乎格外关心?"韦步平逼视着凌云青探问。

凌云青不禁脸红,赶紧拿话引开,说方才接到通知:后天夏雷一行,携同瑶王来省拜会当局,要各法团、各学校和富家筹备迎驾。问韦步平的工作,是不是等他们回来请示后再作定夺？韦步平说,他已会见了省府秘书长,打算先下乡看看,听听农民大众的呼声,回头再作实施方案。不一定等他们回来。凌云青说,王光宗是省党部秘书长,农民运动是他的管辖范围,不先见一见不好。

"要说公事,我是中央农民部特派员,行动上不应受他的党部制约;要说私谊,彼此已经抓破了脸,何必作虚伪的敷衍?"

"当今时势所趋,大家都在改弦易辙。个人恩怨,相信王兄也会捐弃前嫌的。"

"个人恩怨我倒不在乎。我所要考虑的,只是工作如何开展?"韦步平说。他认为广东海陆丰的办法是可借鉴的。要谋求国民革命军在前方北伐取得胜利,没有后方的农民和工人在人力、物力上的支援就办不到。只有上层的空架子,喊口号发宣言,没有下层的组织基础作出具体贡献,那只不过是纸上谈兵,画饼充饥。

“比方你要造房子,只顾搭架子,而缺乏必要的砖瓦,怎能造得起楼房来呢?”韦步平打了个比喻。

凌云青听了,不以为然,马上反驳:“那么说,上层工作就没得用啦?”

“有。没有上层的领导机关,下层的群众运动就失掉奋斗的方向。但是,另一方面,如果没有下层群众作基础,上层就将失去凭借,变成空中楼阁,发挥不了实际作用。”

“那,照你这样说,设计蓝图的工程师无用,只要泥水匠就可以了?”

“这是你的曲解。我并不是这种观点。工程师和工人是相依为命的。要造高楼大厦,没有工程师设计,当然不成;但是没有泥水匠施工,工程师的设计,就会落空。”

“好,说不过你,不扯了。你真是要先回乡下看看?”

韦步平以目示意,点头首肯。然后又以询问的眼光瞅着对方,意思是在反问:“有何见教?”

凌云青说,原先的杜团总眼下仍在县长位置上。这些人摇身一变,也都咸与维新!成了国民党的新贵。现时正是国共两党合作的局面,前方军队北伐,后方民众支援,上下一心,以完成孙中山国民革命大业的遗志。奉劝韦步平,回到岚山,别轻举妄动,千万注意到新的局势。

“与虎谋皮,可要小心。”凌云青推一推掉到鼻翼上的眼镜,说,“棘手的是:他们那些家伙阴阳怪气,明枪暗箭一齐来,叫你不好招架。”

“看看再说。只要有劳苦弟兄作依靠,什么也不怕。”

第十二章

一早,马王七就到县台爷的小公馆候着。过了将近一个钟点,“金边蚂蟥”才一边扣着大开襟白纺绸汗衫纽扣,一边从里屋慢条斯理地踱到客厅来,抬起水肿的眼皮,瞅着来人问:

“怎样,人安顿妥了吗?”

“妥了,就看下一着棋怎个下法了。”

他们说的是:昨晚半夜,突然来了一位中央农民部特派员。杜耀光事先不摸底,不敢贸然出面,推给秘书马王七去周旋。叫把人安顿到后花园的印月台别墅住下再说。此刻,两人就来计议,如何对付这位突如其来的钦差。

“来者不善,善者不来,事先没个招呼,人突然来了,真叫人措手不及。农民运动怎么个闹法?心中没个谱,怎……怎么个闹法?”马王七把握不定,没了主意,显出干焦急的样子。

杜耀光眨眨水泡眼，鼓着腮帮，说："不管什么家伙，来龙斗不过地头蛇。是个啥样子派头嘛？什么，你也没有会过他？只叫马弁全福贵招呼？咳，这就不对了。不管怎样，礼节是少不了的。人家可是打着中央的招牌下来的呐，这就非同小可，可不能怠慢呀。"

"谁叫他三更半夜才到。"马王七以不服气的口吻辩白。

"算了，算了。往后注意点就是了。等会儿就去通知：十点钟，请各法团的头头脑脑来一下，先介绍认识认识；晚上，摆几桌水饭，为贵宾接风。一来糊嘴，二来蒙眼。后援会、党部、商会，还有妇女联合会什么的，牌子都挂出去了没有？门面的事要做得像个样，叫他挑不出眼来是不是？"

"是，是。老爷想得周到。"

"你这就去吧。催大家快点，十点钟到齐。唔，你等一等。"

马王七走了两步又转回头，听候吩咐。

一个拘谨的丫头捧着一套簇新的衣服悄悄送到老爷跟前。"老爷早安！衣服熨好了。"

丫头就是重九。自从那晚打蚂蟥大院被俘，料想不到，叫三姨太看中了，留下做服侍的丫头。一年多来，一直被囚禁在这个牢笼里。三姨太把她打扮成怪模怪样，拖着一根长辫，额前的刘海盖到眼眉上。原先本是机灵的姑娘，如今神情抑郁，好比树林里见不到阳光的花草，苍白清瘦。

马王七拿贪欲的目光死皮赖脸地盯住人家隐约微凸的胸脯和白嫩的脖子，直到人家转身回里屋了，才把视线收回来，朝着老爷装出一副奉承的笑脸，喃道：

"嘻嘻，乳鸽正是肥嫩时候呢……"

县台爷懂得这位跟班说的啥，叹口气说："别提了，为这个人，也不知闹了几回了。她的脾气你还不懂？她要是不松口，你再馋也白流口水。"

"三太她……"

"还在床上躺着呐。昨晚又是打满八圈，鸡叫三遍才回。"

马王七沉吟片刻，眨眨眼珠，闪烁其词地说："近来，麻将牌这股风刮得挺紧。少英瘾头十足，外面风言风语不少……"

“嘿，姓梁的这小子，终有一天我要叫他——唔，钻心虫，终归死在菜根上。现在先别管他，眼下要紧的是，在公事上别给人抓住把柄。唔，总理遗嘱，背熟了吗？这可是要紧的功课啊。我说，你们就不懂当今潮流的去向。”县台爷一边穿起米黄色中山装，一边说话。

“你看，披上这张老虎皮，像个新派不像？”杜耀光扣上顶着脖子的风纪扣，拉拉衣袖，向马王七征求意见。

马王七极力讨好：“嘻嘻，蛮好，蛮好。再戴上博士帽就蛮像个样了！”

“是呀。为人处世，也得讲究机灵，看准时势。去吧，去客人那里摸摸底，看是个什么家伙，好摊牌。河口那边，光宗这两天有啥音讯？瑶山那帮瑶古佬到底去了多少？男的都去了？嘿，找死的家伙！好了好了，先别管这些，你去吧。回头说。”杜耀光对跟班挥手，回头拿起水烟袋，准备吸烟。

差一刻十点，县署会议厅，陆续来了人。先到的是一位脑袋秃顶、南瓜圆脸的商会会长，接着，是一位留着山羊胡须的法庭庭长，刚进来坐下，跟着就是一位习惯从老花镜上边瞅人的教育局长和一位后援会主任兼高等小学校长，两人并肩而入，各人相见，不免寒暄两句。一位学生联合会筹备会的年轻学生来得最晚，在角落里，找到空位坐下，睁着迷惑的双眼张望，很不自在。

客人不多，厅里却显得挺挤。县台爷一进屋，个个诚惶诚恐，起立拱手作揖。作为一县之长，总不免要装模作样。他拿起架子，对全厅扫视一眼，稍微点点头，作个手势，请各人就坐。

“我说，”杜耀光开了口，又顿一顿，“等一会儿，我们就要会到从广州国民革命政府下来的一位姓牛的特派员。是的，名片印得清清楚楚。姓牛，中央农民运动特派员，顾名思义是要跟耕田佬打交道的啰。人是昨天半夜到的，不用说诸位没见到，就是我跟马秘书也都没会过面。来头不小哇，名片印得清清楚楚，大小是个革命政府的官。务请各位顾全大局，说话要谨慎，不能信口开河。兄弟无才无德，肩斯重任，陨越堪虞。以往有赖诸公鼎力相助，维持这个局面，兄弟实在不胜深感肺腑。但望诸公一如既往，风雨同舟，和衷共济。兄弟如有差池之处，为善不终，万望多多海涵！”

县台爷的话才落音，马王七把客人引来了。厅里人随着县长，忽一下站起。

大家睁眼一瞅，几乎都不敢相信自己的眼睛：这是什么特派员啊？不就是闹“三三会”的头目、被通缉的要犯吗？人们——包括县台爷在内，莫不震惊失色，面面相觑。有的悄悄耳语，有的局促不安。杜耀光到底是老于世故，佯装一副笑脸，向客人点头哈腰，说道：

“特派员昨夜光临，事先毫无所知，下人又未及时禀告；有失迎迓，十分抱歉！请，请！”

“别客气！”客人坐了下来，朝着在座的人扫了一眼。

“哦，我来介绍；大家好称呼，说话。”杜耀光笑嘻嘻地向客人抬了抬手，说，“这是中央农民部特派员牛先生……”

客人不等主人往下讲，索性说道：“诸位都知道，兄弟原先不是这个称呼的。因为老不走运、到处碰壁，干脆把霉头的韦字去了一脑袋，留下半截，变成一头牛。哈哈。”

教育局长接着说：“这个……凡是读书人，正名之外，有字、有号。这是古已有之，不足怪也。”

“是呀，是呀。”有人随声附和着。

“这位是法庭庭长，这位是商会会长……”

杜耀光逐个指着在座的士绅，向客人介绍。

突然，一阵风刮来的幽灵似的，闯进一个油头粉面的女妖，一见杜耀光就张开嘴又是笑又是喊：

“哎吔，瞧你呀，就像点十八罗汉似的，一个一个点做什么嘛。”

“嘘，你少说话。”杜耀光制止着三姨太的话，然后朝客人指指自己的姨太太，说，“嗯，这位是……”

“是什么？”三姨太瞪老公一眼，抿着两片嘴皮，“是现世观音不是？”

“你胡扯！”杜耀光急得跺脚。

马王七接过来说：“是妇联会主任，唔，是叫主席吗？对对，主席、主席。其实，主任、主席还不是一个样。老婆、老妻，两样叫法一样货色。”

紧接着，梁少英冒冒失失地赶了进来。一瞧，客人不是别个，正是韦步平，不由得发了狂似的，立即抢到跟前，拉住步平两只手，使劲摇了又摇，小眼睛眯

成一条细线,连声叫道:

“哎哟,什么风把你刮来的啊。怎么先不来个信,我们好到五里亭欢迎、欢迎。”

杜耀光向韦步平说:“既然老相识,名字就免说了。梁先生正等待上头任命,现在是县党部筹备会总干事。”

“啊?”韦步平缩回手来,惊疑地盯着对方的眼睛。

杜耀光介绍完了,接着说:“我们岚山县,到底是人才少,摊子摆不开。特派员此次下来视察,多多指教!”

梁少英说:“我们学界、商界、妇女各方面筹备工作,马马虎虎,总算有个谱子了,就差农界欠火,连招牌还没有。你老兄来了就好,赶紧闹起来吧。”

韦步平苦笑不言。

杜耀光的三姨太、妇联会主任莫秀英瞟了梁少英一眼说道:“看你算老几呀,竟敢给人家特派员摊派起工作来了。”

“大人大量。何况特派员又不是外来人,都是自己家乡弟兄,不拘这个。”梁少英要在这帮人面前逞能,显示自己居然跟上峰来的大官平起平坐。

庭长接着说:“不、不。不能那样讲,古时皇上规矩:生身父母要见做了皇后的亲生女儿,还得行三叩九拜的大礼呢!”

“先生此言差矣。如今民国时代,老封建那套礼仪早就该收档了。”

“那当然,那当然。庭长只说,上下之间,不免要有个规矩的吧。”教育局长含糊其辞,打个圆场。

这时候,杜耀光乘机跟马王七咬着耳朵说话。马王七连连点头。末了,县台爷干咳一声,抬起水泡眼皮,朝全场望一眼,说道:

“诸位请静一静:特派员嘛,奉中央之命下来履行公务,兄弟十分欢迎。今天请诸位来,大家见见面,别的暂不多谈了。农民运动嘛,是个新题,文章怎做?来日方长,再作计议。今晚嘛,请特派员吃顿便饭,有劳诸公光临作陪,就此说定,恕不另催。没事就此散了,晚间席上见!”

“好,席上见,席上见!”

人们纷纷离座告辞。

梁少英巴不得马上把韦步平拉走:“走,有件事跟你聊聊。”

杜耀光望着韦步平后影,站在厅当中发呆,自言自语:“冤家路窄,这可是裤裆钻进了跳蚤。”

马王七也在发愣,立着不动,想了半天才恍然说道:“你说他会不会是造假文书,冒名顶替?我看,不妨打电报到省里去问问。”

“好。回屋商量。”两人且说且走。

三姨太比他们先到,站在门口嗑着南瓜子,瞅着两人交头接耳,撇着嘴说:“哎哟,瞧你俩,年糕似的,快粘到一块了。又唧咕什么阴谋诡计吧?”

“去、去,没你的事。”杜耀光好不耐烦,向她挥手。和马王七拐进抽大烟的耳房,轻轻把门掩上。

三姨太生了气,扭着水蛇腰找梁少英去了。

马王七脱鞋上烟榻,划火柴把烟灯点着,跟主子躺在烟灯对面,一手端起烟枪,一手拿烟签挑起烟膏往灯罩上烧烟泡。杜耀光一脸阴沉,心事重重。

两人算计来算计去,筹划了半天,最后,杜耀光下了狠心说道:“我说,先别打电报,管他是真是假,反正在这地面,有了他就没有我。原先官府不是出过花红捉拿他的吗?案子还没了结呐。这回他自投罗网,长翅膀也飞不去。”

马王七听老爷这样一讲,虽然连连点头表示赞同,心里却打问号。迟疑半天才说:“这个……老皇历还顶不顶用呢?他被通缉在案,他自己心里还不明白?要不是捞到什么符法在手上,他能敢这样大模大样地回来吗?”

“这就很难讲。那年不是也说他要回来当知事吗?后来怎样?”

“彼一时此一时也,都说老皇历不中用了。那时,乱世为王,谁不是猪鼻子插葱装象,如今全省统一,广东、广西都打的一个旗号。人家现在手上就打的革命这张牌。”

“那你说怎么办?”

“要我说,当今革命这股浪头,顺者昌,逆者亡,谁也挡不住。以往旧账,就顺水推舟,把它付诸东流,不提了,也落得个顺水人情。然后,看看行情,再作道理。”

杜耀光让马王七把话讲完,沉吟片刻,似乎也觉有理;但是,忽然又改变主意，壮起胆子说道："看你为一个小小的特派员就吓得那样失魂落魄的样子。你说，他一张名片印什么中央就能通天呀？我看它就顶不住我们光宗那个省党部的盖子。你不知道：前一回我上省去，见到光宗，嘿，那才兜得转哪。堂堂的夏主席，大小事都少不了同他商量着办呐。省府的秘书长，你说是谁？就是原先法政学堂的堂长，光宗是他的得意门生。总而言之，光宗他如今正交的好运呐。凭他一只手就能挡住半个天。怕什么，干吧！"

干什么？怎么干？马王七狐疑不解，摸不到底，怕对不上榫，一时搭不上腔，瞪着眼珠，等待主子明示。

"我想……"杜耀光沉吟片刻，露出一脸凶相："一不做二不休……"

下面说话的声音极低。马王七挪动枕头，脑袋紧往主子这边靠，歪着耳朵倾听，忘了烧烟泡。他连连点头赞道：

"好，好，高见，高见。"接着，愤愤地说，"无毒不丈夫。来它个铲草除根，烟消火灭！"马王七咬牙切齿，露出一副恨不得要把人吃掉的样子。

"老爷！"门外响起丫头的叫唤。

屋里两人大吃一惊。奴才望着主子担心地喃道："糟糕，叫她听见了。"

丫头在外屋提高嗓子说："三太讲，她上街买东西，午饭不回来吃了。"

杜耀光将烟枪交给马王七，朝着房门的白布帘子喊话：

"你进来，我有话跟你讲。"

掀起帘子进来的丫头就是重九。她战战兢兢，挪动沉重的脚步，仿佛发现盘在路边的金包铁（一种毒蛇），屏着气，小心翼翼地要躲开似的。

"走近一点，害怕什么？不会有人吃你！你在外屋偷听我们说话了？"

重九涨红了脸，摇着头，低声下气地说："没有，我什么也没听见。"

"告诉你：你要把话漏出去，当心你的皮！不，转回来，你今晚不得到印月台去！听到了吗？"

重九点点头，默默地掀起门帘，疾步跨出房门。

马王七烧好烟泡，双手捧着烟枪，恭恭敬敬地端给县台爷。对方接过烟枪，含在嘴里，咯啰咯啰地吸出声来，两只眼睛眯着。

马王七揣摸了半天，壮大胆子说道："依我看，把这个人留在身边，迟早是个祸害,趁早打发了好。”

杜耀光睁开水泡眼皮,瞅对方一眼:“打开窗子说亮话,你是不是想……唔,汪老家的旱天雷不就是为她闹了一场……”

马王七插嘴:“啊,不,不是我,我不会像旱天雷那样……我只是为……”

“为什么?”

“为你,唔,为老爷你老人家着想。”

“为谁都好。她的事我管不了,你要想……唔,跟三太讲去。人是她的。”

正是这两人讲私房话的时候,梁少英同韦步平也在印月台官舍叙旧。韦步平要梁少英谈谈这两年家乡的情形,“三三会”老同们的下落,使他格外关心。梁少英对此却支支吾吾,语焉不详。绕了几道弯,回头又扯起他自己的事。

他的事是这样的:“三三会”打蚂蟥大院那晚,他跑不脱,同其他弟兄一道,被当作乱民关进了监房。幸亏凌云青为他出了一把力,保释出狱,还举荐他在城厢初级小学校当老师。此后,县警、团练经常清乡,吓得他不敢回乡。原先的“十友”把兄弟也罢,“三三会”的老同也罢,有时进城来见到,他往往爱理不睬的,躲躲闪闪。弟兄们见他这样,也不再找他麻烦了。上半年,县里说要成立县党部,教育局长兼任筹委副主任看少英平素好跑跑颠颠,于是要他填表加入国民党,呈报上峰举他做总干事,办理日常事务,不作教书匠了。可是,党务是干什么呢?不说他当上总干事的闹不明白,就是正副主任也都不甚了了。梁少英说,他到党部已经两个来月了,干事,干事,也不知干什么事。一天无非找人填表入党,宣传“三民主义”,动员民众支援前方北伐……讲起来,事情不少,可是大事、小事,议而不决,决而不行。要人没人,要钱没钱。少英说,不过,比起教书倒是逍遥自在多了。月初发薪水,可以搓麻将玩玩,钱花光了,可以闲聊天。优哉游哉,比当猴子王——同小孩整天打交道强。梁少英说得津津有味。

韦步平越听越不是滋味,正不耐烦,一个尖嗓子女人的呼声从门外传来:

“少英,你出来,快!陪我上街买‘香云纱’。你在这儿胡诌些啥?半瓶子醋,一下子倒完了,看你往后拿什么哄人。”

韦步平抬起头从窗台望出去,见到的正是三姨太。梁少英怪不好意思地向“十友”悄声说道:“难缠的骚货!”说着,马上起立,走到门口瞧了瞧,回过头来对韦步平眨眼："晚上，同你猜枚。"

"哎吔，还不来呀？谈情说爱吗？那么黏黏糊糊的？"三姨太怪声怪气地喊叫。

韦步平把撑着窗户的棍子一抽，窗扇"啪"的一声落下，把外面的人隔开了。

梁少英说声："我去周旋一下，晚上，同你猜枚。"赶紧夺门而去。

韦步平好像突然发高烧似的，烦躁地来回踱步。

傍晚时分，特派员赴宴去了，印月台官舍空无一人。县台爷的护兵全福贵——一个十八九岁的后生——来转了一下，把厅里摆设的古玩字画收起，准备拿走。丫头重九见他神色不对，当他是偷盗，追问他。全福贵一来为了表白自己清白，二来要在重九面前献殷勤，神秘地扯着她袖子，躲到竹丛一边，压着嗓子悄声说道：

"天机不能外漏，我只跟你一个人说吧。你要说出去，脑袋就要搬家哩！"

重九心头怦怦直跳，焦急地反问："到底是怎么回事？快说呀，都把人家弄糊涂了。"

全福贵跺着脚说："哎，你还不明白呀，明日一早，你就瞧吧。这儿就烟消火灭了！"

"啊！你说什么？"重九情不自禁抓住对方的手，心头跳得更加厉害。

"我说，你也不信。"

"信，信，你说吧，什么事？"

"你可不准讲出去啰？讲出去……唔，我只跟你一个人讲……"

"我赌咒行不行，我担保不告诉别个。"

全福贵盯住重九眼睛，信任地点点头，咬她耳朵嘀咕……

重九听了，担心地问："昨晚新来的客人，不是住在这里头的吗？"

"这就不知道了。别管那么多，你千万不准讲出去啊！"全福贵说完，抱着一捆字画和一尊大花瓶走了。

重九站在一边发呆……

二更的梆声敲过，宴会散了。

梁少英陪着韦步平回印月台。夜阑人静。微风不时揶揄着树梢,竹丛发出轻微的沙沙声,蛐蛐在合唱,岸边的青蛙跳进水里,“扑通”一声。

“当心火烛!”竹丛背后传来一个女子的声音。

“谁?”韦步平和梁少英同声反问。

没听到回答,只有竹丛沙沙作响,蛐蛐仍在合唱。

少英紧拉步平袖口,急促地催道:“快走!”

两人急忙穿过小桥,进入印月台。少英把房门掩上,神情紧张,瞅着步平说:

“快,快走吧!”

“怎么回事?”

“金边蚂蟥要下毒手:今晚鸡叫三遍要放火。”

韦步平乍一听,只当少英酒醉说胡话,可是,“当心火烛!”的声音又在耳边响起,叫他惊疑。点起灯一瞧,窗下新搁着煤油桶。少英说:机密是三姨太方才在小凉亭半醉半痴地泄漏给他的。

“酒醉出真言,估计不会假。你看怎么办?”少英看韦步平不做声,又添上一句,“方才那个声音,好像是重九……”

韦步平想了一下,作出果断的决定:“这样吧,我这就从湖里凫水出去。你赶紧过桥,从小道绕路回去睡觉,不要声张。”

“行李怎么办?”

韦步平听少英提起,回头看了看。那些从广州千里迢迢带回来,准备送给亲友的物件,马上就要化为灰烬了,不免觉得可惜。但是,立即硬起心肠,说道:

“去它的吧,风吹鸡蛋壳,什么也不要了。只拿几本书就够了。”

说着动手用油布把农讲所的讲义和言真特意送的东西,包成一只小包袱。临走,还将蚊帐放下来,床前搁上一双拖鞋,灭了灯火,离开房间。走到房门口,对少英说一声:“再见,保重!”随即将包袱顶在头上,从湖上踩水凫出去,逃之夭夭。

这时刻,三姨太回到公馆。发觉屋里空空洞洞,异常寂静。杜耀光和马王七在商会那里打麻将,没人在耳房,重九这丫头又不知哪儿去了,叫她觉得心虚发烦。连喝两杯冷茶，不但解不开闷，反倒更加烦躁。一只讨厌的蚊子老在耳边嗡嗡，她用檀香扇啪啪打了两下，蚊子没打中，扇子却裂成两瓣。

三姨太气鼓鼓地冲出门槛，不想跟重九碰个满怀。

“死丫头，哪儿找野男人去啦？”

“肚子不好受，上茅房去了。”重九故意捂着小腹。

“瞧你鬼鬼祟祟的样子，嘿。快回房里替我赶蚊子。见到姓梁的回来了吗？”

重九摇摇头。

“看他跟着抬死人去吧。”三姨太嘴巴叼着支烟卷，自言自语，愤愤地朝后花园的印月台跑。到了桥头，望见前面宾馆亮着灯，心想：“短命鬼，找死！还不给我回来！”她把嘴上叼着的半节烟卷，顺手一掷，直奔宾馆拉人去了。

她悄悄走进客人房间。房间寂静无声，床上放下了蚊帐，一双拖鞋端端正正搁在床前。三姨太喊了一声，没见答应。

骤然，一阵风吹灭了烛光，屋里一片漆黑。三姨太摸一摸小提袋，从里面拿出火柴，划了一下，轻轻走去揭开帐门。拿火柴的手晃了一下，火柴烧灼指头，使她立即把火柴丢了。

就在这时，忽然她发出一声撕裂人心的惨叫：“哎呀，火！”

随着她的叫声，房外的煤油桶着了火，火焰升腾，房门顿时被火封了；火舌迅速舐着窗户、屋梁——顷刻间，满屋烟火。

外面桥头也升起高高的火焰……

人们赶到湖边的时候，印月台已经是一座火场。夜空飘散着星星点点的火花，惊动了临近树上的宿鸟，它们惊叫着，飞了起来。

正是这时刻，在商会的麻将桌面上，掀起另一片喧哗：

“什么，什么？三万吗？正好，碰！”杜耀光的对家——商会会长把牌摊了下来。

大家伸着脖子，脸色都变了。

“嚯，清一色，一条龙，门前清，海，全了，满贯！”

“我说对家的三万应当扣住，不该放下嘛。”庭长瞅着县台爷抱怨。

县台爷一肚子委屈,强辩道:“谁猜得着他就偏偏吃这一张啊!”

马弁全福贵慌里慌张,夺门冲了进来,气急败坏地喊:

“哎呀!老爷,印月台起火啦……”

“啊?说什么?”

“印月台起火?”

“真的呀?”

人们顿时惶恐失态,七嘴八舌。

杜耀光倒也沉着,冷冷地瞪了全福贵一眼:“你亲眼看见啦?不是酒喝多了,醉眼蒙眬,花了眼吧?”

杜耀光虽然若无其事,不动声色。屋外却响起急促的脚步,连跑带嚷:

“嗨呀,印月台失火啦!”

“该死!喝了两杯马尿就出事。”杜耀光这才以目示意,叫马王七一道走。

马王七赶到现场时,后花园上空升起一股火柱,半个天空照得通亮,火势乘风呼啸,湖面映着粼粼金光。

通往印月台的木板桥被火烧毁了,人们来到岸边,驻足唏嘘,眼巴巴地望着房屋在火里燃烧。有人脱下衣裳,要凫水过去。“站住!”突然马王七大喊一声:“想干什么?谁都不许过去!”

“火这样猛,能救得了吗?是不是要浑水摸鱼,乘机捣乱,发洋财?”马王七呵斥着要下水的人,“回去,回去,都给我回去。烧了就烧了,有什么可看的。”马王七对着看热闹的人群下令。

重九躲在竹丛一边,瞅着可怕的烈焰,一边抹眼泪,一边哽着喉咙饮泣。

马王七回头见她,吃了一惊,问道:“啊?是你……哭什么?唔?”

重九手抹眼泪,昂起头,睁着愤怒的眼睛,盯住马王七,打心里骂道:“你们这些吸血的蚂蟥!”

“马秘书!”一个听差奔来,朝着马王七喊。

“什么事?”

“三太到处找不见,老爷要你马上回去。”

在场的人们听了,唧唧喳喳,又是一片惊疑的议论。

马王七随声即走,走了两步又回头向在场的人下令:

“去,去,回去! 谁要过印月台,他就担待那个干系!”

人们敢怒不敢言。其中有个人瞪着走去的背影,“呸”的一声,吐了一口唾沫。

“昨日个省里来的客人,不是住那儿的吗?”

“可不是吗!”

“那……”

“我看,就是酒喝多了。”

人们你一言我一语,议论纷纷。

马王七三脚两步,冲进杜老爷的耳房。老爷若无其事地玩着烟枪,吞云吐雾。见跟班的来了,瞟了一眼,得意地问道:

“完了吗?”

“完了。有人要凫水过去,我把他们喝住了。”

“你现在马上叫人起草一封电报,连夜发到省里去。”杜耀光说得不慌不乱,好像是成竹在胸,“电报要这样写:‘中央农运特派员莅临岚山,备受各界欢迎。晚夕县府为之设宴洗尘,宾主极尽欢洽。岂料,牛君因醉不慎,打翻油灯,燃烧蚊帐,殃及屋梁,火势猛烈,施救不及。牛君不幸罹难殉身。’下面收尾就是官样文章,什么‘等情据此,禀报垂察’,等等。唔,你自己斟酌去吧。”

“老爷,三太不知哪儿去了,到处都找不见。”护兵全福贵气吁吁地立在两位老爷面前。

杜、马两人面面相觑,不由发怔。

杜耀光喃道:“有这么回事?”突然,心一动,叫住马王七,“等等,电报后头还得加一句:‘案情蹊跷,详情待查,容后续报’。”

杜耀光沉吟自问:“她能到哪儿去呢?”

马王七望着全福贵问:“梁总干事那边去问过没有?”

“去了。”

“重九,死丫头!”杜老爷向屋里大声咆哮。

“唔,她……”马王七想起什么似的,露出疑惑的目光。

事情过了三天,省政府给《国民日报》社送来一条耸人听闻的消息,要报馆发表。消息稿是这样写的——

……兹有中央农民部特派员牛犇先生,于八月十九日抵达岚山县视察,下榻县署后花园印月台官舍。翌日晚,县长杜氏设宴接风,城厢各界人士应邀作陪,宾主欢洽无间。不料酒阑人散,客归寓所,三更初鸣,印月台顿时起火。火随风势,焰火烛天,施救不及,数椽楼台,终毁一炬。事后查清:县台姬人莫氏,竟被火焚身。而牛犇其人,踪迹渺然,生死不明。有识之者,谓牛氏本姓韦,乃本县南溪区那平村人也。民国十三年,江湖落魄,亡命回乡,不安本分,传播妖言以惑众,纠合歹徒而毁县署。声名狼藉。罪恶昭然。当年曾布告通缉在案。岂料徒然改名换姓,却未能革面洗心;虽投革命之机,竟无改邪之意。今乃挟私怨而损公谊,以杜县台为仇敌,其德何堪;藐国法而渎职守,以妇孺为牺牲,其罪何容。呜呼,天网恢恢,此罪有应归之谓欤?

采访主任拿着这一稿件前来请示主笔。黄逸奎看罢,大吃一惊。几乎不相信自己的眼睛,重新再读,白纸黑字,稿子写得明明白白,叫他做不得声。停了片刻,才站起来,负手踱步。

采访主任站在一旁,等待吩咐。

"这条新闻,先压下,不发。"主笔作了决定,对着主任说话。

主任却面有难色,看了看主笔,说道:"省府高头交代下来说:限定明天见报。"

"不,消息暧昧,真相不明。报纸要靠事实说话,不能把谣言当新闻。是省府送来的吗?我这就找他们去。"

黄逸奎拿起稿件就走。

翌日凌晨,凌云青应邀到当阳街西一里21号。黄逸奎拿出上面官方所拟的新闻稿和他一起研究。

凌云青看了,疑惑不解,打心里寻思:"有这样的事?奇怪!"他沉吟片刻,望着黄逸奎问道：

“怎么办，要登出去吗？”

黄逸奎说他昨晚跟省府秘书长朱元敬争了大半夜，结果，发稿人让了步，同意暂时压下，去封电报，查明真相再定。

“其中必定有鬼。”凌云青口气肯定，“据我所知，牛犇是个明人，决不干暗事。文章后头，分明无稽之言。印月台即令被焚，也无据以断定牛君为私怨而纵火？”

“问题就在这里。”黄逸奎说着，拿起稿件瞧了一眼，厌恶地撂开。

凌云青沉思一会儿，叹了口气，轻轻喃道：“复杂……本来劝他不要急着下去，到处是地头蛇，你能斗得过？可他就不听，现在……”

黄逸奎用铅笔杆敲着指甲，端详凌云青半天，才说：

“斗争到处存在，问题不在下不下去。你搞农民运动不下乡，搞工人运动不到工厂、码头，那就同想捞虾又不下河一样。”

凌云青听了，不以为然，勉强辩道：“我的意思，不是不要下去，而是说在步骤上要有个先后。目前，应该是先上而后下，换句话说，运动应该是自上而下，逐步开展。龙头先动，龙尾才好摆不是？”

“又是又不是。”黄逸奎说，“你要牛犇来解释，他也会说：比方要打仗，你不先招募足够的人马，而只有将军发号施令，谁去冲锋陷阵？”

“说来都有道理就是了。”凌云青仍坚持己见，不肯服输。

黄逸奎发觉对方有股执拗劲，以为再辩下去，意见也不会取得一致，于是，掉转话头，问起他同海银华两人的关系，到底达到什么地步？

凌云青见问，不由自主地羞惭满面，半吞半吐，含糊其辞。

黄逸奎给他倒了杯绿茶，说：“喝杯凌云白毛，茶不错。听说岑春煊当年做宫保，把它作贡品献给慈禧老太婆呐。我们国家的可爱就在这里，东西南北，到处是好地方，物产丰富，人才辈出。唔，岚山地方，你原先在那儿办过教育，地方还不错吧？”

“这就看从哪方面说了。”

“党组织打算派你到那里去，你看怎样？”

“是为调查那件案情吗?”

黄逸奎说,也不完全为那件事去,而是要他去那里当县长,取代杜耀光的位置。黄逸奎把话说完,留心观察凌云青的反应。

凌云青表示顾虑重重,拿不定主意。

黄逸奎紧接着问他,是不是有个人的事牵挂?凌云青含糊其辞,不肯明讲。只问是不是组织已经作了决定?黄逸奎说:共产党是为劳苦大众利益而奋斗的,阵地应当放在大众中间,作为一个党员就要尽可能和千千万万劳动民众打成一片。组织上考虑到他曾经在岚山做过事,地方熟悉,多少总有些人缘,到那里工作,有便利的条件。组织上本来想让牛犇先去,看看情形怎样再定。现在,突然出了这样离奇的事情,就不得不马上派个同志去了。不过,也得看本人愿不愿意。

“党既然决定了,我个人只好遵命。”

“不。也得自己情愿才好,革命是靠个人自觉的,按牛头喝水不是办法。思想不通,别别扭扭,工作就干不好。”

“去当县长?省府方面肯给任命吗?”

“当然,从中作梗的人是会有的。不过,省府委员开会,毕竟取决于多数。”

“既然这样,只好试试看。不过……”

“不好意思,哈哈。”黄逸奎也抓住对方口头禅,开了一句玩笑。停了一会儿,又问:

“海女士那头,还要考虑考虑吗?”

“她,水上青萍,沉不到底。让她浮在上面吧。”

黄逸奎含笑点头,赞同他的见解。稍停片刻,才说:

“来,看看这份文件。”工委书记从抽屉里拿出一个文件夹来,交给凌云青。然后,坐回座位提笔写着什么。

第十三章

一天午晌，在岚山和巴龙交界的一条山道上出现一位远道而来的牛贩子。他肩膀后头背只小包袱，腰间别着一只用细篾编的半节套子套着的葫芦水壶。葫芦用久了，变成油光光的板栗色，在阳光下显得锃亮；壶里茶水早喝完了，空壶来回摆动。这时，太阳正大着呐，牛贩子却没阳伞也没草帽，脑袋上只包着一条白色的羊肚手巾。手巾晒干了，额角沁着细细的汗。看来，人是走累了，他望了望日头，透了口气。正好道旁有一株三人也合抱不过来的大扁桃树，密叶浓荫，树下还有几块乌黑发亮的断碑，周围满地都是没烧尽的柴头、果皮、龙眼核什么的。天气又闷又热，树叶静静地挂在树上，就像神庙里观音娘娘的脸，纹丝不动。躲在树叶里的蝉儿如饥似渴地长鸣不止。

这株扁桃树成了无篷无盖的天然路店。平时，附近村庄有人拿粥出来摆摊，供应过路客商吃喝。今天是盂兰会的下节，客商过路的少，路店也就歇市了。牛贩子一来是走累了,想歇一会儿,二来想等待来人,好打听到金竹村去该走交叉路的哪一条?左等右等,过了烧锅饭的工夫,都不见人影。看看日头已经西斜,想想再瞎等也不是办法,只好朝左边一条小道走。走了半里多地,附近的山坡上传来几个小姑娘说笑打闹的声音。牛贩子一听,脸色绽开笑容,仿佛溺水人抓住木板似的,高兴地自言自语:“啊!有门了。‘见人不开口,赚得回头走’,问她们去!”

牛贩子迎着声音的方向,往山坡寻去。他一是想找人问路,一是想就地采些野果充饥。此时野地里的野果正在成熟。放了暑假的小学生和一些家里活路不多的小姑娘、老婆婆,往往手挽篮子,背上背篓,成群结队到野地里来四处采摘果子。野石榴在城里是当作时鲜水果上市的,在这儿,满山遍野,随处都能见到。这是一种浆果,果子成熟时,表面光泽,肉瓤和果皮一样,有嫩白的,有粉红的;在野地里,突然发现这些色彩耀眼的果子,挂满一树,真是格外开心哪!另外一种土话叫作“逃军粮”的花稔,果实有小指头一般细,却结得挺多,一丛树顶都长了果,就像满天星似的。传说这种紫色多汁的浆果,曾经救活过古代一支断粮的叛军,“逃军粮”就是因此得名。

牛贩子拐上山坡,见到野石榴、花稔,真是喜出望外,即使有些半熟不熟也往嘴里塞,看样子有两天没东西下肚了。

一位十三四岁的小姑娘,躲在一株野石榴的密叶里窥视了半天,觉得这个陌生人好奇怪,终于钻出头来,瞪着两只龙眼核似的眸子,惊疑地发问:

“你是哪个?”

小姑娘头上蒙着一块蓝白两色方格子的土织头巾,脸蛋晒得又红又黑,像只荔枝核,眉眼挺秀气。陌生人正要搭腔,附近几个女孩突然惊呼:

“嗨吔,蛇!”

小姑娘们大惊失色,四处逃散,篮子里的果子撒了一地。

“姐姐,我怕!呜呜……”

一个七八岁的小女孩紧紧拉住姐姐的胳膊直哭。

陌生人朝着姑娘们问:“蛇在哪儿?不怕。你们到这儿来!”他指着光秃秃的红壤坡地。

话刚落音，一条三尺来长，全身乌亮的吹风蛇，从一株野石榴的树枝上“嗖”的一声，飞到光秃秃的坡地上，竖起尺来高的脖子，发出“咈咈”的声音，脖子扩张扁平，有羹匙一般大，嘴里伸出分叉的舌尖，盘在地面的身子在蠕动，样子十分吓人。姑娘们吓得直打哆嗦，走又不是站又不是，互相挤在一起。

“不怕，别乱跑。”陌生人异常沉着、镇定，聚精会神地注视蛇的动态和去向。突然，一个箭步，以惊人的敏捷，捉起蛇尾，使劲抖两抖，蛇身一下子卷不起来了，像条布带子，直直地耷拉下来。陌生人紧夹住蛇的脖子，蛇张开了嘴，伸出分叉的舌尖，眼睛闭上了。陌生人把蛇扔到地上，然后就地一坐，两手抱着膝盖，朝着女孩子们笑。

“啊，啊！”

女孩子们欢呼起来，围过来看瘫痪了的长虫。

那位十三四岁的姑娘，欢喜地向陌生人询问：“你是干什么的？肚子饿了不是？喏，给你，吃吧。”她从篮里捡出两只最大最熟的野石榴，往陌生叔叔的怀里塞。

陌生人接过果子瞧了瞧，嘴边露着微笑。

女孩子催他：“你吃呀！”

陌生人笑着说：“吃了就没有了。留着带回家给弟弟、妹妹吧。”

“还有的是呢！你爱吃白瓤还是红瓤？”女孩子边说边从篮子里捡出一只白里泛黄的来，掰开，里头是乳白的果浆，新鲜而带点儿香味，“喏，给你这个尝尝。”

陌生人问：“姑娘，你叫什么名字呀？”

“阿杏。”旁边一个梳着两根短辫的小姑娘嘴快，代她回答。

“是哪个屯的？”

“金竹。我们几个都是一个村里的。”

“哦，离这儿多远？”

“不远，走起来，要不到煮一顿饭工夫。喏，翻过左边那个山坡下去就到了。”

“到山圩有多远呢？”

“不知道。”阿杏姑娘摇摇头。

另一个姑娘对她说：“你今年不是去赶过歌坡吗，多远还不知道？”

“去过就知道啦？走老半天才到呢。”

陌生人说：“好了，不知道就不知道吧。我再打听一下：你们村上有没有来过一个拉大锯的木匠？”

阿杏姑娘抢着答道：“来过，现在还在我家解板子呢！”

“那木匠是个好人吗？”

“可好哩！又不喝酒，又不贪嘴。他不止是会解板，犁田耙地也会做，讲话和和气气。”

“哎哟，你把人家覃伯说成活神仙了。”

“什么神仙不神仙的，神仙是个啥样，你见过？”

“好了，好了。别顶嘴，我问你，”陌生人对着阿杏姑娘问，“你姓什么？”

“姓全。”

“她哥叫福寿。”一个梳小辫的女孩说。

“好了，我找覃伯去啰。你们还不回呀？”陌生人站起来，拍拍裤裆上的尘土。

“不，我们还要采果子。”

“当心蛇啊。”陌生人说着，折下一根树枝，穿破蛇的喉咙，像钓竿一样吊着，搭在肩上，朝着姑娘们指点的小路走去。

这是二三十户人家居住的小村寨。人们歇过午晌又都上山下地干活去了。这一家那一户的大门不是关得严严实实的，就是挂着一把大铁锁，周围格外寂静。偶尔来个生人，那些躺在屋檐下的狗就迅速跳起，“汪汪”直吠，惊得下蛋的母鸡“咯哆咯哆”地叫唤。

那位牛贩子打扮的陌生人进了金竹屯，东张西望，半天也不见一个人。在门前有株柚子树的一家门口，一只躺着的黑狗被来人的脚步惊动了，冷不丁地一跳扑到陌生人跟前，“汪汪”两声，露出尖利的牙齿，几乎咬着来人的裤管。来人机灵地闪电一般往地上一蹲，狗立即退缩两步站住，与人对峙，伸长脖子“汪汪”狂吠。人要移步，狗又马上撵上来，逼得你只好站着不动。这时，旁边的小屋“咯哒、咯哒”的打碓声停了。“吱嘎”一声，小屋的门扇裂开了缝，露出半边脸蛋，把狗叱住。那黑狗听到主人的声音，顺从地退回原来的地方趴下，眈眈地盯住陌生人。

门缝没有立即关闭，一双水灵灵的眼睛疑惑地窥视着这个陌生人的面孔。

陌生人望着那门缝，恳求地呼唤：“大嫂子，我打听一下，有个拉大锯的师傅，在姓全的家干活，是吗？”

门扇“吱嘎”一声拉开一大半，一个女子站到门口来了。是个大闺女，十八九岁模样：前额梳着刘海，人长得丰满健壮，脸蛋叫日光晒得白里透红，焕发着青春的魅力。两只手腕都戴着亮铮铮的绕丝银镯子，那皮肤叫蓝靛染得乌蓝乌蓝的。她仔细端量陌生人半天，然后问道：

“你是找他来的吗？歇下说吧。”

陌生人移步将蛇搁在门旁边的墙壁上，拿包袱当坐垫，在门槛的石础上坐下来。

这小屋是个碓房。里头还有一位比大闺女大三四岁的少妇，她蹲在石臼一边起米糠。大概是过门不久的新娘子，脑后挽着蟠龙的发髻，中间横插一支翠绿的玉簪，耳朵穿着细线银环，穿一身才洗一水的蓝靛的棉布新衣，整洁而鲜丽。她一声不吱，偷偷地瞟着这个陌生人。用询问的目光盯着姑娘，意思是说：“他是谁？怎么开门给人家？”姑娘会意，蹲到娘子身边悄声说道：

“是找覃大哥的。”

姑嫂两人把石臼里舂好了的米糠收拾干净了，又把谷子倒下去，两人踏上碓脚，并肩齐步，一下一下地踩着，发出均匀而有节奏的“咯哒咯哒”的声音。

大闺女一边踩碓，一边朝着客人盘问：“你找木匠师傅做什么？唔，你还打死了一条蛇？你是干什么的，捉蛇的吗？”

“我是贩牛的。”陌生人说，神气很平静，“我是来告诉木匠师傅一件事：南溪区那个姓韦的偷偷跑到这一带地方来了，叫他留点神。”

“姓韦的？就是领头闹‘三三会’那个韦家哥吗？”

“是呀。”

“他现在在哪儿？”姑嫂二人同声惊呼，重新审视这个古怪的陌生人。

“这……我也不知道。”

“那你要覃师傅留神干什么？”大闺女问。

陌生人以试探的口吻对着姑娘说：“衙门不是出花红要捉他吗？把他捉到了，得好多奖银呐。”

“咦，人家老覃可不是干这行买卖的人。你……”大闺女要生气了。旁边的嫂子机灵地扯了扯她的衣襟，咬她耳朵嘀咕了什么，端起装米糠的簸箕走了。

大闺女留下，一边踩碓，一边打量眼前这个牛贩子。

“你贵姓？”过了一会儿，大闺女问。

“姓牛。”

陌生人站起，打算要走。大闺女马上停住脚，沉下脸，厉声说道：

“你先别走。你要走，我就叫狗咬死你。”

陌生人满不在乎，笑了笑问道：“‘三三会’打蚂蟥院那阵，你去了吗？”

“你问这个干吗？”

陌生人不言语，直盯着她的脸，好像是要从她的面貌上认出什么熟人来。

大闺女得意地说：“明白告诉你吧：韦家哥在我们这山角落，就跟大榕树长在地头上，谁也别想把他拔去。不用讲银子，金子也买不了人心。”

“哈哈，你讲得可是好。”陌生人笑了起来。

“就是他！”方才走开去的娘子对她领来的两个后生指着陌生人说道。

“你是干什么的？”两个后生急步走上来，同时吼了一声，狠狠地盯住陌生人。

“贩牛的。”陌生人答道。

“嘿，好一个贩牛的。你不是要找老覃木匠吗，走！”

两个后生一前一后地押着陌生人，催他走。陌生人夹起包袱，回头带上蛇，让两个后生领到村头一座短墙围起的小院里。院里有片空地，墙边种着几棵芭蕉，一丛黄竹，一株龙眼树，树下错落地摆着六七方石凳。石凳光滑，显然是屯里人夜里来乘凉坐的，地上有不少龙眼核和果皮。靠围墙一角，有一座两三丈高的炮楼。楼门关着，当腰用绳索拴着，一根木杠挡住。人被押到炮楼门前，一个后生把木杠拿开，推开门，另一个后生就说：“木匠老覃就在楼上，你进去找他吧?”

陌生人回头看两人一眼,想说话又没开口,横下了心,把蛇撂在墙角,抱起包袱,昂头跨进门槛。后生在他背后随手把门拉上,拿出大铁锁,“咔嚓”一声,落了锁。

“管他三七二十一,等老覃回来再讲。”

“唔,蛇!”

“嚯,吹风蛇。好家伙,拿去弄个龙凤虎,晚上打牙祭。”

两个后生把蛇拿走了。

陌生人知道上当了,他慢步走上炮楼。炮楼上安有一张用条凳架起的板床,床上一张破边缺角的草席,席下塞有一块砖当作枕头。四边墙壁都开有小口的枪眼,靠床的枪眼洞口,搁着用破碗做的蓖麻油盘灯。在右边墙角挂有一只牛角,是装粉枪火药的,却不见有猎枪。在对面的墙角有只用布罩罩住的鸟笼,里头养着一只做媒用的鹧鸪。楼板上零零散散地搁着三五块断砖、几张小凳和一捆从山里砍来的皮藤;到处丢的都是纸烟屁股……

炮楼墙壁除了四面都开了斜向的枪眼,东西两面还安了用薄板子做的透光的小窗门。从窗口可以瞭望外头。东边的窗口挨着一株龙眼树,树长得有炮楼一般高,把窗口的光亮都挡了。今年是龙眼、荔枝的大年,果子结得特别多,树冠挂满了一嘟噜一嘟噜的果子,从窗口伸出手去都能摘到。旁边一丛黄竹也长得茂盛,新竹像古代的长矛,尖子直冲天上;黄铿铿的老竹竿在每节当中,像画上去似的挂着一条绿色的直线,黄绿相衬,显得挺美。西面的窗口往下瞧是个大池塘。塘里种着莲藕,在一大片的荷叶中间,错杂地挺起莲蓬;塘边一丛芦苇,有只绿色羽翎的钓鱼郎栖息在下垂的苇叶上,聚精会神地盯着水面。周围分外宁谧。抬头远眺,映入眼帘的是一片广阔的田畴,一直伸延到逶迤而来的龙山脚下;那里有几株高出林表的木棉树和长得笔直显得孤傲独立的桄榔树。

陌生人看了看蜿蜒而来的远山,仿佛一条巨龙在蠕动,龙身逐渐从高变低,从粗变细,尾巴消失在平坝上。陌生人看罢独自猜疑:从这边翻越过山梁,那边是不是巴龙县呢?岚山和巴龙就是以龙山山脉为分界的。龙山的主峰有个龙口岩,形状就像龙头昂起张开的大口,岩洞里有个八仙庙。相传李铁拐他们八位仙翁渡过了大海来到这儿,看到山洞冬暖夏凉,气候宜人,洞内滴水可作饮食,四周清幽,是个难寻的去处,于是就在此落脚,不再他去了。不想,住下不久,一夜闪电雷鸣,山崩地裂。翌日,老乡进洞掏蝙蝠粪肥田,发现八位仙翁全躺在地上没了气息,说是天帝把他们召唤回去了。老乡们为挽留他们永在人间,在洞里立个庙,按照他们的模样泥塑了八尊神像。不仅逢年过节来庙里朝拜烧香,而且有疑难事排解不了的,都来烧香许愿,祈祷仙翁施恩赐福,逢凶化吉,保佑起居平安、人丁繁衍、六畜兴旺。据说对虔诚的祈祷者也真挺灵验,远近出了名,方圆百八十里都有香客前来朝山膜拜……

陌生人寻思:是不是从山脚朝山前头走,就是龙口岩了呢?那里要到巴龙便好走了,但是怎样飞得出这个笼去呢?他望望龙眼树遮住的窗口,望望墙角的皮藤,若有所动。但是,他又从刚才见到的几个男女神色上断定,他们不至于是邪恶的坏人。于是他又平静下来,等待事情的发展。两天来的奔波,把人弄得实在太乏了,他挪开床头席下的断砖,拿包袱当作枕头躺下。不到五分钟就打起呼噜来了。

日头快落山的时候,陌生人翻翻身,鼾声停止了。在朦胧中,仿佛听到有人断断续续地在交谈:

"……福寿嫂说,他讲,捉到'三三会'那姓韦的就得花红钱……你说,不是衙门来的侦探才见鬼呢!"

"管他是人是鬼,夜晚再收拾。"

"……唔。那家伙……我看,先把皮剥了,拿胆来泡酒。"

"谁去动手?"

"我找只老猫来凑合。"

"……"

陌生人睁开眼,屏着气细听,声音没有了。他心潮忐忑,不禁猜疑:"他们要干什么呢?是不是……好汉不吃眼前亏,走!"

他起身下床,踱到西面的窗口远望一会儿,回头又看看东边窗口,龙眼果挨到窗边挺诱人:他走过来伸手出去折下一串,剥一颗尝尝。干包、肉厚、味道蜜甜。他一边吃着,一边在盘算,墙角一捆皮藤触动了他:用它套住树干,人不是可以……但是,大天白日,下得炮楼,能逃得出村吗?

西边日头含山,山脚覆盖上一片阴影。牛群拖着迟缓而笨重的脚步往村边蠕动。

这时,两个后生把蛇拿到一间当村学用的院里做吃喝去了。他们将蛇头钉到廊柱上,用一把锋利的小尖刀往蛇脖子划了一道圆圈,将皮翻转来往下一扯,很顺溜地剥下来,长长的蛇皮成了一条筒管,蛇身呈虾肉色,像一条鳗鱼。一个人拿刀尖破开蛇肚,剥离出一颗有黄豆大、绿莹莹的蛇胆。据说胆汁对酒喝,能提神滋阴。蛇肉怎么弄呢?一个说,把肉剔开来,跟鸡脯肉一起切成丝,然后把它同猫肉放在一锅炖,作成羹汤,就成了龙凤虎。一个说,老猫捉不到,做不成龙凤虎,做丸子汤也行:把蛇脊骨连肉剁成泥,和上鸡蛋芡粉,下油锅炸成丸子,然后回锅,同鸡块一起炖汤也要得。

几个刚从野地采果子回来的小姑娘围着看热闹。那个十三四岁的大女孩嚷嚷:

"啊,你们把人家的蛇拿来吃呀?那牛贩叔叔呢?"

"阿杏,别乱讲。来,洗菜去。"踩碓的媳妇把她家小姑引走了。

一位后生望着媳妇的背后喊:"福寿嫂哩,把你家老花猫捉来行吗?"

媳妇回头反问:"干吗?把猫杀了,老鼠你给捉呀?"

"换只小猫不行?"

"不行。"媳妇掉头走了。

"福寿娶上这媳妇,真是吃饭咬到小石子了。我去捉只老母鸡来。"一个后生说着,用稻草抹了抹手,转身就走。走到拐弯的地方,迎面来了方才踩碓的大姑娘。她挑着水桶,后生躲闪不及,碰到一块儿。水桶一摇晃,水泼到地上。

"哎吔,真出奇。你莫长眼睛呀?"大姑娘瞪后生一眼,却不见她愠怒。

后生红了脸,拔腿就跑。

这时,一个三十来岁的妇女走进屯子。她穿着一身蓝靛染的土布衣裳,衣服没有补丁,可肩头袖口的蓝靛已经褪了色,露出白斑来。不过,浆洗得挺干净,跟人的脸色挺调和,脚上穿的是纳底的安着布耳的凉鞋,肩上挑两只大肚子的竹篮,头上戴只尖顶的篾编的竹帽。看她身段、步态都蛮利落、精干。她好像是头一回来这儿,进到屯来东张西望。

“大娘,你……找谁呀?”抱回母鸡来的后生看着来人问。

“找我表妹。”客人回答。

“你表妹是哪个?”

“呵,她,她婆家姓全,男人叫福寿……”

“噢,喏,后面不是来了吗?”

“姐,你来啦!给我。”那踩碓媳妇高兴地迎上来,把自己手里的菜篮交给小姑阿杏,接过客人的肩上挑的篮子。

“走累了吧?”表妹领着表姐往院里走,边走边问。

这表姐就是马大嫂。她给表妹带来盂兰节节日的食品——用芭蕉叶包的蒸糍巴和自己屋边龙眼树的果子。说是趁着夏收夏种忙过后,抽个空来亲戚家看看。实际上是要来见见覃家庆的。前些时候听说他就在这儿跟表妹夫搭档拉大锯什么的。大前天,有人传话,叫她来这儿有事商量。但是,这话却不好跟表妹明讲,表妹也当她寻亲戚来的。自从她去年年初嫁到这边远山沟来之后,虽然回过几次娘家,也都没见到表姐。这里交通是不便的,难得有个亲戚来家。今天表姐不期而至,怎不叫人喜出望外啊!婆婆今早到舅家去了,没有三五天不会回来。男人昨天同覃伯出了门。家里只有她同大姑、二姑三人在家。大姑阿梅对嫂子说,难得来个亲戚,没点招待哪行,自己做主捉来一只快下蛋的鸡杀了,做了白切鸡,拿自家腌的酸笋炒鸡杂,从菜园摘下长条的豆角炒了一盘素菜。宾主四人一齐动手,忙了一阵,饭菜总算上桌了。

表姐说,是不是等福寿他们回来再吃。她路上吃了糍巴,还不饿;二姑阿杏说她吃龙眼,嘴淡,也不想吃饭了;大姑阿梅说,踩了半天碓,肚里可是咕咕叫唤了。表妹看看表姐说,还是先吃了,把饭菜留给他们就是了,天都快黑了,趁亮好下筷子,不然又得点灯耗费油。

马大嫂一边吃饭一边听着门外的脚步声,脸上有些不安的神情。表妹看是看出来了,却摸不准表姐心里藏些什么。自从没了表姐夫,几年来,表姐自己一个人,又要躲官兵作难,又要干活糊口,又要顶住坏人欺负,做一个寡妇不知经受多少苦楚啊。可是,看她神色只见不安却没有愁苦,只见思虑却不见忧郁。

她的眼神是坚定的，她的嘴角，就像药材铺的铡刀，很有斩钉截铁的气概。年轻的时候，她给表妹的感觉是多美的姑娘啊，就像是清早走过塘边见到的含苞待开的莲花。此刻，她秀媚的眼角虽然出现了鱼尾纹，但端正、和谐的脸庞还是挺耐看的。

“表姐，吃菜。你小时候不是专爱吃这个吗？喏，给你。这是特意给你斩的呢？”福寿媳妇给客人碗里夹块鸡翅膀。

“你爱吃鸡头，我还记得。”马大嫂想起往日的情景来了，那时，在姑妈家，她们表姐妹也正是这两位大小姑姑那样年纪，“小姑，你呢，爱吃什么？要块鸡脯肉吧。”

“我不爱吃鸡肉，我爱吃荷包蛋。”

“哟，把母鸡吃了怎么办？”马大嫂逗着小姑。

“这鸡还没下蛋呢！下蛋的母鸡，这时候也没蛋下。”大姑说，“要吃蛋，嘿，等着吧。”

“看你们俩，总是……”

“总是什么？”小姑不等嫂子把话说下去，抢着问。

嫂子不答。

“嫂子，寿哥他今晚能回来吗？”小姑问。

“你那么惦着他？”

“他说去圩上给我买回绣花的丝线。”

饭后，福寿嫂端着小凳到廊下，请客人坐，自己一边剁猪菜一边同表姐谈天。今天是农历七月十七，月亮把银光洒遍原野，山村显得特别寂静。蟋蟀在屋外的墙角振翅作声，远处不时传来斑鸠咕咕的叫唤。蝙蝠在屋顶、树梢上来回飞翔，张嘴掠食蚊虫。

“福寿他今晚回不来了？”马大嫂好像是同自己说话似的。

“谁知道他。”

“他走时没讲？”

“没有。他什么事都不同家里人说，家里人的话他也不爱听。可覃大锯的话呢，人家倒是句句都记在心上，百依百顺。昨天听他们叨叨上什么龙口岩。”

福寿他媳妇一边说话，一边剁猪菜。“笃、笃、笃……”剁菜声音接连不断。

“覃大锯？人家这样叫他？真会逗乐。唔，他……怎么样？”

“他？”表妹反问，手上薯藤剁完了，正要伸手去取，歪个脑袋斜视表姐。月亮挂到东头一株苦楝树树梢上，月光洒到表姐的脸上，脸色平静柔和，像清早的水面不见丝毫皱纹。她已经替表妹捆好一捆薯藤在手上等她拿。表妹接过薯藤。剁了两下，才漫声喃道：

“他，可是个老实巴交的好人。不喝酒、不吸烟，找到这样的男人，心也就踏实了。姐……”

“什么？”马大嫂立刻惊觉地反问。

“唔，有句话……你可别怪我多嘴。”表妹是一片诚意，瞅着表姐的眼色。

表姐却哈哈地笑开了：“看你，把心思用到哪儿去了。他没讲过他家里人？”

“没有。从来没听提到。”

“唔，他两口子……唉，也难，鸡鸭合不到一个笼里。”

“哦，你认识覃大锯？”

“认识，不光认识，还……”

马大嫂正要往下说，院门外忽然奔来一个小伙子，进门就嚷：

“嫂子嫂子，炮楼上那个人跑了！他……没有逃到你这儿来吧？”

“逃了？看你们只顾吃喝，把人给跑了！还不快追，来我这儿问什么？”

“我们已经找了一阵子，到处不见他的影子。”小伙子说完，转身要走。

“慢走！”马大嫂站起，显出果断的神气，盯着小伙子问，“是个什么人？”

“他自己说是个贩牛的，看他像个侦探，打听出花红捉韦家哥的事。”

“是吗？不早说！”马大嫂有些焦急，望着小伙子说，“去吧，看邻近有什么地方能藏人，多找几个伙伴分头去找。”

“什么人呢？”马大嫂再也平静不下来了，望着表妹喃喃自语。

“是那个贩牛的叔叔吗？”小姑阿杏从里屋出来插嘴，“他可是个好人呐。”

“多嘴，你怎么知道？”大姑阿梅拦住妹妹的话。

“嘿，不知道？要没有他，我们几个上山摘果的都叫长虫咬死了。”

“哦！”马大嫂沉吟一会儿，朝表妹和她大姑问：

“你俩见过他，长得怎么个样？”

“这人的长相……”嫂子同大姑交换一下眼色，“大高个，身板挺硬实，两撇眉毛像两把交叉的刀子，高鼻大嘴……”

大姑抢着补上一句：“两只眼珠可厉害呐，像是闪着两道电光。”

马大嫂问：“是不是长的一脸胡须？”

“这倒没留心瞧。”

“我瞄了一眼，瞧见他一边耳屏上有块黑斑。”

“是吗？”马大嫂顿然恍悟，绽开笑脸，但是，又拿不准，朝着大姑问，“这儿离龙口岩的八仙庙多远？二十多里地？你认得路吗？”

“干吗？”表妹望着表姐发愣。

“我去看看。”马大嫂马上转身进屋拿扁担。

“你一个人……”

“我领表姨去！”大姑说。

“走！”马大嫂从屋里拿出扁担。向大姑招呼，像个要上阵的武将。

福寿媳妇望着两个并肩走出院子的背影，还是不放心，喊道：

“大姑，你……叫个小伙子去吧！”

第十四章

龙口岩离金竹屯有二十多里地,是龙山山脉西头的一座突出的大石山。岩洞是半山腰上裂开的口子。从山脚往上铺砌有三百六十九级的石阶,洞口筑有八仙庙的山门;寺庙的楼台,绿瓦红墙,雕梁画栋,隐约于浓荫覆盖下面。山门入口处挂着“八仙寺”三个黑底金字的匾额。整座山头全是葱茏的树木和藤葛,从远处望去就仿佛是一只昂首张口的龙头。走进山门门限,绕过迎面的照壁,后面是一片小天井,靠墙两边种着石榴、山茶、仙人掌、昙花和落地种植的棕榈、桂树、美人蕉等等,跨过天井就是岩洞中没有房顶也没有墙壁的神堂了。神堂两旁立着八仙的塑像,一边四个。神龛后面是往下凹的洞穴,深邃幽暗,继续往里走,可以通到山的背面。不过,必须点上火把或打手电筒才能照见可容侧身而进的石缝。隧道很长,走完全程,要花半个小时左右。洞内拱顶,滴滴答答落下水滴,长年不断。这些滴水的地方,经历千万年的漫长岁月,逐渐形成千姿百态的钟乳石笋。人们到此,炎夏感到清凉,寒冬觉得暖和。一年之中,春节、元宵和农历七月十四的盂兰会——夏收和夏种的农忙过后,朝山的香客来得最多,日夜香火不息。平时,人来得少,山门显得冷落寂静。神龛的对面洞口,建有阳台似的半边亭楼。天井右边石壁凿成石级,一步一步可以登临楼上,在那儿凭栏远望,迎面是一片开阔的垌场,村落、田畴、丛林……都在眼下。楼上两旁挂满了信男信女感恩戴德、祝颂神灵的金匾。天井左侧有扇小门,通过曲折的小路连着一个小院,像只鸟笼悬挂在半山崖上。站在小院俯瞰千寻山谷,令人心惊胆战。院里建有对面两排房子,一边作禅房,一边是供云游和尚或远地香客停留的住处。

这时辰,庙祝已打二更鼓了。月光照进楼台,落在神龛的厅堂里,香案的油灯微弱,宛若妇人衣襟上发亮的铜纽扣。今晚傍黑,这里开始陆陆续续来了一些二三十岁的汉子:有的腰带上别着土造的单响手枪;有的拿着马刀;有的扛着鸟枪;有的胜袋①里装着手榴弹……有的大摇大摆,从前面的山门进去,有的打着火把,从山背后钻洞过来。当头的人看看人来齐了,走去把左边小洞门关了,堵住了庙祝来回的通道。

"老同弟兄,来,靠近点好讲话。"

当头的开腔讲话。在场的十来八个人叫他一讲,个个挪动当作坐垫的笠帽和草墩。往大厅中间靠拢,当头的人被围在中间。他拿起一小块石子,一边说话一边在地上划圈圈道道。说事情已经打听到了:明天汪团总要到河口参加专员公署召开的岚山、巴龙和田州三县边界的团防局联防会议。一早从南溪动身,午晌必经独山山场。照平常惯例,团总出差赴会,一般是一个跟身和两个扛大枪的团练;人到独山路店必定停步歇脚。他的打算是,先去两三个弟兄,埋伏在路店做手脚——摆小摊卖凉粉、稀粥和茶水。在食物里下蒙汗药。其余的弟兄藏在附近树林里,等到人被蒙过去之后,再一齐动手,把那个跟身旱天雷和团练的枪取过来。将汪锯人绑住,用他的牲口驮上山,放到后山一个岩洞去。然后,传出口信去:要他家拿五百块银洋来赎人。后山那边是个大垌场,周围全是

① 胜袋是猎人专用的布挂袋,用来装火药和猎物,袋面绣着"胜"字。

悬崖石壁,猴子也翻不过,只有一孔岩洞可通。要是把那孔小洞口堵了,谁也别想进得来。

"……眼下巴龙那边瑶民造反,官兵顾不过来,我们就钻这个空子,闹一家伙,一来捞一笔现钱,二来打一下汪锯人威风,报仇解恨。主意就是这些,各位老同兄弟想想看,干还是不干?"讲话的人把石子一丢,拍拍手,站起来,朝着身边的兄弟问。

"干! 至大芭蕉叶。"

有人拍一下大腿……

正在这节骨眼上,一个妇女人家急匆匆地冲着站立的人喊了一声:

"家庆兄弟,是你啊……"

"大嫂,你……"

顿时,在场的人忽一下都站了起来,气氛十分紧张,个个都把眼光盯到突如其来的妇女身上。

来人不是别个,正是马大嫂(同她一道来的阿梅大姑刚跨进山门时,脚脖子扭了一下,她坐下揉搓,没进到洞里来)。她已经进来一会儿,听到个尾巴,寻思这些人到底要干什么啊? 金竹屯跑掉的人又是怎么回事呢? 她又迷惑又焦急。正这时,讲话的人站起来,她一眼认出是家庆。

家庆看出她在疑惑,赶紧对她笑道:"大嫂,莫见外,这都是老同,自家兄弟。"然后向大家说,"她就是平日我常跟你们讲的马家大嫂。"

马大嫂迫不及待地靠近家庆身边,对在场的人瞟了一眼,悄声说道:"有件要紧事……"

家庆看了看身边的弟兄,果断地说:"莫关系,就在这儿说吧。"

马大嫂说,大前天,山圩有人捎来口信:要她今天赶到金竹屯寻他。谁知到了那儿,听表妹她们姑嫂讲,有个贩牛的到屯里向人打听捉拿韦家哥的事。屯里两个后生看他可疑,把他骗上炮楼关起来,没料到他从窗口逃了。马大嫂喘口气,接着说:

"听表妹讲,你们好像是在这儿有事,我就赶来了。"

家庆听马大嫂这样一讲,好生狐疑,喃道:"有这么回事? 是不是汪锯人闻到了风声,放出狗来了?大伙说说看,我们怎么办?”

其中有个人站起说道:“我说金竹屯的弟兄赶紧回屯捉狗,别的人就照方才家庆老同讲的干!”

“福寿,你回屯吧。”家庆朝着一个二十四五岁的瘦高个说话。

“哥!”突然背后有人唤了一声,接着,一个大姑娘冲到福寿跟前。

福寿一怔,看是大妹,不觉惊讶:“你……”

阿梅刚刚走进神堂,抢上步向大哥解释说:“表姨妈叫我带她来的……”

原来马大嫂和全福寿虽然是亲戚,却没有来往见过面。这时才算认识了。两人互相客气两句。在表姐看来,表妹夫倒是个精干的后生,嘴唇格外宽大,脸盘瘦长,像晾干的辣椒,眼神透着灵性,像只鹞鹰。

“走,打狗要紧。”福寿刻不容缓地拔腿要走。

“先别走,我在这儿!”

一声霹雳,人随着声音走进了神堂。霎时间,在场的人个个惊愕不已。阿梅突然惊叫:

“就是他!”手指着闯进的人。

这人是一身做买卖人的打扮,对襟的青丝上衣,下裳是灰色洋布的宽脚裤子,肩上挂着包袱,包袱皮是蜡染的土花布。

家庆马上认出来,不禁喜出望外,张嘴就喊:“表哥……”

马大嫂同时也惊呼:“嗨! 韦家兄弟!”

家庆拉住表哥的手,马大嫂凑过来,歪着脑袋左瞧右瞧,抹着眼泪,高兴地说道:“可真是你回来了!”她心上落下一块石头,脸上泛着光彩。

这人拍拍家庆的肩膀,凝视他的眼睛有两秒钟,似乎在称赞他:“你真行啊!”

“怎么回事?”不认识的人在悄悄耳语。

“老同弟兄,都请坐下吧。我,就是原先领头闹‘三三会’的韦家哥……”

“噢!”

人们异口同声,掀起一片惊讶。

“你们刚才合计的话我都听到了。是的,都听到了,听得清清楚楚。奇怪吧？我长着顺风耳呐，你们信不信？”韦步平笑笑，“不，说实在话，顺风耳是假的，是你们太大意了。你们只是顾得左边小门，大门却忘了把守，这叫作顾这头忘了那头，给我这个可疑的侦探钻了空子，哈哈！”

“怎么搞的，不是叫人看着的吗？”家庆生气地冲着大家问了一句。

“都怪我，肚子疼，拉屎去了。”一个后生小声说。

“哈哈……”全场发出一片笑声。

“闲话少讲，言归正传。”韦步平顿了一下，望望大家，“问你们，是不是要做梁山泊好汉，下山开路店啊？”

家庆望着表哥问：“你说行不行？”

韦步平稍微斟酌一下，说了一声：“不行！”声音虽小，分量却挺沉。

“为什么？”家庆又问，“你怕偷鸡不成蚀把米呀？”

“不。”韦步平态度严肃，口气却挺温和，“我们为什么要偷鸡呢？从前不是跟老同讲过吗，财主佬的钱都是拿我们穷苦人身上的血汗换的，现在去跟他们要回来，既合乎人情又合乎道理。有什么不行呢？不过，从前是从前，现在是现在；气候变了，衣服就得换。从前我们‘三三会’那种闹法，跟当今时势已经不对路了。”

马大嫂睁大眼睛问：“不对路？”

旁边有个人也插嘴：“从前是明打，当然干不过人家啰；可现在，我们是暗算，有什么不妥呢？”

“是呀。”

“……”

有几个人小声议论着。

“不，暗算更加不妙。”韦步平说得很果断。

“为什么？”

“什么道理？你讲。”

又是几个人发出质问。

全场陷入沉默。

静了一分钟左右，韦步平环顾全场然后才从容不迫地解释说：对财主佬来讲,讨还我们被剥削的血债是不必客气的。不过,对我们弟兄来讲,一定得弄明白:这样干是财主佬活该,我们有理。要是做不到这一步。即算我们捞到钱财,却失掉人心,财主佬倒反得到同情;本来是正义的举动,反而被误会为邪恶的行径,那就大大的失算了。

"失我个卵,先把钱拿到手再讲!"

"对,对。道理归道理,肚饥归肚饥……"

"是的啰,道理撑不了肚皮。"

吵吵的声音一个比一个高,有的人激动得站了起来,显出怒气冲冲的样子……

家庆拿不定主意,向韦步平悄声问道:"你看怎么办?"

"不行!"韦步平态度坚决。

马大嫂也摸不透韦步平什么意思。

大伙都在迷惑,对这位陌生人流露着不信任。

韦步平从这些目光里,看出大家对自己的怀疑。他看看自己这身不像样的打扮,意识到弟兄们是发生误会了。于是抱起包袱,走到香案前,借着盘灯的亮光,正要打开包袱,突然,一个三十来岁的人从昏暗的角落站起来,炸雷似地吼了一声:

"喂,你是哪儿来的家伙?"

"不理他,干我们的!"

神堂里气氛骤然紧张起来。

"干脆,我不干了!"福寿站起,将褂子往赤膊的肩头一搭,愤愤地往外走。

马大嫂朝他背后高声命令:"回来!"

"到这儿来的,就要走路同心,坐船同命。"马大嫂说,"要走,大家一道,不能自个任性,爱怎的就怎的。又不是三岁小孩闹着玩,谁信得过你,要干什么去?"

这一下子,局面变得十分严重,各人面面相觑。

韦步平想看看家庆什么态度,但他一声不哼,显然也是一肚子的不高兴。在他来想,这一着棋是十拿九稳的,送到嘴的肥肉不吃,白白丢掉,不但可惜,也实在不近情理。再说,多少年来,他总也忘不掉他那心爱的马驹——小黑炭,巴望明儿就能骑上了;十年来受够了窝囊气,从此也可以打消。却不料半路杀出个程咬金,把他的如意算盘说得一无是处,一脸胡须全都给刮光了,日后叫他在弟兄面前还能讲什么话？越想越不是滋味。韦步平看他不开腔,多少猜到他一部分心思,但是,不好迁就。于是,接过马大嫂的话头,大声说道:

“不,谁要走就让他走好啦。捆绑不成夫妻,勉强做不成兄弟。来,既然是自愿,去,也应该自由。相信世上好人终归是多数,坏蛋至多不过是个零头,翻不了天的。我先讲这些,各人都想想看。”

韦步平把话说完,走去开开左边小门,自己一个人出去了。

大家看着他背影消失了,才回过头互相看望,沉默了好一会儿。

“覃大锯,你讲一句,到底干还是不干?”一个人喊了一句。

“不干就打马回朝,待在这儿干吗,想当活神仙呀?”

“……”

人们你一句我一句吵吵嚷嚷。

“走吧!”家庆出乎人们意料,叹一声,站起就走。

全福寿望着大妹阿梅问一声:“你不走?”

阿梅摇摇头,说:“我跟表姨妈一道……”

福寿不等妹妹讲完,拔腿跟上家庆,出了山门。

接着,一个跟一个不声不响地走了。十来八个人,除了马大嫂和阿梅,只剩一个失了业的小学老师方兴,一个在阿梅后头赶来的后生仔小唐。

韦步平打转回来一瞧,哎哟,人都哪儿去了,厅里只剩下四个人？马大嫂告诉他:人家都不愿听大道理,道理填不饱肚皮,都回家了。

“家庆也走了吗?”

“不走的不都在这儿啦。”

“也难怪。”韦步平沉思片刻说道,“我刚才说了,捆绑不成夫妻,勉强不成兄弟。”

“我看家庆也真是,自家人什么事不能好说好商量嘛,话也不讲明白就走,算怎么回事。”马大嫂抱怨了一句。

韦步平不做声,心想:别人不懂事走掉是可以理解的,你家庆居然也这样!

难道因为快到嘴的肥肉吃不着，就闹意气吗？又不是三岁小孩，怎么能这样？只顾眼前解馋，不考虑事后的肠胃消化，鼠目寸光，农民——小私有者的劣根性真是要命，根深蒂固。怎么办？韦步平反问自己。马大嫂瞧他发呆，问他想的什么？他一愣，笑道：

“没有什么。”步平望着她，沉思片刻才问道：“你……怎么不走？”

“我要走，几时走不得，干吗要看人家后脚跟走道。”

韦步平看见她后面肩头露出半个脸蛋，旁边还有个后生仔不好意思地盯着他。韦步平想起了在金竹屯的印象，带着笑意说：

“这位兄弟就是把我关进炮楼的吧？真对不起，没向你们打招呼就走了。怎么称呼呀？小唐？好。哦，还有踩碓的大姑娘哪……”

韦步平看着这对青年问道：“你们为什么也不走呢？”

小唐不好意思地瞟姑娘一眼，神情很窘，说不出话。姑娘马上缩到马大嫂后背去了。

韦步平“哈哈”笑起来，说：“哦，知道了。”

马大嫂问韦步平：“你知道什么？”回头指着躲在背后的姑娘说，“人家是我表妹她家的阿梅大姑，别讲笑话了。我问你，是不是你托人带口信叫我到金竹屯来找家庆的？”

韦步平点点头。

马大嫂问他，这两年在外头到底捞到什么回来？联络上什么人没有？问他包袱里是什么宝贝东西，抓得那么紧？

“金叶！”韦步平笑道，“你不信？”

“不信。”马大嫂说，“我瞧瞧。”

韦步平将包袱交到马大嫂手上。金叶是个什么样子？引起阿梅和小唐好奇，都围过来伸长脖子盯着马大嫂把包袱解开。包袱解开来，四个人不由同时“嗨”一声。原来是一捆书本子。那位失业老师方兴把书拿起翻了翻，书里掉下一张名片，他捡起来，借着盘灯光亮，一个字一个字地往下念：

“国、民、革、命、政、府、中、央、农、民、部、特、派、员，牛……嗨哟，官不小！牛什么，三只牛凑在一起，读什么字？唔，名片是你吗？”教师方兴望着韦步平问。

不等到回答，小唐从另一本书里面翻出一张硬壳纸衬着的照片来，一边瞧一边喃道："嗳，这人是谁，头发那么长，脑瓜好像扣上一只鼎锅，哈哈……"

"给我瞧，哟，是个大角色不是？"

"是老同吗？"

"老师，"韦步平说，"是所长。"

"什么所，劝学所吗？"

"劝学所早就改成教育局了，还念老皇历。"

"那，什么所呀？税务所，不是？邮寄代办所……"

"戒烟所，哈哈……"

四个人你一句我一句。

姑娘阿梅不好意思跟小唐和方兴多搭腔，只管翻开本本。跟洗扑克牌似的，一心想看看金叶是个什么样子。哪里来的金叶啊？翻来翻去尽是密密麻麻，蚂蚁爬一样的小字。最后，在一本硬壳的本子里，又翻出一张有四寸大小的照片，是一位姑娘的肖像。那姑娘的脸蛋长得可真俏啊，一双水灵灵的眼睛好像会讲话；瞧她笑眯眯的，挺逗人喜欢；不由得叫人要伸手去攀她的肩，亲她的脸。阿梅痴痴地瞅了半天才递给马大嫂，说：

"瞧，多美！"

马大嫂接过来，仔细端量，嘴边荡漾着笑意。抬起头望着韦步平，指着照片问："这……"

"哦……"韦步平不禁红了脸。

"看你，还害臊呢！人在哪儿，一道来了吗？"

"不，不。她，上北伐前线去了。"

"那，平平还是没娘带啰？"马大嫂盯着韦步平眼睛问。

韦步平平静了下来，说："这时候，哪能顾得上这些。"

"那你说，我们现在要干什么？"马大嫂问，"汪锯人、金边蚂蟥欠下的冤仇血债，不要报了吗？你也别怪你老表气走了，他和我们都一样，一肚子苦水……"

"这就不用讲了。"韦步平抢着说，"打个比方说，大家都是要过河去的，是游水过去呢？还是要架桥，或者扎竹筏渡过去？”

马大嫂反问：“你不是出去寻找门路的吗？倒是找到了没有？难道找的就是这些本本？”

“唔，可别小看这些本本。”韦步平板起脸，讲得很认真，“这些本本可是教我们懂得去穷病得翻身的奇方妙药哩！它就是指引我们脱身苦海，泅到对岸去的罗盘针。比金叶值钱得多。你不信？”

听韦步平这么一讲，大家都没话好说，只听他往下讲。韦步平继续说，他们从前闹起的“三三会”，攻打蚂蟥大院，火烧县署，那样干法叫作“暴动”。如今世界潮流变化了，旧时的衙门变成了国民政府。革命政府准许劳苦大众自己联合起来，农民成立农民协会，工人成立工会。农民、工人自己的事情自己办，这叫运动。暴动运动只差一个字，两种做法迥然不同。暴动，旧衙门官府是禁止的，被看成是犯法的；运动，革命的新政府是提倡的，合法的。旧时哥儿们称“老同”，对人尊称叫先生，如今时兴都叫同志……

听到这儿，马大嫂插嘴问：“这两年工夫，你在外头漂江过海，原来就学会这些弯弯道道吗？”

韦步平讲，道道是书本上说的，实际上到底怎样个走法，还要亲身干过才明白。比如说没犁过田耙过地的人，哪能懂得“栽秧要抢先，割禾要抢天”的道理。说他两年来在外头是增长了好些新的知识，学到不少革命的道理。

“那，给我们讲讲看。”失业的小学老师方兴说道。

韦步平把他如何去到广州，如何跟原先在川军认识的故旧章斌相遇，如何进了农民运动讲习所；在“农讲所”怎样学习，听过哪几位当前知名人物的演讲，学了哪些革命的理论，等等，一五一十地叙述了一番。末尾，加重语气说道：

“革命道理千头万绪，归纳起来不过两句话——一句，耕者有田；另一句，造反有理。”

马大嫂说：“你说有理，一厢情愿吧。不犯法就算走运，还想有理哩。你当上县台爷差不多。你到县城见到金边蚂蟥了吗？”

韦步平苦笑着，稍停一会儿才说，杜耀光不但见了他，还大摆宴席给他接风呢。

“那你……”

“怎么,我这个样子,不像个官?哈哈……”韦步平看看自己,不由得发笑。

马大嫂听得发急了,抢着又问:“老扯不着边的话,到底怎么回事嘛?”

韦步平收住了笑声,又把岚山受到金边蚂蟥的招待描绘了一通。小学老师方兴问:他的官位比县长杜耀光谁大?韦步平说,干革命不在乎官位大小,最重要的看你能不能取得人心,有没有劳动大众拥护。你要叫人赞成,情愿跟你走,就得先让大家都懂得道理,理直才能气壮。“三三会”斗不过人家,就是道理讲得少又讲不到点子上,各人眼光只盯住眼前一点油水,各打各的算盘,人虽然不少,却还没锻炼成钢,挨人家一锤打下来就像一团沙子全散了。这次他回来,本来是革命政府委派的官员,杜耀光却欺他单枪匹马,孤掌难鸣,明的不敢公开作对,暗中却下了毒手。可见不合群不行。可是话说回来,合起来的群众,不懂革命斗争的道理,也不能保得住打胜仗。

马大嫂听到这儿,就问:“那你讲啰,要怎么办好?”

阿梅说:“哎哟,还讲呀,天都要亮了。”

韦步平笑道:“天明说亮话正好。哈哈。”

果然,天已见亮,楼台露出曙光,神堂飘浮着轻烟,神龛上挂的牌匾,金光闪闪;泥塑的神像,一个个都那样肃穆、庄严,凛然不可侵犯。

一个老态龙钟的庙祝移动蹒跚步履,来到神堂吹灭了神灯,动手将夜来滴在水桶的水往缸里倒,然后又把空桶拎回来,继续接住从岩顶滴下的水滴。

夜里来的“香客”,站起来伸伸腰,活动活动。有的走出山门,找地方小便……

韦步平登上楼台观察了一遍,然后下来叫庙祝领路,打着火把照明,钻到后山幽暗的隧洞去探查,回来又走出山门去巡视。

庙祝熬了一锅粥,招待他们过早。吃罢早餐,韦步平找马大嫂来商量,说他有个主意,就在这儿开办“农民运动讲习所”,招收农民弟兄来入学,向大家宣传革命道理。先从部分骨干办起,让他们懂得要翻身,实现“耕者有其田”,在思想上必须先提高觉悟,认识到“造反有理”的起码道理,同时学会“造反”的办法。然后,好比育秧、播种一样,把这批打先锋的骨干分派回各人的村屯去,向周围的农友广为宣传。这样办上几期之后，我们的先锋骨干就多了。要是大多数农民弟兄的脑筋都开了窍，那就好比烧草堆的焖火，捅开了气孔，革命的火焰就会升腾起来。农民弟兄就会自觉自愿组织起农民协会，把协会当成自己的家。那样，斗争起来力量就大了。少数几个吸血鬼——反动地主、土豪，要是他们还是照旧为非作歹，农民弟兄就能革它的命。

“你说就在这龙口岩办学堂？”马大嫂问。

“唔。”韦步平点头，反问一句，“你说不行吗？”

“神像往哪儿放？”

“请它让位。”韦步平说得很干脆。

马大嫂睁大眼睛问道：“什么？你说把神仙……不行。你要动到神仙，不把人吓坏了才怪，还想招得人来呢！叫我我也……”

“你也不敢？哈哈！”韦步平笑得那么大声，岩洞发出嗡嗡回响，“我问你，多少人年年岁岁烧香拜佛，你见到谁真正得到过保佑？历来都说皇帝是真命天子，神圣不可冒犯。可孙中山却革了宣统皇帝的命，硬是把他推翻了。神仙为什么不替他保住江山？其实，这些泥塑的神仙，还不是我们手艺人拿泥巴塑成的？能把它造出来，还不能把它搬走？”

马大嫂说：“话是这么讲，可人家的心却不同你那样想哪。”

“所以说才要办‘讲习所’来给大家讲明白啰。”

“那，为何不去南溪或者到山圩找间屋来开办？”

韦步平说：“方才不是讲了嘛，有金边蚂蟥、汪锯人那帮地头蛇在，哪能容得下我们穷苦农民在他们眼皮下造反啊！”

马大嫂不做声，心里还是顾虑重重。稍停片刻，韦步平坚决地说：管它是神仙还是妖魔鬼怪，他先动手带头干，神明要惩罚，他个人承担。他说打算将楼台上挂的牌匾统统取下来，把它锯成木板，造桌子、条凳和床板。这样一来，住房、书桌、床铺、板凳，全有了。

“吃喝呢？拿什么给大家糊嘴？”马大嫂问。

韦步平说：“再想办法嘛。只要肯干，办法总会想得出的。”

这时，小学老师方兴和后生小唐凑过来。小唐多嘴多舌地冲着马大嫂问：

“你俩唧唧咕咕在讲什么?”

马大嫂瞪他一眼说道:“说在这儿办学堂,你有法子弄到吃的吗?”

“这个……”小唐眼珠转了转,忽然绽开笑脸说道,“唔,有了。小时候听我爷爷讲过,庙里每个神仙肚子里都塞着米,把神仙打碎,肚子里头的米不是可以下锅做饭了吗?”

马大嫂说:“亏你想得绝。一尊神仙肚里能有四两米没有,熬粥也不够一人一碗。”

小学老师方兴听到这,插嘴说,八仙庙有庙产,每年收租谷好几十担,可以把它拿来充公。要是不够,再由学员从各人家里带来一些米凑合下锅,不是可以将就吗?家里没有米的,拿红薯、芋头来顶数也行。

韦步平听了,高兴地说:“看,办法不是有了吗?三个臭皮匠合成个诸葛亮哩!”

正说着,庙祝悄悄过来,扯住方兴的袖子,拉他走到一边去咬耳朵嘀咕。一会儿,方兴转回头来向大家讲:巴龙那边来了两位香客,说下月初一要到庙里来,打三天醮,为儿媳求子。

小唐马上说道:“打醮,这不是送上吃喝来了吗?这可是瞌睡遇到枕头啰。”

阿梅瞅他一眼,嗔道:“看你笑的,谁同你比牙齿?嘿。”

第十五章

这是村头一间独门独院的小屋。周围有樟树、细叶榕和龙眼、枇杷等等长年不落叶的乔木和果树的浓荫覆盖，是个幽静的天地。正屋是一厅两开间的白泥砖瓦房，前面有个小院，东西两边是片石砌起的围墙，墙头上种着仙人掌、霸王鞭一类带刺的植物，防人爬墙偷盗。正南面濒临一个鱼塘，隔断了交通，替代了围墙。这一溜塘边，靠东头种有一丛金竹，靠西头有一株梁柱一般粗的苦楝树。这棵树还是家庆他爸在大妹诞生那年栽下的树苗。照祖宗老辈传下来的规矩，谁家生下女儿，当年就在屋前屋后找块空地种下一蔸苦楝树。苦楝树木料轻，纹路好看，做家具不变形走样，还不生虫。等到姑娘要出阁，树也长大成材了，拿来制成衣柜作嫁妆。可惜，家庆他大妹三岁那年，附近村庄天花流行，染上了病，不幸夭折了。苦楝树倒是活下来。如今都已长得老高，也舍不得把它放了。在丫杈上搭一根竹竿，便可以晾衣服挂豆荚什么的。在院里，顺着东西两堵墙搭成半边披屋。东边一间隔成两半，一半做碓房，一半住人；西边一间拿来做厨房，除了锅灶，还堆着柴火。这样一来，院里还有一块露天的空地。夏秋两季，晴日可以晾稻谷瓜豆，傍晚家人便在这儿憩息乘凉。东边紧靠正屋一角，有扇侧门，出入都从侧门通过。正屋厅堂设有香炉神案，供奉神位。穿过厅堂二重门，后院有块小菜园。畦垅上一年四季轮种着各色各样时新的菜蔬。韭菜、辣椒、枸杞、紫苏和苜蓿，都是多年生的，随摘随长，在畦边墙角随便让它占点地就够一家人早晚食用了。灰鼠瓜、佛手瓜和葫芦，年初也只要把瓜籽种在石榴或桃树旁边，用不着专门为它起棚搭架，它就自己攀树结瓜，不需花好多工夫去侍弄。靠墙两株酸柚子树，去年正是扬花时节，遇上梅雨天气，整整一个来月见不到太阳，花蕾都给打掉了，结不成果。今年倒好，如今个个圆球似的绿果，宛如灯笼挂满了一树。虽然还未黄熟，可叫人看了也挺开心。

这小康之家啊，全靠老辈人生前辛苦经营挣下的。在到处豺狼当道，弱肉强食的世道上，家庆他父母，竟能支撑这份家业，也不知耗费了多少心计，花去几多血汗啊。说来也真遗憾，老人家由于儿子家庆跟他韦家表哥闹起“三三会”，犯了官府，流亡他乡，农活缺个得力的帮手。一来心胸积郁不消，二来活路劳累过度，早年犯的老病——哮喘，越来越发沉重。去年晚稻刚割完，还没打场、归仓，人就躺下了，求神问卦，看郎中，服药、拔罐，都不见灵验。六十岁不到就过去了。

家庆他妈一来跟媳妇黑李脾气合不到一块，二来韦步平那边的家也要人照料，这几年她都在那平娘家跟平平一道过。平平有时一个人没有小伙伴，也经常来那江同表叔家福一块玩耍什么的。两家人来来去去也都不分彼此。那江这边一家的活路，全由家庆嫂一人来挑了。家中除了自家五岁的石生，有时还要拖带韦家表哥的七岁的平平；这都是只等给吃喝穿戴，不能指望他们帮得上手的。老二家福，难为他总算学会了扶犁耙地，可只懂卖力干活，家务事却没个心眼。这就不免叫家庆嫂感到孤单，遇事没个人商量，讲句解闷的话。家庆久不久才像黄鼠狼进村似的，偷偷摸摸窜回家来，猫一天半宿，生怕被汪锯人放出的狗闻到气味，只好昼伏夜出，如同岩洞里的蝙蝠，见不得人。这日子叫人怎挨啊！但是，人总得要活下去，到什么山头自会唱什么歌。

“七葱八蒜”,照老规矩,七月栽葱,八月种蒜。家庆嫂昨天打山圩买回两斤葱头,今早拌上草木灰。这时,日头偏向西斜,柚子树的浓荫洒遍了菜畦,墙头一只破瓦盆栽着来看时辰的瓦坑头(参草),正绽开淡紫带红的米籽花,是学堂的娃仔快放学的时候了。家庆嫂要在煮晚饭之前把葱头种下去。一手拿起短把的小锄头,一手拎着装葱头的泥箕来到菜园,在松好了土的畦地上,一行一行挖出碗口大的小坑,默默地将拌了灰的葱头往坑里埋,然后把坑填平压实。埋了一坑又一坑,种完一行又一行。不知哪里来的心思——自己耳边隐隐约约飞来了遥远的似曾相识的歌声:

芋头拿去田头种,
葱头不共蒜头栽。
枕头拿来床头睡,
妹头得靠哥头挨。

家庆嫂正在痴痴地冥想时,她的五岁男孩石生跑到妈妈跟前,他激动得结结巴巴地说,有个客人来找爸爸。做妈妈的一听找爸爸的就有气:一来抱怨男人长年在外不归,听起就烦;二来担心又是官府的兵差来啰嗦。瞅着小孩眼睛问:

“什么人?你不知道,你爸几时回过家?”

石生说:“是个外地来的叔叔,说爸爸不在,也要见妈妈说话。”

“人进门来了吗?”

小孩怯生生地点点头:“在院里坐着等呐。”

“都怪你,没把门关上。”

做妈妈的无可奈何地站起来,拍拍手上的泥土,跟着小孩离开菜畦。走了两步,忽然踌躇起来,扳住孩子的肩膀,要他转过头来。然后弓下腰,屁股蹲在踮起的后脚跟上,拉着孩子的两只手,提心吊胆地说:

“好孩子,去对他讲:妈不在屋。唔。”

石生睁着圆溜溜的大眼睛脱口就说:“你说谎!”

“真不懂事。去吧,听妈的话。”

孩子摇头扭身:“不,人家讲,是爸老同。”

“手里拿枪吗?”

“没有,拿把纸伞,他手上还提只小鸡笼,里头装的是鸭子。”

家庆嫂瞠目不知所以,站起来,眨眨眼,终于横下心,催着小孩:“走!”

娘俩来到院里,客人竟坐在那儿一动不动。原来客人用他的小包袱当坐垫,靠着西边披屋的门槛,眯眼睡着了,轻轻地打着呼噜。

家庆嫂走近跟前仔细端量:这张板栗一样颜色的脸,那人中上的一粒黑痣,那方方的突出的下巴,那上唇短、鼻子长的样儿,好像是见过的;身上穿的是一件外地做生意买卖人常穿的乌亮乌亮的黑胶绸,上头有三只扣子敞开,露出小半个胸膛,上面刺有发蓝的文身花样,好像一只车轮。肩膀上的衣服染着一道发白的汗渍,脑袋蒙着一块羊肚洗脸巾……

“叔叔,你……”石生不等母亲开口就伸手去扯客人的衣袖。

鼾声戛然停止了,那人睁开惺忪的眼睛,发现面前站着一位妇女,立即站起身来,带着笑意问:“是家庆弟妹吧?”一边问,一边扣扣,不好意思暴露他胸膛的花纹。

“你是谁?”

家庆嫂口气严厉,一点也不让人。这反倒叫客人马上想起当年的情形来了:她不就是少女时的黑李嘛?虽说现在她脸盘圆了点,面皮也黑了一些,嘴唇还是特别薄,嘴巴特别小,鼻尖是翘起的,眼神十分精灵,刘海没有了,额角空留一片光洁,眉毛修整得又弯又细。

“我是小石匠,还替你爸打过石磨呢,忘啦?”

“哎哟,是你!真是认不出来了。你现在……”家庆嫂认出罗汉来了,一时高兴,但马上又警觉起来,带着几分戒备问。

罗汉郑重其事答道:“有事,要找家庆。”

“他……一直在外头东躲西藏,他爹过世都不敢回来送终。”

“往后就好了,不用躲了。家福呢?”罗汉说,等家福来了,同他一道寻家庆去。今晚要赖在这儿不走了,还说他买了只鸭,叫拿刀来杀了做菜。

家庆嫂说,要吃饭,有什么吃什么,不必杀鸭了。昨天家福往塘里撒了一网,捕到一条三斤多的大草鱼,还没吃完,菜园有灰鼠瓜、豆荚和茄子,尽够吃的了。罗汉说,鸭子已经买来了,不杀,明天更瘦。石生抢着说,不杀不杀,放下塘去养,让它生蛋。做妈妈的瞪了儿子一眼,说:

“去,领罗伯伯到菜园摘豆荚,我要踩碓舂米做饭。”

过了将近一个钟头,罗汉才同石生摘得一小篮长豆荚和四五只灰鼠瓜回到院里来。家庆嫂正好舂完两臼谷米,拿出碓房门外来筛糠,见到小孩就说:

“摘几条豆荚,去那么大半天呀?”

“不。罗伯伯替你把葱头栽完了,一共是十二行零两蔸。”

“是吗,一行几蔸?”

“四蔸。”孩子伸出四个指头,“罗伯伯,我去拿小凳来,我们折豆荚。”石生转身往厅上跑。

罗汉望着家庆嫂喃道:“孩子可是聪明啊。”

“聪明顶屁用。”家庆嫂一边应着,一边筛米捡谷壳。

不一会儿,石生端来两只拿三块木片钉成的蚂蟥钉形的小凳,两人就在竹丛的荫凉地坐下,开始把一条一条又肥又白又长的豆荚折断成一寸左右。家庆嫂神色忧郁,一边捡谷壳一边思量心事。憋了一阵子才接起方才罗汉说的话头问,家庆他们几时才能大天白日地回到家来过日子?罗汉望着她笑笑:

“瞧你等得心焦了吧?”

这位当年的黑李子,脸儿也不由得赧红,赶紧筛两下簸箕,掩饰过去。稍停一会儿才撅着嘴说:

“他回不回,我可不稀罕。只是人老在外头闯荡,保不住没有这样那样的瓜葛,你讲能叫人放得了心嘛?”

“这倒不必多心。家庆那样老实巴交的,不会是端起碗还要盯住盘的人。”

“难说,男人的心摸不准。听人讲,他住的那儿,东家有个黄花女可标致着哩。”

“你不是说不知他在哪儿的吗?”

“哪能瞒你老同嘛,就是晓不得那地方叫什么屯。”

话头断了。两人都不做声，鸭子呷呷地叫着。石生叫一声妈，说他要把鸭子放到塘里去。孩子看妈妈不理睬，罗伯伯也不动声色，只好闷闷不乐地折豆荚。树影越来越长了。院里的阳光，移到东边的屋顶上，上面晒的一簸箕红辣椒分外耀眼。家庆嫂歪着脑袋端量着罗汉，好像要在他的脸上找出他的心思似的。眨眼工夫，罗汉抬起了头，两人的目光不禁相遇。家庆嫂笑眯眯地问他已经成家了没有？罗汉向对方报以微笑，讲了一句含义不明的话：

“成了家就不来这儿了。”

“那是为什么？”

“成了家就被拴住腿了呗。”

“那你是相亲来的啰？”

“又是又不是。”罗汉警觉起来，想拿话支吾过去。

“记得你从前托人说媒，想娶马大嫂的妹子？”

“有过这回事。”

“是不是为她来的？”

“她现在在哪儿？”

“你不知道？听人说，人家命大：跳了崖没死还不说，打县城时被捉住，又让金边蚂蟥的妖婆看中，留在身边使唤。如今住在城里逍遥着呢！你还念着她？”

念不念怎么说呢？在罗汉来讲，小时候第一道留下的纯洁而透明的印象，总是难得抹掉的。经过那么多年的风雨，只要有空接近这个情感的角落，那个美好而鲜丽的花蕾般的记忆，就会宛若睡莲浮现在他平静的心的水面。空虚中感到充实，寂寞里得到安慰，孤独时见到朋友，寒冷时觉得温暖。伴随而来的又是难以排解的懊悔：在汪家打石条那工夫，为什么不敢同人家讲句话啊？后来，三月三在山圩立会那天，两人一个是死去活来，一个是死里逃生，凑巧遇在一道，怎么又顾不上讲句体己话？再往后，砸烂蚂蟥院，攻下县城，捣毁衙门等等。生活的戏剧一幕一幕在面前展开，也都不是没有说话的时机嘛，怎么都让它白白过去了呢？有时，他也感到可笑：自己心眼的晴空是出现过她这样绚丽的彩虹的，可在人家脑海上，有没有留下他这个人的漂泊的帆影呢？现实的存在与精神的憧憬往往不是形影并立的。人常常在生活的缺陷中给自己编织弥补幻象,在渺茫的企望里头寄予永恒的理想。不要看罗汉是个打石头出身的铁汉,平静的江心,有时也会因风起浪。此刻,也许是触景生情,黑李的话确实引起他回过头去寻觅往日的踪影:重九脉脉含情的目光马上活现在眼前;她哥哥马远甫那豁达慷慨的神气;她大嫂那男人般要强好胜的形象都跟着而来;还有说一不二、直来直去的家庆;猛冲猛闯、有进无退的志高;弄虚作假、机灵善变的少英;以及一心行善、助人为乐的盘大爷……一个一个音容笑貌那样生动而鲜明,就像昨天还生活在一起。而昨天歇脚的地方,印象已淡漠,没那样亲切了。“她在城里服侍金边蚂蟥的那个女妖精?”罗汉回头又想到黑李提起的线索,不免有点失悔,“要知道她又落在那个魔窟,应该绕道进城去打听一下才好。”

“女大十八变。”家庆嫂黑李看罗汉独自在发呆,带着规劝的口气说道,“我想她也未必还跟从前那样。罗伯你漂江过海,花花世界,什么人没见过,还稀罕乡巴佬黄脸婆?”

罗汉苦笑,无话可答。

石生伸手推动他胳膊:“罗伯伯,你讲话嘛,给我讲狼外婆故事好吗?我奶奶最爱讲狼外婆啰,讲讲我就睡着了。醒起来睁眼一瞧,嘻嘻,狼外婆不见了,门外头母猪咕咕叫唤。哎,奶奶真好!可她搬走了!”

“石生,你只顾得讲古,几条豆荚还折不完呀,给我拿瓦罐来装糠。”

“吱嘎”一声,东边的侧门洞开,一个七八岁的男孩冲了进来。他满头大汗,手上挽着小篮,里头装着有黄有白的野石榴、花稔和牛甘果。石生一见立即抢上去,怨对方上山不告诉他。那男孩把野果给了他,然后望着家庆嫂叫表婶,一边拿衣襟抹汗,一边兴致勃勃地说:“二表叔捉到一只穿山甲,可好玩哪,它自个在地上爬,有一两尺长,满身龙鳞,像只魔怪,看了叫人害怕。可二表叔一点也不惊慌,把扁担往它身上一捅,嗨,它好像害臊,脑袋一缩,尾巴一卷,全身马上蜷成一团,像只水瓢,你抱在怀里没事。”

“你讲得那样好,东西在哪儿,二叔呢?”

“喏,不是来了。”

一个十七八岁的后生哥挑着一担松树枝柴火侧着身跨进门槛。柴火一头挂着一只竹编的鱼篓。

“你就是家福吧?”罗汉站起来迎着后生招呼,动手替他把扁担取下。

嫂子看二叔发愣,说:“忘啦?是罗汉哥。平平,过来,叫罗——是他爸比你大,那,叫罗叔叔。”

“是则明的小子吧,哎哟,一转眼,长这么大了!真乖,想爸爸吗?”罗汉拉住小孩双手。

“不想。他找妈妈去了。”

罗汉一阵心酸,稍忍一会儿,望着家福问:“他上学了吗?”

不等家福搭腔,石生和平平“嗨呀”一声惊叫。原来是鱼篓倒下,穿山甲拱开篓口,爬出来了。这家伙蜷着装死像块石头,逃出竹篓爬起来跑得可快呢!吓得石生脸色刷白,紧紧扯住母亲的衣襟不敢瞧。平平拿起秃扫帚,使足劲往这怪物身上“卜”一声打下去,穿山甲立即蜷成一团,像路边常见的牛屎堆。平平挺大胆,伸出手去拍了两下,向石生显示他的勇敢。石生这才蹲下,拿根树枝触动它,逗着玩。

吃罢晚饭,家福到墙外面的塘边草地割回一大捆艾草,烧起火堆。乳雾的浓烟在院里缭绕,有股艾香气味。乡下人都拿它驱蚊。房间里点的艾条,就是拿这种艾草编成长长的辫子,把它晒干,夜晚点上一条,床上没有蚊帐也能对付了。

罗汉拿竹竿把塘里水面的水葫芦赶到一边来,再用泥箕捞起,递给家庆嫂,剁了作猪菜。她好像还是有什么事放心不下,寻思半晌才又开口问罗汉:去巴羊屯见马大嫂没有,重九是马家大妹,不去问人家嫂子,能打听到实话吗?罗汉顺口就问起马大嫂眼前的情况。

“也是东躲西藏,谁个知道她闹什么名堂。听人讲,她跟我们那个,来往倒是密着哩,十天半月总要见到一趟。”

“只怕他们有事商量吧?”

“屁事?”家庆嫂气呼呼地往剁板剁两下,把猪菜端起,往厨房去了。

家福望着嫂嫂后背,对罗汉说:“小心眼!别听她的,没有的事。大哥好不容易偷偷回一趟家,每次都是带一肚子的气走。”

罗汉说:“我看,没成家还好,免得拉扯受气。”

家福点起一条艾草，端着蓖麻油的盘灯，领罗汉走进披屋的卧房。这是以前他起居的房间。爹去世后，娘去了那平娘家，他才陪着平平住到正屋原先他父母住的寝室去，好关照对面房里的嫂嫂和侄子，这里就作为客房空着。平日不住人，房里存留着一股霉味。老鼠一见灯亮，吱吱逃窜。家福给客人铺好席，抹净竹筒枕头上的霉灰，让罗汉上床坐，然后拖出一张条凳，坐在罗汉对面。罗汉看他不急着去睡，好像心里有话要讲，又不好开口，于是随便同他闲聊起来。

“你懂北伐军的事吗？”聊了一会儿，家福问。

罗汉一怔，端量着对方，反问他打听这些干什么？

“我想去当北伐军。”家福说，南溪圩上有人来招兵，他同本屯一个拜把兄弟想去报名，但是那把兄弟在团总汪锯人家当长工，是他老子欠团总的债，拿他去做工顶数的，怕汪锯人不让走。

“北伐军就是铲除万恶军阀的，是时兴的差事，谁敢阻拦。”罗汉说得很干脆。

“我韦家表哥是当北伐军去的吗？你见到他没有？”

罗汉见问，警觉起来，含糊地说，韦家哥的事，他也不摸底，反问他听到什么风声没有？家福说，这几天汪锯人他们风言风语，好像说韦家哥回来了。说他在县城干了坏事：把好端端的后花园放火烧了，自己也烧死在里头，但是又不见到尸体。乡亲们听了，都说是车大炮，没人相信，都说韦家哥明人不做暗事，不会干这种不明不白的事。

罗汉停了片刻，一声不响。家福眼睁睁地望着他。他看了看这憨直可爱的后生问道：

“你为什么想到要出门当兵呢？”

“不去当兵，在家成天跟牛屁股转，有什么出息，老婆也捞不着。”

“噢，才十七八岁就想老婆啦？”

“反正在这鬼山角落尽受窝囊气。”

家福说他哥自从跟韦家哥闹“三三会”，成了金边蚂蟥、汪锯人的死对头，有家回不来。父亲过世，母亲离开，嫂子一人当家，已经够操心的了，对男人在外又放心不过，脾气变得很怪，跟亲戚邻居都很少来往，成天痴痴呆呆的。今年农历四月初,她害起疟疾,开头三天闹一回发冷发热,后来五天一次,最近这些日子,十天半个月还要闹一场,性情更加乖僻。谁知病上添病。前些日子,汪锯人家一个五岁的宝贝孙女得了疳积症,调治好久也不见好。请巫婆来问卦算命,说是中了鸡鬼。鸡鬼钻进病人身子,把心头啄烂了。要查出放鸡鬼的人,把她家养在坛里的鸡鬼搜得出来宰了,病人才得救。这样一来,汪家的人和跟他一个鼻孔出气的一些三姑六婆,飞短流长,唧唧喳喳,说他嫂子是放鸡鬼,叫人疑神疑鬼。好像他家人害了麻风病,跟被隔了众的人差不多,使他感到气闷。

“乱扯弹!”罗汉听了,感到十分气愤。

突然,平平急匆匆地跑到房门口来喊:“表二叔,穿山甲又跑出来,找不见了!”

家福却满不在乎地应声:“莫要紧,在厅里,钻不到哪里去的。”

罗汉起身催着家福:“去吧。这家伙,夜晚才活动,它要找蚁窝吃蚂蚁。走,把它搁进坛里,找块板子盖住,上面加块石头,它力气再大也拱不起来了。”

第十六章

天快亮时分，罗汉在睡意蒙眬中被敲门声惊醒，问一声："谁？"

"我！"

语音是压低嗓门出口的，罗汉却辨别出来了："啊，家庆！"赶紧跳下床来，鞋子都顾不上穿，打着赤脚摸黑抢到门后，拉开门闩，让人进了屋，才一边划火柴点灯，一边问：

"什么时候到的？"

罗汉问着话，坐到家庆对面，仔细端量对方。两人分开虽说不过三年，却感到很长很长，仿佛有十年八年似的。可见日子难挨，过得很不安然。在各自的眼里，对方的面貌都变了好多了。在罗汉看来，家庆脸色又黄又瘦，好比是秋后的枫树叶，没那么青绿湿润了；眼角出现显眼的鱼尾纹，两筒鼻孔里都长出了黑麻麻的毛发，鼻翼旁边两道沟，有一层薄薄的污垢，就像没抹净的锅盖。唯有眼神倒比以往机灵、锐利，跟刚被捉来放进笼子里的鹞鹰差不多，时刻都在防备，留心周围的动静。此刻，看他心情很不痛快，好像有满腹的心事。罗汉也不像从前了，乍一照面，家庆都不敢相信是原来的老同。这不仅是因为对方那一身城里买卖人的打扮，而且发现对方人长高了，也长胖了；面容黑了点，却比原先油亮；说话腔调带了外江口音。看样子比原先老练、沉着，豪爽、痛快的性情却没多大变化。他学会了吸烟，而且抽的是香仔烟：从闪闪发光的白锡包里抽出来的，这在家庆看来都是非同小可。两人沉默相对一会儿，家庆先开口问道：

“听她讲，你是来……嗯，你还记挂着重九呐？”

罗汉懂得家庆说的“她”就是指黑李，生怕她胡扯了什么，赶快解释说，他这次来是有要紧事跟他商量的。当然，原先的弟兄们的景况怎样，也要打听打听。家庆说的重九的遭遇和黑李讲的差不多。

“大嫂怎样？”罗汉问。

“你说马大嫂吧？她倒不肯服输，一心要为老马报仇。”

“怎么个报法，有个谱吗？”

“什么谱不谱，碰上就干，拣软就吃，管它那么多。”

听家庆这么一说，罗汉不禁一惊，留心他的神情，觉得他可是跟原先大不相同了。罗汉问他：知不知道梁少英的事？家庆说，梁兄上过学堂，有文墨，教育局凌局长保举他在县城当教员，把乡里老同给忘了。有时弟兄们进城想见见他，他老哥也躲开不见。罗汉问：“最近城里有件事，你在这乡下听讲了什么没有？”家庆说：“你在外头见闻广，什么事不容易问得到？到山角落来打听，真是向尼姑要梳子了。”

“不是那么回事。”罗汉严肃起来，压低嗓门说，“城里有城里的说法，事情的真相到底怎样？闹不明白。”

“你讲，是件什么事吧？”

罗汉移动座位，凑近家庆身边，小声说：“是火烧县公署印月台的事。这事与你老表韦家哥有关系。人家说他跟金边蚂蟥三姨太一起，烧死在里头了，不知是真是假？”

家庆听了大吃一惊。但是，立即沉下脸来，寻思三四秒钟才岔开话头反问：

“外头时势是不是变了?”

“你讲,你听说了什么吧?”

“有人讲,如今时势变了:工农兵学商大联合,一齐抵制番鬼帝国,铲除北洋军阀要紧,以往个人冤情旧债,先放一边,暂不计较了。”

“是谁讲的?”

“管它是谁讲的,你说,有没有这样的新章程?”

“我问,是谁讲的?”罗汉急得冒了火,声音吼得挺高,直盯住家庆迟疑的目光。

家庆一动不动,不急不忙地一边寻思一边问:“你见过韦家哥了吗?”

罗汉瞪着眼说:“见过。”

“在什么地方?”

“省城。”

“他在那儿干的什么事?”

“当了大大的官!你不信?”

“不信。看什么大官,车大炮吧?倒是你,穿戴还挺威风呐。”

“哈哈,真有意思。那你说我现在是干什么的?”

“谁知道你干什么,反正不打石头就是了。你说,你是不是也听到有人这样讲过,世道真的变了?”

“是的。我到省城拜会过一位大角色,他讲的跟你方才说的一样。”罗汉讲,“当今天下,大小事都得服从北伐军打仗,这是最要紧的。地方上的财主恶霸——穷苦百姓的死对头——的靠山就是北洋军阀,北洋军阀又是外国番鬼佬的走狗。你全国人民不万众一心,支援北伐军去打胜仗,把北洋军阀消灭,番鬼佬还有走狗为它侵略我们的国家卖命效劳,像金边蚂蟥、汪锯人这些土豪劣绅就有靠山庇护,穷苦人民百姓怎样也翻不了身。即算你一个人的冤仇,一时侥幸报了,没有众人合力同心,互相支持扶助,就算是独根大梁也撑不起一栋房屋来呀!”

家庆用心听完罗汉讲的这一番话,默默地捉摸了一会儿,才问:

“你真的在省城见过我老表?”

“我什么时候跟你讲过假话?”

“怪事!”家庆自己咕哝。

罗汉重新拿出支香烟,叼在嘴唇上,划根火柴点着了,吸了一口,然后吐出一缕烟雾。

“你方才说的时局,是听哪个讲的?”罗汉感到家庆说的话有点蹊跷,一直在纳闷儿。

家庆也在憋气,终于说道:“就是他讲的。”

“他?是韦家哥?”罗汉把烟卷一掷,拉住家庆的手,直盯住他的眼睛。

家庆默默点了点头,放低声音说:“是他。”

“是吗?他在哪?”罗汉抑制不住激动,眼睛睁得又圆又大。

家庆一阵迷惘,跟自己说话似地喃道:“错怪他了。”

“他在哪!”罗汉急得大声叫唤。

家庆挣开罗汉双手:“你听我说吧……”

罗汉按捺着火气,静听家庆把龙口岩里八仙庙的风波讲完。

“照你看,现在到哪儿能找见他?”

家庆说:“他不会到哪儿去,不在龙口岩,就在瑶寨盘大爷家。”

“天亮吃了粥就走,找他去!”罗汉把来意告诉家庆,说是省里党部黄部长认为县里这场火灾太离奇,叫他来查访清楚,赶快回报,不好耽搁。

家庆表现迟疑,感到为难。罗汉问他怎么回事?他说他不能吃了早粥再走,现在马上就得出门。今天是山圩逢集,他先走一步,在那儿等,不见不散。

“不急,”罗汉说,“吃罢早一块上路。”

“等一会儿就走不脱了!”家庆脸色忧郁,显出有苦难言的样子。

“是怕天亮出村被人见到吗?不怕,现在金边蚂蟥他们明的不敢了。”

家庆抬起要诉苦的目光看着老同:“蚂蟥倒不怕,只怕自己身上的虱子难对付。”

“怎么回事?”罗汉直迷糊,从昨天同黑李谈话中,虽然隐隐约约感到一点气味,却不明白他们两口子的别扭闹到什么地步。

“唉!”家庆痛苦地叹了一声,“叫我怎么讲好呢……人已经被逼成这样,有家也回不得。在这样的年月,日子都不知怎样熬得过去,可自己人倒反说你……哎,亏她讲得出口,硬说我跟谁谁这样那样:你看,这不是黑天冤枉吗!走,我先走一步,免得闹起来又拉扯不开。"

家庆说罢,不听罗汉劝告,怀着一肚子委屈坚决要走。罗汉送他悄悄地穿过厅堂,走到菜园,他熟练地攀上柚子树,然后翻墙出去。

到要吃早饭的时候,黑李寻到罗汉的房间来,一看只有罗汉一个人收拾包袱,开口就问:

"罗伯,他呢?走啦?哪儿去了?准定又是到巴羊找老交情去了!嘿,真是不要脸……"

"弟妹,不是的,你错怪老同了。"罗汉急忙为家庆辩解,"人家马大嫂不会是那样的人,家庆老同也不是干这种事的……"

"你为他们想得倒干净啰。这种事瞒得过别人,能瞒得了我?反正我心中有数。"

黑李说完,气呼呼地走了,罗汉站在屋里发愣。家福进屋,见到罗汉拿遗憾的眼光望着嫂子走出门去的背影,不用问就已经猜到几分了。

"你嫂嫂怎么这样对待你哥啊。"罗汉说。

"嫂嫂她发神经,疑神疑鬼。人就是人,那么容易怎么样吗,牲口还要发情才行哪!"

"看你,想到哪里去了。"

"事实就是这样的嘛。走,吃过早饭,我同你赶圩去。我把穿山甲拿去卖,药材铺要它的鳞甲做药,准会出高价。"

朝阳铺满了大地,露水一下子不见了,一些阔叶树的叶面反映出熠熠的闪光。村里放牧的牛群,慢腾腾地散布在村道上,有的伸着脖子挨着树干来回摇撼搓痒;有的站在路上叉开两条后腿拉屎,牧童赶快拿粪箕凑上去接住。八哥鸟三三两两从高高的木棉树上飞落到牛背上来,啄食牛虱;喜鹊带着它的小雏试飞,从这株树飞往那株树;画眉躲在林里歌唱得挺欢。

一年天气,热在中伏。现在才刚入伏,太阳晒到背上就好像拔火罐,有股烫辣辣的热气。道上的行人不是戴着笠帽就是打着纸伞或布伞,有人嘴里吹着口哨。据说,这是本地的习惯,热得无奈,吹哨呼风。

今天农历七月二十三,是山圩的圩日。道上赶圩的人三个一伙五人一帮,有的挑着从大田新收的瓜豆,有的挑着从野地寻到的花稔、番石榴或柴火,有的提着装鸡鸭的笼子,有的两人抬着大猪,有的赶着牛,有的骑着马……年轻姑娘和后生,是到圩上耍,寻相好去的,一路嘻嘻哈哈,边走边歌。

罗汉肩上搭挂一只小枕头一样的包袱,撑着一把桂林纸伞;家福顶着宾州出的上桐子油的铜鼓帽,手上拎着沉甸甸的鱼篓,里头装着穿山甲。两人夹在行人当中,因为走得慢,那些急着赶圩做买卖的,一帮又一帮都超过他俩,走到前头去了。在这些先后经过身边的人的闲话里,罗汉留心听到有三四位老头津津有味地在议论龙口岩洞八仙庙的事。说是上一圩日听到有人讲:有一天深更半夜,忽然一阵狂风,刮来十来八个汉子。神堂的长明灯灭了,黑咕隆咚,只听到声音,辨不出讲的什么话,又不见人影。大约过了一个时辰,声音没有了。天亮的时候,庙祝到禅房一瞧,阿弥陀佛,一个满脸胡须的大高个睡在长椅上呼噜呼噜打鼾。说是打高头来的大人物,要占用那个地方,为遭灾受难的人平天下。谁晓得,一夜之间,神堂的神像无影无踪,说是玉皇大帝把它们召回天上去了……罗汉越听越觉得滑稽。但是,传话人却挺认真,听话人有的说,耳听为虚,眼见为实,不敢轻信;有的说,神灵妖怪,无奇不有,说不定天下要大乱。

罗汉催家福快走,超过几位说话的老头,走到前面去了。到了离山圩不老远的当作牧场的山坡地,一位十三四岁的小姑娘站在路边跺脚赖哭,她旁边两只竹笼,有只装着猪崽,另一只是空的。罗汉顺着坡地望去,前面有个女子正在撵着一头猪崽。猪崽突奔,眼看要跑到洼地的小水塘去了。女子回头朝过路的乡亲呼救。人们有的驻足观看,有的嘻哈哄笑两声,又继续往前赶路。罗汉收下伞,把包袱交小姑娘代看,拔腿撵去;家福把鱼篓放下,跟着就跑。猪崽跑进洼地的水塘里,女子停在水边干焦急。罗汉一声不吱,立即弓下腰,把裤腿挽起,跨着大步往水里走去,家福也走进水里。两人张开胳膊,一前一后把猪崽围住。猪崽终于被罗汉抱起来了。上得岸来,罗汉抬头一望,面前站着的是一位十八九岁的大姑娘。她深深地凝眸盯住罗汉,表示无比的感激。两人的目光不觉相遇，大姑娘脸蛋立刻泛红。眼光迅速移到对方怀里的猪崽身上。猪崽四条腿乱蹬一气，把罗汉黑胶绸的衣襟蹭得满是黄色的泥浆。

“没要紧，走吧。”罗汉对大姑娘说了一句。

罗汉和家福替两位姑娘把猪崽放回笼里，将口子绑紧。正要收拾东西继续上路时，家福发现鱼篓口被冲破了，穿山甲已无踪影。家福顿足瞪眼，要哭无泪地到处寻找。四周长的都是一丛丛金英花和草梅的藤蔓和一片片杂草芒萁，很难判断它钻进什么地方。这家伙如果找到蚂蚁洞眼，很快就会深钻进去，就算发现它尾巴，你要拉，它的鳞甲一张开，那是怎么也倒拉不出来的。

“算了吧，找不回来了。”罗汉望着家福说。

卖猪的两姐妹也帮着找了一阵，哪里寻得到呐。大家面面相觑：沮丧、遗憾、惋惜的神色停留在各人的脸上。

“倒霉！连米粉都吃不上了。”家福自怨自艾地嘟哝，空鱼篓都不想要了。

罗汉拾起鱼篓交给他：“没关系，猪崽总比穿山甲值得。我请你吃米粉。”

罗汉用半湿的手巾把衣襟和裤腿的泥浆抹净，衣服又恢复了乌亮乌亮的原样。只有家福上海灰的布褂，落下斑斑的黄泥一时无法弄干净。走了两步，他干脆脱下上衣，只穿贴身的线织的背心。背心是城里学生哥打球穿的那种，深蓝底子，两边腋窝袖口和脖子领圈绾着一道白边。在这山寨圩镇，后生哥穿上这种洋服是能引起姑娘们注目的。

“罗家哥，”等人家姐妹俩走远一点之后，家福才压低声音跟罗汉说话，“我刚才看那个大姑娘眼睁睁地盯着你，像猫盯住老鼠。嘻嘻，你有嫂子了吗？”

“有了。”

“有那大姑娘好看吗？在哪？”

“在心上！哈哈。”

“你扯谎，人怎能在心上？”

“讲你也不懂，快走吧。”

“对对，撵她们去，唔，你跟她唱唱山歌吧。”

临到圩场闸门前头的大榕树下时，那姐妹俩被从圩场出来的一位大婶迎上，互相打着招呼。不知她们讲了什么，那小姑娘回头指了指罗汉他们两个。

那大婶举起手巴掌遮拦阳光，瞅着一步一步走近来的人，不禁惊喜地呼唤：

“嗨哟，我的兄弟呀，原来是你呀……”

“马大嫂！”罗汉立即抢上两步，笑吟吟地立在老熟人面前。

马大嫂指着旁边的姐妹俩，对罗汉笑着说：“你给人家帮了大忙，还不知人家怎么称呼吧。大姐叫阿梅，小妹叫阿杏。快叫罗汉大哥，那后生仔是家庆老弟嘛，长得那样高了。你哥回家了吧？没来吗？走，进街说。”

第十七章

俗话讲:“十里无真信。”龙口岩八仙庙的神话,除了那天在通往山圩赶集的路上人们议论的那些,这半个来月,道路传言,添枝加叶,越传越离奇。有的说,是韦家哥在县衙挨烧死后,鬼魂不灭,逃到八仙庙来兴妖作怪,八仙受惊,飞上天去搬兵;玉皇天帝答应,中秋节就要派下天兵天将来讨伐妖孽。到那天夜晚,天上月亮不敢露脸,地上点不着灯火,昏天黑地,谁也见不到谁。紧跟着,这方圆百来八十里地就要发大水,变成大海。住在平坝上的人,在劫难逃,都要变成虾兵蟹将。不如赶早把田地房屋卖了,逃到高山洞穴去寻地安身,躲过这场灾难。但是,同时又有另外一种讲法:说是韦家哥那年闹的“三三会”犯了官府,逃到外地漂洋过海,遇上大风大浪,翻了船,沉下海底,闯进了龙宫。有位仙姑看他模样英俊威武,不禁动了凡念。交给他一把锄头,罚他在后花园挖口井,几时挖出水来,几时放他回家。他规规矩矩依照吩咐挖土不停,只盼早挖出水就好,虽然辛苦流汗也不在乎了。头天破土，挖了三尺来深，土层见潮，水源离得不远了。哪知第二天再去一瞧，奇怪，井口不见了，地面恢复了原样。仙姑吩咐的声音在他耳边响着，他只好规规矩矩依照吩咐挖土不停。但是，天天一样：人一样劳动，现场一样复原。总共计算起来，连续挖了九九八十一天。第八十一天清早，他照旧来到现场，嗨，这一下成了：井口不再愈合，里头还注满了水，水色碧净，清澈鉴人。挖井人走近跟前俯首一瞧，水面出现一位亭亭玉立、妩媚非凡的仙女，深深望他一眼，嫣然一笑，马上就消失了，水面浮上一本金叶经典。他伸出双手去把书捧起，贴到心口，耳边听到女子温柔庄重的声音。说这是除恶助善的宝书：好人念它将有好报，穷苦的不愁吃饱穿暖；坏蛋恶人念它倒霉背时，放债收租的财主将遭雷劈，抢男霸女的土豪将被分尸。现在金叶经书已经被带到龙口岩来了……

流言造成凄凄惶惶的气氛，令人半信半疑，不知所以。有些老实巴交的庄稼人，居然情愿将祖传的田地廉价断卖给地主家，打算往高地山坡搭棚造屋；有些人原先曾经给神庙许过愿，要到庙里打醮还愿的，现在也不敢去了，只好请道士来家烧符念咒完事。朝山路上几乎断了人迹。

到底是怎么回事呢？有个后生哥就不信邪，敢同人打赌，要亲身上山去看个究竟。说着他真的找个伙伴，花了一天工夫，到那儿一看，不觉大吃一惊，原来跟传说的完全是两码事。哪儿有什么妖怪？虽然千百年来一直为信男信女顶礼膜拜的神仙无影无踪了，可是庙堂却空出了宽敞的大厅，那里明摆着一些新造的桌椅、板凳。原先楼台上挂的什么“有求必应”、“慈航普度”等等金光闪闪的牌匾被摘了下来，有的已被锯成薄板，做了桌椅，有的正在刨光准备做床板和水桶。山门入口的大门挂出一块有一尺宽、一丈长的木牌，上面贴着红底洒金的纸头，书写有碗口大的黑字——

岚山县农民运动讲习所

原先正堂的神龛，现在张贴着簸箕一般大的三幅半身人像：一个长得一脸胡须（马克思），一个是大光头（列宁），另一个是梳大分头（孙中山）。

原来,这是韦步平花半个来月工夫,领着罗汉、家庆和马大嫂他们,七手八脚闹起来的。到底是“三三会”的火种没有完全扑灭。家庆自从听了罗汉讲明当前局势,懂得了韦家哥采用的革命办法,脑筋也就开了窍。和马大嫂分头联络他们在这两年新搭上伙的老同,把韦步平讲的新局势、新办法告诉大家,谁要肯干,就佯作朝山的香客,自带口粮、铺盖,自家有渔猎的网罟、枪械也不妨拿来,就便解决给养。近几天,每天都有两个三个到来。他们多半是贫苦农民弟兄,也有少数木工、铁匠和失学失业的青年和小学教师。到正式开学那天,人数总共有三十八个,有的只有小名没有大名的,韦步平都替他们安了一个学堂的名字。有的叫“张发”,有的叫“李新”,有的叫“石惊天”,有的叫“马前进”。互相招呼都喊“同志”。

中秋这一天是正式开学的日子。韦步平给大家讲话。他的“开场白”是从中秋节吃月饼杀鞑子的故事谈起的,接着就讲,俗话说“打虎不离亲兄弟”,是什么意思呢?想来不外乎是:亲弟兄有手足之情,又有切身的利害关系,遇事能齐心合力,生死与共,即算凶猛的虎也能对付得了。那么现在他们要反抗、要打倒、要铲除比老虎还要凶恶毒辣的反动派,除了要有亲兄弟那样亲密团结,抱成一个团体,另外还得要有一套周全可靠的办法才能顶事。从前义和团打番鬼佬以及后来三合会、金田起义——太平天国反抗清王朝,搞得轰轰烈烈,可惜到头来都失败了。追究其原因是很多的,重要的一条就是眼光太窄了,看不到更远更广的世界,所用的斗争手段也就不对路。从首领人物到部下的兵丁,各人脑袋瓜都打不破老一套法门:依旧迷信宿命神权,照样维持封建的宗法规矩。他们虽有敢于毁坏反动势力的气概,却缺乏建设先进事业的理想。一场造反的野火,只不过烧毁地皮上的草木,没有做到斩草除根,开垦出新的田地;不但结不成革命的果实,事后往往“春风吹又生”,一切又将恢复原样。韦步平谈到他们前次闹的“三三会”之所以失败,原因也不外如此。

“现在,我们又在这闹腾起来了。是不是又走回头路,重复‘三三会’那样干法呢?”

韦步平把话一顿,放眼注视着现场。场里所有的眼睛都看着他,一声不吱,等待解答。

“不!”韦步平大声说道。他接着讲:这回要干的是革命,不同于以往说的造反;这回不仅铲除本地几个贪赃枉法的土豪劣绅便算大功告成,也不止是没收几个老财的细软,各人捞到眼前点点油水,便心满意足。革命的最终目标是要把世界上一切不合理的陈规旧套、反动黑暗势力的枷锁,统统推倒打碎,让穷苦人民全都解放。反动军阀、贪官污吏,以及土豪劣绅,都是人民翻身的障碍。他们就是革命大道上的火焰山,不把它扑灭,人民要前进就过不去。打蛇要打头。当前,全国要办的一件大事就是北伐——前线革命军坚决讨伐反动的北洋军阀,统一全中国!反动军阀既是地主土豪的大靠山,又是列强帝国豢养的鹰犬,也是劳苦人民大众的祸根。靠山不锄,猎狗不杀,祸根除不尽,革命就成了空话,翻身也只能是梦想。眼前当务之急就是要举国上下必须做到:前方革命军英勇作战,后方百姓踊跃支援。壮丁从军入伍,补充兵源;农民输送粮饷,供应给养。

“道理这样说,事情又怎么办呢?”韦步平为了提醒注意,提出了问题,稍停两秒钟才又讲下去,“要过河就得搭桥,要捕鱼就得织网。要翻身闹革命就得有个社团、立个规章。规章打哪儿出来呢?我说,还是大家一起来出主意。”

韦步平继续说,俗话讲得好:“三个臭皮匠合成诸葛亮。”现在在座的算起来,十个诸葛亮还不止呢!当然,“三三会”那阵时,人数比现在还多。可惜,人多不一定就是强大,人多不一定个个都真正是“坐船同命,走路同心”。因为那时候,还没有找到马克思、列宁这两位老师(说着,指指厅堂挂的肖像),还弄不懂闹革命的真理。盲人骑瞎马,结果翻了车。

“现在,”韦步平又提高嗓门强调,“我们就一道来学会弄通劳苦大众干革命闹翻身的道理和办法。”

他说,根据广东、湖南的做法,首先一步就是要宣传,使劳苦弟兄明白革命道理;进一步就把农民弟兄组织起来,成立“农民协会”。凡是关系到农民利害的事,统统由农民自己来办。当前,从大局着眼,要办的事是:第一件,排除阻碍革命军北伐的反动封建势力;第二件,建立由工农大众掌权的革命政府。谁阻拦、破坏革命前进的,谁就是反动派。反动派就是革命的敌人,同时也就是劳苦大众的死对头。不管它是泥菩萨还是活皇帝,对不起,统统打倒,绝不含糊。谁赞助、拥护革命，谁就是同志。是同志，就要联合起来，并肩作战。不管他出身高低，只要他真心诚意，都应受到欢迎……

正当韦步平演讲这番话的时刻，想不到竟有两位香客悄悄来到庙门前。两人看了看改了样的庙堂神龛，又瞧瞧这位演讲者的神气，不觉惊讶。好奇心鼓起他们的勇气，蹑手蹑脚地走近听众的背后，就在劈柴的小块木板上蹲下。一面想听个究竟，弄明白怎么回事，一面又生怕被人发觉，拿他们为难。一个庄稼人特别不安，不敢把话听完就溜走了，他的伙伴也只好跟他一道，亦步亦趋。

这两人，一个是山圩街上的闲人，每逢圩日，在牛行给买卖双方作“牛中”（经纪人），捞到一元八角的吃喝。另一个是巴龙县的庄稼人，都是四十来岁年纪。庄稼人的婆娘前年时来这儿住过两晚，向神仙许过愿：祈祷神灵保佑她养个男孩，她家就给庙堂供奉三个月的灯火香油，外加打三天醮还愿。去年这个时节，婆娘果然养了个娃仔，今年刚满周岁。婆娘催男人来办这份功德。那天来到山圩，投宿在来安客栈，正好遇上这位“牛中”。两人闲聊起来，“牛中”讲，八仙庙的神仙上天了，哪儿拜去？庄稼人就信不过。于是，两人立誓打赌：要是八仙庙真的没了神仙，他情愿请客，做一份一鸡三味下酒，外加赔三块银洋作草鞋钱；要是“牛中”讲的假话，根本就没那回事，那么，“牛中”就得给庄稼人开销客栈的店钱。一天一元二角。两人打赌无凭，请来安客栈老板作证。

“这回你可是输了！赶紧回客栈，叫老板娘烧水杀鸡吧。”两人走下山来，“牛中”打破沉默，先开口说话。

庄稼人如梦初醒，拿疑问的目光瞅着对方说道：“要照刚才庙里那人讲的，世道真的变成那样，我请客也不算输。”

“日后到底怎个样，难讲。反正神仙是不见了。”

“你说，要真没了神明，人心可是……”庄稼人一肚子的狐疑，“你说神明灵验，那，这帮人占了神位，为什么没见报应？”

“只怕时辰不到吧，唔？”

“那人说话真行，过年放鞭炮的一个样，没个停断。哪儿来的能人？”

“天上掉下来的呗！你不信？再赌一下怎样？”

“再赌，你要是输家，就没一鸡三味吃了。”

“不见得,只怕你要输两回呐。”

两人一边扯谈,一边赶路,三十来里地不觉走完了。回到来安客栈时,老板娘正在洗锅淘米,准备为客人做晚饭。

当晚两个打赌人邀店老板一起,吃喝了一顿。大伙饭饱酒足之后,余兴未消,店老板慷慨地拿出烟丝盒来请客,好逗经纪人把八仙庙的“新闻”讲完。

“我要讲的就是这些了。”经纪人对着店老板说。他把烟蒂一甩,两手抱着脑袋歪靠到床头的板墙上,跷起二郎腿,盯着庄稼人说:“让巴龙客人也讲讲吧。”

庄稼人接过老板娘端来的木盆热水,一边洗脚,一边喃道。“神仙是没见到,可厅堂上贴着箩筐大的三个人头像,第一个是大胡子,第二个是大光头,看样子是番鬼佬,第三个是带头把宣统皇帝赶下台的孙文大总统,说他们三个都是干革命的首领。”

“那是活神仙啰?”

“是活是死谁知道。只听那位演说的讲:我们的劳苦人只要依照这三位头人的话办事,就能翻身。”

“翻身?怎个翻法?”老板娘在旁边插上一句。

“哎吔,翻身你还不会呀,叫你老伴教教,哈哈。”不知什么时候旁边来了几个听闲话的邻居,其中一位补锅师傅最爱跟老板娘打趣。

“去去,听人家巴龙客人讲正经的。”不知是谁这样说了一句,大家都静下来,只听老实的庄稼人接着讲:

“他讲的怎么个翻身,我也没听得仔细。只听说,往后是联合农民弟兄立个会,农民家的事情,农民自已做主经办,由不得土豪、恶霸从中搞鬼。这点我想是不是就像做媳妇的当了家,不再受公婆气了呢?”

“他们是不是又在闹‘三三会’那个样啊?”另外一个人问。

经纪人直起腰来,抱住膝盖,对着问话的人说道:“又像又不像。他说‘三三会’闹的那一阵叫作暴动,现在闹的不一样:叫革命,‘三三会’在会的人叫老同,现在入农民会的通称同志。”

“你看,演说的人,是原先领头闹‘三三会’那个韦家哥吗?”

“闹‘三三会’那阵子,我往云南跑烟帮去了,不在家。韦家哥是个什么样,没见过。如今这个人倒是又高又壮实,浓眉大眼,胡子拉碴的。有人讲,领头闹‘三三会’的就是他。可有人又说,他不久前,从外地当了什么大官,回到县上,一天夜晚跟杜老爷那个老举(妓女)姨太搞鬼,两人全被烧死在后花园了。也有人说他在外头当大官,进进出出都有十来八个卫兵跟身,可威风着哩!哪里会躲到这小山沟小庙来闹鬼?总之,这说那说,都没个定准,也不知听谁的是。”

“那……你说是谁呀?”

话正说到这儿,店门闯来一位新客。他把牲口拴到马厩里,沉甸甸的马袋搭在肩膀上,一看相貌、装束就知道是个二十多岁的瑶人。庄稼人乍一见,几乎错认为是那位在八仙庙演说的人呢。定睛一瞧,才发现来人毕竟少吃几斤盐,年轻些个,而且长得矮了一个脑袋。这瑶人可没他同族人那种拘束别扭劲,一跨进门槛,就向大家连声招呼:

“诸位弟兄,好热火哟,谈些什么呀?哪位是老板,有铺位吗?”

“有,有。就睡这铺吧?用饭了吗?啊,没有?那来它一筒(一斤)?菜,还有鸭蛋、牛肉丸子,都是现成的。”

“不是卖剩的隔夜货吧?不管它。来吧,有好酒没得?”

“有。酒少不了。双料米酒、桂林三花都有。”

小伙子把马袋往床上一撂,转回头来,见大家都睁眼端量着自己,不觉发窘。

屋里静默一分钟光景,有个人冲着经纪人问:“还是讲八仙庙的新闻吧。你说,那个演讲人叫什么?”

“说是姓牛。”

“车大炮,姓马的倒不少,姓牛?没听过。”

“少见多怪,百家姓什么没有。从前不是有个外地来弹棉花的师傅就叫牛四吗?”

“你们讲的什么古啊?”新来的客人说话口齿伶俐,听不出他是瑶人。可他脑瓜上却明明是盘着厚登登的大堆头巾,穿着跟膝盖平齐的短裤,小腿肚还包着布片的脚绊,披件敞开的滚边的小坎肩,细瞧起来,又不像是个故意化装的瑶小子。

经纪人说:八仙庙来了个姓牛的能人,把庙里泥神仙全都丢进深谷去了,办起一所新学堂,招了三四十人,天天听那姓牛的讲古,说是如今天下要大乱,要不多少日子,又要改朝换代了,这回该轮到当工人农民的苦力坐江山……

“不会又是一个骗人弄鬼的瑶王吧?”

“瑶王不是正在巴龙造反的吗?哪儿来的这样多的瑶王?”

“见他妈的屄!什么瑶王?脱光了屁股,跟我的屌也是一个样!”

“真有点火气,哈哈,说话干净点。唔,你不怕犯你瑶家的规矩吗?”店老板为小伙子提心吊胆。

“怕它个卵。老虎我也敢揪它胡须。”

“你不是打巴龙来的吧?”巴龙的庄稼人问,“那边瑶山叫官兵打开了吗?”

“哎!”小伙子往桌面上狠狠捶了一拳,气愤异常,引起几双眼睛集中盯在他的脸上,“打开?休想!要不是自己人躺下撂开裙子……嘿!”

“哈哈!”经纪人津津乐道,“小伙计,你可是讲得蛮有味道啊。”

“什么味道,臭他娘的!喂,老板,饭熟了没得?先来酒。老大哥,”小伙子转向经纪人说话,“你说八仙庙有谁在闹事?”

“拿他的话说不叫闹事,也不叫造反,而是叫作……叫作……革……命!”

“革命?”

“唔,革是剥皮的意思,拿他们的话讲,革命就是剥开土豪地主的皮。”

“领头的是谁,知道吗?”

“都说姓牛的啰。”

“是瑶人吗?”

“不。”

“长相可倒是有点像你。”巴龙的庄稼人冒了一句。

不想这句话,使小伙子眼睛一亮,猛然往大腿一拍,脱口说道:

“对不起,我走了。”

小伙子也不顾店老板给他煮的饭菜,拿起马袋往肩上一搭,夺门而出。人们跟到门槛,见他猴子似地跳上马背,牲口嘶鸣一声,跃起前蹄,疾奔而去,惊散路边一群归鸭,后面扬起一缕薄薄的尘土。

“看来,莫非又要改朝换代,真命天子要下凡?”庄稼人忧心忡忡,喃喃自语。

“真命天子也不会出在我们这些山弄垌场上。”

“也难讲。讲古的先生不是说,明朝那个姓朱的开国皇帝,是看牛娃娃出身的吗?汉朝姓刘的,原来就是个浪荡家伙……”

人们又你一言我一句,闲扯起来。

正在说话之间,突然一阵马蹄声由远而近,紧接着,三个骑马的差人冲了进来,每人的额头都淌着汗。其中一个高声问,谁是店老板?赶紧弄饭菜,给牲口上料。店老板察言观色,发现这三条汉子腰间装茶水的葫芦,空空荡荡,赶紧给每人斟上一海碗大叶茶水。告诉他们说,米下锅,快也得半个时辰。

“不能快一点吗?”

“没得办法,急火烧不成饭。”店老板瞧了他们一眼,“不过,是这样,方才给个客人煮了一筒米,他没吃就跑了。你们每人先吃一碗,垫垫肚皮也行。”

“不吃就跑啦?为什么?”那个当差的头目,盯着老板问。

“发神经呗,谁知他为什么。”老板在抱怨。

“长的是什么样?”

“是个瑶小子。”

“真的吗?”当差的发了急,紧问,“你看他往哪边跑了?”

“一出圩场就有几条岔路,谁知他去东还是走西?”

“兄弟,不该,请对个火。”另一个差人向经纪人招呼。看他神气一点也不焦急,慢吞吞地吸着烟,歪靠着椅子,把脚搁在桌面上。

那个头目向两位伙计叫道:“一定是他,走!”

“走不动了。你去问问牲口看,它能驮得动你?哎唷,肚皮也要造反啦!”

“他妈的,一百块光洋花红哩,你俩不想?”

“想是想,你想到流口水也白费心机。”

“白费心机还小事,白饿肚皮可受不了。”

头目瞅他的伙计,瘫软成堆泥似的,怎么也不愿再动弹,气得他把马鞭往桌上一甩,骂一声“妈的”,无可奈何地在一张条凳上坐下,催老板快上饭菜。

这时,经纪人端量着这些当差的,借故对火点烟,低声下气地用试探的口气问,他们要捉拿的是什么逃犯?那个当差的向他咬耳朵咕哝,说是一个瑶人得罪了一位省里来的大官,出花红捉拿归案。

“瑶人,你不在平地上逮到他,让他进了山,这可就是马骝进了花果山,你想捉,别做梦吧。任凭你多少花红花绿,也没符法。”

“有钱可使鬼推磨。你不信?等着瞧吧,逃过初一,也逃不过十五。”头目颟顸而自信。

“喏,饭菜来了,老总,来两杯吧?”店老板端上饭锅和菜盘,讨好地问道。

“不,喝酒误事。来大碗装饭。”头目说着,拿筷条夹起菜尝了一口,赞道,“牛肉丸,爽脆,够味,是老板娘的把式吧?”

这三个差人,狼吞虎咽,不到一刻钟,已经碗净盘光。人又抖起精神。当头的向手下两人摆了摆脑袋,说:“走!”

店老板可怜巴巴地朝着那当头的嗫嚅着哀求:“老总……”

“啊,你往水牌上挂个账,我姓鸡……”

“鸡巴……”另一个当差的接着说了半句,不觉挨了一拳。

“你骂我,哼!”头目说着,跨上马鞍,回头又朝店老板大声说:“老板,见到瑶小子替我抓起来,领到花红还饭菜钱!”

“呸!”老板娘啐了一口,“千刀万剐的杂种。”

不说大家也许会猜得着的了。这三个差人要追捕的就是前面那个急忙上路的瑶人。只是,那瑶小子到底是谁呢?他犯了什么王法,被追得那么紧?这里得交代一下了。

前面提起过:上个月巴龙的盘山瑶王为着反抗官府修筑(开进瑶山)公路,挑起瑶汉民族间的冲突,煽动瑶民起义。事态日益扩大,波及岚山、田州等邻近几个县的瑶区,这就惊动了省政府当局,夏主席和省党部秘书长王光宗等人亲自出马,领兵前来弹压。只因瑶区到处重峦叠嶂,猿猴也难攀登。瑶人以逸待劳,凭险把守。你想硬用武力解决,那就十分棘手。何况瑶民野性难驯,即算打得进去,人心不服也难治久安。夏雷经过权衡轻重,反复谋算,决定采取软硬兼施,战和并进的策略:一面陈兵边寨,以威慑其俯首臣服,一面派遣说客,以利诱其讲和受抚。交涉结果,双方达成协议:一、公路可缓修筑,瑶民可免劳役;二、瑶王同夏主席歃血为盟,结为兄弟,出任副专员,王光宗应聘作驸马,留在瑶山作宣抚官;三、瑶汉平等,共享上学读书的权利,同尽纳税当兵的义务。

这样一来,在省府一方,从后院烧起的一场大火平息下去了;在瑶王一方,拿民族利益做交易的买卖,总算有了成交。不过,这是双方高头的密约,下层民众是不知所以的。他乡远地的瑶民,每天都有闻风而来的兄弟。各地瑶人也有在他们居住区域,各自组合成独立的队伍,有过山瑶,有花篮瑶,有白裤瑶,有盘头瑶,有蓝靛瑶等等。每支独立的队伍各自推举一个头人作首领。

蓝志高是起义六七天后,才从岚山率领四五十位弟兄赶到。本来他是不愿意玉姑同行的,玉姑却执拗不听,硬是先跑到半道上等着,非跟他一道走不可,并且叫他放心,决不会给他添累赘。这就使志高没话好讲,不依也得将就下来。

瑶民之间虽有各种不同的名称,因服饰、居住或习惯不同而自成部落,但在意识上,却有其共同的民族观念。每当涉及本民族的尊严和利益受到损害的关键时刻,他们往往不约而同地采取一致行动,即使赴汤蹈火也在所不顾。这回瑶王向远近瑶区都发了箭书:声言汉官开山辟路,志在灭瑶;号召男女老少,奋起抵抗。箭书一到,一传十,十传百,无异一窝被激怒的蜂群,成帮结伙,聚众呼啸,投奔瑶王。瑶王以击铜鼓、吹牛角为令,指挥瑶民,违令者斩。几天来,各队人马分兵把守四周的山坳、垌场,垒石筑寨,擦枪磨刀,准备一场厮杀。志高他们赶到的那天,刚好听到瑶王传出话来,说他得天上的盘王托梦:今岁属猴,轮到汉瑶交替王位的流年,这回汉官自作孽,该汉人遭殃了,一定把他们赶到海里去,平原、田地、房屋都得让给瑶人下去享福……

话是这样说,可好几天过去了,天天盼着击鼓吹角,总也没见动静。直到今早才有话传下来,说晚上瑶王摆筵席慰劳所有弟兄,有要紧事宣告。于是各队人马都被派了差事:有的专作宰牛杀羊;有的专门蒸粉弄菜;有的去到王府前面一片坪地,扯起长长的帐篷,摆下三排席位。场中央留下一片空地,准备让给作歌舞表演用。帐篷下交叉挂起彩色纸条,渲染着喜庆的气氛。

本地的青年排练着舞蹈和乐曲,准备在宴席中助兴。玉姑虽说是外来的,几天来同本地的姐妹逐渐混熟了，大家知道她既会唱又能舞，邀她参加，她也就高高兴兴跟大家一道忙乎。

她们正在练歌学舞当中，传下瑶王的话，说今晚要她们跳婚礼舞，唱祝酒歌。她们一听就吱吱喳喳议论开了，说什么瑶王的大闺女今晚要招驸马，不知哪个小子走桃花运给相中了。有人跟玉姑开玩笑，说："要是把你那个相中了，看你怎么得了？准备水桶挑担眼泪回去吧。"

"岚山来的那个姓蓝的小子，是叫她勾上了吗？哎哟，难怪，真是个俊哥儿，叫人看了也心痒……"

"看你馋的，叫人家呷醋哩。"

姑娘们嘻嘻哈哈互相逗乐。

志高跟大家一样，都不知道瑶王今晚摆宴席到底设的什么套套。这两天只见汉官那边放过人来，瑶王这边也有人过去。穿梭一样，谁知葫芦里装的什么药呢？

"真叫人发闷，既不打出去，又不叫回家，干什么呀？"

"别急，老哥，心急吃不下热红薯。看今晚亮牌罢。"

"瑶王他算个屌，没有我们这些赤脚佬保驾，谁认他为王？"

"人家是天上盘王托生的种，你不认也有人认。"

"管它天上还是地下，今晚喝上两碗再讲。"

几个人正谈这些，志高凑过来，问："老同哥，讲的什么呀？"

"你是岚山来的不是？"有个人朝着志高问，"跟你打听个人，那边有个行医的盘大爷，认得吗？"

"他是我舅舅。"志高回答。

"是吗？哎，老头的医道可是神啊！我这胳膊，"说话的人抬起右边胳膊，"那年上树砍柴，真倒霉，不小心跌下地，骨头折了，多亏盘大爷给接上了，现在照样干活，没事。嗯，他老人家这回怎么不来？有他在，遇到跌打刀伤可就不愁了。"

志高说，他们往这边赶来时，舅舅下山给人治病去了。大家一听说下山，不觉惊讶，用责怪的口气问：

“为什么给汉人治病？”

志高不动声色说道：“汉人也是人，做郎中的能见病不医吗？”

“那你说瑶汉不分家啦？问你，这回你们来干什么？”

“我是反官不反汉。”志高回答得挺干脆，“我看，有的汉人比瑶人还善哪。”

“反官不反汉？唔，头回听到，话倒挺新鲜。可当官的都是汉人。”

“汉人也不是个个当官。”

志高这么一说，大家都不吱声了。静了有两分钟，那个断过胳膊的才说：

“算你这位老同有见识，讲得有理。”

话才说到这儿，志高给玉姑叫走了。

宴席是从百鸟归巢的傍晚开场的。三四十桌酒席，三四百人分坐，围成一个大圈圈。每人都是一只酒坛子，各人一碗又一碗往下灌，多少也不够似的。有的喝得满面通红，有的嘴唇发白，有的舌头变硬，有的喉咙嘶哑。整个场子上，猜枚划拳，喧声震耳。掌灯时候，每张桌面，点起松明，烟火弥漫。一盏瑶王家用的大汽灯，抬到场中央来了，用绳子吊在柱子上，场上顿时照得通亮，不少飞虫聚到灯光下飞舞。

这时，瑶王从王府领着客人来到现场。端端正正地在一排坐北朝南的靠椅上坐下，前面摆下一列条桌，隔开了大家。桌上搁着茶杯、茶盘。瑶王招呼十来位寨公、山主，一个一个就坐定位，然后歌舞开始表演了。人们对本地看惯听熟了的东西，似乎不大感兴趣。倒是端坐在贵宾席上的十来位罗汉似的人，分外显眼。

这十几尊佛爷，一律瑶族服装。个个头顶都盘着乌鸦窝似的头巾。其中一位缺了一边耳朵的，志高认得他，那就是他们岚山那边的山主。坐在瑶王右边的一位，模样儿长得斯文秀气，眼神却骨碌骨碌地打转，时刻在提防着人，面皮白净，跟这些酱色脸面的坐成一排，特别显眼。有人悄悄传话，说这就是瑶王的驸马爷。

“驸马爷？是哪个寨子上的？不是说今晚才选的吗？”

“你也想等着入选呀？癞蛤蟆想吃天鹅肉。”

“嘿，她选上我，我还不一定尿她哩。”

“嘘,别嚷嚷,听瑶王说话。”

瑶王从座位上站起,张开两只猫头鹰眼珠扫视全场,干咳一声逞逞威风,然后开言说道:

“各位长老弟兄听着:我们瑶家起义胜利了。汉家官府派来专员跟我们讲和,公路不用修了……”

“好啊!”轰的一声,瑶王的话给打断了。人们又敲桌子又打板凳,乱作一团。

“乡亲们,静一静! 话还没说完哪。”瑶王大声呼叫,“往后,我们瑶人也跟汉人一样:一样能上学堂读书,一样要当兵纳粮……”

“什么? 当兵纳粮,不干,不干,要不得……”

议论声音像锅粥,沸沸扬扬。瑶王还要说的什么,几乎没人听了。那准备好的八位姑娘不等瑶王把话讲完,已经进入场子中央,翩翩起舞。瑶王只好索然坐回原位。

坐在瑶王右边的那位穿白长衫的家伙,眼睛贪婪地死死盯住舞蹈者扭动的身段。瑶王会意,悄声耳语:“你瞧我们瑶家姑娘怎样?”

“第三个最好,有人了吗?”

瑶王摇头:“不知道,莫见过。是长得俏,连我这老头看了也还动了心哪。说不定是外地来的,等会儿叫她来问问。”

婚礼舞完了,下面是几个男子合唱放排歌。那跳舞的第三个女子被引到瑶王面前。瑶王张牙咧嘴地问道:

“你跳得好啊,赏你一只银项圈,是哪地方人呀? 岚山,叫什么?”

“玉姑!”

“玉姑?”瑶王右边那个人心头一震,睁大眼睛盯住不放。

“我认得你。”玉姑认出了那个人,不由吃惊。

“那好,跟我上省城耍,嘻嘻……”这人嬉皮笑脸,情不自禁地伸出手去往那诱人的胖胖的手腕上捏了一把。

手腕触电似的迅速缩回,人转身拔腿就跑。

玉姑回到姐妹跟前,还来不及说话,志高一把把她拉到场子外头。要她讲明白:为什么单独到瑶王跟前去?

“是他们喊去的。”

“他要干什么?”

“谁懂得他。”

玉姑不等志高说话,紧接着就说:“坐在瑶王右边的那个人,我好像在什么地方见过。”

“是吗?他不是瑶人?”志高问。

“你见过瑶人哪有那样打扮的?”

“唔。”

“人家说瑶王招的姑爷就是他。”

“你想想,是不是从前在我们岚山的凌所长?”

“不。”玉姑沉思一会,忽然醒悟过来,“对,就是他,就是那个从前在南溪圩场把你绑走的那个王八知事。”

“是吗?看准了没有?他娘的!又碰上了。”

“可他不是汉官吗,瑶王他……叫我们大伙来反抗汉官,怎么又同他打亲家呢?恐怕我眼花看错了。你再去仔细瞧瞧吧。”

“他不是同你说过话吗?他讲了什么?”

“听不懂他的话。只说上什么省城要……”

“她娘的,上当了!”

“志高,轮到你上场吹木叶啰!”有人高声喊叫。

志高想了想,对玉姑说:“我去。你把牲口牵到这棵树下来等我!”

志高摘下几片树叶,紧了紧腰带,进到场当中,环顾大家,然后拿起一片嫩叶吹起来。乐声悠扬、激越,在这秋夜的山寨,倍觉粗犷而嘹亮。声音一落,随即掀起一片嗬嗬的欢呼。

瑶王高兴地端起碗来,斟了大半碗酒,喊道:“好呀,后生仔。来,赏你一碗!”

志高走过去接碗,抬头正好跟那个可疑的人的目光相碰,心头不觉一紧,跟自己喃道:“是他!”于是,沉着而冷静下来,端起酒碗,仰头咕嘟一口喝了,拿空

碗对着全场亮底。然后,转回身,向假装的瑶人说道:

“对不起,借你头巾用一下。”

志高不容对方开口,马上伸出手将头巾揭开了。这一揭非同小可,一个汉官的小分头全露馅了。全场“嗡”的一声,立刻哗然。志高趁势大声喊:

“老乡啊,大家瞧瞧,这个是什么人?他不是瑶人,他是假装狼外婆来骗我们的坏蛋。老乡啊,我们上当了!头人要我们来反汉官,他自己倒跟汉官结亲家。大家说气人不气人?岚山的老乡啊,走啰!走啰!”

志高一气把话讲完,“呼啦”一声,全场都乱了营。

那留小分头的汉官对瑶王耳语:“快,叫人把他抓住。”

瑶王气急败坏地跳上椅子,挥手大叫:“弟兄们,不要乱,听我讲……”

但是,他的叫喊声被喧哗的声浪淹没了。

志高在四五十个老乡蜂拥下,抱起玉姑跨上马背,箭一般突奔呼啸,进入了苍茫的丛林,扬长而去。

第十八章

在这周围全是石山的山弄里，夕阳消失得特别快似的，眨眼工夫，幽暗的暮色立即落到面前来了。树影逐渐模糊，晚霞顷刻变幻，火烧云一下子变成黄沙浪，黄浪一下子又堆成一座一座山峦。蝙蝠开始飞出山洞，在丛林中穿梭飞行，捕猎着飞虫。山野分外寂静。远处传来瀑布的水声，白天不被注意，这时候听来却仿佛叮叮咚咚的琵琶声。

农讲所学员每天晚饭过后，趁着黄昏，都三三两两下到山脚、河边来，一边唱着新学会的革命歌曲——“打倒列强、除军阀”，一边用镰刀割或用手拔着艾草。然后，把它扎成捆，抱回庙里，堆成几个小堆，点起火，冒起一股一股带着香气的烟柱，驱逐蚊虫。

平日每天晚上学员们都是开小组会，讨论每天听课的问题。

今天是星期六，晚上大家自由活动。韦步平、家庆、全福寿和刚刚来到龙口岩的盘大爷几个人,有事商量,找僻静地方去了。马大嫂跟表妹(福寿媳妇,韦步平给起个名字,叫白金英)两人凑在一起,借着熏蚊火堆的光亮一边缝补衣服,一边说闲话。

金英讲:“说来才笑死人哪,那天我跟阿梅大妹踩碓,他来了,说是贩牛的,提来一条蛇。叫人一看好麻人啊。听他打听出花红捉韦家哥的事,我就疑心是个侦探狗崽,去叫两个后生仔来把他骗上了炮楼……嘻嘻。”

“你也真是,精灵鬼。”马大嫂瞟了表妹一眼。表妹长相像姨妈,脸蛋生得白白净净的,真是像插秧季节满地开着的白银子那样的金英花。尽管她没她大姑阿梅长得那样壮实丰满、泼辣麻利,可是性情却温柔沉静,眼神特别精灵。

“姐,”静一会,金英又开口说话,“你说他没想找个人来带他的平平吗?”

“谁知他想不想?”马大嫂没提韦步平那张姑娘照片的事。

“你没问过他?”

“看他忙成这样,心上能搁得上这个?”

“真是金子做的心啊!”金英自己同自己说话似的,低声喃道,“讲起话来,句句都出在我们穷人心上,总想能多听几句,真舍不得回家了。”

福寿媳妇起先是为了来寻找丈夫回家的。来后,福寿不肯回,她也不愿走。马大嫂劝说韦步平同意,把她留下,一边也参加学习,一边在伙房烧火做饭,有空还给弟兄们缝缝补补什么的。

这时马大嫂瞪起眼盯着对方,含笑问道:“是吗?是福寿把你拉下的吧?说真话!看你,关公脸!”

“姐,你真是啰!”

“嗯,你大姑有人了吗?”马大嫂问。

金英一听问起阿梅,不觉宽了怀,平静地说:“说有也算是有了。那年在歌圩跟本村一个后生仔对歌,得了一把洋伞。不久,那后生出门当差走了。如今,还挂着呢,不上不下。可她性情倒好,心平如静水,没见起波翻浪的样子。”

“人心的事也难得准,谁也看不见。”

“平平他妈准是个美人,是不是?”

“比你就差一点。”

“姐,你真是啰,又扯到人家头上?”金英娇嗔地揪了一下表姐的肩膀,“哎,讲正经的吧,你说,照韦家哥这么讲,我们这回能闹得成事吗?他怎么又说对待财主佬,不能像‘三三会’那样闹法?”

马大嫂说:“要是老实的财主,不损人,不碍北伐大事,不属反动派,当然不能打倒啰。不过,哪个狐狸不抓鸡?哪个地主土豪不损人?蚂蟥不吸血就不是蚂蟥了。”

“那你说在这学完了,各人回去怎个闹法?”

马大嫂说:“韦家哥不是讲了嘛,学懂了道理,事情就好办。各人回村宣传,村村成立起农会,自己的事自己办。谁再欺负人,谁要破坏北伐,农会就跟他论理算账。”

“哦,是这样……”

两人谈到这儿,金竹屯来这里学习的后生哥莫英气喘咻咻地从山脚奔上庙来。说是外地来了个瑶小子,赶到路口,从马鞍上摔了下来,躺在草地上,大腿正淌着血,说是来找姓牛的……

“瑶小子?找姓牛的?”马大嫂盯住发急的后生哥问。

莫英点点头:“唔。”

马大嫂立即起身:“我告诉韦家兄弟去!”

金英问:“多大岁数的小伙子?”

“个子跟我差不离,二十来岁。”莫英说,“哦,看他的长相,好像韦家哥。”

金英说:“别花了眼吧,人跟人没有同一个模样的。”

马大嫂领来韦步平、家庆和福寿,赶紧跟莫英往山下跑。不多一会儿,那瑶小子的两只手搭在韦步平和家庆的肩上,一步一步地被搀扶上山来。

等在庙门前的盘大爷一瞅,不禁失声呼喊:

“哎呀,是你!”

大伙簇拥过来,七手八脚地将他抬到家庆的床铺上。马大嫂立刻端来一碗米汤,给他往嘴里灌。片刻工夫,瑶人睁开眼皮,认出盘大爷来了。不等他开口,盘大爷紧着追问:

“玉姑呢?”

“她同大伙回寨了。”

原来,这个瑶小子就是昨天傍晚在界首客店被三个差人追捕的人——蓝志高。昨天那三个人撵他,眨眼工夫,人钻进密林去了。天色很快黑了下来,差人不敢往里追,在一间猎人小屋呆了一宿,天没亮就往岚山县方向回去了。志高今早钻出密林,遇见老猎人,知道没了危险,向老猎人问了路,才从小道往山圩这边走。他一心想看看八仙庙到底是变成了怎样个世界?姓牛的那个人到底是谁?不想,走到山圩跟南溪交界的山坳地方,忽然从旁边的岔路闪出两个团练,离他有半里地左右,叫他停下。他闻声立即掉转马头,拐向另一个方向,策马奔跑,背后“叭”的一声,他左腿一麻,血沾上了裤子……幸好,到前面山脚,牲口见到人才停下。他支持不住,跌下鞍来。

盘大爷立即将沾着血的半节裤腿剪开了,检查伤口,子弹只擦伤了皮肤,没伤到骨头。他拿来跌打刀伤的草药敷在伤口上,包扎好。对着外甥说:

“过十天八日,口子收了就没事啦。留下疤疤反正不在脸上,不怕破相。破相也不打紧,担保玉姑也不会变心。”

这时,大家都围拢过来,听志高讲他脱险的经过:那晚上,他把那汉官戏弄一通,立刻抱起玉姑,跃上马背,吹起牛角,拿下头巾挂到猎枪的通条上,当作旗子摇晃,率引岚山三四十位弟兄呼啸奔驰。走不到三十里地,想不到有股官兵迎面堵住,后面的追兵也赶上来了。前后受敌,眼看被包围了,志高却不着慌,立即指挥弟兄们躲进石山,凭险对峙。等到兄弟们都喘过口气再冲杀突围。敌人知道硬攻没指望,改变办法,软诱降服。瑶民怎么也不再信这些花言巧语,只听志高的。志高叫伙伴躲在石山上,等天黑定了,敌人摸不清他们去向,然后再把自己人分成两人一伍,三人一伙,拐进单边小路,悄悄翻过山背,各自回山寨。他自己晚走一步,佯跟敌人搭腔作掩护……

韦步平听完志高的故事,抬起头来望着大家说道:“同志们听明白了吧?这就不是汉人跟瑶民不和睦嘛,实际上是当官的跟百姓过不去。瑶王也罢,汉官也罢,他们穿的是连裆裤,不管你是瑶民还是汉人百姓,全都是他们酒席上的鱼肉酒菜。刚才志高这样一讲,谁是反动派该打倒,谁是革命党该拥护,就容易看得清了。我们去宣传讲道理,就得有凭有据,才好叫人相信,是不是?”韦步平说到最后，向周围的弟兄反问。

大家你看我，我看你，谁也没开口。

家庆对韦步平说："志高他有这场实际的经历，原原本本照实讲起来好讲，若要光讲空道理，我们这些赤脚佬种田犁地惯了，一是一，二是二，哪能讲得出来？讲一句两句嘛，还马马虎虎，演讲一大套，可就连不成串。"

"要讲自已受苦受难的事谁没有一串？你本身就没有？"

"事情是有，连到道理上去讲，就不会了。"

"不会就要学嘛，谁生来就会？"

"我说，刚才听志高讲，那两个团练是干什么来的呢？还有，追志高的那三个差兵，会不会追到我们这地方来啊？"

"来就来，我们现在已经不是'三三会'那阵了。农会是国民革命政府提倡要办的，他们要阻挡，他们就成了反动派！"韦步平说着站了起来，走了几步，然后停下望着大家说道：

"时候不早了，休息吧。各人睡不着都想想，哪天开始下乡宣传合适？开头，先讲什么叫乡亲们爱听？一定得找到一把钥匙，对上乡亲们心头的铁锁。这样，就能捅开烟囱，冒出火苗来。"

事有凑巧。当夜下弦月正挂在西边山顶，人们睡意正浓，一位值夜班的学员，急匆匆地奔入庙堂，嘴唇直打颤，呼哧呼哧地结结巴巴喊叫："嗨呀，有……有鬼！"

这一喊，都把人惊醒了。

韦步平坐起来，从枕边摸出电筒打开，照着来到床前惊慌不已的人问："是怎么回事？"

值班的人说，他在山脚的路口巡哨，发现河对岸的竹丛，钻出一个人不像人、鬼不像鬼的妖怪。全身光光的，上下都没遮拦……喊他一声，马上钻回竹丛，哼哼吱吱，像个女子在哭，还说句什么话，听不清。

"活见鬼，跟我来！"韦步平下床，提上鞋跟，按亮电筒照路。家庆和值班的一起，紧跟着出了庙门，嘴里自言自语："难道真有八仙显圣？"

“看你脑瓜,还有鬼!”韦步平批评老表。

不多一会儿,家庆转回来。不等他开口,大家七嘴八舌地问:

“见到鬼了吗?”

“是什么个样?”

家庆一边打开当作枕头的包袱找衣服,一边喃道:“什么鬼。嗨,我的裤子……”

马大嫂说:“裤子我替你补了,在这儿呢,你急着穿呀?”

“不。给阿福他把兄弟拿去。”家庆说。

“什么?家福他……”

“不是他,是他把兄弟阿石,汪家小牛倌。”家庆说,“人被汪锯人剥光衣服赶出门。白天躲进树林山洞,黑夜才敢赶路。”

“哎呀,这是干什么呀,怎样坑害人的都有。”

家庆说,前些日子,外头北伐军派人来出告示招兵,他老弟跟这位把兄弟商量,想一道去吃粮。不想被旱天雷听到了,密报给团总汪锯人。老不死的家伙,竟下毒手,这样作践人。

家庆一边说,一边接过马大嫂递给的衣服,急忙走了。

背后,几个男的你一言我一语还在吵吵:

“哈哈,脱了裤子。亏汪锯人这个老不死的家伙想得出。”

“看你,想到哪儿去啦。”

“我看不怎样。谁的家伙不都是一个样。嘿,要我,偏不走,让他家婆娘瞧个够。”

“嘘,小声点。”

“我说,老家伙不让人家当兵,那不是阻拦北伐大事吗?”

“阻拦北伐?怎么回事?”志高听不懂是什么意思,插嘴问。

“韦家哥说的嘛,凡是阻拦妨碍北伐的就是反动派,犯了这一条就要革他的命。”

“看你,还是家哥、家哥的,都说要叫同志嘛。”

“同志?”志高觉得挺新奇。

“是呀,大伙都叫同志,同志跟老同差不多少。”

志高说:“你们学会不少东西啊!”

“光我们自己学会又能怎样,才三四十号人。韦同志讲,我们学会了,还要向乡亲们演讲去。让千千万万的乡亲都懂得革命道理,都敢跟反动派斗,那样,土豪劣绅就不敢再作恶了。”

“是吗?”志高感到挺过瘾,“乖乖龙的咚!”他兴奋地吹了一声口哨。

第二天,韦步平叫那位牛倌阿石,把他受汪家虐待前前后后的经过情形,向全体学员演讲。当晚就找家庆、马大嫂和福寿几个骨干来商量,如何组织学员分头到附近圩场,利用集市机会,向乡亲们讲这件事。韦步平说,广东海陆丰农运的做法,除了集市可以利用做宣传之外,夜晚,在大点的屯子,也可以采用讲古,唱山歌的形式演说革命道理。总的要求是,使得老乡们脑筋开化,懂得齐心合力,团结起来,成立农民协会,闹翻身,当主人,不再听天由命,忍受地主土豪欺负,当牛做马。

马大嫂说:等阿石把他的事讲完看看同志们反应怎样,如果大伙脑瓜都开了天窗,就拉开队伍,出去试练试练。讲不好,回头再练。肉炖不烂,仍旧在锅里,再补把火就成了。

全福寿说:“我昨晚听到大伙议论,觉得有道理。”

“哦?他们怎么讲的?你讲讲看。”韦步平急忙问道。

福寿说:“有人讲,北伐军招兵上前线打反动派,是合理合法,汪锯人是团总,不但不支持,反倒把人作弄成这样,不是反对革命、阻碍北伐吗?”

韦步平沉吟一会喃道:“唔,讲得对,你们说,怎么办?”

家庆说:“大家已经学了将近半个月,道理多少也懂得一点。明日个是山圩逢圩,放大家出去宣传演讲,试试看行不行?”

福寿说:“光演说只是放空炮,老乡亲不会爱听。要有个实实在在的事拿来讲才好懂。我看,就拿阿石的事去讲,要乡亲们评评理。叫汪团总出来当众认错。”

“不。”马大嫂抢着说,“汪锯人是知法犯法,阻拦壮丁当兵,是跟政府唱对台戏,光认错还不行。他就是土豪劣绅,该打倒!”

韦步平默默地注意观察各人的反应,考虑同志们提出的问题和意见,沉着气，不做声。

每个人都讲了话，一时沉默下来。过了一会儿，福寿才望着韦步平问：“韦家哥，你说说看，怎么办？”

韦步平看大家好像都同福寿一样，希望他说话。他稍为斟酌一会才说：他已经反复讲过几遍了，凡是妨碍北伐，都属反动派，不管它是在前线对垒的军阀，还是躲在后方捣乱的土豪劣绅，统统都是革命路上的大小石头，不把它搬开，革命就无法前进。

家庆说：“那就行了呗；汪锯人阻拦人家当兵，破坏北伐，这一条就够了。干！”

马大嫂一瞪眼：“看你，急脾气马骝似的。跟大伙商量妥再定嘛。”

“商量也是这样，大家不会有二话，只要有带头的就行。”

“光有头没得尾巴也不成体统，你不看舞龙，光有耍龙头的，没人耍龙身、龙尾，能舞得起吗？”

韦步平等马大嫂把话讲完才说：“还有要说的吗？没有。那就先议到这吧。我看龙头、龙尾都得有，首尾兼顾。要不然，舞不成条龙。”

歌声在山谷响起巨大的回音。

工农兵联合起来！
向前进，
万众一心。
工农兵联合起来，
向前进，
消灭敌人。
我们勇敢，
我们奋斗，
我们团结，
我们前进！
杀向那帝国主义反动派的大本营，

最后胜利一定属于我们工农兵！

农讲所全体学员经过一个多月的训练，明天要到山圩去作第一次巡回演讲。今天晚饭后，每个班组各自分头找地方练唱这支新歌。马大嫂和几位姐妹来到山脚下的小河边，一边拔艾草，一边跟金英他们讲明儿个到圩场演讲的事，最后，大家围坐在一块儿练歌。

金英说："这歌意思好倒好，就是自己嘴笨，唱起来喉咙卡着骨头似的，怎么也唱不圆熟。倒是怎么回事？"

"别人不是唱得挺亮的吗？"

"人家是姑娘。哎，表姐，你不能讲给韦家兄弟听，要他叫那些会唱山歌的编几支山歌出来让大伙唱，不是一样的吗，要是编成山歌调调，还容易传开哪。"

"山歌？你不是也挺会唱的，你就编出几支来唱唱嘛。"

"从前那些歌，都是哥呀妹的，过时了。"

"那就编时兴的呗。"

"还是叫他们男人编吧，他们新道道懂得比我们多。"

"女的就不行？我不服这口气！"

"那你来编。"

"我？等着吧。这时还没工夫。"

"韦家哥啊，你在哪儿呀……"突然，一声凄厉的呼唤，打断她们的议论。

"韦家哥啊！你在哪儿……"凄厉的喊声在山谷中回荡，声音由远而近，跟着有个人踉踉跄跄地朝着龙口岩方向奔来。

"真是，又是谁呀！"马大嫂诧异地喃道，随即站起，往竹丛遮拦着的小道上张望。

"嗨呀，是重九不是？哎……"马大嫂失声叫喊，丢下手里的艾草，疾步迎上去，抱住来人。

果然是重九。她一头乱发，埋在嫂嫂怀里泣不成声。

盘大爷为志高找草药回来，见到这情景，情不自禁地喊了一声："重九！"

"大爷！"重九转身抓住大爷的胳膊，泪水汪汪，一时说不成话。

大伙都围拢过来，呆呆地愣在那里。

马大嫂抚摸着她的脊背，搬动她的臂膀，不由得痛苦地惊呼："哎呀，真遭罪啊！"

韦步平和几个同志在小河上头游水，闻声急忙披上衣服赶来，拨开围观的人，冲到跟前，脱口叫声：

"重九！"

重九梦魂悠悠地抬起头，睁开泪痕弥漫的眼睛，瞅见是韦家哥，不由得"啊"一声，好像长跑的竞赛者到达终点，气力不支了，身体一软，往下瘫倒。马大嫂急忙俯身扶住倒在地上的人，把她紧紧抱在怀里。

"重九！重九！妹妹，你醒醒，我、大爷、韦家哥……都在这儿呢。"

"哎，真造孽啊，把人糟蹋成这样。"金英难过地说。

"大嫂，把她抬上山吧。"韦步平说着抬起头，"同志们，都回去吧，商量我们明天的事要紧。"

重九经大嫂给敷药、按摩、灌药酒等等调理，慢慢睁开眼，苏醒过来。姐妹们为她张罗了半天，拿来吃的、喝的，人总算恢复了神志。她对嫂子说，有要紧事要告诉韦家哥。韦步平知道后，对家庆和马大嫂说：

"那就先听她讲了再商量事吧。"

事故往往在人们意料之外层出不穷。五天前，杜耀光这个土豪兼县长的家伙，突然接到小舅子王光宗从河口送来的密信：先是说他此次陪同省主席到巴龙弹压瑶民起义，取得了胜利，他本人受委简任宣抚专员，日内即将动身陪同瑶王回省城观光。接着说有件急事相告：民政厅来电，省府决议委任凌云青接充岚山县县长，不久即将赴任。此事木已成舟，并说他虽曾向夏主席疏通输诚，已不济事。县里的事如何收摊？应有所准备。在"有所准备"四个字的旁边，画了重圈。末尾又附一笔，说岚山瑶寨有个名叫蓝志高的，其人"野性难驯"，扰乱治安，聚众为匪，若不早除，终贻祸患。叮嘱他姐夫在离职之前，或公开捕捉法办，或暗中派人诱杀；总之，除恶务尽。以上种种，均请斟酌情势，善自为之。在"善自为之"四个字的旁边又加了重圈。

“怎么个‘善自为之’呢?”杜耀光接信后,同马王七揣摩了两天,还是一筹莫展,只有干焦急。局势是火烧到眉毛上了,怎么对付?公事如何照公移交?私事如何善后?千头万绪,如何理得清?当了一年多县台爷,田粮赋税和自家的租谷、债利,一向公私不分,现在如何交代?一大堆的民刑诉讼案件,怎样清理?要是新任的人是别个,送上一笔见面礼,彼此彼此,心照不宣,谅来也就蒙混过去了。偏偏遇到姓凌的这个小子,假名士、臭狗屎的家伙,可不好侍候哩。至于瑶人的事,觉得自身尚且难保,哪能顾得上管它?他以为瑶王已被笼络住,蛇脖子被挟住,尾巴能动到几时?谅姓蓝的一个瑶野仔,也闹不成什么气候。

“我倒有个办法,不知敢不敢干?”马王七说。

马王七陪县台爷躺在烟榻上,瞅着主子忧心忡忡的脸色,揣摩了半天才半吞半吐地讲了半截话。杜耀光心烦意乱,瞪他一眼,好不耐烦地说道:

“有话就说,有屁就放,吞吞吐吐干什么?”

“我说,无毒不丈夫,狗急还跳墙呢!就来它一个……”马王七将他的臭嘴咬着杜耀光的耳朵嘀咕。

“唔,唔……这个嘛……哎,既到了山穷水尽,也只好这样。”杜耀光点点头,抬起浮肿的眼皮,欣赏着他的打手。

第二天,杜县长宣布回老家迁葬祖坟,顺便视察南溪、山圩两区民情政务,传令预备车马。马弁福贵和丫头重九等县警、家仆一行,都得随从押送,十多个人,马匹、车轿排成一列,浩浩荡荡,路经南溪也没停留,直接开到那平村杜家大院才卸鞍马。

晚夕,杜耀光和马王七两人,在杜家老屋倒厅的床铺上摆开烟具,继续密谋下一着棋如何走法。汪团总留在南溪团局守摊作屏风,没有跟着姑爷回乡。到二更时分,团局一个团丁,送来一封密报:说据密探侦察,到巴龙瑶山入伙造反的蓝志高,领着本地瑶人倒戈,逃回了瑶寨,霸占龙口岩八仙庙为营,毁坏神龛,蛊惑人心,蠢蠢欲动。为首牵头的人,一说是,原先“三三会”的余孽——覃家庆、马大嫂等人;又说是,韦步平死里逃生,潜伏山圩一带,纠合一帮流民男女,标榜什么农民革命运动,巧立名目,欺骗百姓。

密信末尾写着:“目下民心浮动,望加严防,千万千万。”

“韦步平？就是那个牛特派员？怎么，他还魂啦？”杜耀光收起信笺惊疑万分，盯着马王七问。

马王七莫名其妙，哑口无言。

“要真是姓韦的那野仔还活着，那可是放虎归山呀！”马王七提心吊胆，惴惴不安。

杜耀光抱怨起来，嘟嘟哝哝地说：“都是你们做事不牢靠。不是说摆布得挺妥贴吗？怎么会……会叫他漏了网？”

“现在也难得说准一定就是他。……不过事后，影影绰绰，倒是听人传说：那晚上宴席散了，姓韦那小子往印月台走，在竹丛背后好像听到有个女子声音：‘当心火烛！’这不是有鬼吗？”

“这话谁讲的？”杜耀光眼睛瞪的铜铃一般大。

“梁少英。”马王七说，“昨晚同他喝酒，喝到半醉半痴时候吐露出来的。酒醉出真言。不会是没有来头的随便一句话。”

“那准是她偷听了我们的话。”

“谁？”

“还问，我们身边有几个人？”

“哦，她……重九？她听到我们说话？不会，不会……”

“你做梦！趁早死了那条心吧，还想同母老虎睡觉！嘿，去叫她来！”

“是不是过了今晚……”

“不，刻不容缓。去，把她拉来……她妈的皮。”金边蚂蟥咬牙切齿，恨不得要把人一口咬死似的，“唔，还有，你过来！”说着，他咬着马王七耳朵说了几句什么。

马王七连连点头：“唔、唔，好、好。”

但是，他们讲这席话时，可没提防到重九就在隔壁板房里。虽然后来他们把嗓门压低，重九没完全听清，不过猜得着是他们密谋，要对她下毒手了。她再也顾不了许多，立即推开窗户，跳出房间拔腿就跑。谁知该她倒霉，才越过后院菜地，一只刚下过崽的母狗汪汪狂吠，追上来咬住她的裤腿。后头两个汉子撵了上来。

重九被拉到杜耀光跟前，杜耀光得意地瞅着她奸笑，从鼻腔里发出“哼哼”的恶声。

马王七向打手摆头示意。

重九被扭住，反剪两只胳膊，捆绑在柱子上。打手拿着马鞭，凶神恶煞般地睁着眼珠子，看马王七脸色行事。

马王七一脸假笑，走到重九身边说：“我看你认了吧！”

“认什么？”重九直盯这家伙的嘴脸。

“嘻嘻，你就认三太是你放火烧死的呗。不是吗，她平素待你刻薄，还疑神疑鬼说你不正经什么的，叫你忍不住。那天夜晚她到印月台去，你就跟在她背后，划根火柴丢进油桶，房子马上起火，她就，她就被烧死在里头了。不是这样吗？”

“谁干谁知道。”

“嘻嘻，你现在不是知道了吗？说吧，说吧，认了就没事啦。”

重九气愤地把头一扭。

马王七对着一声不哼、傲岸不屈的人改变了腔调，进行恐吓：“你不认？哼，瞧这皮鞭……再调皮的牲口，也经不起三鞭哪。”

“呸！”重九往对方的脸上吐一口唾沫。

这仿佛往火油锅喷水，马王七立即暴跳如雷，卷起袖子，伸出黑爪，揪住重九发辫，狠狠地摇了几摇：“看你说不说，说不说？”

“好了，好了，让她想好再说，唔？”金边蚂蟥装起好人，给马王七丢个眼色。

马王七向一个打手耳语，紧跟杜耀光离开了现场。

两个打手把人从柱子上解开，推她往后屋的牛棚走。

半夜，有个黑影一闪，悄悄进了牛棚，直把重九吓得心跳手凉，额头冒汗。她正急得不知怎么对付，忽见那人走到她的背后，迅速将捆绑她的绳子割断，低声说：

“走吧，快，到河边把鞋子留下！快！”

“你是哪个？”重九走到门口，回头问一声。

“别问了，快走吧！”

就这样,重九做梦一样,侥幸逃出了虎口。

走了大半夜,见天亮了,她就不敢再靠大路走,便从那人迹少到的石山小路,走一步停一步地攀着藤,扶着石头,翻山过岭,直累得人又乏又饥。见到被果子狸和猴子吃剩的山蕉零零星星地挂在树上,想去摸来吃,可是,蕉树高,山坡陡,稍一不慎就有滚下深谷的危险。正在她为难之际,被进山砍柴的家庆媳妇——黑李看见了。黑李见她可怜,将竹筒剩下的粥倒给她喝了,还把八仙庙的事告诉了她。重九一听,好比添上油的灯火,顿时来了精神,直朝龙口岩奔来……

在重九逃脱不到一个时辰,马王七见主子杜耀光已经在鸦片烟榻上打起了呼噜,偷偷摸摸溜进牛棚,像个小偷,躬着腰,张开胳膊,望空摸索,可什么也没摸到。夜静极了,静得令人打颤。墙脚蛐蛐在叫唤。除了自己心口跳动和鼻腔的呼吸,什么也听不到,连坟场也没有这样寂静。人到哪儿去了呢?马王七划着火柴,往四周一照,嗨,人不见了。他立即跑去追问那两个看守。看守的人在睡梦里被叫醒,提起灯笼火把四处搜索。马王七回到杜耀光烟榻来表功,说他到牛棚去巡查,丫头跑了,已经叫人搜索。杜耀光好大的不高兴,愤怒地骂道:“白吃饭的家伙,堂堂几条汉子,连一个毛丫头都看不住。”

不多一会儿,两个打手拿来一双绣花鞋,说是在河边捡到的,人准是跳河死了。杜耀光恶狠狠地瞪着水泡眼骂道:

“你们是干什么的?去,给我把她捞起来。捞不回尸首,你们就……滚!”

两个打手狼狈地退出去。马王七拿起一只皮底圆口的缎面绣花鞋,当着杜耀光的面摩挲一番,不胜惋惜地自言自语:

“这鞋倒不差,是三太六月间做生日,叫我从省里买来的,码子大了点,不合脚,当拖鞋穿了半旧才给她的。”

“我说你就是色鬼。钻花心的毛虫不知哪天也同花一道枯死才完。”

“哎,这事都怪福贵这小子办事不牢靠……”

“福贵?他……”

“是他。临睡前,我交代他招呼两个警兵看管的。不想他们只顾喝酒吃夜宵,疏忽大意。”

“什么疏忽大意，是玩忽职守。北伐非常时期，处分必须从严！你不是说他一个兄弟叫福寿，似乎是‘三三会’的人吗？是不是真的？查清了没有？总之不管是谁，这事要严办，以儆效尤。”杜耀光铁青着脸，越说越火。

马王七眨了眨眼，横了心，望着主子脸色，试探地献计：

“我看河水流急，人要是真跳下去，捞是捞不上来了。就从福贵身上找吧。说不定是他把两个警兵灌醉了，随后去做的手脚。”

“嗯，嗯，有道理，平日我就看他跟她眉来眼去。你说怎么办吧？”

马王七凑到金边蚂蟥耳边低语，听话的人连连点头首肯。

一会儿，全福贵被几个警兵捆绑着，关进后院的炮楼上，又是打又是吊，硬逼他招认强奸丫头重九，逼人跳河。

正当这位落荒潜逃的县官为这事不顺心而烦躁不安的时刻，县里一骑警兵，送来一封十万火急的电报。杜耀光急忙拆开一瞧，真像是蚂蟥落回水里——县官大人顿时眉开眼笑，连声叫唤马王七：

“来，你瞧，这……这可是‘柳暗花明又一村’呀，嘿嘿！”

电报是王光宗回到省里后打来的。他告诉姐夫：回省后，虽多方斡旋，县印是难保了。但是，已代谋到新职——出任县农民协会会长。说不要小看这个新职，这正是当今时兴的参议会，实际上等于统管全县团防局的实权。要他姐夫赶快物色干员，分别出任各团防局辖内的乡村农民协会会长。换句话说，就是叫他将原来得力的团局、保甲，改换名目，成立区、乡农民协会，把农民运动掌握在手里。正式任命，一等省府开会通过，即行颁发。

“要真的这样，我们可白受了一场虚惊。”马王七说着，把电报交还杜耀光。

“农民协会？那不是姓韦的那个死鬼讲的那些事吗？牌子我们是挂起来了，都怨我们坐井观天，不懂新潮流。”

“现在再补火还来得及。顺便先在南溪这里也挂上牌子——南溪乡农民协会。嘻嘻，会长嘛，就让汪老兼任不行吗？”

“我看，”杜耀光沉吟一会，瞟马王七一眼，“还是你来做会长吧！举老一来年纪大了，走动不便；二来，他那样身份跟农民到底隔得远些。你呢，出身总算是农民世家不是？”

“唔，这样说也在理。不过……”

“不过什么，电报不是讲了吗，当今世界潮流，就时兴这个。识时务者为俊杰，嘿嘿。”

第十九章

就在杜耀光和马王七在那平村阴谋应变的同时，八仙庙农讲所的学员也正在为重九虎口逃生的事表示无比的愤慨，就像草堆埋的火种，一旦捅开了窍眼，火苗立即因风而起，愤怒的火花四处散发。

“他妈的！能有天日吗？”志高首先吼起来。

“光骂没用，跟吸血鬼算账去！”

“他当县官，陷害良民，知法犯法。上省告他的状，要他坐牢。”

“人家都快溜之大吉了，你告他个鬼。”

“他携款潜逃，不也是反对北伐吗？我们把他当反动派，不行吗？”

“趁热打铁，要干就快！”

“……”

人们七嘴八舌，宛如被激怒的蜂群，洞里嗡嗡回声。

“韦家哥,你说说,怎么办?”

福寿的话代表了大伙的心声。全场静了下来,几十双眼睛集中观察着韦步平严正的神气,等他开口。

韦步平以热情鼓励的目光扫视着全场,然后用冷静的口气说道:

“同志们的精神很好,我双手赞成。不过,开学那天我就讲过:我们现在要学的本事、要干的事业,跟两年前闹‘三三会’时不一样,不能再鲁莽行事……”

“鲁莽?什么叫鲁莽?”志高好不服气。

是呀,什么叫鲁莽?大家以无言的反问的目光,望着韦家哥。

“好,志高问得对,算我说得不准。”韦步平说,“的确,对待吃人的豺狼没有什么鲁莽可言。只不过,同志们,做什么事都得看时机。炒菜要看火候,晒谷要看天气,摘芭蕉要看熟不熟。”

“那你说,我们明日个要不要去山圩演讲吧?”

“汪锯人他阻拦人家去当兵,不是明目张胆地反对北伐吗?反对北伐该不该打倒?”

韦步平听了这呼声,想了想说:“同志们,这样吧,现在时候不早了,先回去休息,怎么办,明日个再议。”

大家怀着一肚子狐疑走散了。韦步平要人家休息,自己却怎么也闭不上眼皮,脑子里装满了亟待回答的问题。

弟兄们虽然都躺到床上了,声音却不见停止。声音不高,还是被韦步平听到了:

“我说,要去宣传的话,山圩近,可赶圩的人少,不如走远点,到南溪去,人多众广,传播更快。”

“后天才是南溪圩日,明天先到山圩试一试,后天再去南溪稳当点。”

“喂,你看出来没有,韦家哥今儿好像是有什么心事?”谁压低嗓门说话。

“他讲晒谷要看天气,摘芭蕉要看熟不熟,是什么意思嘛?”

“那还不明白,就是看时辰到不到,也就是看我们本事练得到不到家呗。”

“要那样多的讲究?我看他脾气倒是变了,心大心小的,不同从前那样,说干就干,老虎胡须也敢揪一把。”

“人家正在费心想计谋哩。不是也叫我们各人用心思多想想,明日个再议吗?你有什么高招,明日个亮出来嘛。”

“都说明日个再议啰,你们还嘀嘀咕咕什么呀,睡觉!一二三,不准说话。”

…………

韦步平听到这儿,悄悄地把外衣披上,轻手轻脚地走出门外。

门外,月光满地,天穹湛蓝如海,秋露微凉,天地万物都入了梦乡,山野恬静无声。只有远处瀑布声隐隐约约随风飘来。

韦步平思绪万千,信步走下山。这儿有一条涧溪流过,水清可见晶莹的卵石,月下微波闪烁粼光;两岸覆盖着竹丛、乌桕和芦苇,微风掠过,间或听到喁喁絮语。韦步平来到河边,孤零零一个人在小块草坪来回踱步。方才大家的嘀咕,启发了他的思想:埋在人们的心中的火种,发出火苗来了!怎样及时引导睡醒起来的人前进呢?记得在广州动身回来之前,两广区党委负责同志谆谆嘱咐:当前斗争的矛头,无疑是打倒北洋军阀,统一全国,完成国民革命。农民运动,是整体工作中重要的一翼。在对待地主豪绅方面,策略上要注意团结其支援北伐的一面,同时又不能忽视其阻挠、破坏革命的另一面。方才同志们讲,汪锯人阻拦人家当兵就该打倒……为什么不马上表示支持他们呢?是不是心大心小,不像从前那样,敢作敢当了……韦步平独自徘徊,一边仔细咀嚼同志们的议论,一边反省自己。心想,要组织成立农会,头一件必须做好宣传:让乡亲们懂得要这样干的道理,懂得农会是为农民切身利益而办的。为此,就得拿出一两件实实在在的事例来做个标本示范,让大家都看得见,第二步组织农民入会,就有牢靠的思想基础了。明天先去山圩,后天也不一定就去南溪。准备不充分,道理讲不透,拿不出合适的例子来讲,干脆先不出洞。香蕉摘下来也要等它起梅花点,否则糖化不足,吃起来还是涩的,既不香也不甜。本事学不到家,匆忙上阵,往往要吃败仗。有的事是要趁热打铁,有的事却同母鸡抱窝,不到时候,小鸡就孵化不成。必须做到“守如处女,出如脱兔”,头一炮一定得打响……韦步平感到自慰的是:同志们经过一个多月的学习,觉悟大大提高了,对地主豪绅的认识更加分明,斗争的要求更加强烈。作为领导,现在的问题是,如何掌握斗争的火候和分寸?这是必须认真考虑的……罗汉回省工委汇报,要不要等他回来,看黄逸奎同志怎样指示再定？杜耀光这个蚂蟥突然下乡,是有点蹊跷,他到底要搞什么鬼呢？难道仅仅为了迁葬祖坟吗？若真的是重九讲的那样,他要逃亡国外那又为什么？王光宗这个靠山,如今不是红得发紫吗？有这样的靠山为什么还要逃跑？不可思议。是不是重九把话听错了呢……

韦步平坐在河边石头上,抱住膝盖寻思。头顶和肩背上落下露水,头发打湿了,人却不以为意,只觉得脑袋发胀。他伸出双手,捧了一捧水,往脸上抹,才感到清爽一些。人到底乏了,可他蹬在一株木棉树根上,继续思索着。

洞口微明,曙光一声不响地来到山巅、林梢和窗户上,鸟儿上了树顶,地面升起灰蒙蒙的晨雾。农讲所学员们被值日的哨音唤醒。不知是谁先发现韦步平的帐门没有打开,过去一瞧,床上是空的!

“怎么没挂好蚊帐就走了呢?”

同志们大吃一惊,担心出什么事,一边呼唤,一边寻找。动作伶俐的志高,头一个跑到小溪边,在微茫的曙色中发现有个人靠在木棉树的树根上,仰着脖子一动不动。他立即走过去,一瞧,嗨,原来是韦家哥！他睡得多熟呵！轻轻地打着鼾声。家庆和几个弟兄也都找来,摇摇熟睡人的肩膀,叫他醒醒。韦步平睁开惺忪而迷惘的眼睛,望着站在面前的人说道:

“你们站着干吗,坐下,坐下,坐下来商量。”

马大嫂直好笑:“嗨咿,你还在做梦呀！天都亮了,回吧,回去再商量。看看,衣服也打湿了,小心着凉哪。”

“我睡着了吗？不是在跟大家商量事吗?”韦步平一边走,一边还在迷糊。

“还在做梦吧?”有人在背后小声说。

吃罢早饭,韦步平对马大嫂说,今天学员不出山圩了。要她一个人去走一趟,拿一封公函去邮寄代办所投寄(向省工委续报学员学习进展情况和遇到土豪劣绅破坏、阻挠北伐的事态。请示如何对待?);同时,要她回那平村打听杜耀光下乡来到底要搞什么名堂？情况摸清后,连夜赶回。另外,上午时间安排学员以各班组为单位准备,下午全体开大会,作演讲比赛。

马大嫂走后,家庆和福寿商量:与其各自准备,还不如各班分头到附近村屯去向乡亲们演讲。眼前正是收获大忙季节,学员下到村子去,还顺便帮乡里乡亲割稻、打场。一边干活，一边讲古，乡亲们一定爱听。韦步平一听很高兴，认为这个主意好，路子对。福寿还讲，他的丈母娘的村子就在附近十来八里地，去那里，他倒是人熟地熟，可以当向导。韦步平十分赞成，而且参加他那个小组，一道下屯。

屯头的谷场，这时有两三家人分别在邻近的场地干活。有的赶牛拉石滚碾稻穗脱粒，有的车着风柜鼓风扬场，有的垛稻草。见到来人帮忙，都挺高兴。福寿同乡亲们说了来意，把班组里的人分散开，按活路多少，一家去两个、三个不等。大家原本都是庄稼人，活路谁不熟手，进入谷场，七手八脚，帮这帮那；一边干活一边聊天讲古。

午间，各人就便在场地边上靠着草垛歇晌，大家又继续闲聊没完没了的话。讲的和听的正是带劲的时刻，打山圩那头的大路上，走来三个空着手的人。等人走到跟前，才瞧清他们的打扮又像是赌棍，又像是买卖人。一个打着褪了色的黑布伞，一个歪戴着散了边的草帽，一个拿羊肚手巾包着脑袋，衣襟敞开着，露出汗渍渍的白线衣。

“是不是包打听家伙？”福寿悄悄同韦步平耳语。

韦步平抬起头，瞅着站在前面的人。

“就是他！”三个来人当中，有个人盯住韦步平说。

韦步平站起来，目光炯炯，盯住说话的人。说话的人不禁骇异，改口装着笑脸说：

“嘻嘻，对不起，对不起，误会，误会。”

“你要找谁？”

“嘻嘻，找一个，一个瑶小子，他……嘻嘻。”

“我们这儿没有瑶人。”福寿说。

“听人说，你们这儿八仙庙的神仙挺灵……”三个家伙坐了下来。

“你们要上山求神吗？”

“是呀！”

韦步平和福寿交换眼色。

“正好，我们也是要去那儿求签，一路走吧。”福寿说。

“不是说,那里的神仙被赶走了吗?”

“是吗?那你还来干什么?”

“耳听为虚,眼见为实。不到黄河心不死呗。”

“我可没听到,要不,何必走冤枉路。”福寿说。

“你是哪个地方的?”

“哎,老远了。”

福寿跟这三个陌生人胡扯,韦步平走到他身边,悄悄同他咬耳朵说了几句什么,福寿点点头。完了,韦步平回头向那三个人招呼:

“三位乡里,对不起,兄弟还得进村看一位亲戚,先走一步,失陪,失陪。”

韦步平带着一个叫张发的后生朝进村的小路走了。那三个陌生人望着他俩背影,觉得疑惑。其中一个正要拔腿撵上去,福寿一把把他拉住,笑着说:

“让他们先走一步吧,等会儿到庙里还会见得着的。”

“他不是瑶族吗?是不是姓蓝那小子的兄弟?长相挺像。”

“你见过蓝小子?找他干什么?”

“他……唔,他不是有个舅舅会治奇难杂症的吗?”

“哦,那你们是来求神还是来请医呢?”福寿盯着眼前三个陌生人问。

“嗯,两样都要。”

“脚踏两只船可不行啊,要请医生的话,你不怕神仙呷醋吗?”

“哈哈……”

福寿领头招呼三位香客上八仙庙。农讲所的同志们佯作香客跟着也往回走了。他们都盯住这三个可疑的香客,一路说说笑笑。他们走到山脚时,看见小河边有两三个妇女在洗衣服;几个男子从山上砍柴回来在木棉树下歇脚,正在下牛角棋;庙门两旁山坡,有人攀上岩壁掏蛤蚧什么的。到处是一片平静的景象,朝山拜佛的人可以放心地上山了。门首,农讲所的牌子不见了,山门关着。福寿领头把门推开,嗨咿,这可是叫三个香客吓了一大跳:八仙的神像和神龛真的不见了,庙祝也不见人影,空空的厅堂,摆列着几排用木桩固定的条凳,正面挂着三个画像,一个大胡子,一个秃顶,一个大分头……三个香客脸色发白,回头一瞧,门口拥进几个男男女女。

“别慌，请坐，请坐！”福寿对三个惊慌失措的人笑了笑。

韦步平从三位革命导师画像的屏风后头走出来，用幽默的口气笑着说：

“哦，三位乡里，又见面了。坐呀，请坐。唔，你们不是要找姓蓝的小子吗？正巧，他就在这儿。志高，出来见客！”

“不，不。我……我们是来……来求……”

说话人舌头不听使唤，忽然结巴起来。另一个伙计替他打圆场：

“来请老医生的。”

“是吗？”韦步平随即转向里边喊，“盘大爷有客人请你来了。”

志高、盘大爷从旁边用竹席隔开的卧室出来。志高一瞅，立即认出其中一个人，不由激怒，咬着牙骂道：

“是你，反骨仔！”

挨骂的正要从腰带上掏枪，立刻被准备好的家庆、福寿几个人扭住胳膊，另外两个也不敢动弹了。家庆和福寿把他们身上暗藏的凶器——手枪和匕首缴了。韦步平镇定地向大家摆了摆手：

“好了，让他们坐下谈。你们来这里到底想要干什么？抓人，人就在这儿；侦探嘛，情景明摆在眼前；要是求神，那很遗憾，泥塑的神仙自己跳崖了。”

“你……你是？”一个穿黑胶绸上衣、赌棍模样的人壮着胆子问。

盘大爷磕磕烟斗，一边装烟，一边喃道：“他呀，姓牛。是在县衙后花园被烧死的鬼魂再世。怎么，你不信？”

韦步平露着嘲笑的脸色，瞟了三个家伙一眼。然后对家庆、福寿说：“找个地方审问他们。要他们交代：杜耀光到底想搞什么名堂？只要他们交代得好，就没他们个人的事。我们这里的事也可以给他们讲讲，让他们了解了解。”

三个人被家庆他们带走了。

志高对韦步平说，其中一个姓牙的是本地瑶人，同他一道参加过巴龙起义，又一起拉队伍回来，一定是在半路被俘，变了心，当了反骨仔。

盘大爷很不放心，说：“这儿的事情看来是叫狗崽子闻到气味了。金边蚂蟥突然回老家，到底搞什么鬼，叫人纳闷儿。立农会既然是高头官府要办的公事，为什么不到区上、县上去办？”

韦步平说："去是要去的，只不过是迟早的事。好比酿酒吧，曲子发酵不到日子，是蒸不成酒的。开头不在下层把骨干训练好，农友弟兄不懂掌权的道理，不懂管理自己的事，急急忙忙到县到区去挂牌子，结果，权柄还不是落到官僚、地主、土豪的手上？那些人，你要叫他们发善心，真正为农友谋福利，那日头都能从西天出来了。"

盘大爷说："这倒是实在话。上头当官办事的角色，哪个不是有钱有地的？他们能为穷人想吗？不过，我们在下头闹，人家准许不准许呢？"

"这就得等省里回话。"

"大嫂她去山圩，是接平平的吗？"盘大爷问。

志高点了点头。

"谁让她去接平平的？乱弹琴！"韦步平有点生气。

"是家庆的主意，说让大嫂顺便去那江，把他接来玩玩。"

"玩玩？真是出的好主意。"韦步平可是火了，"公事还办不过来呢，还叫平平来玩玩，哼！"

大家都不吭声了。过了一会儿，盘大爷才嘟嘟哝哝地说："这也是家庆和我们一片好心。你打外头回来，本来就该到那江去看看。"

"逃命还顾不上呐，还敢回家？"

"所以……"

"所以什么？"韦步平好大的不高兴，堵了盘大爷的话头，盘大爷也憋着气不做声。相持两秒钟工夫，韦步平才放下脸来，用和缓口气叫一声"大爷"，带着微笑说："天下父母心谁不疼爱自家儿女啊！正因为人有这种感情存在，才要闹革命哪！可是我们革命者心中不能只想到自家的子女呀！"

两人正说着话，去省工委汇报情况和请示工作的罗汉回来了。农讲所里立即热闹起来，大家聚在一堆，都想听听省里来的新闻。有不少后来的农友都是第一次见罗汉，对这位省城来的人更是另眼相看。在志高和盘大爷这些熟人眼里，罗汉变多了。人长高了不算，说话举动都显得老练了好些。看他酱紫色的脸庞就像蚬木雕刻成的，坚实硬朗，口音里也夹杂着外江腔调。罗汉无意中跟重九的眼眸对上，不禁拨动心弦，脸上红了一下。往昔稚气无邪的心事，早已被灾难的岁月淹没了，不想竟有这无意的一闪，无异惊雷闪电，催醒冬眠的生机。但是，眼前的生活对他心灵深处的这一闪光，只不过像火镰爆出的火星，一闪即灭，像朝阳下荷叶的露珠，顷刻间就消失了。

“罗汉，”家庆特别心急，抢过别人的话头，“你说你到省城见到党部的头头，那他对我们这样干怎么讲？”

罗汉见问，看了看在场的人，有所顾虑，用眼睛问韦步平。韦步平会意，朝着大伙说道：

“同志们，罗汉同志刚到，路上辛苦，让他休息一会儿，再同我们讲古好不好？”

韦步平对罗汉说：“走吧。”走了两步，又回头招呼，“家庆、福寿，你俩也来一下。”

大伙目送着他们四个穿过左边小门，到别院去了。

晚上，掌灯的时候，农讲所学员全都集中在大厅。韦步平宣布开会，并把罗汉正式介绍给大家。他说，省党部叫罗汉给带来了好消息，省党部支持他们的办法：先从训练区、乡两级农会干部入手，然后在农友中广泛宣传，再进一步自下而上地一层一层建立各级农民协会。说省党部黄部长亲笔写来一封信，运动怎样开展，信上都讲得很明白。韦步平笑逐颜开，举起信件，朝着在场的同志们高兴地说道：

“有了这个，就好比打鸟的有了弹药，渡船的有了桨板，上山砍柴的有了斧头，走夜路的有了火把……信上讲，我们暂且不公开活动是可以的，到时机成熟就得及时打出旗帜，引导大众前进；要不然，满足不了农友的要求，就会被动。信上还着重嘱咐，农民协会是当今国民政府所提倡而允许的合法社团，是名正言顺的群众运动，谁敢妄图阻挠，无异螳臂当车！另外，还讲有份要紧的文件：《关于惩治土豪劣绅、贪官污吏条例（草案）》，已经国民革命政府执行委员会通过，不日即将作为正式法令颁布全国施行。信上讲，广东、湖南等省已有试办的了，效果还好。要我们根据实际情况斟酌行事。”

大家听韦步平讲完，个个乐开了怀。

“这下子好了，有了这个符咒，不怕赶不了鬼。心上的石头可是落了地。”

这时，家庆和福寿进来报告韦步平：他俩把那三个侦探隔离开来审问，那个瑶人很快就招认是受了官家收买，带人来捉拿志高回去归案的。另外两个，一个是马王七手下的喽啰，一个是县公署的刽子手。两个家伙也都特别怕死，害怕我们也要用竹签钉他们的指甲，见到我们拿着竹签，吓得脸上发白，马上答应戴罪立功，把杜耀光准备作金蝉脱壳的诡计，一五一十，全都交代了。金边蚂蟥回家迁葬祖坟是耍的花招。城里运来的箱笼，里头装的全是金银珠宝。听说有新官要接任了，金边蚂蟥携带公款，企图逃亡越南。不料，大前天，忽然接到小舅子从省城来电，叫他出面当全县农民协会会长，越南不去了……

“好家伙。”韦步平不等家庆把话全都讲完，脱口说了一句。

大家静了下来，等待韦步平说话。

“看来天要下雨，稻谷就得抢收。”韦步平站起来，果断地宣布，“这样，各人马上分头回本村屯向父老兄弟姐妹演讲，愿入农会的就报名，先成立本村农会。如果工作进行顺利，等哪天南溪逢圩，召开全区农民群众大会，成立南溪区农民协会。会上，应该有人控告杜县长和汪团总的反动罪恶，农会就根据《惩治土豪劣绅贪官污吏条例》，依法办理！”

“只有这样，”最后，韦步平大声加重语气说，“拿出实实在在令人信服的事实来讲，才能让农友们开眼，懂得千百年来，世世代代压得农友们翻不了身的大石头，既不合情又不合理，非得把它搬开不可！”

“有了农会，团防局还要不要啦？”

“团防局办他团防的事。农民的事农会自己办。”韦步平回答得挺干脆。

罗汉这时才想起件事，说临来时黄书记口头告诉他，凌云青已受省府委任，到岚山接替杜耀光当县长。凌云青决定坐船走，也许这两天就到了。

家庆说：“那就对上榫了，那个侦探交代说，要来的新县长姓凌。”

“那就好。同志们，放手干吧！”韦步平挥手表示散会，目送大家欢喜雀跃地退场。然后，他转过身，拉着罗汉回房间，问：“你的工作，黄书记有什么安排？马上回河口吗？”

“不，”罗汉说，“黄书记叫我先在这儿参加农讲所学习。说工人、农民革命运动，道理一样。学好本事再回河口。那边的码头工会招牌已经挂出来了。

哦,”罗汉把话顿了一下,“上次跟你提到那个牛老头,他为人正直热心,江湖义气挺重,工友们都愿听他的。”

“只要热心肯干,就要把他拉住。有人就好办事。你来得正好,新兵刚入伍就上阵,不会怯场吧? 哈哈,过些天一道上南溪,到那里大闹天宫去!”

“这里……”

“这里是花果山,水帘洞,哈哈。地方虽好也不住了,搬家,搬到南溪,搬到岚山城,搬到……”

“哎咿,什么事那样高兴? 嗨呀,是你,罗汉回来啦!”

“大嫂! 你……”罗汉见是马大嫂,亲切地招呼。

“我还是我,哈哈。嗯,这些给你,”马大嫂递给韦步平一卷报纸和一封信,然后说道:“平平他表婶说:怎样哄也不行,他不肯离开村上的小伙伴。”

“谁说要他来的?”韦步平一边拆信,一边说话。信很短,一会儿就看完了。

“正好,来得及时。”韦步平说,“告诉大家,信是凌云青写来的,他不久就到县城。到时候,说不定会来南溪看看。”

马大嫂听完韦步平的交代,正要跨出房门,重九却急忙跑来,跟她碰个满怀。

“看你急成这样,就只惦着你的红头绳。”

重九说:“哟,嫂子,你可是啰,谁稀罕红头绳来着? 人家要告诉韦家哥件事。”

“什么事?”韦步平问。

“是这么回事。”重九忸怩不安,一边卷弄衣角,一边低着脑袋说话:“那个金边蚂蟥的人讲:福寿他兄弟福贵昨夜晚为我的事,叫马王七那个麻风佬关进了炮楼,又打又吊,要不赶快去人救他,眼看就要被折磨死了。”

“什么,福贵……他……”韦步平惊讶,眼睛闪着炯炯的目光,立即向家庆下命令,“去! 催大家动作快点,马上回乡。大嫂,你去再跟那个人讲:准他将功折罪,让他领路,连夜赶回那平。罗汉,你领志高和李新几个后生,带上手枪,三更鼓之前赶到。摸进杜家炮楼,先缴县警的枪,解救福贵,然后逮住杜耀光和马王七。事成之后,要金边蚂蟥亲笔写张字据给南溪的汪锯人,要他的团练赶来那平议事，连夜派人送去。这样，你们几个埋伏好，等待‘请君入瓮’——坛里捉鳖。”韦步平向罗汉做个手势，“懂吧？懂，就这样干。明天一早，我在南溪团防局等你们。然后再商量后天的大会怎样开。大爷，你先别走，同我一道上路。”

罗汉、志高听了吩咐，正要走出房间，韦步平又叫住罗汉，特别叮嘱他说：

“你注意掌握：杜耀光卷携来的东西都是公家的财物，一定得保管归公，不能顺手牵羊，捞进私人腰包。对杜、汪两人，甚至马王七，不妨客气点，做到外松内严，不得人身侮辱。可也不要大意，防止他们这样——”韦步平往脖子打个手势，“总之，你是头头，不能一味大刀阔斧，老是‘至大芭蕉叶’，噢。”

韦步平拍了拍罗汉的肩膀，并肩走出房间，忽然又想起什么事说道：“噢，人家有件东西托我给你。”

“什么东西？”他没想起步平在省城就提过此事，随口问道。

“放在枕下包袱里，回头再给你吧。”

“是重九她……”罗汉红了脸，欲言又止。

韦步平瞅着他的窘态，笑道：“嗯，你心里想的是她呀？”

“只怕是，剃头的担子，一头热一头冷吧。”

“你想见她？不要不好意思嘛。你先走一步，让她同盘大爷跟我一道，随后就到。”

第二十章

南溪是三、六、九，三天逢圩。今天是八月二十九，正是赶圩的日子。这天跟平素不大一样，好像是省城来了大戏班似的：一早，街头广场上那些甘蔗渣、果皮、玉米核和牛马粪蛋什么的，都被扫除一空。戏台的照壁上贴了三大张和八仙庙里贴的一样的画像——一个大胡须，一个光脑壳，一个大分头。画像两边贴着红底黑字的对联：

斧头劈开新世界

镰刀割断旧乾坤

画像的上首挂着红布的横额，贴着剪开的白底大字：

一切权力归农会

戏台下首一片空墙上，张贴着用三张四红纸头连接成的一大张海报，上面写着如下正楷字体——

农会会员须知

服从命令遵守纪律

人人平等照顾多数

拥护北伐反对私仇

军阀列强劣绅土豪

吸人血汗统统打倒

工农大众团结向前

广场周围的墙壁上、柱子上和大榕树根上……眼睛看得到的地方，都张贴着五彩七色的纸条，上面写着这样一些标语：“工、农、兵、学、商大联合！”“打倒列强，铲除军阀！”“打倒土豪劣绅！惩治贪官污吏！”“支援北伐前线，完成国民革命！”“踊跃参加农民协会——农民当家作主！”……

标语不但贴在广场四周，街上也贴得到处都是，就像贴春联似的。学校学生手上拿着的五颜六色的三角旗，也都写着标语。

圩场上，卖零食的小摊贩，今天格外精神；家什陈列格外齐整，器皿擦得格外清洁、光亮；货架上的物品也比平时丰富得多；有的小摊，竹筒还插上新折来的红白相间的芙蓉花。

街上的人刚吃过早餐，四乡的人流便潮水一般成群结队地拥来了。有的队伍，各人扛起梭镖长矛，吹着芦笙；有的队伍，前头几个人吹奏唢呐，“滴滴哒哒”地奏着“八音”。山圩那一队最特别，来人特多还不说，另外带着一队耍狮子的，到圩场不远地方就“咚咚锵，咚咚锵”地敲锣打鼓，且舞且走，把人都引到广场去了。在那里，叫人感到新奇的还有马大嫂率领的二三十个姑娘媳妇。她们默默地规规矩矩并排站在那里，不怕别人品头品脚，也不回避别人的目光。她们的装束可不一般，都穿着只有赶“歌圩”或新年时才穿的簇新衣裳，头上包着绣花的头巾，有的肩头挂着把布伞，有的手里挽着精细的小竹篮。邮差梁大炮路过歇脚，把邮件担子放下，坐在大榕树下面小憩。看了看这些，惊奇地向身边人打问：

“你们这是要唱戏吗？好热闹家伙。”

“我们今天要办喜事。”

“什么喜事？”

“你看不出来？耕田佬的，成立农民协会；姑娘媳妇的，成立妇女联合会；做木工、铁器活的，成立工会。一句话，受苦人可是要翻身当家啦！”

“这……可是大姑娘上轿，头一遭哇！”

更夫何三叔见梁大炮谈得起劲，也慢吞吞地走过来，问他：“你这个‘通天晓’，还能少见多怪呀？别处不也闹开锅了吗？”

“风声倒有，雨水还没见下。”

“那就扯扯风声怎样？”

这老邮差，在这地方一向是最能扯得住人的了。逢他一到，屁股还没坐稳，人们就会围拢上来，问这问那，打听天下大事，城里的轶闻传说，听来比小孩看西洋镜还过瘾。这里的人知道的当今革命军北伐，向北边的军阀吴佩孚、孙传芳开战，在武汉外围的汀泗桥打了一场大仗，谁胜谁败；在南京附近的龙潭又打了一仗，又是谁败谁胜，差不多都是从这位大炮嘴里吹出来的。有时，他正儿八经地照着报纸上的消息讲，有时，添枝添叶，加油加醋地“车大炮”，讲些耸人听闻的海外奇谈。此刻，他看看身边听新闻的人比往日都多，吹起来也就更加卖劲。他说，北伐军的广东第四军、广西第七军，一个号称钢军，一个号称铁军。打起仗来十分厉害。总攻武昌的时候，第四军叶挺的独立团用云梯登城得手，首先占领蛇山，居高临下，逼得吴佩孚的守将刘玉春招架不住，只好乖乖举手投降。武昌城破，吴大帅跑了，要不了多久，革命政府将要从广州迁都武汉了。

梁大炮讲到这儿，找烟抽。旁边有人问：“完了？”

梁大炮吸了口烟说：“还有。上海工人第三次大罢工，八十万人，你们想，八十万有多少？有我们省城十倍哪！那么多的人，就听共产党周恩来、赵世炎一声号令,都集合起来了。举行起义,里应外合,北伐军便占了上海。上海,可是世界上四大城市之一呀！一旦被打开来,孙传芳的金盘就被端走了……”

“大炮别车了,说说别的地方农民运动有什么风声吧。”不知谁把话头岔开了。

“风声在这里头。”梁大炮拿出卷报纸,指了指,“认得字的拿去看吧。唔,这是小学堂的报。”

小学校老师把报纸卷拆开,对着大字标题高声念道:

中央社十月×日电:国民党执监两委联席会议完满闭幕

决议:提倡民权思想,反对独裁,发展工农运动,实行二五减租纲领。

“梁兄,又吹什么呢?”罗汉挤到跟前,向邮差笑着打招呼。

“大炮吹不响,火车推不走。我讲的都是货真价实,童叟不欺,信不信由你。哈哈,好了,闲话少讲。唔,这信……劳驾哪位代交一下。”梁大炮一边站起一边说话。

小学老师把信件接过来,一看,转手交给罗汉,说是韦步平的信。

梁大炮的扁担两头各绑着一只捆得整整齐齐的绿色油布包裹。扁担落到肩上,要走不走的样子,回头左右瞧了瞧,小声对着靠近身边的人说:“还有件大新闻差点忘了:你们的县台爷要换班了,知不知道?”

“什么? 瞧你吹的吧,你再讲明白点。嘻嘻。”一个杂货店掌柜挡住他的路。

梁大炮把他推开:“去你的,你笑,谁跟你比牙齿。”说罢,不管后头的人再说什么也不听了,飘飘然上了路。

这时,韦步平正在伏案起草一份演讲的提纲,听到脚步声,不由得抬起头来,看见是罗汉,马上把笔放下,高兴地站起来,顺势伸伸腰,然后热情洋溢地拉住对方的手。罗汉不等他开口,就连声说道:

“嗨,你莫出去瞧瞧,真行,一天工夫,街上全变了样。”

“变成什么样?”

“反正过新年也没这个气派。”

“人都带来了吗？”韦步平目光炯炯，直盯着对方。

“安全到达！要不要把他们带到这儿来？”

“行。叫他们来见个面。唔，口袋里是谁的信？”韦步平发现罗汉衣袋里露出的半截信封。

罗汉这才想起，说：“嗳，梁大炮刚带来的信，给。”

“哎哟，还有电报！”韦步平把信往口袋一揣，急忙先将电报拆开。一瞧，喜出望外，连声赞道；“好，好。这下有咒念了。”

罗汉睁大眼，莫名其妙地问：“谁来的电报？”

“等一会儿就知道了。去叫他们来。嘿嘿，金边蚂蟥这一下可是落到生石灰里了。”

韦步平重新读电报。不一会儿，罗汉把杜耀光和汪举人领了进来。韦步平抬起头，杜、汪二人一看，骤然一愣，膝盖不由得打起哆嗦，手脚不知所措。

韦步平很坦然，从容自若，风度豁达地说道：“两位请坐呀！”

杜、汪两人机械地坐下去，不断眨巴着眼睛。

韦步平瞧着他俩的窘态，笑道：“哈哈，又见面了，想不到吧？”

“请问，这是要干什么？”杜耀光装腔作势，拿出县台爷的架子，故作镇定。

韦步平成竹在胸，根本不把对方的表演放在眼里，只是望着罗汉说了句：“干什么，问他。我也是他们的客人。”

罗汉坐在杜、汪对面，严正地答道：“等一下我们民众开大会，成立农民协会、工会、妇女联合会，还有北伐后援会……”

杜耀光不等罗汉把话说完就说：“我是全县农民协会委员长……”

“我是团防总局……”汪举人也抢着自报家门。

罗汉也不客气，打断对方的话，说道：“正是这样，我们特意专请两位出席，听听大家的呼声。还有，中央特派员也在这儿，都请到场！”

罗汉歪着脑袋瞅杜、汪二人，意思是说：“你们看怎么样？”

“哼。”杜耀光习惯地哼了一声。

汪举人年老气衰，嘴唇哆嗦，目光窘惑惶恐。

突然间，一位后生冲进屋来，汪举人乍一见，不由得从心里打颤。后生却无视他们，只朝罗汉问：

“可以动手了吗？”

“人都来齐了吗？”韦步平问。

后生说：“该来的都来了。”

罗汉瞅着杜县长和汪团总，严正地说：“这样吧，好多事情，在这儿讲是讲不清的。今天各乡都来了人开大会，杜县长、汪团总有话就请向大家讲清楚，好让大家明白。”

“这个……”杜耀光面有难色，但又故作镇定，“这个……有这种必要吗？成立农民会、后援会、招募新兵北伐……这些事，出张告示就是了……”

韦步平把话拦住：“不。开大会比出告示强。孔明借东风的故事，老乡们还是从戏台上懂得的呢！能看懂《三国演义》的百姓有多少？眼前文盲还占百分之八九十，官府的文书、告示，往往被别有用心的家伙，打了七折八扣，叫乡亲们受骗。走吧，去瞧瞧农友们的阵势，开开眼界。”韦步平的口吻，绵里藏铁，软中带硬。

“去就去，谅父老兄弟也不能把我怎样。”杜耀光站起，嘴里嘟哝着，好像是给自己壮胆，又像向别人示威。

现在，杜县长、汪团总被“请”到大会的台上来了。广场的人，不管是在队里的，还是分散靠边的，一见台上出现了人，就跟看到旦角出台亮相似的，霎时间，耍狮子的，吹“八音”的，唱着“打倒列强，除军阀”新歌曲的，也都停了下来。志高拿着一只牛角，从后台走到台当中来，朝着全场呜呜地吹了一遍，完了，拉长着嗓子宣布：

“开大会啰！”

人们逐渐平静下来。罗汉走到台前大声嚷道：

“各位父老、兄弟、姐妹听啰：今天，我们南溪区老百姓开个大会。现在，请上头来的特派员演讲，大家鼓掌。”

话一落音，全场掀起一片掌声。

韦步平等罗汉退回座位，在掌声中走到台前站定，扫视全场。掌声停下，无数目光全落到他身上。他本来长得就粗壮魁伟，这两天没工夫刮脸，络腮胡密密麻麻长满了一脸，更显得像个武将。他有个习惯动作：每当要作演说什么的，要不是两手叉腰，就是右手攥拳挥舞，加重语气。这时，他两手叉腰，高声说道：

“各位父老、兄弟、姐妹们，今天，大伙辛辛苦苦跑到这儿来，站大半天干什么呀？是不是农友们要成立个农民协会，工友们要成立个工会，姑嫂姐妹们要成立个妇女联合会？成立这个会、那个会的干什么呢？是不是把男女青年都送去当北伐军，开到外江去，跟大军阀吴佩孚、孙传芳打仗？不，不是的。说这种话的人是坏家伙，是反动派骗人的谣言。千万不能信。现在我来跟乡亲们讲明了吧。我们要成立这些会，不为别的，就是为一个意思：为我们穷苦的人闹翻身，使大伙懂得起来当家作主的道理。乡亲们最清楚：穷苦人的日子真不好过，打个比喻来讲，就好比人钻在床底下。想想看，那是什么滋味？要不把压在头顶上的家伙掀翻，就抬不起头来。但是，要推翻那些压迫人的家伙，单靠自己一个人行不行呢？不行。瞧，一个手指头，要抓一只跳蚤都抓不住吧，有什么用呢？可是，你要把五个手指头收拢来，握紧，就是一个拳头。景阳冈的老虎不是叫武松的拳头打死了吗！

“自古以来，我们老祖宗有个老习惯，你我之间，就是‘各人自扫门前雪，莫管他人瓦上霜’；这个村和那个屯，‘鸡犬之声相闻，人们老死不相往来’。遇有难处，不能相帮，遭到灾荒，不能相救。如今，要起来革命，改变这种老习惯。老百姓自己实行大联合：工人有工会，农民有农会，妇女有妇女会，把各人分散的力量都凑合在一起，大家的事大家办。团结自己兄弟姐妹，齐心合力，铲除反动势力。

“在当前，最关紧要的大事，就是要后方努力生产，支援前方北伐军打仗；要完粮纳税、当兵北伐。这既是权利，又是义务。谁也不能阻拦、破坏。要是他存心阻拦破坏，不管他是谁，是官吏还是百姓，都是违法犯罪。对待犯罪违法的人怎么办呢？”韦步平讲到这儿，停顿一下，接着又说，“我看好办。侵犯农民利益的，农会管；占了工人福利的，工会管；犯了妇女权利的，妇女会管。我要讲的就这么些，完了。敬礼！”

韦步平举手敬礼，全场一阵掌声。

覃家庆上台来同罗汉耳语，罗汉对他说：“你向大家讲，怕什么，至大芭蕉叶!”

“我不会说话。”覃家庆不好意思地搓着手。

台下有人发笑。罗汉用手势把笑声制止了。

家庆鼓起勇气大声说道:“我说,现在,杜县长、汪团总都在这儿,也请他们给我们讲讲……”

“对啰,叫他们当大家的面讲讲。”台下不少人叫喊。

杜耀光被罗汉和家庆请到台前。他望望台下射来的愤怒的目光,不觉打个寒噤。几个拿枪的人已经不是自己熟悉的手下的警兵、团练了,都是一些穿老百姓衣服的农民,不由得心头怦怦直跳,仿佛落入陷阱的狼,惊恐不已。但是,又不得不装模作样,半吞半吐地说道:

“各位父老……今天,兄弟要说的话嘛……这个……对啰,方才特派员都讲了。兄弟没……没什么好说的。办农民协会嘛,这是……唔,照章办事,只要上峰有公事来,兄弟一定秉公照办。特派员既然是上峰派来的,兄弟甚表欢迎。以往彼此之间虽然有过……唔,‘昨日种种譬如昨日死’,既往不咎。兄弟在本乡本地从政多年,唔,才疏学浅,不免有失检之处,得罪了乡亲……这个,万望诸位海涵。唔,所见如此,恕不多言,鞠躬。”

杜耀光把话讲完,转身要退回座位,罗汉伸手拦住,小声对他说:“请稍等一等,听大家有什么要问的。”然后,朝着全场高声嚷道:

“农友们,大家都听到啦,杜县长给我们讲了什么话?”

“鬼话!”台下一声怒吼。马上引起反应,全场人头浮动。

罗汉说:“乡亲们,有话等一会儿再讲,现在请汪团总也讲一讲。”

汪团总拄着拐棍,装作要死不活的可怜相,移动哆嗦的脚步,慢悠悠地走到台前,向台下一鞠躬,然后开口说道:“鄙人老朽昏庸,见识浅陋,言不成章,请各位原谅。”

“说完了吗?”家庆问他。

他眼皮抬也不抬,拄着拐棍,移动哆嗦的脚步,慢悠悠地走回座位。

罗汉朝着全场大声疾呼:“各位父老、兄弟、姐妹们!方才特派员已经代表上峰宣布:南溪区的农民协会、工会、妇女会,今天就算成立了。成立了会就得办事不是？办什么事呢？这个，特派员已经讲了，我就不啰嗦了。只不过，我想趁杜县长和汪团总都在这儿，关于他们对待农会和后援会到底怎样，是支持、赞助，还是阻挠、破坏？大家看到的，听到的，自己亲身遇到的，统统都请上台来，也向大家讲一讲好不好？"

"好！"全场吼了一声。

一个后生仔立即蹦到台上。

杜耀光斜眼一瞅，那正是他的马弁啊！

马弁就是福贵。这时刻他不知哪来的一股冲劲，昂首直脖地大声喊：

"各位父老兄弟姐妹们，千万不要上当，不要听杜老爷花言巧语，他讲的全是鬼话！我是他的马弁，他干的勾当，都瞒不过我，我敢当面对证……"

场里轰的一声，骚动起来。不知谁在台下马上呼喊：

"好哩，把他老底揭出来瞧瞧！"

福贵等大家稍微静下来后才说，事情是这样的：那天特派员从省城来到县府，名片上印的是姓牛，见了面杜老爷才认出来是闹"三三会"的韦家哥，也就是他出花红要捉拿的死对头。哼，自己送上门来，岂不是自投罗网吗？不过，再看名片，人家如今是堂堂的中央农运特派员啊，而且偏偏是来办农民协会的！那准是跟他们过不去。如何是好？杜老爷同跟身马王七两人嘀咕了大半夜。

第二天晚上，面上是大摆宴席，为特派员接风洗尘。背地却在后花园印月台的客舍——特派员住的房子墙角搁下几桶煤油，本来是要把特派员连人带屋烧了，杀人灭尸的，想不到，阴谋要烧死的人死里逃生，自己小老婆三姨太倒反死在火里……"

人们听到这儿，禁不住"嗡"的一声，全场轰动，掀起一片愤怒、惊讶的喧哗。

罗汉让大家吵吵片刻，然后又大声喊道："乡亲们，事情还多着呢，先听着吧！福贵你讲。"

"乡亲们评评看，"福贵说，"这能说是他也赞成办农会的吗？"

不等福贵把话说完，另一位后生哥迫不及待地跳上台来，气呼呼地嘶哑着嗓子嚷道：

"我叫石敢当，小名叫阿石，是汪举人家的牛倌。为的是，官府来人招兵去北伐,我报了名,汪团总知道了,不高兴,硬赖我偷了他的画眉鸟,逼我赔。叫人把我全身上下衣服剥得精光,半夜赶出门,叫我见不得人,躲进山洞……”

“阿石,你说什么?画眉?”台下何三叔惊讶地问,“举老爷家的画眉不是拿去瑶山跟山主换了媒鹧鸪了吗?这……我能作见证。”

“啊,啊……”石敢当、何三叔的话又引起人声沸腾。

家庆情不自禁地挥手向大家发问:“乡亲们都听了吧,这是什么世道人心?”

全场肃静无声。不一会儿,马大嫂站起来伸出胳膊直指台上杜、汪两人,喊道:

“要他们讲!”

杜耀光站起来,朝着福贵说:“你……诬赖……你……你恶人先告状,你……你调戏我家丫头,逼得人家投河,人命关天,叫我不追究行吗……”

“什么?”一声霹雳,杜耀光的话被压住了。在马大嫂身边冲出一位姑娘,立即跳上台,瞪着愤恨的目光,逼视尴尬得无地自容的杜耀光,喝道:

“睁开眼睛瞧瞧,谁跳河了?”

全场又掀起一阵狂涛,人人伸着脖子、踮起脚跟,盯住台上。

罗汉鼓励着姑娘:“你面对着乡亲们讲。”

姑娘壮了胆,开口说道:“我是巴羊屯马远甫的妹妹。我已经死过两回了:一回是汪举人逼我给他那个七老八十的跟身旱天雷做填房,没法子,害我跳崖。他却黑了良心,倒反咬人一口,上衙门告我哥拐卖了妹妹,逼我哥要人。这回,我在杜家给他三姨太当贴身丫头。那晚上,是我听到福贵的话,知道金边蚂蟥要害韦家哥了,急得没法,躲在路边小声叫唤:‘客人,小心火烛!’好让韦家哥逃走。后来,他们听说韦家哥没被烧死,害怕交不了账,诱我认口供,诬赖韦家哥发酒疯,强奸三姨太,放火灭尸……我不能昧良心撒谎,陷害好人,惹了杜老爷气愤,把我关进牛棚。幸亏有个好心人,半夜里来到牛棚,悄悄给我解绑,我才逃出虎口。到河边留下鞋子,假装跳河自尽。即算我真的跳河,也是你杜老爷逼的!”

福贵接过来说:“他们要把人逼死,我看不过去,搭救了她,倒反被赖成逼死人命,差点被吊死。乡亲们评评看,他们还有天地良心吗?”

罗汉望着台下发问："乡亲们，大家都听明白了吧。要数杜老爷、汪团总的罪，头一件，谋害中央特派员，破坏农民运动；二一件，阻拦百姓当兵，破坏北伐；第三件，私立公堂，陷害良民。这样的人，应当算作什么家伙？大家说说看。"

"土——豪——劣——绅！"全场有节奏地一字一顿地呼喊。

福贵紧接着喊："慢点，还有一件，杜老爷他借故迁葬祖坟，把县里金库的金银财宝装进了冢坛里，统统搬回家来，浑水摸鱼，吞没公款。"

"贪——官——污——吏！"又是一声巨吼。

"那该怎么办呀？"家庆大声发问。

"怎么办？照章办事呗。韦家哥不是中央特派员吗，问他。"

韦步平这才起身，走到台当中站住，目光炯炯扫视全场。全场立时鸦雀无声，眼睁睁地等他开口。

"乡亲们，我就是早先官府出花红要捉拿归案的'三三会'头目。这两个月来，又被造谣诬蔑，说什么发酒疯啰，跟杜老爷三姨太不干不净啰，活活烧死在印月台啰，省城报纸还登了新闻呐！我今天怎么站在这儿呢？真是活见鬼！其实，哪里来的鬼啊，八仙庙的神仙都被赶跑了，人倒反活得挺壮实，绝不是在印月台被烧死的鬼还魂。这两位，是人是鬼呢？我说，人还是人，不过，他俩的心恐怕和我们不大一样。根据刚才几位受难的乡亲控诉的事实，我也赞成大家的意见，给他们安个名目：一个叫贪官污吏，一个叫土豪劣绅。高帽子戴上合不合适呢？大家可以再议。我说，血写的事实，水是洗不掉的。自己手上沾了臭屎，怪不得别人嫌弃，是不是？我这里刚接到省里的急电，念给大家听听：'查，岚山县县长杜耀光卸任在即，闻风携款潜逃，企图赖账，抗拒移交，法纪不容。饬令沿途军警，严加缉查归案，秉公办理。'乡亲们，你们今天成立农会，头一件事就办得很出色，协助革命政府捉住了赃官，还警告了土豪劣绅，干得好。土豪劣绅，贪官污吏，都是当今革命道上的拦路虎，必须把它打倒，决不容情。要不，穷苦人翻不了身，革命成功也没希望。"

接着，韦步平宣读革命政府关于惩治土豪劣绅贪官污吏的条例草案和关于二五减租的实施细则。说是革命政府为了保障农民利益，实行二五减租，原来缴地主一百斤租谷的，今后缴七十五斤就行了，少缴二十五斤。最后，说他作为农民运动特派员在此再作郑重宣布——南溪区农民协会，今天正式成立。在场有打铁的，有造屋的泥水匠，有织布、裁缝的工友，他们另外成立工会；姑娘、媳妇们成立妇女联合会。但是，俗话讲：蛇无头不走，水无源不流。立了会，就得有人带头拉纤，才好办事。

“我建议，”韦步平加重语气说道，“我建议推举几位同志出来当牵头，请大家斟酌斟酌，合适不合适？合适的就鼓掌赞成；认为不合适就请另外推举别个。我说，农会，由家庆当头，福寿、志高当帮手；工会由罗汉来负责，福贵当帮手：马大嫂她娘家姓张，名叫兰凤，请她担任妇女会主任，马重九和莫金英当助手。大家看，赞不赞成？”

“赞成！”全场掀起一片欢呼。

“没有反对的吗？好，通过！往后凡是关系到农会、工会、妇女会的事，大家就分头找他们商量着办。”

“好啊！”

欢呼声好比打开的水闸，一片狂涛席卷了全场，人们又叫又跳。狮子队的锣鼓敲起来了，“八音”队的唢呐、喉管吹奏起来了，小学校的洋鼓、洋号也都响起来了……“工农兵联合起来向前进”的新歌，这里唱一句那里接一句，响彻云天。

福贵、志高、阿石跟两位小学老师拿来两顶用篾片编成的猪笼那样的东西，裱糊着白纸，上面写有“贪官污吏杜耀光”、“土豪劣绅汪龙甫”几个大字。

韦步平问：“这是干什么？”

志高看汪、杜二人一眼，悄声答道：“给他俩戴上游街！不行吗？”

韦步平笑了笑说：“你们闹吧。”

志高和福贵拿高帽往杜耀光、汪团总脑袋上一扣，台下的人们发出一片笑声。

韦步平把罗汉拉到一边，小声嘱咐：“注意把枪支掌握好，提防他们逃跑和那个，唔？”说完，做个手势。

罗汉应声：“懂得。”然后转身去指挥各乡屯队伍，按先后序列游街。

工农兵联合起来！

向前进，

万众一心。

工农兵联合起来，

向前进！

消灭敌人！

我们勇敢，

我们奋斗，

我们团结，

我们前进……

打倒列强，打倒列强，

除军阀，除军阀，

国民革命成功，

齐欢唱，齐欢唱！

青的山，绿的水，

灿烂的山河，

谁的功，谁的力？

劳动的结果！

打倒土豪劣绅，

打倒贪官污吏！

齐唱的歌声，吹奏的乐曲，高呼的口号，从学生行列里，从工农的队伍中不断响起，此起彼落。队伍到了街上，有的铺头还“劈劈啪啪”放起鞭炮……

韦步平看着队伍走开以后，才坐回条凳上，从口袋里掏出私人信件。看信封的字迹，一封是言真的“寄自武汉军次”，用的是北伐军前敌指挥部政治部缄；另一封是凌云青“寄自省垣”，衔头是北伐军后援会。

言真信上是这样写的：

小牛：

不怪我这样叫声你吧？千言万语，不知从哪儿说起。别后从军，真是戎马倥偬，风餐露宿，席不暇暖。这类滋味，用不着初出茅庐的女兵来向曾经沙场的老将唠叨了。报上不是已经有一位女兵写了什么《从军日记》吗？我，日记只能断断续续地记，不可能保证每天在膝盖上写出那样齐整的供人欣赏的文章。如果日记是跟自己说话，书信就应当是对朋友谈天。我这"战地书简"，也只限于彼此问候起居，见闻相告，不应为外人道。就此，东南西北，说到哪里就算哪里，不准你见笑。

你曾领教过的周，他是我们政治部主任，出发那天，见我穿上军衣，戴上军帽，还打了绑腿，扎起皮带，笑着说："你们是不带枪的花木兰啊！记住，笔杆和嘴巴，就是你们的武器。拿你们的传单、歌曲、漫画、戏剧和演讲，去唤起民众，鼓舞士气，瓦解敌人，团结朋友。枪炮完成不了的事，你们就拿笔杆去完成它。"我的工作岗位是在宣传科。科长（现在擢升为政治部副主任）是当代著名诗人。那天早晨，在乐昌河岸待渡，他同邓（演达）一道照相，才初次瞻仰风采。一路上，由于他的《女神》和平日的谈吐，成为我们这群青年的偶像。

章（斌）后来改委第四军参谋长，一直在火线前沿。报上的新闻都见到了吧？据目击者的报道，汀泗桥和贺胜桥两大战役，就是两广健儿——第四和第七两军立下的战功，四军独立团尤其是当中的佼佼者。后来攻克武昌也是该团首建奇功。那里的政治工作很出色，共产党员起了先锋作用。

自粤入湘，进而饮马长江。我们这些不带枪的兵，一直在前线和后方穿梭来去。耳闻目睹，新鲜事纷繁。真是一部令人入迷的活生生的百科全书。记得在湘北桃源驻扎那几天，目睹农村掀起一场规模宏大的农民运动，真有排山倒海、势不可挡的气派。诚如一垛干草一点而起的熊熊大火。人家哪里等着我们去唤醒呢？相反，他们对剥削者的控诉，倒是教育了我们涉世不深的一群。难道事实不正是这样吗？没亲身耳闻目睹农友们的现身说法，哪里感受得到地主对农民大众的剥削如此的残酷！在广州时听你讲老家那些故事，在这儿可得到印证了。想来此刻你也会卷在如火如荼的狂飙当中吧？告诉你一个喜讯：国民革命政府即将颁发一份“惩治土豪劣绅条例”，这无疑是农运的福音。不过，随着一场阶级斗争的阵痛而诞生的婴儿，还有赖于保姆的抚育，才有望其成长啊。让我在此遥祝阁下在斗争中取得进展！

还要告诉你件事：周前个月就到上海去了。昨夜邓大姐告诉我：上海来电，那边工运，开展得十分顺利，正在酝酿起义，迎接北伐军进城。她要我同她一道赶去。那边纱厂女工多，亟待妇女运动的领导骨干。从我个人说，能在他俩身边工作太幸运了。总觉得他们两位的组织才能、政治见解、道德文章，不论哪方面，都是我学习的楷模。这，你不该为我祝福吗？

纸短情长，欲言不尽。就让前线这点点火花，落到你跟前吧，可不知后方的狂飙何时飞到我身边来呢？

明月临窗，秋声惊雁；遥望南天，故人何处？惟借子瞻之句，以表异地之思——“但愿人长久，千里共婵娟”！

言真

八月二十八日夜

“‘但愿人长久，千里共婵娟’”！韦步平沉吟有声，笑影掠过腮边。回头仔细看看信末的日期，是一个月前写于战地灯下。

“这时刻，人恐怕已经徜徉于十里洋场的上海滩了！”看信人正在遐想，不料信笺后头还有一张附页，看下去，有这样的文字：

再者，最近忙里偷闲，胡诌了七言四句，把它就教于阁下，等待回答！

催人鼓角惊别梦，征骑驰骋萍无踪。

鱼雁不传儿女事，寸心前后一脉通。

韦步平一边把信笺叠起装回信套，一边喃喃咀嚼“寸心前后一脉通”的余韵,痴痴地发呆,将近一分钟才醒悟回来。把信放回袋里,发觉口袋里还有一封。拆开一看,原来是凌云青写来的。下面是这样简短的话——

……弟日内即将走马上任岚山。人说“好马不食回头草”。自知浅陋,并非良驹,回头草只好啃吧。阁下既然健在,奇迹惟待聆教,恕不详尽。

看邮戳,是十天前发出的,屈指一算,人也该到任了。

第二十一章

“火把点着了！”韦步平读完信，抬起头瞧见欢天喜地、汹涌向前的人流，不由得自语，腮边荡漾着笑纹。

这时刻，罗汉、家庆叫拿枪的兄弟“护”着两个戴高帽的人，跟在开道人们的后头，接着是一队紧跟一队，连成一条长龙，熙熙攘攘，又是喊口号，又是唱歌曲，浩浩荡荡拥进大街。这宛如黑夜腾起的烈火，把人们的心给照亮了。街道两边站满了看热闹的人，个个笑逐颜开，乐得无法形容。端午节河边看龙船也没见过这股狂劲。

更夫何三叔等韦步平走下台来，才迎上前去，仔细地端量着他，好像是头回认识似的，含着微笑，由衷地叫他的小名：“则明，你这一回可是给乡亲出了口气啊！杜、汪两家，嘿，我早就料到有他们背时的时候！善有善报，恶有恶报，逃不了。嗯，你说，这就叫革命？”

“当然。”韦步平说，“不过，革命的路还长，不是到此为止。好比上楼梯吧，这才是跨上头一步呢！”

“好呀！我这老不死的，也得跟你们后生看看新世界，倒是怎个样？”老头睁开发亮的眼睛，脸上掠过笑影。

就在这工夫，梁少英突然找到韦步平跟前。不等韦步平开口，马上就说，他是同凌云青来的，已经到了一阵工夫，凌云青正在团防局等着见他。

“凌县长是昨天到的县府，”梁少英接着说，“听说金边蚂蟥抗拒移交，躲回老家。一早，我们就急忙备马赶来。同凌县长一道来的还有一位小姐，嗬，可是天仙下凡哪。走吧，他们都在团防局。”梁少英且走且说，“唔，对啰，凌县长还跟我讲，省里要筹办‘农讲所’，问我愿不愿上省城去受训？我说，这是问小子讨不讨媳妇，嘴里不说，心头可是痒痒哪。”

韦步平嫌他啰嗦，赶紧把话岔开，问他：“同凌云青来的小姐姓什么？”梁少英说：“姓海。”韦步平停住脚步，寻思一会儿，改变主意，告诉少英：“不要马上去告诉凌、海两人说我在这里。特别是对海小姐，千万不要讲。今天这些事都是罗汉和家庆他们农会干的。”完了，韦步平叫少英去请凌县长一个人到小学校来，说罗汉有事请他商量。

“这样讲就行了。千万别加油添醋。知道啦？”韦步平直盯着少英，机密地叮嘱他。

“知道，知道。”梁少英唯唯诺诺，满口答应，转身就走。不多一会儿，凌云青一个人同少英来到小学校一个老师的房间。

“哎哟，我的老兄呀，可找见你了！”凌云青脸上堆着笑容，热情洋溢地伸出长长的胳膊，拉住韦步平的手紧紧握住不放。

“你好。”韦步平漫应一句。

两人一道就座。韦步平打量凌云青一下，笑道：“阁下真是新官上任三把火。昨天下车伊始，今天就下乡视察，哈哈。”韦步平稍停一下，问：“海女士与阁下同行，是到县上任职，还是下乡视察？”

凌云青说，她是同他做伴，下来走马观花的。

“我看，我还是暂不露面的好。”韦步平说，“让罗汉、家庆他们出面闹闹看，我们好有个回旋的余地。”

凌云青想了想,说他赶到时,大会散了,只见到游街,群众的情绪高昂,觉得这样做,倒是别开生面。至于后果好坏得失,一时还难下断语。凌云青说到这儿,沉吟片刻,接着说道:

“只是我寻思,如今国共两党合作,统一北伐,为着支援前线,后方要动员民众搞农民运动,可不同以往闹的无政府的农民暴动啊。既然名词改变,做法也应迥然不同吧?”

“你是说,今日农友这样举动未免鲁莽了些?”韦步平盯着对方眼睛反问。

“我觉得似乎出了格,过了点火……”

“那,你能说土豪劣绅素来对待农民,有哪一点不过火的吗?”

“我们不能以暴易暴。现在是国共两党合作,军民一致北伐……”

韦步平感到不对味,抢过对方话头,说道:“我们正是为了北伐,不得不扫除阻碍北伐的反动势力。我们打击的是土豪劣绅,不是所有的开明地主和进步人士。”韦步平神情激动,嘴唇颤动。

屋里静了片刻。凌云青沉吟半晌才说:“在省里,临来的头天晚上,我去看品微,凑巧见到王光宗。他参加完夏雷为瑶王摆设的酒会才回家。王兄知道我即将动身来岚山履新,特别拜托我,关照一下他姐夫的难处。”

“是吗,他要什么样的照顾?”韦步平问。

“也没明说什么,只是闪烁其词,吞吞吐吐,说是大家都学过政法,什么案件都得依法办理,徇私舞弊,固然是法律不容,感情用事,也未必是奉公行事。”

“放他的狗屁!我韦某为人做事,只能本着孙中山说的——‘顺乎世界的潮流,合乎人情的需要’的精神去干。一句话:尊重民意,服从真理。凡是阻碍革命潮流的,都得予以摧毁,合乎大众利益的,一定坚决扶助。谁欠账谁还,谁杀人谁偿命。是非曲直,了了分明。”

韦步平说完,从口袋里掏出刚才收到的电报和言真的信,递给凌云青,说:“你看吧。”

韦步平等待凌云青读完电报和信,接着问道:“时局动向,清楚了吧?别处不是都闹开锅了吗?除非你是个假革命,不然,你就不必去害怕群众起来要求解放。”

凌云青沉着脸，伸出食指推推掉到鼻翅上的眼镜，慢条斯理地说道：“别处的做法是为别处的客观因素所决定的。‘橘生淮南则为橘，生于淮北则为枳’。农民运动是不是也得要因地制宜、因人而异、因时而变？生搬硬套，恐怕……唔，我不否认，革命乃历史潮流之所趋，这点，彼此都没异议。我只是说，什么事也得一步一步来，像自然界规律，春夏秋冬，循序渐进，欲速则不达。革命也不能超越出这个法则不是？”

“不，我对你的理解不能苟同。当然，革命可以而必须分阶段进行，比方上楼梯，得一步一步上。但是，推翻旧世界这一着，它就必不可免地要采取暴风骤雨、闪电雷鸣般的非常举动。要在旧屋的基地上建起一座新楼，旧屋大可以一下子推倒，新楼倒是要一块砖一块砖地垒起的。”

凌云青不做声了。

房里陷入沉默。一会儿，梁少英提醒正在纳闷儿的凌云青：“时候不早了，今天能赶得回县城不啰？海小姐等着呢？”

凌云青抬起沉重的脑袋，望少英一眼：“回。”然后转向韦步平说，“杜耀光和马王七两个，必须要他们回去办移交。阁下是不是一道……”

“我马上还不能走。”韦步平情绪稍微平静下来，口气和缓一些了，“晚上，还得跟大家商量，把工作交代交代。杜耀光携带的公款财物，已经贴了封条，把它运回去。公共财物，谁要贪污谁犯罪。”

“他们现在……”

“还在游街，马上就完了。”

街上，怒吼的口号，敲打的锣鼓，嘈杂的“八音”，像海涛澎湃，像野火燃烧，像奔驰的马群，像阴霾的雷声。

游行的人们，从前街转到后巷，从东城穿到西门，宛如年初一耍狮子的，整个南溪的长街短巷都要走遍。末了，又回到广场。罗汉发出口令，叫各队人马就地散开休息。然后，他对拿枪的弟兄说：“把杜、汪两人先看住，别让他们跑掉。等问了韦家哥再说。”

罗汉、家庆和马大嫂来到学校，罗汉带头跨进门槛，见着韦步平便问：

“游街完了,杜、汪两人怎个发落?”

韦步平沉吟一下说:“送到团防局去,派人看着。唔,给你们介绍介绍:这位是新上任的凌县长,唔,对啰,就是早先劝学所的凌所长,都认识的嘛……”

韦步平正要介绍罗汉他们的时候,凌云青抢着说:“几位都认识,这位,”眼睛盯着罗汉,“最近在西一里还见过,不是在河口工作的吗?”

韦步平说:“他现在成了南溪区工会的头头。”

罗汉说:“我是来取经的。”

家庆向凌云青问:“凌县长是要把杜耀光带走吗?”

韦步平反问:“你们的意见呢?”

罗汉他们三位相互交换眼色。马大嫂鼓起勇气说道:

“既然是政府要他们回去交代公事,我们能讲什么。只求凌县长替百姓做主,他们该我们的账还没算清呢。”

凌云青说:“先把他们带到团防局再讲吧。”

韦步平说:“你们去吧。我这里还有事。”

罗汉他们把杜耀光和汪举人押到团防局的时候,海银华正在门口迎着凌云青。她撅着嘴质问:

“你到哪里去了?叫人几乎要出‘寻人启事’啦!”

凌云青不做声,拿眼神暗示,要她看看眼前的人。银华看到的是:杜耀光、汪团总戴着猪笼高帽,狼狈不堪;几个粗壮的农夫、农妇却气宇轩昂,扬眉吐气。她特意瞅着马大嫂问:

“叫什么名字?”

马大嫂看她瞧不起人的神气,也就气冲冲地答道:“没有名字。”不把对方放在眼里,气氛弄得很僵。

凌云青唯恐双方拌嘴,赶紧息事宁人地笑着说道:“嘻嘻,别误会。这是省里来的海女士。啊,对啰,海女士是为妇女争自由求解放而来的,妇女方面有什么话都不妨对海女士讲,是吧?”凌云青唯恐海银华发脾气,对她陪着笑脸。

银华“哼”了一声,不屑理睬。

不想,重九那么沉不住气,从她嫂子背后挤上前来,冲着银华说道:“那好,我们劳苦妇女受气受够了,请海女士替我们讲点公道吧!”

“你这个姑娘好伶俐啊。”银华说,“你贵姓,怎个称呼?”

“免贵,姓马,当牛做马的马,叫重九。名字就是一缸苦水,你能耐烦听吗?”

海银华局促起来,很难为情。

杜耀光、汪举人和马王七被带进团防局。杜耀光一见是一位陌生的女士,两只膝盖一弯,“扑通”一声跪到地上。马王七见主子已经跪地求饶,自己也紧跟着趴下,号啕大哭。弄得凌云青慌了手脚,赶紧说道:

“哎,怎么搞的,这……多不好意思!”

罗汉憎恶地瞅着马王七,大声喝道:“起来,眼泪是洗不净你的脏手的!”

杜耀光苦苦求饶:“恳求凌县长高抬贵手,万望秉公明断。我杜某……”

“别猪鼻子插葱——装象。这儿没人可怜你。”

“哼,现在你也知道求人秉公明断,从前你为什么贪赃枉法,横行霸道?”

“吸血鬼,蚂蟥!”

海银华皱着眉眼:“哎呀,怎么乱嘈嘈的。”

罗汉对她嘲讽:“是呀,没有‘毛毛雨’那样好听。”

“哼!”女士撇着嘴。

停一会儿,海银华扯凌云青的袖子,悄悄耳语:“我们走吧。”

当晚,南溪小学校的一个教室,点着一盏从商会借来的大光灯。龙口岩“农讲所”的人都聚在这里,坐满了屋子。韦步平坐在当中一张桌面上,望着大家问道:

“同志们,大家说说,今天我们闹得怎么样?”

“还用讲,太爽神了。”

“大姑娘坐花轿——头一遭。”

“滚汤对热水,乐开了心。”

谈起今天的大会来,大家情绪特别高,人人扬眉吐气,个个眉飞色舞。有的讲自己感受,有的转述老乡们的议论和呼声。韦步平让大家都尽情地谈了一阵之后,才又说道:

“是呀，穷苦弟兄的窝囊气真受够了，该出出气。不过，光出气不顶事，还是闲话少说，言归正传吧。同志们讲讲看，下一步棋怎个走法？”

“看你给出个点子吧。”

“对啰，我们这些赤脚佬，倒挂三天，肚里也倒不下半点墨水来，能有啥好招呢？”

“当艄工、卖力气的活我们能行，领航掌舵的事，还得韦家哥来。”

人们你说一句，我答一腔，又嚷嚷一阵。

韦步平说：“光有掌舵的，没有艄工，也不行啊。还是三个臭皮匠来合计合计。”

大家商量了一会儿，最后决定：把南溪区农民协会的牌子挂到街头的北帝庙门口去，请泥菩萨让位。韦步平当场就写下南溪区农民协会、工会、妇女会几个招牌的大字，要家庆负责找木料、找人，做成长条的牌子挂起来。完了，韦步平郑重其事地吩咐大家：各人回各人村里继续作宣传，把今天大会上的事向没到场的乡亲讲一讲。道理不怕重复，多讲几遍，让大家认识更加清楚，行动就能理直气壮。遇到土豪劣绅捣鬼破坏，大伙就齐心合力，坚决斗争。最后，他叮咛一句：今年的田租，按“二五减租”法令缴，哪个地主不依法执行，就当他反动土豪劣绅惩办。讲到这地方，有人就问：

“要是一向抢男霸女，陷害别人的坏家伙，我们也像今天这样，拿他在本村游街，要他低头认罪行吗？”

“大家说说，行不行？”韦步平望着在座的人反问。

“有什么行不行，就看你敢不敢哩。”

“要我说，光游街还便宜了他呢。”

“他妈的，财主佬旧时对待我们太他妈的了。”

“一定得报仇，跟他们算账！”

人们又嚷嚷起来。

“大炮不靠吹，火车不靠推。不能光凭嘴皮硬，真要动手，看你敢不敢！”

“有什么不敢的？怕他个屌？罗汉说话——，几大就几大……”

“至大芭蕉叶！哈哈。”

一阵哄堂大笑。

家庆却绷着脸，猛一下站起，气呼呼地说道：“要说土豪劣绅，汪举人的账，今天还没算够。”

“是呀，今天只不过碰了他点毫毛。”

“还得再给他一次辣椒尝尝。”

“今天我仔细瞅这个老家伙，眼睛气得鼓鼓的，他决不会善罢甘休。我们得提防他一手哪。他的走狗旱天雷没捉到，真便宜了他。”

“我说，要紧的是，团练的枪不能还，要拿在我们农会手上。防土匪，抓坏蛋，由我们来管。”

“对啰！”

“不行，印把子还在他手上，让他随意画符，我们不是干瞪眼？”

“我说不怕，韦家哥不是讲了吗，成立了农会，往后凡是属农民的事，我们自己管。团防局的豆腐块印把子，有个卵子用。韦家哥不是中央特派员吗，比起一个团总，不是西瓜比芝麻。我看，照韦家哥的话干，没错。”

韦步平看大家谈得挺欢，有意让各人把心里的话都亮出来，由他们自已去找答案，不多插嘴。一会儿，声音停顿了，好几个人好像才发现他在场似地看着他，等他开口。他思索半晌，才说：论理，不在谁的位置高矮，而在乎公不公道。自古以来，官官相护，的确颠倒了黑白，是非不分。如今革命时代，对人论事，都得依情处理才能得人心。今天拿杜、汪两人游街，不是把他当县长、团总，而是因为两人都是土豪劣绅，是反动派，欠大伙的账。打击的是土豪劣绅的威风，惩治的是贪官污吏的罪恶。

“那就行了。凡是够得上土豪劣绅的，我们就如法炮制，打他的威风，算他的账。”

“韦家哥，你说可以吗？”

罗汉说：“还用问，今天不是干了吗？”

正当大家议论到这里，附近街坊传来公鸡啼鸣。韦步平说：

“就这样吧。各人回村去放开胆干，把天戳破也不怕雷公劈。十天半月，等通知去县里开会。我明天先回县城，筹备成立县农会和开办县农讲所。”

“总之，”韦步平从桌面跳下地来，朝着全场扫视，“千言万语，无非是‘农会会员须知’上讲的那些道道：团结农民，建立农会，打击土豪劣绅，清除贪官污吏，建立新国家。会编歌的，把这个意思编成山歌，让男女老少到处唱，一传十，十传百，到处传播，让它开花结果。好吧，同志们奔波了几天，劳累了。眯一会儿，天就亮了。十天半月县城见。”

人们一个一个走开了。马大嫂有意迟走一步，走到韦步平身边，低声问道：

“你不回那江看看平平？”

“这时刻，哪能顾得上这个？唔，你们几个，”韦步平瞥见站在马大嫂身边的妇女，“快把头发剪了吧，免得每天梳它，耽误工夫。”

“把辫子也剪去？咆，跟今天来的那个女的一样，像个什么呀？像个秃尾巴的母鸡！嘻嘻，丑死了。”重九说完，咬着头巾发笑。

“你讲不好看啰，我瞧那凌老师跟她，就像年糕粘上糍粑，扯也扯不开哪，嘻嘻。”

“看你，就爱盯这些。是不是心痒啦？”

“谁痒谁知道。”

“哎，我问你，你看罗汉怎样？”阿梅姑娘向重九挤眉弄眼。

重九反问她：“你说他怎样？”

“他今天可是威风哪。”

“没心机瞧。看你就盯着人家不眨眼，瞧你馋得都流口水啦，嘻嘻。”

“去你的！”

“别只管说话，忘了抬腿，快走吧。”马大嫂催着姑娘们赶路。重九碎步小跑到嫂子身边，马大嫂问她：“你们尽是嘻嘻哈哈的，扯些什么。”

“没个正经的。”

“想不到小石匠去大码头混了几年，可是学到本事来了。”马大嫂有意观察妹妹的脸色。

重九却不作声，大嫂叹了口气。

“平平他爹心真硬，怎么叫他也不肯回去看看。”沉默了一阵，重九才喃道。

“他说这时候顾不上。”

“我看他就像个铁打的。”

“可人家说小时候跟凤仙对起歌来,风吹也没那样轻,流水也没那般软哪。”

“是吗?”重九眼睛闪烁着幻梦的光亮。

嫂子瞅着她,心想:人心长在各人身上,由不得别人摆布的啊……

“嫂子,你想什么?”重九看马大嫂不吭声,眼睛死盯住一个地方,不免诧异。

马大嫂把目光收回来,盯住姑娘的眼睛将近有三秒钟,才认真地问道:“你知不知道那天晚上谁把你救出来的?”

重九仿佛触到电流,心头不禁一悸,但是并不慌乱,平静地答道:“没见到面,听口音好像是福贵。”

“你看他怎样?”

重九脸上泛起红晕,忸怩地捅了嫂子一拳:“嫂子,你真是啰,老是这个怎样那个怎样!”

马大嫂对姑娘笑笑:“我看,他们个个都是好人。可眼镜只能配得上自己的眼睛才好使哪!”嫂子意味深长地瞅着姑娘。

姑娘赌着气说:

“没戴眼镜也能自己走道,又不是瞎子。”

就在这个时间里,此地远近各个村屯的人家都迟睡了。有些是入了农会,列队参加了今天的唱歌游行回来的,有些是赶圩去做买卖亲眼看到这从未见过的世面的,莫不个个带着兴致勃勃的情绪,吃罢晚饭就聚到村头街尾平时乘凉聊天的地方找人说话讲古,谈论今天各人在圩场上的见闻和感受。亲眼见到、亲身经历的,互相交换观感;没有赶上趟的,听到人家谈论也都感到新奇,觉得遗憾。有人回到家里,仍觉话没讲完,又跟自己家小喋喋不休。整个村庄,仿佛一锅滚水,沸沸扬扬,失掉了夜的宁静。

秋晨,阳光伸出胳膊悄悄抚摸着树梢。打谷场上,一垛一垛稻草,冒起薄薄的蒸气,场边躺着的石滚染着湿露,树叶和草坪铺盖了一层薄霜。

人们夜来迟睡,早晨却并不贪眠。东边天空,一片紫霞还未消散,打谷场已经来人了。一天活路又要从这儿开始。有人从谷垛上搬来一捆一捆稻谷,摊开在晒坪上，等待阳光晾干，然后压石滚脱粒；有人抬来风柜，将昨天脱了粒的稻谷过风，发出“咕咕”的声响。旁边另一块晒坪，有七八个人围绕着铺开的豆秸，抡起裢枷，“吱嘎扑、吱嘎扑”，一上一下，声音均匀而富于节奏。人一个跟一个，迈开一步，打击一下，绕成一个圆圈运动。在场地边上，一群小孩有的背上背着弟妹，手上挽着小篮，有的拿着缺嘴短耳的瓦罐、饭盆，蹲在一旁，寻觅飞落在场外边或豆秸下，一颗两颗黄澄澄的豆粒。半空中，成帮成队的蜻蜓，在人们头上“赶圩”似地飞来飞去。

这时，有人发现家庆往晒坪走来，后头还跟着一个大姑娘重九。

“庆哥，你可回来了。”一声叫唤，附近的人都听见了。这可真是比瞧新娘子还招人呢。“咕咕”的风柜声，“吱嘎扑、吱嘎扑”的梿枷的钝响，忽然哑了。人们一个跟着一个，放下活路聚拢过来，把两人围在当中。妇女们一眼就发现重九的辫子没有了，捂着嘴，吃吃地发笑。有人急着对证昨晚听到的风声，开口就问：

“庆哥，你跟我们说说，昨个韦家哥是不是讲了，往后租谷少缴二成半？”

不等家庆说话，有人就说：“这话，我昨天在场倒是听得清楚的，就不知说了算不算数？”

“我看，准算。堂堂一个县官老爷，都能捉来游街示众，要地主减收点租谷，算得了什么。”

家庆感觉到不少眼光都盯着自己，等待回答，于是抬起头，望着大家说：“是算不得什么。不过，事情要办得起，也得靠大家齐心合力地干，另外还得有人带头，敢跟财主佬斗才行。要不，还是照老章程办事——黄牛过河各顾各，不用说租谷减不了，回头仍旧给人家当牛做马使唤。”

“你说该怎么办的吧？韦家哥不就是我们的带头人吗？”

这时，重九看了看大家，开腔说道：“他个人本事再大也大不到天，高楼大厦还不是一块一块砖头砌成的。”

站在前头一个梳小分头的小伙子，听重九一本正经地讲话，不觉惊异地“嚯”一声。旁边另一个小子把他袖口一扯，他立即把话咽了回去。

家庆说:“重九讲的是实在话,即算一个人有再大的能耐也有限。”

“喂,先别扯这些,家庆,听我问你,你说,农民会是不是个个人都得加入?”

“不一定,入不入会,看个人自愿。”

“那不在会的,好处不是摊不上了?”这是梁少英的父亲。这位五十来岁的老汉,长长的辣椒脸,刻满皱纹,身架同少英差不多,也那样精瘦。他现在领着几位同他换工的邻居打黄豆。

“你怕摊不上就报名入会呗。”不知谁说了一句。

梁老叔一袋烟抽完了,抬起腿,往鞋底敲了敲烟袋,然后把尺来长的竹节烟袋插在腰带上,喃道:“这个……我还得等着瞧它两盘输赢,再押宝。小伙子,干吧,日头不等人啊。”

梁老叔先走了。

那个留小分头的小伙子跟在梁老叔后头,且走且说:“老叔,你不入会,少英他可是入了呢。”

“他是他,我是我,两码事。”梁老叔说,“唔?他在城里办事,怎么个入农民会?你这小野仔,嘴上无毛,说话不牢。”

大人们正在一边劳动,一边大声说话的工夫,捡豆子的小孩在场边另外开辟了他们的天地。一个扎羊角小辫的丫头,被一只紫红色的蜻蜓吸引,轻轻蹲下来,小心翼翼地移近蜻蜓歇脚的草垛,屏着气息伸长小胳膊,伸出拇指和食指去捏它的尾巴。就在指头将要触到蜻蜓时,突然,一个外号叫小冬瓜的小胖子跑来“嘘”一声,那鲜艳逗人的蜻蜓飞了,小丫头站起来,撅着小嘴,骂道:“烂冬瓜,呸!”

“你敢骂我?”小冬瓜蛮横地走上来,推了对方一把。小丫头手上的篮子掉在地上,豆子全撒了,“哇”的一声哭起来。小冬瓜撒腿就跑,丫头的小哥哥拔腿就撵。大人们在后头瞅着两个小家伙的脚步,嗬嗬地发笑。这时,另一个男孩走到哭着的小丫头跟前,把自己口袋里的豆子掏出来,放进她的小篮子,完了,又蹲下来替小丫头捡回撒在地上的豆子。

这个男孩引起重九的注意。她向他招招手,男孩却木然不动。她走过去弯下腰来问他:

"你叫什么名字?"

小孩转动着黑溜溜像龙眼核似的眼珠,不肯开口。小丫头抹一把泪痕,代他答道:

"他叫平平。"

"哦!"重九脱口叫了一声,眼里闪着喜悦的光芒,叫一声,"平平!"把他拖进怀里,抱了起来。

小孩不肯让人抱,踢着腿。重九把他放下,问他表婶在不在家。

"在家纳鞋。"小孩回答着,黑溜溜的眼珠好奇地盯住重九头发,"唔,你是谁?女的吗?看你头发跟我爸一个样。又不梳髻又不梳辫。"

几个打豆的人听小孩好奇的问话,嗬嗬发笑。重九红了脸,赶紧拿肩上的头巾把头发包起来。

一个抱着婴孩的妇女来到晒坪。人是小矮个,像只紫色的李子,走路说话都叮叮当当,干脆利落,好像一捆弹簧。梁老叔抬头,见是她就说:

"庆嫂子,你今日个,可是晚了一顿饭工夫啊。"

那妇人本来叫孩子闹得已经不顺心了,听东家这样一说,更加窝火,嘟嘟哝哝地喃道:"才晚到一袋烟工夫就说话,明日个轮到你,少给我干半天还不行?死鬼,还哭。就为你把人都拖死了。你哭,我叫你跟小狗崽睡到草垛去。"她把怀里呱呱哭个不停的婴孩放到暖烘烘的稻草堆里。

旁边,梁少英媳妇说:"庆嫂,你这小宝不是该断奶了吗?"

"可不是怎的,就是夜晚没个人帮带。跟他同床,小鬼一闻到气味,又咧开嘴巴,喊得你,瓦片都要飞去。"

"他爹不能带呀?"

"他呀,我们这间小黑屋盛不住啦。"

"这段工夫,还不是昨晚一夜没在屋嘛。喏,人家半夜还起来了,那边不是他?"少英媳妇指着左边的晒坪。

家庆在那边跟弟兄们正在讲这讲那。

妇人伸着脖子就喊:"嗨,死鬼,你倒是来这儿说风凉呀,喂,你……"

家庆回头一瞧,看见是孩子他妈,立即走过来。女人却赌气不睬,拿起木叉,收拾场地上散开出去的豆秸。草垛里的婴孩呱呱地直哭。家庆望了女人一眼,“咦”一声,跺着脚,赶紧把婴儿抱起。

重九看他不会逗孩子,替他接过来。“嗬嗬”地哼着不成调的催眠曲。

家庆媳妇看着,撅起嘴,说道:“哟,哪来的仙姑啊?”

少英他媳妇斜视一眼,把嘴凑到她耳边说:“人家是半夜从南溪来的,瞧,鞋帮上还湿呢!嘻嘻,你看她头发……”

“哦?”家庆女人一惊,瞪起大眼睛。

“你们别多嘴,疑神疑鬼。”不知谁冲了一句。

家庆他女人不问黑白,“咯哒”一声,将木叉一扔。三脚两步跑去,眼睛不是眼睛,鼻子不是鼻子地将孩子从重九怀里夺过来。弄得重九脸儿像三月的木棉花,涨得通红。

重九一转身,拉起平平的小手,说:“回家。”就像叫马蜂撵似的,疾步快走。

家庆一跺脚,愤愤地对着女人说:“你这是安的什么心啊,哎!”

“谁知道你们干了什么,嘿,看你急成这样?”她歪个脑袋,反唇相讥。

第二十二章

这两天，家庆的小黑屋，可是比地主大院收租时节还要热火。此刻，快到二更天了，人们还是你来我去，川流不息。有的来报名入会，有的来打听减租的事，有的干脆就为女人剪发，引起的家庭纠纷，也来求农会给调解。梁老叔今天午晌就来过一趟。见人多，插不上嘴，晚饭前又来了，却不作声，悄悄地坐在屋檐下的石臼边边上，闷声不响地吸着旱烟，一袋接一袋，留心倾听别人问这问那，看家庆怎个回答。到晚饭时候，小孩来找才站起来，拍拍屁股慢悠悠地朝家走。

这时，二更的梆声响过了，梁老叔又迟迟疑疑地跨进家庆堂屋，轻手轻脚地坐在家福的铺上，留心听别人议论。说话的是个三十来岁的人，为自己女人剪发的事来问家庆，说入会的，是不是非得剪发不可？家庆笑着说，不一定的，头发剪不剪随自己，爱怎样就怎样。农会只是说，头发长，梳辫留髻都费工夫，干活不方便就是了。

那人说:“本来嘛,头发剪不剪有甚打紧。只不过听别人讲,剪了发的女人都得送去当女兵,女兵是干什么的?”

家庆惊奇地问他,是哪个讲的?那人支支吾吾,也没敢说是谁讲的,只说大家都这样传。

“造谣,没有的事。”家庆回答得干脆,半点不含糊。

“那我就放心了!”

那人又说了两句闲话就走了。

梁老叔看没了旁人,才在桌边上敲敲烟袋,朝家庆瞧了瞧,说:“家庆,你跟少英是十友(把兄弟),我信得过,我就听你一句话。你说,我倒是入会好,还是……”

“还是瞧两盘输赢再押宝?哈哈。”

“可少英他来了信啦,你瞧。”

家庆苦笑着说:“老叔,你这不是向瞎子问路呀,我什么年月拜过孔圣人嘛。”

梁老叔不觉呵呵笑道:“我真是老糊涂了。这些日子,见你办农会的事,丁是丁,卯是卯,蛮有章程的,叫我把你的底盘也给忘了。韦家哥在龙口岩不是也教认字的吗?”

家庆不想跟他啰嗦,赶紧问:“少英的信讲了些什么?”

梁老叔一边把信放回口袋,一边说:“也没多说别的,只讲,如今农民协会是世道潮流所向,叫我机灵点,看风使舵。迟入不如早入的好。好比赶圩吧,晚赶不如早赶。少英他在城里,见闻广,眼界宽。就算不一定样样事都估得那么准,可也比我们山角落的赤脚佬强不是?这回,你也把我老叔的名字写上怎样?”

“好吧,也收你一个。少英信上就讲这些?”

“嗯。还有,他……他,唔,我看倒是要走运了。他信上还讲,凌县长,唔,就是从前那位劝学所长先生,照顾了他,要保送他去省城上干部学堂,说是就在这两天动身。我说,日后他从省城毕业回来,少不了也是个小官儿不是?”

家庆才要说什么,门扇忽然“咿呀”一响,重九钻进脑袋来,告诉家庆说,她嫂子从巴羊家到那平村去了,叫家庆过去商量事。家庆为人持重,你急他不急,

朝重九瞧一眼,问:

“我正要跟大叔说话咧,什么急事?”

“说是有坏人往农会泼粪,造谣生事,说什么入农会的人,男女混杂,乱七八糟,没个正经的;还讲,剪了发的女人都要往兵营送什么的,讲得大伙心里七上八下。入了会的,有人要缩回头了,正想要入的,摇摆不定。你去听她讲吧,她还有事要跟你商量。”

家庆听罢,瞪着眼,愤愤地嘟哝:“吃饱肚皮没事干,就好摆弄是非。”

重九撅撅嘴说:“还不是地主老财臭嘴巴喷出来的屁话。”

家庆跟重九走了。

梁老叔拿起烟袋,深深地长叹一声。

家庆和重九两人一前一后,打鱼塘边边走。迎面来的正是他的女人黑李。她从打谷坪挑回两大捆稻草,乍见自己男人在这黑灯暗夜里跟一个大姑娘嘀咕什么,心头不由得拥上一团火,立时搁下担子拦住去路,气呼呼地向男人发威:

“嘿,干的好事,这可叫我见到了。你还要往哪儿跑,回去,跟你算账。”

这可是叫家庆目瞪口呆,急得说不出话来。重九知道不便插嘴,敏捷地跨过稻草担子,疾步先走了。黑李望着她的背影,冷笑一声,说:

“哼,我说的是不是,要没事,跑掉干吗,分明是做贼心虚。你,你还不跟我回家,要干什么去?”

家庆迈开步子正要走,被女人一把捉住了袖子,急得直跺脚:“哎,你呀,你这是干什么嘛,人家有正经事要……”

“什么正经事,半夜三更,一个男人跟一个大姑娘游游荡荡,能有正经事啦?”黑李大声叫喊。

家庆使劲把胳膊一甩,仿佛漏网之鱼,拔腿就跑。

“你……你……往哪儿跑,死鬼,你今晚别想进屋。”

黑李怒气冲冲,挑起稻草。一个同村的巫婆周二姐手拿把布伞,摇摇摆摆,从南溪路上走过来,到了黑李跟前,笑嘻嘻地问道:

“庆嫂子哩,跟谁发那么大的气啊?”

“不是他,还有谁叫人受气。”

"嗨哟,庆哥原先不是老实巴交的人嘛,见人眼皮都不抬哪。我说黑李,有这样一个男人还不放心呀?点上灯笼也没处找去。我说,你不好好看着点,叫别人勾了去,可就……嗯,我不讲了。"周二姐跟在黑李后头,一边走一边叨咕。

这娘们是个出名的妖精,一张嘴巴说起话来,嘿,扁的也能叫她说成圆的,树上的小鸟也能叫得下来。今天,她是为汪举人的大孙女做"探花"①,灌了两杯,特别兴奋,话特别多。走在黑李后头,且说且走。

黑李心头已经很不自在,听她这一唆弄,更是火上添油,信口说道:"可不就是这些天闹什么农工会,男男女女混在一堆,把人给搅野了。"

"方才跟他一道的是哪个?"

"就是巴羊那个姓马的野姑娘。"

"哦,原来是她呀,难怪那帮后生哥沾上了,白天黑夜扯不开。嘿,我早就料到……嗯,这回叫你亲眼见到了,不会认错人吧?"

"我又不是瞎眼,怎么认不出来。嘿,瞧她那双狐媚眼,一只又尖又翘的鼻子,野鸡婆尾巴的头发,不是她才见鬼。"

"那就得了呗,还不撵他去。"

"人家说那平村那边有事。"

"嗨,你听他的,再有天大的事,也不能三更半夜非得办不可。我说庆嫂子哩,别跟自己赌闷气,你把人撵走了,反倒成全人家了。要是我,嘿,非把他给揪回来不行。"

这位巫婆的符咒在庆嫂子身上果然产生了效应:黑李把稻草挑回家放下,真的赶来那平村步平的家看个究竟。当她进门时,堂屋上,马大嫂跟家庆、重九几个正围着方桌上的盘灯,一心一意地商量事。黑李哪管这些,不问三七二十一,冲到自己男人跟前,揪起衣领,劈头就问:

"你……你倒是要不要家了?走,快点,跟我回去!"

"干什么,你?"丈夫挣开妻子的手,瞪着眼瞅她。

---

① 探花——是壮族地区巫婆为人算命占卜的一种形式。占卜时,巫婆端坐神坛,焚香求仙入定。说是到阴间去探望生命之花朵,看属于牡丹还是芙蓉等等品种,又看看长得茂盛还是枯萎,以预示一生命运的祸福。

两人站着对峙,就像一对正在打架的公鸡。

马大嫂站起,把两人劝开:“我说,庆嫂子,你就让他一点吧。他这些日子为农会的事正忙着哩。”

“啊,这样说,倒是我的不对了。哼,什么会不会的,还不是放的烟幕,谁干什么谁心里明白。自古以来也没见过,不分白天黑夜,男女鬼混。”

“嗨,你这个人讲话……别这么……”重九激动得话都讲不成了。

“别什么?说嘛,哼,我瞧你就是……”

“得了,你再说……”家庆一声怒吼,气塞胸膛,话不成声。

庆嫂子趁势大吵大嚷。吵嚷声惊动了邻居,大家都看热闹来了。气得家庆趴在桌上抱头无言。马大嫂对着邻居们说:

“橱柜的碗盏有时还相碰撞呢,两口子拌嘴,谁家少得了?什么新鲜事儿,众位乡亲请回。鸡叫了,快要起床做饭上山了。”

这件事,第二天在打谷坪上,增添了好多的枝叶,讲得有板有眼,都说周二姐亲眼见到的。

照韦步平预定的时间,十天以后,已经是一九二六年十一月底了。这两天,县城和城郊附近,工农兵学商各界民众,为着筹备庆祝北伐军胜利暨国民政府迁都武汉的大会,后援会、工会、农会、妇联会、学联会等等民众团体,莫不忙碌起来。有忙写标语、印传单的,有忙教唱新歌、排练新戏的,也有忙扎纸花、编灯笼的……

韦步平一到县城,就把时间和精力全投放到筹备召开全县农民代表大会,准备正式成立县农民协会,以及开办农民运动讲习所、训练骨干的事情中来了。到昨天为止,通知各区乡选代表来出席会议和要进农讲所学习的学员,除了南溪圩上罗汉的部分工友还未见到之外,其他各区乡的人,都陆陆续续到了。十天工夫,大家回乡的宣传组织工作,做得很有成效。各区乡不但来了不少新弟兄,同时也带来好些振奋人心的斗争故事和令人发笑的趣闻,其中也有从敌对方面散播出来的叫人气愤的流言蜚语。人们互相见面,得意洋洋,情绪开朗。只有家庆有点不对劲,同大伙一起谈笑,也掩饰不了抑郁的神色。这一是因为家里人跟自己不顺劲，老扯后腿，给坏人帮了忙；其次，他那匹牲口——“黑炭”没拉回家。这回，在乡里开会，本来是要把反动派汪举人拉来农会算账，要他归还“黑炭”的，不料，人家得了风声，把“黑炭”放跑了。想起来，就憋一肚子气。

韦步平看家庆这股憋劲，笑着拍拍他的肩膀：“我说，你这口气不止你一个有，周围哪个弟兄不都是一肚子冤气？事情不能全凭义气办，人心也不同豆腐，不能一刀就切齐。当年我们‘三三会’闹不成事就是不懂这点道理。各人只顾各人恩怨，瞎闯，猛干，出口气，图个痛快。到头来，不但翻不了身，还吃了大苦头。我们的对头——地主、土豪劣绅的反动势力，可不能小看。

野地的草，你一场火，烧得再猛，要不把根挖净，到第二年一开春，它还不是又长出来了？所以我说，这回我们就要学乖一点：眼光要看远点，不能只顾眼前的得失，也不能只顾个人恩怨，要看重现在的局势，也要考虑将来的世界。自家的事可以想，公众的工作更要做，而且一定把它做好……”

“这道理在龙口岩不是讲过了吗？”一个人打断了韦步平的话。

另外一个人也插嘴：“什么龙口岩，不是说以后改名列宁岩吗？还是老脑筋。”

“可不是嘛，叫惯了，要改不那么容易。我说，特派员刚才讲的那一番道理，讲是讲过，可我们真懂了没有呢？懂了，为什么遇到事情又发懵？我看，是道理，多讲几遍也不算啰嗦。”

大家正谈到这儿，重九猛然出现。她紧张而激动的神色，叫大家吃了一惊。重九定一定神，立即朝韦步平叫一声“韦家哥”，就像一只坛子掉在地上砸了的一样，人们的神色马上受到感染。重九委屈地捂着脸，呜咽地说：

“罗汉，他……他，叫人害了！”

“哦，你说什么？”大家异口同声地发出惊呼。

“罗汉，他……他现在……”韦步平瞪着炯炯发光的眼睛盯着重九。

重九掠一掠额头的刘海，说：“我们把他抬到衙门去了。”

“好，我们看看去！”韦步平像老虎跳涧，眼睛射出一道激愤的光芒，伸出拳头一挥，领头直奔县政府走去。

县政府就是原先的县公署，对老百姓来说，它是“有理无钱莫进来”的阎王殿。以往是警卫森严，门前那两只石狮子，好像要把人一口吞进肚子去似的。老百姓宁愿绕路多走几步，也不愿打门前走过。自从凌县长上任后，门岗的警兵撤销了，只有穿便衣的杂差看守门房。同时还宣布了一条规矩：凡是有事要禀告的，不用递呈状纸，当事人随时都可以进衙面诉。这样一来，原先冷森森的衙门，一下子变成热闹的铺头一样了。每天来来往往不少人，门前两株大榕树下，经常坐有歇脚等候传见的老乡。

此刻，传达室的门房，停放着一副担架。志高和马大嫂守在旁边。马大嫂拿着一枝松枝，来回摇晃，驱赶着苍蝇。担架上的人，盖着蜡染的蓝靛被单，见不到他的脸面。

韦步平领着二三十位弟兄气喘咻咻地赶来，二话不说，立即蹲下，揭开被单一瞧，一张苍白而瘦削的脸，睁开的双眼里闪着镇定的目光，一见都是弟兄们深切关注的目光，情不自禁地流下热泪。他吃力地撑起胳膊，想坐起来，马大嫂赶紧按住他：

“不，不能动。”

韦步平望着他，问：“伤在哪儿？”

“不要紧。”罗汉轻声答道，“左肩上给砍了一刀。唔，各地代表都到齐了吧？”

“就差你们南溪工会几位了。”

“啊，那好。”罗汉说，“真倒霉。幸亏有盘大爷的千金草止了血。”

盘大爷从街上拿来一葫芦茶水，要给罗汉换药。一见韦步平，真有说不出的高兴，笑着说：“千金草就是千金草嘛，有什么出奇。我说，就是他命大，压得住邪，你们大伙说是不是？”

“凶手捉住没有？”韦步平问。

志高摇摇头：“跑了。”

重九说：“凶手没有捉住，把柄倒是给拿到了。喏。”说着，从被单下抽出一把雪亮的马刀。

韦步平接过刀，仔细瞧了瞧。刀柄的牛角把上，刻着三道水纹。他眼睛一睁，露出愤怒的神情，指着刀柄说：

“瞧,这,不是汪字的记号吗?”

“我瞧瞧。”旁边一个人接过刀,揣摩一会儿,说道,“没错,是旱天雷常拿的家什。”

韦步平沉思片刻,才向马大嫂和志高招呼:“走,同我找凌县长去。重九,你别走,留在这儿同大爷一起照顾罗汉。罗汉,你等着,我们去一下就来。”

罗汉点点头,目送着韦步平他们。

这里,凌云青正在客厅跟后援会的几位先生商量明天召开全县各界民众大会的事。韦步平情绪激动地走进来,望着凌云青,直截了当地指着志高和马大嫂说:“他们有急事要见你。方便吗?”

凌云青看了后援会的几位先生一眼,说:“可以吧,一块儿听听。”

“志高,你讲吧。”韦步平说。

蓝志高听到要他讲,脸色一下发红,两只手只管搓着,很不自在,忸怩了片刻才结结巴巴地说:“啊,是,是这样……”

马大嫂看得发急,抢着说道:“凌县长,你听我讲,是这么回事:我们南溪工会主席罗汉同志,昨晚叫土豪劣绅给暗算了。人倒没死,抬到衙门来了。请凌县长看怎么办吧。”

凌云青不禁愕然,睁眼瞧着韦步平,意思是说:“怎么搞的?尽是这些扫兴的事!”

韦步平不动声色,是想先听听他的意见。

志高恢复了平静,终于将案情的原委讲了出来:

前天,他和盘大爷从瑶寨赶到南溪,打算住一宿,第二天同罗汉他们工会的代表一道来县城。罗汉说,昨天他托人到那江去同家庆嫂讲,要她带平平来南溪,和他们一起到县城,好让平平和爸爸见见面。他们就等着,左等右等,等到天黑的时候还不见人影。罗汉就上街买手电筒,要亲自赶去那江屯把人接来。不想,在杂货店门口遇见旱天雷。这家伙喝得半醉半痴的样子,一把拉住罗汉袖子,一脸奸笑:“哦,你这个大主席往哪儿跑?”罗汉厌恶地甩开袖子反问一句:“谁跑啦,我们正等着跟你们算账呢!汪举人钻到什么地方去了?你干吗不跟上他舔屁股去?”旱天雷从鼻孔“哼”一声,说:“你先别得意,老子等着领花红呢。”罗汉回到区农会,把这情况告诉了盘大爷,就往那江屯去了。刚走不一会儿,盘大爷琢磨旱天雷的话,觉得不放心,赶紧拿起平素防身用的“七寸”,招呼志高带上刺箭猪用的梭镖,去撵罗汉。赶到小溪河附近,猛然听见“啊”的一声绝叫,大爷、志高两人听出是罗汉的声音,急忙奔跑上去。人已倒在路边一丛芦苇下面……

凌云青听志高讲到这地方,赶紧插话:“凶手捉到没有?”

“没有。他跳下河跑了。在地上捡到这个家伙。”志高将雪亮的马刀放到桌上。

凌云青拿起刀,拿拇指试试刀刃。

韦步平说:“刀柄刻有字。”

凌云青推推眼镜,仔细瞧瞧,不觉吃惊,望着韦步平说:“是汪家的东西。”

韦步平说:“有人说这是‘旱天雷’常拿的玩意儿。看来,土豪劣绅是不会善罢甘休的。”

“真想不到事情这么复杂。”凌云青发起感慨,回头对后援会的几位先生说道,“明天大会的事,就照刚才议的办吧,十点开会。”

后援会的几位先生走了。

凌云青心神不定,问韦步平:“你看是怎么回事?”

韦步平说道:“事情已经很明显,反动势力妄图吐几口唾沫浇灭农民运动的火焰。针锋相对,农会决不在任何威胁面前退却!火是敌人点起的,玩火者自焚,革命的怒火,将会把历史的垃圾烧个干净。”

“也好,不破不立。”凌云青说,“不过,这件事牵连到农运方面,是不是以‘农协’名义出面处置为好?”

韦步平看了看对方,沉吟一下,说:“也行。要我们处置,我就放手让大家干下去了。”

凌云青一听,面露难色,赶紧改口:“不,不。怎么办?我们还得商量一下。”

“我的同志,别这样前怕狼后怕虎的嘛。”韦步平说,“人家已经动起刀枪了,我们还讲温良恭俭让吗?”

“不,别误会我的意思,我绝不是……唔,凡事三思而后行,再说,不要请示一下上面吗?”

“请示是要的。但是,你不拿出个主意来,叫上面如何答复呢?”韦步平说着,转身招呼志高和马大嫂,“走吧,把罗汉抬到‘农协’去。家庆,听说汪举人逃进城来了,派几位得力的弟兄去侦察清楚。唔,慢走,注意不要打草惊蛇。”

“知道。”家庆答应一声,回头就走。

凌云青看人走后,才向韦步平低声问道:“杜耀光怎么处置?”

“他的移交手续办清了吗?”韦步平反问。

“手续办完了,公款已如数归了金库。县长分内的事算是交代了。他说县农会原来是他领衔筹备的,现在,他问怎么管好?”

“他想管农会?做梦!叫他去问农民代表,人家能答应吗?”

“他说,没事他就去省里了。”

“把他扣起来。”韦步平十分果断。

凌云青有些踌躇,喃道:“他是王兄的姐夫……”

“姐夫?是他老子也不行。”韦步平态度严厉,不容分辩,“你要为难,就这样:县府当他是卸任的县长放走,我们‘农协’当他‘土豪劣绅’扣留。”

“这个……日后跟王兄见面,多不好意思。”

“哈哈,又是不好意思。你的‘不好意思’怎么总是扔不掉啊!同志,应当想想,多少人被他逼得家破人亡,妻离子散,我们见死不救,纵虎归山,反而好意思吗?对不起,我走了,有话再谈。”

“你,等一等,别误会……”

“好了,好了,误会不误会再说吧。嗯,海小姐她怎样,一直没见到她?”

“她一直不舒服,闹小毛病,闭门谢客。”

“不是闹政治病吧?什么时候回省去?”

“等省里电报。”

“留她多待几天,见识见识有好处。不过,还是为我保密:牛特派员已经被烧死了。懂吗?”韦步平盯着凌云青的眼睛,意味深长地说。

凌云青点点头,望着走去的背影,耳边回响着“留她多待几天……有好处”的余音。

第二十三章

当晚，韦步平在县农会——原先县参议会的厅里向盘大爷了解罗汉的伤口治疗情况。盘大爷说，晚饭前给他换了药，没有伤到筋骨，再换两道药，伤口就会愈合了，这倒是可以放心的。韦步平问老人家：以他看，哪些地方不放心呢？老人说，听讲，“举人”和旱天雷都不知藏到什么地方去了。如果让他们跑到省城，那就鱼游大海，难得捉了。病根不去，到时候又要复发。韦步平用心听着，让盘大爷把话说完，然后说道：

“是呀。‘三三会’那一回，就是把人放松了，后来吃了大亏。这回不同，火到处烧起来了，敌人逃得初一，也逃不了十五。倒是觉得我们自己人手不够，能举得起、放得下的人太少。”

“罗汉行呀，真是打石头出身。”

“家庆怎样？”

“也练出来了，脾气慢一点。”

“志高呢？”

“打先锋可以。没有人盯得住他，可就容易走火……”盘大爷的话没说完，家庆和福贵闯进来，兴冲冲地对着韦步平劈头就说：

“人抓到了！”

福贵抢着讲：他们得到醉仙酒庄一个伙计的情报，知道老不死的汪锯人藏在酒房地窖里。家庆和福贵伙同几个弟兄赶到那儿，把住前门后院，终于把人逮住了。现在，放在倒厅，让志高看着。

“怎么办？”家庆朝着韦步平问。

“你们说呢？”韦步平望着身边的弟兄们。

福贵说：“明天开大会，要他上台低头认罪，让全县的代表都开开眼！”

“这也是个办法，大家都说说看，这办法行不行？”韦步平还是耐心等待大家说话。

福寿说：“行，有什么不行？”

盘大爷说：“行，行，可别又让人跑掉了。”

韦步平问家庆：“你说呢？”

“要我讲，这样干也行。”家庆迟疑一下，接着说，“国民政府既有章程，我们就照办呗。”

“横直是韦家哥讲的——‘造反有理’，干！”福寿说。

韦步平点头首肯，说道：“家庆，派人去城厢附近几个乡，连夜宣传，争取明天多点人来参加大会，声势搞得大一点。福贵，你找志高和几位后生一起，想法把旱天雷捉到。盘大爷，你老人家去看住‘锯人’，第一条，别让他跑了；第二条，防止他上吊，把他的裤带缴了。哈哈。”

韦步平笑声未停，一位后生跑来报讯：说是他侦察到，旱天雷躲在一个暗娼家鬼混。韦步平听罢，马上追问暗娼家的房屋周围情况。然后，要他和福贵、志高再找两位手脚伶俐点的伙伴，带上武器，把人抓来。

“可是要捉活的啊！”韦步平望着他们背后叮咛一句。

大家都领了任务走了，厅里只剩下韦步平一个人。他把煤油灯的灯芯给捻高了点,打算再仔细研究“惩治土豪劣绅条例”和“农民协会章程”。条例刚看完,马大嫂来了。韦步平让她在对面坐下,问平平跟着谁了。大嫂说:

“重九带着他睡了。”

“唔,重九怎样?”韦步平问。

“没有怎样,她倒挺喜欢平平。”

“她今年十八了吧?”

“十九了。我像她这个年纪,已经做大嫂了。”

“罗汉原先那段心意,她不知道吧?”

“只怕罗汉自己都忘了呢!这段日子,各人的心都用到报仇申冤的事上去了,哪个有心思想这些。你也没工夫想自己的事吧?我看,倒是应当给平平找个妈妈了。”大嫂打量着步平问。

韦步平坦然地说道:“嗯,这事一直没空跟大嫂谈起。我在外头已经有人了。”

“成亲了吗?没有?相好!长得怎样,挺秀气吧?噢,我想起来了,是不是在龙口岩见到的相片上的那位?”大嫂高兴地问着,“她现在在哪儿,是干什么的?”

“在前方,北伐打仗。”

“哎哟,这不成了牛郎织女啦!”

“大嫂真会逗乐。”

“我顺嘴讲两句开心话就是了。我来是问你明日我们女界怎么摆布?”

“一早把新歌练好,到时唱得整齐点。告诉重九,明日个还得要她上台演讲。”

“又像南溪那样?”

“这是县城,场面大得多。”

“那她行吗?只怕到时怯场。”

“怕什么嘛,古时候女的还有当皇帝的呢!演讲有什么了不起,不是哑巴就能讲话。”

“你讲啰,一站上台,那么多的眼睛直盯着你,叫你心都要跳出来,还顾得上张嘴呀。”

“那回在南溪你不是讲得很好嘛。”

“还好哩，结结巴巴，耳边嗡嗡直响，自己也不知说了什么。”

“哈哈。”韦步平听马大嫂这么说，不由得高兴地笑起来。

正这时，志高回来了。他走到韦步平跟前咬耳朵说了句什么，韦步平立刻站起来，说：

“走，我去看看。”说着，把灯芯捻小，又向马大嫂交代几句，便跟志高走了。

原来是旱天雷被志高他们抓到了。他们把人拉到一间小厢房，正在审讯。旱天雷矢口抵赖。说是那晚上喝个半醉，要去会他的姘头周仙姑。在路上有人撞了他，他也没认出是哪个，顺手把人砍了一刀，刀子被人挡开，掉在地下，他就跑开了。“酒醒不见牛肉巴”，当时实在是不省人事……

“你胡说！”韦步平走进厢房，听旱天雷抵赖，往桌子上一拍，目光炯炯地对着被审的人，“汪锯人把什么肮脏东西都吐出来了，你还替他擦屁股。哼，老实交代吧。你也是穷人出身。‘穷帮穷，富帮富，地主老财是一路。’你何必死心眼，为人家作替死鬼。”

一位马弁提着一盏灯笼领凌云青找韦步平来了，说有件要紧事商量。韦步平嘱咐志高、家庆他们继续审问。临走，咬家庆耳朵嘀咕了几句，完了，对着旱天雷说：

“告诉你，把真情老老实实交代完，就没你的事，要不，大伙饶不了你的。”

韦步平跟凌云青回到县府。凌云青领他到自己房间，把马弁支使走后，兴致勃勃地拉住韦步平的两只手，要他在对面的太师椅坐下，小声细气地说道：

“我们党来电：要我全力支持你开展农运工作，支持农会合理要求和惩治土豪劣绅的举动。不过，有一条，土豪劣绅罪恶必须有赃有证，做到取信于民。如果民众思想觉悟不到，就不要操之过急，要善于等待，多做宣传。唯有后续部队跟得上来，打先锋的才不至于孤军作战。”

韦步平不禁喜悦于怀，笑道：“好，好！”

凌云青还说，省工委指示：要他在运动中，留心培养骨干，物色先进分子，吸收到党里来，建立党支部。

“我这个县台爷,高高在上,接触不了下层,怎么办?”凌云青说完,焦急地跺着脚。

“有办法!”韦步平胸有成竹地说,“只要阁下掌好舵,艄公的活就会有人干。你要有心接近下层也不难,放下架子跟我来,包你畅行无阻。”

“架子我倒是摆不来,这你也知道。只不过老百姓硬是把你架空,叫你不好意思。”

“看你,又是‘不好意思’。行大义,不拘小节,你管它呢!建党倒是要郑重其事,严肃认真,抓紧进行,既要反对关门主义,可也不能随便拉夫充数。”

“我想这样做文章,你看行不行?梁少英、何仁农他们几位小学老师和知识青年,不是去省办的‘农讲所’吗?三个月后,他们结业回来,先在他们当中吸收,从小到大,逐步发展。不过,这就慢了。省工委要马上着手建立支部,形成一个战斗堡垒。”

韦步平心想:此公真是迂得可以。眼前明摆着那么一些活动分子,他熟视无睹,眼睛里只有几个半吊子的知识分子。

“依你看,罗汉、家庆他们怎样?”韦步平想了一会儿,试探对方的态度。

“他们的复仇心强烈,可惜,没文化,革命理论根本谈不上。一个党员,光会造反,不懂理论,就不能算是全面人才。短胳膊断腿的人,怎样也是个缺陷。想要懂得理论,没有文化作钥匙,理论的武库是打不开的。”

韦步平耐心地让对方把话讲完,才作反驳:“阁下的高论,本身就是缺胳膊断腿的。试问:阁下的文化知识是先天带来的,还是后天学到的呢?罗汉他们,过去被剥夺了接受文化教育的权利,文化知识不够是个缺点,但是,往后条件变化了,完全可以补课嘛。客观世界的事物时刻都在运动,都在不断变化。这是共产党理论的起码信条。而理论是从行动中产生的,当然,它反过来又成为行动的指南。好了,扯远了,言归正传:你看,罗汉他们几个,难道不是工农群众当中的先进分子吗?”

“这点我们俩的看法是没有分歧的。只是他们入党,要有人给搭桥呀。”

韦步平说,明天县农会正式宣布成立,把家庆几个选到会里来工作,县长同农会干部,就有机会接触,彼此可以打交道了。

“你不能在我们之间穿针引线吗?”

韦步平打心里发笑,故意说道:“我自己还不是共产党员,怎能做别人入党的介绍人呢?”

凌云青郑重其事地说道:“你想做个共产党员吗?我马上给省工委发电报,我做你的介绍人!”

韦步平笑了笑:“谢谢,我的事先别烦劳你了。你要我帮什么忙只管讲好了,我是唯革命的利益是图。”

“……”凌云青正要说什么,志高兴冲冲地跑来,说是旱天雷全都供认了:是汪锯人给他一百块“袁头”,要他杀人……

“原来是这样!”凌云青惊叹一声,推一推掉到鼻翼上的眼镜。

“好,生、旦、净、丑,行当齐全,戏就好开场了。”韦步平兴奋异常,解开胸前的纽扣,站立起来,踱着步子说。

今天,太阳好像也特别高兴,一早就掀开薄薄的云被,向大地露出满面春风的笑脸。这里的气候,虽然是初冬,到处还是暖烘烘的。树木依然郁郁葱葱,菊花盛开不败。老来娇的红叶迎着阳光,十分耀眼;梨树的叶儿落尽了,却不甘寂寞,也在这小阳春的南国天气里凑热闹——秃枝上绽开零零星星的白花;那株午前开白花,午后变成紫红的木芙蓉,显出它独特的风姿;街边的凤凰树收下它绿伞的浓荫,裸露着稀疏的枝干,让人们接受日照的温暖。

人们从昨天起,就为今天的庆祝大会忙开了。居民们忙着清扫街道;商家铺头的伙计们忙着贴标语;学校老师学生更忙:有的练习吹奏洋号,有的学敲洋鼓,有的教唱新歌,有的操练步伐。学生们都穿起童子军制服,女学生剪短头发,作了摩登的打扮,就像乡下青年赶歌圩,打算去看人,也希望别人欣赏自己。

大会会场设在东门外的大草坪。这地方原先是个骑马射箭、比武的校场,辛亥革命后,成了体育场。民国初年全县的体育运动会就在这里举行。那是破天荒头一回开运动会,那番新奇、热闹的情景,至今人们谈起来,还是眉飞色舞,赞不绝口。今天,会场的铺张,比那回的盛会还要红火。司令台昨天就挂了帐幕,列宁和孙中山的肖像,是学校的几位图画教员合作的结果,现在端端正正地贴在司令台的正壁上。两边贴着临摹孙中山手笔的对联——“革命尚未成功同志仍须努力”,横额冠着韦步平书录的一句口号:“全世界无产者联合起来!”从台上引出两条交叉的长绳,挂上五颜六色的彩旗,一直延长到会场后头的木桩上。场地周围,新打下的木桩,拿草绳围起,上面缀着纸花,微风吹来,发出飒飒的声音。舞龙的队伍来得早,已经在场里耍起来了,县工会俱乐部临时凑合的“八音”乐队和商会组织的踩高跷,出现在街头;后面一队采茶舞,摇着缀上羽毛的扇子,且舞且走。

大会原定上午十点开始,现在还差一刻九点,会场里里外外便都挤满了人。各区乡农会扛的红旗,中间绣着犁头;工会的旗子也是红底,中间别上用黑绒剪成的铁锤;学堂的红色校旗,有直立的芭蕉叶一般大小,靠近旗杆边上,写着校名。有一人扛的团体旗帜,也有两人撑起两头的红布底白纸黑字的横额标语。当时青天白日满地红的国旗,每个团体都有两面,由两个人交叉举起,组成仪仗队,走在队伍前面。这番气象,比那天在南溪见到的雄伟壮丽多了。队伍除了仪仗队,各个手上都拿着彩纸作的三角旗。乡下来的农会队伍,各人背后还背着一顶笠帽,多半是穿着草鞋,领队的走在队伍旁边,吹着哨子,喊着“一、一二一,一、一二一”的口令,调整队伍步伐。歌曲不止是“打倒列强,打倒列强”了。妇女界另外学会一支“妇女解放歌”。

失学儿童进不了场里,只好在附近爬上树顶看热闹;老头也拄着拐杖,挤在场外伸脖仰头地张望;老婆子走不动,端张板凳坐在门口卖呆,等着游行队伍经过。

海银华经不起凌云青鼓动,打前天开始就关起房门,起草一份准备在庆祝大会上演讲妇女解放的稿子。今天早饭时,凌云青半开玩笑地问她:

“这两天看你像母鸡抱窝似的,鸡子出得壳了吧?”

她朝凌云青肩膀捶了一拳,嗔道:“你不帮忙算了,还挖苦人!”她说,虽然勉强凑合弄了个提纲,不过考虑到自己一口桂林官话,老百姓听不懂,等于对牛弹琴,所以不想讲了。

“不是怕人听不懂,只怕大材小用,不肯屈就吧?”

“去你的。”银华撅起嘴,瞟对方一眼。

凌、海两人从县署出来，朝会场走着。他俩一路走，一路看。这红火热烈的气派，这雄壮的排场，这活跃的人群，这簇新的装点，一夜之间仿佛是魔术师变戏法变出来的。两人绕了场子一圈，然后登上司令台环顾四周，真是面目一新。海银华说在她见过的场面中，印象最深的，一次是“五四”时，在省城焚烧仇货的情景，另一次是孙大元帅督师桂林，各界民众倾城而出夹道欢迎的盛况。“论规模，眼前这些比起那两回来，当然是小巫见大巫。不过，论实际，这么一个山地小城，居然能闹成这样气派，可是个奇迹。”银华说着，流露出惊异的神情。

凌云青看她有动于衷，于是含笑问道：“看来，你的演讲不会找不到知音了吧？”

“谁想要找知音？自作多情！”银华瞪云青一眼，随而嫣然一笑。

“这都是县台爷阁下组织才能的闪光不是？”静了一会儿，银华问。

“不，不敢掠美。”凌云青说。

“那是谁干的？”

“你看不出来？要说谁，谁也当不起。应该归功于大众，是大众力量，是合股经营的产品。”

“你就会诡辩。”

凌云青郑重地说：“等一下大会上，你还是讲一讲吧。妇女界来人还不少呢，都希望见见你。好不容易下来一场，还不趁此机会，传播你的妇女解放的福音吗？大会程序安排了你演讲这一项。”

海银华眼睛里闪烁着好胜逞强的光芒，说道：“排上了就讲。对那样多人演讲，还是大姑娘上轿，头一遭哪。”

“反正既不坐轿，也不是做新娘……”

“看你，”海银华板起脸嗔道，“老往那上头扯。你不同意人家跟汪一道走，至多再过两三天也得走了。免得叫人‘神经衰弱’，咦！”海小姐笑嘻嘻，意味深长地朝凌县长挤眉弄眼。

凌云青脸上发烫，喃道：“咫尺天涯，天涯咫尺，其实，都是一样。”

海银华看看他，沉思一会才问：“我问你，你为什么让王兄把品微抢走？”

“一言难尽！”凌云青口气很凄凉。

“唔,我也问你……”沉默一会儿,凌云青才又说,可话到嘴边又咽回去了。

“你想说什么,为什么又不讲?”

“为什么,为什么,谁知道为什么!”

“你呀,你什么都好,就是有一点……哎,说什么好呢,犹豫不决,怀疑派。”

盘大爷抱着平平来到台上,没有注意凌、海两人在旁边,只管逗着孩子:

“瞧,多好看!”他指着台下招展的红旗和沸腾的人潮。

“爷爷,那么多的人来这里坐着干什么呀?”小孩很天真,手上拿着紫色的小三角旗。

“喏,你这小旗上,不是写着的嘛!”盘大爷指着旗上的字,一个一个地念道,“打、倒、土、豪、劣、绅!懂吗?下来,自己独立作战。”

“哟,是你小孙子吗?”海银华发现小孩,回过头来望着盘大爷问,“长得挺俊啊,叫什么名?平平,哟,来,阿姨问问你……”

小孩眼睁睁地看着她两片红艳艳的嘴唇,直立不动。

“哟,你那么怯生呀?来,给你件东西玩。”她从手提包里掏出一块银元一般大的小镜,塞到平平手上。

小孩一见是镜子,撅起嘴巴,说:“我不是女孩,不爱照镜。”顺手一掷,拔开腿跑了。

“平平,你……”盘大爷走上前去伸手捉人,没捉到,紧走几步,追上孩子,下台找重九她们去了。

云青对着银华喃道:“小家伙真野。”

“可是调皮。”银华应了一句。

凌云青捡起小镜子递给银华,自己喃道:“有其父必有其子。我可预言:将来又是‘一个例外’。”

海银华心不在焉,没理会凌云青讲的什么,没有搭腔。

“密斯海!”云青叫了一声。

“什么?”银华瞪他一眼。

“我想,”云青稍微犹豫一下,说,“根据进化观点,下一辈人不会像我们这样彷徨——感到路漫漫其修远兮了吧?”

“得了,得了,懒得听你悲天悯人的老套。自己眼前的事还提不到呢?还讲什么下一辈人的事,幻想家!”

凌云青不管海银华抢白,自己感慨系之,想起鲁迅的话,念道:“路正长,夜也正长……”

银华马上抢着说:“不对,路不但正长,而且崎岖得很,不过,夜再长,到时还是要天亮。”看她神气,仿佛猜中了灯谜,自鸣得意。

这时,工、农、兵、学、商的各界头面人物陆陆续续来到台上找座位坐下,他俩的谈话中断了。下面会场东西两面的进出口已经没有了入场的队伍,全场喧哗的声浪,逐渐平息下来。一位臂上套着“司仪”套子的学堂老师走到凌县长跟前,毕恭毕敬地弯下腰杆请示:说人已经到齐了,大会是不是马上就宣布开始?

凌云青说,准时开会,不到的就不等了。司仪瞧见商会会长胸口小袋外面露着闪亮的怀表链条,便走上去问他几点钟了?那脸长得南瓜一般滚圆的矮胖子,从袋里掏出只镂花的银壳怀表,拿拇指按一下,表盖跳开,瞄了一眼,向司仪说:

“十点过一个字了。”

司仪转告县长:“时间过了五分钟。”

“开始。”凌云青说。

司仪右手拿着洋铁皮制的喇叭,左手拿张“大会程序”的字条,上面写着:

1.全场起立

2.奏乐

3.向国旗、总理遗像行三鞠躬礼

4.主席恭读总理遗嘱

…………

司仪有条不紊地指挥全场完成了前四项程序,等到台下的人恢复了席地而坐以后,才接着高声呼号:“5.主席致开幕词。”

凌云青作的开幕词没有事先写讲稿,依恃他个人的才气和眼前革命气氛所激起的热情,一口气,把北伐军一举攻克武汉三镇,广州国民革命政府迁都武汉的重大胜利意义,讲得有条不紊。虽然他的桂林官话口音此地乡下人听得不全懂,但是,由于他慷慨激昂的语气和挥舞比划的手势,补救了语言不通的遗憾,到底把人们的情绪煽动起来。

主席致词之后,下一项程序就是“各界代表演说”。海银华见凌云青给会场“点着了火”,气氛十分热烈,不免见猎心喜,也想获得一片难得的掌声。等到司仪过来邀请,她便欣然站起,走到台前当中,环顾全场,就像穆桂英出场亮相,约摸静了一分钟才开口。不可非议,她的口齿比凌云青清脆、伶俐,咬字清楚,音色明快。可惜,她是照着文稿念的,音调缺乏抑扬顿挫,也见不到她面部表情和手势举动。这就失掉与听众感情交流的桥梁。台上的演说者,言之谆谆,台下听众却听之藐藐。起初是鸦雀无声,后来,渐渐出现交头接耳,唧唧喳喳了。不一会儿,覃家庆几个人押解汪团总进场,这一下,影响不小:先是靠近进口过道的少数人伸长脖子瞧,接着,一传十,十传百,迅速传染起来,不但伸脖子,掉转脑袋去看,有的索性站起来。台上讲什么,干脆不予理睬,全场一片浮动。司仪急得像一个哑剧演员,直打手势,要大家肃静,效果却很小。海银华到底是个机灵人,很会看风转舵。她瞧会场这般趋势,立即勒马收缰,在冗长的讲稿三分之二的地方,紧急刹车。司仪带头鼓掌,台下前排的人零零落落地跟着司仪拍了几下手。

凌云青迎着退回座位来的海银华表示慰劳:“讲得很好嘛。”

旁边那个南瓜脸的商会会长,极尽凑趣之能事,连夸带捧:“嗯,讲得好,讲得好。”

海银华满脸绯红,强颜装笑无语。

家庆几个人把汪团总带到台跟前正中地方站住。人们的视线随着那纸扎的猪笼高帽转动和停止。有人指手相告,有人压抑不住解恨的笑声,全场顿时活跃起来。司仪感到无法控制会场秩序,哭丧着脸,左右为难。海银华一瞧,又是这一套,紧皱着眉头,情绪败坏。凌云青问她怎么回事?她说头疼。凌云青叫马弁过来,交代他送海小姐回去。海银华轻松地同邻座的人点头告退了。凌云青在她座位上发现一方小手绢,把它捡起来,像捡到什么宝贝似地揣到口袋里。

这时，韦步平从人丛中走上台来。凌云青一见，招待他坐海银华空出的座位。韦步平不做声，一心只注意台下人们的情绪。他径直走到台前，两手叉腰，目光炯炯，直立不动。静了将近两分钟，等到台下的声音逐渐静止，人们一个跟一个悄悄坐回原地，千万双眼睛都盯到这个不动声色的人的时候，他才朝着全场微笑地挥挥手。那么多的人，都屏着气息，等待着他开口。

“各位父老，各位弟兄，各位姐妹、姑嫂们！”

韦步平说话了。那声音多么洪亮，多么浑厚而亲切啊！那是大家听惯了的乡音。乡亲们仿佛是密林中迷路的人，遥闻伙伴的呼声；仿佛夜行者发现前面的火把；仿佛漂泊他乡的游子，无意中遇到老乡。乍然间，全场沸腾起来，个个喜笑颜开，有的竟然情不自禁地让泪水弥漫了眼眶。

韦步平不仅用亲切的土语抓住了全场的视听，还善于洞察听众的心理，开门见山，一针见血地先拿眼前这个戴高帽的汪举人做文章。三言两语，就将千百人的心绪紧紧地提起来。韦步平说：“汪举人是南溪区团练总局的团总，也是前任县长杜耀光的老丈人。但是，今天我们不是来跟团总大人打交道，他以往横行霸道、欺压无辜的种种罪恶也暂且不讲，现在要办的是一个竟敢主谋杀害革命工会主席的现行反动派分子！这是当今革命政府法令所不容的！各位父老、兄弟、姐妹们，空口说话不算数，现在就请乡亲们亲眼看看人证物证。”

话讲到这儿顿住了，他回过头去招呼志高他们将罗汉扶到台前，然后向全场指着讲：

“乡亲们，认识吧：这是南溪区工人联合会主席罗汉。五天前，人是好好的，一只老虎也能打得死。现在，走道都得要人扶了。怎么回事？原来是这个汪锯人把人给‘锯’了。乡亲们，别笑，千真万确，一点不假！”

志高将马刀交到韦步平手上。韦步平对志高说：“把旱天雷带到台上来。”然后，举起马刀朝着台下摇晃，高声说道：

“看，这是汪举人当年武举成名的家伙，现在又妄图凭它来保他的江山。案情经过很曲折，我讲不好，还是让当事人来向大家作现身说法吧。志高，人带来了吗？叫他到这儿来。福贵，拿张凳来让罗汉坐。”

志高押着大个壮汉出台。台下又掀起一片浮动，惊异、猜测、窃窃私语，迅速传染了全场。但是，人们一看韦步平严正地直立不动，声音马上停下来。静得各人都能听得到心头跳动，个个睁大眼睛，目光发亮。

“我声音大，外号旱天雷。”大个壮汉开了口。他一脸横肉，眼睛鼓鼓地平视，不敢往下看，害怕碰着千百道愤怒的目光。他咽下口水，然后无可奈何地把话说下去：

“他，”旱天雷指着坐在旁边的罗汉说，“是我把他劈了一刀……为什么要杀他呢？不是他同我有杀父之仇，也不是我跟他争风吃醋，更不是我喝醉酒误杀人……”

“你到底为什么？”台下突然一声怒吼。

“为钱！这都怪我，见钱眼黑……”旱天雷嘴唇哆嗦，痛苦袭击着他。

“谁给你钱？”又是一声质问。

“他！”旱天雷指着台下戴着纸扎高帽的人，“我的东家汪举人。是他给我钱，要我干的。”

“他给你多少钱？”

“一百块大洋。还有一把马刀，也是他亲手交给我的。叫我除掉领头闹工农会的人，罗汉、家庆两个，随我干掉哪一个都得一百块。”

听到这地方，台下的声音静不住了。咒骂的也有，愤怒的也有，叹气的也有。旱天雷不管别人怎样，只顾讲他的：他说作案以后，汪团总为了灭口，又指使别人把他杀掉。好在那个弟兄有良心，把机密告诉了他。两人合计，一道逃跑。本来是想跑到安南地方去当苦力的。不料，背时不走好运，刚跑到城里来混了几天，昨日夜间就被捉了。

“嗡！”全场又是一阵骚动。

韦步平举起马刀摇晃了几下，声音才静止。

“乡亲们，”韦步平大声疾呼，“大家都亲眼见到又亲耳听到了。我来问一句：这世界到底是我们工农劳苦百姓使人过不去，还是土豪劣绅叫人活不成？”

“打倒土豪劣绅！”家庆情不自禁，振臂高呼。

接着，一呼百应，怒吼的声浪震动着全场。人们手上的大旗小旗统统举起，大风吹来，犹如一阵狂飙在飞扬。

如果说，凌云青县长的开场白是点的火，那么，韦步平特派员这几句话更成了火上加油。复仇的怒吼，正义的呐喊，解恨的喜悦，旋风一样，迅速席卷着每个心灵。仿佛被重物压下的弹簧，一旦搬掉重物，便蹦跳起来；犹如江河洪水，一旦决堤，就成了难以阻挡的奔流。

韦步平退回座位，发现海银华不见了，望着凌云青问："她呢，跑啦？"

"她不舒服，先走了。"

"不舒服？是生理上的毛病还是心理上的失常啊？"韦步平盯住凌云青的眼睛。

凌云青嘴角露出一丝苦笑，推一推掉到鼻翼上的眼镜。

韦步平忽然想起什么，说道："这个会应该让杜耀光来看看就好了。"

"本来是请过他的，他说，他已经是落下地的叶子，无面见江东之父老！"

"哈哈，恐怕是怕戴高帽的吧？他甘心做秋风落叶吗？"

"这是历史的悲剧，由得个人甘心情愿吗？"

"问题是有的人并不这样想啊。螳臂挡车的蠢事大有人干。不然，革命不是轻而易举了吗？"

凌云青正要讲什么，司仪来向县长请示，说教育界和商界的几位先生都自动提出，把他们的演说取消了。大会的程序是不是就宣布游行？

"游行吧！"凌云青回答。

"等一等。"韦步平叫住司仪，"你要覃家庆到台上来宣布游行队伍的序列。他在南溪干过，懂得指挥。"

家庆上台来，接过司仪的喇叭筒，宣布游行的序列。声音还未完全落下，蓦地，人们纷纷站起，锣鼓、唢呐、洋鼓、洋号，吹吹打打，夹杂着千万人的口号和歌声，形成一片狂涛。红旗高高地举起，队伍随着鼓声，迈开着大步，拥进大街。几队狮子穿插在队伍中间，且舞且走。"打倒土豪劣绅"的口号和"工农兵联合起来向前进"的歌声，此起彼落，全城卷起一阵旋风。

第二十四章

韦步平昨晚忙到半夜才睡，今早就未能按平素的习惯起床。凌云青却异乎寻常地在晨霜封地的清早，同马弁一道，骑着马兴冲冲地来到县农民协会，把韦步平唤醒。被搞醒过来的人睁开惺忪的眼睛，意外地发现站在床前的是凌云青，穿一身猎装，手上还拿着皮鞭。“这是干什么呀？”韦步平心里自己嘀咕，迷惑不解。

凌云青一副潇洒自如的样子，却掩饰不住忧郁的神色。他催促韦步平下床：“走，遛马去！”但兴奋里有点不自然。

韦步平一连忙了十天半个月，县农会总算是筹建起来了；县“农讲所”的筹办也大致有了个眉目，再过几天，学员来齐了就可以开学。工作开展得顺利，心里也就踏实一些。今天恰好是星期天，凌云青既然有这样兴致，盛情难却，也就乐于奉陪。

两人走到门口，马弁牵来两匹马，将缰绳分别交给他俩。这是两匹牡马，一匹枣骝，一匹乌骓，都配的军用皮革鞍座。韦步平接过乌骓的缰绳，一蹬就跨上了鞍，紧拉着缰辔，回头等待凌云青上马。乌骓马焦急地跺着前蹄，咧咧地嘶啸，又举起两只前腿，直立起来。

“往哪边走？”韦步平问。

“跟我来！”凌云青朝枣骝马抽了一鞭，两腿一夹马腹，领头往南门奔去。马蹄在片石铺成的街上哒哒作响。

凌云青驱使着枣骝马朝田州去的官道飞奔。晨霜被初升的阳光悄悄地抹干了，马蹄扬起潮湿的尘埃。八哥鸟飞出窠来，在秃头的苦楝树枝上，迎着朝阳梳理着羽毛，画眉躲在密叶里欢快地唱着晨歌。不知是一只抓鸡虎还是狐狸，一溜烟地横穿过路面，疾钻进一丛金樱花的刺藤里去了。

两匹马的嘴边都泛起唾沫，鼻孔那毛参参的尖儿染上点点晨霜，全身冒着潮湿的汗气。韦、凌两人骑马一气跑了十来里地才勒住缰绳，跳下马来。

附近有一片松树林。两人一声不响，各自把马拴到树上，便往山坡上走。太阳已经爬到树梢了，树林里仿佛汤婆①煨过的被褥，到处是暖烘烘的。他们在阳坡上选块空地坐了下来。

两人都各怀心事，一时找不到话头。韦步平掉过头来，用心端量着凌云青的神色，觉得他有什么心事。凌云青闷声不响，点了一支美丽牌香烟，却不吸，默默地让它空燃了大半截，烟灰掉落在鞋面上。

“这地方你来过吧？”韦步平终于打破沉默，开口问道，“听人说，你每天一早跟密斯海两人策马城郊，今天怎么不叫她一起来？”

凌云青这才弹弹烟灰，吸了一口，然后不胜悲哀地叹道：“人已杳如黄鹤，何处觅芳踪！”

韦步平一惊，盯着对方问：“怎么回事？”

凌云青不肯开口，神色依然十分惆怅。

“哪里去了？失踪？”韦步平焦急地直瞅着对方的眼睛，要他回答。

---

① 一种取暖的器皿。

凌云青将烟卷一扔，从口袋里掏出封信。韦步平接过信来，抽出三张精印花卉的西式信笺。上面是自来水笔写的字。

……我是怎么来岚山的？这，你应该懂得。现在，突然走了，我也无须多作解释。一切的一切，只待时间作回答吧。

对你来说，当初所误会的，以为后来的谅解可以得到补偿，不想，谅解却造成新的误会。

也许是我的任性，阻碍了我跨越那隔开我们的鸿沟；可是，你难道就不觉得你的固执和犹豫，给我们之间造成多大的距离！当然，如果仅仅止是这一点，那还不能算是不可克服的阻力，因为它到底不是不能改变的胎记。至于今天发生的龃龉，倒是告诉了我：阻隔我们的魔鬼已经不是由于性格的差池，也绝非你善良而真诚的品德在我心田的画面褪去原来的色彩。不，都不是这些。恰恰相反，你的这些美德，都将是我难以抹去的记忆。使我深感痛苦者，不是别的，乃是彼此的信仰——思想观点谈不到一块！恕我打个庸俗的比方：鸡鸭是不能同笼的啊！

很遗憾，我们不能在“命运的同盟”书上同时签上名字。不过，我可告慰于阁下：友情的信约，绝不会先在我手上撕毁！

我走了。爱情的花结不成果实，也许是件憾事吧，然而，友谊的树，终将长青。这难道还不够了吗？……

“是呀，这真够了！”韦步平读到这地方不由得打心里喃道。他把信交还对方，问道：

“真走了吗？”

凌云青把信揣进口袋，嘴唇哆嗦，一边拔着身边的小草，一边倾诉他黎明时分精神上遭受的袭击——

昨天海银华提前退场，凌云青当她是真的病了，刚散完会就迫不及待地赶回来看望。没想到，她并未因病卧床，倒是到杜耀光的厢房谈笑去了。凌云青叫马弁去请第二趟，才不得已姗姗而来。两人就为当天大会的事，发生了口角，吵了大半天，各执一端，相持不下。银华一边认为汪团总即算有罪，也不该拿来游街示众。

“不管怎样讲，做法是有违人道的。”她说，“在南溪那样做，是老百姓的野蛮举动，情有可原。这回却是你县长主持开的全县大会，重复这种做法就是歪门邪道的胡闹。再怎么讲我也接受不了。”

凌云青说：“做法上，当然不必非得这样干不可。然而，革命是非常的行动，文明和野蛮很难有个界限：辛亥革命，让宣统和平退位，而法国革命，却将路易十四[①]送上断头台。这就难得说人道不人道了。汪团总，作为土豪劣绅，那就是反动势力的代表。反动和进步两股力量较量，就会发生你死我活的搏斗，那还有什么人道可言。汪举人作为土豪恶霸，首先动手谋杀无辜，又何尝讲什么文明、什么人道？”

“反正你这些高论也说不服我。”银华愤愤地说道，“我也不打算把你当作我的俘虏。算了，各走各的路，你走你的阳关道，我走我的独木桥。”说着，负气走了。两人不欢而散。

天亮，凌云青醒来，回味夜来的争吵，如同一场噩梦，消失得无影无踪。他照例去她窗下，邀她遛马。不料，房里的灯是亮着的，叫了两声却不见答应。推门进去一瞧，啊嗬！人去屋空。一只老鼠被开门声吓得从桌面迅速跳下地逃走了。在小半截蜡烛下面，淌着一摊烛泪。

“桌上留下这样一封没有封口的信，哎！”凌云青说到最后，悲哀地叹息一声。

韦步平沉思半晌，喃道：“三更半夜，她能跟谁搭伙上路呢？”

“一定是杜耀光把她拐跑了。老奸巨猾的家伙，准是拿她作护身符，一路上可以……”

“什么？杜耀光他……”韦步平忽一下站起，直盯住对方。

“他和马王七走了。”凌云青接过韦步平的话说。他使劲拔起一棵草根，把它往半空一抛，也站起来。

“逃了？谁给他们开的绿灯？”韦步平急得眼睛都要冒火。

---

① 编者注：路易十四，应为路易十六。

“我同意他们走的。”

“你……咳!”韦步平跺了一脚,深叹一声。

“人家移交的手续办完了,没理由不让人走。”

“你呀,你呀。你就是东郭先生,拿善良的胸怀去拥抱落难的豺狼。我不是说过,让他移交完了,把他交给农会吗?走,撵他去!他们什么时候跑的?”

凌云青迟疑地说:“守城的哨兵讲,他们天亮前出的城,撵是撵不上了。”

“草包!”韦步平脱口骂了一句。

两人上马,并排慢慢走着,谁也不肯开口。两匹马不时喷着响鼻,相互厮磨。一直走了好几里地,凌云青憋不住,就像是跟自己说话似地喃道:

“草包不草包,也不过是放走一个土豪就是了。其实,天网恢恢,谅他能跑到哪儿去?”

韦步平也消了火,掉过头来瞅着老同学,含着笑说:“是呀,跑了一个土豪是可以捉得回来的。可失掉的爱情就同打泼了的水,收不回来了。”

“隔岸观火,风凉话谁都会讲。你要是被烧在里头,就懂得是什么滋味了。”

“什么滋味?”韦步平反问,“难道比人家无米下锅,年三十晚躲债,平白无故含冤受刑,还难忍受吗?”

“精神创伤往往比肉体流血还要痛苦得多,那是看不见的眼泪,听不到的哭泣。”

“但是,过多的热衷于个人的悲欢,势必会对大众甘苦冷漠,对国家民族兴亡无视。”

“个人和大众难道不可以统一吗?”

“我看你现在和密斯海就统一不起来。”韦步平看凌云青不做声,接着问道,“你说,你跟她闹的别扭,单纯是爱情的纠纷吗?”

“你说难道还有别的东西?”

“有。我认为在含情脉脉的轻纱下面,正是隐藏着铁面无情的阶级面目。这点,信上她讲的是两个观点的差池,我说,实质上是阶级立场的对立。想想看,你要不是站在共产党的立场来对待当前的斗争,你们俩的观点就不会差池,感情也就不至于破裂,是不是?”

凌云青点点头:“唔,有可能。”

“那么,不可惜吗？爱情的花儿凋谢了,多情的蝴蝶岂不怅惘？”

“革命嘛,也只好牺牲。”

“不。”韦步平马上纠正,“我的理解:革命不应当被看成简单的个人自我牺牲,它的远大目标是大众获得解放！在争取大众翻身解放的过程中,每个革命者都应该作出一定的贡献。个人要对人类社会有所贡献,也就必不可少地要克服个人这样那样的弱点和毛病。这也许就是你所说的牺牲。但是,这些牺牲,不但对团体有利,对个人也是必须的。有什么值得惋惜呢？那些弱点、毛病,无非是从剥削阶级的母胎里带来的遗传症。对痼疾动手术割除,失掉的是病症,换来的是健康。即算付出一时痛苦的代价,得到的却是欢乐的报偿。唔,你又会说我:‘又在念经了’不是?”韦步平问了一声,瞧对方不吭气,接着讲道,“《共产党宣言》里头说的,革命,必须同两个方面‘决裂’。这是一个共产党员应该遵循的信念吧。它可不同于耶稣基督的圣经,也不是释迦牟尼教义。”

“理论只能是理智的兄弟,可感情的惊马,却往往不是理智的骑手所能驾驭!”

“那现在我们就驾驭它看看。”韦步平说着,抽了乌骓马一鞭,驱马突奔。

两骑回到五里亭前面的路上,凌云青骑的枣骝马见到对面来了一匹带着小驹的牝马,兴奋地伸长脖子嘶啸起来。小白驹作了响应,“咧咧”地叫唤着,朝前跳跃两下,但又跑回母亲跟前。牝马摇摇脑袋,驱散盯在眼睑边的牛蝇,胸前一串铃铛“铃铃”地发响。

“你跟言真的事怎样?”这时,凌云青才打破沉默,问韦步平。

韦步平拿起鞍上的缰绳,本想催马快跑,岔开沉默。但是,听到凌云青发问,又没那样做。他让乌骓马慢走,郑重其事地答道:

“她的来信,你不是看了吗。‘鱼雁不传儿女事,寸心前后一脉通’。说实在的,我们俩,与其说是爱情,不如说是同志。维系我们的红线是革命的信仰,而不是儿女的恩爱。”

“那就是知己啰。知音难遇啊！反正是值得羡慕就是了。”

“我从来就没空去分析它是什么。所谓美满姻缘,爱情神圣,等等,等等,都是奢谈,空中楼阁是住不得人的。我想,人生有限,事业无穷。唯有事业才是可靠的朋友。你说呢？嗨，我又念经了，哈哈。”

韦步平带着笑声，扬鞭催马疾奔，凌云青也紧拉缰辔，驱马尾追。

五里亭到了。迎面来了四五个人，拿着笠帽挡在路中间挥舞。韦、凌两人一齐下马。原来是家庆、福贵、盘大爷、马大嫂和重九几个人。重九和她嫂子要回家取铺盖来进农讲所。福贵本来没有什么要紧的事非回家不可，只因重九回家，自已也不由得跟着一道走。盘大爷要回寨去取药来给罗汉治伤。家庆是来迎韦步平的：说是汪团总半夜吞鸦片寻死，正在抢救，不知能不能救得过来。

家庆说，商会的人讲：他们昨晚把人担保出去，还请他喝酒，看他兴致好好的，喝了半瓶桂林三花，完了又抽大烟，一点也看不出他寻短见的样子。今早，店铺的小伙计给他送洗脸水去，不见他起床，把蚊帐打开，揭起被子一瞧，吓了一跳。

重九说：“他自己找死，活该！这种老不死的，养他有屁用，白费米粮。”

“你讲没用啰，”家庆嘟哝着，“他该我的账还没算清呢。”

盘大爷说：“生鸦片吞得不多的话，不会死，账还有得算。”

“都怪我一时心肠软，”韦步平懊悔地说道，“经不起商会那个南瓜会长，左求右求的……”

“叫你也‘不好意思’，哈哈。”凌云青望着韦步平笑。

韦步平绷着脸，没跟凌云青说笑，只说：“想不到他来这一手。”

“听说‘金边蚂蟥’半夜跑啦？”家庆朝着韦步平问。

韦步平瞪着凌云青说：“反正是不在岚山了。”

马大嫂说：“蚂蟥就是蚂蟥，好难死的，把它晒干了也不死，一见水又活了。这回，再让他混过去，往后我们还得吃亏。”

“把牲口给我，撵他去！”家庆要韦步平的缰绳。

“不。”韦步平说，“回去吧，有好多事情等着办。土豪劣绅也不止杜耀光一个，即算除了他，不等于革命就成功了。当前要紧的是，先把自己的同志拧成一股绳，事情就好办。要是能把别的土豪劣绅统统打倒了，只剩下一两只蚂蟥，那就算他逃到海里也能捞得上来。”

“对嘛，则明这话叫人醒神。走吧，别耽搁工夫了。”

盘大爷这样一说,各人都分头走了。重九走了几步又停下,朝着韦步平回眸盼顾,笑着高声喊道:“你等着啊,我带大柚子回来给你!”声音在山谷里回荡。

韦步平和凌云青骑上马慢慢走着。一会儿,凌云青问:

“这姑娘叫重九吧?她也来进农讲所?”

“怎么,你小看她?”

“我……唔,没什么。”

“瞧你,吞吞吐吐,不好意思?”

“不,你别胡扯。我只听人讲,目前乡下闹农会的人,男男女女搞在一起,有点那个。人言可畏,不得不注意。”

“这些话都是土豪财主对农运的诽谤。你信它?”

凌云青不言语。

一会儿,韦步平又说道:“老兄,这样好不好,你不是要建党,吸收党员吗?我看,你就把农讲所所长名义挂上,这样,你就在学员当中物色积极分子进行培养,作为发展党员的对象。”

凌云青踌躇片刻,反问:“我当所长?又是凌所长,哈哈。”

“今非昔比。这个所跟那个所可是两码事。”

“遗憾的是,这个所对我来讲,也仍然是非我所长。我当所长,你呢?”

“你放心当你的就是了,我不会失业。”韦步平说,“我可以用中央农运特派员身份参与其事,不必另外兼地方上的名义,这样,进退都比较主动。省农讲所所长也是省主席夏雷兼任,上行可以下效嘛!”

凌云青说:“‘雷公’此人就是爱出风头之辈,孺子不可同谋。”

家庆解了手,从后头呼哧哧呼哧哧地撵上来,问道:“你们两位谈什么呢,有说有笑的?”

韦步平说:“我说请凌县长兼农讲所所长,你看好不好?”

“那还有不好的?要这样,我们大伙都成了凌县长的学生了,面上不是更加光彩了嘛!”

“你也还是老眼光,讲什么面子!”韦步平瞪了家庆一眼。

马大嫂、盘大爷、福贵和重九四个人一路走来,有说有笑。这回城里的大会给他们的印象太强烈了,各人都抢着谈各人的见闻和感受,讲得津津有味。说着说着,大家都忘了赶路。秋天的太阳不到天顶就往南边转了,赶圩的路上,行人越来越少,路边草坪上的牛群,肚子像打了气,鼓胀得很大,懒洋洋地躺着,慢慢地反刍。人声一停,野地一片寂静。马大嫂看到影子往东北面歪了,赶紧加快脚步,盘大爷回头要向重九和福贵招呼快点走,马大嫂向老人家示意,低声说道:"我们先走吧。"盘大爷领会,开心地笑道:"你当嫂子倒想得周到。我们到南溪等他们吧。"

重九不一定是故意,但是她总想同福贵靠得近一些,好比十冬腊月舍不得离开火炭。虽然两人沉默无言,也总感到温暖。她默默地朝前走着。本来是各人走各人的,她却放心不下,好像人家在背后揶揄,很不自在,情不自禁地回过头去一瞧,正巧遇到一双亮晶晶的眼睛。目光仿佛冬夜烤火堆里的红炭,那么炽热,那么亲切,使她随口便问:

"你为什么不往前走快点?"

福贵想不到被这样诘问,一下子红了脸。重九不好意思瞅着人发窘,嫣然一笑把头转回去了。

福贵仍旧在她后头跟着慢慢走。他瞅着她新剪短的头发,发脚露着粉团一样白净光洁的脖子,瞅着她肩上被挑担磨褪了色的衣服的补丁,瞅着她布凉鞋后跟绣的凤凰图案,瞅着她摇动的后襟……他一边瞅一边在斟酌他要说的话。其实,他不是在用眼看,而是在用心想,想怎样开口讲第一句话。这第一句话,在他心上沤了好些个日日夜夜啊,不知怎么回事,每次话到嘴边又咽回去了。

"你为什么不说话?"重九这回没转过头来。后头的人壮了胆,马上应声:

"我……嗯,你……"福贵仍然结结巴巴。

"我什么?有话却不敢讲,还想要打反动派呐?"

"你,你知道……你知道那天夜里谁到牛棚去给……给你松绑的……的吗?"

"不知道。我恨死他了!"前面的人说着话,仍没转过头来。

后面的人不禁愕然,愣了一下才小心地反问:"为什么?"

“他叫人去投河寻死!”

后面的人憋着气说不出话。

沉默一阵,前面的人才吃吃一笑,转过头来:“哎哟,生气了吧,唔?”

福贵看着重九,哭笑不得。

重九怜爱而温柔地说:“快走吧,大嫂、大爷走远了。问你,你回来有什么事?”

“不知道。”

“木头人,不跟你说话了。”重九加快脚步。

走不几步,一只灰色的螳螂飞来,落在她的后襟上。福贵盯住螳螂,伸出胳膊去一抓。不料,扯动了衣襟,惹得重九恼怒地往后一甩胳膊。衣襟虽然挣脱了,可她无意中用力过猛,福贵没留心,一个趔趄,竟滚下左边斜坡。重九“哎呀”一声,急得跺脚,脸色发白。大嫂、大爷闻声,回头赶来。还好,福贵滚到半坡,抓住一根皮藤,趴在地上,没有滚下深沟。但是,右边的脚脖子扭伤了。费了好大劲,大爷才把他拉扯上来。大嫂疑惑地瞪重九一眼,重九低下眼皮,扭动衣角。福贵庆幸地笑道:

“是我自己要捉一只螳螂,不留心失脚摔跤的。”

“得了,还啰嗦。能走得动不?”

盘大爷蹲下:“我来。”老人家把扭伤的脚脖子使劲一拉。福贵皱着眉头“哎唷”一声大叫,两手抱住大腿。停了两分钟,莞尔一笑,对着大爷说:

“好了。”

随即慢慢站起来,走开两步,脚跟还不敢用力着地,一拐一拐地移步。重九见了,挺身走过去,将对方的胳膊搭在自己肩上,伸出胳膊去扶住对方,说一声:

“走吧。”

马大嫂望着盘大爷,不禁惊讶。盘大爷露着笑意说:“世界变了……”

“这一下好了,让我自己走。”福贵挣开重九的手,两人相视微笑。

马大嫂掉转头来,问福贵:“你倒是回来做什么?”

“我,我回来带大妹阿梅去进农讲所。”

“你嫂呢?你哥不让她出来吗?”

“不是。韦家哥说，叫她留在村里，一面看家，一面带头办妇女会。嗳，志高他……”

“他，他，他什么？”重九审视着福贵，叫他很不自在。

“他有婆娘了没有？”

马大嫂问：“你打听这干吗？人家的人可是瑶山山上的金山茶哪。”

“啊！”福贵又吃惊又高兴，望着重九的表情，意思是问她，“是真的吗？”

“是不是关你什么事？”重九瞅他一眼。

福贵被问得脸都红了。

经过不到一个月的筹备，第二期农讲所终于在县城一座祠堂办起来了。凌云青答应兼任所长，日常实际工作是韦步平主持。这期的学员来源，除了各区、乡派来的农民积极分子，还有城里手工业工人、失学失业青年和一些商店店员。人数比头一期多了一倍多，一共九九八十一位。学员们对韦、凌两位的讲演，都很有兴趣，觉得新鲜，很开脑筋。“真是止渴！”这是每次听完课后，大家的共同语言。

这天晚上，凌云青为他后天要向学员讲演“前方北伐与后方支援的关系”的问题，来找韦步平交换意见。当他推门进来时，韦步平正在跟罗汉、家庆谈话。

“噢，你们谈什么？”凌云青问。

罗汉说道：“志高和福贵他们也说要入党。”

凌云青把板凳拉到桌边来，四个人围着一张桌子，对着一盏点煤油的竹笋形的灯座，好像在打麻将牌。

“要入党好嘛。”凌云青兴致勃勃地说，“志高就是姓蓝那个瑶族后生吧？听说就是他在巴龙把王光宗作弄了一家伙，叫王兄好狼狈。”

“就是他。”家庆说。

韦步平说：“他，我了解。人很单纯，憨直、肯干、敢闯，爱憎是很鲜明的。”

“瑶族有个党员做带头的也好呀！”凌云青说，“他学习成绩怎样，还可以吧？”

家庆说：“有人议论，说是他最近跟福贵两人闹点别扭。看来是福贵多心了。其实，重九知道志高心上除了玉姑是搁不住别个的，只是他们惯熟了，好说个笑话什么的。”

“这些事，难扯得清。”凌云青说。

韦步平望望罗汉，罗汉不做声，大家也都沉默不语。韦步平说道：“叫马大嫂找他们疏通疏通。”

这时，县府的马弁拿一封电报来找县长。凌云青读完电报，脸色变沉，将电报交给韦步平。

“好嘛。”韦步平看完电报说，“他们要下来视察，就让他们开开眼界。”

凌云青面有难色，带着懊恼的口气说道：“一定是杜耀光那帮土豪劣绅逃到省里，恶人先告状！”

罗汉问：“怎么回事？”

家庆也插嘴打听：“谁要下来视察？是不是王光宗？”

罗汉说：“他下来视察？嘿，再用志高的办法：预备只猪笼等他。妈的，几大就几大，让他喝两口塘水。”

韦步平冷静下来，郑重其事地说道：“看来，一场大官司马上来了。”

韦步平这么一说，屋里鸦雀无声。沉默了一阵，凌云青才向罗汉、家庆说明：是省政府来的电报，说岚山的农民运动，擅自越轨举动，有碍地方治安。省府决定派出考察团，亲临实地调查，日内即将到达。

韦步平说：“来者不拒，让他们看看我们所作所为，哪点越了轨？”

凌云青说：“问题是轨在哪里？”

“是呀。”韦步平说，“革命是非常的行动，反动落后的轨，我们就是要超越。按土豪劣绅的说法，鱼肉农民是他们的轨，我们能答应吗？”

罗汉说：“他有他的轨，我有我的道。管他那么多。我看，商量我们怎样欢迎来宾吧。”

“这样，”韦步平说，“马上通知全体学员集合，把事情告诉大家。明天分头回本区本乡宣传动员农友。准备在南溪开万人大会，欢迎省里来的考察团。让他们看看我们到底干了些什么？在对待前方北伐的大事上，谁是真正支援，谁是明目张胆地阻挠破坏？让事实作见证好了。我明天跟同志们一道下乡。一定把南溪的万人大会开成功。一来让考察团看到农民声势不可欺，二来让他们当面看看土豪劣绅的罪恶，看看到底谁是谁非，看看谁是革命党谁是反动派？”

“这样好。”家庆说。

“我赞成！”罗汉态度坚决，“针锋相对，给老爷们点颜色瞧瞧。”

韦步平见凌云青态度持重，站在一旁不多言语，向他问道；“你看，行不行？”

凌云青点点头：“这样办可以是可以的。”

“那等一下你就向全体同学作动员啰？”韦步平说。

“还是你来吧。”

“你是所长嘛。”

罗汉看得焦急，说道：“哎，推来推去干什么？”

“所长不讲，我讲。当仁不让，我可不客气了。”韦步平说。

“那，我就去通知。”家庆站了起来。

凌云青拍拍韦步平肩膀：“能者多劳，你就多辛苦点啰。我先回去有点事。”

几个人说完，陆续离开房间。罗汉才要跨出门槛，韦步平瞧着他的背影，突然想起件什么事，把他叫住。

“罗汉，你等一下。大家不会马上到齐，利用十来分钟同你谈件事。”

韦步平说着，急忙走进寝室，一会儿，拿出一只装私章的小盒来，搁在罗汉面前的桌上。罗汉莫名其妙，瞪大眼睛看着韦步平，意思是问：“这是怎么回事？”韦步平含笑说：

“你打开看。”

罗汉把小盒开关一按，盒子开开来，里头装的不是图章，而是一只碧玉耳环。罗汉更加迷惑，望着含笑的韦步平问：

“耳环应当是成双成对的，怎么只是一只？”

韦步平说：“就是一只。再找到一只，不是就成对了吗？”

“给谁的？”

“你。”

“我？”

“唔。”

“谁给的?”

“你猜?”

“重九?”罗汉红了脸。

韦步平笑笑,正要讲什么,突然打住,说道:“哎,大家集合了。改日再谈吧。你可要自己把它保存好啊。”韦步平说完,赶紧朝屋外走。

“这谜真难猜呀!”罗汉抚弄一下,把小盒放进胸前小袋,又用手轻轻按了按。

第二十五章

王光宗——国民党省党部秘书长，怀着一肚子的鬼胎特意来西园别墅找夏主席雷公。省主席的侍从秘书对这位常客招呼请坐，倒茶敬烟，请他稍等一会儿，说主席马上就来。客人以为主人在吃晚饭，或洗澡什么的，不便多问，只好待着。他拿起一本《良友》画报翻了翻，兴趣不大，放下了；又拿起一本《北伐军》杂志来看了标题和照片。一个钟点过去了。天色渐渐黯淡下来，黄昏悄悄封满了窗户。主人还是没露面。客人却很有耐心，把《北伐军》放下，又重新拿起《良友》，瞧瞧电影《啼笑因缘》主角胡蝶女士的剧照……

夏雷——这位飞黄腾达、盼顾自雄的新贵，终于回来了。侍从秘书等在门外禀报说：

“来了客人。”

主席抱歉地连声说道：“是王秘书长呀，为什么不早去告诉，哎，你太老实了。我们就在球场打球嘛。请!”

夏雷说着,跨进门槛,稍停半步,让他身边的一位女士先进屋,顺手将那丰满而秀美的胳膊捏了一把。被捏的人回眸瞟了他一眼。

王光宗起身,笑脸迎人。那女士一瞧,不禁脱口“哟”一声。原来是海银华挽着夏雷胳膊并肩跨进客厅。她拿着网球拍俏皮地拦住脸庞,从网眼里逗王光宗,看认不认得她。

“别遮遮掩掩了,我闻气味都能闻得出来。”王光宗说。

海银华放下球拍,讥讽地笑着说:“啊,原来阁下嗅觉特别灵敏。”

王光宗顸颟地“哼”一声。

马弁拿毛巾睡衣进来给主席大人披上,替他将球拍挂起,然后给两位“运动员”倒凉开水。

“开开灯!”夏雷对马弁说道。

“电厂还没发电。”马弁回答。

“哎,我们这地方就是落后,堂堂一个省会还是这样:电灯不明,自来水不清……唔,还有一句是什么?”主席怨天尤人地望着海银华发问。

“马路不平。”海银华答道。

电灯忽一下亮了。照得见女士额前鬓角泌出的点点薄汗。

夏雷瞧了瞧王光宗,意思是问:“有什么事要商量?”王光宗用眼睛瞟视海银华。夏雷会意,对她亲昵地问道:

“在这里冲凉吧?”

“哪来衣服替换?”

“穿‘她’的衣服不行?”夏雷盯着她问。

海银华心领神会,懂得“她”指的是谁,瞟对方一眼,撇下嘴角就走了。主席吩咐马弁:

“把夫人的衬衣给海女士送去。”

王光宗顺口问道:“夫人的病情怎样?还在上海?”

夏雷长叹一声:“是呀,老地方,老毛病,老脾气。哎!”

王光宗不好意思搭腔,话头断了。夏雷打开金光闪闪的扁平烟盒,拿出一支大炮台的烟卷，往茶几上敲两敲，叼在嘴上，王光宗赶紧划根火柴递过去点上。夏雷吸了一口，喷出缕缕烟雾，然后不慌不忙地问：

"唔，你想要谈什么？"

"我说，到岚山去的考察团，回来几天了。打算……"

夏雷不耐烦对方吞吞吐吐，马上抢着说道："开个联席会议来议一议。唔，省党部没接到通知？通知上说了的呀。明天上午九点，省府、党部以及各法团，各界人士都请到场，来听听考察团的调查报告，让各方面都明白事态的真情实况。凌县长来了，见到了吧？他什么态度？"

"他，"王光宗说，"我们是老同学，彼此都很熟。"

"是的嘛，记得我们学生时代闹'风雨社'那阵子，你们不是以'风雨三杰'自命吗，哈哈，真是往事如烟。"夏雷让两条腿放肆地伸到沙发前面的茶几上，又一次喷出一缕烟雾。烟雾在他脑瓜上袅袅缭绕。

王光宗惴惴不安，无心叙旧，只说，凌云青为人正直，城府不深，一向都很坦率。这回不知什么缘故，说起话来，讳莫如深，躲躲闪闪。

夏雷说："主要的对手不是他，充其量他只不过在道义上讲几句同情、支持农民的空话，作不了数。棘手的是，你们自称的什么'风雨三杰'的另一位。"夏雷讲到这里，放下腿，将烟屁股在烟缸里捻灭，两只胳膊肘支在膝头上，思索片刻，抬起眼睛瞅着王光宗：

"你们侦察到了没有？这场岚山风波你以为是'三三会'那几个亡命之徒死灰复燃吗？"

"那，你说是韦……"

"不，他不姓韦，他姓牛——中央农民运动特派员。"

"呀，他不是……"

"不是什么？人家并没有被烧死。都怪你那位聪明的姐夫做了蠢事。嘿！"

"那怎么办？"王光宗一时失了主意，惶恐异常。

"明来是不行了。唯一的办法？只有这样，"夏雷和王光宗耳语几句，最后说道，"总之，不择手段，使他进不了明天的会场。"夏雷站起来，两手插进浴衣口袋，来回踱步；瞅着王光宗茫然不知所措的样子，于是又着重叮嘱："可是，千万要布置得周密，手脚做干净，印月台的戏可不能重演。”

“人究竟在哪还摸不到底呢，时间恐怕来不及了。”

夏雷停步说道：“来不及只好认输，你有什么办法。哼，都怨自己不识时务。”

“事情是有点失算，主席的意思……”

“我的意思是，要照顾大局。希望你也一样，眼光放远一点！”夏雷坐回沙发，从烟盘的另一只福建漆盒取出一根香肠似的吕宋雪茄烟卷，自己划着火柴，吸起来，好像是借此消消火。

“士可死不可辱。窝囊气实在受不了。你说，那帮穷鬼，要没有田地、牲畜租借，他们不是喝西北风吗？你说谁养活谁，谁照顾了谁嘛？嘿嘿，以怨报德，反而讲什么造反有理！”王光宗一肚子怨气。

夏雷看他居然发那么大的火，又是惊讶，又是好笑。稍停片刻才说：

“那依你看，怎么办？再来一次公开的弹压吗？小小的瑶民捣乱，你不是没有领教过，结果如何？我的仁兄，民心不可侮！想做官就得懂其中的奥妙，唔？何况，当今的时势潮流，阁下应当懂得，用不着啰嗦了。报纸天天都登满了大字，广东、湖南、湖北、江西、福建……嘿，凡是北伐军所到之处，都是工、农、兵、学、商，男男女女，老老少少，像一窝受惊的马蜂一样。你不躲一下，还想赤膊上阵硬顶，岂不自讨苦吃？”

王光宗想不到被抢白一顿，很觉难堪。嗫嚅着喃道：“事情万一办不成，明天会上……”

夏雷不容置疑地说道：“办不成，就以退为进，船要过桥，只好落帆。胜败兵家的常事，也没什么了不得。‘识时务者为俊杰’，来日方长，不需要讲了吧。”

“哎哟，谈什么呀，那么大声嚷嚷。”银华裹着轻柔的桔黄色的丝绸浴衣，轻飘飘地从二门出来，一屁股坐在沙发上，摇了摇烫得卷曲的头发，抬起滚圆粉嫩的臂膀，用手拢了拢。

马弁拿双进浴室用的竹板鞋来给主席，请他入浴。夏雷一声不哼，拖着竹板鞋，“蹄哒蹄哒”往里屋去了。

王光宗默默地欣赏着银华滚圆粉嫩的臂膀和光洁而丰满的半个胸脯。

“馋鬼,死盯着人家干什么?”银华瞟着对方,含笑地嗔道。

王光宗正想通过她的嘴套出韦步平的踪迹,立即答道:“云青昨晚来了,见到没有?”

“去找过他两趟,都摸了门锁,不知他怎么有那样多的事。”

王光宗歪着脑袋,斜着眼睛试探地问:“他的事你还不知道?”

“我知道什么?”

“那只有问你自己啰,你俩……”

“别提了,吹了。”

“噢!难怪我昨天问他,他很不好意思。”

“嘿,小气鬼。难道做个朋友就不行吗?唔,他讲了我什么坏话吧?”

“没有。他什么也莫讲。你俩到底闹什么别扭啊,我看云青他……”

“他是温吞水,不冷不热,没点味儿。嘻嘻。”银华翘起二郎腿,伸长两只胳膊,抱住膝盖,放荡地瞟着王光宗。

王光宗斜眼瞧着对方,找不出合适的话头来打听韦步平的行迹。一会儿,银华才说:方才夏雷告诉她,北伐军在前线势如破竹,节节胜利。东南一线,孙传芳的本钱几乎输光了。广西的第七军占领了南京,看来大势已定。最近,北伐军总司令蒋介石要在上海召开东南各省军政首脑的非常会议,黎柏初给夏雷密电,要他赶去赴会。

“雷公说,”银华望了望王光宗,说道:“他要一位办党务的人一道去。你想不想跟我们走一趟?”

“跟你们?”王光宗反问一声,意味深长地拿眼神盯着对方。

海银华自觉失言,脸颊泛红。

正当这个尴尬的局面,侍从秘书进来,对着海女士说,妇女联合会来电话请她去一趟。银华正要起身,忽然改变主意,拿出大小姐派头来,瞪秘书一眼,说道:“你问一下,谁?”

秘书去了一会儿,转回来说:“说是岚山凌知事,正在妇女会等着见小姐。”

银华瞪秘书一眼,嗔道:“都说县知事改称县长,省长改称主席,可你们办公事的,自己倒反改不过口来。”

“是，是。”秘书点头哈腰，放下门帘退了出去。

银华望着秘书背后，叫道：“你帮我在电话里说一句，我等一会儿就回去。”说完，对王光宗一笑，“走吧，你还有什么告不得人的事没讲完呀？嘿，你们成天尽是鬼鬼祟祟。好，等我一会，穿好衣服就来，唔。”她给他飞一个媚眼，飘然消失在里屋门口。

王光宗站起来目送着她的背影，喃道：“真是个妖精！”

一会儿，海银华换了一身黑丝绒夹袍出来，下摆露着耀眼的白净花边的衬裙，一双银色的高跟鞋，头发扎着一条紫色绸子的处女带。望着王光宗，那眼色是说：“漂亮吗？”

王光宗死死盯着她要说什么，她却不让他开口，只是催道：“走呀。”

王光宗把胳膊给海银华挽住，并肩而行。

“我向你打听一下，听说韦步平来了，他住哪？知道吗？”

银华说：“桂林人说话：晓、不、得！哈哈。”

“别笑话，说正经的，有人要见他。”

“那你问你夫人去。他要来，准是登门贵府，探望人家的大姐，哈哈。”

“你今晚怎么这样得意？算了，恕不奉陪，我先走了。”王光宗挣开胳膊，疾步而去，连头也不回。

一间有百来八十个座位的省府会议厅，从八点三十分就开始陆陆续续来了客人。这些都是各界人士、各法团的头头脑脑，省府委员倒是姗姗来迟，表示这种场面对他们是司空见惯，不需那样诚惶诚恐。会议厅的中心是临时拿若干张办公桌拼凑起来，围成长方形的“口”字，上面蒙着素净的台布，四周全是一色藤椅，作为与会者的座位。会议还没开始，大家来了，先在靠墙的一排太师椅随意散坐，或吸烟，或品茶，彼此寒暄两句，有的在廊庑下踱步，观赏盆景、花卉。

《民国日报》主笔黄逸奎抱着一只黑皮的公文包来了，望了望墙上的挂钟，发现离开会时间还差一刻，便先坐在末端的位置上，打开公文包，拿出一摞文稿审阅，用红蓝铅笔在文稿上划杠杠。

参加会的人越来越多，声音也就越来越嘈杂：

“今天天气，唔，春寒料峭。”一位穿着夹袍，戴着博士帽，嘴唇上留两撇髭须的人，手里握一只装着开水的玻璃杯取暖。

“惊蛰不冻，寒到芒种。记得惊蛰那天就不冷，天气反常，以后还有冷的呢。”财政厅厅长鼻子有点塞，口音不清，把大氅领子竖起，缩着脖子，拿薄荷锭在鼻子上闻闻。

“呃，今天……这个，唔，老兄你估计是什么气候？”商会会长坐在太师椅上，笼着两只袖子，忧心忡忡地独自遐想什么，听到身边的人交谈，也凑过去插嘴。

“北伐军把南京打下来了，准有好新闻。”讲话的是省党部一个不管部的部长。他三十来岁，穿藏青料子的中山装，头上戴的是一顶格子花呢的鸭舌帽。

厅外，对话的声音，传进厅里：

一个问：“朱秘书长考察回来了吗？”

另一个答：“早几天就回来了。”

两人一边说话，一边跨进厅里来。头前一位是后援会副主任，约四十岁上下，个子瘦长瘦长，人长得秀气，像个绅士，穿猞猁色薄毛料长袍，围条米色驼绒围巾。后头一位是省通志馆馆长，也穿的长袍，戴深度眼镜。两人分坐在一张茶几两旁的靠背镂刻着“吉祥”、“延年”字样的太师椅上，继续对话。

“原来阁下是同朱老一块去的。那见闻不少啰。事情有传说的那样可怕吗？”通志馆长问。

“难说。”后援会副主任说，“仁者见仁，智者见智。看你是站在什么地位去判断了。比方说，在我们这个位置瞧桌子中间那只花瓶，是在我们左前方不是？”

通志馆馆长顺着对方的视线看到主席座位前摆着的花瓶。那上头插着各色鲜花，有茶花，有杜鹃，有晚香玉和芍药。于是，连声附和：

“那当然是左边啰。”

后援会副主任却说：“可是，你要坐在对面，同黄主笔坐的一个方向，那你就会说，花瓶是在右边不是？”

“那当然。”

“看，左也是当然，右也是当然，哈哈。”

黄逸奎听到话,抬起头,瞧着两位清谈家,也搭起腔来:“不过,这张桌布总不能说它是黑的吧?”

“对啰,事实胜于雄辩。”这是一位穿学生装的青年表示附和。他是学生联合会的代表。

时钟一分一秒地移动,人们一个接一个走进会议厅,在廓庑下的人也进来了。旁边太师椅已经没了空位,有的就坐到会议桌跟前去了。这里有不少是认识凌云青的,他一进来,彼此照例客气两句:

“哎哟,凌先生来了,久违,久违!”

“啊嗬,凌兄,别来无恙乎?”

“禄位高升,哈哈。”

“彼此,彼此。”

“凌君请抽烟。”法院院长麦惠农掏出烟盒一按,盒盖蹦开,给对方让烟,自己也叼了一支在嘴上,然后将打火机一扭,给对方点火,完了自己才点燃,吸了一口,接着说,“凌君是桂林法政五期不是?唔,比王秘书长低一个年级,是呀,你们都是后生可畏啊!听说牛特派员就是韦……他也在岚山?来了吗?”

“麦……院长记性真好,那么多年还没忘了……”

“那倒不一定,因为你们几位是……”

“害群之马?哈哈。”

“不,不……不能那样说。”

正当麦惠农说到这儿,小门门帘一晃,一个马弁撑起帘子,让省主席走进厅来。后头跟着的一位是省府秘书长,当年法政学堂堂长朱元敬老先生,另一位是省党部妇女部部长,也是省妇女联合会主委海银华女士。夏雷威严地瞪着一双铜铃般的眼睛,扫视全场,完了,理所当然地在总理遗像下的首席就座。秘书长向大家招呼:“诸位都请入座!”说罢,在主席的左下首坐下。

海银华坐在主席右首一边,望着凌云青示意:“来这儿坐!”

凌云青摆了摆手。

人们移动了一下,终于坐定了。夏雷仍然威严地瞪着铜铃般的眼睛,又扫视一番全场,然后,歪着脑袋向朱元敬轻轻地问:

“党部王秘书长怎么没有来?”

朱元敬低着脑袋从老花眼镜边上瞧了瞧,喃道:“恐怕还起不来床。”

“腐败!”夏雷很不高兴。

“喏,这不是来了,一说曹操,曹操就到。嘻嘻。”海银华盯着王光宗,热刺刺地招呼,“来,这里坐。”

王光宗踮起脚跟,小心翼翼地赶到银华身边的空位子坐下来。他搓搓手,自我解嘲地喃道:

“天气真怪,昨天那么热,半夜突然变冷,起不了床。”说着打个呵欠。

夏雷看着他,皱皱眉头。用铅笔在名片上写了“事情办得如何?”几个字递给他。王光宗一瞧,脸色发灰,从口袋拔下自来水笔,在名片上写了“扑空”两个字。夏雷接过来一瞧,瞪他一眼。

省府秘书长望着全场发问:“诸位都签到了没有?好。现在,第二十三次联席会议开会。夏主席,请。”

夏雷站起来,拿张文稿,朝着大家说道:

“今天,我们既是例会,又是临时的、非常的会议。主要议题就是一个:听取朱秘书长作‘岚山农案的考察报告’。好让诸君明了真相,共同谋求对策。讲到农运工作,本府认为,此事乃为当今时代的潮流,又为北伐军得力的后盾。本府一向是另眼相看的。如今省农会已经筹备就绪,不日即将行施职务。省办农民运动讲习所,开学将近三个月了。不久的将来,学员就要委派各县,推动农运进程,配合后援会,唤起民众,支援北伐前线。前段时间,岚山县一部分人,未经政府允准立案,擅自成立社团,所作所为,好好歹歹,传说不一。为了查明真相,澄清舆论,上次联席会上决议,责成朱秘书长率领考察团亲临现场,作实地调查,经历种种阻碍,终于完成了使命。今天就请诸君聆听朱秘书长报告考察所得。庆公,请。”

夏雷讲完了开场白,弯下腰向朱元敬请一声,顺着屁股坐回原处,拿起金光闪闪的烟盒轻轻玩弄。

朱元敬戴上老花眼镜,站起来,从摊开的公文皮包里拿起一份文稿,开始作如下的陈述——

主席，诸位女士、先生：鄙人一月二十八日，奉命率领考察团一行去岚山，三月七日开始考察，二十二日结束。前后历时半月，调查访问的大小乡村和圩镇共十三处；访问户数一百八十四家；被访问者，有农民、士绅、商人、学校教员、妇女、小孩，共计四百六十二名。根据所见：被焚毁损坏房屋三十一家。其中，属公产者（如祠堂、庙宇）十一座；属农民私有房屋者十三间。庙宇神像则多数被毁，牌匾为农会拆除，改作农民夜校课桌。乡绅与农民之间，双方发生冲突以至死伤人数，双方所报数目不一。伤亡原因复杂：有属自裁死亡，有因重病不治，一时难以核实。风俗改革最著者，莫如妇女界之剪发。据所回答，均称剪去髻辫，梳理省事，好操作活计。传说强迫剪发之说，查无实据。男女离婚事例，略见数宗，主动者有男有女。主诉离异之言，听之成理，并非为流言所谓，自由乱来也。……

报告稿念到这儿，王光宗表示不耐烦，举起手，说道："主席，我有个临时动议，开会时间有限，男女结婚、离婚的私事，可以免讲。至于诸如非法冒充农会之名，擅自拘留士绅、游街示众、侵犯人身自由，种种越轨违法举动，应予详述。"

朱元敬不动声色，冷静地答道："这个，是少不了的，且听下面分解。"接着念道——

至于双方发生冲突事件，彼此手段不一：农会一方所取之法，凡被目为有罪之土豪劣绅，均予戴高帽游街示众，勒令低头认罪。在乡绅一方，对待农民则不问张三李四，只要入农会为会员，被捉到后，均施加鞭笞凌辱。结果，双方互有死伤……

听到这儿，法院院长麦惠农提问："互有死伤，到底多少？"

"是呀，应该分别说明，不能含糊。"

跟着，好几个人随声嚷嚷。

朱元敬解释："这个，我得声明一句，这份文稿，是考察团同仁共同凑数起的稿，未必完善。不实之处，请诸君指正。考察团是带着眼睛和耳朵去看、去听的，没有打算用脑筋作判断。判断其是非，只能由在座诸公来做。文稿已油印，即将分发诸位手上，这里就不全念了。”秘书长说着，坐了下来，倒杯热茶喝一口润喉。

主席夏雷看了看大家，问道：“考察团的先生还有意见补充吗？”

全场静了一分钟。王光宗忽一下站起，以盛气凌人的口气说道：

“恕我直言，试问，考察团先生眼睛所见，那些所谓农会中人，是地道的农民，还是一帮游手好闲的地痞流氓烂仔？耳朵所闻，那些所谓被侮辱、受冤枉的控诉，其所指责，究竟是真实的土豪劣绅，还是公正贤明的地方绅士？”说完，气呼呼地坐下。

黄逸奎拿出烟卷，往桌面敲敲，慢条斯理地点火吸烟。凌云青把冷了的茶水倒进身后头的痰盂，重新斟上热茶，呷了一口，不动声色。朱元敬把眼光投向考察团的几位同仁，意思是说：“你们也说一说。”后援会副主任发现王光宗的双眼直盯住他，挺不自在，摸了摸脑壳，慌乱地说：

“我们所见所闻，都有名有姓。到底谁是开明士绅，谁是土豪恶霸？只有据实而论。”

海银华站起，显出当仁不让的神气说：“我觉得党部王秘书长提的也是个事。我们无须否认：农会是北伐军的后盾是一回事，现在，岚山农会那些人，是不是都是好人，能不能担当得起后盾的重任，又是一回事。”

“对呀，对呀。”几个人齐声附和，唧唧喳喳，“不是农民而搞农民运动？岂不成了狗抓老鼠……”

“只要是老鼠，即算是狗抓的又有什么不好？”黄逸奎说了一句，顺手掏出怀表看了看，然后抬起头看看壁上的挂钟。挂钟已经是十点五十分了。

侍从秘书拿一张名片，急匆匆地呈送到主席面前。夏雷一瞧，不胜惊讶，神色立变，瞪着铜铃般眼睛，问侍从秘书：“人在哪？”

“在传达室。他要求面见主席。”秘书说。

朱元敬问：“谁？”

“中央农民运动特派员。”侍从秘书答道。

“呀？”全场为之惊讶。

“现在开会，请他稍等一下。”夏雷说。

海银华嘴快，马上说道：“嗨，人家是中央来的农运特派员，请他参加听听不正好？”

“是呀，是呀，再好不过了。”

“嘿，”夏雷瞪银华一眼，“你知道他是谁？”

“我怎么知道？”银华好不服气。王光宗在她耳边嘀咕了一句，她惊叫一声：“呀！”脸上泛起红晕。

黄逸奎不急不忙，也不站起，只在座位上说道：“既来了人就请吧。又不是有不可告人的秘密。”

还不等夏雷说话，客人已经不客气地闯进了会议厅，而且发出了笑声：“不用请，我来了。”

夏雷到底是个政客，在大家面前，装作宽怀大度，站起身来向客人说声：“请，请。这儿坐！”指着他左边的空位，“嗯，我来向大家介绍：这位是……中央农民部特派员牛犇先生。”

这时，除了黄逸奎、凌云青两个人不动声色之外，包括海银华在内，满座诸公莫不窃窃私语：惊讶、惶惑、好奇……各种各样的神色掠过人们的脸庞。韦步平沉着而镇定地接上主席的话头说道：

“对不起，我这不速之客来得太唐突了，请诸位多多原谅。在座的好几位都是熟人，朱秘书长、法院麦院长还是晚生的老师呐。鄙人姓韦，名片上虽然印的是姓牛，可也并非冒名顶替，只不过也许诸公不信我竟能起死回生就是了……”

这时，全场更加人声浮动。

“诸君不是健忘的话，”说话的人继续说道，“几个月前曾登过一桩耸人听闻的桃色案件，那个强奸未遂、玩火自焚的牛特派员，现在就站在诸君面前。这回岚山农运之所以惊动了大家，是由于农民本身觉悟，顺乎潮流，一心要求解放而行动起来的缘故；鄙人在那里，作为中央特派员，只不过尽点绵薄之力，奉公行事就是了。事情办得好坏，不敢自诩。特意冒昧赶来，就教于诸君，恳请明断。嗯，兄弟从穗抵邕，夏主席和省党部王秘书一行出巡巴龙，宣抚瑶乱，没有会到。非常遗憾！”

韦步平礼貌地向主席欠一欠身,才坐到椅子上。

夏雷对客人点点头,完了,把视线转向在座各位,说道:“特派员既从岚山来,应知岚山事。诸公如有不明白的事要问,特派员一定不吝赐教,各位就座发言,不必起立,请吧。”

全场鸦雀无声,面面相觑。海银华撇嘴,凝视玻璃杯里一片两片茶叶慢慢往下沉。一会儿,耐不住令人窒息的沉默,终于骤然挺起胸脯,朝着韦步平诘问:“我到过岚山,为何没见到阁下?”

韦步平眼眉一跳,然而极其冷静地答道:“是呀,彼此缘悭,都没会到。不过,海女士没见到我韦某,不等于韦某人不存在,正如我韦某没会到女士,不等于海女士没到过岚山。”

“主席,我们现在要议的不是哲学问题,而是要实事求是,追究案情的原委。”法院麦院长说话,“特派员既然是岚山农运的当事人,就请他回答方才诸位的提问:那边闹起农会的,到底是什么人?此其一;其二,被捉来游街示众者,是否一贯奉公守法的开明士绅?”

韦步平马上站起,两手撑着桌沿,扫视全场,然后回头向夏雷点一下头回答:“对不起,我还是站起说话。麦院长问得好。毋庸讳言,岚山农会有位带头人名字叫罗汉,用广东白话讲,‘渠就勿系个耕田佬’。是的,不用笑。他不是农民。但是,他绝对不是什么地痞流氓,相反,他曾经是遭受冤屈,被官府诬告为拐骗妇女犯的石匠!石匠是干什么的?诸位高明,用不着我韦某当小学教员来讲解了吧。讲起岚山农运一案,自从闹起以来,不错,农会是惩治了几个反革命的家伙,这是有目共睹的事实,可绝对没有伤害到奉公守法的士绅。至于那少数几个贪赃枉法、鱼肉乡民、胆敢阻挠破坏北伐招募兵员的土豪劣绅,因为他们的行径已经站在革命的对立面,成了反动派的代表,农民既要起来革命,自然对阻拦前进的绊脚石,要采取必要的手段,不把路障搬开,北伐怎么进军呢?对反动派实行警告,要他们公开认罪,游街示众。这,是不是就叫越轨行为、轻举妄动?是不是违法乱纪、妨碍治安?这份武汉国民政府××号文告已作了明确规定,请诸公过目。”

说着,韦步平从口袋抽出一张《民国日报》,展示于大家面前,指着头版大字标题念道：

“武汉国民政府，颁布惩治土豪劣绅、贪官污吏条例……”

王光宗听到这里，盛不住气，预颟地将手上的茶杯往桌上使劲一搁，茶水泼了一摊，洁白的桌布湿了一大片：他愤愤地站起来，气势汹汹，好像要跟人打架似地盯着韦步平咆哮：“我问你……”

韦步平旁若无人，冷笑一声，自在地喝着茶，静待对方表演。

王光宗接着说道：“你说说看，前任杜知事……唔，杜县长，从政多年，劣迹何在？汪举老，德高望重，何以谓之土豪……”

夏雷沉下脸来，表示当主席的公正不阿，冷冷地打断王光宗的话头，说道：“说话按先后，一个一个来，让特派员把话讲完。”

第二十六章

“主席，”黄逸奎站起来插话，“在特派员继续发言之前，我插两句，王秘书长提出岚山县前任杜县长和汪团总是否土豪劣绅这个问题，请特派员举出事实，给予说明，此其一；其二，作为岚山农会领头人之一的罗汉，是良民还是流氓？这一点，本人可以奉告。罗君其人，我认识，他曾经代表河口码头工人到省党部来要求成立工会，为人是正直的。”

凌云青插上一句：“后来他到岚山，受该地手工业工人拥戴，一致推举他出来筹办工会。”

“我看还是请特派员把话讲完，大家再说吧。”不知谁说了一句。

韦步平等待大家不做声了，看到好多眼睛都在催他说话。于是，继续说道：“我看这样吧。我个人不多说了。为了澄清事情的是非曲直、青红皂白，有几位岚山来的工农代表都等在外面，请求亲自面见主席申诉；因为考察团下去，偏偏漏掉了他们,没有向他们调查。现在他们既然来了,现身说法,正是给考察团的报告作补充,事情的真相加多一面的人证,不是更加明白了吗?”

夏雷被将了军。不得已,向身边的马弁说道:“去,把人请来。”

马弁出门,带回五六个人。韦步平给进场的人使眼色,暗示他们在靠墙的一排椅子上就座。他们不免拘谨,站了好一会儿才陆续坐下。韦步平走过去,一个一个地给与会者们作介绍:

“这位就是罗汉。”韦步平指着靠里坐的头一个人说。罗汉站起亮相,让大家认识。韦步平再照样介绍覃家庆、全福贵、马重九、石敢当和汪团总的跟身旱天雷,几个人又都陆续站了起来。

夏雷听完了介绍,摆出开明通达的姿态,说道:“好呀,大家来了就说说吧,请坐,大家都坐下。”

罗汉瞅了主席一眼,说道:“我们站惯了,坐久了腿脚发麻。”

有人听这么一说,忍不住发笑,“卟”一声,把一口茶喷到怀里,引起小片风波,赶紧拿手帕抹一抹。

旱天雷站起抢着打头炮:“他(罗汉)自己的事不好开口,我来替他讲。我是汪团总的跟身,外号‘旱天雷’。罗汉兄弟肩膊上挨那一刀,就是我砍的。这倒不是我喝醉酒,误伤了人,也不是我们哥俩争风吃醋,过不去,彼此才动的刀枪。”

“少啰嗦,快说正题。”不知是谁插的话。

“好,说正题。”旱天雷答应,“正题是汪团总被游街示众,心里不服,正当要逃走的头天夜晚,找我悄悄地说:小石匠罗汉闹造反,跟他过不去,要不把罗汉除掉,他死也不瞑目。汪团总要我把罗汉宰了,打赏我一百块白花花龙洋……”

“你胡说,丧心病狂的家伙,说话要有证据!”王光宗跳起来。

旱天雷可有个犟劲,你想压他,他偏不买账,马上顶嘴:“我说话就是有凭有据。喏,”说着,举起马刀,“瞧,这就是汪举人的家什。我对天赌咒:我要是有半句假话,天打雷劈!”

朱元敬挥挥手说道:“好啰,好啰,有关这一案嘛,考察团是知道个大概的。”

“知道就好。请问,这还不是土豪劣绅是什么?”罗汉反问。

“我来讲件事。”福贵说。他讲，他是杜县长的马弁，杜耀光跟他师爷马王七两人平素为非作歹的事他都知道。就说火烧印月台的事吧，外头说这样那样，其实都是杜、马两人安下的毒计，有意散播的谣言。那天晚上，在面子上是说，为特派员接风请酒，背地里却蓄谋把人烧死。不料，自作孽不可活，别人没烧死，自己的姨太太倒反烧在里头了。但是他并不死心，借题发挥，妄图捏造罪状，威逼丫头重九招供：要她诬赖特派员酒醉装疯，强奸未遂，畏罪自焚。逼得丫头投河……

“‘金边蚂蟥’……”

福贵叙述中提到杜耀光时，脱口说出对他的称谓，正要往下讲，有人惊奇地立即抢过他的话头问：“什么什么，蚂蟥？”

考察团一位成员——后援会副主任代替福贵回答：“‘金边蚂蟥’是岚山县老百姓给杜耀光安的外号。男女老少，有口皆碑，背地里几乎都是这样称呼他。”

“也有把杜耀光说成‘都要光’的。”另一位考察团成员补充了一句。

王光宗借此反击：“主席，我提请注意，开会议事，态度应当严肃认真，每人说话应当负法律责任。讲故事、开玩笑、安外号、进行人身攻击，成何体统？”

黄逸奎接着说道：“我不同意这样说法。众口铄金，如果老百姓有口皆碑，说明了人心的向背。杜耀光在老百姓心目中，既然成为‘都要光’的吸血蚂蟥，是不是成为劣绅？特派员既为中央所派，农运又是当前国民革命任务的重要环节，杜县长居然暗中谋害，这难道不是阳奉阴违，存心对抗革命？不说他是土豪又是什么呢？”

黄逸奎说罢，会场气氛为之一变，各人心口仿佛被压下石板，寂然无声。一会儿，夏雷才打破僵局：“好吧，大家说说。”

“我说，我是汪团总家养牛的长工。”小伙子石敢当站起，气鼓鼓地说道，“官府派人到处招募新兵上前线北伐，我要报名当兵，犯什么罪？汪团总为这件事把我全身衣服剥得精光之后，半夜赶出门外。叫我见不得人，走又走不得，躲又躲不起，走投无路。这算什么？不是破坏北伐吗？没有后方壮丁去当兵，前方拿什么人去同反动派军阀打仗？”

“嗯呀……”好几个声音嗡成一气。当主席的,赶紧拦住:

“好了,好了,事情就是这样了。”夏雷惶惑地搓搓手,回头瞟海银华一眼,只见她拿着手帕轻轻地抹了抹鼻翼。

韦步平悄声唤她:“海小姐。”对方“嗯”了一下,眼中现出困惑的目光。韦步平问她:

“方才你不是在怀疑农会的成员吗,这几位,你说他们是什么?”

“你说呢?”海银华反问。

“我说他们回答了一个问题:所谓目前各地闹农会的都是地痞流氓,事实上正是地地道道的一些被侮辱与被压迫的良民;而一些被认为正人君子、公正廉明的绅士,却恰恰相反,他们确确实实是一帮吸人血汗的蚂蟥。”

王光宗眼看陷入被动,同夏雷小声说道:“对不起,头疼,先走一步。”说完话,起身要走。

夏雷伸出胳膊拦了拦,随即宣布休息五分钟,把王光宗拉到小客厅去。

韦步平吩咐罗汉和家庆几句话,便被黄逸奎邀出会议厅,和凌云青一起在廓庑下交谈。黄逸奎拍拍韦步平的肩膀,笑着说道:

“痛快,这一军将得好!把绅士们伪善的遮羞布扒下来了。”

韦步平问:“你俩看,雷公今天的调子是不是有点向左转?”

黄逸奎同凌云青交换眼色,沉吟道:“这个,肯定不是他的本意。这都是大势所趋,迫不得已的变态,言不由衷。可不要被迷惑了。”

凌云青说:“我看王兄,怪不好意思的。”

“叫他不好意思的事,还有的是。”韦步平说道。

黄逸奎对凌云青说:“你怜悯他?……戏才开场,戏文还有得做呢。”

一会儿,夏雷坐回主席的位置,拍拍案头的叫人铃。人们闻声,一个跟一个坐回原来的座位。王光宗板着脸,正襟危坐。海银华故意坐到凌云青旁边,把他胳膊捅了一下,悄悄问道:

“怎么守口如瓶,还生我的气吗?”

凌云青耸耸肩,不肯开口。海银华不免负疚于心,但是,反而说道:“小气鬼。”

“大家坐好,继续开会。”夏雷说,“哪一位还有话要讲呀?”

“我说两句。”财政厅副厅长打头炮。说是考察团的调查,做到不偏不倚,完成了本身的使命,诸公劳苦功高,应予嘉许。其中案情的是非曲直,有涉及民刑案件者,应分别移交法院提出公诉,依法办理。这里会上不好评断。

既然有人开了头,跟着就你一言我一语,议论起来了。

一个说:“农民运动既然是当今国民政府的主张,那是不能反对的。要紧的是,在乎如何‘运动’……”

这个人还没把话讲完,旁边的人接着就讲:“是的啰,运动跟暴动是不能一样的吧?”

“可不是怎的。现在说,‘一切权力归农会’,那样讲,政府还要不要了呢?”

此公话刚落音,有人马上附和:“对呀,对呀,照岚山如此举动,区、乡各级均设农会,会首由农民自封,全权包揽乡政,团防局、保甲长,岂不形同虚设,成何体统?”

“团防局不要也不要紧,要紧的是农会能不能替代得团防局?”讲这话的是教育厅厅长,他一边吸水烟袋,一边说话,慢条斯理,“倘若长此以往,聚讼纷纭:你说我是土豪劣绅,我讲你是地痞烂仔,公说公有理,婆说婆有理,如何得了?”

这时,法院院长说:“土豪劣绅有劣迹,有罪证,该受制裁,有法令可循,不可非议。怕只怕,动不动就捉人游街示众。试问,这算哪条法规呢?”法院院长望着韦步平说话。

黄逸奎针锋相对,冲着他说:“哪一条也不算。不过,院长先生,我也要问:几千年来,地主、土豪、恶霸,践踏农民的种种卑劣行径,比如剥人衣裳,让人赤身露体而撵出门外,这又是《六法全书》中哪一条呢?唔?”

这时,人声唧唧喳喳,场里瓮声瓮气,不那样平静了。海银华再也盛不住气,开口说道:

“正是因为封建反动统治是残暴的,所以孙中山先生才把它推翻,建立今天的民国嘛。如果拿今天的民国比旧时的封建,岂不成了以暴易暴?”说完,自鸣得意,以挑战的目光望着黄逸奎。

韦步平“呼”一下站起来,神情激动,冲口而出:“不,我反对这种不伦不类的说法。封建王朝的反动统治，本身是什么东西？不言而喻，无非是在维护少数官僚、地主的权利罢了。为了维护其剥削阶级的利益，他们必然采用野蛮、暴虐的手段以镇压、剥削亿万人民百姓。今天的农民运动是怎么回事呢？农民觉悟起来了，他们要打倒的是封建余孽，要铲除的是革命大道上的路障。他们要造的是反动势力的反，要革的是剥削制度的命。如果你说他们拿土豪劣绅来游街示众太那个了，那么，只能怪自己神经脆弱。其实，这都是农民从土豪、地主那里学来的。'以其人之道，还治其人之身'，绝不是什么'以暴易暴'。因为一个是出于正义，导致光明进步；一个是属于暴虐，维护黑暗势力。其实质迥然两样，怎能相提并论？如果出于无知，情有可原，倘若有意诽谤，本人在此表示抗争！"

韦步平慷慨激昂，铿锵有声，全场静默无言。

黄逸奎趁热打铁，拿起一份杂志，朝着主席瞥视一眼，说道："主席，这里有篇文章，是最近在《政治周报》上刊载的，题目是《湖南农民运动考察报告》。写的是湖南的农运状况，却仿佛讲的是我们现在所议论的事情。奇文共欣赏，不妨当作一面镜子。念两段请诸公对照对照看，今天农运的局面，方才诸君议论纷纷，莫衷一是，究竟是'糟得很'还是'好得很'？这篇文章做了回答。本人就来照本宣科，敦请诸公洗耳恭听——"

农民在乡里造反，搅动了绅士们的酣梦。乡里消息传到城里来，城里的绅士立刻大哗。我初到长沙时，会到各方面的人，听到许多的街谈巷议。从中层以上社会至国民党右派，无不一言以蔽之曰："糟得很。"即使是很革命的人吧，受了那班"糟得很"派的满城风雨的议论的压迫，他闭眼一想乡村的情况，也就气馁起来，没有法子否认这"糟"字。很进步的人也只是说："这是革命过程中应有的事，虽则是糟。"总而言之，无论什么人都无法完全否认这"糟"字。实在呢，如前所说，乃是广大的农民群众起来完成他们的历史使命，乃是乡村的民主势力起来打翻乡村的封建势力。宗法封建性的土豪劣绅，不法地主阶级，是几千年专制政治的基础，帝国主义、军阀、贪官污吏的墙脚。打翻这个封建势力，乃是国民革命的真正目标。孙中山先生致力国民革命凡四十年，所要做而没有做到的事，农民在几个月内做到了。这是四十年乃至几千年未曾成就过的奇勋。这是好得很。……

黄逸奎念到这儿，停顿下来，抬起眼皮，望着全场，说道："文章描述生动、立论精辟。恐怕占会议时间太多，恕不多念。奉劝诸君回头找来细读，得益匪浅。至于，本人对岚山一县农运的看法，恕我借重此文两句话来表明，那就是：'完全是对的，他们的举动好得很'！"黄逸奎把话说完，坐了下来。

静了一会儿，一位老态龙钟的参事，看大家不做声，才谨慎地斟字酌句，以超然的口吻抒发感慨："此一是非，彼一是非，天下滔滔，谁清谁浊？咳，咳。"

法院院长说："是非是可以明断的。如今应议的事，不在乎农运该不该办，而是应当研究农运究竟如何办法？此次考察团所考察者，着眼于农民与乡绅双方的纠纷为多，至于农运兴办的事，未见涉及。考察团同仁，如有此见闻，不妨稍加补充。"

法院院长这样一提，韦步平立即说道："讲到这点，我来向诸位介绍一二：岚山农运办起来的时间还不长，从龙口岩创办农民运动讲习所算起，到今天也还不到半年。所做的事，首先是把千万个号称一盘散沙的农民，初步组织起来——成立了农民协会。农会成立后，头件事是打退和惩罚阻挠破坏农会的土豪劣绅，铲除封建反动势力。其次，加强充实北伐后援会工作，催缴军粮，输送壮丁从军，维持地方治安：捉匪、禁赌、戒绝鸦片烟毒；其三，废除苛捐杂税，实行二五减租，否认高利债务；其四，开办夜校，扫除文盲；其五，摧毁神庙菩萨，破除迷信，传播科学知识；其六，实行男女平等，提倡婚姻自由；其七，修桥铺路，造林开荒。如此等等，总共是七大项。比这里讲的，"韦步平将手上的《政治周报》朝着在座的人一摇晃，"少了一半。人家湖南、广东各地的农运所办的事，远远走在我们前面。"

"可人家是湖南、是广东。"王光宗说，"我们呢，我们是什么，我们是广西！"

"是啰，是啰。"有人附和着。

韦步平马上反驳："不，哪里有压迫，哪里就有反抗，哪里有反动势力，哪里就要起来革命。革命道理是指南针，放之四海而皆准。广西又怎样？难道没有反动的封建余孽了吗?”

海银华把凌云青的袖子扯了一下,悄悄耳语:“你说话呀。”

凌云青推一推眼镜,说道:“就全国来说,革命尚未成功。这是孙中山先生的遗言,大家天天都念叨的。事实确实如此。封建的遗老遗少大有人在,受外国资本豢养的军阀、政客、资本家,都在堵塞着革命进军的大道。广西是中国的一个行省,岂能例外?当然,因地制宜是必要的,但是,从善如流,他山之石可以攻玉。人家在前头已经开辟出路来了,我们为什么不跟着走下去呢?”

韦步平接着说:“我说,要是土豪劣绅,他们对农运作这样那样的诽谤,那是不足为怪的。可悲的是,有些自称甘为公仆的革命政府官员,国民党的干部,对诬蔑农民运动的流言蜚语,不加分辨,一味随声附和,嘁嘁喳喳。我们对这些人如此行径,不妨借用这篇文章的话来说:他们嘴里天天说‘唤起民众’,民众起来了又害怕得要死,这和叶公好龙有什么两样!”

韦步平说完坐下,凌云青给他斟杯热茶,海银华伸过手来,将《政治周报》拿去翻看。

全场气氛出现两种显然不同的对照:左派的积极分子,出了一口闷气,眉开眼笑;右派的顽固家伙,拉长着脸,不哼不哈。

主席夏雷掏出14K金的怀表一瞧,站起身来,扫视全场,等到窃窃私议的声音静止了,才开口说话:

“俗话讲,‘不打不相识’。本人是个带兵打仗的老粗,特别懂得这句话的道理。今天会上,彼此虽然唇枪舌剑,发生了争执,但是,这样一来,正反两面一对照,事情就看得更加清楚了。”接着,他说,“一开场就讲了:地方政府对中央法令是绝对服从的,不论是谁也不容许阳奉阴违。绝不容许封建复辟,重复军阀陆老帅那种伎俩:耍两面派,搞封建割据。至于农民运动,乃是时势潮流,是国民革命政府所提倡的,本府一定照办。”

说到这里,夏雷特意向韦步平点点头,着重说道:“特派员是中央委派下来指导我们工作的,应当受到欢迎。特派员主张先从下层做起,自下而上,先打好基础,这与自上而下,有指导地开展运动,都属于方法问题,无可厚非。两种办法都不妨试验,目的都是为了把农运办好。当然啰,万事起头难,出点毛病在所难免。但是,不能因为打嗝而停止吃饭。关于对待特派员本人之事,当时,鄙人出巡在外,招待中有怠慢之处,工作方面或有支持协助不力,这都在所难免,请予见谅。再说,对待中央法令,大家一时领略不周,执行中之贻误也会发生的。总之,无非见识浅,眼界窄,绝无存心违抗,这也是要在此说明的。杜耀光等人所作所为,不过是少数人自身劣迹,不能就此一概而论所有官员。现在,我本人代表全省上下,郑重声明:有关中央统一法令,必须照章办事,付诸实施。为着推动农运起见,提议特聘特派员为省农讲所兼任教育长,同时作省农协高级顾问。最后,还得重申:今天会上诸君发挥民主革命精神,对事不对人,据理力争,表现出新时代风尚。言语即有偏激之词,也不应留下介蒂,互存成见。统而言之,希望诸位为公忘私,抛弃个人恩怨,不容官报私仇,知法犯法。兄弟无才,所见如此。王秘书长,你看,还有什么说的没有?”

夏雷向王光宗捎了一句。王光宗一声不哼,愤然而起,悻悻地走了。夏雷尴尬地朝着全场说一声:“大家没意见,散会。”人们好像小鸡出笼,忽一下,纷纷离开座位,唧唧喳喳,天花板震得嗡嗡回响。

海银华故意迟疑一会儿,等着夏雷。她跟夏雷走进小客厅,停了一会儿才说:

“你怎么给王兄来这么一下,叫人家面子……”

“哼,面子,”夏雷满肚子不高兴,“他只顾自己的面子,为什么就不替别人想想?在当前这股风头上,让他这样一搞,弄不好,连我也得被拖下水。你以为韦步平这小子仅仅是岚山县的土佬吗?人家手上拿着令箭,能通天哪!事情昨晚已经讲过了的嘛,叫他识时务,顾大局。今天,瞧他,把什么都往外端,赤膊上阵,还不是自己丢脸。”

“那,上海之行还要不要他去啦?”

“为什么不?”夏雷感到诧异。

海银华意味深长地笑道:“啊,知道了!”

“知道啰,你知道什么?”

“不知道。”海银华撅起嘴,“懒得管你们那些勾心斗角的阴谋诡计。”

夏雷变了口气:“党务的事还得要靠他。不过就是要他今后学聪明点,别老那么蠢,老给人占上风。”

海银华说:“韦步平真有他两下,头一回见到。”

夏雷瞪她一眼:“你就是这样,这山见到那山高。”

“你还不了解我这个人呀？人家就是这个调调——崇拜英雄,懂得吗?”她给他一个媚眼,嫣然一笑,伸出胳膊挽住对方。

“得,得,怪腻的。”

两人并着肩,飘飘然离开了小客厅。

走出省府大门,凌云青对韦步平说,桂品微找他有事,自己走了。韦步平同黄逸奎一路走,一路交谈。黄逸奎问,罗汉到岚山学得怎样,可不可以让他在这里再学一段时间,然后,回河口,把工会组织健全起来？韦步平说,河口是要他回去的,多撒点种籽出去总会有收获。岚山有家庆、马大嫂和志高他们,运动可以搞得起了,还想分点力量到巴龙去。黄逸奎说,巴龙、田州一带,等这期省农讲所学员结了业就分派下去。岚山是农运的发源地,是全省一面旗,力量还不能太分散。韦步平说,夏雷这个家伙,要把他留在省里,是不是有意调虎离山？黄逸奎说,估计是有这个意思。不过,算盘不能由他来拨。

“凌云青还在那里的嘛。嗯,他搞得怎样,还可以吧？他今天好像有点打蔫,怎么回事?”黄逸奎问。

韦步平说:“他这个人就是这个调调。可能有点个人生活问题吧?”

“是不是同海小姐……”

“就是。”

“那他可是找错门牌了,劝劝他。方才他说去看谁？桂品微?”

“是我们从前风雨社同仁。”

“啊,她不是王光宗夫人吗?”

“是呀。”韦步平叹了一声。

“劝劝云青,革命与恋爱必须处理好,要做到矛盾的统一。工作上紧紧记住一条:依靠群众。今天会上就很明显,有了罗汉他们出场,形势就大大改观。好吧,你回乐群社宾馆？什么时候搬到农讲所再联系。我到报社写篇今天会上的特写。”

黄逸奎到报社的拐角街口,跟韦步平紧紧握了握手,回过头去走了。

第二十七章

“你把里头一篇划了红圈的文章拿去油印，当作讲义发给全体学员。”

韦步平作为兼任的省农讲所教育长，拿着一份《政治周报》交给教务处的一位科员。

科员接过杂志，站着不肯走，说道：“教务处主任说，请教育长写份教案，好排时间表。”

韦步平从写字台后面站起来，说：“没有另外的教案了。时间打算讲十二个课时，分四次讲完，一次三个钟点，占四个半天；另外，安排学员在自学时间讨论四次，每次两小时。就这样，记住了吧。”

科员点头答应，才转身跨出门槛。正巧，海银华和凌云青来了，一出一进，擦肩而过。韦步平已经坐回写字台后面的椅子上，拉下活动的电灯，正想给言真写回信，进来什么人，没有留心。银华瞅了片刻才说话：

"哎哟,那样积极呀?"

韦步平抬头一瞧,不由一怔,笑着招呼:"嚯,原来是……嗯,请坐。凌兄,你……怎样?"主人一边说话,一边给客人倒开水。

"不,不用了。"银华赶紧拦住,"我们是来告别的。凌兄明天回岚山,我嘛,后天也要走。"

韦步平坐下,靠着藤椅。对着客人,摆出聊天的姿势,瞥视银华一眼,问道:"哦,海女士也要高飞远走?"

银华自鸣得意:"你猜对了。远走高飞——省主席邀我一道去上海逛逛大世界。省党部王秘书长也同行,先到香港然后转上海。"

"啊。"韦步平漫应一声,然后有意打听,"是私人旅行,还是因公出差呢?"

"两样都沾一点,公私兼顾。他们俩是开会去的,说是黎柏初从上海来急电,要夏公去出席一个什么机密会议。我嘛,搭伙同行,一方面是治鼻炎,另一方面附带给省主席当临时秘书。"

"美差。"韦步平敷衍一句。

凌云青喃道:"上海,十里洋场,花花世界,可是时髦摩登的橱窗。"

韦步平说:"是时髦的地方,又是藏垢纳污的社会。那里,一面是纸醉金迷、灯红酒绿的狂欢,另一面却是忍饥挨饿、挣扎于死亡线上的呻吟和求生图存的呐喊。正如王熙凤给贾瑞的风月宝鉴,瞧你要欣赏哪一面吧。"

银华不容置疑,马上答道:"反正两面我都想见识见识。"

凌云青瞪她一眼,带着讥讽的口气说道:"还是蝴蝶哲学!"

银华反唇相讥:"嘿,蝴蝶怎样,反正总比蜗牛强。"

韦步平不做声,屋里静了一会。

凌云青看韦步平好像心里有事,于是找话来说,说是东南半壁,北伐军进军得手,昨晚外国电讯证实,上海已为革命军全部占领。韦步平纠正他说:其实,上海在北伐军开进去之前,早已掌握在工人群众手上。共产党员周恩来、赵世炎、罗亦农在工人群众中组织了几十万工人队伍,举行了第三次起义,终于将北洋军阀的主力——直鲁联军的总司令孙传芳撵出了上海。在这之前,起义工人方面曾派人到屯兵于龙潭的桂系第七军和北伐军总司令蒋介石直接指挥的第一军求援,要求里应外合,共同配合作战,他们却按兵不动。等到工人队伍付出了代价,排除了障碍,扫清了道路,北伐军才把部队开进市区,吃现成饭。

“眼前,”韦步平着重说道,“北伐军总司令蒋介石、国民政府主席汪精卫、国民党要人吴稚晖等等,云集沪上,跟地头蛇杜月笙流氓集团以及银行买办大头之辈穿梭来往,谁知葫芦里卖的什么药?”

凌云青望着海银华试探:“是呀,这回上海会议非同寻常,会不会是南京指日可下,要商议迁都南京?”

银华瞪大眼睛问:“迁都?武汉不是很好吗?全国水陆交通中心,而且才从广州迁来,屁股还没坐定又要搬,劳民伤财。”

凌云青说:“这,你就有所不知了:南京、南京,到底曾是帝王所居,龙蟠虎踞,六朝金粉,历代文物,荟萃此地。作为首都,当然比之武汉为宜。”

韦步平对此又不做声。屋里静得叫人发闷。

一会儿,银华才喃道:“听说,蒋介石要同宋美龄结婚,人家说美龄真美,可是王嫱、赵飞燕再世哪。比她姐——孙夫人还漂亮。这回去上海也许能捞到见见,开开眼。”

凌云青瞪她一眼:“你就爱凑这热闹。”

“唔,就是这样。难道你……别吃不上葡萄就讲葡萄酸。”

凌云青不做声。

韦步平喃道:“不管怎么说,上海的高楼大厦,都是劳苦大众的血汗建筑起来的,是中华民族的骄傲,值得向往。”

海银华听人家这么一讲,眼睛睁亮,笑道:“哦,想起来了,‘你的人’不是到那里去了吗?带点什么给她吧,我可以代劳,包管是个忠实可靠的信使!”

“这倒是啵。”凌云青对韦步平说,“你写封信吧。”

“信倒是要写。不过,”韦步平望着海银华说,“密斯海到那儿,人海茫茫,未必能见到她。”

“别把人看扁了。上海再大、再繁华也不能弄花我的眼,找个人还找不到。”

“要找,当然也不难。就怕两人忙不到一块,难得遇上。”

“阁下还不知道我跟她做过姐妹呢。你说她现在的住处是什么地方,在什么机关任职？写个地址给我。”

韦步平说：“信刚要写，不知能不能写得完。要写好了，就叫人送去。要是见到她，就说我顽健如牛，哈哈。”

海银华说：“好，我一定去找她。你今晚把信写好，明早我来拿。现在我们还有事，走了。”

凌云青跟海银华站起准备告辞，对着韦步平说：“我们要去看戏，你有兴趣吗？”

“什么戏？”

银华抢着答道：“广东班——《夜吊白芙蓉》。”

“鬼戏。”韦步平说，“哭哭啼啼。你们去吧，我还有事，失陪。云青，你明早走前来一趟……不，我去找你。岚山农运下一步怎样搞，商量一下。”

凌云青一边应着，一边让海银华扯着胳膊走了。

韦步平送走了客人，回头把信写完。末尾仍觉不能自已，又提笔写下一首七言绝句，步言真前韵，作为唱和，另纸附在信后：

一纸飞来惊别梦，
依稀犹见叶丹枫。
漫道萍踪无觅处，
南北相思一脉通。

省农讲所所长虽为省主席夏雷兼任，实权却为左派力量所把持。孙中山生前制定的联俄、联共、扶助农工的三大政策，成为这里的指导方针。教职员中有相当一部分是中共党员，建立了一个支部，书记是省工委黄逸奎兼；同时，他在这里主讲《苏俄劳工政策》这门课。夏雷是个飞扬跋扈、政治上左右拉扯的政客。从保定军官学校毕业后，起初是在桂系军阀陆荣廷部下做下级军官，后来，投革命之机，同黎柏初结成一伙，向陆荣廷倒戈，翻云覆雨，居然撑起全省的局面。当前，为了巩固他的地位，极尽投机权变、看风行船的能事。对待左右两派势力的争吵，采取睁一只眼闭一只眼的策略，只要不侵犯到他个人的权力范围，他是不加干涉的。他内心明白:眼前革命浪潮,正是风起云涌,大有排山倒海之势,必须得往左边靠,借取革命的招牌以装饰门面。韦步平也就尽可能利用这个时机,拿农讲所作农运的温床,通过短期训练,让一批一批学员,把工农革命的种籽迅速撒播全省各地。说起他的干劲,没有比这时更高的了。白天,不是在所里讲课、参加学员讨论,就到别处去做演讲;夜里,不是批阅文件就是编写讲义、作文章,宣传革命,往往熬到深更半夜。

今天,星期六又到了。所里不少师生外出,韦步平却照常趴在桌上写东西。罗汉悄悄进来,他也没发觉。罗汉迟疑半天才轻轻地招呼:

"星期六也不歇一下,还在写?"

韦步平抬起头,一见是罗汉,特别高兴地笑道:"啊,是你,坐。"

罗汉在旁边的板凳上坐了下来,要说什么又开不得口,直瞅着韦步平的脸色。韦步平看他好像是有什么心事,问道:

"怎么啦,在这蹲学堂过不惯吧?"

这么一提,正是抓到对方的痒处。罗汉脸色不觉泛红,说道:"是不大自在。你知道,我是叮叮当当跟石头、铁锤打交道长大的,这几年又同扁担、杠子作伙计,'嘿哟嘿哟'过日子。现在,要我成天坐冷板凳,闷声不响,心里实在憋得慌。是不是让我提早回河口算了?"

"哦,是这个意思呀,不行。"韦步平口气坚决,"哪个叫你闷声不响嘛,听完课不是要讨论吗?讨论的时候,你就大喊大叫,想到什么就讲什么,谁敢往你嘴上贴封条?"

罗汉说:"不行啊,这玩意儿不是我这种人的行当,唱不了这个角。你不知道,一开起讨论会来,都给那帮学生哥抢了天下,呱啦呱啦,说个没完,尽是咬文嚼字。"

"不管他嘛,你讲你的。"

"横直是鸡鸭不能闹到一窝。"

"为什么不能?要知道,他们那些不着边际的咬文嚼字的空谈,都得去掉,要向你们工农大众学习。不然他们怎么领导工农运动?不过,你们工农同学也得要学文化,懂理论,长知识。不是专门有一班都是工农学员吗?"

“我来的时候就没有编到工农班去。说我当过县农会副主任,应当编在高班,跟学生哥一道,工农班是低班。”

“这简直是胡闹,谁讲工农班是低班?谁这样分的?真糊涂。应该把它颠倒过来。这是农民运动讲习所,不是什么学院。”

“那,家庆、志高和福贵他们为什么不留下来住学?”

谈到这里,韦步平说,让他们留下来学习当然好。可是,县农会没人张罗不行。杜耀光和马王七他们,听说上了瑶寨跟山主勾结在一起,不知要搞什么鬼。梁少英几个虽然毕业回去了,恐怕只能在县农会应付门面的差事,乡里的事,非得家庆他们分头去干不可。省工委黄逸奎同志的意思:要罗汉在这一边学习,一边到省工会,同工友们联络联络,学学人家的办法,然后回河口,在码头工人当中开展运动。那边虽然派了人去,仍然感到骨干少,需要补充力量。

“如果全省各地,到处都建立起工、农大众自己的团体,”韦步平着重说道,“那就像歌子唱的——‘团结起来向前进’,革命力量就强大了,看他杜耀光几个小丑还往哪儿跑?我说,不要气馁,不能小看自己,应当安下心来,学好本事。每个革命同志都得准备干大事,把革命闹到成功。”韦步平一口气说到这儿,离开坐椅踱了几步,拍拍罗汉的肩膀。

“河口已经派人去了吗?”罗汉问。

韦步平说:“会有人去的,这你就不必担心了。磨刀不误砍柴工。还是安心学好本事,到干起来就会得心应手了。你要造反闹革命,不懂道理就跟走夜路没火把,容易跌跤,是不是?”

“那也好。”罗汉心悦诚服地说道。

韦步平斟酌一会儿,终于说道:“问你,重九知不知道你对她的意思?”

罗汉摇摇头:“不晓得。”过了片刻,才补说了一句,“我看她跟福贵倒是天生的一对。”

“听说,志高插在他们中间,有没有这回事?”

“不会吧。”罗汉答道,“不过,玉姑不在身边,志高好开个玩笑倒有。”

“开玩笑,找男的不行吗,为什么偏要找女的?乱弹琴!”

“这就说不明白了。”

“特派员在这吗?”房门外一个女子的声音。

韦步平一怔,应道:“在。请进。”

掀帘进来的是一位二十来岁的大姑娘,穿宽腿的玄色裤子,上身穿的是一件黑底红花棉袄,脖子后头,拖着一根又粗又长的辫子。在灯光映照下,俏丽的脸蛋,显得红润光泽,俊秀的眉眼,浮露一种说不出的抑郁。她一瞧房里没有她要寻找的人,不觉失望地望着韦步平问:

“啊,韦先生!请问,凌先生和海小姐来没来过这儿?知不知道他们哪里去了?”

她就是桂品微的贴身丫头林千红。是桂品微要她找凌、海两人的。韦步平告诉她:凌、海两个看戏去了。阿红一进来只顾盯着韦步平说话,没留意到旁边还有人。

罗汉听说是桂品微的丫头不觉一怔,留心上下端量一番,容颜似曾相识,特别是那水灵明媚的眉眼和端庄的鼻梁,唤起了田州道上的回忆:人比原先标致了,宛如成熟的桃子,褪脱了三年前童稚的绒毛,焕发着少女的容光,显得格外端庄。如今,她站在陌生人面前,不再那样过分地拘谨,而显得娴静、自然、大方。触动罗汉心弦的是她耳朵上短缺了一只耳环。这可是坠在罗汉心上的一块石头啊!他曾经搭救过的人梦幻似的居然来到了跟前。可是,人家既不给一个眼色,又不容他得到插嘴的空子,只好自己坐在一边发呆。

韦步平看出罗汉的局促,正当林千红转身要走的工夫,把她叫住:“红姑娘,请等一等。瞧,这是谁,认得吧?”

罗汉站起身来,跟阿红正对面,彼此眼睛碰到一起。她情不自禁地红着脸惊呼:

“嗨哟,你是……哎,真对不起,只顾说话,没看见……几时来的?哦,你是在这儿做学员吧?”阿红乐得绽开笑脸。那神情就仿佛小孩丢掉了心爱的玩意,好不容易又捡回来,拿在手上反复揣摩,不肯放开。

正在这时刻,一位听差进来,向韦步平说,报社黄主笔来电话,请马上去他那里一趟。韦步平赶紧从抽屉里取出一份文件放进皮包,抬起头来望着这对熟人说道:

“你们在这儿谈吧,我有事出去一下。”

韦步平走到房门口,又回过头来,向罗汉意味深长地使个眼色,嘱咐他:“等一会把红姑娘送回家,替我把门带上。”

阿红口里说:“我也要走了。”但是,不见她挪动腿。

韦步平走后,屋里静了两分钟,罗汉才嗫嚅地开口说道:“你的一只耳环,我早收到了。”说着,像小孩一般腼腆。

“是吗?”阿红脸色顿然闪光,喜不自禁,眼眶里噙着泪水,稍停片刻,才问,“你把它放到哪儿了?”

“藏在最可靠的地方。还给你吧。”

阿红一愣,反问一声:“不喜欢吗?”

罗汉眼中火热的目光,叫对方怪不好意思的,耳根都红了,两只手扭动着衣角。

“你现在带我去找海小姐他们行吗?”阿红瞟罗汉一眼。

罗汉点点头,让阿红先走出房间,然后关了电灯,却忘记把门带上。走了两步,阿红说:“门没关吧?”罗汉这才转回头把门带上。

两人一前一后,默默地走在僻静的小巷里,石板上响着他们一起一落、均匀的脚步声。各人都能听到各人自己心头怦怦的跳动。

新历四月中旬,清明过后,谷雨就要来临了。在农村,此刻正是农忙季节,而暴风骤雨般的农民运动,也烧到沸腾的顶点,一股造反的旋风正在席卷全省各地。省农讲所第一批分配到各地的学员,显然满足不了运动的需要,各地闻风而起的农民运动,纷纷要求派人给予指导。有的已经迫不及待地自发成立起农会来,向封建势力发起总攻击,像野火,像狂飙,像失掉控制的惊马,到处蔓延,到处呼啸,到处复仇,到处造反。这就不免沙石俱下,鱼龙混杂。农民队伍里头混进的一些异己分子,从中假公济私:有的为土豪劣绅打掩护,有的借用农会力量,制造封建宗派斗争,形形色色,情况相当复杂。面对这种形势,省工委开会讨论,建议省府将农讲所第二期学员提前结业,过完“五一”,就把人分派到各县去领导这场斗争。建议被采纳后,时间显得更紧了。必要的课程不得不往前赶。“五一”劳动节的各界民众大会，不得不加紧筹备，农讲所的毕业典礼游艺会，又不得不组织人去张罗。总之，这段时间，农讲所上上下下都异常紧张。

韦步平除了省农讲所的工作，还常到省工委、省农协谈工作，开会，夜以继日，像走马灯，没个空闲的时候。言真在信上叫他代向桂品微问好，桂品微也几次来电话请他去谈谈，他几次想去，都没去成。今天，他三赶两赶，总算把事情安排下去了。趁着星期天，抽点工夫去走走。正巧，才走到街口，桂品微来了。

人比五年前在小乐园医院见到时，似乎丰润一点，病容不那样显眼了，眉梢却隐藏不住抑郁。她穿着当时流行的阴丹士林布的天蓝色旗袍，外面披件开司米(细毛线)的紫色坎肩，更显得清秀而苗条。

“你真忙啊，请都请不到。”桂品微用带着愉悦的声调抱怨道。

“这不，我正想要去呢。”

“我不信。”

“不信？那我也没办法，信不信由你，哈哈。”

“那好，就到我家去吧。要不，你有空，我们就上青山塔走走。难得有这样好的天气哪。”

韦步平看看对方，觉得她是一番诚意，沉思一下，点头答应了。

从城里往青山塔去，必须坐游艇顺江东流，要经一段水道才能舍舟登岸。那是当年王阳明南来，曾经讲过学的地方。如今，除了尚存一塔和山崖额上刻下几个斗大的阴文——“王阳明过化之地”而外，别的已无踪迹可寻了。这里地势依山临江，乔木荫森，倒是南国炎夏的避暑胜地。登上塔端，远山近水，都在眼底了。这时节，城里的花事已到尾声，在这里，玉白色的金樱花，金黄色的鹰爪兰，还有各种颜色的杜鹃花，开得正是时候。鹧鸪、斑鸠、黄鹂和布谷，躲在密林里啼唤，寻找配偶，蝉儿试唱新声，昆虫争着欢歌……久住城里的人，一旦登临，胸襟纳下这样一片天地万物，心情不觉为之一畅。

今天，薄云晴空，艳阳天气，游人特别活跃。好几队童子军来做野营，天真烂漫的孩童，欢天喜地地四处采花、捉蝴蝶、捞蝌蚪……歌声洋溢，处处展示着旺盛的生机。

桂品微还是那样弱不禁风，爬上小小的斜坡，脸色像给染红了似的，额角泌着微汗。她望着韦步平背后叫一声:“走不动了!”于是,在一株芒果树近旁的草坪上坐下。韦步平也就在她旁边坐下来。彼此促膝而谈。

“我问你,你为什么总也不肯去我家?”过了一会儿,桂品微才盯着老同学的眼睛发问。

韦步平心不在焉地答道:“事情多,忙不过来。”

“我不信。准是你不愿跟他见面?”品微把“他”字拖得特别长,惟恐对方领会不到是指的王光宗。

韦步平不否认,可也不简单地同意她的猜测。沉默了片刻,才平静地提出另外的话题:

“老王同海小姐该到上海了吧,有信来吗?”

“银华昨天来了信。嗯,你说奇怪吧,她居然闪电式地跟雷公结婚了!你瞧,她的结婚照片。”桂品微从一个大纸套里掏出一张照片递到韦步平面前。

这是一张六寸大的新郎新娘合影的纪念照。新郎是西装燕尾服,新娘是一身金丝绒黑袍,头顶戴着素净的白冠,披纱直拖到地。

品微轻声喟叹:“银华就是这样一个人——虚荣!一时喜欢这个,一时喜欢那个。把人家诚诚实实的云青弄得神魂颠倒。”

韦步平不做声,将照片合上,放到一边。

“她把终身大事简直当作儿戏。”品微沉吟半晌,又像是跟自己说话似地喃道,“我早就看出来了,云青太老实,是满足不了她的。可我们的书呆子经不起人家若即若离,猫玩死鼠地逗趣取乐,叫我在旁边也不好劝。”

“是呀,旁观者清。说人家容易,事情落到自己头上就难免糊涂了。”韦步平也不免感叹。

桂品微敏感到这话似乎也把自己说在里头去了,觉得很难为情,脸色忽一下泛起红晕。

沉默一会儿,韦步平才说,言真来信向她问候,对她的健康很关心。

“是吗?她怎样?”品微一听很开心,连声问道。

韦步平将言真的近况说了说。

“像她一样多好!”品微轻轻赞叹,“无牵无挂,多自由。步平,我今天还有件事要同你商量,央求你给我介绍一份什么工作来打发日子吧！老呆在家里,可闷死人了,没病也要闹出病来的。”

“出来做事,好当然是好的。”韦步平一边考虑,一边说话,“不过,我个人的活动能量有限,不如跟老王商量,他神通广大,八面玲珑;他的手长,哪里都摸得着。”

“他,嘿,”品微哼一声,“他手伸到的地方我才不去呢！那里都是衙门,当官人的门路,白天黑夜不是麻将就是大烟。现在,大烟表面上是禁了,又兴起什么新玩意——每天华灯初上,个个都往花艇——凌昌楼去找当代的薛涛什么的,附庸风雅。这帮人,叫我瞧,还嫌脏我的眼呢!”品微可是激动了。

韦步平说:“那,你想……”

“我想到你们农会,或者就去学生会那样的社团,跑跑龙套,行吗?”

韦步平笑着说:“那样,你可是要做‘娜拉’了?”

“别取笑人家好不好？你也没点同情心!”品微说着,居然伤心起来。

韦步平看她那样认真,也就正经地说:“既然你肯下决心,有机会一定助你一臂之力。”

桂品微见老朋友热心,于是将她的打算讲给他:说她准备将阿红送到医院去,跟班学做护士。医院有她一位表妹在那里当护士长,院长又是她姨妈的亲戚,事情已经谈妥了。她自己要是找到合适的事做,就可以无牵无挂,走自己的路了。

韦步平问:“身体怎样？健康没问题了吗?”

“就担心它扯后腿啰,最近好了些。云青这段时间在岚山怎样？还是老样子——不好意思?”

“这回上省里来,打败了反对派的进攻,情绪高了些。说是这番回去要大干一场。嗯。银华的事,给他写信的时候,暂时不提吧,免得搅乱他的心情。”

第二十八章

韦步平刚回到农讲所,听差迎面告诉他:《民国日报》社黄主笔来电话,要他什么时候回来都要立即去他那里。韦步平听罢,连房子也没回,转身就走。赶到那里一瞧,客厅静悄悄的,烟缸里堆满烟蒂和火柴梗;茶杯零乱地搁着,杯里残剩着茶水;桌布上落下点点烟灰……显然,这里有过聚会,才散不久。韦步平看着这些,痴痴地站着发呆,神色懊丧,仿佛一个弄丢了东西的小孩。

黄逸奎从里屋出来,一见他劈头便问:“到哪儿去啦,到处找也找不见?”说着,仔细打量对方,神色严正,异乎寻常。

韦步平发窘,支支吾吾说道:“到青山塔……”

“哦,原来是游山玩水去了。”

“不,那是……”

“是什么也不用解释了。”黄逸奎一面请韦步平进他房里去,一面说道,“要是没要紧的事嘛,星期天出去散散心也没什么。列宁也曾说过:不懂得休息的人,就不懂得工作。可是,在特殊情况下,你就非得加班加点,甚至通宵达旦地干不可。你请坐下。”

黄逸奎回头去拉开抽屉,拿出一份电报,看了对方一眼,略有考虑,才把它放回桌上,拿一把青铜的镇纸压住,脸色深沉地说道:

“上海政局有变化:国民党右派反水,这个月的十二号开始,蒋介石密令桂系部队解除上海工人纠察队的武装,总工会不少的干部和工人群众遭到屠杀和逮捕,事态仍在发展。表面上说是部分军队同工人纠察队在执勤上发生冲突,但是,我们内部掌握到的情报,证实是右派有计划的阴谋,目的是阻挠革命向前推进。”

黄逸奎接着说:刚才省工委临时开了个会,估计这是钻进革命营垒的反革命势力掀起的一股反共逆流的信号。广西也将会受到波及。夏雷和王光宗这回去上海,看来是事出有因。如何应付这股恶浪?省工委讨论了一下,认为:不管事态是向坏的方面继续发展,还是朝好的方向转化,都得加紧做好各方面的准备。最紧要的一环,是放手动员群众,组织群众。凡是已经组织的工会和农会,就要加强领导,充实骨干,防止投机分子要两面派挑拨离间;没有组织的空白点,赶紧派人进去,四处点火,全面开花,来个孙悟空大闹天宫。为此,农讲所工作要打快板,突破原定时间表,学员提前结业,迅速派往各县。其次,“五一”劳动节要大搞大闹一场,尽量动员各行业工人、城郊农民、学校学生、市民参加大会。男女老少,浩浩荡荡,显示群众的威风,使反动派感到人民大众势不可侮。上海之所以克服,应归功于北伐军政治工作(七分政治三分军事)的成就和工人、农民的配合支援。没有上海八十万工人起义的配合,北伐军就不可能那样容易赶走孙传芳,没有后方农民协会的输送粮草、救护伤员、补充壮丁,北伐军就不可能顺利地进军。最后,黄逸奎说:

“现在,上海军事当局,居然对上海工人和总工会的干部实行野蛮的屠杀和逮捕,那是过河拆桥、出卖革命的罪行。我们表示抗议,声援上海工人弟兄的斗争!”

“好。我坚决拥护省工委的决定!”韦步平态度鲜明。

黄逸奎审慎地对他说:“你的任务就是,如何把农讲所的学员紧紧地抓住,武装每个成员的头脑。现在马上回去召集支委扩大会,小组长参加,先在党内打招呼,让大家精神上有个底,对外,还要保密。”

韦步平怀着激动的心情赶回农讲所。立即通知党支部的同志和小组长,晚饭后到他房间开会。会上,他传达了省工委的指示。讨论中,大家心情又沉重又紧张,预感到一场暴雨就要来临,要加紧收拾场地似的。

“我早就料到,地主土豪不会那样甘心服输的。”

“要来的就让他来吧。”

“要紧的是我们的人必须拧成一股绳。”

“几大就几大,至大不过芭蕉叶。”罗汉一向的口头禅又出来了,他特别激动。

大家你一句我一句,情绪平静不下来。

“在这种时候,大家都不要慌乱,”韦步平说,“一切行动听党指挥。下一步到底怎么走,现在还不知道。只不过先向同志们交个底,思想有个准备,免得临时措手不及。现在,还是积极动员群众参加‘五一’大会,显示工农大众力量,抗议上海当局镇压工人的暴行!”

会还未散,听差送进来一封信。韦步平接过来一瞅,是桂品微写来的,估计不会是什么急事,把它搁在一边。等到会开完了,大家一个一个走了,他才把信拆开。信像电报一样简短:

有急事,专候劳驾!

这可是“一头雾水”,叫人难以揣测!韦步平深知品微为人,她决不会跟他开玩笑,但是,到底发生了什么急事呢?一路赶去,一路猜想。

这时,品微正在房里焦急地走来走去,看看挂钟,已经九点三刻了,还不见人来,便催阿红再去跑一趟。阿红才出大门,韦步平却到了。阿红一见,高兴地笑道:

“哎呀,可来了。等得好焦急啊,快请!”

韦步平问："什么事？"

"晓不得。"阿红说着，把客人引到书房门外，掀起门帘，朝里叫道，"小姐，韦先生来了。"

"请！"品微迎出来，望着韦步平说，"哎哟，好难请呀。"

"正碰上开会。发生了什么事？"

桂品微收敛起笑容，心情沉重地从桌上拿起一封电报，默默地交给对方。韦步平急忙接过来一瞧，上面是这样简单的电文——

风云变幻，真真遭难，详情待查。银华。

韦步平的手打颤，眼神呆滞，以无告的目光凝视着桂品微。她沮丧地坐在沙发椅上欷歔叹息，一时说不出话。

书房很静。窗外的树叶被风一吹，发出簌簌的声音，窗户轻轻地自动开了裂缝。"别"的一声，新书柜发出木器裂开的声音。

"你喝咖啡吧？"过了一阵，桂品微说，"叫阿红给你煮一杯来提提神。"

"这已经够受了，还找刺激？不要把我逼疯了！"韦步平抱着脑袋，两只肘顶在膝盖上。

品微从来没见他有过如此的痛苦，想了想，像大姐似的安慰他说："银华攀上了雷公这个肩膀，她要肯出力，事情也许能化凶为吉。估计银华这点友情还会尽到的。"

"靠不住。"韦步平说，"两人不是走在一条道上，很难互相扶持啊。"说着站了起来，好像受伤的狮子，来回走动。

品微问道："不是说，雷公他前次在联席会上，表现得蛮革命，是偏袒你们左派一边的吗？"

"谁说的？"

"详细的，我也不知道。只是听他跟银华两人开完会回来，嘀嘀咕咕老半天，对雷公一肚子的怨气。"

韦步平听出品微讲的"他"指的是王光宗，于是，苦笑一声，说："可是，这回雷公不是又把他拉到身边去了吗？实际上，他俩是谁也离不开谁的，就像……”

“像什么？”

韦步平本来想说“就像狼和狈一样”，可是，碍于情面，不好在桂品微的面前对王光宗太刻薄了，话到嘴边留了半句。再说，言真的事已经把他的心搅乱了，心的天平的一端突然加重了砝码，一下子失了平衡。终于，心不在焉地说一声：“我回去了。”拔腿就走。

桂品微送他到门口，极力安慰他：“把心放开一点，车到山前必有路。在那边，总归还有她自己的人吧。反正你现在干焦急也没用。”

韦步平回到自己房间，拧开电灯。案头的言真相片，凝眸对着他。他两手趴在桌面，下颌顶着手背，呆呆地盯着照片。眼里出现一个幻影：相片上的人变成一个蓬头垢面，血迹斑斑的囚徒，仿佛在呐喊：“打倒军阀！打倒野心家、反动派！”“中国共产党万岁！”……

韦步平越想越盛不住气，坐也不是，站也不是。突然，他想起了什么，夺门而去，灯也没关，门也忘了扣。听差在门口见他这个神态，甚为惊讶，问他哪儿去？

“你别管。”他气冲冲地说了一句，掉头就走。

听差望着他消逝的背影喃道：“真是公鸡屙尿，头回见到。”

不一会儿，当阳街二十一号有他的叩门声。

黄逸奎正在埋头写一篇社评：《为上海当局进一言》。文章中心是抗议上海当局对工人运动的暴虐行径。指出这不幸的流血事件，不发生于军阀孙传芳罪恶满盈的统治时期，竟然发生于国民革命军占领上海之后，肇祸者不是与民为敌、充当帝国主义刽子手的军阀，竟然出于标榜为民请命的革命军人，出于高呼“扶助农工”、拥护孙中山的“三大政策”的当局。兄弟阋墙，同室操戈，岂非为亲者痛仇者快哉！文章最后大声疾呼：反革命封建势力盘踞北方，蹂躏半壁河山；国民革命大业，仍须军民合力，上下同心，毕其功于一役，方期奏效。临书呼吁上海当局，以国家民族为重，以革命事业为重，悬崖勒马，改弦易辙，弃私就公，团结对敌……

文章写到这儿，叩门声把它打断了。黄逸奎起来迎接客人。主人知道客人不吸烟，将熬夜预备着的零食——牛肉干拿出来做招待。

“尝尝。这东西做得手艺挺到家，嚼起来蛮有味道。”黄逸奎一边拿起一片鲜红透明的牛肉干放进嘴里，一边说话。

韦步平看主人盛意难却，也拿起一片来尝尝，但是心不在焉，食而不知其味。

黄逸奎仔细端量片刻，问道：“什么事？工作布置了吗？同志们反应怎样？”

韦步平将支委扩大会的讨论情形作了简要的汇报。

“好嘛。”黄逸奎说，“关于抓紧发展组织的意见，提得对，提得及时。不过，要注意一条：我们是无产阶级的先锋队，可不能跟国民党那样‘拆烂污’——像街头的‘野鸡’拉客。一定要看准，进行必要的考察和培养，注意政治质量。唔，还有什么？”

“还有……”韦步平欲言又止。

黄逸奎发现他神情跟方才走的时候迥然不同，好生奇怪，问道：“你怎么啦？上了一趟青山塔回来，伤风不舒服了？”

“不。”韦步平还是半吞半吐。

黄逸奎发了急，追问：“咳，这不是你的本色嘛，怎么‘口欲言而嗫嚅’？有什么话就讲，有意见就提，怎么犹豫起来了？”

“我个人有个要求。”

“什么？个人要求？”黄逸奎不免惊讶起来。

“我要求上前线。请组织把我调到上海去！”韦步平用了极大气力终于把话说完了，两只手掌无意识地互相挤搓着。

黄逸奎歪过脑袋，再次打量着眼前这位请求者，稍停一会儿，才说：“不明白你的意思。你以为到那里才是前线吗？同志，你不要以为我们这地方是——‘西线无战事’啊。说不定一夜之间就要变成前线哩。你没有注意到，那回联席会上双方的争执多激烈？那帮人，你以为他们会甘心躺下服输吗？不，早着哪，这不过是第一个回合罢了。”

“那，准我请个假，去一趟再回来。”

“有这个必要吗？”黄逸奎简直闹糊涂了，越听越搞不清对方怎么回事，“你到底有什么事,直说吧?”

韦步平终于将海银华的电报讲了。

黄逸奎听完,想了想,瞅着对方喃道:“有这样的事?”

屋里很静,蚊子嗡嗡地嘈闹。

“事情既然发生了,你去也无济于事。”黄逸奎沉思着说,“还是把希望寄托在广大群众的斗争上。如果这场斗争胜利了,人总会得救。我们现在的使命就是从全国各地配合作战,全国上下掀起一片呼声,抗议这种倒行逆施,声援上海工人弟兄的斗争,造成社会舆论,显示工农大众的声势,给右派一种压力,逼迫他们收敛魔爪。如果,其他兄弟姐妹得救了,她——你的朋友——当然也在其中。”黄逸奎说到这儿,拿起他起草的社评递给韦步平,“看看这个,我想明天把它发出去,有什么意见提一提。”

韦步平看了看稿子,说道:“人言可畏,舆论表示着人心的向背,不可否认,它可以发挥一定的用处,可比起大炮来,它就不那么直接见效了。”

“当然。不管哪一方面,把它强调到绝对的地步,都将变成荒谬。马克思主义就是要求理论与实践统一。每个共产党人都应该是言行一致,个人与集体两者的相互关系必须摆正。”

韦步平听得出来,对方绕了个弯,又点到他请假的问题上来,只好静听开导,不便作声。

一会儿,黄逸奎改变口气,话也和缓一些。说他也认为言真是个好同志,作为她的朋友为她特别焦虑是可以理解的,甚至为她去奔走一趟也不是不可以。只是,应当考虑到个人作用的实际效果。明知不可为而为之,那是不明智的。言真既是革命集体中的一员,就应该相信组织上会像父母爱护子女一样,爱护它的每个成员。个人能办到的事,组织上会办到,而且还会办得更周到。“而这里的一大摊工作,”黄逸奎着重说道,“别人倒是取代不了你的。”

韦步平像个听课的小学生,静静地听着,没想到要讲什么,好像刚才的要求本来就不该提似的。

“当然,”黄逸奎又说,“干革命是靠个人自觉自愿的。我想,要是言真同志知道你为她丢开工作而作徒劳奔走,她也不会赞成这种盲目的感情用事,是不是？革命，总免不了要牺牲。没有死亡就没有新生。”黄逸奎用深沉的口气说，“一个真正的革命者应该是他所信仰的殉道者，个人的命运和革命的事业，应该而且必须是紧紧联在一起的。集体的事业如果兴旺不起来，个人的幸福将会落空。个人之于集体，宛如毛与皮的关系，皮之不存，毛将焉附？”

黄逸奎一口气将话讲完，盯着韦步平，瞧他的反应。韦步平低着脑袋看地面，悄声自语：

“道理是不错的。”

黄逸奎马上反问：“难道理智与感情能够截然分开吗？”

韦步平哑然无声。

两个人一直谈到深夜。韦步平回到农讲所时，已经是第二天凌晨一点三十分了。他似乎忘了白天还是黑夜，心潮起伏，毫无睡意。他趴在桌上，眼睁睁地望着言真凝眸而视的笑靥，耳边隐隐约约地响着方才省工委书记开导他的语言。

“道理，我何尝不懂呢？”韦步平独自寻思，“只是，事情一落到自己头上就发懵了。”说着，拿拳头往自己脑袋上捶了一下。

“一个革命者，个人的命运和革命的事业应该而且必须是紧紧联在一起的，皮之不存，毛将焉附……”韦步平喃喃自语，咀嚼着刚才黄逸奎同志的规劝，“干革命是靠个人自觉自愿的。在革命进军过程中，个人总也免不了有牺牲。没有死亡的悲痛，就不可能有新生的欢乐……”

黄逸奎至诚的话在耳边回响，黄逸奎的严正目光在眼前出现。

韦步平心想：“这样看来，做一个共产党员，我还差一大截啊！还不自觉，理论与实践还不一致，个人与集体关系的位置还没有摆正……原先以为自己已经差不多的自豪感，现在，遇到切身的问题一较量，仿佛一尊雪塑的神像，在阳光的映照下，一下溶解得不成样子了。”

他来回走着，走着，壁上的挂钟“嘀哒嘀哒”地伴奏着单调的声音。他走得累了，脚步越来越沉。他坐回写字台前，又觉无所事事。言真的相片依然向他莞尔微笑。他闭上眼睛什么也不看，什么也不想。桂品微方才的话却在耳边响起：“在上海总归有她的自己人吧？”是的，上海八十万工人已经起来了，反动派凭他们几杆枪能将这股怒火扑灭得了吗？只要革命大业继续向前进军，革命者个人的安危何足忧虑？想到这地方，发皱的心境好比被熨平了大半；黄逸奎的一番劝导又在他耳边回响，黄逸奎严正的目光又在他眼前闪现。

“五一”的前三天，王光宗一个人先回来了。桂品微向他打听上海局势真相，他却矢口不谈。言真的消息，更是一问三不知，只说海银华和夏雷到杭州度蜜月去了，月底才能回来。

韦步平既然打听不到什么消息，紧张的工作也不让他去做徒劳的思念。直到四月二十九日晚上，广州来了封信，才知道了事情的经过。信是言真她妈寄来的。说言真遭难沪上，幸得各方亲友为之奔走营救，已经保释出来了。在一位亲戚家住了两天，有天晚上，说是上书店会朋友，一去就不见回头。害得大家到处寻找也无踪影。后来在她枕头下发现一张纸条，上面留下这样两句话——

我到自家人那里去了。请转告妈妈、舅舅和步平他们放心，后会有期！

读了信，韦步平的心潮又激起一番波澜。正好他要到当阳街汇报工作，顺便把这消息告诉了黄逸奎同志。工委书记说：上海四月十二日对工人的突然袭击，屠杀了大批群众，充分暴露了蒋介石右派势力的狰狞面目。革命对他们来说，已经成为挂羊头的幌子。黄逸奎说，据他猜测，言真很可能同邓大姐回了武汉。目前武汉国民政府还掌握在左派手中。不过，自称“在夹缝中奋斗”的汪精卫，说明他是夫子自道：正在左右摇摆，不一定靠得住。目前时局正处在危机四伏、阴霾密布的时刻。这里的工作必须作好随时应变的准备。夏雷到上海参加秘密会议，现在又滞留不归；王光宗回来，一反常态，表面上若无其事，暗地里鬼鬼祟祟，讳莫如深。“从现在起，”黄逸奎说，“必须嘱咐我们的人，提高警觉，事事都得小心谨慎，眼睛要尖，耳朵要灵。‘五一’大会游行，工人纠察队必须掌握在自己人手上，不能粗心大意！”

韦步平说：“让罗汉同志到纠察队去如何？”

黄逸奎问：“他还没有回河口吗？”

"没有。等过了'五一'再让他回去。"

"那边是个重要码头,一定争取掌握在我们手上。"

"我想介绍罗汉到'五一'大会的筹备会去,做纠察队长。"

"我看行。让他见习见习。唔,你个人问题,"黄逸奎看着韦步平的眼睛,"她既然脱了险,到了自家人的地方,你就安下心来迎接战斗吧!"

"一切服从指挥!"

"不。还得要自觉,发挥主观能动性!"

第二十九章

四月三十日傍晚，罗汉来找韦步平，汇报他到总工会参加纠察队的情况。说那里很多是码头搬运工和船上的艄公，有他不少的熟人，工人弟兄好讲义气，工作会顺手的。大家说他在省农讲所学习过，又是省党部农工部介绍下来的，都推举他当纠察队大队长。大队副姓江，叫江波，是个海员，在船上当领航师傅。说他本来定的“五一”结婚，表示纪念。因为当上了大队副，明天开起大会就忙那头的事了，顾不到这头，提前今晚办喜事，等一会儿罗汉要去林友记茶楼赴宴。

韦步平看他兴高采烈，自己也受到感染，微笑地瞧着他臂膀上别的“纠察队”红袖套，问他会场周围和司令台的布置都检查过没有？

“到处都走了一趟。各人都挺精神。”罗汉用广东话说。

“场子附近搭了临时便所没有啊？不然，到时候，尿到裤裆里就不好看了。”

韦步平笑着说。

“这个,有了,我看场子旁边几个地方都拿篾席围了半个圈,就不知放下瓦缸、水桶没有。”

“看你,马马虎虎,顾头不顾尾。”

“那不要紧,要没有,明早再拿几只水桶去也来得及。”

“今天该办的事就不要推到明天。”韦步平态度严肃起来。

“我现在要去喝喜酒,不去,失礼不好。嗯,看你像母鸡抱窝似的,要写文章吗?对啰,你那位——有消息了吗?”

韦步平说,正要写封信去。

“写封信不是跟吹牛聊天一样吗,还要那么费劲呀?两个人说话,你知我知,讲那么啰嗦干嘛,我说你写这么两句山歌,比你千言万语还得意呐,你听我唱。”罗汉小声唱起:

梦里如同亲眼见哟,妹呀妹,
醒来呀,隔水又隔山!

“哈哈,好了。我现在就喝喜酒去。”罗汉带着笑声走了。

韦步平送走了罗汉,洗完澡,又坐回写字台,继续给广州言母写回信。壁上的挂钟当当响了九下,信还没写完,门外响起急促的叩门声。

“谁?”

“是我。”一个不太熟悉的女子声音。

刚才洗澡时,房门下了闩,韦步平只好离开座位去开开门。门缝裂开,阿红出现。她的紧张神色,不由得使韦步平吃了一惊。她进得房来,二话不说,先从她临时挽起的盘龙髻里取出叠成蟹爪的字条,交到韦步平手上。

韦步平把纸条展开一瞧,下面几个字跳进了眼帘:

什么话都不要问,立即跟来人走!!!

末尾三个惊叹号像是三把匕首猛插进心口。韦步平眼睁睁地盯着对方,意思是问:“怎么回事?”但是,又不容他开口,阿红望了望壁上的挂钟,焦急地催他:

“快,跟我走!”

这样不容分辩地盲目地跟人就走,是违背他的性格的,但是,来人不是别个,而是他信得过的朋友的贴身人,字条毫无疑问,是可信赖的朋友的手迹。情势要他马上做出决断。他毫不犹豫地从床底拖出铁皮箱,捡出几份文件往怀里一揣,再拿走案头上言真的照片,对阿红说一声:“走!”

屋里的灯灭了,两人急忙夺门而出,连房门也忘了扣上。

阿红领头走进僻静的小巷。韦步平这时才问她,要到哪里去?阿红边走边说:小姐嘱咐她,一点钟之前务必把人带到桂安轮船上,别的也没多说。“要说也来不及,不知什么要紧的事。”阿红说,“是王老爷他们一大帮人,鬼鬼鼠鼠地计谋了什么事,刚走,小姐马上就喊我来办这件事。”

听阿红这么一讲,韦步平也就猜到了几分。不过,到底也不详细,又不好现在就去找黄逸奎和罗汉他们,只是干焦急。

桂安轮是走西江这条航道的客货两便的轮船,老板是桂品微的堂舅舅。品微有时请他从河口带来一些土产——田林的木耳,凌云的白毛茶,隆林的花菇和蜜糖什么的,都是叫阿红去取,所以她知道走到海关码头,打哪条小巷走近。韦步平也只好紧跟她赶路。两人刚走到码头,南门体育场那边,半天空映照起大片火光,消防队的警车发出凄厉而疾速的呼啸,撕裂着人心,打扰了夜间的沉静。

韦步平回头望天,失声呼叫:“‘五一’会场起火了!”

“快走!上船去看。”阿红怕他回头跑开,紧推他胳膊。

船上想往外走的人,被船老板拦住,大声喊:“你们往哪里走?公安厅已下了紧急令:十点钟实行戒严,街上不准通行!”

阿红领韦步平上了船,正要向船老板介绍的时候,老板先开口说道:“知道了,你小姐来了电话,你走得太慢了,回不去了,在这住下,明早再回吧。韦先生,”船长转向韦步平招呼,“船上地方窄,将就一点了,伙计,请客人休息去。”

韦步平被安顿在餐楼一个铺上。人们被火警搅得议论纷纷。半个天空一片红霞,映照到江面,闪烁着粼粼的波影,火星随风飘落……

“这到底是怎么回事?”问谁,谁也回答不出。每人心中都挂个问号。而韦步平的心中,比别人还多好几个问号:“要是体育场被烧毁了,明天的大会怎么开?会开不成,不是失了一个机会?罗汉的纠察队怎样了呢?警备司令部为什么突然要宵禁?桂品微知道了什么消息呢……韦步平想了很多,他可就没料到罗汉这时候的遭遇。

罗汉离开韦步平房间出来,就直奔江波婚宴的地方林友记茶楼。新娘是船家姑娘,客人几乎全是海员,在工人劳动节日前夜举行婚礼,宾主都是双倍的高兴。酒席间闹得特别热火。没料到,正当进入闹酒的时刻,猛然间,火警的汽笛声拖着长长的凄厉的呼哨传到茶楼上,惊了人们的兴致。

“体育场火烛!”

“‘五一’大会场完了!”

“街上戒严,不准通行!”

人们奔走相告,从街头传到住户,全城笼罩着慌张、颤栗、不安……

罗汉听到警笛,正举起酒杯的手像触了电,脱口大喊:“不好,会场失火了,走!”说完,不管三七二十一,夺路奔出茶楼大门,直往总工会方向猛跑。等到他气咻咻地跑到筹备会附近街口,见到有十来八个宪兵和警察如临大敌,早把筹备会团团封锁了,有五六个佩带红袖章的纠察队员,一个跟一个从里头被押送出大门,个个都带上了手铐。罗汉一惊,拔腿往回跑。他想往农讲所找韦步平去。刚到牛角弯巷口,一个守在对面街头的宪兵,发觉了他,吹起警笛,猛叫一声:“站住!”罗汉却不理睬,只管跑,宪兵也只管撵。跑到拐角地方,从旁边街口走过来两个巡逻警察,听到“抓住他”的叫唤,就朝逃跑的人开了一枪。罗汉一闪身,迅速躲到挂着老鼠箱的电线杆的阴影后面,让宪兵和警察撵到头前去了。他转身爬上一堵矮墙,跳到一家后院的杨桃树下。这时,宪兵转回头来寻找,发现对面小巷口有一只丢下的鞋子,以为人往那边跑了,赶紧朝那头撵去。

罗汉谛听墙外的脚步声逐渐消失了,稍稍定定神,发觉左胳膊不自在,有些发麻,一股热乎乎发粘的东西直往手指缝爬。他使劲举起疼痛的手臂,就着墙外透射进来的街灯光亮,仔细一瞧:血!袖口已经湿了一大片。人一松劲,马上瘫了下来,黄豆大的汗珠在额头上直冒。

这小院种着柚子、枇杷和杨桃,每种三五株不等,树下摆设着石桌石凳,墙边种些花卉。一蔸四季桂正开着花,在这夜静时分,气味特别馨香。罗汉环顾四周,左边有扇小门可通街上,右面的门是通里屋的,门首安着一只光线微弱的电灯。他越来越感到乏了,伤口像挨咬的一样,疼得揪心。他踉踉跄跄地朝着有灯光的小门挨靠,拿右肘去撞门。一连撞了四五下,才听到受惊的声音:

"谁?"

罗汉压着嗓子悄悄哀求:"求求好心人,救救命!"

门"伊——呀"一声,裂开了半边,伸出一个老太婆的半个脸来,左右望了望。

"老人家,求求你发个善心……"罗汉一边说,一边挤开门缝。

"啊,你……不,不……"老婆子声音发抖,又怕又无力抗拒。

"快把门关上!"罗汉命令着她。

声音传到里屋去了。"什么事,阿婆?"随着声音,一位穿着旗袍的太太,三脚两步,通过小天井急忙来到跟前。她一眼就猜到了是怎么回事,立即吩咐老妈子:

"快把门关上,把他扶到阿红房里去。"

"阿红?"罗汉打心里一惊,不觉脱口而出。

"怎么,你认识她?"太太问。

罗汉睁开眼打量这位娴静而和善的太太,迷惘地摇摇头,支支吾吾地说:"嗯,不,不认识。"

太太含笑地稳住受伤者的情绪,说:"你别操心,躺着吧。"

太太和老妈子俩给受伤者脱下血衣,从家庭小药箱里拿出碘酒,洗净了伤口,又用药棉、纱布把伤口包扎好。看来是子弹从手腕的肌肉穿过,没伤到骨头,扎了绷带,血就止住了。但是,下一步怎样安置他呢?这就给太太出了难题。

她给附近一家熟悉的小乐园医院打了个电话,说有个病人,请他们派副担架来抬去医院治疗。医院说,街上戒严,断绝了交通,担架来不了。

“这,怎么办?”太太像是热锅上的蚂蚁,在厅里直打转,扭绞着手绢,自己跟自己言语:“这,怎么办?……戒严,断绝交通,阿红也回不来了?这,怎么办……”

“太太,”老妈子从房里走进客厅,惊奇地望着太太说道,“瞧,这不是红姑娘的东西吗?”她一只手拿钱包,一只手举着只耳环让太太看。

太太将东西接过,反复揣摩一番,眼睛闪亮,惊喜地喃道:“原来就是他呀?”说着立即走进阿红房间。

罗汉已经换了衬衣,靠墙坐着,瞪着好奇而迷惑的眼睛东张西望,神情有些不安,见到太太进来,马上说:

“好心的太太,救人救到底吧,请你想法把我送走!”

“你要往哪儿去?”太太坐在罗汉床对面的小方凳上,瞅着他微笑。

罗汉一时语塞。真的,叫人家把他送到哪儿去呢?

“我问你,这是哪儿来的,唔?”太太拿出耳环给他瞧。

罗汉以为太太怀疑他是小偷,回答说:“是别人送的。”

“谁?”

“这个……唔,不知道……啊,是,是,是……”

“是一个姑娘吧?”

“你怎么知道?”

“嘻嘻。”太太笑了一声,“放心吧,你坐的就是她的床。”

“啊!”受伤人大吃一惊,两只眼睛睁得溜圆。

“你就是小石匠罗汉,对吗?”

“那,你是……”

“这,你就别问了。阿婆,你去煮两只荷包蛋给客人。这样吧,你在这过一夜,明早再送你进医院。”说着,太太把耳环和钱包交还给罗汉。

罗汉醒悟到,原来这位太太就是桂品微。她真是个好心人啊!“不过,”罗汉寻思,“在王光宗的家,我不是落了陷阱?阿红哪里去了呢?为什么她不出面?会不会是去……体育场火烛,明天大会怎么办……不,不能听人摆布,我得走!”他忽一下跳下地,怒气冲冲地说:

“谢谢太太好心,我走了!”

“不,你不能走。”桂品微赶紧把他拦住。

“这不是王公馆吗?嘿,狐窟狼窝。”

桂品微一听,反问:“你说什么?”

罗汉自知刚才有点失言,眼睛直直地望着窗外,没再作声。

桂品微感到委屈,轻轻叹道:“你太不相信人了!”

罗汉不说话,桂品微端量他半天,才含着笑意问道:“问你,知道谁给你的耳环吗?”

罗汉被问,停了片刻才反问:“既然给人耳环,为什么不敢露面?”

桂品微回头看了看房门,挪动座位凑到他身边,低声告诉他:“别多心,我叫她给农讲所送信去了。等下吃完东西,你就把门关上,不是我的声音不要开门。在这好好睡上一夜,明早送你去医院。”

罗汉仔细端量这位太太,觉得跟海小姐不大一样:看眼神,是亲切而诚恳的,就像冬夜取暖的炭火,话不多,却句句贴着人心。疑团像砂糖,被这热水逐渐溶化了。他情不自禁淌下泪水,说声:“我一时糊涂,错怪太太了。”

“别叫我太太,我是你们韦家哥、凌县长的大姐哪。你不是阿红的大恩人吗?”

“大姐,哎,我真……”罗汉又感激又羞愧。

这一夜,平安地过去了。王光宗没有回家。阿红因街上宵禁,住在了桂安轮。第二天一早,宵禁解除了,桂品微先给桂安轮老板打电话,要他转告阿红在船上等她,先不要回家,然后又给小乐园医院院长挂电话,要来一辆包车,从后院小门把罗汉当作阿红送进医院。

桂品微把罗汉送到病房,办好手续之后,来到桂安轮船上和经理——船老板打个招呼,然后见了韦步平和阿红,三人一起上到船顶,才悄悄地将罗汉受伤住进医院的事告诉他们。她叫阿红不要回家,说方才她已跟医院院长谈妥,从今天起,阿红就到医院当见习护士,就便服侍罗汉养伤。韦步平急着要上岸,桂品微说:

“别人可以,你就不能上去。”

“为什么?”

桂品微把阿红支使走了,然后小声告诉他:昨晚她在隔壁房间听到王光宗跟警察长和宪兵总队队长在客厅密谋:夜里十点整,纵火烧毁体育场,同时宣布全市戒严,封锁所有公众场所——戏院、电影院、茶楼、酒馆,将其中客人统统拘留,然后一个一个分别审讯,属于一般老百姓,取保释放;稍有政治嫌疑的人,一个也不放过。另外,从死牢提出两名犯人,作为受共产党收买的纵火犯处置掉。他们阴谋来个一箭双雕,既阻止“五一”大会进行,又剪除共产党人。

“听他们讲:要着重查抄当阳街二十一号、省工会纠察队、省农讲所和省农协;要抓的人除了你,还有黄逸奎……”桂品微说到这里停了一下,接着说,“他们讲到名单时,声音很低,我没听完全。你看,这帮披人皮的豺狼,多阴险毒辣!当时,我一听,心都要炸了,急得真像热锅上的蚂蚁。”

“原来是这样!”韦步平十分愤慨又特别感激地望着品微喃道,“看来,这里同上海那边是联成一气了。”

“还有件事,”品微说,“阿红那只耳环你给了人了吧?”

“是怎么回事?”韦步平急着问。

桂品微笑了笑,把搭救罗汉时,发现耳环的前前后后简单讲了一遍。

“哎呀,我的大姐,这可是难为你了。”韦步平眼睛发光,对老朋友格外敬佩。

“现在街上的情形到底怎样?”韦步平问。

桂品微把听到的街谈巷议讲了讲,然后说:“老百姓是不知底细的,还不是听信谣言,都说‘体育场被共产党烧了,五一大会开不成了’。现在,大街小巷全是一片愁云惨雾:人人都提心吊胆,躲躲闪闪,像惊弓之鸟似的。那帮可恶的警察和宪兵可是凶神恶煞,耀武扬威,看了叫人恶心。听说他们昨夜晚捉去不少人,有的根本不是什么共产党。人家老百姓规规矩矩坐在戏园子听戏,他们一家伙把戏园围得水泄不通,一个挨一个搜身。有的少奶奶、大太太胳膊上的金镯子,手指头上的结婚戒指,都叫那帮走狗顺手牵羊,给掠了去。一个教英文的老师,系着红领带,他们就说人家是共产党,硬是把人抓走了。闹得乌烟瘴气,满城风雨。”

“听到抓了共产党什么人?”韦步平的心都快跳出喉咙,攥着拳头问,“报社黄主笔没有给抓到吧？”

“听人说好像没逃得脱。报社是给捣烂了，捉去好些个人。”

“我不能在这干瞪眼，只顾个人逃命。我要上岸！我得找同志们去！”韦步平急躁地走来走去。

“不行！”桂品微口气异常坚决，“正当这个风头上，可不能拿鸡毛去试火。我已经同经理讲了，让你在这儿躲两天再说。这只船等着装货，大后天才开往河口。阿红等一会儿同我去小乐园，过一两天就把罗汉弄出来。他说他昨晚去喝喜酒，新郎是个海员，新娘是船家姑娘。要是他能到船家躲几天更好，街上现在搜查得很紧。”

阿红回到船顶上来，听桂品微讲到罗汉的事，不由自主地插嘴问道：“他的伤重吗？”

桂品微瞟她一眼，含着笑说：“这你倒不必操心。没伤到要紧地方，只在皮肉上穿了个小洞。”

韦步平对阿红说：“烦红姑娘上去转告，叫他安心养伤，听大夫的话。这儿很安全，不要记挂我。”

阿红默默地点着头。

码头上的报童，手上举着报纸四处奔跑呼唤：

“看报，看报，体育场挨火烧！‘五一’大会开不了。看报，看报，体育场……”

船上有人上码头买回报纸来，甲板上围过一群海员，大家对着刚拿到手的报纸议论纷纷：

“我不信，全是造谣！我们工人能干出这种勾当？”

“嘘，讲话小点声！”

“我说他讲得对。共产党是工人的党，能破坏自己的节日吗？鬼才相信！”

“信不信由你。哈哈。”

“你还笑，妈的！”

“你骂谁？”

“算，算，看报，看报。”

报上的要闻版头条新闻，标出特大号字体，通栏标题耸人听闻——

体育场发生大火，歹徒纷纷落网；

“五一”大会场付之一炬，各界集会黯然流产！

文内捏造了许多无中生有的事，诬蔑攻击共产党，说什么共产党破坏“容共”政策，蓄意搅乱后方治安，阻挠前方北伐大业；什么共党结党营私，不择手段，煽动蛊惑民众，居心叵测，妄图篡夺政权，制造分裂；什么这场灾难的纵火者正是共产党人，已从现场捕获的歹徒身上搜出了共产党的密谋文件，等等。

“哗！真系咁犀利啵！”（吙，真是这样厉害哪！）一个海员用广州话表示惊讶。

“狗屁！”韦步平吼了一声。周围的人回过头来，眼巴巴地望着他。他盛怒难犯地骂道：

“丧心病狂的衰仔（孬种），造谣也不会。共产党自己能破坏‘容共’政策？什么话！”

“他是谁？我们船上的吗？”有人惊奇地跟身边的伙计嘀咕。这时，有个大高个子，浓眉大眼，胸膛突出，脸上刮得又光又亮，三十岁上下，穿着横条海员线衣，拿着拖把、水桶，拨开大家说道：

“弟兄们，散开吧，有话别处谈，要冲刷甲板了。喂，走呀。”

他催赶大家走开了，才移步到韦步平跟前，小声说道：“话不能随便说呀！”

“你……”韦步平扯住他的袖子，注视着他的眼睛。

大个子左右盼顾一下，然后从衣袋抽出一角红布示意。韦步平明白了，他是工人纠察队的人。

“我姓江。”大个子说道。

韦步平紧紧握住他的手。

这时候，船长正在他的公事间同桂品微谈话。他五十开外，正是发福的年龄，人长得又矮又胖，穿件拖到地板的条花毛巾睡衣，脑瓜歪戴一顶法兰西式的睡帽，嘴巴叼着一支胖乎乎的东莞腊肠似的吕宋烟。他把报上的头版头条大标题看了，早点还没顾得吃就把桂品微请到公事间来，担惊受怕地压低着嗓子，悄声细气地说道：

“小姐,事情不妙啊,你昨晚给我送来的什么客人?瞧,报上说得清清楚楚,你可不能叫我翻船啊!我的身家性命全都押在这上头了。”

“放心,他可不是那种人。”桂品微说,“你能信报上这些话是真的?”

“那你说报纸是造谣?”

“看是谁办的报吧。造谣,对敲竹杠的报棍子来说,不是常有的事吗?孙传芳、吴佩孚办的报纸不是说,蒋介石在江西负伤,危在旦夕了吗?事实上人家正跟宋小姐打得火热呢!”

“算,算,少管闲事。我只说我这地方,人多口杂,你那位客人,唔,不管他是干什么的吧,还是挪动一个地方好。万一来人查访,我不好交待呀!你,你们那样的公馆不比我这里稳当,接待一个客人还不行?”

桂品微从鼻孔“哼”一声,伤心地说:“你知道我那个公馆是什么地方?哎,人家说是狼窝!”

“什么,狼窝?”经理站起来,把帽子一摘,掷到床上,两手插进口袋,来回踱步,“算了,算了,别难为自己了,嫁得一个这样的高官也不错了。”

桂品微一听,仿佛压下的弹簧松开,忽地跳起来,一言不发,夺门而出。这真出乎经理意料之外,弄得他哭笑不得。

她负气走出公事房门口,抬头看见韦步平和姓江的海员迎着她。韦步平不等她开口,先抢着说道:“不用说,我们已经听到了。走,上岸再想办法。”

“不,不能往虎口送肉。”海员老江插嘴,“这样吧,到我丈母娘船上去。”

“你……”桂品微眼睛睁亮,端量着眼前这位豪爽的海员。

海员含着笑,腼腆地说:“我昨晚才成的家。”

“啊!”桂品微无比的惊喜,问道,“有个姓罗的还去赴了宴是不是?”

“是呀。他现在在哪?昨晚一听火警,他拔腿就跑……”

桂品微跟韦步平交换眼色。

“他可是个能人哪。”海员打心眼里赞叹。

“我去叫他来找你吧。”桂品微说。

“怎么回事?”海员窘惑地看着韦步平的眼睛。

韦步平和桂品微相顾而笑。

第三十章

当天黄昏时分，一个小贩模样的老人，肩上搭着一条麻袋来到桂安轮船找江波。一位海员告诉他：阿波不在船上，不过，到他丈母娘家去问会知道。小商贩瞪着眼，端量着这位陌生的四十来岁的海员。海员神色和悦，带着笑意说："走吧，到那边一问就知道了。"

小商贩跟着这位海员来到一只木帆船的甲板上，海员叫一声："阿江哥哦，在家吗？"

"谁呀？"一位二十来岁的新娘打扮的媳妇从舱里迎出来，一见是熟人，满怀高兴地招呼，"哎哟，是张家老叔啊，来，舱里坐。这位是……"新娘子朝张老叔后面的老头问。

张老叔马上接过来答道："他是阿江哥的客人，赶快请客人吃糖吧。唔，先生你贵姓？"张老叔一边让小贩弓腰进舱就座，一边问。

客人一边将麻袋搁下,一边支吾答腔:“唔,免贵,小姓何……”

“姓何还是姓罗?……啊,来了。”张老叔瞅见江波回到甲板上,立即起身走出舱去,拽着江波的胳膊,转到一边去交头接耳。江波也咬他的耳朵悄声细气地说了几句什么,张老叔点点头,赶快离去。

江波弓腰钻进舱里来。小贩老头含笑将包头羊肚毛巾往下一扯,江波失声惊叫:

“老罗,我的同志哥!这可找到你了……来,你瞧,谁在这儿?”江波把客人引到后舱。

“罗汉!”韦步平从底舱钻出脑袋,一见是自己人,不觉蹦了起来,“方才听声音就猜到七成了。伤口怎样?来来,谈谈你的历险记吧。”

三人围着小饭桌坐下,对着一只盘灯,江波朝他媳妇递眼色:“你到前舱做针线,见有生人下来咳嗽一声。”

罗汉向韦、江两位谈了他昨晚一段惊险的遭遇后,接着说,本来桂品微跟医院交代得很周到,要他改用何仁明这个名字,在那里待几天,等伤口愈合了再出院。是他自己执意不依,说伤口只不过是子弹从手腕擦过,伤了点皮肉,用点纱布药棉包扎几天就没事了,不肯在那里憋气。桂品微经不起他苦苦哀求,同时也担心医院人多嘴杂,害怕走漏风声,让宪兵、警察的狗崽闻到气味,反倒坏事,这才同意让他化装离开医院,到这儿接头。

“太太把我送出门口时说,过两天再叫阿红把药拿来洗换。”罗汉一气把话讲完。

韦步平问道:“你没有把耳环还她吧?”

罗汉红了脸,摇摇头:“没有,哪有心机顾得上这个!”

“太太她没别的话交代吗?”韦步平想了想,又问。

“有。她要我转告你,说她也不回家去了,有事就到她姨妈家找她。要我嘱咐你,千万保重!”

“真是个好大姐!”韦步平从内心迸发了一句,带着无限的敬意和惋惜。

“情况怎样?”停了一会儿,韦步平问江波。

“还是乱糟糟,找了好几个地方,都不见人。”江波神情沮丧,抱着脑袋。

罗汉说：方才他走到街上，真像是幽魂到了阴曹地府。天色还没黑，家家户户都掩了门，行人很少。在路过一处大院时，听到里边传出孩子们跳绳时唱的童谣：

天落雨，赶绵羊，
哪里来的大黄狼。
体育馆，运动场，
一夜烧了个精精光。

天落雨，赶绵羊，
哪里来的大黄狼。
戏园子，电影院，
男女老少全遭殃。

天落雨，赶绵羊，
哪里来的大黄狼，
…………

江波把盘灯的灯芯挑起，火光亮了点。他盯着灯芯，无比忧伤地说："反动派真狠，今天一天都在杀人，就跟年三十晚杀鸡一样。有的人被拉走，连问都不问一声，押到北门外长岗岭就一刀，人头滚地。有的人被省党部的汽车'请'去，以为是办事去的，谁知道车开到城外，人就不见回头了……他妈的巴子，我们太老实了！"

"逸奎同志的下落打听到了吗？"韦步平急着问。

江波说，黄逸奎是他新娘子的大舅，他一直都在探听他的下落。传说很多，说的都不一样。一种说，他是在报社被抓走的，人走到街上，突然倒下，死了；一种说，三十号晚上，他和几个人正在当阳街开会，宪兵破门闯进去，几个人全都被捉了，天亮之前，就在省府的后花园被秘密枪决了。刽子手就是夏雷警卫队的一个班长,是他亲口向他的小同乡吹牛讲的,讲得有板有眼。但是,还有一种说法,说人被捉到半路,给自己人抢走了……总之,没有个准确的消息。江波说他丈母娘很伤心,她就只有这么一个兄弟。因为家里穷,读完高小,就到船上当小伙计。不知一位什么大人丢了一只金表,他捡到,还给了失主。这位大人看他诚实把他带在身边当跟身,后来送他上中学,他自己也肯用功,成绩好,又送去苏俄留学两年。一家人都指望他能为贫穷人家争口气,就像夜里见到灯火,谁不为他挣来的前程高兴啊！没想到,一场冰雹,好好的天气忽然变成愁云惨雾……

这场意外的袭击,实在是叫人措手不及。韦步平平素是一个不知犯愁担忧为何事的钢铁汉子,此刻也有点像笼里的老虎,懵头转向了。三个人对话,时时中断。江波卷着喇叭烟,一支接一支地吸着,罗汉一声不吱。韦步平"呼"一下站起,来回踱着步子,踩得舱板吱吱作响。他果断地说:

"明天得想法上岸,四处联络联络看,不能在这儿憋死。"

"这个……眼前正刮大风浪,不得不避避啊。"江波由于亲眼见到吓人的情景,印象太深,有些踌躇。

罗汉攥紧拳头往桌子上猛捶一下:"他妈的,跟他们拼,几大就几大！论人,我们穷兄弟总是比他们多不是？只要大家伙都连成一条心,我就不信斗不过他们!"

"对。"韦步平停步,望着罗汉,赞赏他的气概。

"人家手上有枪,我们光有扁担和拳头,不是拿鸡蛋去碰石头吗？"

"我说的不是马上要将军,决胜负,只是说,从整盘棋局来看,最后,我们总会打败他们。"

"这谁也懂得。"

"不一定。"

"不争这个。"韦步平说,"我看,明天再上不了岸,我们得想法走下一步棋,转移——到安全的地方去,从长计议。"

江波一想,眼睛闪亮,说道:"这样的吧,趁着桂安轮还得装两天货才上河口,我又告了半个月的婚假,就不跟这班船上河口了,明儿再上岸找人联络联络。你们俩明早天亮前就乘这只木帆船悄悄离开这儿,到五十来里地外的老口圩去。”

江波说,那里附近的华安村就是黄逸奎同志的老家。可由他新娘子领路,先到她娘家暂时避一避风险。等他探到什么消息,再和他们联系。

这办法韦步平和罗汉都赞成。江波还说,这只木帆船是来往省城、老口之间,载运短途客货的,当天可以来回,长年累月,风雨无阻。通过它,双方联系很方便。再说华安那一带,由于黄逸奎在那边播下革命火种,农运搞得比别处红火,有群众基础,住到那里,比城里安全。

“这样好,鱼还是放回水里才能活!”韦步平坚定地说。

第二天清早,这只木帆船顺利通过了水上警察的稽查,离开了笼罩着恐怖的腥风血雨的城市。

华安是个美丽的村子。西北面覆盖着青葱挺拔的橄榄树林,橄榄树树身高大、光洁,宛如柠檬桉树干,在林下走动,就像是置身于圆柱的长廊。居民十家八户,自成一个小屯,错落在浓荫蔽日的树林中。清幽的林荫小径连接着各个村屯。村头宅边,有平静的池塘种植着莲藕,有终年绿荫的荔枝、枇杷和龙眼的果木,一年四季都有各种颜色的花卉供人观赏。这时节,正是黑叶荔枝成熟的时候,果红叶绿,挂满树梢,很是诱人。东南面平铺着一片田畴,田畴滨临着南、北两条江水汇流的西江,地里种植着甘蔗、香蕉、菜蔬。每年夏季,江水上涨,各种鱼类都集聚到这河湾来产卵、孵化鱼苗。老口鱼苗在邻近两三个县里颇负盛名。每当江水高涨,鱼苗的捕捞者往往三五成帮地来到河湾两岸,搭棚设灶,张网下罟,日夜厮守,等候捕捞。这时节,江岸到处渔歌洋溢,野外情趣,别具一格。

地方挺美,居民也挺热情,农会搞得挺热火。昨天“五一”他们组织了一队狮子、一台师公戏①,一班“桂南八音”的吹鼓手,到老口圩去闹了一天。到晚上,省城事变的消息传来了,农会的干部吓得目瞪口呆,派人去打听也得不到要领。只说黄逸奎叫人绑架走了,谁也不知去向。如今城里来了客人,左邻右舍

① 师公戏是壮族农村道公跳神的一种戏曲形式。

都来问这问那。韦步平和罗汉不敢多说话,只说是江波的老友,从北江下来买鱼苗的,省城的事装作不知道。两人时而村头村尾游游逛逛,跟农会的骨干聊聊,时而到江边去同捞鱼苗的周旋,听听各县来的鱼贩子谈论他们本地的农运的发展情况。到处杨梅一样花,情形都是令人鼓舞的。农民翻身的要求,复仇的怒火,到处燃烧。其中有两位是巴龙来的,正是罗汉小时的伙伴,他俩告诉罗汉,那些土豪劣绅,有的跑掉了,有的被捉来游街,同别处搞法差不多。韦步平只管多听,自己讲得很少。对鱼苗买卖,故意压价,一直也没成交。

日子很难熬。但一个多月总算熬过去了。一天,江波让他娘子送来口信:要韦、罗两个随她的船返省城。说前天省城解除了戒严令,水陆交通已逐渐恢复正常,关卡检查放松了一些。教韦、罗两人冒充鱼贩子,可以大大方方坐在甲板上,不必躲到底舱受闷气了。

船到省城,天已傍黑,忽然,骤雨倾盆。水警不愿动弹,船主去报关,水上警察马马虎虎给盖了戳子就过了关。晚上,江波驾一艘小艇来接韦步平和罗汉两个,要他俩一道顺流而下。没有半个钟头,来到东面河湾一个叫白沙的渔村。系舟登岸,悄悄进了村子。

省工委的同志以热切而紧张的心情,在这里接待着一时被打散了的同志们。党组织正在集结力量,重新进入阵地。来到这里的同志们都为逸奎同志的失踪,为千百个战友的牺牲、受难,表示极端悲愤。战友们的鲜血把各人的眼睛擦亮了:革命和反革命就是一场血淋淋的生死搏斗,残酷而无情,比起戴高帽游街实在算不了什么。说来,还是工农大众太善良了!同志们莫不怀着沉重的心情思量着这场灾难。

韦步平刚到,一位交通员悄悄地把他领到屋后果树园的炮楼上,省工委负责同志雷苏民在那里接待了他。这位领导人跟韦步平年纪不相上下,中等身材,精力充沛。他的革命生涯是从北京大学开始的,离开"北大"后,在共青团中央工作过一段时间,一九二五年秋天,才派他回老家广西来。起初,在梧州的"宣传讲习所"担任教员。在那里,他领导建立了广西的中共第一个党支部,凌云青和海银华都是他的学生。从梧州上到省里来,他的社会职业是省立第三师范学校校长。这回事变,恰逢他到武汉向党中央汇报工作,侥幸地避过了这场灾难。此刻,他秉承党中央指示回来,针对本省当前形势,向党的活动分子提出新的战斗任务。

韦步平把他在华安、老口见到的群众情绪说了说,工委同志听了很高兴。说是从整个形势看,一场森林大火烧起来了,几桶水是浇不灭的;不过,从局部看,一滴水就能把一支火柴灭掉。

"逸奎同志老家还有什么人?"雷苏民同志问,听韦步平讲了之后说,"一个老母亲?难为老人家教养了一个好儿郎,值得尊敬啊。她听到什么消息了吗?谣言不可信。好,晚上传达党中央指示,再谈。你们吃饭没有?没有,那就先吃饭。"

吃罢饭,韦步平和罗汉,由方才那位同志领到一间大屋的倒厅去。那里没点灯,黑鸦鸦地坐着一屋子的人,谁也见不到谁的脸,也不准交头接耳说话,气氛既神秘又紧张。不一会儿,一位同志宣布开会,说是由于反动派背叛革命,革命斗争出现了曲折而复杂的新局面。为了防止敌人破坏,保证安全,保存党的力量,今后党的活动从公开转入地下,党员之间绝对不准发生横的关系。

听讲话人的口音,仿佛很熟悉,但屋里很黑,分辨不出到底是谁。他讲得慢,一字一句都能听得清楚,韦步平用笔想在小本本上记下小题,可是太黑只好作罢。报告人从全国形势直讲到本省处境。关于全国形势,报告人说蒋介石这回发动的"四一二"大屠杀,充分暴露了他是个彻头彻尾的野心家,背叛了孙中山先生的民主革命事业,违背了联俄、联共、扶助农工的"三大政策",已卖身投靠了大资产阶级和大地主阶级。上海八十万工人起义,迎接他的第一军开进上海,他却过河拆桥,掉转枪口,对工人纠察队大肆屠杀,冒天下大不韪。眼前,他正在推行独裁政治,悍然自立南京国民政府。全班人马清一色的国民党右派,加上上海滩的青红帮一伙喽啰。以自命左派的汪精卫、孙科为首的武汉国民政府,目前为了要同蒋介石讨价还价,暂时维持国共两党合作局面,企图借重共产党力量以壮声势,向南京方面示威,表现出左顾右盼。蒋介石的靠山是美、英帝国主义大资本家集团,而汪精卫的背后是日本财阀,都是一丘之貉。党的策略是:尽可能分化、争取其中一部分力量向左转,减轻压力。本省政局究竟倒向武汉还是投奔南京?在事变之前是阴晴不定,态度是暧昧不明的。那次省府联席会上,夏雷的表演,分明是投机者的嘴脸。当时,他唱的就是武汉汪精卫的调门。没料到,他去了上海,跟南京携起手来,一百八十度急转弯,露出了反动的狰狞面目,搞突然袭击,制造空前的惨案。面对当前极端险恶的局势,报告人代表省工委提出了斗争的要求:一、在宣传、组织两方面,继续争取各阶层的进步力量团结在我们周围;二、在实际行动上,立即转入地下,注意保存骨干,避免不必要的牺牲;三、在政治条件较好的地区,继续大力推动农运,建立农民赤卫队,即令反动派伸出魔爪,我们也有相应的力量给予回击;四、在军队工作方面,目前敌人还按兵不动,不知是装死以麻痹我们,还是准备不充分,怕招架不住,等待时机?不管怎样,我们要抓紧准备,随时应战。总而言之,革命航船遇到了暗礁,不过,历史潮流谁也阻挡不了。我们必须以百折不挠的精神,在千回百折中谋求发展前进!

报告人讲到这地方,停顿了一下,然后又提高嗓门做鼓动的演说:"当然,话又得说回来,我们正面临着风雨飘摇、腥风血雨的不利局势。唐太宗说过:'疾风知劲草,板荡识忠贞。'希望在座的同志,都要加倍努力,提高革命的主观能动性,除了警惕防范外界敌人,还得时刻警惕自己身上的'反动派'——每个同志都应该毫无例外地把消极悲观的灰尘洗涤干净。一位真正的唯物主义的革命家,精神面貌应当永远都是积极乐观的,因为我们是顺着历史规律前进!消极悲观、灰心丧志对一个革命战士来说,无疑是精神鸦片,是各人身上的敌人,必须毫不留情地把它消灭掉!否则,不可能迈开大步前进。不能迈步前进意味着什么?落伍,掉队,被俘!好了,我就讲这几点,怎样付诸实行?同志们自己去琢磨运用,因地制宜,随机应变。"

报告人把话讲完,人们一声不响,一个走了一会儿,再轮到下一个。各自先后离开没有亮光的屋子,分头离去,谁也见不到谁,谁也听不到谁的声音。

韦步平回到住宿的房子,在灯光下赶快把刚才听到的报告要点补记在本子上。大致的方针是有了,实际干起来如何下手?他本人到底留在省里还是深入下层去?这必须听从工委安排,由不得他个人决定。罗汉有个意见:要求回河口去,回到工友里头去,埋下火种,见机行事,暗地做工人运动。这意见,韦步平是赞成的。

第二天，韦步平去找工委同志谈。工委同志原则同意，只是考虑到，眼前局面还乱着，稍候两天再定。说是据报，反动派日来正向各县农会伸手，由贫苦农民掌握建立起来的农会，官方借口未经批办手续，一律下令取缔或改组；还未成立的，县府、团防总局四处派出爪牙封号挂牌，从上而下宣布官办农会。这些挂羊头卖狗肉的东西，在农民当中制造混乱，破坏了农会的声誉。在省里，几天来，反动派十分嚣张，一方面继续搜捕所谓“投机分子”，另一方面，采用卑鄙手段，威胁利诱动摇分子，搞自首运动，制造登报声明，退出或诬蔑共产党，毒化革命气氛。从全国来说，反动派正在搞“宁汉合作”的政治交易，汪精卫有向右转的迹象。看来，国共合作，大势已去，两党的分裂局面，事实上是难以挽救了。

就在韦步平和罗汉等待省工委分派工作的时候，一天夜晚，江波给工委送什么文件来，顺便找罗汉说：“老弟，跟我回船上吧！人家找上门来了。”

罗汉一听，不觉发愣，也不知对方开玩笑还是讲的真话。江波望着发呆的罗汉笑着说：

“你忘啦，你那只耳环呢？”

罗汉瞠目，盯住对方，迷惑地反问：“怎么回事？”

江波笑着说：“人家讨耳环来了。”

江波告诉韦步平和罗汉：说桂品微搭救罗汉的事，王光宗从老妈子口里打听出来，立即派了两个马弁去小乐园要人。医院院长事先得到桂品微关照，不肯讲实话，只说那天早上王家来的人就是阿红，要人，就将她带走。马弁真的就把人带回交差。不想，走到桂品微姨夫公馆门前，桂品微刚好出门往学校去，阿红一见便喊小姐。从阿红的目光里，桂品微知道是怎么回事了。于是，做好做歹，对着马弁说是她打电话要阿红到她姨父公馆来的。她叫把阿红交她，给了马弁一些钱，叫他们上茶楼吃早点。就这样，阿红跟桂品微进了公馆，然后，换了装，到桂安轮来找江波。叫他想办法把人安顿到他丈母娘船上，跟他娘子一道住两天再讲。

“她跟我内人讲，”江波看着罗汉说，“只想见你一面就心满意足了。说是你搭救过她一场，一直搁在心上，好像欠了债，没什么报答你，很过意不去。说她除了桂小姐再也没个亲人，没个地方投奔……”

“那怎么办?”罗汉一时没了主意,望着韦步平问。

韦步平笑笑说:“有办法,去吧,赶快去,同她好好谈谈。我的办法就是当机立断:耳环应该配成对。一个拿一只算怎么回事啊?先去吧,明天再来报告你们的协议。”

“那,我现在就去!至大芭蕉叶,几大就几大了。”罗汉笑着,跟江波拔腿就走。

翌晨,韦步平在江边徘徊思索,见到罗汉回来,迎头便问:

“怎样,达成协议了吗?”

罗汉笑眯眯地答道:“她说她愿意同我一道走,我到哪儿,她跟到哪儿。这不是给我背包袱吗?这年头,又是这个时机……我还是一个人回河口……”

“关于你的工作,”韦步平说,“昨晚你走后,我同苏民同志商量了:决定让你回河口搞工人运动。那边你多少有了一定的社会关系,工作好下手。那地方是联系云贵两省的咽喉,水陆交通枢纽,背靠山区,联系农村也便利,进退都有回旋余地。你作为一个钉子钉在那里,很有用场。后天有位副团长要到河口驻军的刘福堂旅去上任。工委的意思,你跟副团长一路走,互相熟悉,日后有事好联系。至于阿红嘛,”韦步平思索一下,“让她先在老江哥的丈母娘船上躲几天,等风头过去了,再回医院,这你就不必背包袱了。”

“你呢?”罗汉望着韦步平问。

“服从组织调动!现在,我最担心岚山那边的凌县长经不起风浪——晕船。”

傍晚,韦步平拿来一支手电筒给罗汉,让他拿到船上交给那个副团长:“当面给他。他姓王,看他有什么吩咐,你就听他的。”

“有事可以找他吗?”

“最好少说话,船上人多嘴杂,谁知道有什么人。”

“好,至大芭蕉叶,几大就几大。”

韦步平想了想,又补充说道:“岚山的福贵和石敢当两个小后生都想到外头来漂江过海,见见世面,说不定他们会到河口找你。他们来了,你就领他俩去见王副团长。”韦步平往罗汉肩上拍了拍说:“就讲这些,一路顺风!”

这回省里发生的事变,桂品微很快给凌云青写了信。不但把省城的大屠杀、耸人听闻的惨状详细地告诉了老朋友,同时还将她本来不忍心让老朋友伤心的、关于海银华与夏雷结合的事也写上了。这晴天霹雳,真是给凌云青的双重打击。近两个月来,凌云青为着政治风云的突变,又兼儿女私情的波折,真是弄得晕头转向,感情的小舟遇上暴风雨的颠簸,实在把握不住自己。刚从省里开会回来那几天,本来是劲头十足的。农运方面,有从省农讲所毕业回来的梁少英他们做骨干,那些还未闹腾起来的空白点,也都点上了火,到处都沸腾起来了。县长下乡去,受到劳苦群众要求翻身造反的高昂情绪感染,不分昼夜地到处演讲,跟老乡们有说有笑。乡亲们真是有口皆碑,都说:

“这才真是个父母官啊!”

当然,这些口碑是令人鼓舞的,人可以淡漠于势力,却少有能无视于来自虔诚的奉承。那些天,凌云青是已经忘了孤独,忘了寂寞,也忘了淡淡的哀愁;他感到充实,感到自信,感到一天二十四小时太少了。谁料好景不长,谁也估计不到,六月间竟有飞霜,晴朗的天空,霎时间,梦幻般地落下了冰雹。四月十五那一天,省府连来三封等级越来越高的电报:急电、十万急电、万万火急电。内容无非是:勒令停止发展农民协会,监督、限制农会过火越轨举动,否认未经政府批准、立案、任命的农会等社会团体及其公职人员,违者必究不贷……

这真令人目瞪口呆。凌云青突然陷入困惑状态。过了三天,省工委的密电来了。党组织通知他:国民党右派,叛变了革命。革命面临危机,每个党员必须坚持立场,紧握手上武器,独立作战。对他要求:继续领导工农群众,巩固农会,迎接敌人挑战,拒绝执行反动派政府命令……

作为一个党员,他应当遵照省工委指示行事;作为一个县长,他又不能不执行省政府的训令。如何是好?叫他左右为难!昨天夜间,他找覃家庆、马大嫂、蓝志高和梁少英几位民众团体的干部来商量。他先听了大家汇报最近运动的进展情况。覃家庆和马大嫂都很活跃,认为真是天道翻了个,乞儿当了皇帝,日头打西边出来了。凌云青却没了往日那样的胃口似的,满脸忧愁,望着梁少英试探地问:

“还听到另外的风声没有?田州、巴龙那边,人家搞得怎样?”

梁少英见问,就说:“巴龙的情形跟这边差不多,也都是龙口岩八仙庙农讲所那批人回去领头照样干的。田州,前天有人上来,说是行情有变,戏班子要收挡的样子。工会、商会都停了摆。”说要换班头什么的。”

“农会怎样?”凌云青问。

没有人搭腔。片刻之后,凌云青才犹疑地说道:“我看,我们是不是也走得远了一点? 事情一过了头……比方说,烧饭,一过了火,就吃锅巴了。”

大家一听,县长前些日子那种慷慨激昂的调门,突然变了,不免奇怪。稍停一会儿,马大嫂才鼓起勇气,冲着他说道:

“我们穷苦人家,只会煮稀粥,再大的火也不会烧糊成锅巴。”

梁少英一听,笑道:“哈哈,大嫂讲话真够瘾啰。”

覃家庆也来了气:“有什么好笑的? 穷人有穷人的路,我说有锅巴吃也比喝西北风强。”

凌云青说:同志们的心情他是想得到的,大家的苦处,他并不是不同情,要不,他就不会再来岚山吃回头草了。现在,叫他为难之处是高头来了公事,要他灭火,但是,党里又要他照样干下去,叫他真像俗话说的,老鼠掉进风箱,两头受气。

“同志们说得都对,我都赞成。”凌云青提高声音说,“现在的事就是怎样才能既不停火又有饭吃,不至于刮锅巴。”

“管他妈的,”志高吼起来,“山高皇帝远,反动派管它反动去吧,我们干我们的!”

“我也是这个主意。”覃家庆接着说,“现在是一片火烧山,谁想灭火,白费力气。”

“现在穷哥们个个都成了脱缰的惊马,顺风的帆,要收也收不住。”

梁少英说:“外地传话不一定可信,凌县长,还是拿定主意领着我们干吧。”

凌云青听听大家既然这样,他想收也收不住。只好大姑娘上花轿,任人抬着走,做不了主啦。公事如此,私情又那么令人懊糟:桂品微的信是不会假的,海银华果然是这样一个人。本来,前次她的留言信上已经作了剖白的,只怪南宁相见,她又若无其事,跟他那样卿卿我我……这难道只怪自己自作多情吗?

想来想去，恨只恨自己太善良，心肠太软吧，症结都在于“不好意思”。要不，何至于失掉品微呢？“品微也许会怪我？”凌云青把桂品微的信重新再读一遍，脑子忽然闪过这一流星的思念：“她终于离开了王光宗，到天真烂漫的小学生中去寻觅超脱，此后，灵魂也许得到皈依，她恐怕不至于再悔恨了吧……”

正当感情的顽童跟着我们这位好人闹着玩笑的时刻，马弁急冲冲地送来一封公函，说是两个骑马的专差送来的，人在传达室候见。凌云青一瞧信封是田南（驻河口）行政专员公署的缄头，信套左角上特别注明“候复”的两个字旁边还加了圈圈。他一边拆信，一边答复马弁：

“把人请到客厅来。”

第三十一章

“去,还是不去?”

凌云青独对孤灯,一边在桌面旋转着一枚出土的古铜钱,卜阴阳卦,一边自言自语,犹豫不决。

“去,还是不去?”

他继续旋转着铜钱,反复喃喃自语。一会儿,拿起一份公函来瞧,一会儿,又拿一封私信来揣摸。看他神色,怎么也解除不了疑惑和犹豫。

公函是省政府田南行政专员公署的通告:

着令所辖各县县长,务于本月二十日前到达河口本署,洽商事宜。事关紧急,违者严惩不贷。

私信是王光宗写的。信上讲，他复任田南督察专员，说什么“下车伊始，政务冗繁，疏候故人，深表遗憾”。接着又说什么“自量才疏学浅，陨越堪虞；何况当前风雨飘摇，临危受命，万望同舟共济，挽救时艰；会议在即，相见不远，翘首以待，不尽欲言”等等。凌云青寻思：据桂品微前信所说，省城“五一”惨案，他是参与其事的罪魁祸首之一，从反动派一边来看，按说应该是有功之臣，怎么反而外调？这事不免蹊跷，会不会是由于“五一”惨案掀起轩然大波，夏雷不得不拿他作替罪羊，借梯下台？要不，正因为他这一手干得狠，受到主子赏识，把他作为魔爪，延伸到各县如法炮制？如属后者，那么，二十日的河口会议，会不会是“鸿门宴”的圈套？

凌云青想过来想过去，时而站起，时而坐下，时而搔头，时而叉腰，徘徊于斗室，优柔于内心。

门外突然响起笃笃的叩门声。

“谁？”凌云青停步细听，是熟人的声音，便急忙把门开开。

走在前头的是县农会头头——覃家庆。他一进屋就对着凌云青说：

“来了一位稀客。”

“谁？哦，哎呀，可给我盼来了！坐，坐。”凌云青像孩子一样欢喜若狂，急切地问道，“刚到？吃过饭没有？”

“在‘农协’吃了。”覃家庆抢着回答。

“你县台爷有好吃的作夜宵也行呀。”来人不客气地在一张靠背椅上坐下。

“夜宵还得等一会儿，准有。咳，阁下这一来，可是及时雨呀。瞧，我正为这十二道金牌发愁呢！”凌云青透口气，把使他伤脑筋的公函和私信一起送到来人手上。

覃家庆说的不确切。来人不是什么稀客，而是一位老朋友——韦家哥。他风尘仆仆，胡髭拉碴的，穿一身对开襟的老百姓衣裳，显然是为了掩人耳目。但是，他的神态是从容而镇定的，看不出有半点慌乱。他一言不发，把公函和私信浏览一遍，才抬起头来，看着老朋友的眼睛，用试探的口吻问道：

“你看，去不去？”

“就为这个问题焦急呢！真是老乡说话：心上挂着十五个吊桶，七上八下，何去何从,举棋不定。”

韦步平听他这样一说,不觉诧异,向覃家庆看一眼,意思是说,“省工委最近不是下达了指示的吗?怎么拿不定主意?”

覃家庆看凌云青一眼,默不作声,好像是有话不好明说。凌云青闷声不响。家庆说他有事,避开走了。屋里剩下凌、韦两人。凌云青又捡起古铜钱在桌面旋转,等到铜钱停转了,才望着韦步平问道:

“‘五一’那场大火是怎么点起的?我可是为阁下捏一把汗,直到品微来信才放了心。逸奎同志的下落有消息吗?”

韦步平说:“生死不明,传说不一。斗争复杂,按组织原则,凡是与自己无关的人事不好多问。”

“王兄他怎么这样干呢?品微信上讲他……”

“他?”韦步平鄙薄地哼一声,“阁下还记得我们十二年前风雨社的往事吧。有天晚上,我们三个吃马肉米粉,各人谈各人的志趣。他谈了什么?”

凌云青一听,兴致勃勃:“记得,记得。往事历历,真是如在眼前。记得他崇拜的是权势;我说我追求的是自由;你老弟的主张是正义!对不对?”

韦步平神色严正地说道:“他在这一点上倒是言行一致,始终甘当权势的奴才,为功名利禄所驱使。只要能满足个人私欲,什么卑鄙、下流、无耻的勾当他都会干。”

“我方才还在纳闷:他这回既然扮演那样一个角色,照理应当加官晋爵嘛,怎么反而被贬外调?是不是在这件事上他闯了祸?”

“你猜错了。人家正是因为立了功,才外放边关。你想想,管辖十来个县份实权的专员,不比一个省党部秘书长的闲差强吗?阁下的县长乌纱帽,不正是捏在他的手心上?”

“那你说他下这步棋是什么意思?”

“你说呢?”

“我就猜不透这个谜。作为一县之长,按理不得不敷衍公事;作为一个共产党员,又不能不服从党的指挥,领着群众革命。”

停了一会儿,凌云青又说,这里的农运是韦步平点起的火,发展的势头比别地都浩大。认为在这样的形势下,是应当考虑到,过激的斗争要适可而止,搞点建设性的措施,做出个好模范来,好向外推广。

“凡事有一利必有一弊。”凌云青继续说,“正因为这里的群众革命道理懂得早,造反精神特别旺盛,所以运动起来就像一匹惊马,不好收缰。比如说,土豪劣绅是要惩治的,国民政府颁发了条例。但是,我们现在,不少地主都触动到了,树敌太多,赶狗入穷巷……他们在乡下待不下,只好往城里跑,结果……”

“结果怎样?”韦步平反问。

凌云青一时语塞,稍停一会儿才说:“我想‘五一’惨案,是不是反动派狗急跳墙?”

“你的意思是说,惨案是工农大众逼得人家干出来的啰?”

凌云青默不作声。

“简直是颠倒是非。”韦步平很不客气地抢白一句。

“是非没有界限,正如妓女不能自主一样,本来就无所谓颠倒。”

韦步平看凌云青好像是在赌气,又像是表示他的见解的高超,不想跟他计较,只说:

“我看,先不谈哲学吧,言归正传。你说河口会议去不去吧?”

凌云青说:“王光宗既然不是因为闯祸贬官,那么,善者不来,来者不善,新官上任三把火,准是要在农运问题上做文章。岚山是全省农运的先锋,被打倒的杜耀光,又是他的姐夫,他不会来一个报复吗?”

“看你被吓怕了吧?”韦步平盯着他问。

凌云青不好意思跟他对视,直盯着打旋转的古铜钱。停了片刻,才自言自语喃道:“怕,我自己倒不觉得。不过,世事茫茫难预料。”

“你同家庆他们商量了吗?”

“商量不商量也是一样,反正是我说服不了他们,他们也说服不了我。你来了好,是省工委派来领导工作的吧?”

韦步平说,目前斗争形势,省工委的指示信已经讲了。各地工农运动发展不平衡,斗争策略要根据不同的时间、地点和条件,采取灵活机动的手段。王光宗到河口召开县长联席会议,就是反动派一项新的部署。据了解到的情报,他的第一步棋是要把农运纳入官办的轨道。我们的对策必须针锋相对，寸土必争。对农运抱着消极态度，那是瓦解群众斗志，客观上帮了敌人的忙。因此他建议，立即召开一次紧急会议，农会骨干参加，总结这一段工作，部署今后任务。

“那，你说，河口去不去？”

“我说，两个字：不去！”

“不去？怎么说呢？无论如何也得找个借口呀！”

“要什么借口，明讲——起义！”韦步平握紧的拳头往茶几上捶了一下。

凌云青大吃一惊，站起来，时而搔头，时而叉腰。迟疑了半天，睁着眼睛，等待韦步平把话讲得明白一点。

“来，我跟你讲。”韦步平拉过旁边的椅子，叫对方坐到身边来。

凌云青提心吊胆，转身去把房门带上，轻手轻脚走回来，把桌上的煤油灯火捻小，坐到韦步平身边，屏着气静听。

韦步平先不忙开口，只管解开衣扣，从开襟里头，撕开线头，取出叠折成蟹爪的纸条交给凌云青。

原来是省工委给韦步平的组织介绍信：指派他担任岚山中心县委书记，凌云青当助手。具体任务由他作口头传达。韦步平说，中心县委联系的范围，包括田南专区九个县。有些县，县委已经建立了；有些只有支部，党员也还少，组织不健全；发展党员，建立、健全支部等工作都要做。总之，工作一大堆，问凌云青有什么点子？

凌云青说，一下子脑子还转不过来，想想再讲。他端量了韦步平一会儿，心想：原来你是个秘密党员啊！可为什么对我这个交往十多年的老朋友也要保密呢？分明是对人不信任嘛！今后怎好合作共事？越想越感到自尊心受了伤害，情绪顿然败坏下来，神色冷漠。

韦步平感觉出来，但却没有看透对方心思，解释说：“省工委的意见：岚山的工作还是由你多负点责任，我的工作主要放在统一各县工作的部署方面，以便协调步骤，配合作战。”

凌云青听出韦步平弦外之音，赶紧声明：“富贵于我如浮云，名誉地位的欲望，我是从来不放在心上的。我绝不会像黎柏初、夏雷之辈那样小气，争风头，夺权利。我看,还是谈谈当前全国、全省的形势吧。刚才你说起义,那国共两党关系……”

“我现在就告诉你,”韦步平说,“就全国形势来看,‘四一二’上海大屠杀,国共两党关系就开始出现了局部裂痕,当时以为汪精卫的左派势力,还可以争取,避免全面分裂的恶劣局面。没有想到汪记这帮政治妓女,同样是挂羊头卖狗肉的骗子,唱的高调,是为了向蒋介石讨价钱,到头来果然串演一场‘宁汉合流’的双簧。蒋介石成了美英大资本家买办的小伙计,汪精卫却当了日本财团的鹰犬。孙中山的三大政策——联俄、联共、扶助农工被颠倒成反俄、反共、镇压工农……”

“原来是这样!”凌云青感到意外,又好像并不突然,“那起义到底怎么下手呢?”

“这样干,”韦步平也不想啰嗦,干脆说道,“阁下以县府名义给我调遣五十四马驮,明天晚饭之前出发。”

“干什么?”

“到田州取枪。”

“取枪?”凌云青仿佛听到一声惊雷,眼睛睁得挺大。

“不错,取枪。要不,手无寸铁怎么搞起义?”

韦步平接着讲明:省工委通过在军队的同志,弄到二百多支步枪,当作缝纫机装箱,交海员江波组织码头工人搬上桂安轮船,托运到田州卸货,现在必须立即组织人力去取货。

“这……”凌云青透口气,推一推眼镜架。

“这就是武装斗争!”韦步平说得十分果断,“反动派既然来武的,我们就得礼尚往来,同等对待。不能再那么老实,伸着脖子让人家砍。”

“武装斗争?你从前又不是没有闹过,结果是……”

“一败涂地?哈哈,也许你不是这个意思。其实,武装斗争是自古有之。问题是看武器拿在谁手上,枪口对着谁?我不否认,从前我领头闹过,而且失败了,牺牲了弟兄。可是,从前是从前,历史不会重演。从前你我都不是马克思主义者,现在都成了无产阶级的先锋分子——共产党员了。此一时也,彼一时也,怎能相提并论？当然，话又得说回来，从前失败的原因是值得总结的。前事不忘后事之师。现在回头去看，当时所作所为是幼稚的：只看眼前的敌人被赶跑了就以为万事大吉，枪也丢了，印也劈了，队伍也散了；只看到劳苦农民弟兄拿到几斤粮食、几件破衣烂衫和几件破锅烂瓢回家，就心满意足了，脑子里没装上政权、土地和武装这三样法宝。现在，教训让我们学乖了。革命要取得胜利，工农大众真正得到翻身，不掌握武装，夺取政权，满足农民的土地要求，这三种东西，你就没有咒念。"

"土地要求？"凌云青说，"不，其实，农民才是个最难分析的几何题。以我这段时间的体会，农民之所以为农民，始终只是个小生产者——自私、落后、目光如豆。什么奋斗目标，什么革命前途，你就免开尊口吧。你同他讲远了，对不起，他看不见；讲土地，近是近了，但是，比起来，土地庙对他们却更加要紧。"

"简直是说胡话！"

"你不信？当然咯，土地庙对你来讲，只不过是一堆涂上颜色的泥巴罢了。八仙庙的菩萨，阁下不是打碎了吗？可是，对多数农民来说，那是他们的命根子。他们宁愿自己借债也不能让土地公挨饥荒，逢年过节总少不了烧香奉献供品。鲁迅先生有篇小说叫《故乡》，你读过没有？那个农民代表——闰土，比起别的家具来，叫他最感兴趣的是香炉！在农民心眼里，人的吉凶祸福等等，都得听庙里一对小泥人的。你好心分给他们田地，他们未必那么乐意，你不先给他们脑瓜开窍，把他们从土地庙拉开，那么，即便你从前门把土地送去，他们又会从后门把它还给地主的。你信不信吧？"

"照你这样说，革命手段靠什么？"

"比较起来，笔杆，它的重要性并不亚于枪杆。当然，这可能只是我个人一孔之见。"

"一孔之见也罢，经验之谈也罢，清谈误国，这是有史为证的，我们暂且带住吧。明天的事怎么办？"

"去，派差去把枪弄回来。党交下的任务，一定照办。我这个人说是说，做是做。"

"言行不一？"韦步平用眼睛盯着他。

凌云青推一推眼镜:“那倒不至于事事如此。其实,我方才说的笔杆子作用是有根据的:马克思不就是用他的笔杆传播共产主义,启发世界无产阶级的革命思想的吗?”

“按道理说,理论是实际行动的升华,但是,也不能否认,它反过来又指导着行动。花是从泥土里长起来的,可是,‘莫道落花无情甚,化作春泥又护花!’你说是不是?”

“理论是行动的指南,行动又是理论的母胎。蛋生鸡还是鸡生蛋,永远扯不清。”

“诡辩!”韦步平半开玩笑地说了一句。

“不。”凌云青声辩,“一个共产党人的人生观,起码是唯物主义者。怀疑派应当属于唯心主义者的范畴,落不到我的头上。”

韦步平瞧对方态度认真起来,只得含笑说道:“研究问题,判断是非,只固执于唯物,不讲求其辩证,那是形而上学。反过来,光强调辩证的方法而忽视唯物的依据,那就是诡辩。这顶帽子,你不肯戴也不行。”

“好了,好了,带住。先来唯物的怎样——弄点夜宵。”

韦步平看看主人态度诚实可掬,不觉微笑:“记得两年前我要出走的那天晚上,你也是这样对我说:弄点夜宵。哈哈。”

“当时,彼此劳燕分飞,没想如今却成了殊途同归。”

“只要奋斗的目标一致,条条道路通罗马。”

“你来前见到品微了吗?”停了片刻,凌云青突然问道。

这时,韦步平才把桂品微在“五一”事变中给他和罗汉帮了大忙的事,详细地讲了。说她已下决心走出狼窝——王光宗的公馆,到女子模范小学当教员去了。给桂安轮托运的这批货,是她找船上的经理办妥的手续。

“对啰,她一再叮嘱我,一定把她的情况告诉你,望你多加保重!”

凌云青一直在听韦步平的叙述,抱着脑袋寻思。等韦步平讲完了,沉默一会儿,才推一推眼镜,望着韦步平喃道:

“感情这个 X+Y 的未知数,真不是理智所能解释得开的。”

韦步平正要说什么,梁少英突然闯了进来,说他们在农协弄好夜宵了,要韦、凌两人赶快去。说是他今天去山圩,买到一只娃娃鱼,刚弄好,这东西一冷就走味。韦、凌两个相顾无言,跟着走出门。

凌云青吃过夜宵回来,夜已很深。窗外的月光消失了,夜空偶然飘来南归的鹤唳。说也奇怪,方才同韦步平谈的那些,又像蜜蜂回到耳边,嗡嗡作响:“起义”,“武装斗争”,“建立中心县委”,“总结工作”……这些,简直是一捆乱线团,已经叫他难解难断,加上品微珍重的问候,更是叫人心猿意马,无所适从。

几个月来,他一个人独立领导工作是得心应手的,要干什么就干什么。覃家庆、马大嫂,虽然不如梁少英那样听话,有时也不免顶顶撞撞,不过,从大处看,还能凑合。现在,一旦要改弦更辙,搞什么中心县委,搞武装斗争……因为事先没有思想准备,突然仓促应战,实在有点措手不及。当然,方才韦步平宣传的一套道理,从大处着想,是无可非议的。可是,从另一个方面来仔细思量,事情真是要干起来,似乎并不那样简单……

“起义,搞独立,各自为政,会弄成什么局面呢?全省九十八个县,就算岚山、巴龙和田州以至整个田南地区都树起了红旗,那也才不过是大海中小小的一座孤岛。光靠百来八十根枪和一些原始的长矛、大刀,能打出个天下吗?从全国形势来想,也是百思不解:本来是国共两党合作,孙中山三大政策得到承认,北伐军节节胜利;在武汉,不但打退了吴佩孚,还收回了各列强帝国的租界,眼看国家民族有救了,怎么一下子就变了天?其中原故是什么?省里的情形更加难以猜测:夏雷在那次省府联席会上讲得多么冠冕堂皇,多么动听,怎么一到了上海,马上翻脸,居然动起杀戒?这些,到底都搞的什么名堂?难道革命斗争比封建的宫廷政变还要残酷?难道政治真是‘不可捉摸的学问’?”

想到这地方,他竟然抱怨海银华对他的蛊惑。就是她,把他引诱去梧州进“宣传讲习所”的。不然,他安安稳稳地蹲在教育界,多么洒脱超然,何至于陷入今天这样烦恼的深渊?又何至被卷进这样复杂的漩涡?说到忧国爱民上头,自问是无愧于心的。至于如何去身体力行,那就是方才韦步平说的:条条道路通罗马。只要目标为的是革命,道路就应允许各人自己选择不是?“路漫漫其修远兮,吾将上下而求索”。如今时势如此动乱,谁也是在摸索前进,哪有什么坦途可循呢？方才韦步平的那一席话是经不起推敲的：他只朝着自己所想的一面去找理论根据，而忽略了从另一方面去考虑问题。这就不免顾此失彼，见树不见林。比如武装斗争这个问题，在对付封建统治势力来说，是必不可免的手段，但是，封建统治势力已经推翻，在民主共和的体制下，是不是还要诉诸武力呢……哎，方才为什么不同他辩论？不行，原则问题不能妥协。明天开会，非把道理讲清楚不可。没有理论就没有行动。

凌云青夜宵喝了两杯酒，虽然躺在床上，却挺兴奋，没合上眼皮，直到天已蒙蒙发亮，才迷迷糊糊，半睡半醒地眯了一会儿。后来，听差来叫醒他，说八点钟开会，他才伸了伸腰，喃道："哎哟，我昨晚忘记睡了。"从床头柜取过眼镜来呵呵气，用手绢抹了抹，然后仔细戴上。

县委扩大会开了五天了。在讨论今后任务的问题上，大家对上级的指示，原则上都是赞成拥护的，只是在斗争的策略上，有少数同志的认识不那么一致。特别是凌云青个人，他对武装斗争的问题，保留个人看法。认为这样干，会更加刺激反动派，双方的裂痕不但不能愈合，反而越来越扩大。这样，地方会陷于动乱，工农大众会遭殃。他认为马克思主义既然是战无不胜、放之四海皆准的科学，只要这一理论武器为千百万工农大众所掌握，自然就会产生物质力量，反动派想用什么办法来阻挠，也是制止不住的。在发言中，他阐述了从量变到质变的哲学观点，说明革命的质变，必须有酝酿、发动和组织的过程，否则，时机不成熟，群众觉悟跟不上。企图在一夜之间搞武装暴动而取得胜利，那是违背事物发展的客观法则的。

韦步平听得出，这是昨夜辩论的继续，是思想混乱的表现。对此，他认为有必要作进一步的澄清。等凌云青把话说完之后，他马上就说，革命行动是要有思想发动过程的。太平天国金田村起义之前，洪秀全、冯云山他们事先就宣传了"天国"的主张，发动、组织其拜上帝会，孙中山先生从同盟会开始，几次武装起义以至辛亥革命，也都先唤起民众，宣传了驱除鞑虏、恢复中华，实行三民主义的道理。

"我们现在要做的也并不例外，"韦步平继续说，"拿岚山来讲，从山圩'三三会’结盟，到八仙庙办农讲所，以至这回惩治土豪劣绅，成立农民协会，都是思想酝酿发动的过程。运动是不能停滞不前的，事到如今，问题不在于群众还没有觉悟，而是相反，群众正在热切地等待着进一步发展，等待着有人领导他们前进。如果讲到‘刺激’、‘过火’的话，那么，我也要问：‘四一二’上海大屠杀，‘五一’广西的惨案，那又是谁‘刺激’了谁呢？当然，斗争是矛盾冲突的表现，不管采取什么样形式，总不免带点‘刺激’的。在岚山，我们是刺激了杜耀光、汪举人一下，但是他们从前压迫剥削我们穷苦百姓那么厉害，难道不是‘刺激’吗？现在大家要造反，要革命了，给他们戴上高帽游街，就算‘过火’？我不能同意！要说刺激，那是他们先干的，我们不过‘以其人之道还治其人之身’罢了。武装斗争，有什么了不起，无非是刀对刀枪对枪嘛。在上海，在省城，人家不是动手了吗？除非你不革命，要革命就少不了暴力！”

讲到这地方，韦步平稍停一会儿，望了望大家才又接着说下去：“孙中山先生辛亥革命，虽然推翻了宣统皇帝，但是，正如他临终的遗言说的——‘革命尚未成功’。为什么尚未成功呢？原因很多，其中，重要一条，他没有抓住足够的武装力量，自己手上没有兵权。结果，客观形势发展，没有让书生气的孙中山先生顺利地去实现他的‘建国大纲’的主观愿望。客观实际倒是给拥有武装势力的窃国大盗袁世凯钻了空子，复辟封建帝制。前头已经有人翻了车了，”韦步平加重语气说道，“在后头跟着赶路的就应当学聪明点，不要跟着走上这条危险的歧路吧！现在，正是俗话讲的，火烧眉毛来了，一个非常的事态已逼到我们面前：在全国，蒋介石接受了野心家独裁者袁世凯的衣钵，正在磨刀霍霍，准备再来一次全国性大屠杀。在广西，黎柏初、夏雷同蒋介石穿的连裆裤；王光宗、杜耀光之辈，无非是被豢养的大狗小狗。时至今日，就瞧我们怎样来对付这帮大小豺狼了。孙中山，对不起，又提到他老先生了。他上过当，但是觉悟过来，接受了苏俄革命的帮助，提出三大政策，开办黄埔军校，搞武装斗争——实行北伐，这是为什么？就是要同袁世凯的余孽吴佩孚、孙传芳等大军阀针锋相对，排除革命的障碍嘛！我们现在要干的也就是这样：武装的革命，反抗反革命的武装，起义，夺取政权！国共两党全面破裂的局面已经无可挽回了。”韦步平说到这儿，拿起茶杯愤恨地往地上一掷，“乒”的一声，“看，茶杯已经碎了，你能合得起来？还是另外端一只新的吧。”

凌云青听韦步平这番慷慨陈述，心里虽然不大接受，可口里也说不出什么话。到大家讨论时候，对前一段运动的成绩，大家给予了充分的肯定；对存在的缺点毛病，也提了不少。有些话，即算不那么客气，讲得比较直率，态度却是善意的。但在凌云青听起来，就感到刺耳，有点吃不消。当晚，继续开会。他说前天夜里受凉感冒了，请了假。

梁少英开完了会特意来看他。他在床上躺着，头上敷着一方湿手巾，看样子是真的不舒服了。梁少英将会议的情况告诉他：武装起义的事，大家意见还不那样一致，明天还要继续讨论。

凌云青拿开了额头上的手巾，用拳头轻轻捶了捶脑袋，叹道：“哎，我在这段时间，真是白天黑夜顶着干啊，你说这是为什么？为我个人要升官发财吗？不，我是一心一意为老百姓谋利益，为工农弟兄谋翻身的。可是，万万想不到，你们把我看成什么人了？哼，不是这点毛病就是那个缺点，一无是处，都是我凌某左右不是人。哎，要不是为着大众，我何苦来哉？好了，从此我撒手不管了。能者多劳，让他（步平）来挑这副担子吧。嘿，武装斗争，谈何容易？兵家凶器，那不是好玩的，枪声一响就得见血。”

“是呀，军队的事我多少懂得一点。”梁少英说，“步平这个人嘛，从小我们就是‘哥们儿’，各人脾气好歹，彼此心里都有数。你也别怪他。不要看他讲起话来好像挺厉害，毫不留情，办起事来，又那样雷厉风行、大刀阔斧，一座山也想把它搬开似的，其实，他心肠也是软家伙。对朋友挺讲交情，重义气。对你似乎苛求了一点啰，好像鸡蛋里挑骨头，不过，自己人嘛，忍让一点就算了。”

“这个我懂。步平是个好人，只是他做事太自信。讲得不好听的话，就是偏激，刚愎自用。所以我们之间工作起来，步调往往不一致，不好办。”

“其实，你俩是老同学，多年的朋友，什么事都可以摊开来谈嘛。”

“谈是谈了，吵也吵过。有些事恐怕还得等着瞧，让历史作裁判。”

两人谈到这儿，韦步平来了。

“怎么，好些了吧，是不是同志们的火力太猛了？哈哈。”韦步平开怀笑着。

这一笑，凌云青倒是不好意思了，不禁红了脸。

“下午的会,大家又提了些意见,少英跟你讲了吧。现在有件急事等待我们当机立断。国民党省党部实行改组,成立‘党务整理指导委员会’,要在全省实行清党,目的是排除共产党和革命的左派。来人已到县党部,等待见你这位书记长。此人,据说是王光宗一手提拔的奴才,很会钻。另外一个情况是:罗汉从河口赶来报信,说是驻守田州、河口一带的刘福堂一个团,就要在这两天内往巴龙、岚山开拔。看来,反动派采取文武兼施,双管齐下,矛头针对岚山农运。我们必须立即采取对策:先发制人,免得被动。”

凌云青听罢,脸色发青,心慌意乱地喃道:“这个……”

梁少英也坐不住的样子,瞪着眼睛朝韦步平问:“清党,怎么个清法?”

韦步平却异常镇定,不动声色,想听听凌云青怎么个说法。

凌云青陷于迷惘,没了主意,用乞求的目光望着韦步平,以问代答:“你看,怎么办?”

韦步平成竹在胸,从容地说道:“我的意见:干脆把那位党棍隔离开来,软禁他!将田州运回来的枪支子弹立即分发到自己人手上,下令全县农民赤卫队集结。一部分人开赴界牌防守,一部分人封锁从巴龙到岚山公路的西山大坳。马上召开紧急会议,宣布起义!”

“这个……同志们的意见怎么样?”凌云青忧心忡忡,看了看梁少英。

韦步平说:“还没有跟大家说,先来同你商量,要是同意,县委就开会讨论作出决定。”

“我脑袋还晕……”凌云青说,“嗯,看大伙的意见怎么的吧,我个人……嗯,好说,少数服从多数。”

韦步平看凌云青态度暧昧,不大高兴,却又不好跟他争。箭在弦上,事情不容迟疑,立即告辞就走。

韦步平走后,梁少英留在屋,看凌云青有什么事要交代的。

“我……恐怕肺病要复发。哎。”凌云青想讨梁少英的同情。

梁少英诧异:“凌县长你……有肺病?”

“四月份去省里开会,在小乐园医院检查,说是肺浸润。”

“请盘大爷来看看怎样?”

“不，不行，我压根儿就信不过中医能治好病。他那个草医草药更是乱弹琴。”

“那，要不要到省城去，还是找小乐园那个大夫。听人说那里头，法国番鬼有个叫什么‘屙屎’的机器，人的五脏六腑都能照得见。”

“哈哈，什么‘屙屎屙尿’的，叫‘艾克斯光’，不过……”

“哎，有病就得治嘛。身体是本钱，留得青山在，哪怕……”

“嗯，是呀……不过……”

“不好意思？”梁少英笑笑，“我替你去跟步平讲。”说完转身就走。

“不，你先别去讲……”凌云青望着梁少英的背后喊，那背影没反应，径自走去，自己无可奈何地喃道，“正在这时候，提出个人问题，多不好意思……”

凌云青越想越觉得不太对头，又怕少英这个人东说西说，加油添醋，弄得发生误会，于是，下床换衣服，还是参加会去了。

会开到第二天凌晨一点半钟才散。凌云青回到房间，气呼呼地坐到写字桌跟前，不知是会上受了气，还是人过分疲劳，显得烦躁不安。他提笔蘸墨，要写什么，对着笺纸，又觉心烦意乱，不知从何下笔，索性把笔往笔架使劲一搁，墨汁溅起，白纸落了几点黑点。抬头一瞧，案头镜里正是自己涨得通红的脸，像是发怒而扭歪了的样子。

不一会儿，梁少英悄悄推开门进来，关心地端量着生闷气的县长。

“县长……你方才在会上火气也大了点。”梁少英表示同情。

“你就只看我的火气，为什么不想想火是怎样发起的？嘿，就让他一个人当圣人，放个屁也是香的？我看，不一定，走着瞧吧！”

“其实，步平这个人……我懂得他，他对你倒是……”

“反正是道不合不可谋。我个人，无他，成败利钝，在所不顾。只不过我所担心者，乃是千百万百姓，从此又要陷于万劫难复的厄运，于心不忍而已。”

“这点，你方才是讲了。可步平他，不以为然，认为你是见树不见林。”

“他不同意是他的事，我要讲还是讲。不过，斗嘴是没意思的，等事实说话吧。”

“那……”

“少数服从多数。会议可以表决，我的意见还是要保留。”

梁少英看对方在盛怒之下，想再劝也无济于事，只说了句“保重身体要紧”就走了。

凌云青“嗯”一声，坐着不动，痴痴地对着孤灯凝视。一只粉白的飞蛾扑着灯罩，一下子落到灯旁，无力再飞起来，在纸头上慢慢爬行。他仔细观察了半晌，轻轻捏着它的翅膀，放到窗外，让它飞了。好像动了心思，他又坐回椅子上，拿起笔东涂西抹，最后写出四句五言诗，算是将心里憋的闷气倾吐出来了，感到一阵轻松似的，往床上一倒，马上打起呼噜。但是，睡得也不自在，做着惊险而荒唐的噩梦。当他惊醒起来时，天已大亮。胸口沁着汗，太阳穴感到刺疼，头昏沉沉的。

韦步平、覃家庆和马大嫂几个人来探望，劝他好好养着，休息两天，别忙起床。同志们如此关怀，使他动了心，眼角淌了泪，背着大家偷偷抹掉。觉得大家一如既往地对待自己啊，并没有因会上互相争吵而另眼相看。但是，当大家走后，他一个人躺在床上，脑子又钻回牛角尖去了。一想到分歧的意见，就觉得自己受着压抑，一时转不过弯来，感到无限的委屈。另外，想起银华的负心，又增添一股闷气；想起品微不幸的婚姻和她的出走，觉得有段心思要向她倾吐。总之，公谊私情都使他感到这地方的天地太窄，情感得不到奔流，意志得不到驰骋。“涸泽之鱼，相濡以沫，不如相忘于湖海。”他终于下了决心，向韦步平提出，要求到省里去治病。

在岚山起义的前一天，凌云青居然走了。临行，韦步平问他：还有什么要说的？他说意见都已经讲了；此去，打算请省工委另外分配工作，不再回岚山了。说是想来想去，做个职业的革命家，看来非其所长，拿鸭子上架，实在是历史的误会。

韦步平看他决心已下，要挽留是挽留不住了，只好交代少英和志高几个弟兄：备好牲口，带着武器护送他到田州，等人上了船再回来。

人去了四天。志高回来时，从口袋掏出一封信，交给韦步平，说是凌县长临上船才叫他带回的。韦步平拆开信看，原来是这样一首题为《误会》的五言绝句——

少怀天下志，

慷慨赋悲歌。

岂知非同道，

迷误惜灯蛾！

后头还有如下的注解，分着行写的，好像新诗——

也许是历史悲剧的必然，

何尝不是个人命运的归宿？

说不定是我负了相知的友谊，

也难说不是友谊对我赤诚的误解！

“就这么一张纸，没有讲别的什么话了吗？”家庆望着志高问。

志高摇摇头。

“这就已经够了！”韦步平一边叠好信笺，装回信套，一边感慨系之。

第三十二章

一九二九年十二月初的一个雨夜，在田州县城临街一间粤东会馆的大厅里，几位佩带着当时陆军将校级军阶徽章和一位披着厚呢子大衣、戴着人字呢鸭舌帽的先生，站在一张八仙桌的四周，聚精会神地看着桌面铺开的一张比例尺为五万分之一的军事地图。各人心情都很沉重，脸露难色。

一位少校参谋拿着一枝红蓝铅笔指着地图说："这里是北江的河谷，如果西面水路河口的刘旅不让我们进驻他的防区，那么，北面就是云岭山脉，西南面是南江大河，部队运动很受限制。根据侦察到的情报，昨天夜间，突然聚集几股来路不明的武装匪徒，封锁了北边和西南面的通道，这样一来对我们形成了一个包围圈。如果情报确实，我们将要落进口袋，四面受敌。"

一位三十四五岁的少将，沉着而镇静地说道："别大惊小怪，匪徒还不是百来八十人、专做打劫烟帮和武装走私的家伙嘛。他们意图很明显，无非想'捣乱’，搞拦路抢劫的勾当，向我们讨几杆枪支和子弹就是了。”

“道路传言不足信，再派出便衣侦察，拿回确实情报；加强前沿戒备。”说话的是一位三十岁出头的上校，中等身材，神色坚定，精力充沛。

“报告！”门外一声呼唤。

“进来。”少校应声望着门口。

掀帘进来的是一位披着防雨斗篷的青年军官，胸口别着中尉参谋徽章。进到厅来，除下斗篷，朝着面前几位长官立正敬礼。少校参谋问他：

“什么情况，说吧。”

中尉参谋说，据斥候兵回报，从今天傍晚起，敌人突然出现在附近山上，扬言明天拂晓攻城……

“人数多少？”少将不等参谋把话说完抢着问道。

“没有一千也有大大好几百。有的拿步枪，有的扛三把叉、长矛和大刀，听口音，有些是外地来的，有些是本地人。”

“明天拂晓攻城？嘿，胃口不小！”将军自语。

“他们的企图是什么呢？”穿大衣的先生一直在狐疑。

“他们放出话来说，省城你们是回不去了。黎柏初已经从外省打回来；河口上边，是刘福堂的老窝，绝不让你们上去。你们已经受到两面夹攻，走投无路了。不快投降就围困你们，饿也把你们饿死。”

“奇怪，省里的风声他们也知道了？外面下大雨不是？冬天还有这样大的雨！”穿大衣的人说。

“情况对我们不利。”

“任参谋，”上校向说话的人招呼，“我们出去看看。”

那个任参谋跟着上校走了。将军和穿大衣的先生坐下稍停片刻，将军问：“不是说，北江山区一带，有农民武装赤卫队一直在那里坚持活动吗？”

“那是在岚山、巴龙的虎岩山区，离得远着哩。估计他们的活动，到不了这地方来。”

“那边情况怎样？”

“联系不上。自从前年夏雷搞了‘五一’惨案，接着就搞清党运动，各县实行清乡、搞联防保甲,到处是白色恐怖。起初,韦步平领导岚山起义,把持了县城;以武装斗争答复反动派的武装镇压。不久,敌人大兵压境,县城守不住,退了出来,进入虎岩山区。从此,跟省工委联系断了。派去几次交通,都接不上头。有说他率领部分武装到国境边上,开展游击活动,打劫武装走私的烟帮,有说他进了瑶山,跟当地驻军,你来我往地捉迷藏……众说不一。”

说话的这位穿大衣的先生,就是省工委的负责人雷苏民。现在同他谈话的将军叫邓瑞山,曾在北伐军第七军当过师长。蒋桂战争结束,桂系余部缩回老巢。黎柏初这位新军阀在北伐过程中,开头以三四万人的队伍,投了革命之机,居然发展到三十多万的人马,俨然成了暴发户。同粤军的第四军联成一气,从两广、两湖、河南和河北,沿着粤汉、京汉两条贯穿南北大动脉的铁路线,摆下了长蛇阵,大有不可一世之概。不想,功高震主,为大独裁者、野心家蒋介石所忌,收买他部下的叛将,在湖南岳阳倒戈,将长蛇阵拦腰一斩,首尾异地,终于败退下来。黎柏初同蒋介石一样都是野心家,哪里肯放下屠刀,善罢甘休啊。如今虽被迫而屈处一隅,却不忘作困兽犹斗,企图卷土重来,问鼎中原。无奈接连发动粤桂、湘桂两大战役,又都失败了。有的将领卖身投靠,进了南京当闲差,有的加入外省另一营垒,有的在省内倒戈,自称这个司令那个指挥的,朝秦暮楚,各自为政。邓瑞山将军本来是广西陆军军官速成学堂出身,在北伐当中曾经是黎柏初部属的一张王牌。只因他手下的混成旅一个姓鲁的旅长被南京收买,在湖南岳阳哗变,跟武汉守备的一个师联合倒戈,桂系的长蛇阵,一下子被拦腰砍成两节。他的师部在耒阳首尾受敌,施展不开,一败涂地,只身亡命潜回本省。唯恐难容于黎柏初,索性纠合后方不满于黎、雷一派的势力,向南京输诚,宣布反对内战,拥护南京国民政府的编遣会议,接受南京军事委员会编遣,受命为护党救国军第六路军总指挥,署理全省绥靖公署。不想好梦不长。不到一个月工夫,黎柏初败回桂林,集结其残部,乘邓瑞山脚跟还未站稳,以迅雷不及掩耳之势,星夜兼程,分兵两路奔袭省城。邓瑞山在仓促中随同警备团撤出了邕州,打算到河口拉拢刘福堂,双方携手合谋,割据西部地区,称霸一方,与黎柏初、夏雷对峙。假如刘福堂这个地头蛇不肯携手,再绕过河口,走云南,另谋出路。

上校现在是警备团团长,就是我们从前所熟悉的章斌。这几年他所经历的事很曲折:在北伐征战那段岁月,他担任第四军独立团的参谋长。打汀泗桥那场震动全国的战役,他曾亲临其境,参与运筹帷幄;攻武昌城那场恶战,独立团建立了战功;“八一”南昌起义,他随同独立团原先的弟兄共进退。那是在周恩来、朱德、贺龙等将领的指挥下,向蒋介石反革命开的第一枪。后来,起义的队伍向赣南、闽西进军,企图打回广东革命策源地,重建革命政府。军队开到广东海陆丰,和彭湃的农民赤卫队会合,打下潮汕。正要向广州进军,料想不到,前面的桂系反动军队事先已有准备,在潮梅一带摆下了阵势,起义军到达大浦沙河坝地区,迎头遇着强大的阻击火力。双方浴血激战三个昼夜,起义军终于被迫化整为零,分散活动。有的人跟队伍失了联络,只好化装老百姓,搭乘木帆船去香港。到香港后,有的同志潜回广州、上海,转入地下工作,有的被派到苏联学习。剩下部分队伍,由朱德、陈毅率领转战粤北,进入大庾岭,于一九二八年一月到达湘南,举行了湘南暴动,建立了苏维埃政权,最后上井冈山,同毛泽东率领的湖南秋收起义的武装队伍会师。章斌到香港后,做了短时间的交通,然后被派回广东部队,参与广州暴动,闹了一场轰轰烈烈的广州公社运动。失败后,通过原先第四军的旧关系,打进张发奎部队,在一个师当参谋长。去年下半年,才被派到桂系的部队十五军直属警备团任团长。这个团的一个营长是共产党员,建立了一个地下党支部。两年前夏雷、王光宗他们实行清党时,没有遭到破坏,党的力量保存下来。两年来利用邓瑞山投蒋反桂的空子,党组织还有所发展,政治条件和武器装备都比较优越,战斗力比较强。

省工委估计,黎柏初回师老巢,为了巩固其地盘,邓瑞山固然是障碍,共产党也会成为他们心腹之患,继续活动是困难的。省工委决定把领导机关撤出省城,随同警备团开到接近农村的边界城市河口,以便开辟新的局面。这地方背靠滇贵高原,面向大河,进可直取省垣,东联粤港,退可固守山区,西出河内、海防,争取国际援助。大有回旋之余地。驻扎河口防区的部队,一直为老桂系宿将刘福堂所把持。老军阀陆荣廷垮台后,刘之所以能够硕果仅存,一方面是新桂系黎、夏势力鞭长莫及,另一方面还因黎、夏二位,起初曾在刘的部下当过见习排长,有过上司下属之谊,刘既表示输诚,也就留下这一小块地盘作为安抚。地方贫瘠,老鼠尾巴虽然挤不出多少脓来,可是云贵两省的鸦片,多半经河口输出港澳，捐税倒是十分可观。多年来，这位边防守将落得屯兵自重，甘为黎、夏看守后院。

现在，章团大兵压境，倘若不叩门而入，一来唐突无礼，自有欠妥之处，二来城内虚实不明，一旦陷入圈套，造成进退维谷，不好超脱。于是，前天军行到此，即令停止待命。先致电刘旅，借口奉命守边，加强防务。说什么“军旅即日抵达，恳予鼎力相助，指定防地。三军待命，万望电复”。电文去了两天了，不见回音。万想不到，却引来了一群不速之客，一夜之间，将前后左右的去路都封锁了。真是飞将军从天而降，叫人颇费思量。

团长章斌和任参谋巡哨回来，脱下雨衣，交给卫兵拿走，然后朝厅里人诧问：“哦，两位还不休息呀？”

省工委雷苏民打量对方忧郁的脸色，焦急地反问：“情况怎样？”

“派出的几路前沿侦察，回来都讲一样的话：敌人不断增加，通知老乡们备饭。”章斌说。

“河口有复电吗？没有？再催。”章斌向少校说道，“你去叫电台，发报告急：把这里的情况告诉河口。告诉他：唇亡齿寒，我们被吃掉了，他们的日子就不好过。”

“奇怪，哪来这么嚣张的匪帮？”雷苏民一直疑惑不解。

邓瑞山拿出两枚“双毫”的银币来箝髭须，满不在乎。章斌一个人走到桌子跟前，弯着双肘趴在地图上仔细审视。

不一会儿，少校回来，一进门就说：

“河口电报来了。”手上举起电报纸片。

三个人几乎同声说道：“念！”

任参谋走到桌边将马灯捻亮，摊开电报念道：

×电获悉，贵部不辞辛劳，协防敝区，理应迎迓入室以相安，维持大局。无奈河口弹丸之地，难容贵部于榻前。与其敷衍而怠慢于尊前，不如明言以免嫌隙于日后。临电布达，拳拳苦衷。敬祈见谅。河口刘。

“老麻雀难捉啊!”将军停下箝须,拿左手摸摸下巴。

窗下临河,夜深人静,水声喧哗。

“雨停了吧?河水是不是涨了?”省工委雷苏民说。

章斌离开桌边,来回踱步,过了片刻,喃道:“刘福堂,老奸巨猾。他不让我们进屋,我们也不替他看门。”

“问题是我们现在掉进了口袋。”少校忧心忡忡。

“要是锥子就不怕口袋,脱颖而出。”章斌并不气馁。

“突围?往南还是向北?”

“突围,为时尚早。城里总还有十天半月的粮食吧?”将军说,“不都是一些扛长矛的匪帮吗?给点甜头,他们就会散了的。他们想要什么?给他们几枝破枪打发他们走。”

“城墙怎样,人爬不上来吧?”雷苏民问。

章斌说:“看来不那么简单。明天侦察排挑选几个本地人,出城作便衣侦察,混进敌人里头去探听虚实。”

“也好。知己知彼,百战不殆。”

第二天一早,章斌带领一个卫兵和一个侦察参谋化装成收买土产的商贩到附近圩场赶圩去了。雷苏民到商会去了解城里粮食和盐巴的库存数。邓瑞山找任参谋来商量城防的警备,吩咐城门哨兵要派双岗;四乡进城人员、货物,务必过细严加检查。两人正在商量的时候,一位副官来说,匪帮那边派来一个人,指名要见邓指挥。邓瑞山听说指名要见他,感到有点蹊跷;他这次随着警备团行动,是不公开的,怎么被他们知道了呢?

“是什么样的一个人?”邓瑞山向副官问道。

副官说:“看年纪,二十六七岁,大高个,穿老百姓衣服,眉眼又不像是老乡的样。”

“老乡有另外的样吗?”

“嗯,总是有点不大相同。他眼神特别亮,一眼要把人看穿似的,口气特别硬。”

“他身上带家伙没有?”

“带来一支驳壳手枪,进城门时交给哨兵了。”

邓瑞山想了想说:“任参谋,你先跟他谈。”转对副官问:“他在哪儿?请他来。”

邓瑞山躲进旁边的房间去了。参谋将桌上的地图收起,扣上风纪扣,又拿起河口的电报来过细揣摩一番。副官出去不到一刻钟,把人领了进来。人比副官高出一个脑袋,浓眉大眼,留着大包头的长发,一脸络腮胡,上嘴唇像把木梳,两边往下弯。显出一口咬定雷劈不开的神气;装束像个普通农民,脚上穿一双陈家庚牌的胶鞋。任参谋让他坐下。他先开口问道:

“你不是邓指挥?”

“你认得他?”

“我有话要同他当面谈。”

“他昨晚着了凉,还没起床。有话我们先谈是一样的。”

“不一样。你的话能算数吗?你的话,弟兄们听不听?”

“看说的什么吧。”

“我要你们放下武器,队伍听我调遣,你作得主吗?”

“你……”

“我说话太不客气是不是?问题不在我说了什么,而是你们的处境不妙,叫我不得不直截了当地把话讲明。”

“你是什么人?”

“这,有必要先介绍吗?我说我要见你们邓指挥。”

邓瑞山掀起帘子,从房间里走出来。从旁端量这个古怪的农民,冲口就问:

“你是要找我投降吗?”

来人转过头去,两人眼光相遇,不打个招呼就答道:“这怎么说呢?反正我们的人今天就要进城。”

邓瑞山看他出言不逊,不免侧目而视,顺手挪过一张椅子坐下,跟他斜对面。“你不是要见邓指挥吗,我就是。你要说什么说吧。”

来人瞄了一下对方胸袋上别的红边将级徽章。带着嘲讽的口气说道:“那好,我可就直说了:邓指挥既然可以乘人之危,在黎、夏集团的后院点火,打出护党救国军的招牌，树起独立旗号，就不难想像，别人也会揭竿而起，为民请命。”

“先不管你是为人还是为己吧，你以为你的算盘能打得那么如意吗？”

“如果将军实在不肯合作，一定要较量一下，无非死伤一些人就是了，这又何苦来哉。将军心里应该明白：东面的省城，将军的来路显然是回不去了；西边的河口，那是老桂系余孽刘福堂的天下，卧榻之旁，岂容他人鼾睡？一座山养不住两只虎，王光宗一个空头的专员尚且被礼送出境，何况邓指挥你大兵压境，他怎会开门揖盗？摆在你将军面前的形势很清楚：东西两头，进退已经两难，两旁南河北山，我们又把它占了。说句不好听的话，我们现在可是瓮中捉鳖，手到擒来。这是邓指挥始料不及的吧……”

“住嘴！”少校参谋吼一声，“现在瓮中捉鳖的是我们，而不是你！我也不瞒你讲，你是自投罗网了，你那些乌合之众，铤而走险的家伙，要不退回山去，你也别想出得城去。”

“我敢进来就不会空手回去。但是你们也别做梦，想在我身上榨出什么油水，我们的弟兄不会以空手退回山去作代价，换取我一个人的脑袋的。没有蜂皇的蜂群只不过是暂时的，不会散掉，很快又会有新的蜂皇替代！不过，倒是应当提醒一句，蜂群为了保护蜂皇，发起怒来可是不好对付的。据说五百只蜜蜂可以螫死一个人。”

“你这是要挟吗？”邓瑞山怒不可遏。

“不，我只是讲讲蜜蜂常识。”来人平静而不动声色地对着两位对话者。意思是说：“老子就是这样，看你能把我怎样？”

邓瑞山向任参谋招手，要他到跟前耳语。任参谋听了，点点头，转对来人招呼：

“这样吧，你跟我找个地方休息一下。等我们商量好了再说。”

“工夫不多了。天黑之前，我要回不去，弟兄们就会来向你们要人的啊。”

任参谋把人带走后，邓瑞山一个人独自沉思：“是什么人？听口气，来头不小，哪里来的呢？看样子又不像是瑶王一类家伙……”

正在邓瑞山在厅里背手踱步的时刻，雷苏民回来了。邓瑞山把来人的事告诉他。他听了也觉蹊跷：“这地方民情慓悍。山中无老虎，猴子称霸王。百样米养百样人，什么样的人都会有！”雷苏民喃道。

“简直是夜郎自大。”邓瑞山说了一句。

任参谋回来对着在座的两位长官说：“他讲，天黑以前不放他出城，他们的人就要攻城了……”

“谁呀？”任参谋的话没讲完，章斌回到门口听到说话，接着就问。

雷苏民拉过椅子，让章斌坐下，然后说：“邓指挥说外头进来一个人，口口声声要我们投降。详细情形，任参谋，你复诵一遍。”

章斌催着任参谋：“讲吧，是什么样一个人？”

邓瑞山心急口快，抢着答道：“少见的家伙，狂妄自大，十分嚣张。”

“啊？有这样的人？”

任参谋看了邓瑞山一眼，然后将情形从头到尾叙述了一番。

章斌不等任参谋说完，不由睁亮眼睛，拦住问道：“唔，可能是他。他现在在哪儿？去，请他来。”

任参谋应声，走了两步，章斌马上站起说：“等等，我同你去。”

邓瑞山和雷苏民两人面面相觑。

不一会儿，章斌和任参谋把人带进客厅，对着邓、雷两位说：

“来来，我给你们介绍：这就是我们要找的韦步平同志，这是邓指挥，这是省工委苏民同志。”

“哎唷，步平同志，你可叫我们受了一场虚惊啊！”

“对不起，对不起。”韦步平说，“雷苏民同志，我们在南宁白沙一别，转眼已经两年了。”

“是的，是的。那时我们被迫在一个黑屋说话，哈哈。唔，凌云青后来找到我。哎，人倒是个老好人，书生意气多了一点。他说一方面为了治病，一方面为了治学，主动要求到香港去了，情绪消极。不过也还好，没有做坏事。”

对凌云青，韦步平本想要讲什么，一时又找不到适当的措辞，大家也都沉默无言，一会儿，雷苏民问韦步平一共来了多少人？

“千八百有多不少。”韦步平答道。

章斌接着对雷苏民说：“他打算是先把我们吃掉，然后再回过头去打河口。”

"胃口不小呀!"

"瞧,河口刘福堂的口气。"章斌取出电报,交给韦步平。

韦步平读完,说道:"刘福堂记起明太祖的话,床边容不下旁人打呼噜,哈哈。我们在这地方,也不能让他从后院引狼入室啊。"韦步平看看大家听不明白,接着解释说,"据最近的情报:滇军云集边界,大有觊觎广西之势。"

"依你之见呢?"雷苏民问。

"来,看看地图。"章斌摊开地图。

几个人都围拢上来,盯着韦步平指点他的农民赤卫队所部署的形势。

"省城方面,黎、夏他们刚进驻省城,主力都用在东北前线,对付从广东、湖南两路追来的敌军。西部地区,他们一时还顾不过来。但是,河口的刘福堂,如果他不肯合作,我们就处于前后受敌的不利形势。"

"干脆,把刘福堂吃掉!"韦步平说道。

"怎么个吃法?"邓瑞山说了一声。大家好像也都有共感,一齐朝韦步平要主意。

"叫赤卫队掉转枪口,包围河口,兵临城下,威胁他就范。同时,派人去向刘福堂游说,说服他答应我们开进河口协防。其次,通过水路,把军火偷运进城,武装码头工友,准备做内应。河口要是落到我们手上,文章就好做了。北江两岸山区,十来个县是一片红;南江那边,我们有人在活动,领导力量弱些,工作开展不那么顺利,不过,那边敌人也弱。河口是南北两大江的枢纽,像一把箝眼,把它掌握到手上之后,向南江发展就顺利了。现在要紧的事就是要给赤卫队补充枪支弹药。"

"这点好办。"邓瑞山说,"老章,你看刚才说的方案行不行?"

章斌答道:"行!我赞成这样办。"

邓瑞山说:如果赤卫队人马不够威胁河口,可以考虑分出一部分人去先围攻附近一个县,引诱河口敌人出城增援,一部分人马伏击援军,削弱敌人兵力,然后再回头包围河口。在场的雷苏民和任参谋附和这办法。章斌还在考虑,没作声。

韦步平说:按说,这也是一种打法。只不过,这样一来,就多费工夫。倘若等到省城的敌人站稳了脚跟,腾出手来打扫他后院的时候,我们就被动了。用兵贵在神速:要出其不意,攻其不备,容易得胜。

“对,对!”章斌说道,“赞成步平同志的意见。事不宜迟,要趁热打铁。大家看什么时候行动好?”

步平说:“说干就干。马上将武器准备好送去,队伍晚上出发。”

雷苏民问:“不要找骨干来动员一下吗?”

“主要的干部都在街上了。”韦步平说。

章斌惊讶:“他们都进了城?”

韦步平笑了笑,然后说:“是呀,要没有他们先进来,我一个人能单刀赴会嘛!”

“原来如此!”雷苏民赞叹一声。

“难怪我刚才在圩场就听到一些话。那好,现在就请他们来吧。”

邓瑞山深谋远虑地说道:“明攻,这样干是可以的;至于暗算,派谁去当说客呢?这个人一定要挑选得当,否则就会落空。另一个事是偷运军火进河口,也要有一番周密的策划,不能大意。”

“只要大的计谋定了,详细办法晚上再商量。步平,你不必跟队伍出发吧?留下参加议一议。”章斌向韦步平说。

“可以。其实,河口码头有我们的人——罗汉,一直在那里隐蔽着。”

“任参谋,去通知军需处准备武器和给养。步平同志,给你们五百支步枪,每支枪五十发子弹;机关枪五十挺,手榴弹一人尽可能配备两枚,怎样?”

韦步平说:“武器多一点,少一点,关系不大。主要看人心齐不齐。”

“机关枪他们会不会使用?”邓瑞山问。

章斌说:“干脆连人带枪都参加进去。”

“这样好,加强战斗力。”任参谋补充一句。

任参谋走后,韦步平也起身,对着章斌问:“我现在就去找他们一道出城,到营地召集开会。等队伍开拔了,我再回来商量下一步棋怎样走。”

章斌点点头,雷苏民站起来紧紧握住步平的手,然后拍拍他的肩膀,说一声:“再见。”

韦步平对着要送出门来的邓瑞山和章斌说:“留步,留步!”握了握手,立即转身迈开大步走了。

章斌望着他走去的背影赞叹:“真没想到是他。这两年真难为他坚持下来,居然能够维持这样一个局面。”

雷苏民说:“他可是一株擎天树,也只有在这山区的土壤和气候里才能生长。”

邓瑞山问:“他学过军事的吧,黄埔军校吗?”

章斌答道:“云南讲武堂出身。”

“啊,难怪。”邓瑞山说。

雷苏民拿眼睛指着章斌对邓瑞山说:“他俩还是川军的老搭档哪。”

“是吗? 共产党的能人真不少呀!”

“你不是也来了嘛。”

“我恐怕还不够称头吧。”邓瑞山态度矜持,一面向着雷苏民试探,一面还要保持一定的自尊。

“路遥知马力,慢慢来吧。”章斌说。

黎明前,韦步平开完了活动分子的会,送走了队伍,便赶回田州县城。章斌同他在灯下促膝叙旧。这时,章斌才提起言真的事:说她从广州出发时是在总政治部宣传科当干事,曾一度到第四军防地做动员民众工作。北伐军克服武汉之后,她到工会妇女部工作了一段时间。邓大姐去上海时,把她也带去,仍然在工会系统做女工运动。“四一二”事变前夜,她在裕华纱厂工会福利部开应变的秘密会时被捕。幸亏营救及时——通过她舅父的社会关系,得到保释脱险,随即找到党组织,撤退回武汉。在妇女联合会做了短时间工作。后来汪精卫翻了脸,“宁汉合流”表面化了,武汉形势顿然恶化。革命进入低潮,不少脆弱的知识分子产生消极悲观情绪。言真却表现坚决,从汉口过江,到武昌找见章斌。一道随着独立团撤出武昌,到达南昌参加“八一”起义。接着,从军南下,一直到达汕头。这段戎马倥偬的日子,她一直在政治部搞动员群众工作,跟章斌时常相见。最后,两人都先后到了香港。当时组织正在选派一部分年轻同志去苏联学习,把她选上了。走时,章斌还去送她上船。去年年底他要来广西之前,听到一位同志讲:一种说法,她去年十月革命节前已经回国了,开头在上海一个纱厂做地下工作,后来被国民党特务注意,待不住,才转移进入中央苏区,现在可能在瑞金,另一种说法,说她仍在苏联没有回来,去年冬有批同志回国,说走前见她还在东方大学……

章斌谈到这儿,天已大亮。勤务兵给打来洗脸水,请韦步平抹抹脸,然后领他到靠近江滨的一座旅馆去。那里的整座楼房全都给部队征用了,门口站着哨兵。原来是省工委机关的住处,雷苏民同志就住在这里。

第三十三章

韦步平刚进房间，雷苏民跟着就来看望。房间是在三层楼上，面临大江，有阳台可眺望江面的帆影和天空的白云。房间虽有椅子，雷苏民却不肯坐，一进来就对阳台感兴趣，带头往外走。韦步平跟着他到阳台凭栏眺望。江面一抹烟雾，东边天空泛起层层叠叠的虾肉色的朝霞。

“你一夜没睡吧，休息一会儿。”雷苏民凝视韦步平眼睛。

“白天不应该是睡觉的时候啊。”

“一般是这样，可是也有特殊的情况。唔，你同章斌同志从前就认识吗？”

“我们的交情可有一段历史了。”

“哦？什么时候？在广州吗？”

“四川，在广州之前。”

“唔。难怪，他一到广西就打听你。”

“他……”

苏民不等韦步平把话讲完，马上说：“他是党中央特派员，负责领导广西党的工作来的。上月开了一次全省代表会，贯彻中央精神，决议在广西搞兵变。”

“这位邓指挥不是被南京收编过去，回广西来反黎柏初的吗？”

“他们狗咬狗，我们利用其鹬蚌相争，渔人得利。邓这个人，脑瓜并不顽固，他接受南京的改编，起因是不服黎柏初飞扬跋扈的气焰，闹意气，另立山头。他的任参谋是我们党的同志，对他有一定影响。他在桂军还有一定的号召力，要争取他成为我们的人。”

韦步平听着没作声。

一会儿，雷苏民说：“团结各方面力量，打击主要的敌人，这条策略很重要。”

“在团结问题上，我重视不够，当初让凌云青走掉了。”韦步平表示有点内疚。

“那年他到省里时，我同他谈了。是他自己的信念不坚定，他也没怪你。”

“我们的分歧，主要是在对待群众的问题上意见不一致。他信不过群众的力量。他说，中国历史上多少次的农民起义，都是以失败告终，不相信农民革命会成功。我说，苏联的十月革命不是有大量农民参加的吗？他说，那不是中国。”

“奇怪的逻辑。”雷苏民说。

“他现在……”

“在香港办报、开书店，写专栏文章。目前参加‘中国社会性质’的论战。色彩嘛，不算黑，可也不红，而是有点灰……你不错，遇到惊涛骇浪能做中流砥柱，到底开辟了一个不小的局面。”

“个人有多大能耐，还不都是弟兄们齐心合力闹的。”

“一个读书人能把工农大众当弟兄就不简单。一个自觉的革命者，就要有在失败之中看到未来，看到光明的乐观精神。”

两人凭栏闲谈一阵，回到房间坐下，继续对话。韦步平跟平素的脾气一样，跟人闲谈中，很少主动提什么，一般的只听对方说话，慎重地回答问题。特别是在上级，或新交而不是熟人面前，更是如此。雷苏民急于想知道他对当前这一军事行动怎么打算,同时也很想了解他这两年在这一带发动起来的革命的形势。韦步平说,如果只是凭他的农民武装队伍是围不死河口这座重镇的。刘福堂这个老狐狸知道他们没有大炮,不会那么容易轰得开这座背山面江的古城。怎么办呢?韦步平说,必须得里应外合,内外夹攻;学孙悟空钻进铁扇公主肚子去,想法进城。讲到这里,雷苏民想起两年前在白沙同韦步平一道的罗汉,问韦步平跟他有没有联系?不等回答,雷苏民又接着讲:自从那回白沙集会之后,敌人清党运动步步深入,白色恐怖更加猖獗,省工委遭到严重破坏,各地组织都联系不上了。直到今年下半年他才又奉命把工委改为特委,一点一点把组织恢复起来。大部分力量都放在"兵运"方面。章斌利用他原先在北伐军的老关系,打进桂系,企图把兵权抓到手,打下一个楔子。工运方面还没有足够的力量去开展,情况掌握得不多。韦步平说两年前发动岚山起义,不久敌人反扑回来,县城守不住,只好把队伍拉上瑶寨,凭险固守,保存了基本武装骨干。后来钻敌人空子,利用敌人三不管的边界山区进行游击,打劫烟帮,解决队伍的给养问题。无事,各人分散回家种田,有事,集中对付敌人进剿。从中缴获武器弹药,补充消耗。同外界联系几乎断了。几次派出人员找省工委都没有回头。新闻来源,主要是靠邮差的口传。同罗汉的联系时断时续。知道他一直在河口码头上活动;最近,通过江波关系,上了桂安轮船做伙计。韦步平是通过田州街上东风理发店一个罗师傅跟他取得联系的。这回韦步平同几个弟兄混进田州城里来,就靠罗师傅的掩护。

正在这个时候,江上传来汽笛的呼啸声。雷苏民向进房来冲茶水的伙计打问,是上水还是下水船?茶房到阳台去瞧了一下,转回来说,是上水船。

"在这儿停多久?"韦步平问。

茶房说,上水在这卸货,下水在这装货,一上一下,都要停一个对时(一天24小时)。

"这船叫作什么,看得出来吗?"

"今天是二十七,是桂安。"茶房扳着指头数了一下。

雷苏民问他知不知道船上有个姓罗的水手?茶房问:"姓罗?叫罗斗不是?唔,他可是个名人哪。"

雷苏民同韦步平交换眼色,惊讶地问:“他怎么个出名啊?”

“他能潜到水里待半天也不在乎。好多人跟他打赌都输给了他。他说,是河口码头有个老头教他的绝招。”

“你认识他?能请他到这儿来吗?”

“就不知这趟船有没有他。你两位有什么事吧?”

“也没别的要紧事,只想叫他给我们捉一条莫六鱼来尝尝味道。”

“唔,莫六鱼就是这一段河才有,说是从山里地下河流出来的。再大也不过六斤一条,所以叫莫六鱼。值钱全在鱼头上,头皮和嘴唇特别厚,煲汤可真是天下奇味呵。不过,这个时候不是季节,这种鱼,要在七八月发大水时期才下来。这时候十冬腊月,罗斗水性虽好,谅他也未必敢下水呢。”

“先找他来再说吧。”

“也行。”茶房走了。

“罗斗?改这个名字,有意思。”韦步平露着微笑。

“干我们这号事的,哪个没有‘一打半打’的化名啊。”

“船在这儿卸货,有一天停留?”韦步平沉思,“我理发去。”韦步平说着,马上就走。

雷苏民叫他吃过早餐再去,他好像没听见,下楼梯走了。

韦步平走后,章斌同任参谋来找雷苏民,说他跟邓指挥商量了,实行封江,将所有上下船只统统封锁,隔离起来;所有人员,不准上岸。派人下去检查再放行。问雷苏民有什么意见?没意见就叫任参谋马上派人去执行勤务。上水船刚到,马上要它开到江心抛锚,不得靠岸。完了,早饭后开个会。

“韦步平还没起床吧?”章斌把话说完问道。

“他干脆就没上过床。”

“在哪儿?”

“上街了。”雷苏民把韦步平找理发师傅去的事讲给章斌听。

“他有这个关系?”章斌由衷地高兴。

早餐后,章斌、雷苏民、邓瑞山和韦步平又聚在粤东会馆议事。韦步平说他方才在理发师傅那儿打听到这样的新闻：说是河口刘福堂的第七个姨太借故去省里治病，实际上是被专员王光宗拐走的。走后，刘福堂在她枕头套里发现王光宗给她约会的条子，气得老家伙咬牙切齿，把价值千元的鸦片烟枪都摔断了。

“这恐怕是街头文章、床笫逸话吧。”雷苏民说。

章斌说：“我们现在急需刘福堂在河口的兵力部署情报。”

韦步平说，据原来侦察，河口城里驻有两个团部，一个独立营，独立营里头有一个骑兵连，一个炮兵连；两个团除了特务营，其他各营都分别驻扎在周围各县城作为护卫，河口城里的实力不到千人，重兵部署在东西两门。西门是通云南大道，东面是大河。炮兵连都放在这两头城垛上。估计河口被围后，附近各县的敌军会马上班师回城解围。韦步平说，他必须回赤卫队营地部署伏击：把从巴龙县回援的一股敌军吃掉……

韦步平、章斌和雷苏民正商量，卫兵进来报告：说门外有个船上的水手，来找姓韦的先生。

“找韦先生？”章斌向韦步平看，意思问他：“怎么回事，认识这个水手吗？”

韦步平问：“水手？叫什么名字？”

“说理发师傅叫他来的。”

“罗斗。”韦步平对雷苏民说，完了转向卫兵，“请他到这儿来。”

卫兵应声走出，不一会儿，把人领来了。

果然就是罗汉。人仿佛青铜的雕像，刚毅而坚决的神态十分鲜明。一见韦步平，不由眉开眼笑，欢呼着：

“哎哟，这下可找到了！”

“我来给介绍吧。”韦步平说，对着在场的人，一个一个指给罗汉认识，“这是章斌同志，中央特派员，这是省特委雷苏民同志，唔，在白沙认识的吧？雷同志，忘啦？这位是北伐军名将，邓总指挥……嗯，你现在叫罗斗？唔，有意思。船上不是封锁了吗，你怎么上得来？”韦步平盯着罗汉眼睛问。

罗汉笑笑说：“这就要看水手的本事咯！”原来他一听要封船搜查，知道会有事了，赶快潜水上岸，到东风理发店一打听，罗师傅才将韦步平的事告诉他。

“我有个事要……”罗汉欲言又止，看了看邓瑞山，同韦步平使眼色。

邓瑞山起身离开座位说："你们先谈。"

章斌望了雷苏民和韦步平一眼，赶快拦住邓瑞山："不。坐下，一道谈，一道谈，都是自己人嘛。"

邓瑞山看看苏民，苏民点点头。韦步平看邓瑞山坐下后，才对罗汉说："你讲吧。"

罗汉扣上对开襟的衣扣，说道："同我这班船上来的一个人很可疑，说是做生意的，说话、举动却像个教书先生，问他学堂的事，他又一问三不知。倒是后来，他自己讲漏了嘴：说他认得王光宗。问他，王光宗现在在哪儿做事？他又躲躲闪闪。他说是要到河口买田七的，田七治什么病？说的又是牛头不对马嘴。"

韦步平说："你去，把他带到这里来。"

章斌马上拦住："不，罗汉同志不能出面。叫卫兵去通知任参谋，对船上旅客要严密检查，一个也不让他跑掉。我们商量看这只船怎样利用？"章斌转向罗汉问，"船上装多少货？在这儿卸下的多少？运往河口的都是些什么？"

罗汉把他知道的货运情况说了说。

"河口的码头工人情况怎样？"雷苏民问。

"两年前反动派清党那阵，我们的人吃了点亏，火种却保住没有灭。一年多来，利用公开的工会，做了点工作。大部分群众能听我们的话。"

章斌一边听一边想问题，点点头。

韦步平想起什么事，向罗汉问："以前你说的那个姓牛的老头，现在……"

罗汉见问，马上答应：说那牛老头原先是在码头干的，为人憨直、厚道，就嫌耳朵软，容易受人摆布。不知什么缘故，去年中秋节过后就见不到人了。后来见他，才说在一家做匹头买卖的商号看仓房，兼做弹花师傅。

章斌与韦步平耳语，韦步平点点头，看罗汉一眼，想了想才问："我们有一批货要运到河口。你看，到了那边，上码头能不能通得过？"

"什么货？"罗汉睁着迷惑的目光反问。

韦步平笑道："当然咯，如果是匹头、日用百货，就不用问了。"

罗汉想了想才说："这个事，就看起货的时候，驻军检查哨的哥们能不能通融咯。"

“工友们有跟他们混得来的吗?”韦步平问。

罗汉说:“那里头倒有几个兄弟。对咯,福贵和石敢当就在那里嘛。福贵在一个特务营当通讯兵,石敢当在三团团部当卫兵呢。找他们看有没有办法?”

章斌听说,问韦步平:“是自已人吗?”

韦步平把两年前白沙会议回来,就让他两人随王副团长上河口当差的事讲了一下。

“那个副团长现在还在河口吗?”章斌问。

罗汉说:“上任不久就调回省城去了。”

雷苏民心情沉重地叹了一声:“没有了。”

各人好比被压下大石头,沉默下来,肃穆的气氛笼罩全厅。

“有火石在,火就不会灭。”韦步平的话,打破令人抑郁的空气。

章斌寻思半晌问道:“船上有自已的弟兄吗?有多少?五个把兄弟。经理是什么人?”

罗说:“人还正直厚道,是前任经理的亲戚。”

“什么亲戚?”韦步平紧问。

罗汉忽然想起:“唔,听江波讲,好像就是那位桂小姐的舅舅。”

韦步平问:“老江,他现在……”

“还在船上,这班船没有下来。”

雷苏民问:“经理的为人怎样?比如说他的脾气什么的?”

“不怎样,就好饮两杯。”

邓瑞山望着章斌说:“先谈到这儿吧。是不是让客人找个地方休息。”

“也好。”

雷苏民说:“让他住到我们那边去吧,有事好商量。”

韦步平说:“我领他去。”

章斌说:“不。你留下,还有事商量。叫副官领去。”

罗汉刚出门,任参谋兴冲冲地夺门而入。说是从一个旅客的皮箱夹板里搜到一封密信。

“什么信?”章斌把信接过来,一边打开一边问道。

“事情可是复杂了。”章斌看完信说道，将信递给苏民，然后向任参谋询问，“人呢？”

任参谋说，人已经叫卫队带上来，放在警卫室看着了。

信传到韦步平手上，他一瞧，不禁惊讶：“是他？”

“谁？”

“王光宗。”韦步平说，“他的笔迹我认得。啊，原来是这样。”韦步平发现了奇迹，嘴边掠过笑影。

原来是王光宗的密信。指使他的心腹带到河口面交刘福堂的参谋长。说是奉上峰面谕：叫参谋长想法把刘福堂的兵权取而代之。然后部署兵力，诱章斌的警备团进驻河口，然后设法聚而歼之。

“嘿，如意算盘打得不坏：一个是取而代之，一个是聚而歼之。”

邓瑞山说：“我们就来它一个将计就计怎样？”

章斌沉吟说道：“这个……非同小可。大家都动动脑筋，多想点办法。晚上再议。”

韦步平说：“是不是找那位信使来审问，把信上没写明的都摸清楚。”

“对，对，知己知彼……”雷苏民说。

“他知道我们拿到信了吗？”章斌向任参谋问。

“没有。”

章斌想了想说道：“看来我们要做两手打算：一手要物色一个能员，到河口去，把刘福堂说动，要他请我们进城增援，另一手就是调包——将武器替换船上所装的货物，运进河口。总之，做到兵不血刃，是为上策。”

邓瑞山说：“这个人不好物色呀，又要机警，又要口才，没有临机应变、胆大心细的本事是办不来的。稍一疏忽，不但本人掉脑袋，连我们这盘棋全都输了。”

雷苏民向章斌问：“团里的侦察参谋行不行？”

章斌不做声。

“我去！”韦步平说。

章斌端量着这位自荐的毛遂，点点头。同雷苏民交换眼色，然后说道：

“先叫那个人来弄清了底细,再作决定。”

韦步平说:“分头进行,我去找船老板交涉。”

三天后,正是深更半夜时分,刘福堂才吹灭鸦片烟灯,突然一声迫击炮在附近街道爆炸,声波冲击着窗户。不一会儿,门卫喊一声:“报告刘旅长,赵参谋长到。”

“好,等一等,请进。”刘福堂一边划火柴点灯,一边下床趿着燕尾鞋,举灯照着走进房间来的人。

参谋长赵武这个人,四十来岁,是刘福堂小一辈的中年人。个子长得瘦高,长脸皱巴巴的,活像一根隔夜油条又黑又干,鹰鼻深眼,像法国天主教堂里的神父。好像从来就不会笑似的,对人严厉得很,他手下的差人,当他的面,哪个也都提心吊胆,规规矩矩听候使唤,不敢哼声。他是前几年跟夏雷上来平了瑶乱,和王光宗一起,一文一武被夏主席留下来襄助刘老办事的。刘福堂是个经历清王朝、辛亥革命和陆阿送(陆荣廷)三朝筛剩下来的石头子,老谋深算。拿他自己的话说,苍蝇打面前飞过也能分辨出是公是母。夏雷来了一趟,一面是平息了瑶乱,一面对他这位戍边的武将不那么放心,特意安下两个钉子。名曰当他的左肩右膀,实际上是叫他左右为难。特别是这位武官,是人是鬼,他是心中有数的。不过,人事浮沉,没有一成不变的道理。鹞鹰是抓家鸡的,你要驯化了它,也可以为你捉鹌鹑、鹧鸪。比如说,这位姓赵的参谋长,他出身云南讲武堂,要跟隔壁邻舍的滇军打交道,有他这块料作媒介,不是没有用处。

“刘老……嗯,敌情……”

参谋长显出盛不住气的样子,话也说得不干脆。旅长觉得不耐烦,马上打断他,问道:

“什么了不得的事那么慌张呀？当军人嘛,沉着就是取胜之道。炮声是哪里来的？是炮兵连走的火吗？唔？”

“不,不”参谋长干焦急。

“什么事,坐下讲。”

参谋长站着报告,说是号称农军的队伍已经把西北面的几座高山占了,方才的炮是从北面的马鞍山打下来的。

“是什么炮？查清楚了吗？”

“听声音是迫击炮。”

“做梦，打劫烟帮的匪徒，哪来的迫击炮？庸人自扰。今早不是说，他们从田州那边移动，还在路上做乌龟爬的吗，怎么忽然兵临城下？”

“这股人马似乎从巴龙那头插过来的。”

“嗨嗨，我的参谋长啊，打仗的事，真刀真枪，你死我活，不能只听声音，似乎、似乎地乱猜瞎说啊。赶快派人侦察！”

“敌人已经到了马鞍山顶，人数多少，还摸不准。”“马鞍山给占了？哼，饭桶！制高点落到人家手上怎么得了！唔？赶紧组织敢死队，天亮前把它夺回来！出花红，一人奖一两烟土。”

刘福堂站起，表示要送客的样子，参谋长无可奈何，只好转身就走。旅长望着他背后叫住：

“等一等。把命令下达之后，再回这儿来。敌人有什么动静立即报告。”

参谋长应声走后，刘福堂摸摸光头，自言自语：“哪里来的迫击炮？莫非是田州的警备团被他们打劫了？真他妈的混账！”

这时，零零落落的枪声像年卅晚孩子们放的鞭炮。天空居然出现流星似的信号火球。大河那边，同时传来轮船汽笛的长鸣。刘福堂踱步寻思：“哪里来的船？省里上来的？”他想问副官，身边却没有人，叫门外的卫兵没有应声。周围死一样寂静。抬头看墙上的挂钟已经午夜零点四十分了，窗户透进一片冷月。刘福堂睡意没有了，摸摸光头，叉着腰痴痴地站立不动。

里屋门帘动处，闪出一位三十岁上下的六姨太。她披件粉红色缎面紧身丝绵袄，散发着一股刺鼻的香水气味，斜眼瞅着男人嗔道：“你不睡啦？想什么，唔？听到船叫啦，别做梦吧，飞出笼子的鸟，你还想她回来？嘻，瞧，几点了？”她伸出丰满的胳膊，让男人看她手上的表，“千金难买天光觉。老头，不来我可锁上门，让你自己钻冷被窝去。”六姨太回眸瞟一眼。

老头盯住她的水蛇腰，不由得心一动，说一声：“妖精。”

翌晨，参谋长回报，说是土匪把城外交通全都截断了。马鞍山正面坡度大，又高又陡，进攻队伍运动有困难；后山，敌人封锁很严，也难突破。据派出的侦察回来报告：敌人集合了千把人，扬言今晚十二点攻城。昨晚的炮是他们在马鞍山顶往城里放的，炮弹落到市场蔬菜行中间，好在这时候没人。

“看准是迫击炮吗，土匪哪里有这个东西？”刘福堂还是不大相信。

“说是在田州打了警备团一次伏击缴获的，又说是打烟帮的护送队得的。”

“知不知道匪首是什么人？”

“传说是几年前在岚山、巴龙一带闹暴动的一个什么大角色，老百姓叫他韦家哥，又说是姓牛，外号叫牛骨。”

“牛骨倒是土匪名字。说起姓韦的那小子，我倒想起民国十三年将近年卅晚上的时候，有个后生来找过我，为老百姓请免冬防捐的事。他还是云南讲武堂出身的哩。恐怕不是那小子，穷山沟盛不住那号子的人。看来，只是一些想发洋财的家伙，谅它几条泥鳅翻不起大浪。你参谋参谋看，客人不用你请，自己上门来了，怎么个招待呀？”

参谋长翻了翻眼珠子，下决心把话说了出来：

“伤脑筋的事是，我们的兵力都分散驻扎在边界各县，这底细，敌人是摸得清的。现在要是向各县发报呼救，催各营班师解围呢，又怕半路遭到伏击……”

“嗨，我的参谋长啊，你讲了半天还是一把钝刀，割不下肉来啊。”

“主意倒是想了一个，可是……”

“可是什么？讲呀，有话就讲，有屁就放。吞吞吐吐像个军人吗？”

参谋长鼓起勇气说道：“我说，事到如今，只好把章斌的警备团请来。”

“那，上次答复人家的电报不是你拟的稿吗？出尔反尔，话怎么讲？”

“话是由人说的。此一时也，彼一时也。那时就没有土匪围城的事嘛。天不下雨，用不着打伞，要渡河就得架桥。”

“一座山养不住两只虎。”刘福堂自语，停一会儿才说，“你说吧，怎么请？”

“昨晚从省城上来一艘轮船……”

刘福堂马上抢着说：“那，你说拿船回田州搬兵？”

“不，这先不讲。我只说，昨晚船上来了一个人，天没亮就来找我……”

“什么人？”

“省里来的。”

“警备团派来的吗？”

参谋长看看门口，然后悄悄地说：“不，说是护党救国军第六路指挥部的。”

“那个旗号，不是才出世就夭折了吗？”

“那就不太清楚了。”

“他认识你？”

“不，头一回见面。他要我替他转达，说有封密信，只能当面交给旅长。他说他跟旅长有过一面之缘。”

“有这样的机密吗？请他去。我在公馆等他。等一等，交代副官处，派人去轮船上，催他们快点起货，留着空船等待军用。”

参谋长去了半个时辰就回来了，走到门口同客人互让：

“请进。”

“请、请。”

门帘掀起，一个穿着棉袍，戴宽边的呢子高帽，像绅士模样的人，依从参谋长的推让，跨步入室。这是刘旅长小公馆的客厅，窗临天井，盆栽的两棵四季桂正在盛开，微风送来一阵幽香。墙角的花架上摆着一盆龙舌兰。紫檀木的八仙椅搁着红绫套的座垫。参谋长请客人坐下，卫兵端来两盏带盖的茶盅。参谋长招呼客人一声，自己从一个侧门进去，有半点钟工夫，才把刘旅长请了出来。

刘旅长显然没休息好，水泡眼睛像吊挂的杏子一样，脸色灰暗无光。参谋长把主客双方都介绍完了，给卫兵使眼色，一起走开了。刘福堂高声叫住，要他等会儿再来陪客人一起吃便饭。

刘福堂打量着客人。客人是瘦高个，脸庞胡须刮得净亮，眼光特别有神。刘福堂依稀唤起陈年的记忆，然而镜里赏花，捉摸不住，只好拿几句客套来敷衍。方才参谋长介绍客人的名字，记不准了，吞吞吐吐地说：“先生，你……”

客人机灵地自我介绍：“晚生姓吴，小号图南。”

“啊，图南先生，我们好像在什么地方见过？”旅长盯着客人左边耳根的黑痣。

客人警觉地把脸歪过一边去，端起茶盅，揭开盖子撇着面上浮起的茶叶，啜起来:“这茶是本地名产吧。”

“吴先生贵处是……云南!啊,难怪口音……唔,哈哈。”

“为了谋生,跑的地方不少,口音夹七杂八,南腔北调,说不上乡音难改了。”

“什么时候来广西的呀?”刘福堂显然想考问这位自动上门的客人。

客人故意咳了一声,把茶水喷了出来,赶快拿手绢捂住嘴,完了才抱歉地说道:

“昨晚在船上受了凉……”

“唔,出门可是要当心风寒啊。”

停了片刻。刘福堂终于说到正题上来。说是,邓指挥的信已拜读了,没有想到邓指挥同警备团一道行动。前天给警备团的电报,是不得已的,河口城里营房少,不便长期占用民房和学堂校舍;说他的部属也都分散到各县驻防。现在嘛,一帮土匪山寇趁着省局动荡,居然纠合乱民谋乱,妄图围城。

“胆敢找我老刘麻烦来了。”刘福堂说到这地方,不免气愤,“邓指挥既然在警备团那里,我们马上派船去,把大家都接来。风雨飘摇,是要同舟共济的。”

客人看主人态度既然如此慷慨,原先准备要费一番唇舌,现在大可不必了。只好轻轻地说道:

“邓指挥也说,队伍先进来,至于驻防哪里,容后再议;倒是急着要跟刘老你见面,有些话别人不便代传。”客人意味深长地同主人对了一下眼色。

“啊。”刘福堂脸色一沉,有所寻思。

客人有意试探:“参谋长这个人……唔,看来挺精明啊?”

“他……嗯,脑子发达,点子不少,警备团要来,就是他极力反对。说什么彼此脾气摸不准,不好相处。你看,现在,反而非得请你们伸出手来拉我一把不可了。哎,在家靠父母,出门靠朋友。人生在世,只望少些敌人,朋友还能嫌多吗?对咯,参谋长跟阁下讲了吧,我这里是外松内紧啊,山上这群草寇,扬言今晚攻城。田州的队伍,什么时候能赶到?船,等卸完货就马上出发,下水是快当的。”

“不瞒刘老说,警备团那里,听说河口告急,我上船时,部队已经开始运动了。反正剿灭匪患,维持地方治安,乃是当兵吃粮的分内职守,即使不让我们进城,我们也应当义不容辞,决心把匪帮赶跑。”

“对,对。有邓指挥在那里,是会顾全大局的。”

“其实,章团长在这方面也是很识大体。”

“啊,章团长是新任的吧?”

“原来是北伐第四军的,去年年底才从广东上来。”

“那也属桂系的咯。”

“第四军原本是粤军的底子,后来划归第四集团军指挥。军长李任潮的老家就是广西苍梧的嘛。”

“吴先生。唔,阁下在邓指挥那里……”

“我是吃空名的,挂个参议名义。”

“吴参议估计警备团今晚能赶得到吗?他们要是已经沿着河边上来,那样,船回到半路,就可以迎上了。”

“有船去,拂晓前可能赶到。不过,也不必为敌人的‘扬言’担心,扬言往往是虚张声势的伎俩。蛇要咬人从来不作声,青蛙闹塘倒是于人无害。云南、广西都是出蛇的地方。人说,吹风蛇爱吃鸡,常常钻进住宅来作案呢。听说西洋鸭能制住长虫,刘老这里,天井里种着花草,还是应当养只西洋鸭好。”

“蛇,不怕它。把它弄成龙虎斗倒是难得的名菜哩。等邓指挥来了,请大家尝尝蛇羹,搞一次蛇宴。”

“那,晚生也叨光了,先谢谢。”

“不用谢。自己人嘛。唔,参谋长把你安排住哪儿?迎宾楼?唔……那里倒是居高临下,可以俯瞰全城。”

一个老妈子从里屋探出头来,朝着老爷问,饭菜准备好了,太太问,要不要马上就上桌?

刘福堂说:“等一会儿,参谋长还没到。”

老妈子脑袋缩回去后,刘福堂向客人问道:“从前同参谋长熟悉吗?”

客人摇摇头:“不熟。听是听说过。”

刘福堂寻思片刻:“嗯,阁下方才讲蛇的事……”

客人赶紧拦住。“不,不,随便说说的,姑妄言之,哈哈。刘老同参谋长共事还相得吧？”

刘福堂抬起头，参谋长正好掀帘跨进房门，墙上的挂钟当当响起，时针和分针重叠在Ⅻ上。参谋长一面解开大氅铜扣，一面说道：

“对不起，来迟了。两位谈得还好吧，都谈些什么？”

刘福堂瞅了一下参谋长，说道：“吴先生跟我谈蛇经，哈哈，蛮有意思。”

“啊？”参谋长警惕地观察着客人。

刘福堂说：“我说我们这地面蛇容易捉，等到警备团来把土匪赶跑了，我们闹它一次蛇宴。参谋长你看好不好？”

“好，好。”

“事情都交代妥了吗？船上的货都卸完了没有？好。船什么时候开回田州？一点？那来回一个对时，夜里一点就赶得来了。土匪要攻城，嘿，见它的鬼去吧。请，吃饭去。”

第三十四章

午餐过后,参谋长赵武陪同客人来到迎宾楼。

这座楼台在辛亥革命前,为清王朝的道台官府,每年中秋佳节,是聚会赏月的场所。顶上一层的四周回栏,可以鸟瞰全城;南、北、西三面,山峦重叠,宛若拱臂,全城落在怀抱之中;东边面临碧净如蓝的大江,江边樯橹风帆,缀连成片,河堤陡峭,码头石级一如吊梯,斜挂入江。如今北面马鞍山的制高点已被占领,为了安全起见,参谋长交代副官将客人安置在楼底一个别院的厢房。庭院中种植着花木,房间窗明几净,清幽闲适。初冬天气,没刮北风,阳光显得特别暖和。一株枇杷绽开花簇,招来蜜蜂的喧闹。

参谋长领客人到了房间,正要告辞的时候,客人请他稍等一会儿,说有件东西给他。参谋长坐下,客人才神秘地将皮箱打开,从夹层板后头拿出一封密信,意味深长地向收信人看一眼,说声:“给。”将信放到对方手上。

参谋长脸色发白,手指打战,哆哆嗦嗦地屏着气息读完了,抬起惶惑的目光打量对面站着的人,回头瞧瞧门帘,走上两步,将房门扣上,才悄悄地坐回原处。

“阁下认得笔迹吧?”客人问道。

“认得,认得,是他的亲笔。吴参议跟王专员是……”

“我们是老同学。”客人注视着对方的面部表情。

对方平静地“啊”一声,寻思一会儿才说道:“这可是一道难题呀。”

“城里部队多少?阁下能摆布得开吗?”

“这问题倒是不大,两位团长都是换帖的弟兄。另外一位姓共家伙早调开了,经过清党以后,军队里头可说是清一色的了。麻烦的是,突然来了这帮山寇。”

“那就是要请警备团进来嘛。”

“人进了来,就难出去了。跳蚤进了裤裆,不好捉啊。”

“你不把它看作跳蚤嘛。瓮中捉鳖不是容易的事?事在人为,哈哈。”

“算盘打起来总不是那么如意就是。”

“当然。嗯,刘这个人怎样?”

“他,一尊活城隍,几个姨太太、一支烟枪就够他管的了。他是好摆布的。”

“这样说,难为阁下多劳了。”

“反正也不过是参谋参谋。”

“这回可不是,马上要交好运了?”

“那就看警备团的义气怎样了。”

“依小弟看,一次过就摊牌,不必分两步走。”

“那又怎么说?”

“我的意思是说:聚而歼之的同时,取而代之也就手到擒来了。”

参谋长跟客人相顾一笑,悄声问道:“警备团的人,阁下有把握吗?”

“道理简单,捉蛇的人都懂,只要把头挟住,尾巴就动弹不得了。现在要紧的倒是如何加强警戒,应付围城的敌人。”

“刘有什么主意?”参谋长问。

客人说:“他满不在乎。说是凭着城里粮草,至少能守三个月;有警备团增援，更加高枕无忧了。”

“不能那样轻敌啊，休息一会儿，一起到城周围巡察。”

“不，不用休息，现在就走。”

参谋长和客人一边走一边说：“阁下还没个勤务兵，等会叫副官派一个来。”

“临来王专员说他有个小同乡在特务营做通信兵，叫我同阁下讲，要他来当跑腿的，说他是本地人，情况熟悉。”

“有这样的人吗？没听说过。查一查看。叫什么名字呢？”

“是姓全的吧，叫福贵。”

“噢，合适的话，派他来。”

下午三点一刻，全福贵——一个特务营的通信兵拿着参谋长的名片到迎宾馆，说是要面见新来的客人吴参议。迎宾馆的门房把他引进别院厢房，吴参议听到呼唤，走出厅来，给福贵使眼色，制止了福贵的惊讶，接过福贵交给的名片，说道：

“啊，参谋长派来的。好呀，铺盖带来了吗？找个地方住下，再来给我送个信给参谋长。去吧。”

“走，跟我来。”门房招呼勤务兵。

不多一会儿，全福贵回到厢房，一见这个吴参议，情不自禁地叫一声：“韦家哥！”几乎要跳起来，这个伪装的参议在勤务兵面前掩饰不住了。“嘘”一声，全福贵脸红一下，伸出半张舌头。韦步平使着眼色，他机灵地回头向门口左右瞧了瞧才转回来，等待韦步平吩咐。

“来，”韦步平要他坐到椅子上，“记住，第一，你从来不认识我；第二，我叫吴图南，在第六路军指挥部当参议。懂了吧。”

“懂了。”

“见到罗汉了没有？东西都搬进货栈了吗？”

“都放妥了。”

“你现在就去告诉罗汉，我住在这儿。要他想法给山上送信。他们的任务：暂时只围不攻，什么时候进城等待信号，今晚半夜让兵船上岸进城。这是一件。第二件，叫他找个地方，晚上八点我去跟工会的同志见面。人数不要多，五六个就可以了。记住了吗？”

“记得了。”全福贵答道。

韦步平看他神情有点迟疑，问他有什么事没有？他说，刚才要来的时候，参谋长亲口交代他：一定要把客人照顾周到，寸步也不能离开，客人要干什么事都要向他报告。韦步平想了想说：

“你现在出去就对门房讲：我昨晚着了凉，拉肚子，到药店买保济丸。同罗汉讲：万一八点钟我出不去，九点钟左右我要一个瞎子来松腰骨（按摩）。”韦步平向全福贵暗示：“懂吗？”

全福贵会意微笑：“懂！”

“小石头在哪个团？”韦步平站起，送全福贵出了门追问一声。

“石敢当吗？在三团当卫兵。”福贵答道。

“他能不能想办法出城？”

“现在南北西三个城门都封锁了，派了双岗，检查很严。只有东门一个口子，让老百姓下江挑水。”

“城墙上有没有办法？”

“不知行不行。”

“想办法！”

晚间，参谋长邀请吴参议便宴，过了八点半，参议才摆脱了这场应酬，赶回寓所。八点钟之约失掉了，只好等待盲公佬来按摩。叫卫兵全福贵到门房等着，说客人太乏，有松腰骨的请他进来。到九点的时候，福贵回来小声说道：“盲公佬来了，在厅里等着。”随手拿出盲公交给的一枚划有记号的双毫银币，韦步平审视，是他交福贵拿去给罗汉作交接凭证的东西。

“请他来吧。你到门口去挡驾，说我喝醉了，不会客。”韦步平说。

“还有个小孩。”

“小孩？”

“给盲公引路的。”

“啊，叫他在厅里等。”

福贵回头去把人请进了房间，才回门房去执行勤务。盲公把拐棍放到一边,取下墨镜,睁开迷惑的目光,对着面前的人打量着,注意盯着对方左边耳朵的黑痣。半天也没说话。韦步平也在辨认着他。老头有五十上下了,紫铜的脸色,颧骨稍高,两边嘴角下弯,鬓角出现霜斑,神气却镇定而旺盛,仿佛刚喝过酒似的。

“请坐。”韦步平给老人让座。

“好像是在什么地方见过?”老人寻思。眼睛离不开耳边的黑痣。

韦步平有意回避闲扯,赶紧说道:“老人家在码头上走动的吧。唔,罗汉他……”

“他是拉头缆的,万一回不去,龙头没人扛,龙尾就舞不起来了。”

“山上的信送出去了吗?”

“让船家办去了。”

“刚得到消息,今晚半夜,田州我们的人赶到,叫山上的同志在东门河边两岸,放一阵空枪,让兵船冲破火线,开到码头进城。部队进城后,负责守北门。山上弟兄明早拂晓前撤离山头,回到附近村子,化装老百姓挑柴挑菜进城做买卖。留在附近村子的弟兄,明晚等待看天空放出孔明灯做信号,从北门进城。农军弟兄们驻进哪个村,就把哪个村封死,村里男女老少,一个也不准进出。老乡们进城有急事,由我们的人代办。”

“城里的事呢?”老头问。

“城里、城外没事了,城门就可以开放。船上运来的家伙,大家拿到手没有?出去告诉罗汉:家伙一定拿在自己弟兄的手上。明晚半夜出动,各人胳膊都挂上白袖章,天亮后,脖子围一条红布。口令是‘东山’! 记得住吗?”

老头点点头。韦步平站起,表示要送客了。老头却不肯动弹,又在打量着这个后生,试探性的问道:

“听口音,你好像是巴岚一带的?”

“老人家到过那地方?”

“嗯。”

“老人家,日子过得怎样?”

“卖力气的活路……在码头扛了几年麻袋,从去年初起,到做花纱布生意的兴隆商号干回原来的行业——弹棉花。”

“啊!”韦步平似乎有所恍悟,但是,理智又把浮动的情绪打消了,改变口气说道,“罗汉他们是不是还等老人家回信?”

“是、是,我这就走,不能把大事耽误了。”说着站起,将墨镜戴上,拿过拐杖,掀起门帘走出客厅,招呼着小孩。

韦步平把他们送出庭院,福贵匆匆走来说:参谋长来电话,问睡了没有?他要来这儿。

“见他的鬼,电话告诉他:睡着了。”韦步平说完回到房间,两肘支着桌面,抱着脑袋寻思:“也是弹花的?老头难道是我那个没见过面的父亲?天下事偏有这样巧合……”

“吴参议。”福贵突然叫一声,思路给打断了。

“参谋长说他马上来找。”福贵说。

韦步平漫不经心地嗯了一声,转过头来问:“老头出去说什么没有?”

“他问,你是不是姓牛?”

“你怎么告诉他?”

“我说你是吴参议。”

“喝,你的秘密工作做得不错。”

“你干吗起那么早,哪儿去?”

深绿色丝绒的窗帘还没拉开,晨光透不进来,寝室一片幽黯。六姨太被轻微的动作惊醒了,睁开惺忪朦胧的睡眼,发现旁边的枕头空了,望见男人趿着鞋子,披上毛巾睡衣,趑趄地正要往外溜,问道。

男人听到叫唤,回过头来说:“睡你的吧。我有事……”

“呶,不,来,再睡一会儿。”女人飞来一个媚眼,伸出两只诱人的光亮滚圆的胳膊。

男人却铁着心,从鼻腔哼一声,掀起门帘,到外屋小客厅去了。接着听他拍拍案头的叫铃喊道:

“来人呀……给我请参谋长。”

卫兵应声走了。

快天亮的时候，突然刮起北风，冬天可是来了，有点冻手。勤务兵端来一盆炭火，噼噼啪啪爆着火花。约摸过了半个时辰，参谋长来了。旅长漱盥完毕，披着呢子大氅出来，同参谋长面向火盆烤着手。

"客人都安顿好了没有？"旅长拦住参谋长的应酬话，单刀直入地问道。

参谋长说："都办妥了。一部分住北山小学，担任北门警卫，这时候正好学堂放寒假，校舍空着；一部分住城隍庙，地上铺上稻草挺暖和；邓指挥、章团长安顿在迎宾楼。"

"山上的家伙都跑了吗？"

"侦察参谋回报，拂晓前已经撤了。"

"派特务营把周围制高点守住。城门可以打开了吧？"

"要不要派一部分人去追击？"

"不要。穷寇莫追，拿人去换几根烂枪划不来，再说，警备团、邓指挥他们来了怎样驻防，怎样统一指挥？都要商量。唔，你看，等一会儿怎么个安排大家见见面？今晚是不是就照例来一番应酬——接风洗尘？"

参谋长沉着脸说："应酬是免不了的。看看今天还是明天晚上合适些。"

"趁热打铁，就在今晚办了吧。不然，见面干巴巴说什么呀。前天，我跟那个吴参议讲了。请他们尝尝龙虎斗，弄一次蛇宴。校官以上的到花艇去玩个痛快。连排军官在江山茶楼，士兵每人加两角钱菜，完了请看广东班《六国封相》。你看怎样？"刘福堂一气把话都讲了，注视参谋长的面部表情。

参谋长先不做声，用火钳夹着炭头架起，让炭火通风，静了一阵才说：

"应酬是免不了的。"赵武一边重复喃道，一边思索。

刘福堂不满意他慢吞吞的神气，追着问："你说，还有什么事要考虑的？来日方长，事情慢慢再讲嘛。"

"我说，宴会上我们该讲什么话。邓指挥他原来是打的南京旗号啊。"

"南京怎么的？黎柏初、夏雷他们原先不也是南京一伙的吗？我老刘什么也不靠，就是靠烟税养了这些弟兄，维持了地方。"

"我是说，我们这片地皮太薄，恐怕养不住这么多人。"

"老弟，这不用发愁，你养不住人，人家会走的。现在是什么时势嘛，你当参谋长不是不知道，那个人家叫韦家哥的，不是到处点火闹什么共产吗？就讲这一回吧，昨晚上要是没有人家赶来保驾，你今天至少是开不了城门。你说是不是？老弟，邓这个人，不会甘居人下，可也不稀罕我们这块地皮的。人家落难——到我们屋檐下躲躲雨也不让吗？这样做人也未免有点太刻薄了嘛。”

“哎哟，什么事那样大动肝火啊？”六姨太打扮得花枝招展，带着一身扑鼻的雪花膏气味，展露着笑靥，一边说话一边走出客厅来，瞟了参谋长一眼。

她一出现，两人都没了话说，厅里一片寂静。

“怎么，好像是一锅滚汤，给我对了一瓢凉水，都没声音啦？”

“去，去，别打岔。”

“唔，我刚听你们说韦家哥什么事，我这个人恐怕是有神经病，老觉得前天来的那个什么参议，说话有点不对味，会不会是……唔，恐怕我这个人神经……”

“少见多怪。不扯这些了。参谋长，你看我方才讲的，是不是今天就办？”

“可以吧。”

“那，吃过早饭，你来和我一道去迎宾楼看看邓。不管怎样，人家是总指挥啊。”

“方才你说，晚上到花艇吃花酒？”六姨太歪着脑袋，盯着男人问。

“没你的事，别打岔。”

“打岔，打岔，小心失足落水吧。”六姨太赌气走了。

刘福堂望着走开的水蛇腰，摇摇头，喃喃道：“唯女子与小人为难养也。”

参谋长站起来要走，顺嘴问一问：“七太来信了吗？”

“住到小乐园医院去了。”刘福堂叹口气，显然很不愿提起这个话头。

刘福堂拜会了迎宾楼客人之后，章斌立即找韦步平来商量对策。韦步平汇报赵武同他策划的内幕：根据赵武的观察，刘福堂的企图很明显，愿意跟警备团联合，拥戴邓瑞山维持第六路总指挥名义，通电全国，接受南京调遣，双方部队统一重新编制；赵武个人吞下王光宗的诱饵，蓄谋兵变，把刘、邓赶下台，夺取兵权，先归顺黎柏初、夏雷，割据这一带边防，与云南方面联络，等待时机，窥伺全省局势。

“野心不小啊！”章斌听到这地方，插了一句，“今天晚上的宴会是怎么个动作，他讲了没有？”

“赵武说，这是按刘福堂的主意办的。作一般的应酬，可能刘福堂要讲几句见面的话。赵武要我把警备团这边的队伍掌握在手之后，等我们还席的时候，在酒座上摊牌。”

“想得真周到。”

“据说号称铁算盘。”

“铁算盘，哼，看我们这回把它砸了。”章斌说，“你看怎样，铁算盘怎么个砸法？”

韦步平想了想：“邓的态度怎样？”

“他落到这地步，手上没了枪杆子有什么办法，逼上梁山，会听我们的。”

“要不要找他来商量？”

“不忙，我们先有个谱子才好商量，说吧，摆摆你的棋路看。”

“我看今晚就动手。先下手为强，给它一个迅雷不及掩耳，借他的酒杯做我们的文章，一网打尽。管它什么南京、桂系的旗号，统统撕下，打开我们的红旗，宣布工农民主政府诞生，成立工农红军，旗帜鲜明，号召工农革命，打倒军阀，铲除地主土豪，分田分地……”

“时间来得及吗？警备团队伍集中，动员容易。就看地方上，工农群众能不能来得及。”

“马上行动，分头进行，来得及。城外农军已经安排他们潜伏在附近村子待命，有部分已化装进了城，工人方面由罗汉调度，随时可以出动。”

“军队方面我去动员。……好，请雷、邓两位来吧。”

“我看，干脆把罗汉和覃家庆他们也请来一起听，节省时间。”

“也行，在城外的同志已经来了吗？”

“头头都进来了。”

“好，好。”章斌说着，朝门首叫一声，“卫兵。”卫兵应声进来听候吩咐，“你去告诉任参谋，请雷苏民同志和总指挥来开会……”

韦步平补充一句：“替我叫福贵马上来。”

卫兵走出不一会儿，福贵赶了来。韦步平劈头就命令他：“去把罗汉、家庆找来!”

等到福贵走后,韦步平才又同章斌说:

“今晚的活动,刘福堂的安排是分三个场地进行:一处是营长以上官佐,在花艇上饮花酒;一处是连、排长在江山茶楼酒宴,另一处是全体士兵就地加菜聚餐,完了,集合到商会的大广场看《六国封相》。”

章斌听了,说道:“这个非同小可,必须周密布置,稍有半点粗心就会砸锅。”

“打算同姓赵的商定,事先宣布一条:所有官兵一律不准携带武器。”

“行呀。等一下开会,看看同志们有什么意见吧。”

会议由章斌主持。韦步平将他刚才同章斌商量的行动计划向大家提出来,说明天是十二月十一日,巧合广州公社两周年,大家没有异议就决定拿这个日子作为纪念,明天宣布河口起义。今晚十点,从迎宾楼这里往天空发三颗信号弹;城外农军和城内工人纠察队,同时行动。在城外的部分农军,等天一黑,马上集结,重上周围几座山头,见到信号就往城里菜市和体育场两个空地发射迫击炮。城里纠察队一律带手枪和手榴弹,包围刘旅几处营房、两处宴会的地方和商会。见到信号,立即占领营房,夺取武器;封锁商会、广场和江山茶楼的出口。码头工人和海员同志负责断绝花艇交通。夜里通行口令:“解放”。夜间行动,照前晚做法,各人胳膊缠白袖章,白天脖子围条红布条。另外,宣布几条纪律:一、服从命令,听候指挥;二、不准闯进民房,掳掠财物;三、不许打骂百姓,调戏妇女。违者严惩不贷。

韦步平讲完了话,章斌问大家有什么意见。雷苏民说,明天是广州起义两周年,我们来一个河口起义,正好是个纪念,不错;是个巧合,也是箭在弦上,不得不发。约法三章很有必要,不然乱了龙就不好收拾。失信于民,就是自己给自己拆台;一定得执法如山,铁面无私,才能保证无往而不胜。邓瑞山说:改编军队,独树一帜,他都赞同。至于今晚举事的动作,一定得既要严密又要慎重行事,他建议:警备团的弟兄不要完全都去看戏,留相当一部分,协同工人纠察队,连排长也不要都去茶楼喝酒;城外的农军,要有得力的干部指挥,山上的迫击炮手是不是由警备团的炮兵去执行?

章斌说:雷、邓两位意见很重要。详细的动作,我们再分头去布置。在时间上，十点是不是晚了一点，看戏的没关系，花艇和茶楼拖到十点，恐怕无话可说。九点就动手为好。请任参谋会后叫书记官起草一份安民布告，把约法三章写上。

雷苏民说："叫书记官还要起草一份《告工农大众书》——向全省发出革命宣言：同军阀、封建势力实行决裂。时间，同意定为九点整。"

会散后，韦步平把罗汉和覃家庆留下作具体交代，问昨晚他要盲公传话，都说清楚没有？罗汉说，话都传到了。老头倒是个热心肠，只是有个毛病，好贪杯，喝多了容易漏嘴。

"少英怎样？"韦步平问。

家庆说："他也进城来了。说一定要来见你，我们把他拦住了。志高、大嫂和重九都还在城外。"

韦步平说："口令昨天说'东山'是城外用的，进了城就用刚才宣布的——'解放'，另外，信号也改了，一定要记住。红布条和白手巾需要数目不少，准备得怎样？"

罗汉说："已经交代江波办了。等会儿家庆就可以带出城去。"

"老江怎样？"

"海员部分同志由他指挥，花艇这一摊，由他收拾。"

"家伙每人都有了吧？"

"有手枪拿手枪，手枪不够拿手榴弹。"

冬至日头短，很快就天黑了，六点半钟便见满城灯火。江山茶楼和得月楼花艇今晚特别热闹，张挂着灯笼，点缀着彩带纸条。门边挂着"筵席客满，恕不招待"的牌子。一些喝惯茶、玩惯妓女的闲人，到了门口，只好向隅而返。刘旅长大人把两处的生意全部包下了。请柬上写的是："谨订即日下午六时治樽薄酌，谨请光临。"作东道主的人却晚到三十分钟，才进入得月楼花艇。作为主宾的邓瑞山、章斌和吴参议倒是先到了。邓瑞山穿的是少将衔的黄呢大衣，别着金光闪闪的领章；章斌穿的呢子军服，领章是上校标志；吴参议是一身酱紫色的丝绵袍。一帮粥粥群雌的女侍簇拥上来，对大人们格外殷勤。这三个贵宾的举止却不免使人扫兴，看他们那个神气，人到心不到的样子。进得门来，个个不动声色,规规矩矩,在摆满纸烟、果品的茶几旁边坐下,似乎是见不到主人的迎迓而不高兴。吴参议留心观察周围环境,发现船舱外头的甲板上,罗汉和江波在那里走动,给他俩使个眼色,罗汉点点头。一会儿,福贵进来同参议耳语。

“刘旅长来了!”

“旅长驾到!”舱外一声呼喊,卫兵掀起门帘。

刘福堂和他的参谋长、副官长等几个随从,终于来了。他一身戎装:穿着少将呢子军服,整整齐齐地佩挂横直皮带,挺胸凸肚,脖子后头鼓起厚墩墩的肥肉,同他的参谋长形成可笑的对比。东道主进场,客人不免肃然起敬。邓瑞山、章斌一行到底是主宾,主人特别另眼相看,彼此鞠躬作揖,客气一番。没有话也得找话来敷衍:

“迟到了,对不起。”

“不客气,不客气。”

“我们可是不客气,喧宾夺主了,哈哈。”

“哈哈。”

“唔,十冬腊月,天气还是和暖如春……”

“总指挥的大氅脱了吧。”

“水土不服,鼻子不通。”

“就这两天特别,风云突变。”

邓瑞山对参谋长赵武说:“讲天气,这就不如贵省了,昆明是四季如春,好地方。”

“也不值得羡慕的,天气再好,也填不饱肚皮。俗话说那里是地无三分平,人无三分银,穷山沟。”

“这话似乎是说的贵州吧。”

“贵州有茅台酒,也是一绝啊。”

“我看,味道也不一定比这里的乌猿酒强。”

一个胖乎乎的妓女扭着屁股凑到刘福堂身边,撒娇撒痴地说道:“哎哟,我的老爷爷呀,别吹你的马骝酒吧。拿一只毛毵毵的猴子往酒里生泡,膻的叫人都要吐了。”说着撇了一下嘴皮。

副官长走过来,向旅长低声请示:“酒菜准备好了。”

刘福堂瞪着眼回答:“好了就开动。”回头向邓瑞山、章斌和吴参议招呼:“几位请,请。不是还有一位雷……啊,参议,他怎么啦,肠炎?唔,水土不服……”刘福堂一边说话,一边推推让让,陪着客人坐到当中首席上。

等到二三十位校级以上的官佐和一群陪坐喝酒的歌妓,一个一个按着席位入座之后,东道主刘福堂站起举杯,说道:

“弟兄们,四海之内皆兄弟也。今天河口这个小地方,居然有幸得到护党救国军第六路总指挥邓将军和警备团章团长、吴参议等一行光临,可是吉星正照,千载难逢。兄弟十分高兴。为了表示我做东道主的欢迎诚意,请大家一起敬总指挥一杯! 干,不干不算好汉。”

接着,大家吃喝起来。上了两道菜之后,邓瑞山才起身举杯,说两句答谢的话:说刚才刘旅长讲,四海之内皆兄弟,这倒是真的。兄弟就是一家人啰。我们来了,彼此就不必客气,自家人要和气才能生财。前两天城外不是来了围城的人吗,我们一来,他们就跑了。可见合在一起力量大,对付虎豹豺狼就有办法。

邓瑞山说完,大家陪着干了杯,坐下。一大海碗的蛇羹上桌了。副官长给每人舀了一小碗,然后说:

“请,尝尝龙虎斗。”

韦步平呷了一口,半开玩笑地说:“这可不是地头蛇吧?”

刘福堂脸色一沉。他的参谋长赵武瞟主子一眼,机灵地代为答话:“龙到底怎个样子没见过。俗话说,龙游到浅滩,也受虾仔捉弄哪。”

刘福堂瞪参谋长一眼:“别扯这些屁话,叫娘们唱点什么听听吧!”

“对,对。小桃红,”副官长朝着对面的歌妓说话,“你来一支《天涯歌女》。”

“不,今晚嗓子……让小银凤唱吧。她新学会‘思凡’。”

“那你弹支琵琶调——《饿马摇铃》。”

歌妓们又弹又唱起来了。军官们又吃又喝,有的在闹酒,有的同妓女调情,只有主宾席上几位默默地抽烟、剥桔子调剂一下口味。章斌悄悄掏出怀表,和吴参议交换眼色。

吴参议离开座位一会儿,回头来说:“今晚阴历十五,江底的月亮蛮好。”

“腊月隆冬,再好的月亮也没人赏脸了。”刘福堂说,“来吧,瑞公,小弟敬一杯。”

跑堂的端上一盘花菇扣果子狸。

“来,来,趁热,这也是一味山珍啊,做得还可以。”参谋长给客人夹菜,自己也尝了一口。

正当这些人陶醉于酒香声色的时刻,厅里的挂钟当当地响起,天空一连闪亮三颗红色信号弹,红光落下河面。接着,两声迫击炮的巨响,送来了不小的声浪。厅里面一片沉寂,个个面面相觑,歌妓们脸色发青,直打哆嗦。突然,山上响起机关枪,城里枪声大作……

刘福堂到底是个行伍出身的老马,他倒还沉着,向参谋长瞪眼,问道:“怎么回事?山上哪里来的人?”

赵武哭笑不得,朝着吴参议使询问的目光。

韦步平向甲板上的江波示意,十来个水手虎一下冲进门口,举起手枪,对着各人选定的目标。罗汉大声喊:

“不许动,举起手来!”

在场的人把手举起来,让几个水手搜身,有带手枪的都被掏了出来。歌妓们一个一个被驱散回房间去了。

韦步平脸上露着得意的笑容,朝着被俘的人说道:

“对不起,惊动大家了。参谋长,你认错人了:我可是不够朋友得很。跟大家明说了吧:我就是你们说的山寇的头目——韦家哥,名字叫韦步平。刘旅长,这是王专员嘱咐吴参议带来给参谋长的亲笔信,我把它拍了照片,看看吧。”韦步平将照片交给刘福堂。

厅里,刘福堂部下的军官又一次震惊,个个发愣。刘福堂的手发抖,用异常仇恨而厌恶的目光瞪了赵武一眼。

赵武悔恨交加,瞪着仇恨的蛇眼,企图挣脱,却叫罗汉用枪口往他腰上顶了一下,叱道:“不许动!”

章斌沉着而冷静地说道:“现在,什么话都先不说了。我代表警备团宣布:从此,我们既不是南京的蒋介石反动派的人马,也不是桂系黎柏初、夏雷的兵,我们起义了！我们跟韦步平的农军和罗汉的工人纠察队一起，参加工农红军，接受共产党领导。邓总指挥愿跟我们一道干，我们欢迎。你们诸位，何去何从，请三思而后行。今晚就请大家委屈一下不能回家了。”

章斌讲完话，罗汉带头将刘福堂部下的人，一个一个排成队，押送走了。邓瑞山同任参谋把刘福堂和赵武带到迎宾楼。章斌和韦步平分头去江山茶楼和商会两个地方指挥。

街上还响着零零落落的枪声。

第三十五章

一九二九年十二月十一日，河口起义，宣布成立北江工农苏维埃政府，雷苏民担任苏维埃主席。章斌的警备团、韦步平的农军和罗汉的武装工人纠察队以及被俘过来的刘福堂的队伍，统一编成工农红军，军长邓瑞山，政治委员章斌，韦步平当第一师师长兼政委；罗汉任河口总工会委员长，覃家庆、马大嫂、蓝志高和马重九等，分别担当农民协会，妇女联合会，共产主义青年团等方面的领导职务。

只有梁少英嫌人民教育委员的职位低了，闹起情绪。别人都说他“马脸不知长”。讲他起义那天晚上，要他解决刘福堂特务营那股敌人，他就未能按规定时间行动，迟了一刻钟，叫敌人跑了一个排。不给处分已经算便宜了，他反而以功臣自居，伸手要官做，真是人心不足蛇吞象。

马大嫂看他闹这名堂，就找韦步平谈，希望能说服他。韦步平说，他是要找少英谈谈，不过，这会儿他得去开会，商量解决商人闹罢市的问题。

此刻，章斌正在主持紧急会议，几位头头正为突然出现的商家罢市，居民百姓逃亡或关门闭户的严重情况，商量对策。

韦步平到了会场，看到在座的同志有的使劲抽烟，有的搔头，有的目光直直地瞅着茶杯，各人的心情都很沉重。

“这种情况非同小可，一定要认真对待。”雷苏民忧心忡忡，“商家不开门营业，百姓买不到粮，无米下锅是个大事。”

“有米没盐也是个事哩。”

“就怕人心浮动，闹起事来不好收拾。”

“一件东西破坏它容易，要把它收拾整顿好就不那么简单了。”

大家你一言我一语议论着。章斌深思熟虑，问道：

“到底是什么缘故呢？我们要先有个认识才好对症下药。”

这时，罗汉来了。章斌面对门口，首先发现他跨进门槛，高兴地对他打招呼：

“哦，你这个工人头头可来了，坐。你说说，商家闹罢市，到底是怎么回事？在百姓当中，听到什么议论？”

“我就是为这件事来汇报的咯。”罗汉喝一口水，然后说，他打听了一下，多数老百姓就是害怕共产，说什么共产共产，乱要乱抢；还说告示上的三条不灵了，特别是对农军和工人纠察队更加信不过，说是前天夜晚，刘福堂的特务营逃跑出来一些兵痞，沿街抢老百姓东西时，有些穿便衣的人也混在里头。

“有这样的事吗？”章斌注视着韦步平问。

“可能有。”韦步平说，“百样米养百样人，什么人都会有。”

罗汉说：“特务营逃跑那个排，到这会儿还有好几个没有捉回来呢！”

邓瑞山说：“一定要把抢劫的人查明！”

韦步平说：“我现在就亲自到老百姓里边去摸摸底。不然，敌情不明，钥匙对不上锁，门还是开不开。”

章斌听韦步平这样一讲，点点头说：“双管齐下：步平同志下去作火线侦察；我们在这儿请商界几个大铺头的老板来当面谈谈。”

雷苏民想了想说:“你硬是要他开门,他若心有余悸,当面给你敷衍,回过头去又变卦,你也无可奈何。按牛头喝水总不是办法。”

邓瑞山说:“先从几个大商号下手,要是他们答应了,小铺头会跟着来的。商人就是唯利是图嘛。奸商奸商,十商九奸。你对他越客气,他就越要价。小猫尾巴,你越摸,它越翘。”

韦步平望着罗汉问:“那位兴隆花纱布店的老板怎样?”

罗汉说:“我正要说他呢。他躲开了,一直不露面。”

“躲了?那位老牛头知不知道他的东家躲到哪儿去了?”韦步平问。

罗汉说:“老牛头前天夜里把东西取出来后,就没回去,他也未必清楚。我倒疑心他跟着刘福堂那个参谋长捣鬼。”

章斌说:“是呀,事情很离奇。赵武跑了,商会的头头躲开了,商店关门罢市,分明是蓄意跟我们苏维埃政权作对嘛!”

雷苏民说:“我们太宽大为怀了。赵武这个人,压根儿就不应当让他自由行动。”

“负责看守的是工人纠察队吧?”

“是的,就是老牛头,以为他老人家做事可靠。”

“不行啊,我的同志!”章斌望着罗汉说,“事情往往就出在‘以为’上。”

“报告。”门外卫兵喊。

“进来!”章斌应了一声,随即看着进来的卫兵问,“什么事?”

“外面有几个商会的老板求见。”卫兵说。

章斌望着雷苏民和在座的同志问:“怎样,我们暂停一下,谁出面跟他们谈?”

雷苏民瞅着章斌说:“步平同志是卫戍司令。由他去打这个交道如何?”

章斌说:“不一定好,应该用苏维埃政府名义同他们谈,要树立红色政权的权威。”

“对。我还是到下面去看看。”韦步平起身,“罗汉,我们走。”

雷苏民瞅着韦步平身上的军装说:“你蒙上这张老虎皮,不把人都吓跑啦?还能到老百姓里头去?”

“那好办,衣服是由人换的嘛。”韦步平说着走了。

章斌和邓瑞山也进了里屋,厅里只有雷苏民一个人站在中间,准备迎接客人。

三个客人,都是商家老板的打扮。戴瓜皮帽,穿着棉袍,裤腿还扎着襻带,进得门来,两手握着,搁在襟前表示敬意。雷苏民朝着他们扫了一眼,让了座。卫兵将三个人的名片交到苏民手上。苏民瞧了瞧,抬起眼皮,望着他们说:“诸位来得正好,我们才说要请去呐。我说,你们把门关起来不做买卖,可是不太好哇。为什么呢?当然咯,商店是私人资本开的,开张和关闭允许商家自由做主。但是,它要是领了营业执照,就得正常营业。在未调销营业执照之前,就不能随意关门。商店本身应当负起一定的社会责任,这点,各位不会不懂得吧?”雷苏民的话软里带硬。

三位老板瞪着眼,你看我,我看你。其中一个南瓜脸,壮了壮胆子,鼓起勇气说:“嘻嘻,长官讲的也是的。旧规矩我们都懂,就是……嘻,新规矩……我们还不大明白,所以嘛……嘻嘻。”

“做买卖,公平交易。我们布告上写了三条,还要什么新规矩呢?”

另一个五十多快六十的猴子脸,搓搓手,斟字酌句地慢慢说:“布告是有了。可……怎么说呢?”他给身边的同行交换眼色。

“说嘛,什么话都不妨讲。这里不是旧衙门,我也不是官老爷,说错了也不会打屁股。”

“我们是代表商家和街坊百姓来的。”这位说话的人脖子围着一条灰兔色的围巾,说话带着两声咳嗽,“嗯,有的话是大家的,并非我本人的意思……”

“大家都说什么呢?”

“都说,能照布告上的话行事就好了。”

“那就是说,我们言行不一咯?”

三人相顾不言。停了片刻,那个猴子脸的老头叹了口气,喃道:

“夫子曰:‘始吾于人也,听其言而信其行,今吾于人也,听其言而观其行’……”

“这么说,”雷苏民情绪不免激动,“各位都见到了些什么呢?也许有些歹徒乘机捣鬼,这是可能的。五个手指头就不一般齐嘛。人都是从老谱的泥巴里滚大的，谁能保得了都没沾点脏东西。再说，我们这个苏维埃政府成立还只有四十八小时，百废待举，不可能样样都办得尽如人意。”

那个围着灰色围巾的人说：“别的不多讲了，受人之托，我们带来一份清单，是前天夜晚农军进城后，各民户被掳掠的财物以及一些妇女遭受侮辱、糟踏的案件，请长官明断。”

雷苏民接过文书，搁在一边，对着面前三个人看了看，说：“这方面的事件我们一定着手核查，严肃对待。在诸位方面，我们的态度也很明确：请商家承当社会责任，即日开市，谁要妄图要挟我们，后果自负。三位能在这儿具结个诺言吗？”

“这个……”南瓜脸瞪着眼，不胜惶惑，望着两位同行讨主意。围着围脖的人接着说：

“这个，我们回头去找同行和街坊父老们商议商议。”

“也好，下午两点钟，我们等回话。卫兵，送客。”

午晌，章斌几个人又回到早晨的会议桌旁来，传阅市民代表交下的文书。文书开列了一串清单，说明某家商店或某户居民住宅，被便衣农军或工人纠察队多少个人闯入，抢去这样、那样衣物、首饰、现金和器皿等等各若干件；其次是，某家某户的姑娘、丫头和媳妇，遭到调戏、侮辱。有的挨打致伤，有的受辱而投河、上吊等等。雷苏民说，材料不可能全都属实，反映情况的动机也不全属善意，但也不能认为它是完全虚构。看来斗争尖锐复杂，没有枪声的战斗正在展开。章斌说：这件事暴露了我们的队伍当中可能有贪小便宜的人犯了纪律；但最主要的可能是刘福堂特务营逃跑出去那一排人，穿起便衣，冒充农军、纠察队到处作案。当然，也可能是敌人蓄谋设下的陷阱，引诱我们的人失足，以便大做文章，在群众中制造事端。那个姓赵的参谋长是非常狡猾的家伙，漏网之鱼，必然要兴风作浪。水陆交通要道，我们都封锁了，估计他还逃不出去，一定是潜伏在城里。抓不到他，就留下祸根。

经过章斌这样一分析，大家都用心寻思，厅里一片沉默。就像阴霾四合、风雨将临的时刻，气压低，叫人很不舒畅。沉默延续了好几分钟，雷苏民才说，只要商家答应肯开板做生意，其他问题再一个一个想法解决。急不得，一口吞不下一只汤团。邓瑞山说，讨价还价乃是商人的看家本领，估计他们不会马上应允开门营业的。

“我想是不是这样办。”韦步平放下他手上摆弄的火柴盒，两眼睁得溜圆，望着章斌他们，“现在多数百姓不明真相，都是道听途说，真真假假，对我们半信半疑。干脆，我们就开它一个市民大会，我们的人全都到场，把事情摆开来讲。他们不是说农军和纠察队的人趁火打劫，抢了财物吗？我们事先号召自己人，坦白交代，退出赃物，拿到会场还给失主；另一方面，让老百姓到队伍跟前认人。那些做了坏事又不肯认错退赃的歹徒，不管他是谁，统统当众严办！只有这样，才能取信于民。还有，我们要求街上居民检举隐藏的敌人，如有窝藏不报的，就要依法严惩。两面夹攻，自己身上的虱子可以捉净，敌人埋下的地雷也可以清除！”

韦步平说得特别动情，嘴唇直打哆嗦。章斌听他把话讲完，眉飞色舞，衷心欣喜；环顾在座的同志，大家也都为之兴奋，一时搭不上腔。过了三分钟的静场，章斌才看着大家问道：

“同志们看，步平同志这个办法行不行？”

任参谋热情地说：“我看行。这是一发山炮，打出去准能将敌人的阵地摧毁！不过，目标一定要瞄得准。”

邓瑞山沉着地说道：“关键就在目标要对得准。我认为，民心固然重要，军心也不能轻视，这样一来，会不会授人以柄，被敌人钻我们的空子？要是坏人借此栽赃、诬赖好人怎么办？绝不能叫敌人把我们的本钱——自己手上的军队弄散了，禾苗被当作稗草拔掉，那吃亏就大了。”

邓瑞山看看大家不做声，又补充说道：“我不同意让老百姓介入军队事务，军队的军风纪，由军队自己来管。”

雷苏民说：“总指挥的意见是可以考虑的。凡事都不免有正反两面，俗话说，有其利必有其弊。决定一件事情就要权衡轻重，看哪样做对我们有利。军心是我们革命事业的保镖，不但不能忽视而且要大大加强。但是，民心却是我们力量的来源，源头断了，河也就不可能有水奔流。以我之见，在非常斗争的情况下，采取非常的手段，也是一种临机应变的办法。步平同志的主意，未尝不可以试试。”

“那就试试吧。反正我是有言在先:军队不能给弄散了。”

韦步平有点盛不住气,冲着说道:“要是被冲得散的军队,勉强把它保下来也没用。军心和民心应当是一致的。”

任参谋附和道:“我也是这个看法,真金不怕火炼。”

韦步平又补充他的意思:“一场大战,误伤是在所难免,只要大局稳住,小的消耗、波折,就不能顾得那样周全了。行大义不拘小节。手太软就打不成刀枪。”

谈到这儿,大家都不再讲了,只等章斌说话。章斌让大家思考片刻,问还有什么要说的没有?停了半分钟,看大家都不做声,最后他才坚决而果断地说道:

“道理我不多说了,同意步平的意见。明天下午两点,召开全城军民大会。现在就分头布置下去,军队搞它一次自我交代会,事先做好思想动员,下午、晚上,明天还有半天,时间足够了。从现在起,严格执行营房出入制度,不经批准,不得自由进出;地方上居民百姓方面,等那三个代表来了,就通知他们:明天开全城民众大会。把开会的意义给他们讲明,要他们担保每家每户,男女老少,至少要有一个人到会,特别是那些失主和当事人必须到场。”

雷苏民听了,笑吟吟地说:“唔,这着棋下下来,我们就可以以守为攻,打破被动的僵局了。”

邓瑞山默不作声,章斌问他:“瑞公怎样?”

“试一试看吧。”邓瑞山漫不经心地答道。

就在当天夜间。正当刘福堂吞下鸦片服毒自尽的时刻,他的六姨太却在小公馆款待着那个逃亡的赵参谋长。这六姨太原来就是赵武的老相识,是赵荐给刘的宝贝;其实是赵、刘两人共穿的连裆裤。如果说赵武是夏雷一派安在刘福堂身边的定时炸弹,那六姨太可就是赵武所掌握的引线。现在,刘福堂被软禁回不来,赵武侥幸逃生,躲进香巢,虽然有被追捕的余悸,不过,到底没了被捉奸的尴尬心情。一来就在六姨太声色的诱惑下,两人都忘乎所以。女的尽可能稳定男人的情绪,给他拿一瓶从西贡进口的三十年陈酿法国白兰地,开了鲍鱼和云腿罐头作下酒菜。两人挤眉弄眼,卿卿我我,交杯对饮。这位六姨太,原来是从上海来的苏州歌妓,挺会逗人。这时,屋里生着一盆炭火,虽然时在寒冬,却温暖如春。六姨太脱了外套,身上披件轻柔的细毛针织长裙睡衣,挂着闪闪发亮的项链的脖子、光洁如玉的肩膀和大半边丰满的胸脯,裸露在敞开的领襟当中。赵武好像是头一回发现这奇迹,眯着馋眼死盯住不放。六姨太斜着媚眼笑着嗔道:

“你瞅什么?”

赵武凝视她的眼睛,往她大腿上捏了一把。对方娇里娇气地“哎哟”一声:“死鬼,等下叫你……”

“等下要你的嘴……”男的贪欲地瞪着眼。

“去你的……”女的撒娇撒痴地嗔道。

突然,“咚咚咚”,门外响起敲门声。

“谁?”女的惊慌失色,朝着男人求救。

“咚咚咚”,门外敲门声越来越紧。

“去瞧瞧。”男人压着嗓子,摆头示意。

六姨太踮起脚跟轻轻走出房间,往大门走去。她将小门洞拉开,朝外窥视着问:“谁?”

“卫戍司令部的。开开门,有事告诉你。”门外的声音很愣。

“等一等,我去穿件衣服。”六姨太说着,赶紧奔回房间,气喘吁吁地对赵武说:

“怎么办,你……快,快,怎么办?”

“几个人?”

“一个,一个老头。”

赵武瞪着恶毒的眼睛,寻思片刻,瞟六姨太一眼,恍悟地抓住她的胳膊,死盯着她的双眼,悄声低气地说:“听我说,不怕他,顺手拉他下水。”他用讳莫如深、鬼鬼祟祟的目光暗示,同时咬她耳朵嘀咕了几句。

女的点点头,看着男人躲到里屋去后,迅速将酒菜收起,放回餐柜,然后拢拢头发,扯一扯衣领。

“咚咚咚”，大门外又响起敲门声。

“来了，来了……”女人一边应声一边急步上前，将门闩拉开。门“伊呀”开开了，一个五十来岁的壮汉跨进门槛。女人随手把门“伊呀”关上。

“老总，什么事呀？烦劳你这时候跑来……”

“哼，交关大事。我看管的一个大官跑了，我一定得抓到他……”没有人跑到这里来吗？”来人东张西望，看看房间的角落，瞧瞧窗外走廊和小院。

“没有。唔，谁敢来我这儿啊？坐，您请坐一会儿暖暖手。唔，老总您不吸烟吗？那喝杯酒暖暖身。”她一边说，一边拿出一瓶桂林三花酒和一只高脚玻璃杯，斟得满满的送到来人手上，“喝呀！”女人飞个勾人魂魄的媚眼，“喝吧，把它干了，还有呢。我这里没有人来，放心喝。城里到处都是兵，人，哪怕他长了翅膀也飞不出去。唔，老总，我倒有件事拜托，不知……”

“嗨，酒劲真大。”

“再来一杯，来，来。我也陪老总喝一杯。”

来人居然贪起杯来，让粉嫩的小手端着杯子，送到嘴边，又灌了满满一杯。

“你说一件什么事？”来人问，盯着她脖子上闪闪发亮的金链，盯着仿佛新打出来的白净得粑粑似的半边乳房，一股香气冲着鼻子，叫人心动神摇。

“唔，你要答应我才讲。”

“你不讲，我答应什么呀？”

“我要一个人，你能让得他出来吗？你要办得到，给你……”女人说着从胳膊上撸下一对金镯，完了，发觉老总盯着她脖子上的金链，她马上把它摘下，一起搁到对方手掌上。

老总迷迷糊糊，半醉半痴，不知所以。

“来，还有东西给你开眼。”女人居然拉他的手，半扶半拖进寝室的床边，从枕头边拿起镶嵌着玛瑙的首饰小盒，打开来让老总过目。女人审视着他的表情，问一声：“喜欢吗？”突然，电灯黑了，女人发出一声怪叫：

“呀，你……”

“谁！”外屋有人喊，小客厅电灯亮了。

方才隐藏起来的赵武出现了。他脸上露出奸笑，站在一男一女面前。女的假装哭哭啼啼,受了委屈的样子。赵武认出这个发愣的老总,不是别人,正是看守他的冤家对头,也就是前面大家也认识的老牛头。赵武不由得又惊慌又得意,拿作弄人的口吻长长地"哦"一声,然后说道:

"老相识了,居然找到这儿来了。告诉你,知道这是什么地方吗?"

"喔喔……他……他欺负人……喔喔。"女人哭哭啼啼。

"你,妖精……"老牛头气鼓鼓地要伸手打人。

"好了,我们现在可是要调换个位子了。不过,我不打算当你的看守,把你软禁在这里。"赵武说,"你要同意,马上把你放回去,不过,交易要讲个价钱。"

"哼。"老牛头仍然气呼呼地瞪着无可奈何的目光,满腔悔恨,颓然坐下,两肘支着膝盖,抱住脑袋。

"价钱是这样:这些金银首饰随你拿;但是,你得给六姨太画个押——按手印,担保回去不能向别人讲在这儿见到我;再就是去买一张明晚下水的船票,明天午晌把它塞进门缝来。以后要有事,再叫人去找你。办得到吗?"

老牛头仍旧一言不发,呆呆地坐在那里,眼睛无神。

赵武收起狡猾的笑脸,露出狰狞的凶相,厉声说道:"明告诉你吧,孙悟空落到了如来佛手心,休想脱得了身。摆在你面前的只有两条路:一条是答应照办这点小事,丝毫也不为难,而且只有我们三个人知道,神不知鬼不觉,这些首饰金银就够你这半辈子吃喝穿住了;另一条呢,你放走了我还不算,又闯到这里来强奸妇女,掳掠财物,要是给你张扬出去,你能交得了账吗?想想吧,你要不肯合作,也别想从这间屋子活着出去。看你想活还是……"

"咚咚咚!"外面有人敲门。

屋里的人一惊。赵武朝六姨太示意,叫她拿出一张写好了字的纸:

蒙恩恕过,情愿效劳!

赵武给老牛头念了白纸上的黑字,完了说道:"看,只要认这两句,打上手模,就万事大吉。出门去就说什么人也没见到,同他们一道回去。唔,首饰可以拿走。"

“来，快。”六姨太紧跟过来，替老牛头挽起袖口，将金镯往粗糙的手腕上套进去……老牛头却像个木偶，任人摆弄。

咚咚咚！“快开门！”

“来了，来了。”六姨太急忙应声。

赵武给六姨太一个眼色，又隐藏进里屋去了。老牛头站在厅里发呆。

大门“伊呀”一声开了。听到来人说话，是个女子的嗓音。不知来人说了什么，只听六姨太抽抽噎噎地啜泣。来人是一男一女，女的是马大嫂，男的是梁少英。她们跟六姨太跨进客厅，见到老牛头站在那里。马大嫂瞪眼诘问：

“你来这儿干什么？”

“来……捉那个逃……”老牛头支支吾吾。

“找着了吗？”梁少英问。

老牛头惶惑地瞪六姨太一眼，摇摇脑袋。

“你是工人纠察队老牛头吧？到处找你呢！”马大嫂说着，转向六姨太问，“就是他吗？”

“唔，他……他……”

少英不耐烦听对方吞吞吐吐，干脆拦住她说道：“你男人吞鸦片死了，鸦片是你送去的吗？”

“喔喔，不，不是……”

“走，跟我们去认尸。”

“喔喔，我……我不要……他，他家还有别个……”

“还有别个你也得去，走！”马大嫂不客气地催着六姨太。

梁少英对老牛头说：“喂，一道走吧。”

第三十六章

几天的寒潮过了，今天气温回升。虽然，一早大雾封江，山峦隐蔽，全城笼罩着郁闷的气氛，阳光却冲开雾霭的帷幕，露出笑容。“十雾九晴”，预示着晴天。

“今天的大会，是你——卫戍司令唱的红娘啊。”章斌对着韦步平说，“都准备得怎样了？”

韦步平说，昨天下午和晚上都在准备，今天上午再加把火，看来下午的大会能开得成。据检查，在农军和工人纠察队里头，也确实有人拿了老百姓家的东西，经过反复追查、劝告，绝大部分已经把东西交出来，承认自己有发洋财思想，认了错。当然也还有少数人，一方面贪财、吃到嘴里的东西不肯吐，一方面抱着侥幸心理，以为反正没别人见到，交代出来反而丢脸，索性不做声，蒙混过去。对这部分人今天上半天再烧把火，把它煮熟。特务营逃跑出去干坏事的那帮家伙,专门派人把他们看起来了,坚决要他们退赃。

章斌听了点点头,问道:“下午的大会程序怎么个安排?”

韦步平说:“打算把赃物统统拿到大会场去,让失主来认领;犯了纪律的人,站在一边,让苦主、冤家过来认人,听听群众意见,采取宽大处理,不肯认错和交代的,要是被苦主认出来,就要加倍惩罚,严格执行纪律,决不含糊。”

韦步平看章斌正在思索,没有搭腔,于是补充说道:

“队伍没有纪律不行,但是要使纪律生效,必须恩威并重,奖罚分明。”

章斌说:“这个,同时得提防坏人从中破坏。我一直在想邓指挥说的,万一有人指鹿为马,诬告栽赃,血口喷人,冤枉了我们的弟兄怎么办?”

“要那样也不怕,一定得拿出真凭实据才算数。”

“是呀,要慎重。居民参加大会的事,动员得怎样?”

“经过层层宣传,一户至少来一人是不成问题了。”

“我们的工作,来人多少还不能作数,最紧要的是人来心也到。换句话就是要自愿,按着牛头喝水,也是白费劲。老百姓众目睽睽,都在看我们讲的跟做的是否一致?敌人则等着瞧我们出纰漏,时刻都在钻我们的空子。总之,我们面临一场考验。”

两人谈着话,罗汉、马大嫂和家庆找韦家哥来了。罗汉说有件事要向他汇报。韦步平看章斌一眼,说章政委也在这,有什么事,说就是了。罗汉踌躇一下,同马大嫂和家庆交换眼色,最后还是有所保留地说:发现那个老牛头情绪不大正常,一个人自己发呆,说他为赵武逃跑感到失职发愁吧,好像又不完全是那样。大嫂说她昨晚间和少英一道到一个人家——据说是刘福堂窝藏六姨太的小公馆去搜查,发现他在那里,说是为了查访逃犯赵武去的。回来,据少英说,老牛头一再声明,他在那里什么也没发现,事先也不知刘福堂有那么一处小公馆……

“他拿了人家东西没有?”韦步平问。

“他说没有拿。”

罗汉看韦步平一眼,说:“这老头是我们工会的,平素为人憨直,这回把武器顺利运进城来,他个人出了不少力。原先在岚山当杂差,也给我们帮过忙……”

“不要扯那么长，先解决眼前的大问题。”韦步平态度严厉。

马大嫂还是不肯罢休，补充说道：“我说他会不会是……”

韦步平打断她的话：“不管是谁，犯了纪律的就不能容情。少英怎样？都是他，不认真负责，让特务营的人跑出来，拉了一摊臭屎，让我们替它擦屁股。赵武躲到哪儿，还没找到一点线索吗？”

罗汉说：“听说他就同六姨太轧姘头。”

章斌一听，马上插话：“嗯，这个女人值得注意，刘福堂吞的鸦片是不是她送的，要弄清楚。”

马大嫂问：“对老牛头怎么办？大会要不要他参加，他说他头晕、发热，好像是发痧。”

韦步平寻思一会儿，对罗汉说：“你去找他谈谈，大会还是要参加。”

家庆好像有什么话要讲，看看韦步平的态度那样严峻，话到喉头又咽回去了。等到韦步平把他们送出门口，才犹犹豫豫地喃道：

“盘大爷讲，那个老牛头他好像认得是……”

韦步平挥手说道：“不管是谁，都不能例外！有错就认错，拿了人家东西就得退出来。没有私情可讲。”

城区军民大会会场布置在东门的大校场上。这里一片草坪，右边是大江，左面是小山岗，用铁蒺藜围起。平日是驻军操练的地方，大门口有闸门，放着岗哨，闲人百姓是不能随便进出的。通知是下午两点钟开会，从一点钟开始，老百姓就陆陆续续来了。事前用石灰在场子里划定了方位，军队和居民分开。军队当中又按其建制分开；原章斌的警备团，韦步平的农军，和罗汉的工人纠察队，各自占一个方位；参加起义和被缴械投降过来的刘福堂队伍，占一个方位，那些掳掠百姓财物的兵痞单独站在一个地方。老百姓是按街坊聚在一起的；学校学生没有来，教员和机关职员一道，在草坪上席地而坐。

在校场北端，坐北朝南地垒起一方土墩，是作为司令台用的。台上摆着用三张学生课桌拼凑起来的案台，上面蒙着白围布；台下横摆五六张也是学生的课桌，上面搁着各色各样的物件，都是从居民百姓家掳掠来的东西，有古玩、首饰、细软和银洋钞票等等……

会场特别肃静，人们一进入会场，就产生一种紧张感觉，说话都不敢大声，眼睁睁地像小孩点着爆竹的引子，等待爆响。失主们对台下陈列的物件特别留心，见到自己的东西，莫不惊讶而悄悄私语；见不到自己失掉的东西的，虽然扫兴，却还不完全失望，仍旧怀着侥幸的心情，期待着出现奇迹。

人们陆续入场，场子坪地的方位逐渐填满了人。不管是军队还是居民百姓，全都是席地而坐。到了两点钟，一个号兵登上司令台一角，"嘀嘀哒哒"吹起集合号。佩着值星带的军官，在各自队前喊一声"起立"，队伍"唰"一声，全都站了起来。政府机关，民众团体职员、学校老师和街道居民也不约而同地起立，视线全都投向台上。台上横排着一列蒙着白台布的座位，上面端坐着六七个人，有的穿军装，有的穿开襟的便衣棉袄。最显眼的是一位中年妇女，头上包着用蓝靛染的壮锦头巾，人们有的认得她是岚山来的女兵头人，现在是妇女会主任。她旁边是罗汉，工会委员长，也有不少人认得他，坐在正中间那个络腮胡子，有人说他就是农军的头头韦家哥，现在成了卫戍司令。但是，他还是穿的老百姓棉袄，不像个吃粮当官的；有的人不肯相信，要跟人打赌，议论声吱吱喳喳。洋号声响后，一个军官走到台角的左边上，拉开嗓子大声宣布：

"大会开始：全体起立！唱《国际歌》！"

《国际歌》是这两天才在军队和学校里教唱，居民和一部分职员还不会，只好瞪着眼，嘴唇嗫嚅，充当南郭先生，军队也唱不整齐，当司仪的那位任参谋，倒也机灵，等到稀稀拉拉的歌声一停，马上就喊：

"再唱一支，'打倒列强，打倒列强，除军阀，除军阀'，预备——起！"

这一下倒是叫响了，全场异口同声，发出轰鸣。等到歌声止住，司仪大声宣布：

"请卫戍司令演说！"

坐在正中间的那位一脸络腮胡子的人，离开座位，走到台前，站在当中，两手叉腰，目光炯炯，扫视全场。窃窃私议的人把话咽了回去，人人都发了愣，听不到声音，见不到动作，千百双眼睛都是直直地盯着一个目标——台上那个人。他终于说话了：

“同志们，父老、兄弟、姐妹们：我要讲的不是什么演讲，只不过有几件公事，在这里向大家当面说说。第一件，十号晚上，我们队伍进城，有些歹徒，乘机捣乱，违反我们安民布告，闯进民房，抢劫百姓财物，调戏妇女，干了坏事，这是革命队伍不能允许的犯罪行为。我们决不容忍一颗老鼠屎弄臭了一锅汤。现在，我们把东西追查出来了，搁在这里，物归原主。谁家失了财物，亲自来领回去；画个押写个收据免得坏人冒领。第二件，可能还有人拿了东西没有退出来，干了坏事不肯承认，企图蒙混过关。请到场的父老、兄弟、姐妹们，站到队伍前面来，当面认人。对这些害群之马，我们革命队伍一定严加处治，该杀头的杀头，该坐牢的坐牢，坦白自首的从宽，隐瞒抵赖的从严，军令如山，决不含糊。第三件，据侦察，还有少数敌人逃到民家，躲藏起来，搞破坏勾当，妄想抵制革命政府，挑拨军民关系。现在，在此郑重宣布：凡是家中窝藏逃兵坏人的，就在此地当机立断，坦白交代，帮助我们清除反革命。立功者受奖，隐藏包庇坏人者受罚！好，就是这三条。没有了，开始执行！”

韦步平的话，一字千斤，引起各种不同的反应。有的欢喜雀跃，眉开眼笑；有的脸色灰白，惴惴不安；有的惊慌失态，无地自容；当然，也有隔岸观火，满不在乎的。那位担任司仪的军官，扫视全场，然后高声呼喊：

“诸位，请肃静！现在，我们就一条一条的来。第一条，谁家失掉东西的，到前面来认领……不，不，先别忙，请大家还是就地坐下，按街坊顺序一个一个的来，不然，就乱了营了。我叫到哪条街的，哪条街的失主就上来，其余的暂且稍候好不好？”

司仪说完话，会场气氛仿佛解冻的冰河，喧哗而流动。失主们伸长脖子，盯着台下陈列的物件，议论纷纷。听到喊自己街坊名字的，就小心翼翼地跟着别人来到摊子跟前，仔细寻觅被拿走的东西。有的认出是自己家的玉镯来了，有的见到了给小孩打的银锁项圈，有的找见玉簪、金钗，有的发现青铜香炉，有的见到织锦的匹头，有的看到银洋数目不对，不敢马上就认。认领了的，会写字的人留下亲笔收据，不认得字的人，在单据上按个指纹。拿回东西的，喜笑颜开，回到本街坊的方位，吱吱喳喳，回答邻居们的询问；没有认到东西的，向办事人员报失，沮丧地坐回原来的地方。

“别泄气嘛,你记得抢东西的人是什么模样吗? 等一会儿到队前去把人认出来……”

“这种事,讲是讲,你看不准,人家说你诬赖,你不得反坐呀? 哼,不要叫鸡不来倒蚀把米哪。风吹鸡蛋壳,财去人安乐。反正东西也不值几吊钱,何苦去吃官司!”

“你这讲的老皇历的话。你见过自古以来有这样兵家行事的吗? 天道变啦,如今人家兴的是革命,懂吗? 弟兄拿了东西,一件一件又都退出来,物归原主。可见不会是为难百姓的,认错了就说错了,我看,不至于吃不了兜着走。”

“好吧,吵也没有用,等着瞧吧。”

人们你言我语,议论纷纷。

“嘘! 别吵吵,听。”

原来,摊上的财物已经被领完了。司仪叫喊进行第二项。请苦主一个一个到部队、特别是农军和工人纠察队的跟前去,把那些拿了百姓家东西,或干了缺德勾当而又不肯交代的人认出来(坦白交代了的人已经单独站在一边了)。

卫戍司令韦步平补充说道:“谁家被欺负,受委屈,损失了财物的,都请到这儿来当面指控。我们一定负责查办。”

话虽然这样说,但是老百姓到底是老百姓,真正要当面同人抓破脸,又不免有所过虑。有些以为损失的东西值不了几个钱,不肯同人记仇,忍了也就算了,有些姑娘、媳妇受点欺负什么的,觉得事情已经过了,又没谁知道,嚷出去,自己面子反而不好搁,何必呢,唯有两三家有人被打伤了身子,死了人命的,气呼呼地走到队伍跟前,寻找他们的冤家。一个为了抢人家装首饰的枕头箱,而将老太婆掐死的凶手,在特务营的逃兵队列里头,被死者的儿子认出来了,在这一列兵里,被揪出来的人还有一个是拿斧头砍断了一位郎中的手腕,撸下人家祖传的翠玉手镯的,另外一个是调戏妇女,把人家怀里婴儿掷下地,摔死了,现在被愤怒的丈夫认出来……

苦主们从这个队列走到那个队列,一排一排巡视,一个一个面孔地观察辨认。没做亏心事的,当然不必惴惴不安;认了错退了赃的,也已经抹净了愁容。在工人纠察队里头的老牛头却显得有些烦躁不安,眼神流露着惶恐,愁云布满面孔，额角冒出颗颗汗珠。旁边的伙计问他怎么回事。是不是身体不舒服？他摇摇头，冷漠地说，昨晚起夜受凉，没睡好觉。

正当老牛头和身边的伙计“开小会”的工夫，那些个苦主巡视到工人纠察队跟前来了。老牛头从十来个受害者的行列里，一眼瞥见六姨太，两人眼光不期相遇，那女人对老牛头却佯装不认识。她现在混在街坊居民的普通妇女中。走过了两步，她才把脸凑到一个穿着棉袍、围着灰色围脖的商家老板的肩头，嘀咕了几句什么。那个围着围脖的脑袋转回头，审视老牛头一眼，使得老牛头像被马蜂螫了一下似的。

第二个项目进行完了，有三个犯有严重罪行的人，被押到台下方才陈列赃物的位置上，面朝全场。

“还有没交代的没有？”卫戍司令大声朝着全场呼唤，“有干坏事的，现在出来自首还不晚！”

话音才落，那个穿棉袍围着灰色围脖的人，从人民团体的方位中站出来，笔直朝着司令台走来。到了台下，伸长脖子向司仪大声说道：“鄙人受人之托，检举一个坏人。”

韦步平一眼就认得他就是昨天来交涉的三个商家代表之一。听他这么一讲，马上果断地对司仪说：

“准他上台来讲！”

这个穿棉袍的人不客气地大模大样登上台来，脱下瓜皮帽，向全场鞠躬，然后干咳一声才开口说话：

“……鄙人受人之托，特向诸君公开表明一件人事干系。方才在下面认是认到一位弟兄，就是惟恐眼光看错人，不敢冒昧；况且风言风语，说是这个老头乃系谁谁的至亲，万一认错了，怎能了得？反正人是在队里的，由他自己自首吧。就鄙人之见，革命、共产党、工农政府既然做到这样，我们也没有话讲了。”

卫戍司令韦步平一听，很不高兴，对身边的罗汉说：“这是什么话，去，要他把话讲明白，是谁就是谁，不许他拐弯抹角，含血喷人。”

罗汉点头，离座走到那个穿棉袍的人身边扯住他，叫他先不要下台，然后当着全场几千人的面，高声说道：

“我也是个共产党。认识我的人,过去都知道我是干什么的;不认识我的,现在就可以张开眼睛瞧瞧,我是不是反动派血口喷人说的——是个三头六臂、杀人不眨眼的魔鬼?我们这几天到底做了什么呢?是共产共妻了吗?杀人是有一些的,用不着隐瞒,那些妨碍我们革命、存心要杀我们的人,我们对他当然也不客气。不说现在,今后也还免不了。凡是破坏革命的坏家伙,该杀的我们决不手软。革命就是要造反,对待敌人,就是有你无我,势不两立,有什么客气!我们的队伍是四面八方来的,不能担保一个坏人没有。今天就是让大家来当面讲明白,认清楚,为什么又不敢讲呢?讲吧,老板先生,你们不是怕我们强卖强买,不按安民告示行事,而关门不做生意吗?现在,可以当众讲清楚,共产党做事就是光明正大,决不同反动派一样,当面笑嘻嘻,背后娘卖屄!”

那个穿棉袍的,被罗汉抢白一顿,脸上白一阵,红一阵,膝盖不由得打哆嗦。等罗汉把话一停,马上以退为进,故意低声下气哀求:“恕鄙人失言,那是受人之托的……”

“谁?要他自己上来讲。”

“这个……唔,是……是妇道人家……有所不便,嘻嘻。唔,对对,这里有张字……”

这个穿棉袍的人双手打颤,从衣兜掏出叠成蟹爪的纸条,交给罗汉,急急忙忙溜下台去了。

罗汉退回座位,将纸条交给韦步平。韦步平打开一瞧,脸色立变,瞪着疑惑的目光瞅罗汉:

“告了你们工人纠察队的老牛头,你看他能干出这号勾当?”

罗汉也给弄蒙了,老牛头今早表现不正常的情绪,掠过他的眼帘,于是喃道:“难说,知人知面不知心。”

马大嫂在旁边也插上一句:“是那个老牛头吧,他方才就说不自在,不大想来,哎。”

“怎么办?”罗汉看着韦步平拿主意。

韦步平思虑一会儿,横下心来,坚定不移地说道:“照章办事,是真金就不怕火。放手让人家检举。脓包不破,治不好病。大嫂,你去看那个女人是什么人,她要告状就请她告。你，"韦步平转向罗汉说，"去把老牛头带到前面来。告诉他，有事就要主动交代。"

罗汉和马大嫂去了一会儿，各自把人带到台下。罗汉把人交代给警卫之后，上台来坐回原来的位置。韦步平小声问道：

"他说了什么没有？"

罗汉失望地摇摇头。但是，马上又说："唔，他只问：韦司令左边耳屏是不是有个黑痣？"

韦步平满脸沉郁，瞪罗汉一眼，说不出话。

马大嫂带出来的女人是个三十来岁的少妇，打扮像大商家少奶奶，又像是大官僚的女仆，嘴唇没抹唇膏，眉毛却修成一条黑线。她一来就面对大家装着无限委屈，如泣如诉地指着老牛头说：他半夜闯入她家，抢了首饰金银不算，还欺负她家里没男人，侮辱了她……她的话像一声闷雷，引起全场——特别是居民和工人纠察队的嘈杂声浪。有惊讶，有迷惑，有开心，有惋惜，你一言我一语。那个曾经给老盲公带路的小孩含着汪汪眼泪，不顾一切地奔来，扑到老牛头身上，扯他的袖子，呼叫：

"牛伯，是这样的吗？我不信，我不信！"

老牛头低下头凝视着小孩，流露着痛苦的感激，然后向旁边那个女人投以极端轻蔑的目光，嘴唇抿得很紧，一言不发。

那女人对着小孩说话："你不信？我的首饰——金镯子就在他身上。你剥他衣服看吧。"

"要没有，你……"小孩不服气，真要把老人的袖口挽上，看他的胳膊。

老牛头甩开胳膊，小孩踉跄地后退了两步。

女人色厉内荏，哼了一声。

全场一时肃静下来，朝着台上，看拿什么态度。台上，韦步平、马大嫂和覃家庆交头接耳。司仪问那个告状的女人，还有没有话要说的？没有就请她回自己的位置去。然后才朝着大家问：有没有人要说说？人群中没见谁站出来。话倒是吱吱喳喳，有的压着嗓子悄悄私语，有的故意放大声音，让周围的人都听到：

“我看也不会怎样,听说有大靠山在背后哩!”

“什么靠山?”

“你不知道,台上的司令老祖宗是……也是犁田的伙计来的。”

“啊,啊,那……”

“嘿,看看怎样下台吧!”

“事情是不是真有那回事?”

“那个女人是谁家的?”

“谁家也不是,是那样一路子货……”

“啊啊? 老头也真会找,嘻嘻。”

“瞧你,馋了吧?”

“去她巴的骚货! 十个钻心的菜虫,十个死在菜根下,别去占那个便宜吧。”

“你说,就算真是那样子又怎的,能把人砍头呀?”

“那就看革命的章程算不算数咯。”

台下这些议论的气氛不免传染到台上。今天的大会,原意就是要排除敌人埋下的思想地雷,揭穿谣言,挽回民心。一切的一切都得服从这一目标,只要达到这个要求,就不惜任何代价。这是韦步平今天在这儿肩负的使命,也是他个人自觉地必须遵循的坚定不移的旨意。这时,罗汉去章斌那里请示回来,走到韦步平身边,面带伤感而忧郁的神色;默默地将一张纸条交给韦步平。

韦步平一瞧,发了呆,瞪着眼看罗汉。罗汉会意,告诉他说,纸条是少英刚从刘福堂的外室六姨太的梳妆台搜出来的。字条按有老牛头手印,不会是假的了。

“章斌同志的意见怎样?”韦步平问。

“他说由你定。”

“由我定?”韦步平不禁一愣,盯着罗汉眼睛问,“你说呢?”因为人是工人纠察队的,须要听听他的意见。

罗汉很为难,摇着头,眼神十分难过,眼眶含着泪,把头扭向一边。韦步平站起,离开座位,叉着腰来回踱步,不免踌躇起来……

一个佩带执行勤务徽章的军官到卫戍司令跟前请示,台下那四个人怎么办？

韦步平站定，横下了心，神色森严，说道：“枪毙！”接着，招呼司仪的人到跟前来，把罗汉拿来的字条交给他，要他宣布四个犯人罪状时，讲清老牛头的罪行。不但掳掠民间财物，奸污妇女，另外，还当了叛徒，做了内奸。

司仪把犯人姓名、罪状一个一个宣布，最后判决，该四犯严重违犯约法三章，侵犯人民生命财产，妨碍社会治安。共产党说话算数，依法执行枪决。全场一时肃静，鸦雀无声。执勤官指挥着警卫队，把人绑了，押到场外后头山坡……

不多一会儿，听到“砰砰”，一连四声枪响。在场的人们，个个脸上都蒙了一层阴霾，谁跟谁都不说话。那个小孩却“哇”的一声，哭出声来……

执勤官回头上台去，对着神情严峻的卫戍司令说：

“那个老头最后讲了一句话……”

罗汉不等执勤官讲，立即打问：

“他说什么？”

“他说：‘人在半边街二十一号’。”

“二十一号？”

韦步平不容迟疑，立即给执勤官下命令：“去，包围搜查！”

执勤官应声就走。

罗汉起身，说：“我也去！”

韦步平叫住罗汉：“等一等。你，去给老牛头买口棺材，木料选好一点的。”

罗汉回头盯着韦步平沉郁的目光，点点头说：“好！”

司仪过来问：“进行第三项吗？”

韦步平点头，说声：“当然。”

司仪宣布大会进行第三项之后。韦步平同马大嫂说道：“注意那个女人！”

马大嫂恍悟地说：“哎唷，认出来了，她就住半边街二十一号。”她想起了前天夜里去搜查的情景，“我这就去叫人盯住她。”

“在这儿可不能惊动她。”

“懂了。”

马大嫂吩咐重九，要她到街坊的群众中去……

第三十七章

当晚，韦步平特别嘱咐警卫员，不管是谁来见，都说身体不舒服睡了，有事明天再办。这样，他异乎寻常地关起了房门，回避一切私情公务的来往。其实，他并不是害病也没有瞌睡，只是他特别感到需要孤独，就像是一个过度疲乏的人特别需要休憩一样。他朦胧地感到似乎有好多话要讲，又不知从何谈起；盼望有个朋友来谈心，又怕有个什么冒失的人闯来，搅乱他内心的宁静。

黄昏不知什么时候被暗夜代替了，窗户落下了凝重而沉郁的黑幕。韦步平用胳膊肘支着桌面，双手抱住脑袋，枯坐沉思。一直等到月光染满了窗户才发觉屋里的电灯忘记开了。于是，他将吊在写字台上的电灯捻亮。灯光下，案头一面小镜子反映出他那沉郁的面影。他左边的耳屏是有一粒豆豉似的黑痣啊！忧郁而奇异的目光对着镜子审视……

“老头姓牛，在岚山待过……？”韦步平自己嘀咕。好多的往事，好多的问号，仿佛一捆从山上割回来的藤条摆在面前。他不由得想起童年时的寂寞，想起奶娘蓝大妈，想起严正不阿的祖父，想起蓝大妈、大姨娘同他讲过的有关他生身母亲那些隐隐约约的模糊不清的片断印象。父亲的事，简直被人忘了，几乎是从来没有人向他提起过，他也就没那个好奇心向姨娘和蓝大妈打听这件事。只是，自从那年岚山脱险，得到一个陌生老头出于仗义的搭救，心眼里留下难忘的记忆，好像是一张白纸落下墨迹，虽然经过长久岁月的冲洗，终也没法完全去掉。后来，有一次罗汉谈起河口码头有位老工人，打听一个耳屏上有个胎记的人，才又给他增添一层猜疑："难道是跟自己有什么纠葛吗？是不是……"他简直不敢往下再想。今天，这个老人临终又问起耳屏有颗黑痣的人。"那是什么意思呢？而且他又姓牛，难道他就是自己从未见过面的生身父亲吗……"在这特定的时刻，特殊的情势下，是谁都不能挽救了。要革命，牺牲是不能回避的。何况对一个妨碍着千百万人的革命事业的发展，而且又是个干了坏事当了叛徒的人，怎能姑息养奸呢？为个人的私恩而庇护一个引起公愤的罪人，那是有背于革命的良心，失掉共产党员的党性的啊！……想到这些，遮住他心中明月的浮云，慢慢消失了。但是，顷刻间，另一朵浮云又出现。他很后悔："那天晚上为什么不跟那个松腰骨的'盲公'老人深谈呢？假如那晚间跟他谈谈，也许……"

韦步平反复寻思。感情与理智在纠缠，公谊与私情互相争辩。心头充满着多少话要说，身边却没个对话的伙伴。他想起朋友来了：想起凌云青，一个善良而认真到偏见的书呆子；想起桂品微，一个那样渴望自由独立而又那样软弱虔诚的闺秀；想起海银华，一个时代之花，那样轻浮而虚荣的摩登女性；想起王光宗、黎柏初和夏雷，这些热衷名利的封建余孽和为资本家豢养的鹰犬……想来想去，想起言真：是的，她，唯有她是可以倾诉衷肠的朋友和同志呵！她此刻在什么地方？忙什么呢……写封信吧，"鱼雁不传儿女事"，言真的诗句，在他耳边响起。谈什么呢？他拿起笔，在信笺写了两句开头话，笔端就停下了，好久也没写下去，纸上只留下这样没头没尾的话：

多少的日日夜夜，又是多少的时时刻刻啊！不是没有话说而沉默，而是千言万语无从谈起……

他写不下去，回头瞧瞧，把它揉成纸团掷进墙角，又抱起脑袋苦思冥想……

马大嫂和罗汉求得卫兵特别允许，蹑手蹑脚地，来到窗外走廊，窥见窗下的人那样专心沉思，不好惊动，瞧了一会儿就走了。走时，对卫兵说："提醒他早休息吧。"但是，卫兵深知首长的脾气，不敢多嘴。时钟"滴滴嗒嗒"响着均匀而单调的声音，时针指到十点，一会儿又转过十一点。当十二点整要打响的时刻，突然，"噼噼叭叭"，传来爆竹声。韦步平警觉地呼唤："卫兵！"卫兵应声进到房间听候吩咐。

"街上怎么回事？"

"啊，是商家、铺头放鞭炮，准备白天重新开张，大吉大利。喏，方才来了三个穿长衫的老板，知道司令身体不舒服，不会客，把文书留下就走了。"

卫兵将文书送到办公桌上。韦步平拿起一看，原来是商会联名具结，向卫戍司令部担保恢复营业的保证书。

"你为什么不通报给我？"韦步平望着卫兵的脸问。

"你不是嘱咐过，什么人也不见吗？"卫兵委屈地嘟哝一句。

韦步平笑道："哦，是我这样讲过吗？"

卫兵低下头，用袖子抹一下鼻子说："还有罗汉、马大嫂也都来过。"

"哦？他们来有什么事？"

"大嫂说，重九和福贵打报告要结婚……"

"结婚？哈哈，好嘛，找他们去。"

"已经十二点了，人家早睡了。"

"嗯，罗汉讲到半边街二十一号的事了吗？"

卫兵摇头："他不肯告诉我。"

"走，跟我一起去看他们抓到了狐狸没有？"

"你不睡觉啦，病好了吗？"

"好了。鞭炮一放，病鬼给赶跑了。"

韦步平兴奋地披上军大衣，从枕头下拿起左轮手枪，放进大衣兜里，戴上帽子就走。

第二天上午，马大嫂来到韦步平住处，说："今晚重九跟福贵结婚。他俩不好意思来告诉你，要我来替他们讲。"

"定了吗？"韦步平正在翻阅新到的报纸，抬起头望着来人问道，"请坐！"

马大嫂在办公桌一头的椅子上端端正正地坐下，说："是两人昨晚商量定的，今天是星期六，大家有空，一道热闹热闹。我说太急了，我做嫂子的没工夫给他俩张罗。你说他俩怎讲？重九说，'命都革了，还去翻哪本老皇历？'她说是什么也不要，大家高兴就来，喝杯清茶，讲个笑话，说个故事什么的就行了。还说他俩是死里逃生的患难夫妻，跟别人不一样。"

韦步平听了，嗬嗬笑起来："好好，祝愿他们百年偕老，共同进步。个人幸福和革命胜利联在一起，很好，很好。非常时期，办非常婚事，打破常规俗套。我看，你当嫂子的也不必去操心，找间房子，弄一床新铺盖给他们，就完事了。我们现在一道找他们去。"

韦步平同马大嫂一起往民运部妇女宣传队的驻地走。

"重九这件事，罗汉知道吗？"韦步平问。

马大嫂说："告诉他了。他好像一时不大自在，过一会儿又说他有件礼品给他们。你说他给她什么吧，看你一定猜不到：两只韭菜边的金戒指。他从腰带里解出来的呢！"

"他心情还好吗？"韦步平问。

"好，看他倒挺高兴。不像少英那样小气。"

"少英他怎么啦？"

"他不是分工直接管妇女宣传队的嘛。对重九同福贵的事，他特别苛刻，说什么妨碍工作咯，对外影响不佳咯，这样那样。同样的事，别人可以马马虎虎，对待重九可就不一样：一支筷子吃莲藕，专挑眼，拿小鞋给人家穿……"

韦步平一路听一路想："居然有这样的事？我怎么没察觉？真是高高在上，成了老爷了？"随即问道：

"少英他在干什么？这两天总也看不到他？半边街那件事他就没抓紧，让人家跑了，真是成事不足。"

"嘿，他一天就像只老乌鸦，叫呱呱。方才早饭时候，就当着非党群众的面讲怪话。”

“哦？他说些什么？”

“还不是不三不四的话。”马大嫂说，“他说革命，革命，老子革了半辈子命，还不是这个样子：一根木料、一块石头搭成桥，让别人好走路。”

韦步平想了想，嘴角流露微笑说道：“这话倒是说对了一半。干革命嘛，是为了要架起一座大桥，使亿万工农大众通往幸福的彼岸。作为一个革命者在斗争中付出必要的代价是义不容辞的。凡事都是有一失必有一得：唯有某些个人的牺牲，才可能换来社会的进步和大众的解放。”

“我看他就没有这样想。”马大嫂说，“他就爱摆功劳。比这个那个的，可人家罗汉、家庆和志高他们，哪一样不是站在头前，一心一意在干革命。可他……眼珠子只搁在自己鼻尖上。”

“他心眼是比他们几个多一些个，你们应当拉他一把，一道前进嘛。不管怎么讲，他是我们多年在一起干过来的弟兄。”

“可这回他又让赵武漏了网！”

两人且谈且走，终于来到粤东会馆。

这是闹太平天国之前，广东商人的同乡会筹款营建的房屋。屋檐瓦瓴全是采用广东石湾塑造的彩陶公仔（人物），厅堂雕梁画栋，蔚为壮观。现在辟为北江苏维埃政府的临时办公机关，以便于跟人民群众来往联系（工农红军军部搬到原专员公署去了）。后院西屋有排房子是空着的，来往的人少，雷苏民同志叫民运部妇女宣传队搬驻到这儿来。

这时候，大家都忙着为重九张罗布置洞房，吵吵嚷嚷，笑语喧哗。

韦步平和马大嫂进洞房瞧了瞧笑道：“看你们喧宾夺主，吵得叫人都跑了，新娘子呢？”

“在隔壁剪纸花哪。重九！”不知是谁喊了一声。

重九应声从隔壁房过来，满脸通红，羞羞答答地低着脑袋盯住手上的红纸花。韦步平以兄长的态度温和而关切地问剪的什么花样？重九默不作声，将纸花递给他。

韦步平接过来，小心把纸样拆开，高兴地笑道：“嗬，一对凤凰，比翼齐飞。

好，想不到你还有这门手艺哪！谁来把它贴到镜面上！”

“给我！”旁边站着的一位姑娘把剪纸接了过去。

另一个姑娘歪着脑袋，盯住韦步平的脸问：“你做大哥的，给人家送个什么？人家罗汉都送了一份厚礼呢。”

韦步平和马大嫂交换眼色，感到是个事。马大嫂心直口快，说道：

“如今革命啦，旧时老腐败那套请客送礼都免了。”

韦步平沉着脸，说：“那也得看是什么事，老套的东西，有些也不能一下子全都免了。”说着转向重九问，“唔，红纸还有吗？”

重九说：“有，还有好大一张呢，是昨天写大标语剩的。”

“好吧，我给你们写副对联，表示祝贺。”

重九一听，非常欢喜，拍手叫道：“好，好，太好了！”

马大嫂一想，恍悟过来，高兴地说：“这样说，我做嫂子的一时拿不出合适的玩意给你们，我这就去铺头买副现成的对子纸来，叫步平书写，也算尽到我的心意。”

“那让我也尽个心意，我爱跑腿，大嫂出钱，我这就去买。”说话的是志高。不知他什么时候赶到这儿来凑热闹的，接过马大嫂从腰包掏出的四枚双毫银币。临走，回头问韦步平，对联需要几只圈圈的？

韦步平念念有词，扳着指头默数，说：“一边十二个字，要十二个圈圈的。”

“好哩，敬礼！”志高学了个军礼动作，转身就走。

大家望着他的背影发笑，只有少英拉着长脸，闷声不响。他是和志高一道来的，大家没留意到他。韦步平应付着别的姑娘问这问那，也顾不上跟他打招呼。

不多工夫，志高买回一副裱好了的红底洒金的空白对联纸。韦步平叫志高把墨磨好，自己将对联纸摊开、铺平，让志高站在桌子对面，两手平按着，然后，胸有成竹地照着圈圈一个接一个地写上字。写完之后，整副对联成了这样两句话：

爱情是什么两个心灵成一片

对联拿到天井搁在地上，用几块碎瓦片压着，等待墨汁晾干。大家围拢过来观看，唧唧喳喳，特别活跃，只有少英依旧闷声不响。韦步平这才发现他，拍拍他的肩膀问：

“梁兄，你瞧怎样？”

少英冷淡地嘟哝着：“对不起，吟诗作对这玩意，我是外行，狗屁不通。”

韦步平诧异，望着他的脸色问道：“怎么搞的，不舒服？找个空，我们聊聊。”

少英支支吾吾，正想要说什么。谁个突然尖着嗓子欢呼：

“嗨哟，新郎来了！”

大家往门口一瞧，果然，全福贵气咻咻地闯了进来，别人嚷些什么他也没留心，只朝着韦步平说话：

“章政委和雷主席几位首长等你开会，我跑去迎宾楼找你……”

“走吧。”

福贵跟着韦步平拔腿就走，连头都不回。

几位姑娘望着他后背，齐声喊：“喂，你的事还办不办啦？”

重九拦住姐妹们说：“他有事，让他去。”

“哟，他要是到夜晚都回不来呢？”一位年轻的嫂子诡秘地瞅着新娘子眨眼睛。

重九推她一下，撅起嘴，盯着她嗔道：“看你就是咯，饶舌的喜鹊。”

“哎呀，新娘子要揍人呀！”

人们嘻嘻哈哈，走回房间，继续张罗。

少英落寞地喃喃自语：“无端嫁与金龟婿，辜负……”

马大嫂虽听不懂他文绉绉地念的是哪一道经，却品到他唱的什么调调，觉得他神色不对路，瞪他一眼，问道：“你喃什么，谁是金龟王八？辜负了什么？”

少英不免尴尬地吞吞吐吐，要作解释。马大嫂却懒得听他的，抢过来就说：

“你呀，我看你自己心眼不干净，人家都忙这忙那，你跑来这儿转悠什么？”

“是呀，人家谁不都有事忙的，可我就是孔圣人讲的……”

马大嫂急了眼，不等他讲完话，马上插嘴：“孔圣人讲的什么？”

“孔圣人讲他是一只被挂起来的葫芦，没人吃。”

“哈哈，孔圣人是挂起来的葫芦？葫芦有葫芦的用场，当然不拿来当菜煮啰。”马大嫂笑着说。

少英哭笑不得，心想：“对牛弹琴，是自讨没趣。”索性不做声。

罗汉匆匆来找家庆去开会，马大嫂说，他跟志高刚走。罗汉对她和少英说：

“你俩也去吧，雷苏民同志找地方干部谈话。”

“谈话，谈话，哪来这样多的话谈？”少英一边走，一边嘟哝。

罗汉听了觉得刺耳，回头瞧他，说道：“你这个人真是，脑子怎么长的？你以为把红旗往城门一插，江山就是我们的了？不，我的同志，江山打得下来，能不能坐得稳，还得使上一把劲哪！你说，我们现在站在什么位子上？前面，黎柏初不会让我们在他后院稳坐；后头，滇军军阀跟南京反动派蒋介石搭上了伙，时刻等待时机，把脚伸进来，踢倒桂系军阀，好扩大他的地盘。我们既是桂系的对头人，又是蒋介石的冤家，前后受敌。不管是广西的、云南的、南京的，所有的军阀，通通都是地主、资本家和外国帝国主义出钱养的走狗。他们对付共产党、人民大众的事，都是一个鼻孔出气……”

“别念那些经了。”少英听得不耐烦，不客气地打断对方的话头，“道理谁不懂，要说现在敌人就要兵临城下了，那未免杞人忧天。”

“什么？”马大嫂睁大眼睛，惊讶地瞅着少英，责怪他，“你捡些老百姓的土谭口语来讲不行吗？干吗老是文绉绉的，讲些半文不白的话，叫人听不懂。”

“嗯，到了。”罗汉说。

他们来到工农红军第三军司令部的大门口，罗汉出示一张通行证卡片，给门岗说了说，才回头招呼马大嫂和梁少英进门。

自从那天马大嫂提起梁少英那些表现以后，几天来，韦步平都在想这事，觉得应当找他谈谈。但是事情也真是太多了，时间表总排得满满的，一天二十四小时全都用上也不够，只有今天晚上——一九二九年除夕，大家全都兴高采烈地参加游艺会去了，这时才腾出空，请少英来一道“守岁”。

两人都不抽烟,只泡一壶本地区特产——凌云白毛,拿出预先买的一些南瓜子和花生芝麻糖之类,对着一炉炭火,一边闲聊,一边吃着喝着。

"明天就是新的一年了。"韦步平拿起火钳一边架炭,一边说话。

他说,这不是一个平常的年份,而意味着二十年代过去了。历史的进程从明天开始将进入三十年代,人类历史的脚步总是永远不息地朝前发展的。识时务者为俊杰,人,必须把眼光放远,认识时代要求,加快脚步朝前赶,才不至于落后,不至于为历史所唾弃。说着说着,扯到凌云青身上。韦步平说,论人品,他是好人,善良、正直,只是在待人对事上不免固执,过分自信,见不到工农大众的力量。结果,终于离开了群众,成了孤家寡人……

"苏民同志不是说,他现在在香港办报,当主笔吗?"少英问。

"是呀。他自己可能自鸣得意,当个自由职业者,表面上无牵无挂,内心恐怕不是那么自在吧?比如讲我今晚上,没个人在一起说说话就觉得很孤单,不好受。蜜蜂、蚂蚁、马蹓(猴子),都是离不开同伙的,人怎能离得了社会呢?俗话讲,在家靠父母,出门靠朋友。可见单枪匹马是不行的。"

屋里寂然,火炉旁边搁着小口盅的清水沸滚着,嗤嗤地发响,冒起淡淡的水汽。

韦步平静默一会儿,见梁少英不做声,又接着往下讲:

"今晚除夕,我们也照老乡的规矩,把不好听的话都讲了吧,明天就拿出新的思想,新的精神来迎接新的战斗。"韦步平态度严肃,口气郑重。

少英这段时间不常接近这位老朋友了,感情上有点隔膜。心里头正在嘀咕:"空道理,哼,我要是换在你的位置上也会讲一套。"他气鼓鼓地盯着口盅里沸滚的水花。

韦步平端过装糖果的漆盘让着对方,少英抓了一把南瓜子。韦步平自己拿一片山楂糕,尝了一口,说道:

"天保县出产的这个东西还可以嘛。"

"西隆的核桃还要著名呢!各地都有各地的特产:靖西的田七,睦边的八角,德保的麦秆花篮和壮锦……"

韦步平不想扯得太远了,赶紧把话岔开,说道:"这些先不说吧,我想跟你谈谈个人的事。”

少英脸色一沉，默不作声。

韦步平说：“想起来，我们哥俩从小在一块儿长大，后来又一道出门去云南当兵，参加蔡松坡起义，反对袁世凯当皇帝。回来这几年，前前后后又在一起干工作。说起来，真是比亲兄弟还亲呐。”

“那还用讲。”

“就因为这样，我说话就不必拐弯抹角了，好话坏话，我就直率地讲了吧。你自己可能还不知道，近来旁人对你的举动可是有些议论啊。”

“嘴巴是各人的，他爱怎么讲，谁能堵得住？站正不怕影儿歪，谁爱说什么让他讲去，我梁某不在乎。”

“不，不对。”韦步平说，“别人的意见应当重视。唐太宗人家当了皇帝还说：‘以铜为镜，可以正衣冠，以古为镜，可以知兴替；以人为镜，可以明得失’。一个人自己是看不见自己的。俗话也讲，当局者迷，旁观者清嘛。现在先不去说别人议论你什么，我只讲讲我本人对你近来的感觉吧：觉得你自从起义那天起，这些日子来，你的情绪有点不对路，你说为什么？”

“什么也不为。”

“不，不要回避它。人得了阑尾炎就要动手术，开刀割掉。有了疾病就得请大夫诊断服药，为的是恢复健康，挽救死亡。讳疾忌医，那是装聪明的笨蛋，要不得。工作干得怎样？自有人评说的，功劳不会被抹杀，本事也不至于被埋没。可是自己却认为受了委屈，说什么英雄无用武之地咯，被挂起来的葫芦咯，千里驹遇不上伯乐咯，等等，难道事实真的是这样吗？”

少英听着韦步平讲的这些，出乎意外，不免胆怯。窗外，冬季的寒风，掠过秃头的树枝，发出凄冷的呼啸。屋里的火炭烧得挺旺。少英觉得燥热，额角泌出细细的汗。

韦步平瞅着他的窘态，接着又说道：“工作做好做坏，都要有个分析，是主观上积极性没有充分发挥，还是受了客观条件的限制？听说，你对别人做了什么主任，当了什么长，都不服气，要跟人家比。比，我不反对。不比，衡量不出轻重高低；不比，看不出进步与落后。只不过，在革命同志当中，应该比什么呢？我看，要比，就比各人的工作和学习好坏，比贡献大小，绝不应该比地位高低，比生活享受多少。听说，你讲什么‘家庆、志高他们都是老粗，倒挂三天也吐不出半点墨汁出来，而你是满腹经纶’……”

“我抗议，话不是这样讲的！”

“不管是不是这样讲的，反正你对别人的职务有意见是真的吧。同志，恕我用不好听的字眼，这就是嫉妒。嫉妒是一种精神病毒，是心灵上的魔鬼，谁的灵魂染上这种精神病毒，他就不会得到安宁，永远都会患得患失，疑神疑鬼，服安眠药也不会睡好觉就是了。”

“我失眠是事实，毋庸讳言。不过，那是生理上的病症，并非神经过敏。”

梁少英早把南瓜子嗑完了，无意识地搓着手心，盯着蒙上一层白灰的炭头，不敢正视韦步平的眼睛。

韦步平斟茶，喝了一口，接着又讲：“睡不着觉，对某种人说是生理现象。但是对你却不是，你完全由于心理作用。我问你：别人对福贵跟重九结婚都认为是天生的一对，患难相助，是难得的伙伴。偏偏是你一个人看着不顺眼，到底是怎么回事……不，你先别打岔，让我把话说完。我说，你就拿这件事，好好检查自己心灵上的内衣吧，看看是不是在褶缝里藏有嫉妒的虱子？”

“这个……”少英尴尬地摇头，“没有。”

韦步平望着他苦笑。

屋里更静了。炭头一个一个全都蒙上一层白茸茸的灰粉，口盅的水快干了，蒸汽已经很小；窗外风声不知什么时候停了，月光带来一股冰凉的霜气。游艺会还没散场，隐隐约约随风飘来锣鼓的声音。

韦步平有意让少英独自去思索，拿起火钳去屋角夹回一大块木炭，往地面敲了敲，木炭折断、散开，然后一块一块夹到盆里添火。木炭立即“噼噼啪啪”爆发出星星点点的火花。

“我的话可能是太严厉了。”韦步平把语气放温和一些，“不过，我是出于一片好心，特别对你，更加不必客气。‘良药苦口利于病’，意思是为你好，希望你跟大家有同一的步调，一道进步。”

“这个……我领情。我个人能有今天都是你栽培的。今后一定听你的话，改！改不好，我也不姓梁了。”

“姓什么倒不是要紧的事，要紧的是认识到错误，努力去改正。列宁讲过一句重要的话，说是‘在我们革命的事业中，认识到错误就等于改正了一半’。可见问题不在于谁犯不犯错误，重要的是，能从错误中真正认识它，认真把它改正，把坏事转化为好事。前事不忘，后事之师；亡羊补牢，时犹未晚。千万不要执迷不悟就好。”

“是的，你这一讲，很止渴。我今后一定改正。”

屋外一阵脚步声，志高突然推门进屋。韦步平见他神色紧张，放下火钳盯着他眼睛问，是怎么回事？

“章政委要你马上就去。”志高口气急促，“有要紧事。”

少英跟着韦步平站起来，望着志高问：“什么事那样紧急？”

“不知道，军事秘密……”

韦步平披上大衣，从枕下取出手枪，催着志高：“走。”

走了两步又回头向少英说：“刚才的话，你好好想想吧，有话以后再谈。”

第三十八章

韦步平赶到章斌那里,已经九点四十分了。章斌、雷苏民和邓瑞山几个人站在客厅里的方桌旁边,围观着桌面上摊开的军用地图,正议论着什么。章斌见韦步平来了,才招呼他和大伙一道坐下,言归正传。章斌说,根据省工委密电,当前政局的形势是:桂系在外省的势力受挫于蒋介石之后,已经全部龟缩老巢;黎柏初、夏雷集中了败退回来的兵力,重整旗鼓,南宁的第六路指挥部和梧州、玉林一线的(粤军)第八路指挥部,都先后被击败了。目前黎柏初、夏雷正在策划下一步的军事部署:全省实行绥靖,巩固其封建割据的局面,养精蓄锐,为下一步反蒋作准备。为此,要在各县的治安方面做文章。西部南北江一带,时起时伏的农民赤卫队,无疑是其绥靖方针的眼中钉。加上邓瑞山和章斌这回河口起义,打出了工农红军的旗号,更是他们心腹之患。再说,河口这个码头,是通往云南和印度支那的枢纽,又是西部山区各县土产同外地货物往来的集散地。

云南鸦片烟从这里下船运到香港,特种税收占全省财政收入四分之一,老桂系军阀陆荣廷就在这里靠烟税养兵起家的。目前黎柏初的企图是倾其主力投入西部,不日将水陆并进,目标夺回河口。另一方面,蒋介石追击桂系的前锋,在湘南一线已停下来了。采取穷寇莫追的态势。看来要转变策略,收买滇军,由滇军替他卖命。目前滇军已悄悄集结边境,大有窥伺河口,作为鲸吞广西的一块跳板。章斌着重指出,面对着这一军事形势,省工委指示,河口应即采取应战步骤:河口一城,估计本身力量,能守就守,守不了就当机立断,主动撤出,退守南北江两边山区,静观局势变化。章斌说他个人意见,认为河口这城市眼下成了桂、滇双方争夺的目标。红军夹在当中,前后受敌。一方面,由于城市刚吃下来,还未完全消化,脚跟还没站稳;另一方面,附近各县又未能完全掌握在自己手上,固守有困难。不如撤出城去,以山为营,效法江西,开展游击战。农村面广,有回旋余地。这样一来,队伍得到整顿,广大群众得到发动,进可攻,退可守,比较主动,避免了固守一点,被动挨打。章斌说这是他个人意见,请大家议一议。

邓瑞山说:“从目前敌我力量和所处形势着想,放弃河口是没办法的办法。但走得不宜太远,要计算到卷土重来的方便,兵力不宜太散,必须考虑有利于集结,不至于让敌人吃掉。”

雷苏民说,原则上他没有异议,具体步骤是不是请韦步平拿出个主意来,他这两年能维持下来,说明他是有办法的。

韦步平说,以他之见,主力撤回岚山,以虎岩山区为大本营。那里群众发动得比较普遍,区乡政权完全掌握在自己人手上,从地理条件讲,那里山隘重叠,周围就是天然的屏障,一夫当关,万夫莫敌;只要在外围部署少数兵力牵制敌人,食盐和日用品能供应得上,维持一个独立的局面是没有问题的。暂时拿它做立足点,看今后情况发展,地盘可以逐步往外扩大。

章斌欣赏这个意见。接着谈起部队的序列和部署。

武装队伍起义后,几路人马凑在一起,总共是四千七百多人。编成三个师,一个独立营,总称工农红军第八军;总指挥是邓瑞山,政治委员章斌,参谋长韦步平兼第二十七师师长,雷苏民担任工农苏维埃政府主席,在部队的名义是副政委。现在,为了应战,部队要一分为二,编成两个梯队:第一梯队,由章斌、韦步平指挥第二十六和第二十七两个师和一个独立营,拿岚山、巴龙为依托,面向北江各县;第二梯队,以第二十八师为主,吸收部分农民赤卫队组成,由邓瑞山、雷苏民指挥,开往南江,向国境镇南关发展。这样一来,南北两江互相呼应,坐山观虎斗。假设滇军捷足先登,比桂军先占领河口,红军两个梯队就形成一把钳,合击其后路,等到桂军向其前面进逼,打到两败俱伤的时候,红军便可收渔人之利,要是滇军得胜,挥戈东下,进袭省城,河口空虚,红军即可乘虚收复。

邓瑞山说,军事形势千变万化,不可能是如意算盘,先这样定下来就是了。要求队伍立即行动,三天之内完成一切准备。最大的问题是部队给养如何解决?四五千人的吃饭、穿衣,没有军饷来源,只能就地筹款。西部各县,地瘠民贫,财政支出这个困难要有足够估计。兵马未动,粮草先行。眼下行军路上就要吃饭,这是马上要兑现的事。如何是好?

邓瑞山提出这一问题,各人都沉思一阵。雷苏民朝韦步平问:

"步平同志,你有什么符咒可念吧?"

韦步平抬起头,望了章斌一眼,意思是说:"要我讲吗?"章斌给他一个眼色,随口说道:

"你讲一讲看。"

韦步平喝了一口茶,鼓起勇气说:"依我看,还是傅立叶那句名言'财产就是赃物',我们既然公开打出共产党的招牌,对一些违法奸商、恶霸地主就要对不起,不必客气。"

"那你是说……"

"我说就在这城里的商家大户做文章。"

韦步平口气果断,章斌只是稍微点点头,雷苏民和邓瑞山态度持重。稍停片刻,雷苏民问韦步平:

"你说说,文章怎么个落笔?"

韦步平答道:"当然,不能硬抢强要啰。"

"对,这点很要紧:因为我们现在把工农民主政府招牌挂出来了,一切措施都得合理合法，取信于民……”

“取信于民很重要。”章斌插话，“光是弄得来东西，启发不了群众觉悟，也就是说，达不到取信于民的要求，那就不算完成任务。要是失信于民——脱离了群众，老百姓就会说我们是以暴易暴的新军阀，不是革命队伍了。”

“我想是不是这样办。”韦步平说。他打算：一、就地公开向商家大户筹款筹粮，征收烟、酒专卖的厘税以养兵，保障正当商业权益；二、惩罚贩毒奸商；三、没收、追回贪赃枉法官吏的财产。

“再加一条：窝藏、包庇反革命分子的，按情节轻重，分别课以罚金。”邓瑞山说。

最后，章斌要韦步平以卫戍司令名义出布告，开列惩治奸商、土豪和贪赃枉法官吏的条款，令军警按法执行。

“总之，”章斌说，“必须记住一条准则：既要拿到东西，又不失信于民，二者必须兼顾。”说完，向韦步平投以意味深长的一瞥。

韦步平报以会心一笑：“懂得了。”

午夜，韦步平回到寓所。他似乎失掉早晚的时间概念，一进门就对警卫员说：

“去通知罗汉、家庆、大嫂、福贵和少英他们，马上到这儿来。”

警卫员抬头望望壁上挂钟，正巧“当当”发出响声，钟面的时针和分针重叠在Ⅻ字上。他转头望着首长，意思是提醒对方已经是深夜十二点了。韦步平领会警卫员的迟疑，更加催促他说道：

“怎么，想睡觉啦？跑步去，把他们从被窝叫起来。”

警卫员走后，韦步平在屋里搔头踱步，来回走了两三圈，才坐回火炭盆旁边，拨开已被埋好的火炭，用火钳从炭篓挟来几根乌亮乌亮的“京炭”放到火盆里架起，将火红的火种搁到上面，拿张报纸扇了扇，新炭头慢慢燃起，爆出“噼噼啪啪”的响声。约摸过了半点钟，罗汉他们几个陆续来了。韦步平等到人都来齐了，才向大家传达军部议定的方案。完了，要家庆、志高、大嫂和重九几个，天亮后立即动身赶回岚山，筹备迎接大队人马进驻岚山、巴龙两地。军部、工农民主政府和独立营驻岚山县城，二十六师师部驻南溪。山圩驻一个营，二十七师驻巴龙。哪里驻一个连,哪里驻一个排,由军队去安排。家庆和大嫂的任务主要是先回去召集农会干部开会商量,征集稻草、准备米粮;福寿和石敢当带一部分赤卫队随邓瑞山、雷苏民的第二梯队开往南江,少英、福贵留下,协助罗汉在河口街上筹粮筹款,晚回一步。

话说到这儿,马大嫂带头说道:"你把福贵留下,那让重九也……"大嫂讲到这儿,瞅瞅韦步平的眼色,马上把话咽住了。只听韦步平抢着说道:

"唔,嫂子给小姑讲情来啦!"韦步平带着笑意,望了重九一眼。

重九不好意思,低下头。马大嫂接着说:"他们小俩口才……"

"才结婚又怎样?一结婚就非得同斑鸠一样,分开一下都不行呀?我的大嫂,别为他们这些事去费心思吧,又不是等米下锅那么要紧的事。"

站在一旁的罗汉听了韦步平交代的任务,一心都在盘算如何去完成。韦步平见他不做声,专对他问道:

"对付那帮唯利是图的奸商怎么个下手好,讲讲你的点子看?"

罗汉摇摇头:"站的不是地方,眼光看不到那么远。不过,我想,布告一贴出去,要是管事的老板都跑的跑,躲的躲,不肯露面,剩下几个娘们来对付你,怎么办?"

"哦,说起娘们,我倒想起件事来了。"少英道,"听人说,刘福堂那个参谋长还没跑掉,躲在金隆银店里,有人见半边街二十一号那个六姨太有时偷偷从金隆后门溜进去,一去就是半夜才出来。"

"派人盯住,看她什么时候再去就把她逮住!"罗汉说。

少英说:"捉奸要捉双。你捉不到人证,怎么办?给那个烂女人反咬一口就够你受。听说,金隆银店有夹墙地堡,你没个知情人作内线,还摸不到底细呢!"

韦步平不做声,留心罗、梁两人对话。忽然心生一计,眼里闪着炯炯目光,兴奋地说:

"等天亮,在各个城门、水陆码头都加派岗哨,进出要验通行证。十点钟,邀请所有大小商家老板来议事。安排三个地方接待,分大、中、小,各在一个地方;要特别注意区分其中哪些是属走私漏税的,哪些是属包庇窝藏反革命的,哪些是属奉公守法的。巨商大户的奸商,根据各人财产多少,区别对待,一般的罚它三万五万不等；情节特别严重的就宣布没收全部动产。缴够了罚款就放人；情节严重又拒不认账的，就把人随营带走。至于一些经营日常用品的杂货铺，只向他们宣传，讲明我们政策，完了就让他们回家继续买卖。要是各县土豪劣绅畏罪逃来躲藏的，通通逮捕送回本县交农会，让群众议处。”韦步平说到这儿，朝着大家问，“同志们考虑考虑，这办法行不行？”

“行。”罗汉立即响应，摩拳擦掌地说，“干，几大就几大……”

“至大芭蕉叶，哈哈，妙，妙。”少英接过罗汉的口头禅，引起大家一阵笑。

韦步平沉着脸，对罗汉、少英命令：“你们两个负责去找信得过、又熟悉行情的同志来商量，拟出一份名单。谁是奸商，该罚三万还是五万？谁是窝藏反革命，罚款还是抄家？要做到心中有数。另外，分派一部分人去布置三个场地。场地周围放岗哨，加强警卫，防止逃跑。行事绝对机密，天机不可泄漏。”

“好，担保完成任务，不打折扣。”罗汉说道。

“要是不肯拿现款，拿布匹棉纱来顶账行不行？”少英问。

“最好是金银首饰，实在没有，棉纱布对我们部队也需要。不是还有的弟兄没棉衣吗？所有收缴的钱款、物品必须登记，点缴军需处归公。要交代弟兄们，不能抢商家的东西。”

“大家还有什么说的没有？没有就散，天亮开始动作。回去还能睡一觉。”

“还睡呢，要在家里，这时辰都要起床煮粥，准备上山了。”马大嫂一边走出门，一边喃道。

经过五天的紧张工作，红八军和北江工农民主政府终于在元月五号拂晓前悄悄撤离了河口，让出一个空城，叫滇桂双方军阀来抢这块骨头。如果说这五天中有什么缺憾的话，那就是刘福堂的那个参谋长赵武不知从哪儿得到风声，连夜潜逃出河口，不知去向。部队从铺头拿了布匹和粮食，从军火库搬运来枪支弹药，从工厂拆下部分机器，辎重增加，行军缓慢，到达岚山县城的那天，是元月十一日，恰巧是河口起义满月。

这支工农红军到达岚山后，北江工农民主政府和岚山县原有的苏维埃政府的牌子同时并列挂在旧时的县公署大门两边。红八军司令部和政治部另外设在一座文庙里。韦步平二十七师指挥所则设在南溪圩上的魁星楼。

覃家庆现在是县的工农民主政府主席，马大嫂是县农会主任，重九是妇女会主任，罗汉在第二十六师当团长，防地在巴龙；福贵和志高都在第二十七师。福贵在师部当侦察，志高当警卫队队长。梁少英原先对在政府系统担任教育委员不满意，这回，政府机关削减人员，韦步平要他到司令部当副官长。

岚山和巴龙，周围都是山弄峒寨，自然形成一个天地，与外界隔离较远。自从一九二七年黎、夏新桂系军阀参与蒋介石搞的反革命政变，掀起反共逆流之后，韦步平在这地方打起了工农革命红旗，坚持了武装斗争，保持独立的革命政权。山高皇帝远，夏雷省政府的反动魔爪就没有伸到这儿。从县到区、乡的政权全都掌握在工农政府的手上。两三年来，继续发挥初期农会的积极作用，打倒土豪劣绅，没收逆产，平分其土地等等措施，在这儿已经实行了。一般的出租田地和放印子钱等等封建剥削，对它只实行减租减息，还留点尾巴，没有完全取缔。现在，红军来了，力量强大，政权巩固，群众的觉悟又有进一步提高。在这新的条件下，章斌和韦步平他们经过一番调查研究之后，提出“废除封建剥削制度，实行平分土地给农民”口号，使土地革命有新的发展，要求在农历春节前把土地分到农民手里。一场广泛而深入的群众运动掀起了，政治口号变成了千百万人民的声音。农会门前贴出这样鲜明夺目的对联：

斧头劈开新天地

镰刀割断旧乾坤

农历年卅前两天，人们就为土地还家，烧毁契约、文书等等喜事，兴高采烈，锣鼓喧天。各人好像哑巴刚会讲话，有说不完的话要讲，逢人见面无话也要讲两句。原先唱山歌吧，其实都是生活的担子太沉，把人压得透不过气来，只好到野地里放声呼喊，消愁解闷。而今人们心情变了，喜悦涌上胸膛，山歌都装进了翻身的欢乐。比如有的就这样唱——

十月天时吃甘蔗，

一节胜过一节甜。
今年逢闰八月节，
团圆过了又团圆。

江水后浪推前浪，
世上今人胜古人。
好花招来蝴蝶采，
喜事引我唱歌来。

这一天，南溪圩逢集，韦姨娘托何三叔来找韦步平讲：平平病了，咳嗽发热，整夜说胡话，要爸爸回家看看孩子。幸好，今天盘大爷来赶集，韦步平就要老人家留下，等吃罢晚饭，抽个空跟他一道回那平村。

军营生活到底跟老百姓不一样，日头还挂在树梢，“的的哒哒”的开饭号声就吹响了。但是吃过饭，韦步平还是不能马上就上路。不是这个人来请示解决问题，就是那个人来要求批条子什么的，忙这忙那，等到鸡都快进窝了才拿起电筒，招呼盘大爷说：“走吧。”两人一起离开魁星楼。本来志高也要跟着去，韦步平说，不用，又不是出差办事，再说十来八里地转身就到了，路上还有盘大爷做伴哪。

路上，盘大爷跟韦步平说：“我就待这半天工夫，看你可是太操劳了。平时也这样？”

“也这样。”韦步平说。

“这样劳累，身板能顶得住？”

“你瞧，不是挺好的吗？”

“不能只看眼前年轻，将来岁数大了就见好歹了。俗话讲‘三十人找病，四十病找人’。不留心养身还是不行，本钱耗费过了头，日后就捞不回来了。我看你们伙食也不怎的。当官的跟弟兄一个样，那不行。用心思的，虽说不见流汗，可耗费的精力不见得比流汗的少。饮食还得注意。就说牛车吧，久不久也还得上点油哪。再说也不能白天黑夜顶着干,蚂拐[①]跳三跳还得歇一歇哪。”

韦步平说:“我们弟兄现在吃的比老乡好多了。起码是吃上两顿干饭吧,可老乡呢,有不少人家连稀粥都喝不上。”

“那倒是实在话。”盘大爷说,“不过各有各的路数,水稻跟黄麻要的土地就不同嘛。”

两人且走且说,不觉已经快走到村头了。

村头地边落下一片茫茫暮色。前头两个老乡给地里送塘泥,挑着空泥箕往回走。一个弯下腰来,从地头抓起一把刚翻犁起来的松软的泥土揉了揉,喃道:

“这片田垌是好,要插粳稻的话,一季准能打下五百斤。”

“再好你也是白瞪眼,别人的媳妇,天上的月亮,你想,还不是赚个流口水。”

暮色越来越浓了,大地就像一汪墨池。两个老乡一前一后只顾朝前走,大声交谈,没留意后头有人悄悄跟着走来。韦步平听见他们在议论,把盘大爷袖子扯了一下,叫他别作声,听听前面的人议论什么。

“你别这么说。”前面一个人不同意伙伴刚说的话,“我看呀,如今的世界要这样变化下去,老皇历可是用不上了。你说,这垌田不是樟树根黄屋家收的租吗?”

“他收的租又怎样?至多减半就了不起了,租谷人家还不是照收。”

“你真是石头脑瓜。事情总是一步一步来的嘛,起头是二五减租,后来不是就只准要一半了吗?你没听到说吗,人家有的地方,不管是不是土豪劣绅,凡是收租放贷的都叫作剥削、吸血鬼,干脆租谷不缴,债也不还,田地拿来平分,契据文书全都烧了。”

“你听谁讲的?又是邮差梁大炮‘车’(吹)的吧?”

“是不是大炮,我也没亲眼见,信不信由你。”

“我说,人心不足蛇吞象。租谷减了一回又一回,还不行呀?土地革命,革了土豪劣绅份上的,谁不说活该?可你说,像樟树根黄屋家的,人家既不抢男霸女,又不贪赃枉法、侵害过别人,只不过照老规矩收租放债,你说租谷债利高了

---

① 地方土语,广西人对青蛙的叫法。

要减,人家没二话。你怎么着?统统都得分吗?就说韦家哥他家老裁缝从前不是也有百来斤谷种的田,没人工耕种,不是也佃给别人种的吗?像这样的也都拿来分?”

“不拿来分,光分几个土豪的,村里那么多人,能得多少?土地革命,土地革命,雷声再大,几点小雨,地皮还湿不过来,顶个屁。再好的仙丹,止不了咳也没用。”

“我看呀,还不单是止不了咳哪。”

“那你说怎么着?”

“反正怎么着我也不愿占小便宜,求个平安无事就是万事大吉。你想过没有,我们这里几个土豪现在是背时倒运,没办法了,可是你见他们哪个把田契、文书交出没有?伙计,那玩意就是个把柄呀。你光分得巴掌大点的田,能扛得走吗?文书、契据还在人家手上拿着哩!三十年风水轮流转,说不定哪一天,人家亮出文书来,咳嗽一声,你都得打哆嗦呢!说不定还要利上加利,把历年的租谷利债全都算上,那就见公鸡撒尿了。”

“你也太胆小怕事了。我就不管它那么多,吃甘蔗,吃一节咬一节。”

听到这地方,盘大爷轻轻同韦步平耳语,说他朝前赶上去看看他们是谁。韦步平拉住老人家说:别惊动他们,有这样顾虑的人,决不止一个两个,能听到这样的话就很难得。

韦步平心想:看来目前的政策,部分地区实行“打土豪,分田地”,还是不能彻底解决耕者有其田的问题,非得在工农民主政权区域内,全面推行中央苏区那样的土地革命不可。他边想边走,不多一会儿,进了村,来到家门口。

家里,堂屋的神案上点着一盏半明半暗的古老盘灯。灯下,有两个人坐在一盆炭火旁,各自缩着脖子,伏在膝盖上喁喁私语。听到外屋脚步声才抬起头朝着门口问一声:“谁”?

韦步平应声:“我。”

门扇“嘎嘎”裂开缝。韦步平和盘大爷一前一后跨进门槛,跟着吹进一股风。盘大爷顺手把门掩上,又发出“嘎嘎”声。姨娘朝着盘大爷说:

“哎唷,到这时辰才回来,石生他爹没回?大爷请坐,你老人家辛苦啦。”姨娘说着，拉过一张小小的竹凳让给盘大爷。

韦步平发现何三叔在这里，先打招呼问好，然后朝着姨娘问："平平好点没有？睡啦？"

"才躺下。"姨娘说，"饭前，热气退不下来，脑瓜像块火砖，好烫手。大爷，你看会不会要出麻疹？他长那么大还没出过麻疹哩。"

"大爷，我们进去瞧瞧吧。"韦步平端起盘灯请盘大爷往里屋走。

姨娘跟在后头问："你们爷俩吃过饭没有？我给弄点吃的。"

孩子睡着了，呼呼地响着均匀的鼾声。做父亲的先伸手去摸摸孩子的额头，回头让盘大爷给把脉。大爷坐到床沿上，轻轻地伸手进被窝掏出病人的小手来，按住脉搏，一会儿，又轻轻地把小手送回被窝里去，站起来朝着孩子的父亲和姨娘说：

"气脉犯火，不碍事。明个再瞧，十之八九是出麻疹。"

韦步平、大爷和姨娘都回到堂屋，坐到炭盆旁边。

"这孩子灾难多，常闹病。"韦步平喃道。

何三叔凑趣说道："俗话说'贵人多难'。幼年小灾小难不怕，熬过来，往后长大了才是大富大贵呢！"

"你别夸他什么大富大贵了。"姨娘说，"我还说，给他改个贱名，叫'阿狗'，能保得长命就行了。"

"都是迷信。"韦步平说得很干脆，"你越信这些，灾难越多就是了。"

各人接着就摆开各种各样离奇的偶然巧合的命运鬼神的传说故事。韦步平说，这些迷信，当作笑话来听，解解闷儿，倒是不伤大体的，若要信以为真，那就大上其当了。他也讲了一些愚弄人的可笑的故事。三位老人听着，虽未能破除他们的宿命观念，可是他们也没拿出话来反驳。只好哼哈含糊地左耳听右耳出，半听不听地应付着。双方谈得不那么投机。

何三叔两只光脚，交换地伸到火盆上烤了烤，然后穿上鞋子，站起来准备走了。主人看看夜已深，也不怎样留他。韦步平站起身来替他开门，把手电筒给他，说：

"喏，拿它照路。今天是二十八吧？没有月亮，天黑，塘边小道不好走。"

“不用,不用,使不惯洋玩意儿。这点路来回走惯了,不打灯也不至于掉进塘里喂鱼。”何三叔一边说一边走了。

韦步平望着他背后喊:“三叔好走,明个再来说话。”

姨娘送他到大院,顺便把门关了,顶上了顶门杠。

韦步平坐回火盆旁边,夹了两块木炭放进火盆。盘大爷喃道:今年天气反常,过几天就是二月二龙抬头了,还要烤火。韦步平好像没听见他的话,脑子老浮动着何三叔和善而寂寞的面影,心想,“让他晚年也有个归宿吧……”姨娘回来伸手向火盆反复烤了又烤。韦步平从旁打量她的脸色,若有所思:姨娘今年五十出头了。姨父在韦步平出门当兵的第二年得的绞肠痧,不到三天工夫人就过去了。姨娘就守住这个家,拖带着家福,又给家庆娶媳妇,奔奔波波,日子也就过了。家庆成家后,因为跟媳妇脾气合不来,索性回了娘家服侍老爹。起初有平平他妈做伴,早晚有人说话,日子倒不觉得怎样。后来,凤仙不幸遭难过去了,屋里就空下来,虽然有平平在身边,也还是减不了孤单。她也想过,回自己的家跟儿媳过吧,又想家庆媳妇脾气还是那样犟,实在也难相处;何况步平这个家又不好丢给别人来替他收拾。想来想去,都没个顺心的法子。这两三年,本地闹革命,样样事都翻了个,男女平等自由什么的,平时也同往时一年一度的三月三歌圩上才见的一样,男男女女,彼此可以在人前有说有笑的了。何三叔有时打南溪圩上替韦步平带回什么东西,或传个口信,他就常常到姨娘这儿来,遇到两人没事就坐下聊聊天,别人也不把它当回事。天长日久,两人之中不知不觉就好比饭菜的盐,缺少了它没味道似的。这些微妙的情感,别人要从脸色去辨认是观察不出来的。

韦步平想着想着,从眼前亲人的晚景联想到别人,又想到刚才在村头听到两人的对话。韦步平心里琢磨:其中一个未免世故,前怕狼后怕虎。有这样思想的人恐怕还不少,特别一些自耕自收,不租不借的人家,谁不是“做事留一线,他日好相见”的老脑筋?三十年风水轮流转,怕变天,怕改朝换代,是普遍的顾虑。群众的顾虑既然如此,思想不彻底解决,革命的江山是坐不稳的。蛇打不死反受其害。革命不彻底,等于煮了夹生饭,吃又吃不得,倒掉又浪费。人家说得对,光分土豪劣绅的逆产,不动其他地主出租的田地,“耕者有其田”是实现不了的。再说，人家说的也有道理，分了田地，文书、契据仍在地主手上，那是铁证，到时候，地主拿来跟你要账，怎么办？农民这个担心是难怪的……想着想着，眼睛盯住炭火发呆。

姨娘望着他问："你困了吧？该睡了，我给你铺床去。"

"姨娘！"韦步平望着她背影喊。

姨娘回头做着手势要他小声，免得吵醒平平。一会儿，姨娘抱着被褥放到堂屋的空床上，动手铺起来。

韦步平望着姨娘问："我们家的田契都还在吗？"

姨娘一边铺床一边答道："全都在枕头箱里头搁着，谁也没碰过。你要它干什么？我给你拿去。"

"不，我明天再要。"

"反正你睡觉也得用枕头，我去拿。"姨娘说着，转身回里屋。一会儿，抱出一只尺来长、全身乌亮乌亮的漆皮小箱，四角钉着黄闪闪的铜牌包角，当中别着一把小巧的铜锁。姨娘说：

"你爷爷剩下的田漆和玉桂，也都在里头，还有你妈一只玉镯也放在一起。喏，给你钥匙。"

韦步平接过箱子和钥匙，却无心思去打开，倒是望着姨娘，天真地笑眯眯地说道：

"姨娘，我说，……"韦步平话到嘴边又不好意思直说。

姨娘马上问道："你要说什么就说，别像个葫芦倒水，咕嘟半天也倒不出来。大爷，你老人家先上床歇了吧。"

盘大爷出门解手回来就上床睡了。韦步平跟姨娘还是坐在火盆旁边不动。停了片刻，韦步平才鼓起勇气把话说出来：

"我说，何三叔这人孤孤单单，怪可怜的，不如让他住到我们家来，你们俩早晚就有个伴说说话了……"

"嗨，你疯了怎的？胡说八道！"姨娘瞪着眼睛，不胜惊讶地叫起来，"我两条腿大半截已经伸进棺材了，你还来给我出这个馊主意，不要叫盘大爷听了笑话。"

盘大爷一边攒被窝一边搭腔:“老来有个伴说说话也好嘛。”

“那你老人家那么多年,为什么独个儿过?”

“哎,黄鳝泥鳅不一般长,一个人一个脾气,不好相比。时势不同了,说不定我这老头子也会有一天遇到个什么人,来一下两家凑米下锅呢,嘀嘀!”

突然,平平醒了,叫着要喝水。姨娘赶紧跑开了。

第三十九章

由于昨晚听来的田头闲话发人深思，今天，韦步平就没有马上回南溪去。这一天，在村里东游西串，去这家到那户地到处找人谈家常、问庄稼，打听农会的事情办得怎样，红军弟兄跟老乡们相处好不好……只要一坐下，身边往往围上一群人，都想从他嘴里听到什么新鲜事儿。小伙子打听参加红军的规矩，姑娘、媳妇想知道离婚、结婚的新章程，小商小贩询问捐税的规定。问题最多的是庄稼人的事：一种是担心田粮赋税有没有变故；一种是问问工农政府能不能拨出一笔贷款给农民购买耕牛、农具；另一个问题是自家的小块田地没人力自耕自种，能不能招租……问题很多，但昨晚听到的那些话，没人当面提问。不过，看得出来，有些人心里头还是藏着话的。

韦步平这趟回家，除了看了看孩子；有空同姨娘谈了一次家常；最难得的是，听到了群众的心声。他觉得这些问题都是革命向前发展的障碍，不设法解决,革命江山就不牢靠。问题如何解决?他虽然打了腹稿,但是,事关重大,他一个人也不敢独断专行。必须请示党委,定出一个办法才好执行。他回到南溪,向章斌作了汇报。章斌听了很重视,认为"土地革命"大的原则方针是有了,具体办法,中央苏区也做出了榜样,问题是要因地制宜,不能死搬硬套;眼镜要各人自己戴得合适才行。岚山的做法,到了巴龙未必行得通。要看时机,看地方,还得看条件。各地的工作基础不同,群众觉悟高低也不一致,不能一概而论。考虑到最后,同意在南溪一个区的范围内先试验,如果行得通,再向全县推广。

农历二月初二的前一天,韦步平带着志高和少英又回到本村。当天就找村农会干部一起商量,决定利用二月二的"社日",开个农会会员扩大会,邀请附近几个村的农会干部也来做客。

这一天,真是天公作美,连续下了半个来月的雨停住了,阴雨连绵的天气骤然变成了风和日丽的艳阳天。一早,农会干部分派几位大师傅,宰羊杀猪,按社日的老规矩,张罗酒席。等到夕阳西斜时分,饭菜弄得停妥之后,何三叔敲着铜锣,从东到西绕村一转,招呼各家粮户前来上席议事、领肉回家。人们听到锣声,提起小竹篮,拿着碗筷,陆陆续续来了。地点仍然在原先土地庙前面的龙眼树下。还是照老习惯,地面铺开一张晒谷的大席,摆好菜肴碗盏,各人自愿凑合成十人一席,盘腿坐下吃吃喝喝。以往规矩是,村、甲长和年高父老,聚到一起,评议、排解一年来的人事纠纷,修订新的乡禁村约。完了,各人分得一方猪肉带回家。两年来,闹开革命,社日虽然照办,内容却变了花样。主持人不再是乡绅父老,而是原先耕田佬的农会干部了;评议的不再是维护豪绅地主利益的乡禁村约,而是讨论有关农民当前翻身斗争和生产劳动的问题了。

这两年,韦步平虽然在岚山、巴龙一带奔波,很少有机会回那平来。今天,巧遇节日,一来跟乡亲们一道凑个热闹,二来利用这个机会宣布土地革命的新办法。

此刻,人们到得差不多了。龙眼树下铺了十多二十张晾谷子的大竹席,十个人一席。各人盘着腿围成一个小圆圈,等待上菜饮宴;邀请来的外村客人也都入了席。韦步平叫志高去同农会主席讲,要他检查一下人数。完了,趁着菜看还未上席的时刻，站到场子当中，脸上挂着笑意，环顾全场，然后开腔说话。说他前两天回村来，听到乡亲们好些话，有的是当面同他谈的，有的却是他从背地里听到的。不管怎样，这些话都是各人的真心话。好比是教员给学生讲课吧，教我懂得不少事情。学生是应该感谢老师的。听到这儿，有人忍不住发笑：

"真逗人，他倒成学生了。"

韦步平没笑，继续说道："怎么不是学生呢？好多事，你们不讲，我就不懂。希望在座的父老、兄弟、姐妹，不管哪一位，凡是对革命政府、对红军有什么话都不妨讲，反正是为了把事情办好嘛，不必在背后去说风凉。在这里，我讲件事：前两天我从圩上回家，黑地里就听到有两个人议论，一个是对革命的事三心二意，信不过，一个是胆小怕事，地上的蚂蚁也不敢踩。"

说到这里，他稍微停顿了一下，环顾全场。然后，含笑地将那天晚上他听到的话，向大家绘影绘声地演说了一番。

"这并不是我瞎编的故事，而是的的确确实有其人其事。"韦步平接着说，"我敢说，那两个人现在就坐在这里。不过，请两位乡亲别心跳。工农民主政府到底是为工农办事的，绝不会因为你们说了几句不中听的话就对你们过不去。放心喝酒吃菜，哈哈。其实，有这样想法的人何止你俩？你们把它讲出来让我听到了，倒是好事一桩。可惜，我们听得迟了，工作走慢了一步。早点教我们知道，事情可能办得及时些，好日子可能来得早一点。那都是关系到乡亲们切身利害的嘛，当面讲出来有什么要紧？今后，有这样意见都应当讲，找农会讲，找村苏维埃讲。为的是希望把事情办好些嘛，怕什么呢？总之，请两位宽心，多喝两杯……"

讲到这里，有人发笑。场上气氛分外活跃。

韦步平闭口不言，盯着全场，让嘈杂的声音稍静下来才又继续说话。他说前一段闹的"土地革命"，各地做法参差不齐，就像下雨，这地方下得大，那地方下得小，有的甚至地皮都没湿透，犁不开地。"打土豪，分田地"也只有把土豪劣绅的田分了，多数地主出租的田地还是丝毫没动，让他们照样收租放债，剥削贫苦弟兄。那样，孙中山说的"耕者有其田"不是成了空头支票，兑不了现？

"乡亲们！"韦步平情绪激动起来，"我们工农大众说要革命，那就是要兑现。

怎么叫兑现呢？拿老百姓的话讲，要把剥削人的一切旧章程统统免了！收租放债，就是剥削，不管他是不是土豪都不通融。我不讲，乡亲们也都知道，我祖父老裁缝，虽然不是个不劳而食的地主，可也置下十来八亩田产，因为没劳力自己耕种，曾经招过租，那就是说，也剥削过人。后来，田地虽然典当出去了，但是文书、田契还存在家里，产权还拿在手上。即算田地分给了人，人家还是不放心。现在，”韦步平提高嗓门喊道，“我当着乡亲们的面，把文书、田契都烧了。原先那几家土豪劣绅——‘金边蚂蟥’和汪锯人他们的文书、地契也都得追查出来，一把火烧掉，好让乡亲们放心。别的地主、老财——凡是收租、放债的田地和文书、契据，都统统拿出来，田地由农会统一分配，文书一概火烧。当然，我们对待普通地主、老财，跟‘金边蚂蟥’他们不能一样。最好是请这些人自动交出来，不用抄家没收的办法。志高，”韦步平回头叫一声。

“有。”志高答应，抱着一只乌亮乌亮的枕头箱搁到桌上。

韦步平对他命令：“把它打开！”

韦步平从枕头箱拿出一卷有买主打手模的田契和有政府盖上钤记的田赋税票，以及贴有印花税捐的单据等等，把它一张一张向全场展示。何三叔从锅灶里拿来一根着火的柴头，站在韦步平身边。韦步平将文书当众挥舞，高声喊道：

“乡亲们，我来带头，干脆把这些封建剥削的把柄消灭干净！三叔，点火！”

“嗡！”随着惊讶的人声，文书、契据着了火。纸灰向天空飞舞，小孩望着这些火蝴蝶拍手欢呼，引得乡亲们个个笑逐颜开，不少的妇女拎起衣襟抹眼泪……

不知是谁突然爆炸似地呼喊：

“拥护土地革命！”

在一片欢呼声中，人们欢喜雀跃，开始宴饮，猜枚划拳的闹酒声，此起彼落……

当晚，酒席散后，何三叔就在韦步平家的老屋住下，没有回他原来的住处去。第二天，不少的邻居来向他和姨娘两位老人贺禧。

韦步平点起的这把火，在北江西岸山区——工农红军和苏维埃管辖的地方，很快蔓延开来。分田、分地、分房屋，到处喜气洋洋，广大贫苦农民奔走相告。从此，苏维埃政府在群众中的威望更高了。许多青年小伙子，踊跃参加工农红军，以保卫已经取得的利益。但是，在生产上也出现了新的问题：孤儿寡妇、年老体衰的，分了田却缺少必要的劳力；劳动力多的，田地又不够种；分了牛的有人不会使唤；会犁耙的，没牲畜使……好多的实际问题横在面前，如何解决呢？

有一天，家庆和马大嫂来找韦步平要办法。韦步平望着他们笑道："我又不是神仙，办法还不是人想出来的。有事就应当多找乡亲商量着办。"他提醒家庆和马大嫂说，旧时乡里有个老习惯，拜把兄弟，闹十友会什么的，只是为了各人办红白喜事时相互帮助。现在是不是把那办法用到种田耕地上头来呢？就是说，大家干农活也像把兄弟帮办红白喜事一样：你帮我，我帮你。

家庆一听，睁大眼睛，高兴地说道："嗨，这倒是个法子啵！过去左邻右舍农忙时节也常有你帮我出牛工，我帮你扯秧、运肥的老习惯。"

韦步平听着，不断点头。过了一会儿，又提出一个想法。先在农会会员当中，由各人自愿，三五家，十来八户的不等，成立一个组或一个小队，在生产活路方面，你帮我，我帮你，一人为大家，大家为一人。互帮互助，大家有利，谁愿意谁参加，名叫"互助队"或叫"合作组"。

马大嫂听了拍手赞成，说这办法行。要是各人自家愿意，干脆从种到收，全部活路都一起干，到头打下多少粮按人头平分更好。

韦步平说："这恐怕不行，各人田地多少不一样，家口多少也不同，还有劳力有强有弱。我看你们先把这个主意拿到乡亲们中去议论议论，听听大家什么意见。大家看怎么办好，就怎么办；办得通就办，办不好就散，反正不会蚀本。"

这办法又是一个新鲜事，很快为农友接受，而且迅速传开了。各乡各屯形成了春耕生产高潮，到处出现团结互助的气象。

秋天来了，农民在自己的土地上收获他们种植的庄稼。今年是多年以来少有的好年景，田里的活路紧，红军战士也都到地里去帮忙；学校师生、机关职员也都一队一队下乡，投入紧张而愉快的秋收。

马大嫂和重九姑嫂俩回到南溪区上，韦步平和志高回那平屯，分头下到农家帮助干活。忙了半月，晚季稻谷总算抢收下来了。

乡亲们为了慰劳红军弟兄，家家户户都来邀请他们到家去“尝新”。何三叔同韦姨娘讲，今天是九月九，是重阳节，趁着步平、志高都在，索性把福贵、重九、盘大爷和玉姑也都请来，大伙一块儿凑个热闹。姨娘说，那也好。不过，大爷、玉姑今天是赶不来了，明天他们来了再补一餐也行，蔬菜鸡鸭是现成的，又都是乡里乡亲，有什么吃什么。

真的，如今家里吃的东西富富裕裕。一只老母鸡年初抱一窝小鸡，养活的五只大阉鸡，已经都三四斤重了；另外养的四只鸭，翅膀也都交叉了。原本说中秋等步平回家过节杀的，临时又说有事来不成，鸡鸭都留了下来。这个把月来，每天把它装进笼里扛到割完稻的田里放牧，只只长得肥胖。田里还放有禾花鲤，每条都有半斤八两的；屋后的菜园种有佛手瓜什么的。总之，鸡鸭蔬菜样样都有。何三叔早年在兵营有一套拿刀掌勺的手艺，那天直忙了大半天，居然弄成几十碗菜肴。男女客人分开坐满了两张大圆桌。

本来说是要家庆今天也回来，没料到午晌县里突然来电话，要步平立刻回县开会，志高也跟着走了。县里既然有事，家庆当然也就没来成。席上缺他们三个，虽然美中不足，大伙的劲头也还是挺高。三叔经不起几位红军小伙子激将法的怂恿，酒喝过了点，话就像年初一的鞭炮，说个不停。“咸水歌”（指海上渔歌）夹杂在话里带了出来，引得大伙捧腹喷饭。

韦姨娘看老头乐得疯疯癫癫的样，含情地瞪他一眼，嗔道：“看你，没老没小的，胡诌什么呀，少喝点吧。”

三叔却乐孜孜地啧嘴，连说带唱：

满山南竹根连根，
天下穷人心连心。
千人落力山成玉，
万众同心土变金。

一粒白米难煮饭，

一棵绿树不成林。

五指按蚤拿不起，

你围我捕虎能擒。

“哈哈，呱呱叫。”有人伸出个大拇指，向老人家表示赞赏。

三叔笑笑，得意地来个顺口溜：

叫声同志你别笑，

我原本是个老来俏。

头顶是红帽，

红旗迎风招。

共产党，大恩人；

苏维埃，护百姓。

红军如兄弟，

军民一家亲。

“好，敬一杯！”

小伙子逗着乐，吵吵嚷嚷。

马大嫂向福贵使眼色，叫他别给老人家再灌了。三叔醉眼惺忪，朝着大家睁眼。大家的笑声停了，默默地望着他。他痴痴地喃道：

“不给酒喝，喉咙冒烟啦。”

“三叔公，不喝也罢，讲个古仔听听。”有人出个新主意。

三叔瞪他一眼，说：“那，你就听来吧。不，不，我讲古兼出个谜，谁猜得中谁行时（走运）。猜不中，明儿去拾牛屎，哈哈。”

“行行，你快讲吧。”

人们都屏住气，聚精会神地等待老人家张嘴。老头干咳一声，咽下口水，然后一本正经地讲了起来。说是不知何年何月，也不知何朝何代，总之，是有过这样一桩官司——

那天,正是五月五端午节,在一个靠近大河的圩镇,来了成千上万的男女老少,把两边长长的河堤都挤得水泄不通,个个都翘首踮脚地等着看一年一度的赛龙船过瘾。不想,龙船迟迟不来,渡船口却来了一个和尚,后背背着一个十三四岁的小尼姑,大模大样地找渡船过河。在众目睽睽之下,就像是好端端的酒席上忽然跳上一只老鼠,不禁叫人哗然。几个携带着家眷的官绅,认为有伤风化,吹胡瞪眼,命令手下的听差去把和尚和尼姑抓到衙门问罪。哪知这和尚挺横,满不在乎。到了衙门过大堂的时候,人家审问,他却像个哑巴,一言不发。默默地伸手去把"录事"的笔拿过来,往口供簿上信笔写下两行字,完了,背起尼姑就走。这可叫审案的老爷急了,拿起惊堂木一拍,指使衙役把人拦住。旁边一位司爷将字纸拿起,琢磨半天,若有所悟地向审案老爷交头接耳。老爷不禁哑然失笑,立刻向衙役挥手,放和尚走了。和尚从鼻腔"哼"一声,又满不在乎地背起尼姑,大模大样地出了衙门。

"你们猜,这个和尚是什么人?是大仙翁不是?"何三叔讲完故事,朝着大家问。

"是神是仙先不讲。和尚到底写的什么字,你还没讲呢,叫人怎个猜法?"

"嗬,嗬,对,对,忘了讲了。嗯,那两行字就是和尚出的谜。我现在讲给大家听,看谁猜得中,谁就……唔,你别急呀。"三叔咳一声,才一字一句地往下讲,"尼姑舅姐和尚妻,和尚妻弟尼姑舅。"三叔讲完,望着几个年轻小伙子笑,"后生仔,猜猜看,和尚是尼姑的什么人?一、二、三!猜,看谁猜得快。"

一个小伙子嘟哝着说:"什么和尚妻又是尼姑舅?乱七八糟的,再讲一遍。"

"别打岔,用心猜猜。"

屋里静了下来。妇女的桌面只顾吃菜喝汤,也都不做声。

一会儿,福贵先嚷:"嗯,有了!"

"有什么,你说。"

“我说三叔,那个和尚是不是尼姑的爸,尼姑是和尚的女,对不对?”

三叔看看福贵,高兴地答道:“对啰,还是数福贵机灵!是的嘛,人家当父亲的背着自家姑娘犯什么王法啊!”

笑话说到这里,屋外突然传来疾速的马蹄声,接着是一声嘶啸。屋里的人不约而同睁着惊疑的眼睛在谛听。牲口又是一声嘶啸。

“小黑炭?”福贵惊喜地叫起来。

人们呼噜一下,都站起来,离席迎出门去。

院里来了两个人。他们背朝着大家,往晾衣服的木桩绹好牲口才转回头,一见面,高兴地惊呼:“哎呀,你们都在这儿哪!”

何三叔见到来人,欢喜非常,开口就说:“嗨,我还当是哪个呢,原来是你们哥俩。听马声倒是猜到八九不离十的是‘小黑炭’来了。没想到你俩能赶得回来,来得正好,都在一起乐和乐和。”

原来,是韦步平和家庆来了。大伙好像好长日子没见面似的,都高兴得了不得。重九到里屋找来酒杯筷条,急忙给步平和家庆斟酒。平平拿过家庆手里的马鞭问:

“表叔,你把小黑炭骑回来了吗?我出去瞧瞧。”平平说完拔开腿就跑。

韦步平望着他后背喊:“回来,小家伙!”

平平停步,转身回来,鼓起腮帮,瞅父亲一眼,马上耷下眼皮,不敢正视父亲那双炯炯发光的眼睛。孩子十四五岁了,跟父亲小时一个模样:骨架长得高,细瘦的个子。因为闹过几场病,耽误了一两年没上学,要到今年寒假,高等小学堂才毕业。

“不小了,该叫爸爸给说个媳妇了。”有人逗着小孩说笑。

“去,去。”平平捶了逗笑的人一拳。

韦步平含笑说:“如今娶媳妇,要各人自由,父亲包办不来啦。不过,现在找媳妇还早哩,先跟我当兵去吧。”

“当兵?”平平睁大眼睛,高兴得不得了,“当兵有马骑吗?”

重九把孩子拉到怀里,说:“瞧把你乐的!这么小年纪,要先读书。你今年高小毕了业,明年去省城上中学,上完中学还要上大学,说不定将来还要出洋哪。”

“对,对,重九姑姑讲的是正道。小孩子读书要用功求上进啊。”三叔笑呵呵地说道。

韦步平脸色一沉,说道:“不。看来他这一辈人的路数还不能那么平坦。书是要读的,不一定都要上学堂才算数。现在,最关紧要的还是先学会打仗。干革命,搞武装斗争,这里头就有不少学问叫人学不完。有不少的知识,学堂里未必学得到。明朝一个赫赫有名的农民领袖李自成,是个种田的;太平天国广西出了一个东王杨秀清,出身是烧炭的;打番鬼的将军刘永福,也没进过军事学堂。可是,他们都会带兵打仗,都是了不起的英雄……”

“哎呀,我说先别讲古了。”姨娘打了岔,望着侄子说,“你哥俩倒是吃过了没有?吃过,恐怕也饿了,还是边说边吃吧,我们也才吃了半截。”

“再吃点也好。”家庆说。

韦步平一边拿起筷条,一边说:“东西吃不吃不打紧,言归正传,同志们听我讲吧。今天回县开会,上头来了命令,我们马上就要出发了……”

“什么,红军要开走?”不知谁立即追问了一句。

“上哪儿?”

“打大城市去!”韦步平答道。

全场没一个人作声。

韦步平望着每个人沉重的神色,停了一会儿,才说:敌人——黎柏初、夏雷他们最近加派了重兵,向南北两江各县实行围剿。正面的敌人兵力,比红军强,我们不好跟他们决战。上头的意图是要队伍绕到他们屁股后面去掏他的老窝。

“好,我也要当红军去。”平平乐得蹦起来。

重九拉住他的手,按他坐下,说:“别吵吵,听你爸讲。”

韦步平说,从全省和全国来讲,有好多地方还被大土豪和大资本家霸占着。在那里,成千上万的劳苦工人、农民兄弟还忍受着残酷的压迫、剥削。在我们这地方,因为大家同心合力,闹了革命,把土豪、地主赶跑了。这两三年,日子虽然过得好些,但是地方毕竟是太小了,力量不大,兵力也不足,周围都还是敌人的天下,要是没有更大的地方,更多的兄弟都闹起革命,我们的好日子也保不住。

革命的目标是要让全省、全国甚至全世界的工农大众全都翻身，比方说，做丫头、当长工的，都当了家做了主，那时的江山才算是坐稳了。“现在，”韦步平说，“现在我们还不能贪图眼前得到的这一点好处。大家都应当把眼光放远点，看到将来，看到全世界。”

“说到好日子，眼前这点点甜头还不算什么。”停一会儿，韦步平接着又说，“不要以为有了田种，有了房屋挡风避雨，就心满意足、万事大吉了。不，不止这样，不能这样，也不允许这样！”韦步平声音一句比一句高，“要是这样，我们就太没有志气了。我说，我们将来革命闹成功了，那住的就不止是这样的瓦房，点的也不会是这样一种老祖宗传下的可怜的小油灯。我们走路运货，就不会再靠两条腿和两只肩膀，或者是靠牲口驮，牛车拉。说句笑话，到那时辰，汪锯人在世的话，白给他‘小黑炭’，他也未必稀罕。那时候，世界会变样：有大工厂造车、造船，有发电站发电照明，黑夜能像白天一样；现在上省城走路得十天半个月吧，有火车的话，一天一夜就到了，上县城买酱油回来炒菜，都还来得及哪！不用笑，这一天，完全可能到来。那时，真是可以点灯不用油，犁田不用牛了。大家说，这样的世界好不好？”

“要那样，还用问？”三叔说，“问儿子讨不讨媳妇，哪有会摇头的。”

“是呀，是呀。”有人连声附和。

韦步平说：“可这样的日子不会凭空到来的，必须组织许多人力，花费许多工夫，甚至要拿出许多人的生命去跟反动军阀打仗，去跟大资本家和他们的后台老板——外国帝国主义拼命，才换得来的啊！全省、全国、全世界，跟我们南溪、岚山一样；我们跟金边蚂蟥、汪锯人不是斗过来斗过去，斗了多少年，死了多少兄弟姐妹才有今天嘛！其实，今天金边蚂蟥他们也还没死心呢。他现在不是躲到瑶山，时刻都想回来跟我们算账的吗？”

“是呀？”不知谁深沉地说了一声。

“哪天出发定了吗？”福贵关心地问。

韦步平望了望他，然后看了重九一眼，会心地正要说什么，家庆却抢过来对福贵笑着说：

“眼看你们小两口要分开了，舍得吗？”

福贵红了脸，嘟哝着说："我可没这个心思，要说走就走。罗汉说话，几大就几大，至大芭蕉叶。要革命，决不掉队！"

"嗬，嘴巴倒挺硬。"家庆说着，目光转向重九笑着，"你呢？老公老婆，秤不离砣。怎么办？"

重九瞟家庆一眼，撇着嘴角："瞅着吧，我可不用别人操心。倒是小心自己的腿，别被拴住了。"

韦步平说："时候不早了，散了吧。红军的同志回队里先别嚷嚷，等明天统一作了动员再讲。记住啦？"

"记住了！"几个声音一齐响应。

第四十章

红军战士一个一个告辞走了。马大嫂和重九迟走一步，正要跟韦步平谈什么，还没开口，家庆的媳妇黑李，怀里抱着两岁的小娃娃，怒气冲冲地闯了进来，重九恰好挡在她面前，好心地迎着她招呼：

“庆嫂子，娃子怎么啦？”

黑李连看都不肯看人一眼，黑着脸，“呸”一声，吐口唾沫：“狗咬耗子，多管闲事。”

家庆在一旁见老婆这样无礼，气得半天都说不出话，一会儿，才冲她说道：

“怎么回事！”

“哎哟，就你做了官懂得道理呀？哼，问你，当了官还要不要家了？拿去，孩又不单是我一个人造出来的。”说着，将娃仔塞进家庆怀里。

娃仔“哇”的一声哭起来。马大嫂连忙从家庆怀里把孩子抱过来，一边喃喃

地哄着,一边对孩子妈妈说:

“庆嫂子,你消消火吧,孩子他爹在外头的事烦着哪。”

“哼,他烦,我在家就白坐着等人给喂饭呀?在外头,哼,谁知道他是不是胡搞什么名堂啦?”黑李叮叮当当,说了一番气话,瞧瞧旁边几个人脸色,都没同情她的,悻悻地甩手走了。

马大嫂抱着小孩进里屋找孩子奶奶去了,重九也拉着平平走开了。

“哎!”家庆叹口长气,眼睁睁地瞅着步平,委屈得几乎要哭,停了片刻才说:

“革地主土豪的命还容易,革自家人的命真难!”

步平苦笑着坐了下来,说道:“这种小心眼,自私、妒嫉,实际上是剥削阶级旧观念的阴魂不散。可见改变人的老观念,不像推倒一堵墙那么容易。”

家庆说:“红军上前线,又要动员青年当兵,又要张罗地方上这样那样的事,公事就够管的了,自家老婆不给体贴也罢了,偏偏给你来扯后腿。哎!”说完,又叹一口长气。

步平两只手抱着脑袋,一边听家庆诉苦,一边在想事。突然,猛往桌上捶了一拳,大声说道:

“不管她,干我们的。明天开军民动员大会。”

家庆望着步平迟迟疑疑地说道:“你们都走了,留下一大摊子事,怎么收拾?凭我们农民赤卫队能管得住这么大片地方?让我也走吧。”

步平看他信心不足,想了想,拿话开导说:“我刚才说了,红军主力这回出山,必然会威胁到敌人的后方,逼得他们非集中兵力退守其老窝不可。这样,敌人围剿南北江山区的计划就会被打乱阵脚。各县没了外来的军队,只凭县警队二三十个人,连十来八个散匪都逮不到,哪能分出兵来对付赤卫队?只要大家齐心合力,拧成一股绳,反动派没什么了不起!”韦步平停顿了一下,又加重语气说,“组织上已经决定要你挑起这副担子,你就把它挑起来,不要三心二意。罗汉讲话——‘几大就几大’……”

“党既然定了,我能说二话?不过,总是担心担子重,挑不起。有你们在一块儿,我还能凑个数,你们走了,只剩下我一个人……”

“怎么是一个人嘛?”韦步平打断家庆的话头,“我们走了,地方上不是还有那么多的同志，怎么是一个人呢？我说，凡事都依靠大家就好办。就像我们小时候在塘里游泳，两只手趴在地上，怎么也不会没顶。要干的事看起来很多，实际就是两个方面，一是集中力量对付敌人，时刻准备打仗；一是带动乡亲，发展生产，保住吃饱肚子。田地各人分到手了，办法是发扬互助合作精神，巩固合作队、互助社……”

家庆不等步平说完就讲：“是不是让梁少英留下来，由他带头好一点？他能说会道，各方面都能应付得来。”

步平说：“他就是‘不好一点’，光是能说会道不顶事，重要的是实干。再说，他自己也不愿留下。你就不要前怕狼后怕虎了，干吧。想想看，在我们出发之前，还有什么事要商量的？我们尽可能把事情都安顿好再走。”

屋里现在只剩下这表兄弟俩了。静了一会儿，家庆又嘀咕黑李的脾气，带着懊悔的口气说，父亲去世之后，他妈——也就是步平的姨娘，就是跟媳妇合不来，所以才把平平带到那平来自己过日子。老弟家福也受不了嫂子唠叨，也想要出门当差……

韦步平说：“家福还是留下，多少帮你走动走动，不愿在家就到那平来同妈过。平平走了，你的二小子黑李要是不肯带，让她奶奶带就是了。”

两个表兄弟谈了一阵家事。啼明的鸡叫第二遍的时候，步平把家庆送到院里。“小黑炭”对着主人嘶啸一声。家庆恍悟过来，对着步平说：

“你过几天就走了，不知又到哪一年才再见面。我把‘小黑炭’给你吧。”

“不要，牲口部队有。你工作起来要走动，没牲口不方便。”

但是，老实的家庆执意要给，说别的牲口，红军里当然是不缺的，只因这是他最心爱的，叫老表带走作个纪念。步平看老表一片诚心，硬要拒绝，反而叫他难过，于是，将‘小黑炭’的缰辔接过来说：

“那你把我的牵走吧。”

家庆点点头，转去解开步平的马。牲口仿佛懂得人意，望着主人的后背，引颈长啸。

这是一座通往贵州的边界重镇。读者也许还记得，韦步平当年路遇恩师言直,从而就读于怀边中学堂,就是在这个地方。这城池,是历代设置的府台所在地。城池不大,居民不上万人,名气却不小。石达开当年从太平天国的天京(南京)闹分裂出来,转战东南,回到老家,减员得到补充之后,重整旗鼓,率领十万余众,浩浩荡荡,曾经取道这里进入黔南而趋大渡河。他那首《答曾国藩五首》的名诗:"扬鞭慷慨莅中原,不为仇雠不为恩。只觉苍天方瞶瞶,莫凭赤手拯元元。三年揽辔悲羸马,万众梯山似病猿。我志未酬人亦瘁,东南到处有啼痕。"就刻在这里的白龙石崖上。宋朝大文学家黄庭坚被贬南荒,在此也留下人民对他怀念的石碑。这里,北去可进入贵州,南行可饮马柳江,威胁广西心脏,为古来兵家必争之地。

以章斌为首所率领的南、北江两支红军队伍,集结到此已经一个多月了。队伍突然出现于此,到底是南下奔袭柳州,还是绕过山路,窥伺桂林?黎柏初和夏雷多方派人刺探也摸不清底细,被迫把围剿南、北江西部山区的队伍,调回北面来了。在红军方面,连日抓紧休整待命。一面扩充队伍,一面协助地方农会组织赤卫队,深入农村,开展宣传工作。

一天,党中央发来密电:命令章斌统帅全军向中央苏区靠拢。军党委立即开会,研究行军路线,准备干粮,以及留下人员的安置等一连串的问题。会议整整开了两天,问题也没有完全解决,晚上还要继续开。半夜,正当韦步平要发言的时刻,警卫员突然进来报告,说岚山来人有紧急的机密,要当面向韦步平汇报。

"谁?叫什么名字?"韦步平问。

"覃家福。"

"是他?我去看看。"

韦步平正要起身,章斌问道:"不就是家庆的老弟吗?叫他进来说说。我们的会暂停一下。"

家福跟着警卫员走进会议室。人又黄又瘦,头发那么长,把耳边都盖住了,只剩下一对眼睛是原来的样子。韦步平叫他坐下,给他倒了一杯水。他接过来咕嘟咕嘟一口气喝完,用袖口抹了抹嘴。韦步平又给他斟上一杯。

"坏事了!"家福又喝了半杯后,才用沉痛的目光望着韦步平说话,"金边蚂蟥又回来了。你们走后,不到半个月,他就跟新来的县长一道,回到县城,当了什么民团副司令。整天抓人、罚款、催粮、收税……比从前清乡还凶。凡是当过农会干部,做过赤卫队的,叫他抓去都没得活命。他还到处出花红抓人,拿钱收买走狗,当侦探……家庆就是叫坏蛋通风报信,被抓去……”家福眼泪汪汪,喉头发哽,说不下去了。

韦步平瞪着眼,嘴唇直打哆嗦,急着追问:“怎么,家庆他……”

“他……他,呜——呜——”家福泣不成声。

屋里的人面色戚然,各人心上都像坠着一块铅。

一会儿,家福止住哭泣,一边抹泪,一边讲述事情的经过——

那是红军走后十天左右,一天夜里,在船上工作的江波同志从省里捎信到田东,说杜耀光从瑶山逃到省里找他的小舅子王光宗,不日就要同新任的县长回岚山了,叫家庆要有个防备。家庆马上召集大家商量。料想新县长上任,屁股后面会有军队跟来。赤卫队火力不足,不好硬顶,县城恐怕守不住,决定撤出,退到山圩一带,找个易守难攻的地方做落脚点。队伍撤出不到三天,新县长和金边蚂蟥一道,果然走马上任。本来有一营兵跟上来的,开到田东,又说省里来急电,大部分队伍又转回省里了,护送县长来的只有一连人。新官上任三把火,首先贴出布告安民:一方面假仁假义,说什么过去闹农会,打土豪什么的,多半是盲从受骗的良民,说什么本府宽大为怀,既往不咎,凡是入过农会,当过赤卫队的,只要从此革面洗心,情愿投诚,准许就地向乡公所履行自新手续——按个手模就没事了;另一方面却内中出花红,专门捉拿当过干部的人,抓到覃家庆的赏银元三百元,抓到马大嫂二百,还有的一百,有的五十不等。三百块银洋垒起来,白花花的一大堆,当走狗的见钱眼黑,到处钻来钻去。敌人虽然猖獗,但是覃家庆身边有那么多的同志护着,即算走狗的鼻子再灵也不易闻到的。不幸的是,偏偏坏在他自己家里人的嘴上了。那天夜晚,家庆从山圩回家取棉袄,急着要赶到巴羊屯找马大嫂开会。不想惹起他家里黑李多心,硬是不准他把衣服拿走。两人拉拉扯扯,居然吵起架来。声音又高又尖,无意中让走狗听到了。结果,家庆走到半路,叫几个坏家伙用装煤油的铁桶罩住脑袋,绑架走了。当时,同志们等他开会却不见人来,以为他家里有事耽误了,没及时赶去接应。要不然，说不定还能把人抢回来。敌人心虚，怕赤卫队去抢人，第二天就把人砍了……

章斌听到这儿，表情痛苦，蓦地站起来，严正地说："死在自己人的嘴上！这可是血的教训啊！千万要记住：警惕，警惕，再警惕！"

韦步平脸色沉郁，望着家福问："同志们的心情怎样？"

家福说，他哥一死，弟兄们都有点心慌，马大嫂同重九回黄竹屯福贵家和瑶寨盘大爷那里躲藏起来，叫家福来问怎么办好？

"休息一下吧。"雷苏民说，"先找个地方让家福休息休息。同志们都听到了，考虑考虑怎么办？无论如何不能叫敌人把革命的火种灭了。"

章斌走到桌前，两手支在桌边上，眼睛盯着军用地图。默想片刻，然后抬起眼睛瞅着邓瑞山，说道：

"家庆同志的牺牲当然是一大损失。不过，痛定思痛，难过也无济于事。现在，我们要考虑的，是不是这样办？从这里留下一部分武装，回头去加强地方赤卫队。一方面既保住地方上革命的火种；另一方面，牵制敌人后腿，免得他们调动西部的兵力全部压到北边来，堵住我们的去路。一举两得。请同志们想想看，这个办法行不行？"

雷苏民想了想说，留下一小部分队伍可以考虑，但因家庆同志牺牲了，群龙无首，同时必须解决领导的人选问题。谁能扛得起这副担子呢？罗汉在巴龙，担子不轻，要他两头兼顾行不行？邓瑞山说："全福寿在南江那边，人倒挺能干，是不是把他调回老家来，补上家庆这个空？不过，这样一来，南江那边就得削弱了。"

章斌说："南江不能丢，有它，可以给北江作呼应，声东击西。福寿在那里还不能动。罗汉这几年锻炼出来了，有能耐，要他兼顾岚山，问题不大。只怕红军主力出省之后，南、北江大片地区都靠他一人掌舵，就欠点火，怕他还摆弄不开。"

邓瑞山说："再考虑考虑吧。"

会议继续进行。大家都各抒已见，议论了一番。认为留下一部分武装，既照顾到地方又为军队的前锋减少阻力。只是担心要红军弟兄留下来打游击，这一点不好动员。再说,两个梯队合起来总共才万把人马,实力并不雄厚,倘若再留下一部分,力量更分散。另外,既会带兵又会做地方工作的人选也不好物色……说来说去,大家都觉得为难。最后,韦步平自告奋勇,说他个人愿意留下,队伍统统上前方,不用留。说是只要工作做得对头,地方兵员容易解决,武器也可以从敌人手上夺得过来。如果党同意,他有信心,保证红旗倒不了。章、雷、邓三人看他态度那样坚决,觉得这倒是一个好方案。章斌首先表示同意。其他同志接着说:如果能让韦步平留下,那当然是最好不过的了。最后章斌作出决定,宣布:

同意韦步平留下,坚持南、北江地区苏维埃工作,建立中共南、北江特委。原北江工农民主政府改为南、北江苏维埃革命委员会,地方武装统一整编为工农红军第三纵队,下设南江、北江各一个支队。党、政、军三位一体,统统由韦步平主持、指挥。

本来说留下一个连的武装给韦步平带回岚山做基本队伍的,他坚决不接受,说前方作战消耗大,兵源补充不如地方好搞,只接受留下一个排,二三十个人和一部分武器。

第二天,韦步平着手办交接工作,叫福贵同他一起,把警卫排带回岚山。梁少英见韦步平不走了,自己也要求留下,组织上也就同意了。临走前夕,韦步平经过再三考虑,毅然把平平托付给章斌,请他带平平去中央苏区,希望让孩子在革命的熔炉里得到锻炼成长,也算是给革命队伍输送一名战士。章斌欣然接受了这一重托,说是青年一代正是革命事业的希望,一定尽心关照,请当父亲的放心好了。

当晚,章斌特意叫伙房做了几个菜,请韦步平吃顿饭。韦步平把平平也带来了。饭前,父亲把儿子拉到章斌跟前,笑着说道:

“你认章伯伯做爸爸吧。”

平平睁大眼睛,高兴地望着章斌喊:“爸爸!唔,我可有两个爸爸哪!”

章斌嗬嗬地开怀笑出泪来:“小鬼,你要上前线就得准备吃苦啊!”

“吃苦大家吃,我不怕。”

“好,可不准想家,嗯?”韦步平敛起笑容,认真地叮咛。

“有了爸爸,到处都是家嘛。不是吗?”

“小鬼,真会说话。”章斌摸了摸平平柔软的头发。

韦步平盯着平平眼睛,说:“记住,今后,你就把革命队伍当作自己的家,同志们都是你的叔伯、兄弟、姐妹;学习、工作上千万要虚心向先进的标兵看齐;注意团结互助,共同进步。记住啦?”

“记住了!”平平马上作个立正姿势。

章斌面带笑容,点头赞许。

韦步平却严肃地对儿子叮咛:

“向章伯伯保证!”

平平伸出半截舌头,转向章斌举手敬礼:“伯伯首长,平平保证记住爸爸的话。”

“好,好,我以后可是问你要账啊!”章斌说。

韦步平还想要说什么,雷苏民、邓瑞山和任参谋进来了,章斌迎上去,说:“哦,都来了,上座吧,一边吃一边谈。”

饭后,平平由通讯员带到司令部的通讯班去了。韦步平又同章斌谈了好长时间。末尾,章斌送他回城外的驻地。两人踏着月色,且谈且走。按说,送到东关的河桥就该分手的了,韦步平却好像还有没讲完的话,又转回头把章斌送回城门,到了城门,章斌看他还是站着不肯走,于是,又送他到桥头;到了桥头,他又要送回章斌。这样,你送我,我送你,来回走了五六趟。临末,章斌意味深长地说:

“步平,我们相识多年,应该说是朋友加同志了吧?工作上好多话都讲了,对你个人,倒有句话一直放在肚里没找到机会深谈。现在,我们又要天各一方,浴血沙场,不知何年何月再见呢。我把话都说了,良药苦口,也许有利于病……”

韦步平不等对方绕那么大的弯,急着说道:“没关系,看我什么毛病缺点,只管讲就是了。”

“我说,阁下别的都好,这是有目共睹,并非当面恭维。只是有个弱点——是不是感情太重了一点?当然,这是指的私情而言,如果讲的公谊,阁下倒是铁面无私,刚直不阿的。我只说,在对待朋友的态度上,未免过于宽容。须知,革命斗争——两军对垒，犬牙交错，人事关系，十分错综复杂，心眼不能太死，知人善任非常重要。总之，在对人的问题上，不能过于天真；一味讲江湖义气，往往要上当。少英他一定要跟你一道留下吗？”

步平见问，不觉一怔，一时说不上话。

章斌沉吟一会说：“我原想是要他上前线的，加强锻炼，对他会有些好处。”

步平听得出章斌话里有话，于是说道：“少英这个人，别人看来是有点咋咋唬唬，做事有点毛里毛躁，华而不实。只是，他在我跟前，倒不敢怎样。烈马能驾驭得了就是良驹。”

章斌说：“别的不讲，他最大的毛病是言过其实，左右摇摆，缺乏骨气。他的话，能打个七折就不错了。”

“他的脾气我倒摸到一点的，喜欢人顺毛摸。”

“对人不能只摸到他脾气，最要紧的是要看他的人品！是党员，就要看他的党性！”章斌的口气特别重。

两人又走到桥头了。月色洒在河面上，闪烁着银白色的亮光。深秋的霜露洒落在两人肩上，已觉微凉。河水冲击着岩石，响起寂寞的哗啦哗啦的水声。

韦步平虽然踏上了桥头，可是脚步却迟疑不举，痴痴地静了片刻才突然说道：

“啊，我把‘小黑炭’留给你吧。我们相识一场，作个纪念。”

章斌盯住步平眼睛，感到他一片诚心，不好推却。说道：“好吧，你再挑一匹好些的带回去。嗯，今早给你讲的游击战术十六字诀，记住了吧？”

“记得。”步平拉长着声音答道，“我现在复诵一遍，你听对不对？”韦步平仿佛小学生背书似地念道，“‘敌进我退，敌驻我扰，敌疲我打，敌退我追。’是不是这样？”

“对，对。好，祝你再接再厉，坚持到底！还有什么事吗？”

“唔还有，差点忘了。”韦步平真是忽然想起来，郑重地说道，“到了中央苏区，代向中央首长问好；还有，打听一下言真的消息。嗯，我这只怀表，你带着，见到她就说给她作个纪念。”

章斌接过微温的天文台牌的银壳怀表，面带笑容地说道：“好，这个任务保证完成！再见！”

章斌伸出手来，两人紧紧握了好久。

“再见！”

“再见！”

第四十一章

这天晌午，盘大爷从山里挖回草药，正在门前晾晒。玉姑一手拿着伞，一手拎着小包袱，轻轻地来到大爷跟前，说是马大嫂托人传话，要她去金竹屯福贵家见面。

反动派清乡队一步比一步紧，不久就要朝山区开来了。那江、那平和巴羊一带，正在逐家逐户清查武器，实行十户联保。入过农会的，被扣上这样那样罪名，勒索罚款；拿不出钱，又找不到人作保的，人就被抓去下大牢。家庆已经出事，他老弟家福，往北边找韦家哥去了。眼下传话很多，说是下一步要把山弄里零零散散的三家五户的小屯小寨人家，统统搬迁到平地，并到大村大庄去，免得窝藏共匪……

“唉，红军要不走就好了。不知家福能不能撵上他们？”玉姑讲完情况，喃喃自语。

盘大爷听了，瞪着眼睛看她半天，嘟哝一句："野猪是要拱庄稼地来了。"

玉姑默不作声，等待吩咐。

大爷甩开手头的草根树皮，拍了拍手上的灰土，抬起头望了望甥媳妇，问道："这就走？"

"嗯。"

"去到那里顺便把事情打听明白。就近转告自己人，耳目要灵点，有什么动静，赶紧来这儿商量。你说我讲的：手上的家伙要拿稳，可不能缴出去。"

"嗯。"玉姑领会大爷的意思，应一声就走。

盘大爷望着玉姑背后想起什么，喊道："等等。"玉姑停步，转回头，盘大爷说，"见到重九就说我讲的，要她回那江，把黑李和她的孩子接到我们这儿来将就过吧。不然，她孤儿寡妇，日子怎么对付？"

"庆嫂她……那个脾气……"玉姑犹豫着，不那么乐意。

盘大爷脸上显出愁苦的神色，叹口气："你年轻人不懂，人到遭难背时，是需要有人扶持的啊！她脾气不好是她的不对，可我们得看在家庆面上，家庆可是跟我们弟兄共患难了半辈子，孩子老婆都顾不上的呀。如今，人不在了，留下家小，我们能眼看着不管吗？"

玉姑说："她小叔家福不是能帮上手啦。"

"按说也应当成家立业了。噢，他跟福寿大妹阿梅姑娘两人到底成不成？我看他俩倒挺般配，你就帮他俩拉一把嘛。为人处世，给人帮忙，积阴功总是好事。"

"阿梅比家福大三岁呢！"

"大三岁要什么紧，山歌不是有唱'十八姑娘三岁郎，半夜三更赖尿床'吗？"

"那不是新郎娶媳妇，是爹妈要人来当牛马使唤的。"

"那你讲家福、阿梅不是一对？"

"谁说不是一对，人家早已对上歌了，还用你操心。"

"那你去见到她就说，果子熟了就摘吧。"

"这年月兵荒马乱的，都没了心机。罗汉他年纪不更大？还有韦家哥呢，看他们对这些事一点也不放在心上。”

“各人有各人心思,哪能都一样。反正你见阿梅或她嫂子就说我做的媒。唔?”

“好吧。”玉姑答应着,走了。

玉姑走后,盘大爷歇了一会儿。到日头偏西的时候,他又一个人静静地翻腾着草药,把晾干了的千斤拔、金钱草、半边莲什么的分门别类,归堆、剪齐和捆扎。

蓦地,外头有牲口嘶鸣,立即引起老人家惊疑。还不等他走出院墙,韦步平、志高、少英和红军弟兄一大帮人马,突如其来地拥进了院里。后头跟着的还有两人抬的一顶轿子。

盘大爷睁开老花眼,惊喜非常,瞅着韦步平手上的马鞭,问道:

“哦,真是飞将军从天而降,又是牲口又是轿。轿里是谁?平平也回来啦?”

“猜猜看?”韦步平含着笑说。

盘大爷等抬轿的把轿放下,才过去将轿帘揭开,“哟”的一声,睁着疑惑的目光望着韦步平。

原来轿里坐的不是人,而是用麻袋盖着的一只四四方方的木箱。福贵看老人莫名其妙,抢着说:

“大爷,你没见过吧,那是——”他指了指身上的驳壳枪,“这家伙的粮食。”

“哦!这可解渴了。大家都正愁着这个呢。”盘大爷笑着,“你们该要点吃喝了吧?我这就给你们煮红薯去。”

韦步平拦住老人家,叫志高领着同志们把弹药箱搬到屋去。梁少英一个人牵着牲口溜出院子,到山脚的小溪饮马去了。韦步平坐在木凳上歇着。

盘大爷挪动坐凳靠近他,把玉姑讲的事说了:“我叫她到金竹村福寿家见马大嫂,叫家庆嫂把她孩子带来躲躲,顺便打听敌人有什么动静?”

韦步平又难过又气愤:“家福赶到怀边府告诉了我们。我们就为这件事回来的。”

“家福呢?他没回来?”

“让他回那平接他嫂嫂、侄子和大姨妈来这儿避避风。”

“那就想到一块儿了。你回来正好，没有你，乡亲们这些日子就好比失了爹妈的娃仔，没了主意。”盘大爷讲到这儿，见韦步平两手托个脑袋沉思，不觉诧异，“唔，看你气色不对劲，累了吧？身体哪里不舒服？”

“不要紧，小毛病。”

志高转回头来望着大爷说道：“明哥打摆子，你给他熬碗药吧。”

“哦，”盘大爷说，“是一天一发，还是三天一发？”

“隔天来一次，今天又该来了。前天吃了唐拾义发冷丸，不顶事。”韦步平说。

“我马上给你熬药去。”盘大爷说着转身就要走。

韦步平把他拉住，请他先别忙，急着向他打听附近瑶寨自己人的情况。老人家说，前个圩日在山圩见到罗汉，说他在巴龙那边，隐隐约约听到点风声，也都说不准。罗汉叫传话给大伙，今儿晚来这里碰个头，商量怎个应付？家庆不在了，没个拉头纤的人，心中不踏实。

“好。我们正要找他们。巴龙那边他说了什么没有？”韦步平问。

“罗汉说，他那边也来了个新县长，好像也是王光宗的人；十多年前在我们岚山当过司法。”

“是他？”韦步平想起当年为覃家庆打官司见到的那位仁兄，问道，“是不是姓欧阳？”

“姓什么倒没问到，只是说跟王光宗同窗，换过金兰谱。气味不相投是合不到一块儿的，蟾蜍蚂拐都是一路子货。听说，就在这几天，两县的民团副司令到巴龙开联防会。巴龙县的民团副司令还没人，说不定那位兼司令的县长要亲自出马呢！”

两人正说着话，梁少英气急败坏地跑回来，上气不接下气地喊道：“伙计们，大事不好，敌人来了……”

大伙一惊，韦步平瞪着眼问他：“什么？把话说清楚！”

“人打哪儿来？”盘大爷问。

“多少人？”

“好，送上门来了。请吧，跟他干！”有人一边说，一边拔出驳壳枪，跃跃欲试。

“大家先别嚷嚷!”韦步平说,瞪着眼审视梁少英,严正地问,“怎么回事？把情况说清楚!”

梁少英说,一个小孩在山顶瞭望,跑下来报讯,大路上来了十来个兵差……少英话还没讲完,嘟嘟的牛角声响起来了。盘大爷犯疑,喃道:

“准是应了罗汉的话,金边蚂蟥带他的喽啰路过山圩……”

“路过山圩,为何不走大道？绕小路到这儿来干什么？”

一个拿着鸟枪的赤卫队员慌里慌张地冲进来,结结巴巴说道:“有十来个人马,本来是朝山圩方向去的,到界牌地方,寨里有个人飞奔出去,不知告诉了他们什么,那帮人马突然转了马头朝我们寨子来了。我一想,狼进鸡窝不会有好事,赶紧绕小道,翻过山坳跑回来。他们急步流星地跑得好快呵,不要多少工夫就会到了。”

“准是有走狗闻到气味,领花红报讯去了!”

“我们方才进寨时并没有遇到什么人呀？”

各人议论纷纷。

韦步平警觉地盯着梁少英,问:“你刚才哪里去啦……饮马？见到什么人？”

大家的目光都落到少英脸上。他懊悔地敲了一下脑壳,说:“该死,我刚才到水沟饮马,山主的侄儿走亲戚回来,路过这儿,被他见到了。欠嘴,跟他打个招呼。他问我,什么人回来了？我向他说了大话:‘我们红军就在此,泰山石敢当。什么回来不回来!’”

“嘿,准是你的漏斗嘴漏出去了!”福贵瞪梁少英一眼。

“去你的,谁是漏斗嘴？”梁少英反唇相讥,满不服气。

“别吵,火烧到眉毛了,吵什么吵？听韦家哥拿主意吧。”

一位叫张发的一吆喝,大家都朝着韦步平,等待他开口。

韦步平沉思片刻,望着大家说:“不用慌!”他的神色十分严厉而镇定,“慌乱,慌乱,一慌就乱了。同志们听我讲:两位抬轿的同志,马上搬两块大石头放进轿子,把它朝那江方向抬走,等到敌人快撵到的时候,立即将轿子往山沟推。敌人赶到来追问时,就说是坐轿的老爷往沟里跑了。让他们白跑一趟。走吧,动作快！志高！”韦步平转向志高叫一声。

“有。”志高作个立正姿势，神气十足。

“你跟少英一道，带三位脚力好些的同志，往左边山上的松林去埋伏。看到撵轿子的人扑了空，又转回山坳时，你们就堵截他们，缴他们的枪。”

“走！”梁少英向身边的人招呼，“能跑得动的跟我来！”三位警卫员跟着就走。

“你们几位，”韦步平对着张发和另外的几个人说，“你们分作两个组，一组四个，一组三个，到寨子外头的山坡上隐蔽下来。等到一部分敌人撵轿子去了，你们就把寨里的路口封锁，回头一个一个活捉他们。”

“好，走！”张发领几个人齐声答应。

“我呢？”福贵看看只剩他一个人，望着韦步平问。

“你骑上牲口奔东面的小道，去你家把马大嫂接到这里来。”

“你自己呢？”福贵放心不下。

“我会管我自己，你走吧，别耽搁时间！”

福贵掉头就走。

院里顿时空了。盘大爷站在那里发愣，转眼注视到韦步平的脸色，不禁惊呼：“嗨嗨，看你，起鸡皮疙瘩了，快进屋吧！”

韦步平咬了咬牙，说：“好。”他踏上竹楼的门梯，灵机一动，从腰里掏出手枪，把那块包枪的红布，撕下手指一般大小的条条来，挂在门楣上，用手势对盘大爷指了指。盘大爷点点头说：“知道了！”

盘大爷把韦步平送进阁楼，然后又回院里，若无其事地收拾草药。

不到半个时辰，几个全副武装的县警气势汹汹地闯进院里。马的嘶鸣，狗的狂吠，人的吆喝……搅乱了村寨的宁静。

一个麻脸丘八，拿着枪口顶着盘大爷吼叫：“老家伙，站起来，问你，有人到这儿来过吗？”

盘大爷慢吞吞地站起，拍了拍怀里的药末子，嘟哝着说：“来是来过，没顾得上喝口水又走了。”

“是什么人？”

“不说你也知道，就是你们出花红要抓的人嘛。”

“少废话，他往哪条道跑了？快说！”

“人家坐的轿子，大摇大摆往家去，你说能往哪里跑？”

“好，你要扯谎，小心你的脑袋。追！”那大麻子像是个班长，摆着脑袋招呼手下喽啰，一呼啦正要往外跑，门外突然冲来一个他们的同伙，上气不接下气地说：“有个人骑着牲口往东面小道跑了。”

“怎么回事，西边轿子，东边牲口？娘卖屄，人分两头，给我快追！”

大麻子一边骂，一边转身领他的喽啰就走，院外面立即响起噼噼哒哒的脚步声。盘大爷暗自偷笑，透口气，轻轻把大门掩上。才要转身，急促的脚步声又来了，“砰”的一声，门板被踢开，几张凶神恶煞的脸孔立即出现。后面慢悠悠地走来一个矮墩墩的家伙，瞪起两只猫头鹰的眼睛，直瞅盘大爷，仿佛恶煞要把人一口吞掉似的。他认不出这位瑶人的老草医，草医大爷却认得他。他不是别个，就是乡亲的老冤家金边蚂蟥。

原来，杜耀光新近当上了本县的民团副司令哩！看他那个熊样：居然也穿上铁灰色军装，风纪扣顶着他肥胖的脖子，脑袋动也动不得；横斜的武装带紧紧地扎在他圆鼓鼓的大肚皮上，就像是一只捆得很紧的粽粑。

“人都走完了吗，嗯？”杜耀光直盯着盘大爷问。

“走了，连口水都顾不上喝呐。”盘大爷说，连眼皮也不肯抬。

“哼，我看靠不住，听说姓覃的老弟就藏在你这块儿，搜！”杜耀光向喽啰把手一挥。

几个丘八听着副司令的命令，立即往门楼爬去。领头那个人，抬头望见红布条，缩了脚，犹豫一下。旁边一个问：

“干什么不上？”

领头家伙指着红布说：“人家有禁忌。”

“去他妈的，屁禁忌！”另一个丘八横蛮地拉开前头的伙计冲了上去。

盘大爷紧张极了，连忙爬在门梯下，扯住那丘八的裤腿，苦苦哀求：“老总，老总，不行，不能进去！媳妇在……在……坐……坐月子。”

“去你妈的！”那丘八把老人踢了一脚。盘大爷踉跄一晃，立即又拉住那个丘八的另一条腿,狠劲一拉,“哗啦”一下,那个兵被拉下地来。其余几个丘八举起枪托,往盘大爷身上舂击下去。老人家“哎哟”一声,晕了过去。那些丘八正要往阁楼冲上去的一刹那,枪声在寨子外头“乒乒乓乓”响了起来……

杜耀光惊慌失色,喊:“快,快出去,顶住!”

丘八们立刻转身往外奔逃。杜耀光吓得脸色发青,腿直打颤。一个拿驳壳枪的护兵慌慌张张,急忙过来架起他的臂膀逃命。

枪声越来越密,子弹就在屋顶树梢嗤嗤呼啸。约摸过了半个钟点,枪声才零零落落逐渐静下来。盘大爷从地上苏醒,攀着门首的阶梯坐下。院里的药草被踢翻了一地,一只带雏的母鸡“咕咕”地呼唤它的子女,在散乱的药草里寻食。一只老鹰“嗖”一声,凶猛地俯冲下来,母鸡“咯哆”一声,惊慌失措地领着八九只小绒球似的小雏鸡没命地躲进院墙旁边的柴垛。老鹰疾速地飞上了天空,爪子上抓走的一只小绒球发出“吱吱”的惨叫。

盘大爷睨视着天空出神。不一会儿,大门又闯进人来,前头是刚才被盘大爷扯住腿的那个丘八,后头是杜耀光。他不像刚才那样大模大样的威风了,神色非常惶恐、急躁,紧催两个丘八:

“搜,上楼!”他拿着一支崭新的发蓝的三号花牌左轮手枪,顶着盘大爷,“不许动!”话音刚落,门口立刻跃进几个生龙活虎的人,大喊一声:

“不许动!”

“举手缴枪!”

金边蚂蟥他们三个家伙,不觉一怔,枪支落到地上,两只手乖乖地举了起来。

门外又拥进来几个戴着红五星帽的红军战士,背起步枪,推着三个被缴了械的县警。盘大爷一瞧,不禁惊呼了一声,两眼淌着热泪。原来是韦步平握着驳壳枪,迈着大步跨进门来。盘大爷喜出望外,连声说道:

“是你呵?你不是在屋里头……嗯?你……”

韦步平脸带笑容,拿眼色指着被俘的人,幽默地说:“感谢他们把病魔给赶跑了。”说到这儿,发现旁边木然站着的杜耀光,不觉“呵”了一声,对这怪模怪样的小丑奚落地说道,“哦,杜先生在这里!久违,久违。”

杜耀光吓得脸色发白,“扑通”一声,向韦步平跪下,低着脑袋连声哀求:“高抬贵手……饶兄弟这条老命吧！我……”

梁少英从门外猛一下蹦进来,大吼一声:“金边蚂蟥,老子送你归终!”随即举枪,“叭”一声,杜耀光右腿一晃,往左边歪倒下去,殷红的血渗透铁灰色的马裤。吓得几个俘虏直打哆嗦,脸色像张白纸。

韦步平瞪了梁少英一眼:“你怎么搞的?冒失鬼。同志们,把门板取下,让他躺好。盘大爷,给他上药。”

盘大爷迟疑地瞅了韦步平半晌,问:“这吸人血的蚂蟥,还让他活呀?”

“不要紧,让他再活几天,见见世面……”

“斩草除根,杀他狗入的!”

几个红军战士咬牙切齿,异口同声。

“我要为家庆哥报仇!”志高举起手枪要打,韦步平眼明手快,一把拦住,说:

“同志们听我说,蚂蟥在田里是要咬人的,可你把它捉来搁在瓶里,还能给病人放血治病呐。这个人,要他死很容易。那只能解解恨,捞不到什么。我看,还是让他多活几天,替我们办点事好。”

“要这样说,可是便宜他了。”盘大爷说着,招呼道,“来吧,小伙子们,取下门板。”

战士们一齐动手:有的下门板,有的看俘虏,有的清理缴获的枪支弹药。一会儿,张发他们几位押着七个俘虏进来。这七个俘虏当中,有两个挂了彩,叫他们的伙计背着、扶着。志高和两位抬轿的同志,一人扛三支枪——自己的一枝驳壳枪,两枝是缴获的汉阳造步枪;另外,还有两条子弹带,滴哩嘟噜地挂满了一身。

志高眉飞色舞,向韦步平报告战斗经过:敌人一个班,统共十个人全解决了。其中一个被打死,掉下了山谷,没法弄得回来……

“这些家伙怎么处置?”梁少英指着俘虏向韦步平问道。

“挂了彩的,叫盘大爷替他们治伤;其余,找个地方让他们住下。志高,寨头那座炮楼能住人不能?把他们统统放到里面去,看好!”

“好,走吧,跟我来!”志高向俘虏挥挥手。

韦步平拦住他，说:“不，等一等，叫他们站好，我跟他们说两句话。”

梁少英抢着向俘虏大声叫道:“喂，你们统统站好，站一行，快！立正。现在，我们韦师长向你们训话！”

韦步平朝着每个俘虏扫了一眼，说:“这回你们都亲眼见到了吧。我们红军永远都是跟老乡们在一起的，并没有走远。你们也不用害怕，你们曾经替地主老财压迫、欺负老百姓，做了不少坏事，那是犯了罪，欠了乡亲们的债，懂吗？不过，不能全怪你们。你们本来也是劳苦人家出身，自己也是被军阀、贪官污吏压迫和剥削的人。现在，你们放下了武器，就成了老百姓了。天下工农是一家。你们放心好了，在这里住上三五天，好好反省反省对不起老乡的事。如果愿跟我们当红军，我们欢迎；不愿意，要回家，我们欢送。但是，往后你们要是再干坏事，那我们就不客气了。好吧，各人自己想想，拿定了主意再说。志高，把人带走。”

“立正，向左转，开步走！”志高叫着口令，精神抖擞，神气十足。

韦步平叫其他几位红军同志押着俘虏走后，然后同梁少英说:“我们来商量一下，这只蚂蟥怎么利用？”

“不是说罗汉、马大嫂他们晚上来吗？是不是等大家来了一起商量？”

“不，”韦步平说，“有的事情必须抢在前头，不能等，要先发制敌人。我想……唔，你去找笔墨来。”

“干什么？”梁少英莫名其妙，瞪着眼睛。

“我要叫杜耀光写张条子，上瑶山去把一只耳朵的山主请到这里来，收拾他这只拦路虎！”

“妙，妙，这一下他准上钩。不过，谁送去呢？”

“找个他不认得的人送去。张发，山主未必认得他，让他去，后头去两位同志接应。找牲口去吧。”

“好！”

梁少英连蹦带跳地跑了，惊动得小鸡咕咕飞跑。

盘大爷从堆放柴火的草棚出来，望着韦步平说:

“蚂蟥的大腿被穿个洞，伤了大脉管，血流得多，恐怕……唔，该到时候了；

另外，有一个丘八肘骨断了，要接；一个脊背擦破了块皮，好治。”

“尽量把他们治好，给那两个县警先治。”

“蚂蟥血流得很多。”

“马上死不了就不要紧，让他也尝尝苦头。”

韦步平把事情都交代给同志们分头办去了，疟疾也好像脱了身，心情特别爽快，一个人走到寨边来。冬天的太阳暖烘烘地抚慰着寂静的山林。松树、竹丛依旧青绿欲滴；小溪照样涓涓流着；芦苇长出灰白的头发，随风摇曳；木棉已经秃头，打着赤膊迎着阳光；木棉树上长着一棵寄生草，旁边还有一只鸟巢，特别引人注目；梨树和腊梅，在暖和的阳光下，居然开起零零星星的花朵。韦步平一边看，一边盘算……

蓦地，山脚下面传来了马蹄声。一会儿，一匹奔驰的牲口朝着寨上奔来。韦步平拿手挡着斜照的夕阳，看了半天认不出来。等牲口跑到跟前才认出是福贵把重九驮来了。他说，马大嫂和玉姑在后头走着来，给她们骑马，她们不肯骑。

“什么不肯骑，人家是为了照顾你俩！真是电灯泡不通气。”韦步平又像是责备又像是开玩笑。

“那，我这就回去接她们！”福贵立即跳上马背，给牲口抽了一鞭子，一眨眼，远处只剩下一个影子。

“嗨，你……”韦步平大声喊，福贵哪里还能听到。

“让他去吧。”重九说。

韦步平望着她的眼睛笑着说：“这回好了吧，我可是把人送回来还给你了。往后你让他再走掉，可不关我的事咯！”

重九不觉红了脸，说道：“他回不回来，我可不稀罕！”

“哦，真的？我等下告诉他。”

“告诉他，我也不怕。唔，你不去中央苏区了吗？那言真同志怎么办？老也见不着呀？”

“见着见不着，人家可不稀罕！”韦步平学对方刚才的口气，逗着说。

“呶，韦家哥，你真是啰。”重九羞得满脸通红。

“嗯，重九，我问你，”韦步平想起件正经事来，“你见到你福寿嫂了吗？她怎样，不叨念福寿吗？”

“韦家哥！”重九忽一下，眼睛淌了泪，转过脸去，泣不成声。

“怎么，你说……”韦步平急了起来。

“喔，喔……嫂子她……她……别提了！”

韦步平目瞪口呆，也不知怎么回事。

重九稍微平静一会儿，用手背抹掉泪痕，说福寿哥待她嫂，两口子本来是再好不过了。谁料到，前半个月，因为孩子生不下来，把好端端的一个人给毁了！屯里人哪个不为她伤心难过！

“给福寿哥送信去了吗？”韦步平紧着问。

“那么远，路上又不好走，书信不知几时能送到。”

“后事都办停当了吧？”

“都是大嫂给张罗过去了。”

“哎！年轻轻一个人，太可惜了！”

“喂！来了客咯！”盘大爷从寨里出来高声喊叫。

重九回头一看，不由惊呼：“嗨，福寿哥！”

“啊，福寿，你可来了！”韦步平高兴得不得了。

第四十二章

事情发生在香港。

这天,不知是哪一家阔公馆里的一位年轻的婆妈(女仆),为着寻找迷路的少爷,哭丧着脸,又焦急又惊慌,半疯半痴地从这条马路拐到那条马路急步奔跑。她两眼发直,凡是见到穿海军上装和白短裤的,约摸四五岁年纪的小孩,她就情不自禁地高声呼叫:“阿海,阿海!”急忙撵上去伸手拉人。等到被身边的大人瞪了一眼,骂一声:“痴婆,你不长眼睛吗?”她的手被人甩开,才恍恍惚惚地朝着旁边路过的行人苦苦哀求:“先生,太太,行行好,见到我家少爷吗?哎,怎么得了呵,可是要命啦!”

她一边自言自语,一边又从这条马路拐到另一条马路,到处没命地奔跑。顾不上碰撞了人家,被人谩骂、嘲笑。她右边脚的一只油漆描花的木屐的带子断了,索性也脱下另一只,手上拿着,光着一双赤脚,在发软的柏油马路上奔跑。

炎夏的烈日,即使在滨海的半岛城市也觉得蒸笼似的又闷又热,汗水渐渐地从额角鬓边慢慢弥漫了她的脸庞,渐渐浸湿她脊背那件紧身的点梅纱衣裳。

“太太,先生,行行好,见……见到我家少爷吗?哎,怎么得了……”她喉咙发干,声音嘶哑。

一位右手撑着小阳伞,戴墨镜,穿杏黄乔其纱旗袍的女郎,左手挽着一位西装革履的先生的胳膊,卿卿我我,有说有笑地迎面走来,被这可怜的婆妈挡住。那摩登女士停步躲到男士一边,好心地向哀求者反问:

“你少爷什么样,多大啦?”

“满四岁了,穿海军服……”

“那,准是了。”女士向男士说。

那男的对吓得可怜巴巴的婆妈说:“在浅水湾游泳场那边,有个小孩被一位先生救起来了。快看看去吧。”

“谢谢先生,谢谢太太!”婆妈把落在胸前的大辫子往后脑勺一甩,立即朝游泳场奔跑。

浅水湾游泳场附近一间饮冰室里头,那位先生已经给小孩买了一件短袖的针织汗衫和一条裤衩,把湿衣裳换下来了。他现在正在逗着小孩吃冰激凌,问他的家住在哪里?小孩只知道家在皇后大道,却说不出门牌号码。

“你为什么一个人乱跑呵?”那位先生同小孩说话。

小孩说他不是一个人上街的,是保姆领他去医院注射防疫针,他怕疼,保姆去挂号时,他自己偷偷跑了。

小孩说到这儿,保姆来了。那丧魂失魄到处奔跑的婆妈一见小孩,就像是从一场噩梦中醒过来似的,赶紧冲到跟前把人紧紧抱住,唯恐小孩又跑掉似的,激动得她泪水都淌了出来,带着欢喜地责备道:

“阿海,你真不听话,把我急死了。”

“死了?我不信,死了你还能讲话?嘻嘻。”

“看你,就知道撒野。”保姆对小孩说完话,转向旁边的绅士打招呼,“先生,多亏你了,谢谢!先生贵姓?”

“免贵,姓凌。”

“嗯，凌先生，家住哪儿？”

“离这儿不远，门牌369之2，我叫凌冰。哎呀，上课时间到了，我得走了。小朋友，Good—bye。”

“凌先生，小孩的衣服花多少钱呀？”

“不，不，小意思，小意思。”绅士边走边说，连头也不回。

“凌先生，真是多谢你了。”婆妈望着绅士的背影再次表示感激。

“这位叔叔真好。”小孩对保姆说，“我要叫妈妈请他来家玩。”

“就知道人家好，你自己为什么就不听话？”保姆抱起小孩。

小孩两只小腿乱踢，嘴里叫着：“不，我不要抱，我自己会走！”

保姆没法，把他放下地来，一只手拉着他，一只手拿着小孩的湿衣服和自己的木屐。

浅水湾369之2的房客是个单身男人，不久之前才搬来，跟邻居很少来往，好像是在什么报馆里做主笔。每天深更半夜，常常见他房间亮着灯，也不知是在写文章，还是批改学生作业？

当天晚上，正是华灯初上的时刻，一位雍容华贵的阔太太来到浅水湾附近，踯躅了半天，终于在一间高大楼房左近护墙的藤萝覆盖下的小门上，找见“369之2”的门牌。她伸出无袖的胳膊，用手按一下电铃。半晌才听到一个老妇人瓮声瓮气的声音，慢吞吞地出来把门开开。老妇人猛一瞧，面前居然站着这么一位光艳夺人的少妇，不觉一怔。来人用迷惑的目光，上下打量一番，然后猜疑地问一声：

“请问这儿有一位姓凌的先生吗？”

老妇人瞟来人一眼，心眼里猜测着这位阔太太，迟疑地问：“太太，您有事找他？”说完又仔细地打量着客人。

这阔太太打扮得很讲究，就像电影上常见的小姐、少奶奶似的。脚上穿的是银白色的高跟鞋，秀美的小腿裹着透明的肉色长筒丝袜；玄色的乔其纱旗袍逶迤于脚脖上，在薄若蝉翼的乔其纱下面隐隐约约露出雪白的花边衬裙，袅娜多姿；丰满滚圆的胳膊和粉嫩的脖子，白净细腻，活像剥了皮的荔枝；发型烫的是一九三一年最时兴的款式;手里拎着一只精巧的银灰色的小皮包,身上散发出一阵阵馥郁的香气。

老妇人领客人走过布满了苍苔的天井,然后指着右边面向天井的厢房说:“凌先生就住这间房。”随即在房门上敲了两下,叫声,“凌先生,有客。”然后,老妇人便回自己房间了。

“谁?请进。”屋里的人从藤椅上站起,伸伸懒腰,离开写字台,移步到房门,轻轻拉开缝,探头出来。

“啊?”客人不禁叫了一声,犹如梦幻一般,又惊又喜。当主人把门全打开,她情不自禁地上前一步,抓住了对方的手,死死地凝视对面窘惑的眼睛,将近有两分钟说不出话。

“原来是你!”客人说着,放开了手,跨进房间。

主人窘惑而机械地让客人坐在对面的藤椅上。她落落大方,忘了干什么来似的,只管含情脉脉地仔细端详着对方,半天才又像诧异,又像嘲笑地说:“你一点也没变。”

主人感慨万千,笨拙得找不到适当的话回答。

女客发觉对方难为情,把视线移开去浏览房间里的陈设。床上零乱地横七竖八地搁着大大小小的书本,枕头套显然该换了。衣架上挂着一套平整的银灰色的派力司西服,旁边却吊下一件发皱的白衬衫,一条黑领带随随便便地搭在西服肩上,两边不一般长,差点要掉下地似的。板壁挂的是一幅八大山人的立轴——画的是没根的空林枯树,两旁的一副对联,是邓石如的行草:“海为龙世界,天是鹤家乡”。写字台两头堆满了书报,几乎能把人埋了。

她把视线收回来,发现主人对她凝眸注视,眼里仿佛闪耀着火。她不禁脸色泛红,瞟他一眼,含笑嗔道:

“你这样看人干什么?”

“没有什么……唔,你可越来越年轻,越来越美,越来越动人呵!”

“得了吧,徐娘半老啦,还动人呢!”

迷惘的记忆,涌上襟怀。两人相对无言。房间的寂静,令人透不过气来。

女客忍不住可怕的沉默,终于开口,温柔而抚慰地问道:“这些年过得好吧,还是一个人吗？怎么改了这样一个叫人发冷的名字？”

原来，说了半天，这两人都是我们熟悉的：女的是海银华，男的就是凌云青。只不过，说凌云青“一点也没变”，是不切实的恭维罢了。

四年前，自从他消极、动摇，离开了革命的战友，躲到这个半岛上来，即算物质生活并不匮乏，但是，精神上却并不那样充实。一如北方的苹果树，移植到南方的土地上，虽能长活，却结不了果。失群的孤雁，天空可以翱翔，却不免孤单。几年来，他日子是没有白过的，感于政治生活不是自己所能驾驭的烈马，于是，躲进学术的港湾，远离斗争的风暴，要是在学问上能有所建树，也算是有一分热发一分光。开头在学校教过书，在报馆当过主笔，这两年创办一份期刊，参加内地关于中国社会性质论战、写论文、出席学术年会。从今年起，在一张报上，每天连载一部长篇章回体小说——《书剑飘零》。即使如此，精神上一种落寞之情，还是隐隐约约从他的眼神里流露出来。不过，不为海银华察觉就是了。在银华眼里，他仍旧是那副宽边的老式的玳瑁眼镜，对人还是那样令人可亲的眼神，四年的时光在他身上好像没留下多少痕迹。

在海银华这边呢，凌云青说她越来越美，倒并不是文学家的夸张。也许打扮帮了她的忙，比起婚前来，似乎更为妖娆哪。只有离得近，留心细瞧，你才能发现眼角处微微地露出不大显眼的鱼尾纹。在物质享受上夏雷给她的是够优厚了。四年前，正当王光宗从沪衔命回桂，向共产党人实行大屠杀的血腥日子里，她同夏雷在十里洋场的上海和西子湖边尽情欢度蜜月，以后，夫君卷入蒋桂内战和围剿工农红军的漩涡，戎马倥偬，夫妻生活聚少离多，虽然金屋藏娇，夫贵妻荣，夫人的养尊处优生活，自有其得意的一面，同时也不免伴随着寡居寂寞的影子。将近一年了，神经官能症实在是把她折磨得很苦。年初，到上海治了大半年，也不见效。听人说这里有一位德国的神经科专家，前个月才从上海转到这儿作移地疗养。

“你怎么找到我这地方来了？”凌云青问。

海银华嘴边荡漾着笑纹，瞟了一眼，意思是说：“觉得奇怪吗？你猜猜看。”

凌云青感觉茫然，不好讲什么。

静了片刻，海银华才说：“我是来道谢的。”

“道谢?”凌云青梦一般瞪着眼,感到愕然。

“忘啦? 真是贵人多忘事。问你,今天你干了什么?”海银华含笑盯着对方。

凌云青不禁惶恐,赶紧辩白:“没有,我没有做什么事?”他声音打颤,脸色发青,疑惑地瞟着对方,心想:“她,是不是包打听的女间谍?”

银华看他在发窘,“扑哧”一声,笑了起来:“哈哈,我说你呀,真是神经过敏,书呆子! 阁下今天不是干了一件英雄业绩嘛,唔,忘啦?”她展露着笑靥,盯他眼睛不放。

凌云青终于恍悟过来,透了口气说:“啊……那,你是……”

“我是你所搭救的小孩的……”海银华脸儿泛红。

“母亲?”凌云青接着说,跟对方的眼光相遇,对方的脸更红了。

“原来是……”凌云青小声喃道,“这算得什么啊! 怎么惊动到你亲自跑来,你猜到是我? 真是无巧不成书。”

海银华说,听婆妈讲,救小孩的是个戴眼镜的先生,三十四五岁的人,桂林口音,又是姓凌,使她产生一种预感,于是抱着好奇心就来了。

“你说,为什么改了名字? 凌冰,多冷呀,简直叫人发抖!”她拿眼睛问他,“一定包含什么寓意,唔?”

“随便叫的,没什么意思。”凌云青很腼腆。

海银华看着他笑:“不会没有意思,是‘不好意思’吧? 唔,我想起来了,有件事我要问你哩。这儿的《星海晚报》每天连载的《书剑飘零》,那个作者‘云外零人’是不是你?”

凌云青意想不到被螫了一下,连耳根都红了,真是不好意思,心虚神乱,连声支吾:“不,不,不是……”

“不是你,是吗? 撒谎,我不信,你瞒不了我。那些专门造谣、敲竹杠捞钱的社会新闻,我是懒得看的,可《书剑飘零》倒是把我吸引住了,每天晚上无聊就拿它作消遣。上面讲的那些故事……嗯,要不是你,别人哪能懂得那样详细? 你别赖账了,此地无银三百两,还说什么?”

“那你说,读了觉得怎样?”凌云青平静下来,神态放得自然一些了。

“怎样也不怎样。只觉得那位飘零书生……唉,怎么说呢? 因为没有完篇,也不知他将来的结局怎么样?”

“你说要他怎样了结吧?”

海银华意味深长地瞥视着对方,不做声。

凌云青浩叹,避开她的视线。

海银华为了掩饰内心慌乱,站了起来,盘桓室内。看看书架,瞧瞧窗台的盆栽。案头一张主人最近的照片引起了她的注意:那双深沉而忧郁的眼睛,那两片多情的嘴唇,那风流倜傥的风度,啊,这些曾经是多么亲近呀!怎么把它弄丢了呢?现在不是又近在眼前了吗?她像小孩从什么角落找回失了多日的玩具似的,眼里闪着火光,一阵愉悦的血液电流似的通过她的心房,脸上浮着笑纹。她坐到木料的长沙发上,用温柔、怜爱的目光抚慰着故人。沉思一会儿,说道:

“说说你这几年的景况吧。看你有些事还是想不开似的。”

凌云青苦笑,满怀抑郁地叹一声。房门被风轻轻吹开,他起身去把门关了,转回座位,审视对方片刻,才喃道:

“‘伤心人自有怀抱’……”

海银华也说不出话来。

过了一会儿,凌云青突然问道:“品微过得好吧?你们有联系吗?”

海银华看他那样关心着品微的神情,不觉一怔,默默地审视着他,觉得有点蹊跷。凌云青从她的目光里看出她的惊讶。于是,把多年埋藏着的心事向她透露了半句:

“没有遇到你之前,我是先认识她的。”

“哦?”海银华带着嘲讽的口吻,声音拉得挺长,撅着嘴,含着讥笑瞟对方一眼,“原来是有过这么一段。那为什么叫人家姓王的抢去呢?唔?”

凌云青被激得满面通红。本来他是要说:“正因为遇到你。”可是话到嘴边,又咽回去了。改口说道:

“唉,一言难尽!”

“可也真是,品微这样一个好人太可惜了。不过,她现在还好,离开了王光宗,一个人凭自己教书独立生活,万事不求人,自由自在,身边还有一群学生崇拜……”

“她身体怎样?”凌云青打断对方的话。

海银华瞪一眼,嗔道:“瞧你急的。她平安无事。起码是精神好多了。对啰,在上海时,她来信托我打听言真下落;到这之后,又问我,见到你没有?我心想,这不是发癫吗?人海茫茫,叫我哪里找你去?可不想,今天却真见到了。”

“我总以为自己在人们心里头,仿佛黑板上前一课老师写下的粉笔字,被后一课先生抹掉了似的。”

“看你说的,把人看成什么了?唉,说了你也不信。也别把自己讲得那么可怜。”海银华说着,好像真受了委屈。

凌云青也不再解释什么,心烦意乱,只顾搔头,来回踱步。

过了一会儿,海银华拿着小手绢,抹了一下鼻子,拿柔顺的声调说道:

“你坐下吧。”她移了移屁股,暗示要他坐到身边来,“让我们静静地说说话。”

凌云青无意中瞥见她旗袍叉口露出肉色的丝袜裹着的大腿,迟迟疑疑地站到她面前,却不敢就座。银华含情脉脉地瞟一眼:

“看你,怎么不坐?不好意思?唔,来嘛。”她撒娇撒痴地伸手拉他。他机械地挨着她的右边坐下。她把他的手握住,放在柔软圆滑的膝盖上。

凌云青几乎听到自己心头跳动的响声,脸上觉得发热。

“让我们就这样悄悄地坐着,谁也不许作声好吗?”

银华梦幻地揉搓着云青的手。经过一阵沉默,银华又说道:

“你给我讲点什么吧。”

“讲什么呢?我们到底不是……”

“嘘,不准你说。”她赶紧堵他的嘴,用灼热的目光给他一个媚眼,把他的手心捏了一下。

凌云青触碰了电流似的,心冠一紧,躲开对方好像冒着火焰的眼睛。又一阵沉默之后,才深深地吸口冷气,叹道:

“逝者如斯夫。流水不会回头,落叶也上不了树枝了!”

“反正我海银华还是同原来一样。”

云青瞪眼审视,嘴边泛着笑纹,推一推眼镜。

“你不相信?”银华轻佻地反问。

“我没有讲不信呀。”

“我看你在冷笑。我说你呀,你……你就是……”

“就是什么?”

“罗亭,嘻嘻,是不是?唔?”

云青怕谈自己,赶快把话头岔开:“谈谈你的吧,夫人的生活,准是称心如意的咯?”

“别挖苦人啦!”银华咽下口水,冷冷地喃道,“要我怎么讲呢?说起来不免要伤害别人。唉,不同病是难得相怜的。向人诉苦的都是傻瓜。”

“那你说,友谊是不存在的咯?”

“友谊?我现在得到什么?冰冷、冰冷,……一百个冰冷!”银华歇斯底里地突然站起来,激动得嘴唇在哆嗦。

云青发愣,瞪着眼,不知所措,跟着也站起来,抚慰地说:

“到海边去走走吧。”

屋里静寂无声,一会儿,银华拿起小巧的小羊皮的手提包,瞟云青一眼,嫣然一笑,仿佛冰块裂了缝,见到了流水,说一声:

“走!”

两人并肩走到房门,她伸出秀美的胳膊拦过云青胸口去按电灯开关,“啪”一声,房里一片漆黑。

“我害怕!”她歪着身倒到他怀里,声音在哆嗦……

两人终于来到了海滨。谁也不作声,各人的心独自在跳。仿佛眼前海面的波涛,平静不了,只让脚步盲目地走着……

“你觉得我怎样?”经过好长一段沉默,银华没头没脑地问了这样一句话。

云青稍微沉吟,才说:“你是深得人心的。”

银华一听,可是高兴了,歪过脑袋,盯住对方眼睛,似乎是反问:“真的吗?”但是,嘴里却嗔道:“可就是没得你的心!”说着,伸出手去挎住云青的胳膊,甜腻腻地把人粘住。

书呆子男人觉得周身不自在,轻轻地把柔软而细腻的手腕放开。

两人走着走着,到底觉得累了。银华提议到附近一家咖啡馆饮冰。这是滨临海面的馆子,海风吹来,既凉爽又雅静,是专做洋鬼子和银行大班、洋行买办所谓高等华人的生意的。厅里有舒适的座位,有抒情悦耳的西方音乐,有殷勤而妖冶的女侍,有各式各样的星期点心和各种各样的饮料。银华以懂行人的姿态,大大方方地选中了一节两人对坐的"卡座"。一个穿洁白罩衣的年轻姑娘拿着单子过来,请问客人想要些什么?银华拿单子过来让云青点。姑娘在一旁默默地捉摸这对男女,心想他们是夫妇吗?女的那样阔气,男人却这样寒酸?是亲戚吗?态度又这样亲昵……姑娘徒劳地胡思乱想。她眼光从银华的新式发型移到在白嫩的胳膊上闪闪发亮的金镯,从闪闪发亮的金镯再往下瞧,就是娇滴滴的小日字形的18K金手表和无名指上的钻石戒指,最后,目光落在染得红艳艳的指甲上,那指头正摆弄着铅笔,等待写单子。

"想吃什么?"银华朝着云青问。

"我,随便。"云青冷淡地漫应一声。

银华把铅笔和纸条给了女侍:"你给我写,来两杯橙汁冰激凌。"

等到女侍飘然消逝以后,银华愠怒地瞪云青一眼,抱怨道:"你什么都不在意,随便随便,老调调,温吞水,不冷不热。"

云青受这么一阵抢白,不觉惊讶,望着对方问:"是吗?我可从来不善于解剖自己,让旁人怎么说就怎么好。我的防线永远是'我行我素'。哈哈。"

"我行我素?哼,你以为这是好德性吗?说穿了,就是自私,自私!一文不值。你呀,你满脑子就只是我、我!可人家呢?你替人家想过没有?没有,你从来就……"她很激动,要哭的样子,手里来回绞着手绢。

云青听她居然说出了这些,真是叫人目怔口呆。

一会儿,女侍端来冰激凌。吃过之后,银华火气消了,平静地把她四年来的"幸福"生活对着故人倾吐:说她是由于一时冲动而当了情场上的俘虏,一生的欢乐、恩爱,全都输给人了。她说她摆脱不掉虚荣的诱惑;说她脆弱;说她理智的骑手驾驭不了感情的奔马。说现在,热闹的社交对她已经伤了胃口,宛如荤腥油腻的食物吃过了头,只渴望着清茶淡饭;但愿有个平静的环境和可信的友情。

“品微同我说，她记得一个什么哲学家讲过这样一句话：‘朋友如同健康一样，失掉了才觉得它的可贵。’你说是不是这样？”

云青环顾左右而言他，向她问起夏雷——当年的故旧的近况。对方却回避正面回答，只管深深地叹气：

“我还是重复刚才那句话：不说也罢，再讲就伤害了人家。”

云青把同情给了对方，注视一会，关怀备至地问：

“打算在这儿待多久？”

“没有打算。回去，病更不会好。”

云青拿起小银勺搅动空杯子，发出细微的碰击声。银华默默地凝视着他，寻思：“他是那么真挚而可亲的人啊，当年怎么没有发现，而轻率地丢掉呢……”她想着想着，不免懊悔起来。

“这地方到处见到洋鬼子，特别是那些看门狗的‘摩罗差’（印度人），狗熊似的，又蠢又笨，看了就不顺眼，真不想待下去。不过，现在发现了新大陆——有你在这儿做伴，顿然叫人流连了。”

银华拿眼睛瞟着对方，观察他的反应。云青却迟钝地感到茫然。

“真的，只要你在这儿……”她眼光充满着灼热的火星，“除非你厌倦它走开去……”她激动得嘴唇在颤动。

云青一时冲动，情不自禁握住她的手，嗫嚅着说：“华华，假如命运由得我们来安排……”

她在他的手心使劲地捏了一下，才把手收回去，弯下脖子，扭动手绢。

两人离开咖啡馆出来，他送她回到皇后大道，她却执意不让他回头就走。瞧瞧日字形金表，一声不响地拉住他的手，朝着半山公园走去。

夏夜的公园，往往有迟归的游人在那儿流连，凉亭和树下的椅子都坐着人，不少的情侣在树影的掩隐下，耳鬓厮磨，喁喁私语。银华挽着云青的胳膊绕了半天也找不到落脚的地方。后来，幸好在一丛棕榈树围绕的一个亭子里，有对青年男女发生龃龉，女的气冲冲地一甩辫子跑了，男的赶紧撵去，石桌上的汽水瓶和几块蛋糕也顾不上拿去。座位空了，银华和云青便歇下来。

他俩静静地端坐，让海面吹来的习习凉风抚摸着。天上的繁星跟海面的灯火连到一块了,市声渐渐静下来。不知什么时候,银华的手搁到云青的脑袋上,无意识地抚摸那柔软的、散发出特别气味的头发。半天,悄悄地把嘴唇贴到人家的耳边说:

"你这个脑瓜是我的! 是我把它保下来的,知道吗?"

这是从何谈起呢? 云青不由得愣然,不知所以。

银华告诉他:四年前在上海,正是她同夏雷准备开始新的生活的时刻,一天晚上,夏雷开完反共会议回来,跟王光宗密谋草拟捕杀本省共产党员名单,其中就列上了韦步平、凌云青一大串名字。海银华看见了,极力为凌云青开脱,声言不把云青的名字勾销,两人就马上分手,不在婚书上签字。逼得夏雷无可奈何,只好妥协,在凌的名字上打个"?"号;同时要王光宗先回省里,想办法把他拉拢过来,同他们一伙干,不要把人情做绝了。

"是吗? 你不说,我还蒙在鼓里呢!"凌云青不胜感激地看着她,"我该怎样报答你啊?"

"反正你这个脑袋是我的!"她把他拉到怀里,"谁也不许碰! 唔?"

她歇斯底里,忘乎所以地使劲吻他的额角、脸庞,对方挣扎了一下,终于使她找到了他的嘴唇,遗憾的是舐到的像冰激凌。胳膊松开了,人坐了起来。

归途中,两人默默地走了好长一段路。凌云青一直寻思着海银华提起四年前那段风险的经历。有些事是蹊跷的:记得他负气离开岚山,来到省里的时候,正是王光宗参与阴谋,对共产党采取血腥镇压的日子。然而表面上王光宗却对他那样客气,叫他觉得不是滋味。后来,还是桂品徽通过她的亲戚送他上船,逃出了虎口的。这么多年,一直也弄不清当时真正的背景。

"你当时为什么不替韦步平也讲两句好话?"云青突然打破沉默,提出疑问。

"看你,死心眼,尽是煞风景的蠢话!"银华好不高兴。一会儿,又说道:

"韦步平怎能跟你相提并论? 再说,我对他又没那份交情,他不是你们的偶像吗? 你为什么跟他散了伙?"

"合不来就散了呗。其实,他是好样的,那么多的人崇拜他,并非无缘无故。我不过是不赞成他那些过激的做法,他太无情。"

"他无情? 不见得吧? 那你们的信仰是一样的吗?"

“当然。”

“那王光宗呢？他是个什么玩意儿？”

“你说呢？”

“不懂……不敢恭维。”银华撇着嘴。

第四十三章

凌云青经不起海银华的怂恿，终于从浅水湾搬到皇后大道，做了银华的邻居。那是马来亚华侨——一位橡胶园老板的别墅。本来老板是为他三姨太修建的，房子造成不久，好端端的三姨太突然被白血病夺走了天年，弄得人去楼空。主人迷信，以为房子闹鬼，对它的兴趣也就冷淡了。一年回来一两趟，办理买卖事务，宁愿住豪华的伊丽莎白饭店，也不肯住到自己的别墅来。他把别墅的房子租出去，让守寡多年的家姐来看管。海银华把主楼的底层——三房一厅租下了；楼上一层住的一家是北洋军阀某将军的外室。除了主楼上下两层，还有几间平房，是管家太太住的，她的身边只有一个女儿，房子还是住不完，空下的也都租给了单身的客人。这里虽说是闹市区，可是单门独院，围墙修得挺高，院门一关，俨然是个清静的天地。院里留下相当的一片空地，种植着玉兰树、萝汉竹和台湾杉什么的几株木本植物，当中建起一座小亭，设置四只广东石湾窑烧的彩陶坐凳，夏日可以在此乘凉憩息；墙角种着花卉，法国红玫瑰、波斯菊、吊钟花……品种还不少。主楼西面的墙上给一莌炮仗花的藤蔓爬满了，像披着一幅绿色的帷幔，给人感到净化、幽深的情趣。

管家太太姓邝，是个五十岁的人了。可要不是她自己声明，你乍眼一瞧，还当她是四十岁还不到呢！人长得富态，收拾得挺干净，待人说话都挺热心和气。她姑娘叫晚霞，长得挺秀气，身段苗条，眼睛特别伶俐，今年十九了。她在广州上的教会中学，暑假高中毕业，才考取南京金陵大学，暑假过完就要走了。

海银华自从那天见到凌云青，回来就同管家太太商量，说她母子加上保姆，三个人，房子是住不了那么多的，愿把空下的房间让给晚霞姑娘来住；姑娘的那间小房，能不能腾出来租给她一个表兄弟。管家太太看银华的房子实在也空着，让女儿住进去，又不少收租金，而女儿住的小房租出去，每月还能多收十来八块，帮助姑娘上大学作花销，哪有不答应的呢？

凌云青这边，住到这儿来，离上班的报馆和上课的学校，远了一点，起初，海银华提出来，他是拿不定主意的。海银华却执意要他搬来，他就不好意思推却对方一番美意，终于作了妥协。这儿有“巴士”经过，交通还是方便的，不过，每天得提前半小时出门就是了。

新居对凌云青来说，无异是另一番天地：宛如从平静的湖面顿然流入澎湃的海洋，生活掀起新的波澜。头天，在海银华的客厅，第一个接触到的陌生人就是管家太太的女儿。

“我来介绍你们认识吧。”海银华把两人扫了一眼，然后拿眼睛指着云青说，“这是一位鼎鼎大名的文学家——《书剑飘零》的作者‘云外零人’先生；他是……”银华转向在她身边站着的姑娘。

姑娘抢着自我介绍：“我叫邝晚霞。”姑娘满面飞红，低下头去摆弄辫梢。

海银华把姑娘拉过来，按她坐到沙发的把手上，对凌云青说道：“告诉你吧，她是个小说迷。”

姑娘含笑，给饶舌者捶了一拳。

姑娘挺娴静，长相挺美。仔细瞧瞧，一双水灵而深沉的眼睛，一尊端庄的鼻子，两片线条分明的嘴唇，仿佛是哪位美术大师的作品；皮肤虽不那么白皙，反而显得健美而富于青春的魅力。凌云青以兄长的目光端量她,恍惚想起遥远的幻影。

海银华看凌云青那个神情,笑着问道:“你看她像谁?”

凌云青瞪海银华一眼,摇摇头,心想:“是呀,像谁呢?”

“我看,像品微。”海银华说。

“品微是谁呀?”姑娘问。

“你不认得。”

“唔,你讲她是什么人嘛!”

“这……怎么说呢?”海银华瞟凌云青一眼,“又是大家闺秀,又是社会妇女,唔,是个新旧交替时代的产儿……”

“嗯,那算是什么呀?夏夫人你真是咯,没个正经的。”姑娘摇着海银华的肩膀嘟哝着。

“我的好姑娘,别来缠我了。晚上,请凌先生给我们讲故事吧。”

“那你得当主催人啵。嗯,请凌先生给讲讲《书剑飘零》里头那位书生,他跟那位小姐后来的结局到底怎样?两人能达到‘有情人终成眷属’吗?”姑娘用稚气的目光望着写书的人,等待回答。

凌云青在这虔诚的目光逼视下,深感不好意思。

“别说了,你瞧人家害臊着呢!嘻嘻。”海银华笑着说。

正在这时刻,阿海跑了进来,拦住妈妈的手叫唤:“妈,走,阿姨说开饭了。”

“看你,就知撒野,不懂礼貌。不请叔叔、阿姨跟我们一道吃饭呀!”

“叔叔、阿姨……”

“好了,好了,你们吃吧,我走了。”晚霞摸摸小孩脑袋,走了。

海银华望着凌云青说:“你跟我们一块吃吧。”

“不,邝太太说,要我在她家搭伙。”

“是吗?那也好。”海银华意味深长地瞟他一眼,显出不高兴的样子,转身往里屋去了。

新居对凌云青是个新的世界。至于他在这儿出现,对生活感到腻味的人来说，却是一副兴奋剂：仿佛给困得打瞌睡的人一杯浓茶、一支烟，像是汤里撒的胡椒面、咖啡里搁的糖，平凡而沉闷的气氛突然变得活跃起来。海银华的客厅和寝室的窗帘原来是一色的湖绸羽纱，现在新换上里外两层的，里层是椰子图样的白色抽纱，外层是凝重的紫色金丝绒；沙发套、台布也都换了浆洗得整洁的白套子；墙壁角落的花架，新摆上两只细瓷的花盆；一盆文竹、一盆含笑，摆在厅当中的大理石圆桌上，一尊古铜小香炉，整天冒起袅袅蓝烟，散发出气味馥郁的檀香。海银华嫌发型太难看了，又到另一家理发店改烫一种款式。邝晚霞一声不响，悄悄地把辫子剪了，留着短短的头发，显得分外洒脱俊俏。

凌云青白天跑学校，晚间跑报馆。每当夜深人静时分，人们都已休息，他却还得独对孤灯，写他的《书剑飘零》。不过，如今每天黄昏来临，他不再是一个人踽踽街头，或者独坐天井，仰望瞬息万变的云霞了。在旁人看来，他可是个幸运儿呢！星期天吧，或在半山公园，或在海滨俱乐部，或在林荫道上，人们见到他，同时也就发现一位影星打扮的摩登太太和一位窈窕的少女陪伴左右；黄昏，户外散步归来，有清幽芳馨的客厅可作歇脚憩息。在这儿，他以精辟的谈吐博得热情的少妇和虔诚的少女的欢心。日子就这样在不知不觉当中悄悄流逝，如同秋日的叶子悄悄地脱离了树枝。

农历七月初二这一天，海银华为她小孩四周岁的生日宴请几位客人。说客人其实都是常来常往的。一个是内地某位达官贵人的宠妾，由于为大太太所不容，才住到香港的；另一个则是由于自己多心，争风吃醋而跑了来消消气的；还有一位是某个富商的遗孀，在花旗银行拥有一笔不小存款，靠着年利过着逍遥自在的日子；最后一个是广东某军长的五姨太，就专为要听马师僧、薛觉先的戏，特意租下一间小洋房，一星期来住上一晚两晚的。凌云青在这当中是唯一的男客，成了大观园的宝二哥，特别显眼，自己也感到不自在，席间很少作声。

宴罢，酒席撤了，麻将牌接着摆开。牌迷的人可是眼笑颜开，抢先入座。只有戏迷五姨太无动于衷，说今晚薛觉先在海珠大舞台演《璇宫艳史》，她前天就订下了包厢，失陪了，再坐一会儿就走。麻将牌成了三缺一，请凌云青顶角，他直摇头敬谢不敏。逼得东道主海银华出马陪着客人过瘾。

凌云青好闹小别扭，好像是故意让人扫兴，不想反倒引起五姨太的好奇。

她注意到他:方才在酒席上装得那样傻,原来是把体已话留着好跟晚霞姑娘嘀嘀咕咕哩。五姨太看在眼里,不知什么缘故,觉得不舒服,将烟吸了一口,放进烟缸拧掉,朝着两人说道:

“嗨,你俩卿卿我我的,谈什么那样上瘾啊,大声点儿让我们也听听不行吗?”

凌云青好像梦中被人叫醒,抬起头来,睁开迷惘的眼睛,正好遇上五姨太直钩钩的目光,仿佛发现眼镜蛇,不由得一怔。

“对咯,请凌先生给我们讲个故事解解闷儿,嘻嘻。”那位身体开始发福的孀妇,一边盯着牌,一边附和着五姨太。

“不。故事一下讲不完,我只想请教一个问题:凌先生,你说,人生一世到底为的什么呀?”五姨太问。

“哎哟,我的缪夫人啊,看你快要成个哲学家了。”这一位艺名叫小桃红的歌伶,现在是广东财厅厅长的外室,自恃几分姿色,平时说话好挖苦人。

五姨太本来也是你来我往舌剑唇枪不好惹的马蜂窝,正要开口还话之际,海银华却突然叫起:

“三饼吗,碰! 七万,谁要?”

“碰! 哈哈。”海银华对门的孀妇摊下牌来,“对对和,十三番。”

“嗨,你怎么把七万放出来嘛!”

“我就这一张牌,不放它放什么?”

“得,得……看下一圈,谁的手气好吧。”

“反正是要夏夫人请客,明晚马师僧在大光明演《乞儿偷鸡》。”

“马师僧有什么好,怪声怪调。”

“薛觉先好在哪里,小白脸,嘿,我可看不上。”

“小白脸不小白脸,你也沾不上,人家唐兰卿可管得紧着哪,像蚂蟥叮住腿似的,拔也拔不下来。”

“谁要想沾他,自已做梦去吧! 嘿,真是的。”

“得了,得了,洗牌吧。”

吵吵声跟搓牌声同时煞住了。打牌的取够了牌,一边调整牌,一边又是你一言我一语谈论起来。

“我说,缪夫人的心思倒也是的:人生一世倒是为的什么呀?”孀妇到底去不掉迷惘之情。

“请凌先生给我们讲讲怎样?”

“好,好。”

这时,凌云青正在来回踱步,眼光不觉跟海银华相遇,好像触到搁了好久的琴弦,“叮咚”一响,惊醒了长久的梦幻。他瞟一眼银华,像征求同意似地瞥见对方给予赞许的眼色之后,才鼓起勇气说道:

“人生嘛,说复杂也复杂,说简单也简单。我看,人生的道路,无非是一场长距离的散步。”

“什么,什么,散步?”牌桌上有个人惊讶。

但是,并没有引起更多的反响。各人都聚精会神于自己手上的牌,留心上家打出的是什么。

“什么,西风?碰。发财!”

戏迷缪夫人的心思并未松懈,她以挑战的神气对凌云青瞥了一眼,问:“人生是一场散步?想得真绝,是凌先生发现的真理吧?”

凌云青听出是对自己的讽刺,却不屑理睬,只管来回踱步,两只手操在怀里,旁若无人。

晚霞姑娘怀着迷惑的心情,默默地注视着来回踱步的人,心想:“他胸怀抱得那么紧,好像有什么宝贝生怕别人抢走似的,到底藏的什么呀?”

凌云青的目光不时落到在场的每个人身上,好像在认真地观察这些人,从中寻找着人生的奥秘。不想,晚霞却在一旁深深地盯住他。两人目光不期而遇,姑娘不觉红了脸。凌云青不由得撒开手,耸耸肩膀,自言自语:

“空虚,空虚……空虚越来越沉重!”说完,立刻走出了客厅,连一声“再见”也不招呼。

五姨太不禁愕然,望着反弹回来的落地纱门,打心里喃道:

“真是个怪人!”

晚霞随后也走了,在院里,她撵上凌云青。两人都不吭声,但是,却一道出了大院，往海滨走去。直到玩麻将牌的人，打满了八圈，又吃完了夜宵，一个一个都走了，他俩才转回来，按着大门上的门铃。

进了院子，凌云青留神着海银华的房子：那里已经没有通明敞亮的灯光了，只有绿灿灿的床头灯，通过掩映的窗帘，透露出来微光，就像黑夜里的猫眼。他像做了案的小偷，怀着忐忑不安的心情，悄悄地溜回自己的房间。

不料，推开门一瞧，吓了他一大跳：一个趴在写字台上的背影立即转过脸来。原来，是海银华在这儿等着他归来呢。她那两道愠怒、妒嫉、怀疑和审问的目光，像两把寒光闪闪的利剑，逼视他的眼睛，从头发、衣领、纽扣……到处搜索半晌，才冰冷而凌厉地质问：

"到哪里去啦？"

凌云青不禁颤栗，宛若弄坏了玩具的小孩，沮丧地坐了下来，等待接受责难。

海银华显然刚洗过澡，春风满面。身上散发着一股腻人的玉兰香，穿的是花边的睡衣，赤着脚丫，趿着绣花拖鞋，伸出两只秀美白嫩的手臂，抱住搭在左腿上的右膝盖，悠闲地斜着眼看人，意思是："瞧，美吗？"对面的书呆子却把眼皮耷下来，不敢迎接她挑逗的目光。

一会儿，她看他可笑的窘态，啐了一声，说："看你，做贼心虚。"

凌云青一急，浑身不自在，掏出手绢抹汗，抹了额头又抹着脖子。

房间一片沉寂……

"你为什么不讲话？"她像个审判官直盯着他眼睛，嘴边却浮着笑纹。

笑纹给了对方勇气。于是，凌云青说话了："言语都是多余的，讲了你也不会相信。"

"我相信，你讲吧。"

她缓和了口气，像哄小孩，要他把方才在外头的所作所为，一点一滴地、不许遗漏地讲给她听，考验他是诚实还是撒谎。

凌云青一听这个要求，倒是放下了担子似的，态度很坦然。说他和晚霞姑娘到海滨散步，时间虽然过了百多分钟，话却没说上几句，都让沉默占去了。

"我不信，她没有叫你把眼镜取下来吗？"海银华拿嘲笑的神色盯着对方。

凌云青顿时想起往事,脸上忽一下,羞得通红,赶紧辩白:“没有,没有这回事。唔,人家哪像你一样……”

“像我怎的?嘿。当然,人各有脸,谁也不像谁。你说她就像品微吗?做梦!”

凌云青被抢白一顿,又噤若寒蝉了。

海银华却不堪寂寞,停了三分钟左右又说:“那……你们出去两个多钟点,一句话也不谈?”

“没有说不谈,只是谈的不多嘛。”

“谈的不多谈了什么?”

“爱情……”

“爱情?”这可是叫人触了电似的,失声叫唤。

“是呀,”凌云青叹了口气,神色倒是异常冷静,“姑娘要我给她讲解爱情的定义。她问我,既然,人生是一场散步,那么爱情是什么呢?”

“你怎么回答?还是念你那套经——爱情是一场欺骗?”

“不,现实生活有了变化,理论也应当有所发展。不然,不是闹刻舟求剑的笑话了吗?”

“你别给我绕弯子,你到底怎么回答她的?”

“我说,以我的体会:爱情无非是一种游戏……”

“你呀,你呀……”她居然伸出手去,往他的额角指了一下。

“你听我说嘛,人家还没有讲完哪。我这样一说,晚霞她显然接受不了,撅着嘴不哼。我心想:我这一课上得失败了。给孩子的礼物应当是糖,拿辣椒塞给她,怎么不碰钉子呢?于是,我改用另一种说法。我讲:爱情,对两个心灵来说,它是天平。晚霞说她不懂这比喻。我说,这很容易明白嘛:天平两头搁上的分量必须得相等;假使你这头加了分量,他那一头的砝码依然如故,天平势必失之平衡。同样的原理,爱情,倘若不是出于双方对等的真心,那么,终将导致倾覆。”

凌云青把话讲完,自鸣得意,望着海银华,看她什么意见。

海银华却冰冷地反问:“她什么反应?接受你这块‘糖’了吗?”她笑了笑,

瞟他一眼。

“她没讲什么。唔，那你认为是块‘糖’吗？”

银华撇着嘴：“你这块‘糖’不但不甜，倒是有点酸。要我说，人要敢相爱就不管那些。爱情始终是一种冒险的英雄事业，它之所以使你得到欢乐，正是你付出了代价。爱的殿堂不可能事先设计出一个蓝图来，然后再去照图施工的。”

银华振振有词，也发挥了一通恋爱经。她采取激将法，故意跟凌云青抬杠逗他。他却一本正经，引经据典，为自己的观点找理论根据。看他态度越认真，对方越觉得好笑；他表现越傻，对方越觉得他单纯，引起了怜爱……

他俩谈着谈着，到底又谈了些什么，他们自己都说不清楚了。等她回到自己房间时，已经是黎明前最黑暗的时刻。

如果说海银华曾将凌云青心灵揉皱，使他多年抑郁，那么，现在一夕之间，海银华总算把它熨平了。一如经受惊涛颠簸的船，驶进了避风港，暂时平静下来。海银华到底是善良而热心的人，终于伸出友好的手，弥合了旧情的裂缝。凌云青回头品尝她讲的做的，一切的一切，就像口里含着槟榔，真是够他咀嚼的。

在邝姑娘这边呢，自从那天晚间听了凌云青这位学者一番高论之后，心灵的密室可是打开了一个天窗。从此，对神秘的爱神的迷宫，不由得产生一种美好的憧憬。她发觉眼前这个人真是个智慧的聚宝盆：觉得他言语像珍珠，句句闪烁着光华。她自己也弄不明白，这些天来，那双亲切、深沉而温柔的眼睛，怎么老在她面前出现？那充满着睿智而高雅的谈吐，为什么老绕在她耳边作响？她那么认真，又那么虔诚，把他讲过的令人难忘的警句，追记在每天的日记本上。她搜集来《星海晚报》的旧报，将每天连载的《书剑飘零》，剪了下来，逐段逐段贴到一本特制的簿子上。她好像把回内地上大学的事忘了，成天就盼黄昏的时刻快点来临，好到海滨散步，或者在院里乘凉，倾听他讲不完的故事和耐人寻味的幽默笑话。只要见到他的眼睛，只要听到他的声音，就像是见到昙花开放，像听到古筝弹奏的《夕阳箫鼓》，令人心跳不宁。显然，姑娘这一头加的砝码过重了，学者那一头不但不添分量，反而闷声不响往回减缩。在他本人也许并不介意，可在她看来，他的举止是不自然的，拘束而腼腆，好像临考试前的中学生,情绪不宁,有了什么心事。海银华却精神焕发,情绪开朗,每天傍晚,她要同他一道出街,总要把姑娘拉扯上,使姑娘感到这位贵夫人真是个女中豪杰,令人钦佩。

有天傍晚,他们去看了一场卓别林的《都市风光》回来,凌云青才要坐下,准备同《书剑飘零》中的人们打交道,银华追着过来叫他。凌云青不得已,只好顺从地跟到她的起居室去。

“瞧!”她从梳妆台上拿起一封信递到他面前。

信是丈夫给妻子写来的。开头,一大段是丈夫向妻子诉说公务上的操劳:说什么“共军主力流窜江西后,省内匪患本望绥靖,岂料韦步平其人野心不死,潜伏山区各地,负隅顽抗,妄图卷土重来,阻挠全省统一。言之疾首……”凌云青看到这儿,视线离开了信笺,朝着海银华默不作声。

片刻沉默,使人难耐。终于,海银华叹了口气,感慨地喃道:

“真没料到,世事竟是如此!上帝也真残酷,偏偏把我们的命运作了这样安排!”

凌云青伸出左手食指推推鼻梁上的眼镜,用深沉而悔悟的口吻说道:“历史终会作出公正的裁判。也许历史的发展将证明步平走的路是对的。往事历历,真是不堪回首话当年啊!”

“瞧你,居然感伤起来了。”海银华说,“你还没把人家的信读完哪,讨厌的事还在后头呢!”

凌云青拿起信继续往下读。作丈夫的人,对远离的妻子流露着眷恋而猜疑的复杂心情:说接到她的信,使他产生嫉妒,妒嫉凌云青那样无牵无挂、野鹤闲云的生涯!临末,他告诉妻子:他为着与外商做一笔交易,不久将有海岛之行。“何日成行”,信上说,“事关军机,恕不明言,容当面叙。”

凌云青看完信,一边装回信套,一边望着眼前的人悲戚地叹道:“看来,你在这儿的日子不长了。”

“为什么,你看我是嫁鸡随鸡、嫁狗随狗的人吗?”

“这个我也说不清。我只是有一种预感,正如老乡们见到础石发潮、蜻蜓赶集、蚂蚁搬家而预知雨之将至。”

“嘿,你呀,你呀……”

话正说到这儿,院子外头突然响起汽车的喇叭声。海银华一惊,瞪着眼喃道:

“可能真是他来了!”

果然,汽车开进院里来了。看门的老头跑到阳台来叫唤:“夫人,主席大人到!”

海银华满脸绯红,给凌云青使个眼色。凌云青会意,赶紧从走惯的后门溜回自己小房间,心口怦怦地跳个不停。

第四十四章

翌晨，八点多快九点的光景，凌云青趁着星期天没事，特地来到银华的客厅想见见夏雷。一来因为同住一个院里，想回避是回避不了的，不如争取主动，作一次礼节性的拜访，卖个人情；二来，也还想借此探听一番省内故旧们的景况。他小心翼翼地从阳台走进客厅，就同夜间走过坟场似的，静得可怕。疑心他们两口昨晚住到别处什么酒店去了。客厅里搁着两篓沙田柚，衣架上挂着一件米黄色的绸袍，一顶白通帽，一根镶着银头的文明棍，斜靠在一张茶几旁边。正当他踯躅之际，从隔壁起居室的小圆窗传出瓮声瓮气的声音。男人打着呵欠，懒洋洋地问：

“姑娘长得怎样？美吗？肯上他的钩？”

“不上钩，他就不会住到这儿来了。小家伙是个小说迷，报屁股上连载那个臭东西，把她弄得神魂颠倒……”

“嗯,那些个擦屁股的玩意儿还有这样魅力?哼……他本人怎样?”

“什么怎么样?”

“我说,他现在到底是什么色彩?”

“这个……怎么说呢?唔,如果说,共产党是满地红,国民党是青天白日,那他就是灰蒙蒙一片。”

“你不要又同四年前那样,感情用事,凭空猜想,结果叫他漏了网。”

“那时候,我说他什么了?后来不是证实了吗?本来嘛,他就不是那号子的人。嘿,你们尽做伤天害理的事——‘宁可错杀三千,不可漏掉一个’,制造无数的孤儿寡妇。”

“好了,好了,我的宝贝儿,来……”

凌云青听到这儿,仿佛脊背钻进了毛毛虫,吓了一跳,连忙拔脚就走,连自己的房子也不回就往大门口跑。到街上,他也不知要到哪儿去,见到公共汽车就搭公共汽车,遇到电车就坐电车,到了终点站又坐回来,走完了这条路线又转到另一条路线。到了万家灯火的时候才拖着疲惫不堪的腿回到自己的房间。灯也不开,关起房门,抱着脑袋,趴在桌上默想。好久好久,只听着自己的心房在跳,听着闹钟单调的声音。约摸过了半个钟点,他才开开电灯,摊开稿纸,继续写《书剑飘零》。可是,注意力却跟他捣乱,像败下阵来的队伍,东奔西窜,集中不起来。灯光特别刺眼,令人烦躁,他索性把它关了,躺到床上。宁静的黑夜,也未能使他平安入睡。等到天亮,他找管家邝太太退了房子,叫来一辆出租汽车,悄悄地把行李搬回浅水湾。原来他住的房间还空着,房东太太也没嫌弃他又回头来作前度刘郎。

过了两天,晚间十一点多,凌云青从报馆回来,发觉天井里那张他平常坐惯的竹椅上有个人坐着,脑袋埋在两只胳膊里,已经睡熟了。“谁?”他心头一紧,轻手轻脚走到跟前,弯下腰去瞧了瞧,原来是晚霞姑娘。他屏住气,伸出手去轻轻触动她的肩膀,小声唤醒她。姑娘恍恍惚惚抬起头来,揉着惺忪的眼睛,一下子认出是她要找的人,满怀高兴地蹦了起来,带着歉意拉住他的手。凌云青请她进房里坐,姑娘说,时候不早了,她马上要回家。说她来为的是要告诉他这样一件事:海银华今天一早,带着小孩跟她男人乘飞机去了上海,说是那位夏将军前不久跟红军打仗,半路上遭到埋伏,脚脖子挨了一枪,子弹还没取出来,要到上海去找一位日本外科专家动手术。说着,姑娘给他一个信套,说是夏夫人临走让她转交的,是那回上公园一道照的照片,姑娘也得了一份。

凌云青以为信套里还会附有信笺,别的话也不便多问,赶紧就送姑娘回家。一路上,他很少说话,姑娘却挺兴奋,说这说那。她说,这两天,一吃过晚饭就来找他。每次,房东老太婆总是说刚出去;她就赶紧往回走,想撵,可总也撵不上……

“你也该走了吧?”凌云青打断她的话。

“走,往哪儿去?”姑娘不觉诧异。

“到内地上金陵大学嘛。”

“你去不去?”

“我同你不一路啊。你是奔赴前程——上大学深造,我去干什么咯?”

“去当教授不行吗?不是中山大学要聘你吗?”

“咳,年轻人,事情并不那么简单。在内地吧,对当权者来说,我是被放逐的亡命者,跟他们是水火不相容的;在老战友面前呢,我却是个落伍者,无面见江东父老。”

“我总觉得内地怎么也比这儿强,至少没这些‘摩罗差’叫人恶心。”

凌云青说,在内地当然没有那么多的番鬼佬,不直接受外国人的气,不过,帝国主义的代理人——那些走狗往往比他们的主子更凶。

“那么讲,天下就没个干净的地方了?”

“对你来说,倒不必那样悲观。正因为天下没有乐园,才用得着像你这样的青年去披荆斩棘,开拓道路,建起人间的天堂嘛!”

“那你为什么不肯投身到拓荒者的行列去呢?”

“我刚才已经讲过了,我是个过来人——曾经沧海难为水。正因为我曾经战斗过,实践证明我这个演员可塑性有限,不适合扮演那样的角色。我是赌输了的赌徒,折了翅膀的鹰,到了秋天的树叶,泄了气的皮球……”

“得,得,你别自己嘲弄自己了。你今年才多大岁数?”

“实际年龄当然算不得太大,可精神年龄却未老先衰。不行啦,已经是秋天了。”

“你还劝人家不要悲观呢，可你自己……”

“我自己还是我自己——故我依然，哈哈。”

“你真的就不想故乡吗？”

“不是不想，想的过头反而成了空想，一位文学家说：‘希望之为虚妄正如绝望相同。’”

“想总比不想的好。哀莫大于心死。如果连想都不想了，那不更加糟糕？”

两人走到十字路口，要从划着白点的人行道过马路，各人都留神来往车辆，谈话暂停。等到通过了马路，走到人行道上之后，晚霞才又开腔：

“上回你们谈起的那位品微女士，她现在在哪儿？”

凌云青见问，不觉一怔，回头盯着她闪烁的眸子，心想：“她想到哪里去了？”

“人家问你，你怎么不做声啊？”姑娘认真地追问。

凌云青顿觉脸上发烫，晚霞却不放过他：“她是你的——朋友不是？”

凌云青浑身不自在，默想一会儿，才浩叹一声，独自沉吟：“春心莫共花争发，一寸相思一寸灰！”

晚霞看他既然痛苦成这样，也就不好再去触动那根心弦了。两人都沉默下来，走了好长一段路。等到快到家了，晚霞才又说，她不想到南京上金陵女大了，打算到广州上岭南大学。

“为什么？”凌云青觉得奇怪，盯着她眼睛问。

晚霞红了脸，支吾地说：上金陵女大离家太远，要在广州上“岭大”，每个星期六还能回港来过星期天。这样，有些学问，她还可以就近向他请教。

“这不是挺好吗？”晚霞用试探的目光斜瞥他一眼，最后，说声“再见！”走了两步又回头来叮咛一句，“回去好好看照片！”

凌云青麻木地目送着她，一直看她走进了家门，才梦幻地怀着沉重的心情，慢悠悠地转过身。“回去好好看照片！”清脆的声音一直在耳边绕着不散。

回到房间，开开台灯，将海银华留下的沉甸甸的信套抖开，里头掉下几张照片，没见到信纸，照片当中，在海银华的肖像背面，写有这样几个字：

她就是这样一个人，恨她吗？

在凌云青的单人照背面也写有字，是分行写的几句话——

你啊，你是我心的黑夜的灯光，
我呀，像影子一样，
永远伴随在你的身旁。
你和我不离开了，
我再也不去渴望着天堂。

两张照片的字迹不一样：前一张的字是海银华自己写上的，这凌云青认得出来；后一张的字，是谁的笔迹呢？“难道是海银华跟我寻开心，叫别人代笔的吗？……不会，她没有那样深沉的品格，哪能讲出这样的至诚的话？信套是开着的，没有封口，难道是……”凌云青脑子闪过晚霞的影子，但是，赶紧又把她排除了，不敢往下想。不过，第一次见面时，海银华说她长得像品微，却勾起他的联想：晚霞的少女风采可是当年品微的影子，心肠也会一样吗？……可自己已经步入中年了！多少往事涌上了心怀：哪些使人怅惘，哪些使人追悔，哪些使人心酸，哪些使人愤懑，哪些使人眷念？他一时还分不很清楚。为着寄托情思，为着排遣郁闷，《书剑飘零》成了他灯下谈心的精神知己。他何尝不懂得：文学的天职本应是助人以认识人生，让读者从中受到感染，精神得到潜移默化；提高人们的道德情操，鼓舞人们抗恶从善的勇气，达到促进改造社会环境的目的。这就是说，作者必须具有济世的胸襟，才有可能写得出劝世的文章。而劝世的文章，也得要遇到慧眼的读者的赏识才会迸发出火光。而我——云外零人，“无人信高洁，谁为表予心？”凌云青埋于遐想，不能自已。拿起笔来，往稿纸写上《自嘲》一题，作了这样的七言八句：

摇落年华逝水流，
惊涛骇浪命如舟。

豪情未因秋光老，
童心始信此生休。
堪叹奇峰丘陵妒，
空怀孤愤邦家仇。
天下滔滔与谁易？
长河清浊自悠悠！

写罢，好比吐出鲠喉的鱼骨，顿觉轻松，自己低吟一番。吟罢谛听，四周一片沉寂，心怀一阵空虚。寒露秋凉侵袭双肩，不禁打了一声喷嚏。

大家都还记得，四年前桂品微发现丈夫王光宗策划反革命阴谋，竟然采取血腥屠杀的手段对待无辜，不禁义愤，终于下了最大的决心，以无言的诀别，离开了王家公馆。先回到姨娘家待了将近半年，后来，省立女子师范学校聘请她去做教员，才搬到学校去住。凌云青离开岚山出来，曾经找见她，还是她想办法替他弄到的船票，送他走的。临走时，凌云青问她和王光宗两人关系，她只低头不语，扭过头去抹着眼泪，弄得凌云青手足无措。沉默片刻，桂品微才喟然深叹：

“一场误会结束了！”

但是，她和王光宗双方都碍于社会舆论，顾全面子，没有上法院办正式离婚手续，也不在报纸上披露离异的启事。实际上两人的来往断了，长期分居两处。桂品微这边，自从到“女师”教书之后，社会上有了职业，生活完全独立，身边围绕着一群可爱的青少年学生，倒是使她忘掉孤独的寂寞，精神的创伤随着流光的消逝，逐渐愈合，生理上的疾病也不知从哪一年月起，不再那样缠人了。日子像涓涓溪水，在寂静的心田轻轻流过。

前几天就听说海银华从上海回来了。早想去看望她，以为她也许带回言真和云青两位难忘的故旧的什么消息，只是，每次想要出门之际，又不免踌躇起来：心想人家堂堂一个省主席刚从外地归来，少不了人来客往，自己既不是办公事，又犯不着去巴结高攀什么，何苦热剌剌地去凑热闹？每想到这儿，脚步又停下来了。今天，恰好是星期天，估计夏公馆的客人不会太多，趁着秋日晴朗，下决心看望银华去了。

海银华听女仆通报：桂女士来见，立即放下梳子离开梳妆台，赶紧跑到客厅来，伸出两只白嫩的纤手拉住老朋友的手不放，笑容可掬地上下打量了半天：

“你一点也没变，气色好多了，来，坐下。”海银华由衷地欢喜，“人家正说今天去看你呢！你来了正好，他有事去黎那边了。我们可以痛快地谈谈。嗳，我给你带回一把苏州的檀香扇。”说着，转身进房间去取出一只长方的盒子搁在桂品微面前的茶几上。桂品微只瞧瞧，没去碰它。

“唔，秋后送扇，不免有点煞风景，不过，留着明年夏天用嘛，檀香多年也不散。”海银华一个劲儿地说好话。

海银华比两个月前在香港时候消瘦了一些，在桂品微看来却比一年前更加标致了，打扮得时髦，气色开朗、妩媚。她性格一点也没改，在老朋友面前，还是保持少女时代那样活泼的热心肠。介绍了檀香扇的特点，接着就大讲特讲这回她在外地所见所闻。说她和夏雷在杭州有一次到灵隐寺玩，夏雷一时心血来潮，要去找一位著名的星相家算命。本来一个算命先生有什么出奇嘛，谁没有见过？可是，这一位就是与众不同，他自家有座相当讲究的庭院式的宅子，门口还设有听差门房。银华说她和夏雷去到的时候，先在门房登记。门房对客人旁敲侧击，问问姓名、住处什么的，大致摸个底细，然后给客人一小块竹片牌子，让拿进里头的书房去见算命的先生。那先生瞧了瞧牌子，然后仔细端量着客人，沉吟半天，才低下头来，抬起眼睛从老花镜上边瞅着客人，说他看相要的价，是因人而异的，认为夏雷并非凡夫俗子，庸碌无能之辈，不敢妄断。夏雷干脆问他，到底要多少？这时，那个门房进来交给算命先生一个筹码，然后咬耳朵嘀咕什么。算命先生终于向夏雷说：他这相貌，没有三百元不说话。结果，夏雷真的拿出银行支票来给他撕下一张三百元的签证，听了骗人的家伙胡诌了一通。

海银华说：“其实，算命先生是根据门房送上的筹码要价的，门房看你是什么样的人就给你送什么等级的牌子。他问了你住在什么公馆饭店，他就打电话到那里，去向他们的人打听你的身分。你说，算命先生的话灵不灵吧？三百块钱就这样白白地给了人家。嘿，丢下河去还听到声音呢！”

海银华撅着嘴，还为这事生气。

桂品微对这个新闻兴趣不大，倒想快点听到言真的下落。海银华却只摇头不语，表示遗憾。

“你真的留心打听过没有啊？”桂品微望着海银华的眼睛问。

“怎么没打听。在上海，在香港我都登过寻人启事。结果是，石沉大海，一点影子都没有。”

“你就没有问问你的人？”

“他呀，人家才懒得搅这些芝麻、绿豆的事哪。”

“人家是芝麻、绿豆？他自己算个什么呀？”

“大番薯呗，哈哈！”

“那是你讲的咯。”桂品微瞟海银华一眼。

海银华不觉红了脸，赶快拿别的话岔开。问老朋友近来作什么消遣，又作了什么诗词没有？桂品微说她对李清照的词很感兴趣。无聊的时候也学着填了几阕。海银华一定要她写出来看看。说着，回里屋拿出一本西式信笺和一支他在香港买的派克自来水笔，逼着品微非把填的词写下来不可。品微说别的都记不下来了，只有一阕小令——《夏夜怀人》，是想念言真的，还能随口背诵。海银华兴致勃勃，扭开笔帽，趴在茶几上，对着印有红玫瑰角花的信笺，等着品微开口做笔记。品微说她口音咬不清，索性把纸笔接过来自己写。海银华一边看，一边念：

风儿轻
月儿明
微风吹皱湖波声
婆娑树摇影
寻足印
觅知音
堤边闪烁飞流萤
无奈不见人

调寄《相思令》

“不错，”海银华念完赞道，“遣词造句自然，情感真挚。要是让言真读到它该多好啊。嗳，这样好不好？你把它投到外地报纸去发表，说不定言真会看到！”

“得了吧，不成样的玩意，给自己人看看倒无所谓，叫别人看了，可别贻笑大方。”

“那不见得。唔，对咯，我还忘了告诉你了，云青这个宝贝，我这回在香港见到他了……”

“云青？你在香港见到他？”桂品微不禁惊喜，心口直跳，脸上发烧。

海银华的脸也泛红晕，躲开品微追问的目光。片刻，才恢复平静，漫声说道：“是呀，真是无巧不成书。”

接着，海银华将她跟凌云青在香港的邂逅，当着故事讲给桂品微听。桂品微没等故事讲完，便打断她的叙述，说道：

“原来你们有过一番巧遇……”桂品微进一步用猜疑的目光审视着对方。

海银华无地自容，满脸通红。借口叫婆妈煮咖啡，进里屋打了一转才又回来，企图换另外一个话题。桂品微却去不掉这个念头，稍停一会儿，又淡淡地问道：

“他过得怎样？”

“没有怎样。”海银华好像设了一道防线，嘴巴封得挺严。但是，又怕这样会引起桂品微多心，于是，极力镇定情绪，装出心平气和的神气谈起凌云青的状况：

“人家又是学者，又是文学家；《星海晚报》上连载的《书剑飘零》的作者‘云外零人’就是他的笔名。依我看，那里头夹杂着的诗词，真不如你方才写的小令高明呢！不过，也真可怜，在那边倒是有不少人崇拜他哩。我那家房东管家的姑娘就把他当成偶像，佩服得五体投地。”

“是吗？”桂品微一惊，将信将疑，“那，他不再是一个人了吧？”

“怎么不是一个人？嘿，依我看，他永远是他。他不止‘不好意思’了，又多了两句：‘哎，空虚，空虚越来越沉重。’”海银华学着凌云青忧郁的腔调，宛如演员念着台词。

桂品微忍俊不禁，跟着笑了笑：“有那样多的崇拜者，还不能从中选一个呀？”

“盲目崇拜算得什么，人家要的是知音！”海银华瞟桂品微一眼。

桂品微心头一悸，转过头去拿起檀香扇的盒子来瞧。

看门的卫兵突然闯进来，对海银华说桂西专区王专员来求见，海银华望着桂品微，意思是说：“怎么，见不见？”

桂品微忽然站起，对着海银华坚决地说：“我不见他！”

“那，到隔壁我的房间坐一会儿。唔，给你像簿看。”海银华领桂品微走进她的寝室。

王光宗进入客厅，一眼见到海银华含笑迎人，开口就说。

“早安，夫人。”

“哎哟，你还来这一套。”海银华斜视对方一眼，“现在是什么时候啦，还早安呢，唔，坐呀。卫兵，招待客人。”

“雷公不在？”王光宗坐下，问。

“到黎公馆去了，打电话叫他来吗？”

“不，不，他们有事，不好打搅，先同你聊聊，回头你代转达也行。你们回来好些天了吧，此行收获如何？不小吧？”

“谢谢。”海银华有话无心地漫应一句，上下打量着这位常客，“一向混得还顺心吧，看你一点也不出老嘛！”

“哪里，哪里，鬓发已染霜花了。”

海银华注视他的鬓角，果然出现稀稀拉拉的几根白发，脸皮的皱褶无法掩饰，眼睑出现显眼的水泡，只有干瘪的唇上那两撇仁丹胡须，仍旧剪修得挺讲究。

“真伤脑筋，”王光宗感叹道，“韦步平这小子，真把人搞苦了！”

王光宗说的，自有他几分来由：自从一九二七年四月他参与反动当局策划屠杀共产党人，立下汗马功劳，就得到进一步的信任。几年来，一直是黎、夏卵翼下的一位能员。国民党省党部的秘书长一职辞退之后，就到绥靖督办公署当一名少将衔的参议，作为黎、夏的智囊。一年多来，西部边界各县由于红军留下韦步平这股游击队，四处点火，进剿部队和地方官员几次换马，都感到束手无策。半年之前，夏雷才又想起身边这位助手，以为他对西部专区的情况比较熟悉，要他简任西部南北两江绥靖督导专员。近几个月，他一直在河口，和进剿部队的团营长一道，出谋划策，颇费心机。前两天，听说夏雷回来了，特意从河口乘船赶来，报请机宜。昨天在省府他已经同夏雷见过面，把意见交换了一下。夏雷要他等两天，军事部署的事，等他同黎柏初商量好再作决定。

“你找他什么事？昨天你们不是见过了吗？”海银华点起一支香烟，吸了一口，靠在沙发上，跷起二郎腿，瞟王光宗一眼。

“啊，是这么回事。昨天雷公把凌云青在香港地址告诉我，我给他拍去电报，电报退回来了。是不是你把门牌号记错了？”

“浅水湾 369 之 2 怎么会错？除非他又搬了家。”海银华口气肯定，“给他拍电报干吗？要他回来？回来干什么？嘿，人家清高到九霄云外去了，还肯回来跟你们同流合污？这次他不是去了吗，近在咫尺，人家连见都不屑见。嘿，真是茅坑里的石头，又臭又硬！你一封电报几个字就能搬动得了他？”

“那不是一封电报，而是一顶乌纱帽。我们昨天商量过了，只要他肯回来，省府就聘他当高等顾问，简任官。”

“我真不明白你葫芦里装的什么药？为什么忽然要那样借重于他？”

“哎，你在外地时间久，省里许多事，你不懂也难怪。跟南京的关系吧，目前暂且和缓下来了，可人家不会让我们长久偏安的，此其一；其二，西部一大片地方，除了县城，乡村全是韦步平共匪的天下。真伤脑筋透了。”

“有那么严重吗？危言耸听。”海银华悠闲地仰起头，喷出一口烟雾。

“哎，说你又不相信。”王光宗一肚子委屈，不得不分辩，“去年年底章斌那股红军主力，一万多人被赶出了省外，以为地方从此可以绥靖了。后来，听说韦步平留了下来，不过，力量有限，总共只有一排人，二三十枝枪，虽然把杜县长拦劫，受了损失，不过，总以为几条泥鳅翻不起大浪，没及时采取什么对策。不想他那几点火星，居然燃起了林火，到处蔓延开来。哪里有老百姓，哪里就有韦步平的赤卫队。好比是春天的杜鹃花,开起来满山遍野都是。什么南北江游击纵队咯,什么红军独立支队咯,什么南北江地区苏维埃咯……名目繁多,旗号变来变去。他们完全是学了江西共党的那套游击战术,神出鬼没,声东击西,匪民难辨,叫你顾此失彼。我看,孙悟空再世也没有他那种符法。真是伤脑筋透了!”王光宗说着说着,居然难过不已,两只胳膊支在膝盖上,抱着脑瓜生闷气。

“要是那样,云青那个书呆子,手无缚鸡之力,就算他肯同来,又能帮得你们什么?”海银华说。

“他要回来,当然有他的用场啰。看来,这一窝马蜂,你要硬去捅它,那只有越捅越糟。”王光宗说,“若不把韦步平那个蜂王逮住,什么法也制不了。凌云青过去一向是韦步平的同伙,后来两人虽然闹别扭,分道扬镳,可是朋友的义气还在。他要肯回来,就让他去向韦步平规劝规劝,要他放下屠刀,平息战乱,免得蹂躏地方,大家都有太平日子过。如果韦步平他执迷不悟,蛮干到底,那么,退一步想,云青懂得他们底细,让他给我们参谋参谋也不坏。”

“他要回来,过去那笔账,你们还算不算呢?能一笔勾销吗?”

“过去是过去了。当年不是看在你夫人面上,抬了抬手,放他过去了吗?”

“嘿。”海银华瞪他一眼,“亏你还记得这个。”

屋里静下来。婆妈送来新到的几份外埠报纸,轻轻地搁在茶几上,转身就要走。夫人叫她给客人预备午餐。王光宗赶紧连声谢却,说他马上就走,不打扰了。婆妈等待夫人眼色。海银华说:

“王专员既然有事,那就改日再请吧。”

婆妈走了,屋里又静下来。报纸冷落在一边,两人都无心去看。约摸过了两分钟,海银华才联想起件事,问道:

“嗯,我也真不明白:韦步平这个人又不是什么三头六臂的妖怪,他能有多大神通,值得你们拿两万块银洋去换他的脑袋!”

“哎,我的夫人,如果个个都像你这样看就没事了。可你不知道:在那地方老百姓的心眼里,他可是个神仙啊。愚蠢的百姓真是把他说得神乎其神哩。有一回,他下到一个村子来开会,给我们的侦探发觉了,马上叫来一个班的弟兄,把房子包围起来,满以为这一下子他没法跑脱了。谁知他却爬上屋顶,抱住大梁，等我们的人回头走了，他才悄悄下来，从屋后的水沟钻了出去。到村头，有个弟兄认出他左边的耳屏长颗黑痣，抓住他衣角。他使劲一甩，衣襟撕破，拔腿拼命跑。那弟兄赶紧追，想抓活的。追呀，追呀，追到一座石山上，脚脖子闪了一下，一眨眼，抬头一瞧，啊嗬，人不见了。后头又来了两个弟兄，一道上半山腰搜索，半天，在山洞口前面发现他的破草帽搁在一蔸花稔的旁边。那个弟兄把草帽捡起一瞧，嗨，下面蜷着一条青蛇，那三个弟兄吓了一大跳，赶紧拔腿就跑。一路上大声嚷嚷：'韦步平变龙了，韦步平变龙了！'故事很快传开，一传十，十传百，添枝加叶，都说韦步平是青龙下凡。尤其是那些瑶民，更加信以为真，把他当作神明来膜拜。弄得那一带山里人，不论是刮风下雨，也不论三更半夜，只要你一说，韦家哥传话：叫到哪里，他们就毫不迟疑，忽拉一下都来了。你不管怎么说，他就有一套鬼名堂，能笼络住人心，可不能小看。"

王光宗一口气把故事说到这儿，顿一顿，喝口茶润润喉。海银华沉思，不做声。王光宗喝了浓茶，提了神，又接着讲下去：

那是今年四五月时候，有一回，几个县警队弟兄下乡催粮。快进村了，迎面来了一个人，肩膀上背着一只麻袋，头上戴顶笠帽，抬头一看，是县警，立即转身拐弯就走。其中有个县警眼尖，认得是韦步平，高声叫他站住。他哪里肯听，只管拼命往丛林钻，拐了两三道弯，掷下麻袋，就朝相反的小道跑。那些个县警也挺鬼，分成两路去撵。韦步平穿过了丛林，来到村边一个水塘的边上，正好有个老头在那里钓甲鱼。老头一看气咻咻跑来的人正是韦家哥，听听后头追来的声音，越来越近，这可叫老头慌了手脚。韦步平却沉得住气，向老头使个眼色。老头立即脱下衣服交给韦步平穿上，同时和他换了笠帽，然后跳下水塘，向对岸游去；韦步平却佯装钓鱼翁，拿着钓竿，蹲在岸边，把脖子缩在破笠帽下，一动也不动。两个县警气呼呼地追了上来，大声叫唤："喂，钓鱼的，见到有人逃跑过来没有？"韦步平举起钓竿指着对面飘浮的笠帽，压着嗓门，瓮声瓮气地答道："喏，前面不是，快上岸了。"县警一瞧，塘里果然有人凫水，赶紧呼喊："追！抓活的！"等到县警绕着塘边撵去了，韦步平才把笠帽往小树枝上一搁，立即钻回丛林，从另一方向跑了。县警赶到对岸扑了空，气得将老渔翁抓起来，想带回区公所顶差。不料，走到半路，猛然从山坳两边响起"叭、叭"的枪声。五个县警眼巴巴落进了伏击圈，活活被缴了枪。

"就这样，"王光宗咽下口水，"任你再开多少兵去也白费。有时他化整为零，有时他又化零为整；你要清剿吗，他们都是下田种地的老百姓；他们要打你的时候，一下子又冲着你来了，往往三四个对付你一个，叫你分不清是老百姓还是匪徒。他们到处是耳目，我们却成了盲人骑瞎马，弄得寸步难行，你说气人不气人？所以我说，要想剿灭他们，非得改弦更张，另图良策不可。依我之见，最好的办法是借重于云青，把他拉到我们一边来……"

王光宗看海银华站了起来，赶紧把剩下的话咽回去，瞪着眼睛瞅她。她来回走了两步，沉思半晌才说："要云青回来……未必中用。"她心里在想："电报怎么退回来了呢？难道他又搬了家？大概不会离开香港吧？"她停步，对着王光宗说：

"我看这样，电报打到《星海晚报》去，准能转到他。查查报社的电报挂号。"

不等海银华坐下查报，王光宗已经从茶几上几份新来的外埠报纸当中，找出一张八开的小报——《星海晚报》，东翻西翻，喃道：

"报社地址在哪儿？"

海银华把报抢过来，还没看到报头下的"电报挂号"那个地方，倒是在"社会一角"的专栏里，有一则"花边新闻"，令人瞩目，一看之下，仿佛触了电，不禁失声喊叫：

"呀，有这么回事？"吓得海银华脸色煞白。

"什么？"王光宗立即凑上去，顺着海银华的眼神往报上瞅。

"你瞧。"海银华指着那条叫她丧魂失魄的标题。

标题是排列成两行的三号黑体字：

野驾鸯杳如黄鹤

真名士书剑飘零

看标题，王光宗是莫名其妙，往下读正文才见到这样一段风流韵事的记载：

……兹有《书剑飘零》作者云外零人，以其生花妙笔，赢得痴男信女之倾倒。月前，有内地某将军之外室者，萍水相逢，早夕聚首，暗渡陈仓，欢洽鱼水。岂料好事多磨，飞将军从天而降，竟尔携眷言归，从此风流云散，闻者伤之。然而，东隅之失，桑榆可收。当兹云外君子坎坷凄徨，风尘落魄之际，竟有邝家千金者，慕其名而爱其才，同其情而怜其遇，才子佳人，两相契合。却因无媒苟合，难容于礼教之家。野鸳鸯竟尔杳如黄鹤，不知所终。《书剑飘零》从此夭折，致令痴心读者，向隅嗟叹……

“这说的是云青吗？”王光宗看着海银华问。

海银华满面通红，哼一声：“这些报棍子……敲不到竹杠就来这一手。”说完，撇着嘴，将报纸一掼，差点没有撕掉。

卫兵进来请王专员听电话。王光宗出去一会儿，转回来对海银华说：

“柏公那里叫去，改日见。”

王光宗急忙走了。海银华坐着发呆，一动也不动。桂品微听得王光宗走了，轻轻地回到客厅来。海银华耽于沉思，旁若无人，桂品微悄悄坐到身边，她似乎都没有觉察。桂品微拿起报纸来，也为那则花边新闻所吸引，读完之后，正要跟海银华说话，对方却愤愤地抢过报纸撕了。

“造谣中伤，讹诈欺骗……”海银华找到了反唇相讥的语言，不胜激动。

桂品微打量着眼前这位老朋友，好像新认识似的，不免惊讶。

“这新闻是讲的云青吗？”桂品微盯住海银华的眼睛。

“天晓得它讲哪个！”海银华又慌乱又愤懑。

“你们刚才谈的事我都听到了。”桂品微平静地说道。

海银华仍在赌气，不吭声。

“你知道他还有别的地址吗？”

“谁，凌云青吗？你……”

“我想去一趟。”桂品微的口气很肯定。

“你要去找他回来？”海银华方才一阵愁云迷雾的心境，突然闪现一道阳光，笑影掠过了脸庞。但是顷刻工夫，无端的嫉妒，却钻进她的心窝，使她难以自处。

桂品微那样庄重而沉着,不慌不忙地说,她想去治病,顺便到广州看看言真她妈,也许从她舅舅那里,打听到言真的消息。

“当然,能找到的话,也想见见云青。”桂品微口气很虔诚,“我们到底相识过一场。”

海银华眉毛一扬说:“对,赞成你去一趟,拉他一把,免得……”

“免得什么?”桂品微凝视对方。

海银华不由得红了脸,悲哀地说道:“那就不用明说了。唔,你不是讲,刚才听到我们谈的事了吗?”

“不。话要讲明白:我去是去,可不是要替谁去当说客。我走了,谢谢你的扇子!”桂品微拿起檀香扇就走。

“哎哟,急什么呀!”银华望着走去的背影喊叫。

第四十五章

这一天，山圩附近的金竹村韦老叔家为大闺女出阁宴请亲朋。原来寂静的山庄，顿然热闹起来。外乡外屯陆续来了一些男女宾客。女客不管她是姑妈、姨娘，还是表姐、表妹，都穿一色蓝靛染的自纺自织的土布衣服，大襟，宽袖，宽裤腿。年轻姑娘的鞋子是彩色丝绒绣花的连帮缎面布鞋，两只手脖都套着锃亮的镂花银镯或晶莹的玉镯，耳朵坠着摇摇晃晃的耳环，头顶包着白底蓝花织成的头巾，撑着布伞，遮掩着大半个脸。上了岁数的姑婆穿戴比姑娘们朴素，一般穿的鞋子是古铜色缎面的鞋头，绣着一朵黑牡丹或紫藤什么的，头巾是一条两头连穗的青布。有的肩上挑着两只小竹篮；有的拎着布伞，背着襁褓，腰间吊下两只赤嫩的小孩的脚丫；有的身边拖带着六七岁的娃仔。男客的穿戴比较随和，有的穿着逢年过节才从箱底拿出来的褶纹明显的衣衫，鞋子也是平日少穿的半新不旧的圆口布底鞋，衣领都是敞开不扣的，鼻孔毛长出鼻腔也顾不上留心修剪。

宾客当中,有三位是陌生的外路人,他们也都穿着簇新的衣裳,俨然是做客赴宴的打扮,和其他客人一道进入屯里。进屯后,他们没有跟别的客人往右拐,到龙眼树下进入那座门楣上贴着“之子于归”的院子去,他们却往左拐,溜进一条小巷,朝着一家姓全的人家走去了。

读者也许能记得起来,这姓全的人家就是六年前覃家庆在这避难——给人拉大锯解板的东家,也是四年前韦步平在这儿认识的全福寿的家。原先那两位踩碓舂米的姑嫂,四年来也都各自有了很大变化。嫂子金英,大姑阿梅都到龙口岩八仙庙农讲所学习过。后来,金英嫂有了小孩,回了本屯,一边领屯里闹翻身,一边照顾家务;去年腊月,因为生第二胎难产,大人小孩都救不过来而故去了。大姑阿梅自从那回在赶圩的路上罗汉帮她捉猪崽,曾引起她的心思。但是,现在看到人家忙这忙那,顾不上在一道讲句体己的话。倒是家福老爱找她说这说那。起初,她并不加留心,可后来彼此接触多了,慢慢也觉得蛮可亲的。同伴们也都怂恿她,说他俩倒是挺般配的。不过,在这兵荒马乱的年月,谁有空顾得上这个? 大哥去了南江,大嫂又不幸去世了,二嫂重九为着办公事,东奔西走,很少在家,侄儿只好由她作大姑的和二姑阿杏照料。侄儿快满四岁了。此刻,正蹲在四年前韦家哥初次来访时坐过的门槛上,聚精会神地瞅着蚂蚁搬家。听到身边有人走来,才抬起小脑袋,见到三个穿着整齐、干净的陌生人来到跟前,对他含笑。小孩认生,惊疑地睁大眼睛,挡住门口问道:

“你们是谁? 不让进。”

听到小孩说话,屋里头马上有人问道:“谁来啦?”

“大姑,快来!”小孩转身朝里屋喊。

二门里出来一位大姑娘,一见这三人,眼睛睁亮,欢喜得了不得,连忙说道:“嗬,你们可是来了! 进里屋……”

小孩歪个小脑袋问:“大姑,他们是谁?”

小孩一问,提醒了姑娘,她警觉地改口对侄儿说:“唔,人家是来龙眼树韦伯家吃喜酒的。”

这时,二门口出现一位小姑娘,瞅着小孩叫唤:“狗仔,你回屋来!”

小孩顺从地跟小姑娘往里屋去了。

原来大家都认识的。大姑娘就是阿梅,三位客人,一个是韦步平,一个是蓝志高,一个是梁少英。他们是约定今天到这里来碰头议事的。这两三个月来,南京蒋介石应付日本入侵东北,放松了对两广用兵。黎柏初、夏雷的桂系减少了压力,能够将桂东北一线的防军抽调到西部虎岩山区来加强其绥靖部署,集中大量兵力向岚山、巴龙一带展开步步为营的碉堡封锁,实行两面作战,软硬兼施,一面招降纳叛,一面重点围剿。这样一来,韦步平的游击活动就增加了困难。为了摸清边沿地带的敌情,同时要同骨干分子商量今后的斗争方针,三天前给巴龙的罗汉他们送去通知,约他今天到这儿来碰头。他看小孩走了,才低声向阿梅问道:

"罗汉到了没有?"

"昨儿半夜就来了。"

"住在哪儿?"韦步平跟着阿梅进屋,边走边问。

"把他锁在谷仓里啦。"

"那不把人憋死呀?"梁少英很惊讶。

阿梅为难地说:"没法呀,到处都有走狗,钻来钻去。韦家哥,你怎么亲自出马呀,可要小心露出马脚哩!"

韦步平笑了笑说:"没有那么可怕,几条走狗,你不要听它叫得挺凶,真正要咬人,也不那么容易。走,看罗汉去。阿梅姑,你大哥那边有信没有?"

"半个月前,有个贩牛的叔叔带来口信:说南江那边也一样,敌人十分毒辣。"梅姑一边走一边说,"敌人明打不过我们,就来暗的,专收买走狗,尽往背后捅刀。罗汉昨晚来讲:黎柏初这回亲到河口督阵。王光宗放出了口风:说活捉到人赏两万块大洋,打死拿去脑袋得一万五,比原先加了一倍。罗汉由五百块涨到一千块。他们还到处派便衣侦探,阴谋暗杀。你们刚才进村没人见到吧?"

蓝志高说:"我们都说来寻亲戚吃喜酒的。"

梅姑睁大眼睛,望着韦步平忧心忡忡。

"没什么了不起的。"韦步平满不在乎的样子,神情镇定。

一会儿,梅姑喃道:"人人都跟你一样就好了。可人心难得一般齐啊,俗话说：‘见银眼黑’，谁能担保盐罐就不长蛆？”

梅姑话才落音，她的二妹阿杏气急败坏地冲进屋来，上气不接下气地结结巴巴只顾望着大姐说道：“大姐，不好了……呵，韦家哥，嗳，你们快，快躲开，敌人围村了……”

她说她刚出村要上山捡松枝做柴火，忽然见到大路上一大帮人往村里来了。

“多少人？”梅姑问。

“没数清。十来八个有多不少。”

“怎么办？”少英吓得脸色发白，盼着韦步平拿主意。

“先想法躲一躲吧。”梅姑说。

“钻进草垛去怎样？”志高朝着韦步平问。

韦步平眼睛炯炯发光，脸色沉着，两手叉腰，一言不发，异常冷静。

就当这个紧张急人的时刻，韦老叔家一个十二三岁的丫头跑来找阿梅姑，说她家姐快要梳头打扮了，十姐妹只缺她一个，催她赶快过去。梅姑“嗳”一声，转身就要走。韦步平眼睛一亮，想起了什么，叫她等一等。问她：新娘子家有没有送亲的？梅姑摇摇头，表示不大清楚。丫头回头答道，有送亲的，是她姑妈做送娘，轿子昨晚就从山圩街上租来了。

韦步平对梅姑说：“你替我送个封包过去。”说着从腰带上别着的一只巴掌一般大小的皮夹里，掏出十块白花花的“袁头”。

“我找张红纸包上。”梅姑从放神龛的香案上拿起一块小红纸头，将银元包了。

韦步平对梅姑嘱咐：“你去对韦家老叔说，是他姓韦的本家送的小礼，给姑娘买针线的，请别嫌弃。我们随后就上门去道喜。”

阿梅点点头，走了两步又回头催韦步平他们：“你们快走啊！”

“这，怎么闹？”少英莫名其妙，瞪着窘惑的目光，望着韦步平。

韦步平面不改色：“别多问。各人检查家伙，装上子弹！”

志高、少英从腰间掏出手枪来，检查子弹。韦步平向阿梅姑：“去，叫罗汉出来，带他到韦家吃喜酒。走，我们三个先过去。”

“这，怎么个闹法？”梁少英一边走一边嘀咕。

“你先别说话。”韦步平瞪他一眼，走了两步又说，“唔，你不是会吹唢呐吗？你当吹鼓手，志高抬轿行不行？”

“行。”志高说。

韦步平一行三人，就这样大模大样地往东头龙眼树韦老叔家走去。

韦老叔是个忠厚的庄稼人。从小女手上接过沉甸甸封包，听阿梅姑娘说是韦家哥送的礼，不由一怔：“虽说是老宗，可并非本家，平素又无来往，怎么送来这份厚礼？不过，人家既然送礼上门来了，怎好意思挡回去？可领了人情又怎么回礼呢？要紧的是如今官府正出大花红捉他，怎么办？嘻，真是急死人了！”

正当韦老叔跺脚搔头，急躁不安的时刻，韦步平他们跨着大步进到院里来了。韦老叔少不了赶紧吩咐家人，在倒厅摆上酒席招呼客人，不等韦步平开口，梁少英挤到韦老叔跟前，咬耳朵说了几句什么。

“呀？”韦老叔大惊失色，瞪着眼瞅韦步平。

韦步平带着微笑说：“走吧，请老叔领我们到后屋解个手。”

韦老叔战战兢兢，领着三位客人到后院菜地，反扣上了门。那里栽种着一垅苤蓝，一垅蒜苗，旁边间种一些辣椒、芫荽什么的，东边墙脚，堆着草垛，南边垒起木柴。韦步平拉着韦老叔的手躲到草垛后头，小声地告诉他说：反动派的丘八快进村了。估计他们会逐家逐户搜查。如果在他家搜出人来，不止是连累到他家，也要连累到全屯的乡亲。

韦老叔一听，吓得全身打颤，哭丧着脸，结结巴巴地说：“那……我……怎么办？哎，本家兄弟，你可……”

“老叔，别着慌。”韦步平给老人家壮胆，“火已经烧到眉毛了，想法把它灭掉，慌张更坏事。现在只有两条路可走：一条，你把我们绑了，送给他们去领花红。但是，这样一来，就管不住山上的弟兄们下来问你老叔要人。另一条，请你老人家应允我一件事，那就管保逢凶化吉，平安无事。看老叔你愿走哪一条吧。”

“当然能平安无事最好咯。应允的事嘛，只要能办得到，都依着就是了。”韦老叔急得出了汗，鼻尖湿润，额角淌了水似的。

“你姑娘出阁，不是要她姑妈做送娘吗？”韦步平问。

韦老叔目光呆滞，机械地点点头。

“送亲这差事我来替她姑妈代劳吧。”韦步平说得很果断。

韦老叔更加蒙头转向，瞠目结舌，不知说什么好。

韦步平含笑，拍拍他肩膀：“老叔，请放心，担保把姑娘妥妥帖帖地送到她婆家，不会耽误新娘新郎的洞房大喜。”

韦老叔睁大眼，斜视韦步平，心想：“他要坐轿子出屯？”

菜园小门突然洞开，梅姑把罗汉领来了。她神色紧张，一见韦步平就说：

“怎么办呀，急死人啦！一大帮狗进村了，正在西头挨家挨户搜人哪！”

罗汉一边跟韦步平他们三人打招呼，一边紧张地掏出驳壳枪，推子弹上膛，眼睛冒着火焰，说道：

“冲出去，跟他们拼！几大就几大，至大芭蕉叶！”

“不！”韦步平以斩钉截铁的口吻制止罗汉，“不能硬拼。来，你听我说。”他把罗汉拉到身边咬着耳朵说话。

罗汉歪着脑袋听，笑道：“行，就这样办。”

一会儿，梅姑又从前屋跑出来，脸色慌张，跺着脚叫唤：“快，狗崽子快来了！”

韦步平转身对韦老叔说：“老叔，赶快去腾出一间空房来，要打扮一下才好上轿。”

韦老叔向梅姑挥手：“走！”说着，转身进了前屋。

进村的敌人，原来分两路包抄，东头也来了人。现在，邻近人家已经传来急促的脚步声、怒骂的吆喝声、小孩的啼哭和鸡飞狗叫……

韦步平他们刚躲进闺房，前院就闯进七八个气势汹汹的兵痞。做家长的韦老叔陪着笑脸，恭敬地请他们上席喝酒。这帮馋猫，一见酒菜，命都不要了。不管三七二十一，拿起酒杯碗筷放肆地吃喝起来。

一会儿，进来一位排长，后头跟着四五个弟兄。韦老叔对他更加客气，哈腰作揖地倒茶敬烟，专请他到倒厅上席。这家伙是个酒鬼，闻到酒味，全身都发软了似的，喉核一上一下地咽口水，可他还强充好汉地连声说道：

“别客气，别客气！”他嘴里这样说，脚步却跟韦老叔往倒厅走去。

“难得请到长官你光临啊,真是请还请不到呐！也不是特意预备的,不过是几杯水酒,粗茶淡饭,表点心意就是了。贵人不嫌弃,就算闺女她有福气吧。请!”韦老叔边说边让座。

“别客气,别客气。我们是来办公事的,事先不知道,没带到礼品。”

“人到就是最大的面子了。哈哈,来吧,请!”

“请,请。”

酒席未终,吹鼓手奏起“八音”来了。

有个人到韦老叔跟前,交头接耳,不知说了什么。韦老叔点点头,等那个人走了,才掉过头去,拿手掌掩着嘴向那个喝得半醉的排长悄悄说道:

“闺女嫁得远,婆家来接亲的催着上路了。看长官大人你有什么吩咐没有?”

那排长迷迷糊糊,卷着僵硬的舌头说:“走得好,走得好。恭喜她夫妻恩爱,添丁发财！哈哈。唔,不过,路上可要留点意,遇到韦步平他们那帮乱党,可是很……很……哎,伤脑筋透了！唔,这样,我叫两个弟兄送过山坳再回来,这就放心了。”

这边,韦步平在房里,让梅姑她们几个姐妹七手八脚,把送亲的女宾礼服、头巾,绣花鞋等等,样样都穿戴停妥。等到嫁娘辞拜了祖宗、父母,上了花轿,梅姑她们姐妹几个才围着送亲的“姑妈”,拥进了轿子。罗汉和志高当了轿夫,一前一后,抬起轿子,跟在新娘的花轿后头。梁少英吹着唢呐混在鼓手们当中,两个护送的丘八殿后。熙熙攘攘,簇拥出了村庄。

迎亲的轿子领路走在前头,花轿紧跟着走,送亲的轿子故意放慢步子,落在花轿后面。等到要过山坳地方,韦步平跺着轿板,“咚咚”作响。罗汉叫志高把轿放下,说轿里的人要解手,要他叫吹鼓手赶到前面跟花轿去。随即出人不意地转身掏出手枪,指着护送的两个兵痞喝一声:

“不许动,把枪放下!”

“你俩把轿子抬走。”梁少英用枪口顶着两个俘虏。

“不用,不用。”韦步平从轿里钻了出来。他已经把乔装的衣衫脱掉,恢复了他原来的样子——敞襟穿着褪了色的蓝靛布褂子,络腮胡倒是刮得光光的。他先是朝着罗汉、志高和少英笑道：

“真憋气，这个角色可不好演呀。你俩怎样，肩膀磨破了吧？唔。你们两个，”他转脸瞅着站在一边打哆嗦的俘虏，“跟我们上山走一趟吧。不要抬轿，只要你们说真话就行了。”

正在说话之间，不想，后面有追兵撵来了。一共是七个人，都扛着长枪，穿的是县警服装。大声嚷嚷，叫轿子停下。罗汉眼尖，一下子认出带头追来的人，不禁惊讶，脱口叫道：

“嗨，马王七，老不死的家伙！”

“好，这回他休想活着回去。”志高压不住恼怒，举枪向他瞄准。

“先别动。”韦步平给大家打手势，“各人利用地形地物隐蔽。你们两个站在这里向他们打招呼，说是自己人，快来。”

两个俘虏遵命高声叫喊：“喂……快来呀，自己人！”两边石山响起回声。

韦步平他们四个，分作两边，躲到岩石后头，从石缝监视敌人。本来是要两个俘虏引诱马王七来到跟前，然后出其不意活捉他们。志高却沉不住气，看到马王七气喘吁吁地爬到跟前大约距离五十步的地方，没等韦步平下口令，就擅自开了枪。“叭”一声，马王七身体一晃，倒下了地。敌众措手不及，正要散开找地方隐蔽，罗汉大声猛喊：

“不许动，把枪放下！把枪架起来，一个一个站好！”罗汉从石缝后面下着命令。

敌人只见枪口对着自己，却见不到人影。各人就像小学生做错了事，被老师罚站，乖乖地三人一组，将枪架起，取下子弹带，自动站成一排，低着脑袋，斜视刚才向他们喊话的那两个同伙。

罗汉和志高先走到马路上。罗汉端着枪对那六个人喊：“举起手！”给志高使眼色。志高过去把他们一个一个地搜了身，然后叫他们就地坐下。

韦步平和少英也到路上来了。少英走上前去，看到马王七直挺挺地躺在地上，一动也不动，半个脸孔贴着地面，眼睛闭着，一丛含羞草盖住他大半个脑袋；有只鞋子掉在一边，露出破了个大洞的袜后跟，血染湿了裤腰。志高朝他大腿踢了一脚，轻蔑地“呸”了一声，骂道：

“他妈的巴子,这回你可见阎王去了。”

韦步平走过来看了一眼,问道:“死了吗?”

“完了……”志高得意地拖长着声调回答。

话还没落音,突然“叭”的一声,子弹从韦步平肩头擦过。就在这一瞬间,少英眼明手快,对着马王七蠕动的脑瓜,“叭、叭”连发两枪,脑浆溅起,两条腿抽搐两下,仿佛烧到底的蜡烛,闪起两点火花,转眼就灭了。

梁少英抢上去搬开那具沉重的尸体,从死人手上拿过一支马牌的“白郎宁”手枪,开心地说:

“他妈的巴子,真是个道地的蚂蟥,会装死。”

“再给他一枪。”随着话音,志高咬牙切齿地往死尸上又打了一枪。

“别浪费子弹!”韦步平赶紧制止,“还有不少蚂蟥等着我们收拾哩。”

罗汉拍了少英肩膀一下,伸出大拇指赞道:“梁兄,你这一手露得不坏。没有你这一枪,韦家哥真险呀!”

“哈哈,手指头动一动算不了什么。”少英有点飘飘然。

韦步平说:“同志们可要记住:敌人就是临死也还妄想找个垫背的哩,千万不能麻痹大意!少英,这回算你立了一功,这支‘白郎宁’就赏给你吧。”

少英笑得小眼睛只有一条缝了。

韦步平叫志高搜索死人的口袋,得到一只皮夹。打开来一瞧,里头有三张一元的钞票,在另外一只小袋里,有两三张照片。少英一手把它抢过去了。一瞅,可是眼馋心开地盯着不肯放过。志高好奇,要抢过来,少英却边笑边跑,志高在后头直撵。原来,有张照片是妓女行乐的春宫,另一张是原先金边蚂蟥三姨太穿着透明的紧身内衣照的袒胸露臂的照片。少英只管把照片捂在胸口跑,不觉掉下了一张来,被志高捡起一瞅,不由得呼叫:

“嗨,瞧!”

志高将照片让罗汉看。

原来,这是韦步平的半身照片。翻印得很模糊,纸面发黄,还出了斑点,是一九二六年在省农讲所时的留影。背面写有这样的文字:

韦步平——岚山县人,原名韦则明,化名牛犇。活捉归案者,赏银两万元,斩获首级者,赏银万五。

"哼,见他的鬼去吧!"罗汉交给韦步平。

韦步平瞧了瞧,冷笑一声说:"有意思,两万元,身价不低嘛。"

少英和志高回来了。韦步平盯着他问:"你们抢什么?"

少英脸上发红,瞪志高一眼。志高看韦步平目光炯炯地审视着他,很难为情,嗫嚅着说:"两张相片,把它撕了——光着屁股的玩意……"

韦步平对少英瞪一眼,"哼"一声。

"罗汉,"韦步平下命令,"去,叫俘虏站好,问他们,谁愿跟我们干,就准备上山,不愿干的让他们回家。那两个丘八,无论如何要他们跟我们走一趟。"

"轿子怎么办?"志高问。

"把枪支子弹放进去,叫他俩抬着。"

"好!"少英高兴地说。

罗汉、志高和少英分头去给俘虏训话和收拾武器。韦步平一个人坐在石头上沉思一会儿,拿出小本子记了些什么。

不多一会儿,罗汉回过头来说:六个县警,两个愿上山;四个想回家。韦步平想了想,说:

"那就这样办:要他们四个人把马王七搁到轿里,抬回山圩区公所去交差。"

"枪支、子弹呢?"志高问。

"我们一人一枝,剩下两枝把枪栓下下来,让俘虏扛。"

"好。"

志高应一声,转身要去轿里取出枪支。韦步平叫他等一等,问他枪支、子弹和手榴弹一共多少?拿小本记下数目,然后撕下来交给少英说:

"拿去,给那四个人带回去交差。拿了人家东西要给个凭据是不是?"

少英接过来一看,上面写着:

收到送来步枪六支,子弹二百八十二发,手榴弹十二枚,警兵二人。

退回尸体一具，警兵四人。轿子一乘请转交黄竹村韦老叔家。

——一个值两万银元的人具结

一九三一年十一月九日。

少英边看边念，大家听了，不禁笑起来："哈哈，气破他们蛤蟆肚皮了。"

韦步平说："把它叠成三角，交给那四个人带回去。"

少英正要走，韦步平又叫等一等。翻开小本本扯下一张白纸，抖了抖自来水笔，然后疾书两行字，签上韦步平的名字：

谁要当反革命，谁就同他一样！

韦步平

"把它放到尸体口袋去。"韦步平对少英说。

这样，一场戏剧的大幕落下了。然而，在人们口头上却传说了好久，谈论了好多年。

当天，韦步平和他的伙伴赶了一夜的路，拂晓前才回到虎岩山弄。

山弄主要是瑶人居住的山场峒寨。周围八九十里都是重峦叠嶂、道路崎岖陡峭。有的地方，要攀藤附葛才能爬上去；有的单边小道，你要不加小心，一失脚就得坠入深谷；有些石山的洞穴，从这边山就能穿过那边山去。这些地方，如果你是新来乍到的外乡人，没找到本地人做向导，那是寸步难行的。韦步平选中这地方做根据地，从军事地理的要求说，进可攻——威胁着岚山、巴龙等北江两岸几个县份；退可守——只要把几个山坳豁口一堵，真是一夫当关，万夫莫开。再说，石山的特点，几乎山山有洞，洞洞住得人，或容数百，或纳数十不等；洞里多数滴水，盛起来可作饮用；山坡土地，可以垦荒，种植玉米、高粱、瓜豆菜蔬；弄场有飞禽走兽——鹧鸪、野雉、山猪、黄羊，狩猎十分方便。在给养上，只有食盐一种必须仰仗外面供应。半年来，敌人把盐岸给断了，大量食盐不能再靠马驮队公开贸易，只有利用少数小商小贩走私偷运；再不然，就得指望乡亲们冒着风险借故进山挖药，采购山货什么的，装进饭包，或化成水灌进竹筒带上一斤半斤。

半年前，韦步平进山来待了一段时间，跟志高一道穿山钻洞，到处勘察了一番。然后跟同志们开会研究，决定在这里建立总后方，把在白区已经待不住的家属和体弱伤病的同志，都转移到这里来，建立“赤卫队之家”，让身强力壮的同志在外头打麻雀战，跟敌人周旋。

当前，外面白区的形势，由于蒋桂的大规模战争结束了，桂系势力退回了老巢。南京蒋介石做出穷寇莫追的态势，屯兵湘南，形成对峙的局面。黎柏初、夏雷学起卧薪尝胆，“十年生聚，十年教训”的故伎：提倡“三寓”、“三自”①政策，等待时机，问鼎中原。蒋桂之间虽然势不两立，但在“反共”的问题上，彼此都是一个心眼。韦步平这些年来点起的造反野火，一直是他们心腹之患。

这一年，韦步平的工农红军和苏维埃政权，由于反动派的军事重点围剿，表面上是从几个县城和交通要道两旁的圩镇退到山区来了。王光宗他们那帮吸血的蚂蟥又得以起死回生，横行霸道，作威作福。但是，南北江两岸的广大农村，尤其是虎岩山区，仍然掌握在赤卫队手上。他们运用游击战术，依靠群众支援，逼迫反动军警顾此失彼，牵制了广西全省大半兵力。两个月前，黎柏初这只“狐狸精”和豆腐主席“雷公根”定下最大决策，督师河口，妄图一举扑灭虎岩山区的革命火种。不想事与愿违，一次接一次的战斗都失利了，军队整排整连地被吃掉，闹得这帮“英雄”们大伤脑筋。据群众的情报，半个月前，黎柏初本人秘密潜入巴龙，估计是策划新的行动。韦步平这次出山，目的就为了掌握第一手材料，探听敌情动向，邀约罗汉前来商量对策。没想到，经历这场风险，演了一出意外的滑稽戏。

---

① “三寓”、“三自”是桂系军阀抗战前在广西标榜的政治、军事主张。“三寓”：寓募于征，寓兵于农，寓将于学（从学校培养将校军官）；“三自”：自强——民族独立，自治——民主政治，自给——民生经济。

第四十六章

韦步平一行人回到虎岩正是拂晓时分。启明星在东边天空显得特别耀眼，一抹淡黄、深紫的彩霞铺满半个天空，下弦月在浮云后面隐藏起来了。雀鸟开始在丛林里吱吱唱起晨歌，蝙蝠还在树梢和岩壁之间飞掠捕食蚊蚋。赤卫队的同志们离开了床笫，一齐来到草坪、河边，迎接着微曦的晨光。大家见到自己人胜利归来，各人肩上都扛着长枪，腰间还扎着子弹带。当中夹杂着四个面无表情的陌生人。大家见面都高兴得不得了，就像是小孩子见到爹妈赶圩买回糖果来那样欢欣雀跃。有的对缴获的枪支子弹，特别感兴趣，有的对陌生人分外好奇，问这问那，议论纷纷。

韦步平、罗汉和志高把俘虏带进办公事的茅屋去了。梁少英被大家拉住，要他讲讲怎么回事。少英本来就有一肚子的话，巴不得有人听他扯谈呢。看看大伙既然有那样大的兴趣，把他当作英雄，他也就不客气，将这回下金竹屯遇到的风险，加油添醋，说得活龙活现，引起大家分外惊奇。一会儿为之提心吊胆，一会儿高兴得眉飞色舞。讲完了故事，少英拿出“白郎宁”手枪来摆弄一番，得意非常。

这时，重九跟几位姐妹来到打谷场的稻草垛旁，凑合着编新山歌，控诉反动派统治下暗无天日的世道；劝告敌军弟兄，弃暗投明，参加革命。梁少英一见娘们，就跟鸭子见到水，直朝着人家身边来打岔，吹起他过五关斩六将的牛皮。重九见他摆弄着闪亮的手枪，问他哪里来的？他可就得意忘形，讲起马王七如何倒地装死，朝韦家哥打了一枪，他如何眼明手快，“叭”一枪，狗头开了花，救了韦家哥的命！手枪就是马王七手上的，韦家哥特意赏给了他。

“喜欢吗，给！”少英将手枪送到重九面前。

“不，马王七摸过的东西，脏我的手。”重九鄙夷地撇着嘴。

少英把手缩回来，馋猫似的眼睛，贪婪地盯住对方突出的胸脯，嬉皮笑脸地说：“哟，啧，啧，你的手……”

重九马上变了脸，两眉直立，叮当反问：“你说什么？讲明白点。谁跟你讲笑？走，另外找地方去。”

重九招呼其他姐妹走了。

梁少英站在那里发呆，盯着人家的背后，心想：

“不肯上钩。哼，我就不信鱼不吃黄蚓？”

正当少英站住发痴发呆的时候，志高跑来喊他，说韦家哥要他马上去。少英一声不哼，慢腾腾地移动着沉重的脚步。志高斜眼瞅他一眼，问：

“怎么，方才劲头那么足，一下子变天啦？你跟重九讲了什么？她也是撅着嘴不睬人。你老哥到底搞什么名堂啊？”

“别管闲事。唔，问你，一个二十五六的娘们，身边没男人，你说她能熬得住？”少英一边走，一边嘟哝，好像是给自己说似的。

志高不禁诧异，斜着眼盯他，带着嘲弄的神气，向他做个鬼脸，说：“你这家伙，十足的花头鸭，见到女人就死皮赖脸地缠人家。死掉那个心吧。这个人不会是你想的那路子货。”

“你说谁？”少英故意装作听不懂对方的话。

“别装蒜,不是你惹了人家生气的吗?”

“嘿,别看她脸上冷得像个观音。我看呀,这种假正经的活观音,比谁都不干净。我看她对‘他’就有点……”

“他,你说哪一个?”

“你还看不出来,你看她对他那个热劲,嘿。”

“你……”志高惊讶,“你,你胡说!你自己的心太脏了!人家同福贵是自由恋爱,患难夫妻,哪能随便变心呢?韦家哥自己有远方的爱人,绝不会胡来。这,我能拿人头担保。”

“一个有丈夫,一个有爱人,谁不知道?可惜远水救不了近火。福贵去南江那边,一直都没个音讯,她心里能那样踏实?我不信。”

“你真会想,亏你还是个同志呢!”

“你不信就走着瞧吧。”

志高懒得跟他啰嗦,催他赶快走。

这时,韦步平的住处有好几个人围着凑热闹。原来是何三叔从山上下来了。老人家把他们怎样闯过敌人关卡的惊险,演讲得有声有色,把敌人的蠢样,描绘得活龙活现,引起大家发笑。完了,从笠帽的褶缝里取出文件,交到韦步平手上。然后才取下随身带着的、一只又光又亮的板栗色的葫芦,朝着旁边的同志们摇晃,笑道:

“你们猜,里头装的什么?”

“酒。”

“油。”

“蜜糖。”

几个人一人说一样。何三叔带着微笑,眯着眼摇摇脑袋。

少英喊了一声:“醋。”引起大家哄笑。

“看你,流口水啦……”有人瞪了他一眼。

少英并不脸红。

何三叔说:“好了。谁去拿只碗来,看你们谁猜中了。”

“我去。”重九转身到里屋拿来韦步平吃饭用的大海碗。

何三叔接过碗，拔出葫芦尖顶上一支长长的吸管，将葫芦倒过来，让壶里的水浆咕嘟咕嘟地往碗里淌。大家像小孩看变戏法一样，静静地瞅着。

“看见啦，是什么？”何三叔抬起头来，朝着大家问。

少英挤到跟前，说道：“不是酸醋我不信。”边说边端起碗就呷了一口，眉头立即打结，小脸皱成核桃似的，“呀嘟”一声，吐了出来，龇牙咧嘴地叫苦，“哎唷，我的妈呀，咸死了！快给我水，咸死了！”

“哈哈！”大家不禁大笑。

何三叔也跟着笑，向绷着脸的重九说：“你拿到伙房去，把它熬干了就是盐巴。”

“嗳。”重九应声将碗端走了。

本来，韦步平是叫少英来谈谈他近来的思想问题的。现在，何三叔送来新的情况，必须要认真考虑，同少英的谈话只好改个时间再说了。

少英却闷在葫芦里，忐忑不安。

“他要找我谈什么？”少英向志高打听。

“谁知道你近来都搞的什么名堂？”志高逗着他。

“我干了什么？什么也没干。”

“为什么不干？同志们谁不都是打柴火的打柴火，修房子的修房子，人人都忙这忙那，准备防寒过冬的事，就你像只懒乌鸦，成天哇哇乱叫。你说你到底干了什么吧？”

“去你的吧。我什么也没干。”

“反正是若要人不知，除非己莫为。赶快坦白吧。”

少英听志高半真半假的话，更加纳闷儿，不知韦步平找他要谈什么事。心想：“难道重九这个妖精告了我的状？要不，就是上一回打烟帮，在缴获的鸦片上头，打了点埋伏——私自拿了一小瓶作体己？不过，已经一个多月了，也没谁发觉，他哪里知道？不，不会是这件小事。也许是罗汉在巴龙那边送来什么情报？不过，那边我又没什么瓜葛，怎么会沾到我身上？莫名其妙……”

少英这一天都是闷闷不乐的样子。

晚间,人们都已入睡了的时候,韦步平才有空找梁少英。谈起话来,真是出乎意外:韦步平既猜不到他对重九有不可告人的鬼胎,也没有发觉他私捞鸦片的亏心事。他的提心吊胆只是庸人自扰,枉费心机。少英得意地自我陶醉:“你看嘛,韦家哥对我这位‘十友’,多么坦率,多么信任!”

原来,韦步平要谈的是这样一件事:要派个人下山,到外头去办件要紧的事,问他肯不肯去。事情是田州那边有信来,桂安船上的江波传省工委密讯:中央有同志下来,要韦步平派个可靠的同志去田州接应。

韦步平说,任务十分重要,又特别艰巨;行动既要分外当心,又要有足够的勇气和冒险精神,绝不容许有半点疏忽大意!务必做到胆大心细,谨慎机灵。问他有没有信心完成这项非常的重任?

少英一听是要下山,真是瞌睡遇上枕头,管它三七二十一,一口应承了下来,还拍胸膛赌咒发誓,担保百分之百、不折不扣地完成任务!

“你先别说大话。”韦步平拦住他的话,“这可不是好耍的。要知道,耍飞刀跟变戏法是两回事。前者是全靠硬工夫,稍一疏忽,不但个人脑袋搬家,连革命事业也得受损失哩!”

“这你就放心好了。我这个人跟你半辈子,好歹你还不明白?”

“那当然。我就瞧你昨儿给马王七那一枪,很不简单。斗争总算是把你锻炼出来了。”

“养兵千日,用在一朝。看人嘛,也要看在节骨眼上。”少英接着讲他记得上学堂时,老师讲过一篇古文,说古时候有个姓冯的穷秀才赖在人家白吃糊口,还嫌主家饭菜不好,吃不上鱼,出门没车坐,满肚子牢骚,平时什么本事都显不出来,同伴们都瞧不起他。只有主家宽怀大度,待他一视同仁。后来主家遇到为难事,别人都无能为力,这位平时爱发牢骚的人反倒给出个好主意,给主家帮了大忙。

“算了吧,”韦步平拦住他的话,“别去搬弄那些个老古董了,讲我们的吧。你既然有信心,现在就回去收拾一下,明早动身。要绝对保密,对什么人也不能泄漏。”韦步平把到田州接头的暗号,和中央来的同志的名字告诉了他。

“好。”少英答应得特别干脆,起身就走。走到门口又迟疑地回过头来向韦步平打听：

"唔，福贵他到底在什么部队？近来有消息吗？"

韦步平瞪他一眼："你问这干什么？"

少英脸上涨红，支支吾吾地说："随便问问。唔，说不定在外头能见到。"

"不关自己的事，别打听。你为什么特别关心他？"

少英很尴尬，不好意思说什么，刚好罗汉进来，才转身走了。

罗汉回头看看走出门去的背影，问韦步平："怎么，让他出去？"

"让他去吧。他闯荡过江湖，多少见过世面；不过，他一个缺点，浮，沉不住气。"

"就怕他那张漏斗嘴。"罗汉说。

"是呀，同志们对他印象都不大妙。是什么道理呢，是不是他人缘不好？"

"恐怕不是人缘啊，他自己素来就不正经。"

"人无完人，谁没有缺点，用人只好矮中挑高个吧。我看他在我面前表现还是可以的。"

罗汉不再说什么，想了想，忽然又说："有件事，我忘记讲了：我那个人——阿红半个月前去了省城，说桂小姐要出远门，叫她去一下。她是坐老江那只船去的。不久就回来。要是少英到田州，等她一道回来，路上倒可以遮人耳目。"

韦步平笑道："你肯让他们做假夫妻呀？哈哈，不，不行。组织规矩，绝对不准发生横的关系。"

罗汉点点头。

停了一会儿，韦步平才说："你暂时不忙回巴龙。在这儿待几天，等中央同志来，看看有什么新指示，再商量如何对付敌人这次冬季围剿。"

"也好。"

岚山县府后花园印月台那几间当年被烧毁的房舍，前些时苏维埃政府已经把它重建。在临街的后院开了一扇门，把一部分园林辟为公园，供人民群众游玩。后来反动派一回来，又把门堵死了，这印月台又成了官僚绅商花天酒地、藏垢纳污的魔窟。最近一天夜里，突然来了一队人马，一夜之间成了另一个世界——警卫森严，附近街坊，五步一岗，十步一哨，咄咄逼人。老百姓路过，吓得提心吊胆，也不知怎么回事。有一天大清早，有个商号的伙计送他老板运土产下田州，发现一个矮登登的武官领着一个马弁出城门遛马。他心里揣摸半天，恍然记起在省城照相馆门首常挂的大人物肖像中，有个跟他十分相似。那肖像下面写明是总参谋长。大概是他们到这个山角落来了。总参谋长叫霍铸国，在北伐那阵，对他传说很多，说他是当今的孔明，真名字就被讹传为"活诸葛"了。打仗用兵，出谋划策，据说是有一手本领。南京老蒋在这方面还得让他三分呢！这回他居然亲自出马，前来督师，可见，韦步平也是不好惹，不得不下大赌注了。

事情经过这位经常来往大埠头的伙计传出去，黎柏初、王光宗一行的机密行踪就露了馅。印月台的确成了王光宗旧地重游。不过，眼前他重来故地，却并未唤起当年那种品茗赏月的闲情，也不容许他搞什么饮酒玩牌的消遣。黎柏初和他的"活诸葛"，一生追逐权势，热衷军事投机，日夜工于心计，和夏雷、王光宗那种风流倜傥，文武不分的气派迥然不同。这几天来，每夜通宵达旦，都在筹谋扑灭南北江工农武装的办法。在巴龙，他们待了一个星期，发现那边的罗汉——这个以"几大就几大，至大芭蕉叶"作口头禅的首要，所搞的那一套，原来是从虎岩这里派生出去的，罪魁祸首是韦步平——那位他们当年风雨社的同仁。历史的进程往往跟人开玩笑，哪里想到十六年前风雨同舟的人，如今却成了同室操戈的对手？道不合不相谋的客观现实，无情得很，恐怕不是从他们之间开始，也不会在他们手上结束。不过，黎柏初、王光宗一伙这一路来，还是千方百计妄图把这股蔓延开来的工农革命林火扑灭。可悲的是，他们进入北江之后，特别是黎柏初和他的"活诸葛"，对取胜之心动摇了。令他们最感棘手的是：为兵家所依的天时、地利、人和三个方面，韦步平占了三分之二；在地利、人和两方面，黎柏初无论如何是占不了上风的。下一步棋怎么个走法？连日来，黎柏初眼睁睁地望着"活诸葛"，一筹莫展，仿佛走进了迷林，找寻不到出路。

夏雷到香港、上海走了一趟，今天午晌过后才从省里赶到。也许他带来什么高招吧？吃罢晚餐，他们又在灯下，围着五万分之一比例尺的军用地图苦用心计：地图上用红蓝铅笔划圈划杠，标志着双方所控制的据点和交通线。

夏雷刚来乍到，只想听听"活诸葛"的介绍，不轻易作声，保持慎重。总参谋长这两天来同黎柏初已经反复谈过了,举棋不定的话不愿再啰嗦,倒是想听夏雷讲讲从外地捞到什么回来。所以,好长时间,双方都默不作声。黎柏初作为“家长”,心事重重,面带倦容。王光宗沉不住闷气,终于开了腔,不着边际地说道:

“韦步平这小子,不过是只沙洲虾,跳不了好久的。”

夏雷拔下含在嘴上的洋烟斗,马上说道:“不。可不能小看他。我此次出去走了一趟,增长了不少见识,也打听了一下行情。韦步平搞的那一套游击战术,全是从江西朱毛那里搬来的。江西那边,老蒋调动三十万兵力,进行过三次大围剿都吃了大亏。前些时候,他们在瑞金居然宣布成立了全国中央苏维埃政府。毛泽东当了主席,姓韦的这小子还是他们中央三十一个委员之一呢!这个人既有政治头脑,又会打仗,在老百姓当中,又笼络得人心,是一只不那么容易捉得到的虾仔哩!”

“在香港见到凌云青没有?”黎柏初把话头引开,口气十分冷静,“他近况如何,肯回来吗?”

夏雷摇摇头,凄然地喃道:“没见到他。”稍停片刻,又说,“据内人讲,他是个‘灰色马’——一个白俄作家写的一本小说的主人公,不红不白的家伙。意志消沉,一心想当学者,看来,回头草,他是不啃的了。”

黎柏初沉思不语。

厅里静了下来。夏雷又把烟斗塞进嘴里,发觉烟已熄灭了,拿打火机“咔嚓”一下,重新点着,吸了一口,喷出烟雾。

“南京那边的行情怎样?”“活诸葛”问。

黎柏初特意睁开眼瞅着夏雷,等他说话。

夏雷说:他在上海通过特殊的线索,探听了老蒋口气。蒋自恃过高,排除异己,一心仿照德、意法西斯头目搞独裁,依仗他的黄埔嫡系,对地方势力是不会迁就的。不过,在反共方面倒是可以考虑协同作战。蒋有意想要桂系派出一师兵力到赣南防区,协同围剿朱毛,军饷全由南京那边开销。

听到这里,“活诸葛”立即说道:“这样,不是白白把我们一个师拉走了吗?不行,不行。柏公,你看是不是?”

黎柏初脸色愤怒，哼了一声："老蒋，他的算盘真会打。不睬他，干我们的！"说着，拿起红蓝铅笔，"言归正传，还是想法把我们后院收拾干净再讲。刚才总参说的是个事。韦、罗他们所凭借者，一条是地利，一条是人和。特别是在人和这方面，他们占了便宜。这些穷光蛋几乎成了一窝蜂，你怎样打也打不散。"

"依我看，打不散，干脆给他一把火。""活诸葛"说，"把那些破烂草棚、猪间，盆盆罐罐，通通砸烂、烧光，看他还往哪儿藏？"

"还有山洞哪。山洞你能烧得了它？"夏雷不客气地冲着"活诸葛"说，"烧光、杀光的手段，以前我们也不是没有想到过，只是这样一搞，势必火上添油，把人都逼上了梁山，连普通良民也得罪了，田粮赋税哪里去取？"

黎柏初看了看两位，都绷着脸，各自坚持己见，局面很僵，只好和缓一下气氛，面带笑容地说："两位的意思都是好的，目标无非是为了尽快结束这场马拉松，实在是拖得太久了。裤裆里几只跳蚤老是捉不完，觉也睡不好。"

"活诸葛"说："如果怕得罪老百姓，那只有照抄人家南京的老谱：采用碉堡封锁，步步为营；剥竹笋的办法，兵力一层一层向纵深发展；防区周围严加警戒，断其交通动脉，堵其食盐来源。最后，缩小包围圈，瓮中捉鳖！"

"这样一来，时间就得拉长，旷日持久才见功效。"夏雷又提出异议，"马拉松还是结束不了。"

王光宗沉吟好久，终于鼓起勇气说道："以鄙人之见，单凭军事手段，难！还是原先提过的老话，从其内部做文章——花钱收买其叛徒，让其伤口长蛆，自己腐烂。然后，内外夹攻，双管齐下。时间可以缩短，兵力可以减少消耗。"

黎柏初看了看王光宗，沉思一会才说："这当然也是个办法。不过，你现在无从着手呀。纸上划的饼顶不了肚饿。最要紧是必须物色到可靠的人。前一回金竹村吃了大亏。是谁送的情报？哼，县警队就知道欺负老百姓。花钱养了一群废物。"

黎柏初越说越激动，"活诸葛"生怕王光宗受奚落。赶快打圆场：

"胜败乃兵家常事，也不能因噎废食。大敌当前，军队、地方双方必须同舟共济。"

王光宗特地给总参谋长换茶水。

“报告!”门外一声呼唤。

“进来!”总参谋长应道。

进来的是一位副官,神色紧张而兴奋。说是侦察队在界牌附近的粥棚捕获一个红军的交通员,从他身上搜出一卷传单。副官一边讲,一边将缴获的东西交给“活诸葛”。总参谋长看了,脸色一阵白一阵红,气愤地将传单往桌上一扔,跺着脚,骂道:“他妈的!”屋里顿然静了下来。

黎柏初拿过传单瞄了一下,阴阳眼睁得溜圆。夏雷和王光宗赶紧凑过来,盯着一张油印文件。

原来是一份工农红军纵队政治部的《告工农群众书》。引题写的是——

打退白匪围剿,拥护苏维埃,保卫家园!

另外还有几张是他们绥靖公署印发的通缉韦步平的赏格告示。告示的背面,歪歪斜斜写上这样的文字——

活捉黎柏初,赏银一元五。

打死夏雨田,狗命不值钱。

“他娘卖屄,姓韦的这小子,欺人太甚!”夏雷大声咆哮。

黎柏初十分冷静,瞪着阴阳眼,对副官发问:“人在哪儿,捉来了吗?”

副官闻声,并腿立正,说人已拿到,交给孔参谋审问去了。

“叫什么名字?”王光宗急着打听。

“名字好古怪,叫什么‘木头三’。他不肯讲真话。”

“人长得什么样,多大年纪?”王光宗追问。

“三十四五左右;小眼睛,尖下巴,鬼头鬼脑的样子。”

王光宗眼里露出惊疑的目光,自己喃道:“难道是……他?”

“你认识他?”夏雷盯着王光宗犹疑的眼光。

王光宗说:“‘木头三’是不是一个梁字?要是梁少英,那就不怕他不老实了。”

“那是怎么回事?”活诸葛问。

“他有把柄在我手上。”王光宗说。

接着,王光宗讲了这么一回事:

七年前——一九二四年那阵子,韦步平领头闹起的“三三会”,搞什么农民暴动,头回打破了岚山城,不到一个月工夫,杜耀光跟随定桂军来了一个回马枪,把“三三会”的人马打散了。马远甫、黄凤仙被打死,梁少英没有逃脱,被逮住,给“金边蚂蟥”——杜耀光写了“悔过书”。答应“愿效犬马之劳,以赎前愆”云云。杜耀光也就不加追究,让他留在城里做了小学老师。

“把柄就是他的悔过书,他一直不敢向自己人交代。不过,”王光宗说,“这个人反复无常。”

黎柏初恶毒地说:“反复无常对我们来说,并不一定缺德。嫖妓嘛,也就不必问人家要贞节了。他是韦步平的心腹不是?至少是从虎岩那边出来的吧?宗公,你就辛苦一趟,去看看是不是那个反复无常的家伙?是的话,下一步棋就好下了。看他吃软还是吃硬,务必将他们的底牌摸清。嘿嘿,自投罗网!”

王光宗跟着副官走了。

副官领着王光宗来到原先某个富商的独门独院。富商自从那年“三三会”破城,逃往省城避难,一直就不敢回来了。房子让个老头管着,平时租给县府一些单身的公务员住宿。现在是警卫队长占着。

王光宗进得院里,猛一下听到“呀”一声惨叫,真是撕裂人心,接着就是哼哼唧唧的呻吟。厅里头挂着一盏半明不灭的马灯,阴惨惨地照着几个模糊的人影在那里蠕动。侦察队长和孔参谋坐在一张方桌跟前,看着四个打手围着那个躺在老虎凳上的人吼叫:

“你说不说?不说,再来一块!”

一个刽子手弓腰拿起一块砖,“啪”一声,搁在凳子头上。

“我看不行了!”另一个打手对受刑的人瞥了一眼,转向旁边的伙计说道。

“装死的家伙!”

王光宗跟姓孔的参谋耳语几句,参谋点点头,朝着几个打手使眼色:要他们把人解开。王光宗走到受刑的人跟前，伸手去抬起他的下巴一瞧，果然不出所料：是他——梁少英。他已经被折磨得不成个样子了。

王光宗盯着昏迷的人说道："梁兄，醒醒吧，能受得住吗？"

不幸的事是这样发生的：梁少英离开虎岩下山，到巴龙和岚山交界的界牌圩，住在一家客栈，引起敌人便衣侦探的怀疑。晚上，侦探请他喝酒，把他灌醉之后，搜查他的包袱，发现包烟丝的纸是一张传单，另外还有一张政府的通缉招贴，形迹可疑，把他逮捕了。方才给他灌了辣椒水，他吃不消，承认是游击队员。他们要他供出韦步平的确实住处，他不肯招。几个打手把他头发拎起，叫他小便都尿在裤裆了，熬不住，答应照讲。人家一松手，他又反悔，不做声。气得几个打手把老虎凳架起，给了他点厉害尝尝。

此刻，他已吓得半死，眼睛发直，表现出绝望的沮丧，头发仿佛剥下来的棕皮，披散在潮湿的脑壳上。当他睁开眼，一见是王光宗，不由得又惊又喜，像溺水者抓到一块木头，苦苦哀求：

"哎唷，把我一枪打死吧，受不了啦！"

王光宗得意地奸笑："不会砍你脑袋的。杀了，人肉又不能吃。放心，只要把真话说了，不但不会死，还活得比你在山洞逍遥呢！"

"嗯，你……"少英想到了什么，壮了胆，用询问的目光瞪对方一眼，"你，你要我讲……讲什么？"

王光宗说："你跟我来，走得动吗？谁把他扶一扶。"

两个打手把人扶进里屋。王光宗指使打手走开，把门扣上，然后转向梁少英说：

"坐下谈吧。"

梁少英坐到椅子上，斜着眼睛望了一下对方。

"认得我吗？"王光宗问。

"你想要我说什么？"少英口气突然硬起来。

"要你说什么，刚才他们不是跟你讲了吗？说吧，两万块银洋，一个人还拿不动哪！"

"我现在是泥牛掉进塘里，自身难保，还讲什么金的银的。"

“现在不是想要把你捞起来吗？明告诉你：看在我王某人的面上，放你回去。刚才讲过，把人杀了，肉又不能吃对不对？不过，梁兄，七年前你们头一回破城，后来他们都被赶走了，你怎么能留得下来，这件事你总会记得的吧，唔？”

王光宗一脸奸笑，跷起二郎腿，胳臂肘支着旁边的桌沿，斜视着对方。

少英急得满头冒汗。

“不要紧，只要现在放聪明点，像七年前那样，肯合作，那就……七年来我们不是也没有说出去嘛。如果还是不识抬举，就算把你放了，谅你也不敢回去不是？嘿嘿，想一想吧。”

少英脑子开始发胀了，小眼珠不停地转着。

一会儿，王光宗悄声说道：“告诉你，这回可是今非昔比，你知道这地方谁来了？嘿，这回不把姓韦的这小子收拾了，总司令和省主席是不会善罢甘休的！”

少英心头一震，瞟了对方一眼，问道：“你想要我干什么？”

“把你下山来的事如实供出来，再把山里头的事详详细细讲清楚。”

“跟你讲吗？”

王光宗以目示意，点点头。

“不。我要同总司令、省主席面谈。”

“你，你，你疯啦？”

“我清醒得很。”这时少英可是变成另一个人似的，冷静得出奇，一点也不像疯子了，“你也记得四年前的事吗……四年前省城大屠杀，韦步平怎么漏网逃脱的？罗汉受了伤又怎样被送进医院躲难？你不知道吗？”

这一下子可吓得王光宗目瞪口呆，手心出汗，膝盖直打颤。

“别装蒜，这些都是你让你夫人干的。嘿，你要的是两面三刀。你……”

“嘘，小声点。”王光宗大惊失色。

一会儿，人稍为恢复了平静，用着嘶哑的声音说：“说吧，你要怎么办？”

“外头没有人听吗？”

王光宗去开开门，左右瞧了瞧，回头对着面前的人，寻思片刻，说：

“去我那边谈。”

王光宗同梁少英一直谈到天亮。吃过早点，王光宗马上来向黎柏初他们报

告。黎柏初听他讲完之后,得意地赞道:

“好。宗公这一枪瞄得准。马上派他回去。”

夏雷眼珠转了转:“这……岂不是放虎归山?”

总参谋长马上顶一句:“他算什么老虎,顶多就是只臭虫。把他放回他们的床上去,叫他们睡也睡不安然。”

“算盘不是那么如意打吧?”夏雷说着,拔下嘴里的烟斗,往左手心敲了敲烟灰,鼓起腮帮对着烟嘴吹了一下,说道,“你把他放回去,到了那边,他要变卦,谁管得住他?”

黎柏初站起,说:“不,要他回去有回去的办法。不能像往江里放鱼,让他白跑了。宗公,不是他从前有什么把柄在你手上吗?现在,再叫他给我们立个什么凭据留下。同他讲明,他回去后,要不老老实实替我们办事,凭据一抛出去,他们的人也不会饶过他!”

“嗯。高见,高见。”夏雷啧啧称赞。

黎柏初向“活诸葛”问:“铸公,你的意见呢?”

“活诸葛”寻思一会儿才说:“以我之见嘛,要赌就不妨下大注。他不是出来接应一个姓甘的吗?看这样办行不行?”霍铸国拿红蓝铅笔在纸片上写了几个字递给黎柏初。

黎柏初先不表示态度,将纸片传给夏雷。

“算盘是打得不错。”夏雷看了,说了一声,也不知是赞赏还是嘲讽。

王光宗却眉飞色舞,连声说道:“妙,妙!”

黎柏初不动声色,过了有两分钟才断然说道:“铸公,马上下达通令:限北江两岸各县军警,立即封锁水陆交通,来往过客一律严加检查;其次,断绝通往虎岩山区要道!详细作战步骤,回头再议!”

第四十七章

王光宗从印月台秉承黎柏初他们的企图,来到警卫队找梁少英谈话。梁少英这时正在单人房间独坐沉思。王光宗一来就开门见山地说道:

“想什么呢？来,我们商量件事。”

梁少英正要搭腔,看到王光宗背后跟进来两个卫兵,踌躇一下,对王使个眼色。王光宗会意,回头暗示卫兵回避。梁少英还不放心,唯恐隔墙有耳,特别机密地凑上前来跟王光宗耳语。

王光宗听罢,不由惊讶,脸色沉下来,急着问:“真的？看清了吗？”

“没错,他右边太阳穴有块指甲大的疤子。”

“你跟我来。”

王光宗领梁少英一道去找姓孔的参谋。孔参谋叫人请侦察队长,把梁少英的发现告诉了他。队长将信将疑,瞥了梁少英一眼。

孔参谋望着侦察队队长问:“你看怎么办?”

侦察队长说:“对不起,我的人没一个是姓全的。”

孔参谋瞧着对方不冷不热的神气,心里发急,干脆给他下命令:“你给我把人统统集合起来,一个也不准漏掉!”

“好。我把人集合起来,由他去认。要认不出来怎么着?”侦察队长负气往外走。

孔参谋望他背后喊:“不,等一等,嗯,你让人到院里集合,排成一路纵队,一个跟着一个,打这窗口往司务长那里领铁铲,然后带他们到县署后花园修碉堡。你就到这里来等着瞧,叫他把人认给我们看。”

队长漫声应道:“好吧。”转身走了。

不多一会儿,侦察队的人集合来了。一个接着一个从窗口经过。当中果然有个人右边的鬓角有块小铜钱那样的疤子。

他就是全福贵啊!

读者也许还记得:自从那天他跟韦家哥返回瑶寨,无意中跟杜耀光一行遭遇,打死了金边蚂蟥,接着诱捉了瑶寨山主,打乱了反动派召开三县联防会的部署,取得一连串的胜利,震动了省里军政当局,逼得黎柏初重新调整他的绥靖军事行动。原先分散驻防在各区乡的兵力,都龟缩到县城和重要交通沿线的圩镇去了。韦步平为了侦察情报,向敌人搞策反,专门派了几个得力的同志潜伏到敌军去,其中就有全福贵一个。要他改名换姓叫做孙福田,通过一位在警备团做军需的熟人作媒介打进敌军。起初,在该团独立营当二等兵。半年前,他的中尉排长高升,当了上尉侦察队长,才把他和其他几个平素受重用的弟兄一道,带到侦察队来。福贵还被提升当了副班长。他的人缘好,不论是在独立营还是在侦察队,都交上几个知心朋友。

万没料到,在这时刻,梁少英却从背后认出了他。

侦察队长乍一听到说他手下的人居然有个奸细,心情是复杂的,欣庆的是:到底起了一颗埋在身边的定时炸弹。不过,欣庆不免伴随着懊恼:炸弹起是起了,却并非出土的珠宝,休想在这个人身上捞到什么油水。孙福田真是个硬骨头:熬过几天几夜的严刑拷打,什么话也没吐半句,要么破口大骂,要么守口如瓶。即令你拿刀子撬,他也不肯开口,真是把你气死。什么毒辣残酷的刑罚都使了,还是不灵。王光宗急了眼,要亲自出马,来软的——以为在梁少英身上尝到的甜头,在福贵这里也不会例外。他以为借此捞到一笔资本,好向当局邀功,百尺竿头,官升三级。所以,表现特别卖劲,主动承担这件差事。

这天是福贵被折磨的第九个夜晚。王光宗要提审,叫人将他带到房里来。人一到,马上起身让座、敬烟,堆着一脸假笑:

"坐坐。哎呀,我不知道就是阁下,受苦了!嘻,其实,这也不该怪你,都是韦步平那个狂妄家伙,唆使好人干坏事。他现在,嘿,越来越不妙了。这回,黎总司令和夏主席亲自出马,不用说,你也见到了。你们的地盘好比塘里的水,一天一天戽干了,游击队几条泥鳅,还有几天活命?嘿嘿!"

"你就讲想要我干什么吧?"福贵听得不耐烦,毫不客气地打断对方的啰嗦。在这同时,他特别留神观察从窗口到院墙的距离,和院墙的高低。

王光宗打了个呵欠,堆着一脸假笑:"嘻嘻,你别急呀,我想告诉你一件不妙的事。唔,你是不是想老婆啦?"

王光宗歪着脑袋,打量着对方。福贵却气鼓鼓地不予理睬。

王光宗自己喃道:"老公老婆,秤不离砣。夜晚睡觉做梦都想哪,青年人嘛,谁没尝过那滋味。可惜,你在这儿夜夜想她,她可跟你那位,唔,你们称他'韦家哥'吧,哼,早就睡在一张床上了……"

"呸!"全福贵厌恶地吐了一口唾沫,顺口骂道,"去你妈的巴子!"

"哈哈,你不信?我问你,你们队长前半个月捉到的是个什么人,认得吗?老同志哪。"

"屁同志,狗东西!"

"算了,算了。我现在就要你跟我说说——你钻进这儿来到底想干什么勾当?同伙是谁?唔?"王光宗收起假笑,露出狰狞的嘴脸。

"不知道!"福贵口气挺硬。

"哼,不知道?说吧,讲出来有你好处。若要执迷不悟,嘿嘿,那就……"

"那就怎样?"

"反正那花样,嘿,不会只是这几种,还有够你受的哪。"

“我要把话全都抖了出来,看你也逃不了干系。”

“什么?你讲清楚,我跟你什么干系?”王光宗惶惑,不免心虚。

福贵朝着他冷笑:“没干系,干系可大哩!你知道,我在这儿的差事是搭谁的线来的?”

“我管你是从哪儿爬进来的?”

“团部那个军需是你的外甥不是?”

“是他?”王光宗打心里一怔,耳朵“嗡”一声,眼里冒火星,两手抱住脑袋,喃道,“该死!”

就在这一瞬间,全福贵拿起屁股坐的板凳,对准对方的脑袋使劲劈了下去,“扑”一声,人晃了一下,歪倒下地。福贵敏捷地转身,迅速跳出窗口,使尽一身解数,爬上院墙,纵身翻墙,滑下墙外一溜烟跑了。

过了好一阵工夫,才听到哨音和嘈杂的人声。队伍在集合,追捕逃犯。

第二天早晨,在吃早点的时候,总参谋长“活诸葛”对黎柏初和夏雷说道:

“王专员伤势很重,一直昏迷不醒,恐怕……”

“该死!”黎柏初撂下筷子,站起来,接过卫兵递给的漱口水,含了一口,腮帮鼓了两下,放肆地往地上一吐,说道:

“谁叫他那样轻敌?成天就知道鸦片、女人。嘿,成事不足,败事有余。”

“活诸葛”看看说话人的脸色,赶紧迎合上来,加油添醋地说道:“他本来就是那么一个人,我早就讲过,此公不堪重用。可有人却把他当作宝贝。”

显然,“活诸葛”所谓“有人”,黎柏初懂得指的是夏雷,但又不便插嘴。一会儿,“活诸葛”又说:侦察队报告,那个奸细孙福田,原名全福贵,是经过王专员的人推荐的。起初,在警备团当二等兵……

“韦步平这个人,对付我们真是处心积虑,无孔不入呀。”黎柏初说,“那个姓梁的家伙,会不会又是……”

“我看不至于。”“活诸葛”也没把握,只壮着胆子说话。“敌情总是层出不穷的,心中要有两本账才行。孔参谋走了一个星期了吧?有消息来没有?他们那个姓甘的,我们一直没截获吗?怎么搞的?白养一群饭桶!”

黎柏初很生气地骂着,弄得总参谋长怪难为情。

就在这一天的同一个时刻，玉姑和重九三四个姐妹，在韦步平住处附近的一片坪地上逗着她的小孩学步，嘎嘎地发笑。韦步平和罗汉从外头回来，给她们使眼色，不让吵吵。

“什么事嘛，人家笑都不行呀？”玉姑努着嘴，瞪了罗汉一眼。

“不是不让你笑。”罗汉说，“你们高兴，今晚开欢迎会，爱怎样笑都没人管你。可现在，先别大声嚷嚷，屋里有客人睡觉。”

“客人？哪来的？是……”重九瞪着询问的目光，望了望罗汉，又望了望韦步平，以为是韦步平的人来了似的。

韦步平猜到她的意思，笑着说：“远方来客。”

“远方？看是多远咯。”

“中央苏区。”罗汉接着答道。

“是吗？”重九高兴地问，“言真同志有信来了吧？”她一脸笑容盯着韦步平。

玉姑抱起孩子，认真而关切地问：“平平该长高了吧？带回照片来了吗？”

韦步平笑笑，摊开两手。

罗汉在旁帮腔：“看你们尽讲婆婆妈妈的事，你以为人家是走亲戚来的呀？”

玉姑撇着嘴：“哎哟，就是你们男人把革命都包办完了吧，人家打听一下亲人就是婆婆妈妈？嘿，假正经！”

韦步平看她真是要生气的样子，不禁哈哈笑了起来。

“别逗乐了。”重九说，“客人是半夜来的吗？”她望着罗汉问，“少英他回来了没有？”

“来了。”罗汉说，“唔，他还给你带只小小的圆镜哪。”

重九不觉红了脸，撇着嘴：“去他的，谁跟他拉扯这些。”

“嘘，小点声。”韦步平拿手指点着嘴唇，瞅着重九，重九伸了伸舌头。

“高头来的同志，一路来挺辛苦，让他多睡一会儿。今晚开欢迎会，你们妇女队等吃过早饭就动员一下，各人都贡献个节目——唱支歌，讲个笑话，打套武术什么的，大家见见面，娱乐娱乐。”

“来的同志多大岁数？不是个老头吧？会唱山歌吗？”一个十七八岁的姑娘望着韦步平打听。

韦步平对她说："这个我可无法告诉你。等会儿自己看吧。"

重九问："他来同我们一道打游击，不再走了吧？"

在场几个人的心里好像都揣着这个问题，一齐瞪着眼，等待韦步平回答。

"争取他留下。"韦步平说，"不管怎样，不让他马上走。我们真是盼爹盼娘的一样，好容易才盼到有个领导同志来哪。"

韦步平的话刚落音，猛然，从他背后冒出一个陌生的声音：

"同志们，你们早哇！"

大家听声，回头一瞅，屋里走出一个三十多岁的人。中等身材，四方脸，戴三百度的近视眼镜。乍看像个中学教员，细看又像个吃教会饭的传教牧师。

此公就是梁少英下山接来的人。他警觉地看着眼前这几个人，一个一个上下打量完了，说道：

"韦步平同志，这几位……请介绍一下。"

韦步平向大家指着客人说："这位是高头组织派下来的甘诚同志。唔，成字是成功的成，还是诚实的诚？"

"嘻嘻，都可以吧。干我们这一行的，名字经常变来变去，一时一个样。"

"呵，甘同志，欢迎，欢迎。我叫罗汉。"罗汉伸手跟对方握了一下。

"他是'几大就几大，至大芭蕉叶'，哈哈。"玉姑笑着说。

韦步平向客人介绍：说罗汉是独立支队的政委兼团长，负责巴龙、马鞍山那边工作。前个星期来汇报，听说高头有同志下来指导工作，就等着没走。

"等着你来'面授机宜'哪。"韦步平最后说道。

"嗯，好，好。身体还好哇？"这位甘诚同志敷衍一句。

梁少英从屋里钻出来了。他出门来伸伸懒腰，打着呵欠，用手背抹着眼角淌出的泪痕，接着插嘴打岔："把人一个一个介绍认识了再说吧。这是重九同志，是我们壮家当今的瓦氏夫人；这是盘玉姑同志，瑶寨的穆桂英；这是……"

"去去，不要你介绍。"另外两个姑娘一起说话。瞪了梁少英一眼，"花头鸭，没正经的。甘同志，他嘴巴可损了，你可别听他胡诌。"

"哦？"客人瞟少英一眼。转头瞅着玉姑怀里的小孩，张开两只胳膊去要抱。小孩怯生，把脑袋贴到妈妈胸口上。

“看你,怕什么呀,让伯伯抱嘛。”玉姑望着甘诚,怪不好意思的。

“是令郎吗？叫什么名字？”

“星星。是韦伯伯给起的。”

“猩猩？山里的马骝？”甘诚瞪着眼望着大家。

“不。是天上的星星。”重九代替回答。

“星星之火,可以燎原。”韦步平补充一句。

“哦。”甘诚冷漠地应了一声。

这时候,马大嫂披着一身露水,领来四五个男女青年,从山脚走来。有的背着竹篓,有的背着鸟枪,手拎锦鸡、野兔,各人肩上都扛着步枪。

马大嫂来到跟前,把竹篓放下,摘下头巾,抹了抹脸上的汗水。

韦步平望着她说:“你们天不亮就出去,弄到不少东西吧？篓里是什么？冬笋,唔,好菜。”

“后头还有一只二三十斤的黄猄呢!”

“好,今晚加菜会餐,欢迎甘诚同志。”韦步平拿眼神给马大嫂他们几位指着客人。

马大嫂瞄客人一眼,好像信不过。

甘诚主动装出一副笑容,向韦步平问:

“这是马大嫂？”

“啊,是的,是的,就是她。这是甘诚同志。”韦步平指着客人给马大嫂一行介绍。

马大嫂向对方冷淡地点点头,对方把手伸出一半,又缩了回去。

“我们到外头看看。”韦步平招呼着客人。

客人点点头,跟着移步。

“同志们分头准备去吧。”韦步平走了两步回过头来朝着大伙说道,“会餐后,开娱乐会。”

等到别人都走完了,玉姑才向重九悄悄说:

“你瞧他,像谁？”

“我看,像从前的凌县长。”

“对啰,我也是这样想。哈哈,你看他那副眼镜。”

“你们笑什么？真是三个女人自成一场圩了。”梁少英从韦步平的房间拿着他的小包袱出来,要回他自己的住处去,见到玉姑和重九还在说话,也凑上来插嘴。

玉姑瞟他一眼:“我们说新来的甘同志像从前的凌县长,你说像不像?”

“胡说。人家是上头来的同志,应当客气点,能随便品头品足吗?”

重九脸上泛红,伸出舌头,跟玉姑交换一下眼色。

当天,十点钟,韦步平召集活动分子开小会。先把新来的领导同志介绍给大家互相见面认识。大家都巴不得上级来个同志给谈谈当前国内外形势,特别是希望谈谈中央苏区的形势,介绍中央苏区如何连续三次粉碎敌人围剿的。同时,也急于知道省工委对当前的南北江地区斗争的指示。总之是,同志们要求很高,都希望多谈些。新来的人却表示谦虚,说他口才不好,说话往往词不达意。文件又不便亲自带进来,只凭脑子,装多少讲多少。有些事在外头已经成为历史了,在这儿可能还是新闻。“我随便姑妄言之,诸位姑妄听之就是了。”甘诚来了这么几句开场白。接着,取下眼镜,用嘴哈了哈气,然后用手绢抹了抹,慢条斯理地把它重新戴上之后才继续讲话。

大家都屏着气息,谁也不作声。

他先谈国内外形势,说“九一八”日本法西斯出兵沈阳,侵占东三省,蒋介石采取“不抵抗主义”,把张学良二三十万军队拖到关里替他对付冯玉祥、阎锡山,甘心让日本帝国把东三省占了。接着就讲起张学良的私生活,讲得津津有味,却不留心听话的人紧皱眉头。后来发现大家兴趣索然,马上掉转话头,谈起江西中央苏区的形势:说全国苏维埃第一次代表大会是在瑞金开的,选了三十一位中央委员,韦步平就是其中之一。说明这地区工农革命运动在全国来讲是有成绩、有地位的;接着又讲章斌、邓瑞山和雷苏民等同志率领北上的主力,已到达江西南部,跟中央红军会师;中央还特意送了一面奖旗给他们,叫作“转战千里”。后来部队进行了整编,撤销原建制,编入五军团。从这里到江西,一路上不断打仗,队伍不免有些损失,但是能活到那里的人,精神都很旺盛,叫家里人放心。接着,还扯到连续三次打退蒋介石围剿,活捉了敌军师长张辉瓒,缴获好多枪支子弹等等。有些讲得很具体,有些却讲得很含糊。多半是报纸上已经披露过的。开头大家听得还很留意,会场肃静,越讲,各人精神就越涣散了。有的坐得久,腰骨、腿脚发麻,挪动位置、改变姿势,有的离座出外解手,有的悄悄交头接耳。有一个人,喝了口开水含在嘴里,听到甘诚讲一句什么,忍俊不禁,“扑”一声,溅了旁边的人一身,引起小小的风波。

韦步平向闹笑的人瞪了一眼,打着手势,小声提醒大家:

“肃静!注意听。”

讲话的人自我解嘲地笑道:“哎,我也口干了。”拿起茶杯,喝了一口水。

“要不要休息一下?”韦步平问。

“不要,就完了。我刚才讲到哪里了?唔,对,讲到蒋光头吃败仗是吧?事情确实是如此。蒋介石豆腐兵,连桂系都打不过,怎打得赢红军呢?可惜,那边食盐困难,跟这边差不多。不过,那边还好,地区广,战术灵活,东方不亮西方亮,到处为家,大有回旋之余地,不死守一个地方。蒋光头妄图困死红军,真是枉费心机。这儿怎样?稳如泰山?那很好。白军打不进来,山坡上还能种玉米、木薯、毛豆,垌场可以打猎,有黄羊、野兔、野鸡;树木能长木耳、冬菇,地里能挖冬笋;石缝里还有蜂蜜、蛤蚧,应有尽有。可惜,就是缺少盐。不过,我想,就是有盐又能怎样呢?充其量能使我们不得软骨病,人人长命百岁到头了。可是,同志们,你们不是都为着要干革命来的吗?干革命就不能躲在洞里做土拨鼠,只保住自己生命,生男育女。”讲到这儿,他朝着大家扫了一眼,最后,视线落在玉姑怀里的小孩身上,“当然,革命并不反对繁殖后代。不过,最重要的、最神圣的任务应当是消灭敌人。如果长年缩在山弄垌场,躲开敌人,只图苟安,能革成命吗?”

“那你说怎么办?”不知谁冒了一句。

讲话的人,仿佛车轮碰上石头,顿了一下,脸色一沉,却不肯示弱,颟顸地绷着脸说下去:“要我说,干革命就得站得高,看得远,跟老鹰那样,飞到石山顶上,高瞻远瞩;别像蝙蝠似的,躲进幽暗的山洞,躲躲闪闪。”

“蝙蝠,哈哈,你是个蝙蝠!”又是一个人跟身边的伙伴打趣。

“你瞧他,像不像传教的番鬼佬?”

“我看倒像从前的凌……”

“嘘,别开小会!”

人们压着嗓子交头接耳,悄悄说话。

韦步平瞪眼,盯着窃窃私语的人。交谈的人发觉仿佛夜间射来电筒似的目光,不觉吐出舌头,扯扯身边伙伴的袖子。

杂音静下来了。甘诚干咳一声,接着说:“当然,我无意把大家比作蝙蝠,请勿误会。我只是……嗯,只是请大家打开眼界,看看国内外形势,想想当前应当担负的历史任务。我们祖国当今处在什么田地上啊?方才一开头我就讲了:日本鬼子从去年九一八后占了沈阳,到今天,不到半年工夫,整个东三省全都被吞了。我们中央为此发表过时局声明,主张团结救国,枪口一致对外。如今全国各地正掀起轰轰烈烈抗日救亡运动高潮。我们是中央统一领导的一支革命队伍,难道比老百姓还落后,对中央号召不积极响应吗?”

志高喊起口号:“响应党中央号召!”

罗汉接着说:“谁敢讲我们落后?干,几大就几大,至大芭蕉叶!”

马大嫂问:“抗日打洋鬼子,没二话。可反动派能让我们打出去吗?”

韦步平见大家抢着说话,会场乱了,赶快拦住:“我说,大家先别插嘴,让甘诚同志把意见讲完,同志们再讨论好不好?”

“好。我这就讲完了。党中央准备随时就抗日问题跟国民党和平谈判,队伍随时听从调动,开赴前线抗日。”

梁少英站起来,一边离座,一边说话:“对,赞成上前线打鬼子。”

甘诚说:“完了,我先讲到这儿吧。”

韦步平问旁边的同志:“什么时候了?”

“看影子,快午晌了。”

韦步平说:“快开饭了,我简单讲两句。方才我说过,甘诚同志不是外人,是党中央来的同志,今后他就来担任我们武装部队的政治委员,跟我们大家生活在一起,战斗在一起。方才说的话,同志们都听了,其中好多问题,都得要大家动动脑筋去琢磨琢磨。好比要挑担子,必得先掂掂分量再往肩上放。甘政委说了,他是新来乍到,对我们山角落,所谓兔子都不拉屎的地方,实际情况不可能一下子就看得那样准,讲得那样周全。话里即算有些未必符合实际,请同志们也不必斤斤计较。干革命就是要四海为家,哪里的斗争需要,就到哪里去,哪里对消灭敌人有利,就往哪里转移。凡是站在革命立场上,肯为共产主义的目标而奋斗的,都是我们的同志。对待同志,首先要讲团结,互相帮助,共同进步。当然,批评与自我批评是免不了的,对错误思想的斗争不能含糊。目的不是别的,只能是为了促进团结,为了进步,为了提高。对待敌人,那就不同了。面对敌人,那是势不两立,有你无我,生死斗争。刚才甘诚同志提到抗日统一战线问题,前些日子我们讨论过,现在有新的指示还可以再讨论。我们这里是拥护中央的正确路线的,绝不容许闹山头,搞独立王国。讲到抗日,谁不是双手赞成哪？在座的,不会有谁情愿蹲在这山洞做蝙蝠吧？别笑,实际不正是这样吗？”

韦步平越说越激昂,像匹惊马,控制不住。他解开衣领,闪着炯炯的目光,继续说道:

“我看哪个也不心甘情愿在这山弄垌场待下去的。可是,黎柏初、夏雷和王光宗等等,这帮反动的军阀和官僚,硬逼我们上了梁山。为了革命,为了保存自己,为了发展,就得要消灭敌人。今天,是的,在今天的实际情形,山沟山洞对我们却是个天堂。你说不是好地方,黎柏初他们为什么开来那么多的兵要抢占呢？同志们,甘同志方才的话很不简单,我们要开会认真讨论。现在就谈到这儿吧。晚上开个文艺晚会,欢迎甘政委。伙房加菜会餐。请甘同志尝尝我们酿的南瓜酒。乡亲们又给送盐来了吧？唔,好。不然,再好的山珍,没有盐也没味道哩。散会。”

人们忽一下散了。嘈杂的喧声在山洞发出嗡嗡的回响。

甘诚神色很尴尬,走到韦步平跟前说:

“老弟,我是个不善辞令的人,讲话词不达意,有不妥之处,请多多海涵。”

“那倒不必客气。革命同志嘛,有话就应当摆到桌面讲明,对不对？”

“对,对,是应当这样。不过……”

“又不过,哈哈。”韦步平笑着,往对方肩上拍了一下。

甘诚脸色涨红,欲言又止。

第四十八章

这是群山环抱的弄场，当中躺着一条约有十多二十里的峡谷。北面深谷，从高峻穿云的悬崖上，飞下一幅白练似的瀑布，落在深不可测的黑潭里。溢出来的溪流，从北向南蜿蜒流过峡谷，灌溉两边田地，养育着座落在弄里村屯的居民。弄场里的石山脚下和半山腰间，聚居着十来八户到二三十户不等的一些村屯。在平地当中有个小小的圩场，住有三四十户人家。赶圩的除了弄里各村屯的人，还有从山那边翻过山坳来的邻乡邻县的农民、猎户和小商小贩。当地老规矩是三天逢一圩。赶圩的人，来得晚散得早，日中为市，午晌过后，各人卖了山货，换得油盐就都回家了。圩场有一片用石灰、沙子掺着少量红糖打成的晒谷坪，圩日当作摆摊买卖的场地。现在成了红军操练、开大会的地方。

红军的营盘，自从退出县城之后，起初设在山圩，最近才移到这里来落脚。这地方虽小，却比山圩牢靠，周围的石山都是连猴子也攀不上的悬崖，只有两三处山坳能从那里翻过山，到外面去。要是把山坳堵住，任你千军万马也休想进得来。有些山洞是能连到山那边去的，不过，一般人都不大知道门路，只有少数掏蛤蚧、挖草药的老头才晓得钻那些地方，外地来的人想钻也寻不到那个通道的。

这里进可攻退可守，地理形势对韦步平领导的红军的防守特别有利。

甘诚跟韦步平到圩场周围走了一圈，韦步平说道：

“这儿不仅地利条件好，人和方面也不错。老乡特别好客，跟我们红军弟兄关系挺融洽。”

“是的，江西那边也这样。人家说，共产党是虎，离了山就没咒念了，哈哈。”甘诚笑得很不自然。

韦步平一愣，好像咬上一口霉花生，很不舒服。

晚上的欢迎文艺晚会是趁着月夜在晒谷坪开的，大家情绪很高，散了会还在议论纷纷。有的说，谁谁的武术打得好，马刀、三把叉耍得挺圆；有的说，谁谁的戏扮演得像极了，就跟真的汪锯人一模一样；有的说，重九的山歌唱得特别好，声音又甜又脆，画眉鸟也没那么悦耳；有的却压着嗓子，悄悄议论新来的人：

“他说话的口气怎么是这种调调——开口闭口总是‘你们’‘你们’的？”

“对咯，我仔细瞄他，看他皮笑肉不笑的样子。”

“我看他跟花头鸭——少英倒是打得挺热乎。”

“花头鸭这回出了一趟外差，可是下了水塘的鸭子，抖起来了。”

“看你们讲的，把人家想到哪儿去了？”

…………

韦步平把他炮楼上的房间，让给甘诚，自己搬到附近山脚一座没人居住的独户茅草棚去。这草棚原来是一个打猎的孤寡老头的小屋。人家讲老头得了麻风病，几年前不知流落到哪儿去了。茅屋空着，谁也不敢去住。前几天，红军弟兄才去把它打扫干净，给屋顶新盖上一层茅草，安上门扇，准备在里面堆放柴火。韦步平去看了看，决定搬去住。离那里四五十步地方，有座小小的土地庙，神像神龛都没了，空空洞洞，安上一张床是满够用的。志高把它看上了，在那里安个铺，夜里去睡，好做韦步平的警卫。

马大嫂她们妇女队和纵队机关的同志们,在圩场附近的平地上,用竹木搭起简易的屋架,拿泥浆和着稻草糊成墙,屋顶铺盖茅草,马马虎虎建成了可避风雨的一排排简易的住处;另外有一部分人则在周围适合居住的山洞里住下来。

从整个虎岩来说,它跨着三个县的边界,大山弄套小山弄,重叠连绵,七分石山三分土地,交通十分闭塞,居民与外地极少往来。韦步平选中这地方做营地,自成独立的山国,有仗就打,没仗打就开荒、种地、牧猎等等,搞生产自给。日子久了,外来的弟兄也就慢慢地习惯起来,把这里看成自己的家乡。

欢迎会散后,志高陪同韦步平回到住处,替他点着灯,看了看屋里新刷的石灰,用手按了按床上铺的稻草,然后说道:

“今天你一整天都没闲着,早点休息吧。”

“你别管我,有空多关照甘同志一点。”韦步平说。

“少英把他的事情全都揽了,还用得着别人插手吗?”

志高对少英显然不满意,说完走了。

韦步平今天忙了一天,可就是没瞌睡。方才散会出来,听到大家唧唧喳喳地议论,声音还在耳边绕着不散。尤其是对新来的领导同志品头论足,觉得很不适当。但是,又感到同志们的嗅觉很灵,居然能从讲话人的口气和措辞品出味来。“难道他一上级组织派来的同志还有可怀疑的吗?”韦步平打心里头自问。回头去仔细揣摩这位新来的同志说话的调门,是不大听得惯,不过,五湖四海,哪能人人一个调调?拿筷子还有人使左手呢。当然,对个人不能轻信,可对党组织总不能允许打折扣的吧……

“嚯,还没有睡呀?”

正当韦步平独自寻思的时候,少英一边叫唤,一边推开门跨进屋来。屋里有一张学生用的课桌,旁边有两张条凳。少英一来就坐在韦步平对面。

韦步平问:“甘同志休息了吧?”

“睡了。”

两人一时没话可说,屋里寂静得很。少英看了看韦步平深沉的脸色,捉摸了片刻才战战兢兢地用试探的口吻问道:

“你看甘这个人怎样?”

“你说呢？”韦步平以问代答。

“我看他……好揽权。新来乍到，东南西北的方向还认不出，却自以为是，什么事都想抓到手里。他干得了吗？”

“你胡扯什么。我们是服从组织又不是服从个人。他是代表上级来指导工作的嘛。”

“指导是指导，可没有说让他来抓实权呀。”

“人是你接来的。田州的同志没当面交代什么吗？”韦步平盯住对方眼睛。

少英一怔，赶紧支吾：“没有。对上了暗号就完了，别的什么也没讲。江波同志我也没见到。他把人交给春风理发店罗师傅，自己就上河口了。”

“甘跟你说了什么？”

“没有说什么，工作问题，今天他不是说了嘛。他只是说：游击、游击，应当到处为家，死守一个地方挨打不是办法。”

“这个问题，还得再开会讨论，听听多数同志的意见怎样再定，个人讲也不作数。”

“他说，民主集中制，少数服从多数，可地方得服从中央。”

“原则是没有问题的，如何运用还得根据实际情况变通。”

“这我也懂。我只是提醒你注意，人家是上头来的呵！”

“知道了，回去睡觉吧。”

少英走后，韦步平正要解衣上床，罗汉敲门来了，韦步平又扣上衣扣，赶紧把门开开。一见罗汉后头还有马大嫂，连声说：

“哎哟，大嫂，来来。”

“今天不是给你送木炭来了吗，志高不替你生火？”马大嫂瞅着屋角，那里搁着一竹篓木炭，可是没有解开竹绳。

“这时候烤火还早。”韦步平说，“坐吧！”

罗汉让马大嫂坐凳上，自己坐到床沿上，望着韦步平问：

“少英来了吗？”

“刚走。”

“他来讲什么？”马大嫂问。

“也没讲什么。”韦步平漫声应道。

马大嫂看看步平脸色，好像是有什么心事，顺嘴就问：“是不是想平平啦？甘同志不是从那边来的吗？怎么没个信？”

“那地方不比我们这个小小的垌场，地方那么广，人又那么多，哪能容易见得到。”韦步平说着，看看他们，问道，“你们从哪里来？”

马大嫂说：“会上看重九愁愁闷闷的，散了会，同罗汉去找她谈了谈。”

韦步平不做声。

“嗳，年纪轻轻的，两口子不在一块儿，倒也是个事。”马大嫂叹口气。

“是什么事，能把人憋死呀？”韦步平带着笑说道。

罗汉问：“福贵的情形怎样？最近有消息来吗？”

这一问，触动了韦步平心怀。事情的确是叫人纳闷儿：过去，十天半月福贵总会从敌方弄到情报由交通员送来的。十天前，他密报：他独立营从巴龙护送省里来的大人物秘密来到了岚山。还说，关于他们的下一步行动等后再报。十天过去了，消息渺然。省里来的大人物到底是谁？行动为什么那样机密？

罗汉说：“是不是派个人出去探听一下？”

“谁去？”韦步平看看他们两个。

“我去走一趟。”马大嫂说。

韦步平望着她，思索片刻，说：“不，大嫂不能去，这里好多事没有你不行。要去人，少英倒是可以去。这回他出去，任务不是完成得很好吗？”

罗汉淡淡地说道：“老梁这个人，不知怎么回事，我总觉得他有点……唔，怎么说呢？有点不那么对劲。”

“真是个花头鸭。”马大嫂说，“成天老找重九去死搅蛮缠，叫人都烦死了。”

“同志们是不是对他有些成见？”韦步平说，“他这个人我知道，有点吊儿郎当，有些事叫他去做，他是做不好的；可有些事，别人干不来，他倒能办到。好比有些木材能做梁当柱，建造房屋，有些则只好当柴烧炭，取暖做饭。一部大机器，需要各种各样大大小小的螺丝钉，革命事业也必须依靠千千万万各种各样的人，同心合力才能成功啊。”

马大嫂把嘴一撇：“可有些炭头，烧不着火，只会冒烟呛人。”

“哈哈！”韦步平忍俊不禁笑起来，“那就给它煽风，多煽两下就烧着了。”

“你讲得倒好。人可不是炭头哪。”马大嫂还是满肚子的气。

“少英他毛病是不少，不过……”

罗汉不等韦步平把话说完，抢着问道：“他刚才来讲什么？”

“他提醒我注意：说甘好揽权，主观、武断，自以为是什么的，啰啰嗦嗦，没让他扯下去。”

“这个意见，倒也不止他一个人有。”罗汉说。

马大嫂接着讲：“是的咯，我俩就想来跟你讲这个。”

“哦？”韦步平诧异，眼睛里闪着炯炯的目光，打量着两人的神色。

罗汉问：“他是上头派下来指导工作的不是？介绍信讲到要他当党代表吗？”

韦步平脸色一沉，摇摇头：“没有，介绍信上没有讲。”

罗汉说：“军队改变番号，旅、团、营、连改为纵队、支队，这都无所谓。为什么党代表要改政治委员？又不让你兼了呢？”

“我们工作干得不好呗。”韦步平谦虚而坦然。

马大嫂不服气，说道：“干得不好？那又说你当了中央苏维埃委员？我看，还得等一等，不能凭他自己讲的作数。”

“这回少英出去，他没有见到老江，这事就不免叫人……”罗汉很费猜疑，自己喃道。

“少英总是自己弟兄，不必多心。他是中央来的同志，人家自告奋勇，多挑重担，应当欢迎嘛。我的为人，大家还不知道？尽力而为，绝不影响工作。”

“影响不影响很难讲。行船看掌舵，羊群就看头羊。甘同志他说要打出去，不要这个蝙蝠洞。大家想想行不行？”罗汉说完，望着韦步平，等待他说话。

韦步平说：“这问题，等地方党委开会讨论再定。不能一个人说了就算。”

马大嫂说：“我的意见不一定对路。反正我总感到，他说话的口气，不大像是自己人似的。”

韦步平说：“哦，口气也成了问题呀，你要什么样的口气呢？”

马大嫂说：“我看从前章斌、苏民几位首长讲话就不是这个调调。”

韦步平说："我说，你们几位负责同志，一言一行，对弟兄们都有影响。你们有什么意见不要在下面嚷嚷。工作问题，有意见可以摆到桌面来谈，争吵也不怕。千万不能背后去议论。"

马大嫂说："工作问题就是刚才罗汉讲的，他要丢掉我们这些山垌寨，说是容易，做起来就不轻巧：伤员、病号、家属、小孩，到哪儿安身？山下平地好是好，可人家已经把房屋烧光了，连井口都填实了，水都没得喝！我们到那里能站得稳吗？"

韦步平站起，来回走了两转，说："这样吧，明天开个地方党委常委会，认真讨论讨论这个问题。"

罗汉问："地方党委开会，甘同志他不是党委委员怎么着？"

"请他列席可以吧。他是军队的政委还不能列席地方党委的会呀？"

马大嫂说："他参加更好。会上，有意见就讲，不管他哪里来的，少数服从多数，决定了就照办。"

罗汉说："今天甘同志讲什么中央号召抗日统一战线，同反动派讲合作。我看，这事，我们这里先别冒尖，等中央先走一步，我们再跟上不迟。"

"是呀。"韦步平说，"今天就没有让他把话说死，决定大的行动，可不那样简单。唔，就谈到这儿吧，该休息了。听，五更鸟开始啼鸣了。"

屋外真的传来五更鸟悦耳的啼声。

罗汉、马大嫂两个站起来，伸伸腰往外走。韦步平送到门口，月光满地，树林笼罩一层薄霭，石山崖下，不时传来清脆的蛤蚧叫声，从瀑布流下的水声淙淙可闻。

韦步平看马大嫂走了两步，又叫住她说："重九的心情不痛快，你做嫂子的，多照顾她点啰。不要把消沉的情绪扩散。"

"她就是一阵一阵的，很快也就过去了。讨厌的是少英，老去缠她。"

"给他辣椒尝尝嘛。烫他几回，他就不再拿手去抓火炭了。"

"你讲得倒好。"

马大嫂说完走了。韦步平回屋，往床上一躺，没一点睡意。脑子里全是这样那样的事。本来，处在当前这样局面，上级派人来那是雪中送炭，再好不过了。好比往坡上推车,有人来帮一手不是更省劲的吗？为什么感到有点不自在？他两手枕着脑袋,眼睁睁地盯着帐顶,打心里嘀咕。是不是因为自己不兼任政委感到不顺气？不,这不是原因！如果为了当官,今天他就不在这儿蹲山沟了。革命就是从革掉个人的官瘾做起的。如果自己身上的这种封建肿瘤割不掉,还能为千万大众去除害吗？当然,在革命队伍中做领导工作不叫做官,当师长、军长的叫司令员,做马弁的叫警卫员,当战士的叫战斗员,都叫员不叫官,人人平等,只是分工不同罢了。谁当指挥员,谁做战斗员,那是根据个人的工作经验、才能大小、贡献多少来定的。"中央不让我兼政委,难道是我工作上出了什么差错吗？但是,为什么又说选我当了中央苏维埃委员？怎么回事？想不通!"韦步平自问自答,"是不是自己思想产生了计较名誉地位、患得患失的毛病?"他想来想去,觉得别扭,认为自己平素还不至于听不得别人反对的意见,怎么现在对上级派来的同志的工作意见,感到不是滋味？是自己主观,对当前的斗争策略不能正确理解吗？还是新来的同志了解情况不全面,观点脱离实际？作为地方同志是有责任提供情况,帮助他把工作做好的。这是关系到整个地区工作的成败得失的关键,搞不好,影响千万群众的生死问题。关系到原则上的大是大非,是不能含糊的啊……

韦步平忽一下站起,开开门。天已经亮了。是农历二月十六吧,发白的月亮像只小圆镜还停在对面山顶上,远处伴有几颗晨星;喜鹊飞出窝来,站在树梢叫唤。

蓝志高拿着洗脸手巾、牙刷,从土地庙往韦步平住的草棚走来,两人一道下小河沟去盥洗。志高歪着脑袋瞧瞧韦步平的眼睛,说道:

"你又是一夜没睡?"

"你怎么知道?"

两人一边说话,一边朝山下的小河沟走。志高说,他看见罗汉和马大嫂从他屋里出来时,五更鸟已经叫了。"看你眼睛就知道你没睡。"

"你侦察得倒挺仔细啊。"韦步平说,"谁把这样好的子弹壳丢了?"走了两步,韦步平弓着腰从路边捡起一只铿亮的弹壳,"翻装了还可以用嘛。"

"拿来我瞧瞧。"志高接过弹壳,用嘴唇吹了一声。

“别往嘴里乱吹,火药有毒。”

志高伸一下舌头,用小指头插进弹壳,一伸一屈的摆弄着。一会儿,说道:

“昨晚少英从你小屋出来,又到炮楼去好久,不知他要搞什么鬼。”

“你别疑神疑鬼。”

“鬼我才不怕呢,昨晚我就跟土地公一块儿睡的觉嘛!”

停了一会儿,志高问:“唔,甘政委后来又讲了什么?还是要同反动派合作打日本吗?”

“你说好不好?”

“又好又不好。好呢,山弄里实在太苦,没有平地上的日子好过;不好呢,平地上尤其城里的规矩,我们山里人过不惯。你说呢?”

“我说你离不开玉姑。”

“别提了,跟她在一块老是抬杠,分开一段,反倒好些。”

“唔,有道理。盘大爷这两天去哪儿啦?”

“孩子得了毛病,回寨找药去了。顺便拿毛豆来准备下种。”

两人东拉西扯,终于来到河沟边上。

这河沟的水是从老远的瀑布溢流下来的,清澈见底。这个季节,春水未发,有一半河床裸露出石滩。圩场的居民,饮食用水都是从这儿汲取的。

此刻,重九和另一个姑娘挑着水桶来到对面的水边,见到志高,隔水呼唤:

“喂,你那口子找你啦,孩子发热,快去!韦家哥,甘政委请你。你们才起床呀?”

“我们昨晚就没睡过觉,起什么床。”志高回答。

“不睡觉还洗脸做什么?怕玉姑嫌你呀?”重九挑起水桶和她的伙伴嘻嘻哈哈走了。

“重九蛮开心的嘛,大嫂怎么说她不高兴?”韦步平一边抹脸,一边说话。

“就是少英惹得人家心烦。少英这个花头鸭。”

“唔,你说昨晚他到甘政委那里扯了些什么?”

“我看他鬼鬼祟祟的样子,觉得奇怪,跟到门外听了一下。他们压低嗓门说话,听不清。只听甘政委问:‘他不兼政委,有什么意见,不高兴吧。’少英说:‘看不出来。不过，他对出山接受改编不大乐意。’甘政委又问：‘他到底拿什么主意？’少英说：‘他讲，等南江那边的人来齐了开个会，听听大家的意见再说，少数服从多数。’”

“甘怎么说？”韦步平问。

“后来，他们说话声更加小，我把耳朵贴到门缝上，碰了一下。里面喊了一声‘谁’？吓得我连忙溜了。”

“你对自己人也做侦察呀？”韦步平望着志高笑了笑，“走吧。”

两人踩着跳石一步一步走到对岸。

韦步平默不作声，打心里头咀嚼着志高讲的每一句话。新来的人是有点蹊跷。但是，又不敢往下多想。“不管怎样讲，对上级派来的领导同志，是不应该有什么看法的。也许是个人性格不同，彼此不熟悉，有些地方，互相不了解，那是难免的。”

韦步平一边走，一边想。到了圩场街上，罗汉和一个商贩打扮的人从他住的屋子出来。撵到他背后，朝他肩膀拍了一下。韦步平一怔，转回头一瞧，罗汉笑指着旁边的人说：

“你看，谁来了？”

“哦，福寿！什么时候到？”韦步平高兴得不得了，抓住对方的手不放，笑眯眯地上下打量着。

“天亮以前到的。”罗汉代答，“瞧他草鞋，还湿呢。”

“正好。中央来人了，有件大事正等大家来商量呐。现在就去见见他吧。”韦步平说。

“你俩去吧。我还要去‘办公’（出恭），昨晚受了凉。”罗汉皱着眉头，捂住肚子。

“水泻吧，拿野石榴嫩叶嚼几口咽下，保管没事了。”福寿说完，跟韦步平往炮楼走。

他自从河口起义后，就被分配在雷苏民和邓瑞山的第二梯队，开往南江，一直在那边活动。主力北上时，他因伤留下。几年来都在南江方面坚持游击战，声势虽然没有北江这边大，但是火种并没有熄灭，凭着十万大山做依靠，保存了一定数量的队伍。常常在边界上,摸准了敌情就搞一家伙,叫敌人措手不及呢!

韦步平和福寿进了炮楼,听到甘诚跟什么人说这样的话:

“是天亮前到的吗?南江那边也有人?十万大山不是一股惯匪的老窝吗?”

韦步平敲了一下门,听到一声“请进”,把门推开,走了进去。原来是少英在里面。他见韦步平进来,显出很难为情的样子。甘诚见韦步平后面跟着进来一个商人打扮的陌生人,脸色很不自在。

“来,给你们介绍认识认识,”韦步平指着福寿对甘诚说,“这是南江地区的全福寿同志,这是……”

“敝姓孔,唔,是老祖宗的姓,现在嘛,革了命,老祖宗也不认了,叫甘诚。嘻嘻,甘心情愿的甘,忠诚老实的诚。咳,老习惯真是不易去掉,一不留神,什么贵姓、大名啦,什么免贵、敝姓呀,一些客气俗套的调调都来了。哈哈。”甘诚自我解嘲。

“哈哈……”

韦步平、福寿同声笑了笑。

“坐,请坐。听说土话讲,‘没凳子就坐床,没胡须就摸强①。’哈哈。”

梁少英觉得局促,借口有事溜开了。

“自己人还讲哪门礼数,福寿,坐吧。”韦步平说,“湖南人有个忌讳,客人来家是不能坐床的。”

“那他必定预备有凳子。”甘诚说着,话题一转,“老韦,我一来就把你的政治委员的位子占了,心里不痛快吧?其实,我自己也不好意思。”

“这是什么话。”韦步平要生气的样子。

福寿对甘诚认真地打量着,觉得诧异。

志高进来说,早饭弄好了,请下楼吃饭。

韦步平对甘诚说:“福寿已经来了,先让他休息一下,晚上开个地方党委扩大会。你看好不好?”

“开吧。人家说,国民党税多,共产党会多,哈哈。”

---

① “强”是广西方言,指下巴。

"开会、开会，不开不会。"福寿说，"我们大老粗就靠开会学会干革命的咯。"

"好吧，走，吃过饭再说。"

"甘诚同志，是从江西来的吗？"下完楼梯，福寿突然发问。

"是呀，是呀。"

"见过邓指挥没有？"

"他是谁呀？啊，对咯，他是河口起义过来的，到那里改了名了吧。"

福寿看对方说话牛头不对马嘴，和韦步平交换个眼色，又问：

"甘政委这趟来得辛苦啊。怎么来的？路上好走吗？"

甘诚一怔，若无其事地答道："我是先出上海，然后乘船到香港，再进梧州的。"

"进梧州这一关不好过吧？"福寿说，"反动派到处布置特务。听人说，原先夏雷办的党务学校的学生，毕业后都分配当了特务。有的到工会当工贼，有的到学校当训育主任，有的派到来往香港、广州的轮船上当伙计，表面上给客人端饭倒茶，暗中却担任刺探进入广西的外江佬。甘政委你进来时候没遇到麻烦吧？"

"嗳，道高一尺，魔高一丈，总有办法对付就是了。"甘诚说。

"那可不易呀。"

"到了。话总是讲不完的，吃了饭再谈。"

"对，对，吃了谈。全……"

"全福寿。"

"哦，福寿同志，你……今年多大啦？"

"快四十了。我是老粗，拉大锯的。地主土豪逼得人没法活下去，只好上山。他妈的娘卖屄，黎柏初、夏雷，还有个王光宗，年轻上学时代同我们韦家哥一道结社，是要救国救民的嘛。如今……哎，真他妈的不是东西！"

"福寿哥，你又骂谁啦？"罗汉走到厨房门口，迎着他们，笑着问道。

"不骂反动派还骂谁？"

"你骂他们，他们也听不见。"

“管他们听不听得见,我骂是我的事。”

“好好,吃了再讲。”

“甘政委,给你。”少英端来一碗玉米糊搁到甘诚面前。

“不拿筷条怎么吃呀?”

“得,得,我自己来。”甘诚跟着别人从竹筒里抽出一双筷子,赶紧喝玉米糊,不敢再作声。

第四十九章

韦步平主持召开的南北江地区党委扩大会从昨天下午开始,今天继续开了一整天还是未能结束,晚上还得打夜战。会议先是讨论甘诚传达的中央指示精神,统一思想认识,接着联系到本地区的执行问题。这个实际问题,联系到各地的复杂情况,讨论起来,意见分歧大,尤其是谈到同黎柏初反动派和平谈判问题,争执最激烈。多数人对统一抗日都是赞成的,但是要同黎柏初、王光宗讲和平,意见就很多了。有的问:统一抗日,是我们统他们,还是他们统我们?问题一定要搞明白,不能含糊;有的干脆就反对,认为狐狸给鸡拜年,不会怀好心,千万不能上当;有的则不置可否,上级怎样定就怎样办。

韦步平把大家意见归纳一下,认为问题的焦点是:到底是放弃虎岩,倾巢而出,下山去接受改编,统一由反动派指挥抗日,还是保持红军建制,独立自主,联合抗日?请大家集中在这个问题上,进一步发表意见。

“我以列席人的身份讲几句。”梁少英把喇叭纸烟屁股往地上一掷,用脚踩灭了,“我这个人讲话,大家都知道:一不会花言巧语,二不会拐弯抹角,三不会尽捡些不冷不热温吞水的话来胡扯……”

“算了吧,少废话。”

“嘿,还讲不会花言巧语。”

“我说……”

“同志们,”韦步平用铅笔敲敲口盅,制止着大家嚷嚷,“发言要挨着来,一个讲完了再来一个,不着急,今天开不完还有明天。朋友不打不相识,道理不辩论不明白。有意见都不妨讲。现在请少英同志讲。”

少英扫了全场一眼,跟甘诚交换一下眼色,然后鼓起勇气说道:“好,我这就开门见山讲。嗳,我说我们谁的嘴巴都会念这个经——个人服从组织咯,少数服从多数咯,地方服从中央咯……可一到节骨眼上,嘿,子弹就卡壳了……”

“我反对这种不负责的风凉话。”罗汉打断了少英的话头,两只眼睛睁得溜圆。

韦步平又拿铅笔敲敲口盅:“先别打岔,还是一个挨一个讲。”

“什么风凉话嘛,要说是风凉话,我干脆不讲了。”少英撅着嘴赌气。

“你把话讲完,少说废话。”韦步平催着少英。

少英气鼓鼓地说道:“我是这样看:我们共产党领导下的红军,当然不能闹山头主义不是?自从章斌同志率领主力去了中央苏区以后,两年多我们哪个,连带韦家哥一起,不都是日盼夜盼上级来人领导?如今甘同志经过千难万险,出生入死,总算到我们跟前来了,给我们传达了中央方针,这不是明明白白了吗?我们不拥护他,不服从他的指挥,光在嘴巴上讲什么下级服从上级,岂不是成了和尚念经,空口说白话……”

福寿憋不住,拦住话头质问:“哪一点我们下级不服从上级?你指出来。”

“党里开会不准人家讲话呀?什么下级、上级?嘿,真是出奇!”

甘诚脸色不太自然,盯了少英一眼。

少英却死鸡撑硬颈,颟顸地顶嘴道:“你说服从,那上级来的同志已经都讲了:要同反动派统一抗日,还讨论什么?”

“嗨,上级指示是指示,可怎么个执行嘛,你不讨论出个办法来能行吗?”

罗汉怒不可遏地说道:“我提议,不准少英胡说挑拨的话。我们大家对上级来的同志都是巴不得的欢迎。闹‘三三会’的时候,我们就是要‘坐船同命,走路同心’嘛。后来入了共产党,成了同志,那比亲人不知还亲多少倍,说什么你的我的,在党组织来讲,同志都是自家人。可又不是媳妇和家婆一样,只准服从不让说话。”

屋里沉默下来,都不做声。

甘诚显出很局促的样子,喝了一口茶水。

马大嫂坐在后面一排,忽一下站起来,盯着少英说:“少英你干脆把杯底亮了不行吗?你说,把队伍拉下山去,让反动派统一去好,还是怎么着?”

“怎么着,我也说不上,是的,我没什么锦囊妙计。”少英声音打颤,“我只想,人要看菜吃饭,别笑,我是讲,照这样下去,我们的日子并不那么美妙。如今不是两年前了。反动派内部讲和了,南京蒋介石不打广西来了,黎柏初腾出了大部分兵力压到我们头上来,要打扫他的后院,亲自出马,正在一步一步收网。我们的景况,不用讲别的,光是吃盐一项就够你受的。连活命都成问题,还讲什么革命……”

“你是悲观失望,对革命动摇了吗?”罗汉冲了一句。

“不,让他把话讲完。”

“再说,”少英咽下口水,“枪,手上拿的枪,它也要吃盐呀。别笑,它要的盐就是子弹。原来一枝枪至少要配给三十发吧?现在多少?瘪了。没子弹的枪,比烧火棍都不如,你还说什么?”

志高瞅着少英问一声:“完了吗?”

“完了。”

“我反对少英的意见……”志高非常激动。

“主席……”又有人举起手抢话。

甘诚看少英引起众怒,急忙站起来打圆场:“同志们,是不是让我说两句呀?”他向全场扫视一眼,目光冷峻。

韦步平不动声色,大家也不吭气,眼睁睁地瞅着,听他说下去。

“同志们的民主精神发扬得很热烈，很好。人嘛，哪能没有点火气？不过，你们不是讲过吗，火气是对敌人发的，对自己人嘛，要讲和气是不是？我看呀，讲来讲去，公说公有理，婆说婆有理。听谁的？我，孔某……唔，我甘诚是中央派来的。任务嘛，管军事方面的，你们地方上，哦，苏维埃……苏维埃的事跟军事行动是不能同日而语的。它要打仗，枪一响就要流血，所以不能婆婆妈妈，必须得服从命令行事。军事行动的特征是：迅速、果断，不能允许在会议上踏步，清谈误国。关于军事问题，我的意见，不要在会上争论不休了。反正照我传达的精神去办不会错。军队的同志有意见，另外开军队的会去研究好了。”

“不！”韦步平马上接着说，“我现在先讲个人意见，我说，我们党和国民党不一样，党和军队不是平行的两个部门。我们的武装队伍，自从‘八一’南昌起义的那一天开始，就一直在党的领导下进行武装斗争。谁要摆脱党的领导，那是单纯的军事观点，绝不允许。军事行动，尤其是有关战略改变，没有党委作出决定之前，军队部门本身不能自作主张，单独行动。这是组织原则问题，绝不能含糊。”

韦步平态度严正、坚定，就像岩石雕像，端坐不动。

甘诚故作镇静，用以柔制刚的口气反问：“那上峰的指示，你怎样对待？如果把中央的抗日宣言置若罔闻，那么，组织原则到哪里去了？”

“党中央号召全国人民团结抗日，可没有要我们向反动派投降！”韦步平吼一声。

“那看你怎样理解吧。”甘诚冷峻地说了一句。

“我理解错了的话，我个人负责。”韦步平说，“党中央从全国局面着眼，提出战略方针，地方如何执行，就得因地制宜，采取相应的措施，这是对革命事业负责的态度。如果不敢独立负责，怕犯错误，那就别抢先，等中央苏区迈出第一步之后，我们地方再跟上去也不晚。”

“对咯，又不是五月节赛龙船，为什么要抢先？要跟中央比高低吗，唔？”罗汉望着甘诚问。

“刚才不是说要因地制宜吗。那就应当考虑我们现在的屁股坐在什么地方。”

"你说在什么地方吧?"

"前面少英同志说过:我们现在是处在山穷水尽、四面楚歌的地步了,再这样下去……"

"再这样下去就怎样?完了?"韦步平反问,"不会的,放心好了。不要危言耸听,把自己神经衰弱传染给别人吧。"

"传染不了。"罗汉冲口而出,"几大就几大,至大芭蕉叶。要同反动派王光宗讲统一,听他们指挥,去他妈的,老子不干!"

福寿呼一下站起,大声说道:"谁的脊梁骨直不起来,谁就向反动派下跪去,我姓全的和南江的红军弟兄,死也不放下手中枪!黎柏初、'活诸葛'来了又怎样?他们能到我们这里来,我们也有两条腿,为什么不能到他们那边去?什么山穷水尽?我就不信这个邪!'车到山前必有路,船过桥下自落帆',嘿,走着瞧好啦!"

"福寿讲得对。"韦步平说,"两年前,主力北上,我们才留下几个人呀?'一打'——整整十二个。现在有多少啦?多少不讲,反正惊动到总司令黎柏初、省主席夏雷、专员王光宗,加上'活诸葛',都待不住了,哈哈。我说,山穷水尽的可不是我们,倒是反动派疲于奔命,显出黔驴技穷的狼狈相来了。真的,同志们不要自己看不起这些山山弄弄,你说它不好,反动派为什么要来抢占呢?"

听到这地方,大家哄一声笑起来。甘诚和少英像斗输了的公鸡,低下脑瓜。韦步平环顾大家,说:

"时候不早了,同志们回去再好好想想,明天继续商议。休会。"

人们都走了,甘诚迟迟疑疑地落在后头,韦步平看他想要讲什么,笑道:

"老甘,生活过得惯吗?被子薄些吧?山区晚上凉。唔,我们这些人就是这样的,开起会来,机关枪、手榴弹,乒乒乓乓,可热闹了。"

甘诚勉强应道:"是呀,是呀。"说完掉头就走。

韦步平望着悻悻而去的背影,感到惘然若失。回到小屋,还在想会上发生的争吵,觉得自己未免太冲动了。自己还是会议的主持人哪,怎好当着同志们的面,跟上级派来的同志顶撞起来呢……当然,开会讨论问题,意见分歧,发生争吵是常见的。道理不争不明,是非不辩不清。不过,也得看时机和场合,要注意方式和态度。否则,解决不了问题,团结不了同志,那就欠妥了。“是不是过火了?像从前对待云青那样,叫他受不了?”韦步平独自反省,心里好像结了疙瘩。但是,转念一想,觉得同志们说话动了气,也不是没有道理的。因为这是个重要的原则问题,关系到一个地区革命的得失存亡,关系到千万个人的安危。难怪同志们脸红脖子粗地吵吵嚷嚷。少英头脑简单,只顾得脑袋不顾得尾巴,信口胡说也就罢了,“为什么甘诚他,对待这样的问题也如此轻率呢……不好理解!”韦步平想着想着,不由得自言自语。

他想,会外不先把彼此的思想沟通,会上讨论起来还是争持不下,会把事情弄僵。不如明天休会,让大家再想想,通过个别交换意见,等到各人的看法比较接近了再开会。那样,问题会解决得好一些。尤其是甘诚,他新来乍到,情况摸不到底,应当向他多作介绍,让他多掌握些实际材料,考虑问题就会全面了……

他上了床还在想,不知什么时候闭的眼睛。

第二天一早,他没等志高起床,便一个人到河沟洗脸、漱口去了。洗漱完了,他想应当到炮楼去找甘诚,主动向他解释,昨晚的会上自己动了气,请他谅解,免得结下疙瘩,影响团结。韦步平以为对方未必那样早起床,一路走去,脚步特别慢。没想到,走到房门时,门虽掩闭,屋里却传出喁喁私语。他不觉伫立门前稍候,听到是这样断断续续的话:

“……行动得谨慎……昨晚,唔,当心马脚……”

“嗳,急死人……怎么还不见来……”

这是少英的公鸭嗓子嘛!原来是他在里头。韦步平放了心,先敲敲门,然后才轻轻推开门进屋。

屋里两个人连忙分开站起来。甘诚不胜惶惑,客客气气地请韦步平坐。梁少英很尴尬,耷拉眼皮,不敢正视韦步平炯炯的目光,嗫嚅着说:

“你们谈,我走了。”

“你等一等。”韦步平叫住他。

少英回过头来,神色慌张。

韦步平却不去留神他的窘态,只说今天的会不开了,要他去通知大家;各人把讨论的问题过细地想想,准备好意见,什么时候再开会,另外通知。少英连忙应声，赶紧就走。

韦步平望着他的背影，带着笑意向甘诚说："这个人总是冒冒失失的，他那样早就跑来扯些什么？你不知道吧，大家给他起个外号，叫作'花头鸭'，在女同志面前，他的名誉可不佳呀！"

甘诚就此顺着口风说道："是呀，是呀。刚才他就来讲：谁谁对他这样那样的。是不是有个女同志叫马重九？她男人不在这儿？哦！他讲了半天，我又弄不明白是哪一位，只好姑妄听之。哈哈……"

韦步平苦笑，不做声。

甘诚察言观色，沉吟一会儿，转个话题："你刚才说党委会今天不开了？"

"你看怎样？同志们思想酝酿不够。硬要开起来，还是各执己见，争论不休。"

"争论不妨，不打不相识，哈哈。"

"能争出个道理来当然好咯。什么事都是有其利必有其弊。争论出了界就会伤感情。我昨晚会上的态度就欠冷静。"

"哎，彼此、彼此。我也是肝火太旺，沉不住气。今天休息一下，让脑子凉一凉也好。不过，老韦，事情可不好久拖呀。听说，黎柏初常听他的军师'活诸葛'献计，突然给对方来一个措手不及哩！"

"看他们怎么来吧。"韦步平蛮沉着，"反正我们同他们交手已经不是头一遭了。"

"弹药、食盐能解决吗？"甘诚试探地问。

韦步平说，弹药，正在利用岩浆熬硝，利用旧弹壳翻装；还准备制造地雷什么的；但主要的办法是，以战养战。只要战斗一打开，敌人多少也送来一些，蚀不了老本。

"这办法都是从中央苏区学来的。"韦步平最后说道。

甘诚正要讲什么，还没开口，蓝志高突然闯来，急急忙忙地说：反动派那边派来一个姓缪的联络参谋和一个卫兵，声言要跟韦步平谈判。警卫连已经把他们看起来了。请示如何处置？

韦步平问甘诚："你看怎么办？"

蓝志高一进来,甘诚就对他的容貌感到出奇:觉得他跟韦步平站在一起,简直像一对孪生兄弟。志高个子矮些,鼻子、眉毛、嘴唇、下巴和颧骨像极了。他看得入神,没留意韦步平问他什么,只好以问代答:

“你说呢?”

韦步平果断地向志高命令:“叫他们把武器放下,带姓缪的来这里。看看他要什么把戏?”

“是。”志高应声就走。

“这位弟兄,越看越像你啊。”甘诚盯着韦步平的脸说。

“是吗?那以后可要留意,不能让他到外头去跑了,闹不好,叫坏家伙把脑袋割了去冒充韦步平,能捞到一万五千块奖钱哩,可不是开玩笑的。”

甘诚听了发窘,机灵地掏出手绢来擤鼻涕。

一个警卫员进来望着韦步平说,罗汉有要紧事,在他小屋等他回去。韦步平瞅甘诚一眼,说:

“那,姓缪的家伙你出面跟他打交道,什么事回头我们再商量。”

“不好吧,他是来见你的。”

“那不能由他。就这样办吧,先摸摸他的底再讲。”

韦步平不容分说,三脚两步赶回山边小屋。

罗汉坐在靠窗的桌子旁边,猛吸用纸片卷的碎烟末,像在盘算什么难题似的。

“出了什么事?”韦步平进屋,望着端坐沉思的人问道。

“家里送来情报,反动派的大队人马正往巴龙方向移动。看样子……”

“情报确实吗?”

“是我们那边的人送来的,不会假。敌人这几天到处拉伕,扬言要进山捉‘猴子’。看来,这边虎岩硬,他啃不动,就想把我那边的马鞍山吃掉。他妈的,跟他拼,几大就几大。”罗汉十分冲动。

韦步平很冷静,眼光跟罗汉碰在一起,沉吟片刻说:“你说他要搬你的马鞍?不见得。‘活诸葛’不是黎柏初的铁算盘吗?狡猾的家伙算盘不会这样打的。你想嘛,即算马鞍山被他拿下来,除了捉到几只马骝,捞不到多少东西的。赔本的买卖，他们不会做。”韦步平看看墙上挂的地图，完了回头望着罗汉说：

“你要知道：‘兵不厌诈’。黎柏初这只狐狸，诡计多端，他从巴龙偷偷溜到岚山来，可见他的胃口不在搬马鞍而是想剥虎皮哪。”

罗汉顿时恍悟，睁开发亮的眼睛，望着韦步平：“你是说他们进兵马鞍山是虚张声势，放烟幕弹？”

“你说呢？”

“听你这样一讲，脑瓜开窍了。你说怎么办吧？”

韦步平才要讲话，志高骤然推门进来，神色惊疑不定，韦步平看着他问：

“怎么啦？人带来了没有？”

“什么人？”罗汉问。

“黎柏初派来的联络参谋。”韦步平神色冷淡，表示不屑的态度。

罗汉惊讶地问：“他来干什么？”

“还不是劝降来的。哼，见他的鬼去吧！”

“他妈的，把他宰了。”罗汉特别激愤。

“不。‘两国交兵，不斩来使’。让他待两天，给他瞧瞧我们红军、赤卫队，看看弄里老乡的气派，叫他回去替我们作义务宣传。枪毙他，不白白消耗一颗子弹？把他们的武器下了吗？”韦步平问志高。

志高摇摇头，说：“没有。两人身上什么也没带。只有骑来的两匹牲口。哦，对咯，我看姓缪的这家伙，好像认得甘政委，看他两人讲话，彼此挺亲的样子。”

“那是办外交！”韦步平笑着说，“提高警觉是必要的，可不要疑神疑鬼。”

志高却有点不服气。说他看见甘政委跟他说话，声音特别低，生怕叫旁人听到似的。说他本来要给客人倒茶水什么的，甘诚却对他说：“没你的事了，找个地方给客人安个床铺。”赶紧把他支走了。

“这，可能是你多心了。”罗汉说着，看了看韦步平。韦步平在想着什么，一动不动。稍停片刻，罗汉才接着说：“不过，这两天来，觉得有句话，不知该不该说。”

“什么话？看你，在我面前还讲这个？”

“我说,甘……我对他还是那个心眼,尤其在昨晚的会上,他那样讲法,我就觉得不是味道。听说,他跟少英讲,说你反对他的意见,是因为他抢了你的权,你不满意才故意抬杠。”

“这话谁说的?”韦步平问。

“这话我也听说了。听说,是少英传出来的。”志高说。

罗汉说:“老辈人常讲:‘害人之心不可有,防人之心不可无。’这些年来,我可是懂得一条道理:两人交朋友,不能由你一厢情愿就成。所以,我说,不能逢人都一味地讲义气。如今世界呵,喝口凉水都得用舌头搅两下再咽才行。”

韦步平忽一下站起来,来回走了两转才停下说道:“但是你能说甘诚是一般的人吗?他是上级党派来的同志。我们是不应该随便相信一个人,可不能随便怀疑党的组织呀!”

“我不是说什么都要怀疑,是说有些事应当注意。你忘了章斌同志临别时劝你的话啦?”

“没有忘,他批评我的最大的毛病是太重义气。”

韦步平坐回凳子上,抱着脑袋默想。

一会儿,罗汉说道:“巴龙既然有情况,我得马上赶回去。”

韦步平望着他问:“马上就走?会议还没结束呐?”

“现在就去找甘诚商量。”罗汉说,“中央方针,大家都是拥护的。怎样执行?等打退了敌人,让他多接触些实际以后,再讨论,意见就容易统一了。此时此地再争下去,也是白费口水……”

“伙计,你们议论什么?”人随声音突然闯进屋来。大家掉头一瞧,不禁愕然。原来是甘诚站在他们面前。甘诚见韦步平他们三个拿询问的目光盯他,觉得很难为情,装着笑脸说:

“看你们把我当作新娘子呀,哈哈。”

韦步平沉着脸迎着对方的目光问:“来人是什么角色?”

“哦,你说那个联络参谋吧?”甘诚拉过凳子坐下,“他叫缪侠。是‘活诸葛’手下的人。他本来是要见你的。我说你没空,要他把话跟我先谈。他讲黎、夏他们有亲笔信要当面交给你。他同我扯了半天。说什么江西红军已经派谁谁上庐山跟老蒋谈判去了，说什么希望你也以国家民族为重，为地方百姓着想，悬崖勒马，把队伍交出去，统一编遣，共同抗日；还说黎、夏姑念当年'风雨'结社之谊，诚心奉劝阁下尽弃前嫌，共同勠力杀敌，实践相与为国的初衷，云云。要求三天之后有回话，好叫他带回去复命。"

"把队伍交出去，没那么便宜的买卖。嘿，我罗某人就不买这个账。几大就几大，至大芭蕉叶！"

志高表示支持罗汉的态度。

韦步平心情沉重，默不作声。

甘诚眼珠转两转，揣摩半天才小声说道："老韦，你看怎么着，是不是你去同他当面谈谈，跟他要那封信来瞧瞧，看黎柏初有什么话要讲？"

韦步平哼了一声："信，不用看也知道葫芦里装的什么药了。不止是黎、夏两个新军阀，连王光宗这位帮闲的小丑，我们都是老交情了。的确，十六年前，为了忧国救民，我们曾是'风雨'同仁，当初彼此都是以风雨同舟自诩的。没料到，十六年之后，历史竟作如此嘲弄：昔日的同仁居然成了交战营垒的对手；别扯什么个人恩怨那套破烂了，道不同不可谋，没什么好谈的。商量我们自己的事吧。老甘，你来得正好，罗汉说他巴龙那边，敌人有新的行动，他要马上赶回去。你看怎样？"

甘诚表示惊讶："啊，有这样的敌情？巴龙马鞍山在什么地方？离这儿多远？我真是个'初哥'呵，两眼黑，还摸不清东南西北的方位哪。"

"来，看看地图。"韦步平说。

甘诚凑上去同韦步平并肩站在地图跟前。韦步平给他指点，他连连点头敷衍。一会儿，转过头来望着韦步平问道：

"你说怎么办？我看，那边倒是个关键地方。要是陷于敌手，南北江两翼就将失去联结点。好比是剪子的眼，一旦脱了，剪子就成了两半，没法用了。"

"那你的意见是要……"

"要固守。"甘诚抢着说，"集结兵力前往援救。必要时，牺牲虎岩，保住马鞍。你说呢？"

韦步平说："我的意见，先摸清敌人的真正意图，然后再制定作战计划。知己知彼,才能百战百胜。志高,去请大嫂、福寿到这儿来。我们几个臭皮匠对付他'活诸葛'。哈哈。"

甘诚说:"现在快到晌午了,是不是吃过饭再谈?"

"不,"韦步平很果决,"战场不同课堂。不能按时间表办事。在饭桌上,一边吃饭,一边就可以谈。"

志高把人都找来了。韦步平向罗汉说:"你给大家说说吧。"罗汉将刚才得到的情报详细地讲了讲。完了,韦步平接着说:

"这里头有这样一个问题:敌人一面扬言要进马鞍山'捉猴子',一面又派一个姓缪的家伙来找我们谈判,到底要什么鬼名堂?现在面前摆着两条路:一条,调动队伍,全力以赴,增援马鞍,加强防御;另一条,放弃马鞍山,固守虎岩。以巴龙那边的兵力作外线的机动队伍。两条路,走哪条?请大家出主意。"

甘诚当大家还未发言之际,将联络参谋来意再向福寿和马大嫂讲个大概。

韦步平等他把话讲完,才小声问道:"叫谁去招呼他了?"

"让少英跟他打交道去了。"

韦步平不置可否,望着在场几个人,大家默不作声,谁也不肯开腔。

"照例沉默五分钟,哈哈,老规矩。"韦步平笑道,"不要拘束嘛,谁先打头炮。"

"大家都不讲,我把意见亮了吧,抛砖引玉。"甘诚说。

他转弯抹角,啰啰嗦嗦讲了半天,中心意思还是方才讲的那个主张:马鞍山是剪刀眼,不能放弃。敌人真是要进攻的话,就把这儿的外线兵力调出去,截击敌人后路。

马大嫂一听,就说:"这样一来,虎岩外头就没围墙了,要是敌人从田州增兵上来,我们这个大本营就成了没有篱笆的园子,不是叫猪猡拱进来糟蹋了吗?"

福寿说:"大嫂的话有道理,应当仔细斟酌斟酌,虎岩和马鞍,哪边重要,还得估量一下,我们和敌人的兵力大小强弱,守好还是攻好?如果抽调少部分人马去增援马鞍,既不削弱虎岩的防御力量,又能打退敌人对马鞍的袭击,两头都兼顾到,为什么不干呢?如果不行,那只好舍车保帅,没别的咒念。"

志高也说,虎岩这边的帅要保,意思就是不同意拆篱笆。

韦步平等到大家把意见都讲完了,向甘诚问:“老甘,你看这一着棋……”

“我还是那个主意。打仗,吃柿子,都得捡软的吃。敌人知道这边的兵力配备强,难攻易守,不会付出过高的代价来硬拼,马鞍那边兵弱人少,易攻难守,可能先吃掉,切断南北江的联系,让我们这里陷于孤立无援地位,然后再做第二步文章。”

“放心好了,马鞍不是豆腐,我就不信那么容易被人吃掉?走着瞧吧!几大就几大……”罗汉气呼呼地说。

恰好通讯员来叫开饭,韦步平说:“走吧吃饭。”

甘诚问韦步平:“吃过饭,军队是不是要开个营以上干部会?”

韦步平先不做声,出了小屋,往山下走的时候,才说:“部队要开会也行呀。”

因为是军队开会,甘诚以政委身份主持,这就意味着不是委员们讨论问题的会议了。甘诚只是召集大家来听他宣布作战命令:命令罗汉即日赶回巴龙,迅速集结队伍,固守马鞍山;命令虎岩外围东南面的前沿部分队伍,即日向马鞍山靠拢;命令虎岩后方机关,进行疏散准备,随时听候转移。说是大敌当前,你不吃他,他就吃你,军事行动不容举棋不定,就这样决定,不必讨论了。

“老韦,你看还有什么要跟大家讲的没有?”甘诚最后向韦步平问一声。

“我保留个人意见。”韦步平说。

“好,散会。”甘诚向大家挥手。

大家唧唧喳喳边议论边走。

韦步平怀着一肚子的气,走到小河沟边上,甘诚撵上前来,向他陪着笑脸说:

“我知道你思想一时拐不过弯来,很遗憾。等打完这场仗,如果事实证明我错了,我承当全部罪责好不好?”

韦步平停步,转回头去瞪对方一眼:“哼,不等打完,我就能断定你是输定了。”

“嗨,你这个人啊,你不是个马克思主义者吗,怎么不尊重客观事实呀?仗还未开打,怎能断定输赢呢?”

“马克思主义并不否认预见。你要不服,打个赌怎样?”

"好呀,赌什么呢?嗳,老韦,坦率地说吧,阁下是不是对虎岩这个地方有特别感情?"

"这话是什么意思?我韦步平一生为人做事,俯仰无愧天人,除了对待敌人,哪一点不坦率?"

韦步平说完,甩手急步走上跳石,往河对面走了。

罗汉临走,来到山边小屋向韦步平告别。两人认真谈了如何对待这个战斗问题。末尾,罗汉表示:

"不管怎么都好,几大就几大,横直打得胜仗才算数。我走了,你得保重!"罗汉注视着韦步平忧郁而深沉的目光。

"我送送你。"韦步平说,一直把人送到了山坳,仍然依依不舍。抓住对方的手不肯放,以灼热的目光默默地凝视老战友的眼睛,半天才关怀备至地问道:

"你的人……唔,她这回去省城,能见到桂小姐的吧。她要回来,替我问候她。她是帮过我大忙的啊!"

黄昏逐渐弥漫着山岗,一股冷风从山坳吹来,星光开始在昏暗的天边闪现。

罗汉怀着依恋之情,望着老朋友少见的深沉的脸色,说:"你回吧,看样子要变天——倒春寒。你小屋冷,叫志高把炭火生起来不好?"

韦步平向罗汉挥手,最后叮咛一句:"好,再见!打仗的事,随你机动掌握好了。等你的胜利消息!"

韦步平走到山脚,见屋里亮着灯,心想:"谁在里头呢?"推开门进去一瞧,重九已经在那里替他生好炭火,独自在火旁沉思。他急忙问她发生了什么事?重九一听声音,抬起头,正遇上炯炯的目光向她询问,马上冲口说道:

"我真没法了,少英这只花头鸭老是死皮赖脸地缠人家。"

"怎么搞的,他又找你去啦?"

"嘿,叫人真恶心!你说,他跟我讲什么?他讲:'告诉你吧,别装得像个观音的样子了,你倒是为谁守的寡嘛。老实告诉你,你那个人啊,早向阎王报到了。革命嘛,只有给烈士立碑,哪有为贞节立牌坊的?何必夜夜挨着冷枕头啊。'看,他安的什么心?老是这样缠人,真烦死了!"

重九难过得要哭了,眼睁睁地恳求说道:"韦家哥,你替我治治他吧。"

韦步平气得手上打颤，把夹炭的小树枝往炭盆上一插，说道：

“你狠狠给他两个耳光，保证组织不会批评就是。真是个癞蛤蟆！”

“他呀，嘿，比癞蛤蟆还丑，打他还嫌脏手哪。韦家哥，我只说，他讲福贵的事……是真的吗？”

“别听他胡说。”

“那你前两天不是也说，好久没得他来信了吗？”

“那才有几天嘛，一个月还不到哪。”

“唔，听少英的口气，好像是真的。他不是下山去走了一趟吗？是不是真的听到什么风声也难讲啊。”

“不会吧，他回来没向我提到呀？”韦步平口里说，心里却也纳闷：也许今天来的那个姓缪的向少英漏了什么口风……少英这话是有点蹊跷。韦步平这样一琢磨，脑子里跟着出现几天来同志们对少英的议论……

屋里静了下来，炭火爆出几点火星。

韦步平歪着脑袋，从旁瞥视正在苦恼着的重九，沉思一会儿，才说：

“这样，你去向他打听清楚，要他把话挑开讲明了，到底是怎么回事？回头再来告诉我。”

“唔，我不干。他那个人，毛手毛脚的，讨厌死了。”

“不要紧，我叫志高在后尾暗中盯着。他要怎样……”

“不，我不干。”

“这也是工作嘛，你不接受呀？”

“工作？要说是工作，我没二话。不过，打心眼讲，我真懒得跟他胡扯，免得别人讲闲话，叫你有嘴也说不清。”

“那倒不必担心，有组织给作证嘛。你同他别的都不讲，只问他讲福贵的那句话，到底是怎么回事？问他是听谁说的？”

重九点点头，拿虔诚的目光答应韦步平。

第五十章

由于这边敌情吃紧,福寿被韦步平留下来,晚几天再回南江,以便看看情况如何发展。不想他今天下午突然发高烧躺下了。韦步平到前沿哨所去检查战备情况回来,听到说,马上赶去医疗所看望。据医生讲,得的是斑疹伤寒,臭虫、跳蚤传染的病,问题不大。韦步平回到小屋,已经是掌灯时候,晚饭开过了,通讯员把留下的饭菜煨在火盆上。韦步平进门见到饭菜,就坐在炭盆旁边,端起碗筷,膝盖上搁着新拿到的报纸,一边往嘴里扒饭,一边注视着已经是一个月前的新闻。马大嫂进来,不用人请,自己就挪动稻草凳子坐在韦步平对面,先伸出两只手在火盆上反复烤了烤,独自喃道:

“倒春寒好几天了,还暖不过来。”

她见韦步平旁若无人,一心盯住报纸。于是,稍为放大点声说道:

“又吃冷饭?”

韦步平仍旧目不旁视,只应声说道:“唔,还热着呢。我这个小鬼工作挺不错。本来让他照顾甘政委去的,这里的事,我自己能动手,可他还是两头跑。”

“他不两头跑,你这顿饭还吃不上哪。”

“哦,这回是例外。他们没有告诉你吧?老全病了,突然发高烧。医生说是臭虫、跳蚤传染的;去看了他一下。”

“罗汉走啦?”

“走了。”

“他是不是对新来的甘同志有意见?”

“对人是没扯过是非的,对打仗倒是很固执,不肯让步。他说不管怎么讲都好,打胜仗才算数。嗯,你也有意见?你们娘子军怎样啦?备战工作有什么问题?”

“哎,”马大嫂叹口气,“女人到底是女人!”

“嗯,听你口气,情绪不对头啊?”

“管它对头不对头,事情就是这样:想家的思想刚打掉,可另一种事又冒了泡,真是六月天锄的草,刚薅不几天又长出来了。”

“那是的啰,矛盾总是不断。屋子天天扫地,灰尘还是扫不净。”

韦步平三扒两扒,两碗饭便吃完了。收起报纸,把它和碗筷搁到桌子上去,然后又坐回炭盆旁边,一边拿起竹筷夹炭添火,一边问:“你说吧,又出了什么新问题。”

“也不是什么新问题。”马大嫂有点不太高兴,“我刚才不是讲吗,都是女人的毛病。”

“什么事?”

“抢醋罐不放呗。”

“噢!”韦步平顿觉好笑。沉思一会,才郑重地追问:“刚整顿思想才不几天,又闹这些名堂。谁在闹?从明天起,除了备战,学文化——每天一人认五个单字。你当大嫂的多动动脑筋,想法儿把她们的脑瓜塞得满满的,就没空去疑神弄鬼了。”

“这个人,你猜是谁?”马大嫂说。她见韦步平不肯猜,一会儿,才接着讲下去。

原来,是玉姑向大嫂告状来了:说是志高近来对她变了心,老是躲开她;即算两人在一起,也是不冷不热,人在心不在,可是在别人跟前,却有说有笑。尤其对重九,老跟在人家屁股后头,转来转去。玉姑一口咬定,硬说志高同重九搞名堂。

韦步平听了,不但不生气,反而脸带笑容,问道:“什么时候说的?”

“她晚饭前找我来讲的。”

韦步平点点头,自已喃道:“这就对了。”沉思片刻才向马大嫂说道:

“告诉玉姑,志高是个好同志,也是个好丈夫,劝她不必多心。这几天是我交给他的特别任务,不是他自已乱来。”

“你给他的任务?重九她……她怎么啦?”

“她很好,不是她本人的事……嗯,你先别打听。我们现在看看福寿去,盘大爷给他去捡草药,也该回来了。”

“我说,玉姑的脾气可倔着哩,你不把事情挑明了,她可是钻牛角尖哩。”马大嫂一边跟着走,一边说话。

“牛角钻不出去,就回头了。俗话讲‘夫妻无隔夜仇’今晚我就下命令要志高‘回家’,保管比什么都灵。哈哈。”

“看你说的。”马大嫂瞪他一眼。

两人说着,不觉来到医疗所。正碰上盘大爷从医疗所走出来。韦步平问他:病人怎样?大爷说,给他熬了汤药,喝了大半碗,热退下来了,刚睡着。韦步平和马大嫂进屋悄悄地揭开蚊帐瞧瞧,病人安详地睡着,轻轻地打呼噜,不好惊动他。站一会儿就退了出来。

两人走到街上,在铺着片石的小街上默默地走。天空贴着圆月,仿佛在一块墨绿色的金丝绒上面,搁着一块铿亮铿亮的银元。韦步平触动一件心思,转过头来瞧瞧马大嫂,半天也开不得口。直到小河沟旁,要过对岸去了,他才停下步来,迟迟疑疑地不肯往跳石上迈步。

马大嫂问:“你看还有什么话要交代的?”

韦步平凝视她片刻,终于开口:“你看福寿这个人怎样?”

马大嫂恍惚地望着对方："什么怎样？……他是我原先的表妹的男人，我看他一贯老实可靠。"

"你考虑一下，是不是同他一道到南江那边去……"

"去干什么呀？"马大嫂掩饰不住惊讶，盯住韦步平含笑的眼睛。

韦步平躲开她的目光，平静地说："那边妇女工作需要加火力。再说，福寿他一个人……"

"一个人怎么啦？看你说的，吞吞吐吐。"

"他一个人，工作上也需要一个帮手。"

两人沉默下来。明月落在小河湾处的深潭的水面上，清澈如镜，远处潺潺流水声特别动听。

"要去工作，"马大嫂终于开腔，"由组织分派，我没二话。"说完掉头走了。

韦步平一步一步踏着跳石，过了小河沟，又一步一步爬上半山腰的小屋去。一边走道，一边思量，直到进了小屋，坐在火盆前，脑子里一堆问题还在缠着他。最大的苦恼是，大敌当前，敌我双方力量如何估计，攻守如何部署？领导的意见不统一，影响作战计划的制定。新来的同志了解情况显然是不全面的，但他是上级派下的领导，组织服从是不能含糊的。"这可怎么办？打完仗再去总结经验教训吗？恐怕付出的代价太大了……他马列主义的条文背得还不少，讲起打仗，却那样的不虚心，说他是书呆子吧，可又不像凌云青那样单纯？嗳，可把人搞晕了！"

韦步平抱着脑袋苦思冥想，忘了瞌睡，也忘了是黑夜还是白天了。夜十分恬静。洒到小窗的月光不见了。桌上的盘灯，油干涸了，火苗最后一闪，灭了，冒出一缕青烟。屋里只有炭火，仿佛晨星亮着。

韦步平站了起来，走到门口把门扇拉开，让清新的空气吹进来，驱散屋里闷人的炭气。月亮落到山背后去了，对面山顶仍然留下朦胧的银光。他在门口伫立半晌才转回屋里，把门带上；来回踱步，反复思忖。

蓦地，门外有人敲门。

"谁？"

"我！"

随着应声，一个警卫员把门推开进来，后头跟着一个拄着拐棍的人，从门口透进的亮光，依稀可见是个瑶人。衣服褴褛，一副丧魂落魄的可怜相。韦步平划根火柴点灯，见没了油，马上将枕边的手电筒拧亮，取下罩头。当作蜡烛竖在桌上。那瑶人睁眼一瞥，情不自禁地失声哭了：

"韦家哥呀，我……我……我总算能见……见到你了……"人不能自已地倒在床上。

韦步平走到他跟前，认出了人，不禁大吃一惊："是你……福贵，醒醒！"

韦步平坐到床沿上，把人抱起，揭下盘在他脑袋上的头巾。

志高听到动静赶来，韦步平一见是他，不觉一怔，瞪着眼说："方才不是叫你回去了，怎么不执行命令？原谅你今天一晚，明晚不回就不行。嗯，还站着干什么，添灯油，加炭火。"

说完，韦步平仔细打量福贵："怎么弄成这个样子？"韦步平扶福贵坐到火盆旁的草凳上。

福贵斜视警卫员一眼，欲言又止。

韦步平会意，向警卫员说："没事了，你回去吧……这儿的事，对谁也不准讲！"

"知道了。"警卫员应声走开。

火种没有全灭，志高添上炭，拿旧报纸扇了扇，木炭慢慢燃起。

福贵接过韦步平递给的一杯微温的茶水，一口喝了，眼眶噙着泪水，压抑不住情绪激动。稍停片刻，才叙述他的遭难和脱险的经历。

那是一天早晨，他同几位伙伴到"活诸葛"住处的小院去打扫马粪。从窗口路过，无意中听见王光宗的声音，顺便往里一瞄，不觉同一双细小的眼睛相遇，那眼神十分像少英，叫他仿佛触到火，迅速躲开了。到晚上，他就被抓了去审问。讲到这儿，他一边叙述一边比划，把审问的人，对他如何吊打拷问，手段怎样残酷毒辣；他怎样咬牙忍受，怎样抵制逼供的情景；后来王光宗亲自出马，如何假仁假义、卑鄙无耻地引诱他叛变，等等花招，他如何趁王光宗放松了警惕，抱着脑袋打愣，马弁又去弄夜宵的空隙，抄起一个坐凳把王光宗打昏在地，随后纵身跳出窗口，躲过哨兵，冲出院墙等等经过说了一遍。最后说，糟糕的是，在跳墙时脚脖子扭了，一动就疼得钻心。正在为难时刻，左边来了两个巡逻的哨兵，急得他慌不择路，发现旁边有一长溜围菜园的仙人掌，他咬着牙，一瘸一拐地躲到后头去。其中一个哨兵听到动静追寻过来，往仙人掌打电筒。他被发现了。幸好，这个哨兵姓陈，是自己人，新近才发展入党的同志！他机灵地灭了电筒，在急促中相约明日见面的地点，立刻拔腿转了回去。另一个哨兵问，是什么动静？他说："没事，一对野狗交尾。"两人哈哈一笑，回头走了。福贵说，这可叫他出了一身冷汗。等两个巡逻哨兵走远了，他才拖着筋疲力尽、满身疼痛的身体，一步挨一步地走到东门外的小街上，按照陈同志的嘱咐，寻到了一家铁匠铺的小屋。这也是自己同志的家。铁匠的一个儿子参加红军，跟主力北上了。这位老铁匠，原来当过县工会的宣传委员，当年拿山歌唱出劳苦工农百姓的苦楚，很有点名气呐。因为年岁大了，没有同大家上山，组织上让他留下当交通。

福贵说他在铁匠铺藏了半个来月。养好伤，探听了敌人最近的动静，然后才化装成瑶人，绕着山路回虎岩。今天一早打山圩上路，到敌人封锁界线的关卡，哨兵对他搜查，没发现什么可疑的，把他放过了。没想到，才走不到半里地，后头的哨兵又撵上来，厉声喊他停下。他想，停下不会有好事，不如死里逃生。于是，拔腿狂奔，哪知前面竟是悬崖深谷。在万分紧急的情况下，他心生一计，往深谷推下一块巨石，自己则敏捷地攀上一株高大叶密的樟树隐蔽起来。敌人赶到近前，听到石头滚下深谷的声音，以为是他跳崖了。"叭叭"，往深谷打了两枪，骂了两句，就走了。他爬下树，看看没路走，只好攀着藤蔓想从悬崖溜下去。不料，到半山腰，藤条断了，人滚下地摔昏。等醒过来摸摸腿脚、胳膊，还好，没折断，只是衣服给树枝、刺藤刮破，头巾散了，耳朵、下巴都淌着血。到天快黑的时候才挣扎着站起来，在附近找到鞋子和头巾，拔起一根山竹当作拐棍，一步一步挨到这里山坳……

福贵讲完了。不知是故事离奇惊险感人呢，还是其中蹊跷的情节令人生疑？韦步平一直审慎地静听，不动声色；志高也没插嘴。

屋里静了下来。

过了一会儿，福贵问道："少英他最近没有出山去吧？"

韦步平睁大眼来打量着问话的人，好像是头一回认识似的，迟疑了一分钟左右才答道：

“出去过。”

“哦……”福贵惊讶起来，瞪着疑惑的目光，瞧着韦步平和蓝志高，谁都不吭声。过了一会儿，福贵自己对自己喃道：

“难道就是他？”

屋里继续沉默无声。

“少英他现在在哪儿，回来了吗？”福贵见两人都在纳闷，于是，提高声音问。

韦步平脸色深沉，说道：“你先别问这个。我问你：‘活诸葛’身边是些什么人？”

福贵说：没什么特别的人，这回到岚山来，行动非常机密。身边只带个副官，一班卫兵，后来，夏雷从田州赶到，倒是来了几个参谋和一排拿驳壳（盒子）短枪的卫队。这帮人来的第三天，他就被抓了。到底来的什么角色，他没见到面。

“你逃到铁匠铺后，那位陈同志没把有关黎柏初他们的情报告诉你？”

福贵说，第二天来了一回。因为王光宗被打死，警卫连个个都被追查，禁止私人外出。他能出来是被派的公差，找铁匠铺打马掌的。那次他说过，恐怕近几天出不来了，叫他养好伤就想法上山，城里风声很紧。

“王光宗真的死了吗？”

“说是死了……”

“好，该死的王八蛋！”志高往大腿上一拍，得意地骂道。

韦步平瞪他一眼：“看你穷开心。去，给福贵弄点吃的。不准向别人嚷嚷！”

等志高出门了，韦步平才对福贵说：“你说吧，还有什么情况？”

福贵说，临来时，老铁匠从城里带出话来，说是陈同志要他转告：敌人从田州上来两个团，扬言先上马鞍后打老虎。可重兵都屯在岚山这边。

韦步平听了，不禁疑惑重重。寻思：是少英叛变了呢？还是这个福贵被人收买，施的苦肉计？相信哪个好？少英言行有疑点，但是，他这个人一贯就是如此！不管怎么讲，他俩从小在一起，好歹是了解的；何况他带来一位同志可以作证。虽然，这位甘同志思想方法不对头，主观武断，看问题欠周到，好揽权。不过，看他的谈吐、举止，似乎是正直的，马列主义条文背得不少……这些应该是可信的。至于福贵这个人，看他给折磨成这样，听口气似乎是真诚的，只是情节上不免有点离奇，不太可信。可马上又找不到第三者来对证。再说，他从前当过杜耀光的马弁，会不会有过什么把柄叫人抓了辫子？逼他回来耍这个花招？

韦步平越想问号越多。最后，下了狠心，用极其冷静而严肃的口气盯着福贵的脸说："福贵同志，你前一段工作很出色，送来不少有价值的情报，应当说是有功劳的。但是，要干革命就得干到底，有始有终。有过这样一句话：'谁笑到最后，谁笑得最好。'革命队伍为了保证战无不胜，对每个战士的要求都是铁面无私的。不管是哪个都难免经受一两场严重的考验。你说你这次是从敌人的魔爪下死里逃生，这是应该受到欢迎的。不过，有个故事我讲给你听：《三国演义》中，刘、关、张桃园结义，刘备、关羽、张飞三个人结拜兄弟，发誓不同生但同死，讲得比亲兄弟还亲。后来，关羽被曹操俘虏去软禁了一段日子，曹操想拿金钱、官位收买关羽。最后关羽还是逃回来了。但是张飞并不知道他二哥在敌人那里投降了没有呀。于是在古城门外拦住二哥，不准进城，作了一番盘问。后来证实二哥没有投降敌人，才又认为兄弟，放二哥进城。当然咯，我们革命同志关系，比封建的拜把弟兄还亲。不过，有了问题就要弄明白，绝不允许含糊。你说的这些，也不是信不过，而是说，在没有查对之前，只能让你委屈一下；暂时不跟别人见面，包括重九在内。等到事情弄清楚了，是同志的还是同志，是亲人的还是亲人。你看好不好？"

"好不好，看你们怎样决定呗，我个人有什么好讲的。反正是真金就不怕火炼。"福贵心情显然不好受。

屋里陷于沉寂。福贵看韦步平不说话，自己又说：

"我个人怎么也受得住，只怕革命上敌人大当！"

"正是担心这个才不得不叫你暂时委屈一下。"

"嗳！"福贵急得说不出话来。

韦步平误认为他受委屈，不顺气，抚慰他说："事情会弄清楚的，时间不会太长。"

志高提着米色的搪瓷饭菜提盒进来，问是在哪里吃。

韦步平说:“尽讲废话,不在这儿吃还到哪儿去吃?吃完了,你带福贵到他哥的房子去住。福寿同志到医疗所去了,你知道吗?”

志高点点头。

福贵说:“到那边吃吧,现在也吃不下。”他站起来,拄着拐棍掉头就走。

“志高,扶着他。房里冷,帮他生炭火。”

志高一手扶人,一手拎饭盒,推开房门出去。不一会儿,韦步平想起什么事,叫志高转回来。把他拉到跟前悄悄耳语:

“你出来的时候,把他房门锁上。这件事,对谁都不准漏半句话。”

这样一来,韦步平更加睡不着了。他拿着一份油印文件,读得很认真,并用红蓝铅笔在上面打着杠杠。大约过了一个钟点,天色逐渐发白。志高转回来说福贵很难过,打听重九过得怎样。韦步平看着他的眼睛,以问代答:

“你没有跟他乱说吧?”

“没有。我只说,重九老惦着他哪。”

“没有讲少英缠她?这可不能跟他讲呵。凡是有关少英的话,一句都不准讲,知道啦?”

“知道。”

“好吧,天亮了。今天不下河沟洗脸了,叫通讯员弄水洗脸。喏,这份文件——《星星之火,可以燎原》,对我们是及时雨。拿去给宣传委员油印,叫他布置连排以上干部先学习。”

志高走后不久,通讯员提来一个马口铁的水壶,倒到洗脸盆里,冒起热腾腾的水汽,剩下的倒进漱口盅。

“热水怎能漱口呵,小鬼。”韦步平从挂绳上取下手巾,把脸抹了抹,从桌上拿起茶壶,把里面的凉开水对在口盅里,然后到门外去刷牙。回来后,披上棉袄,下山找甘诚去了。

甘诚今天起得晚,韦步平到楼上,他还没起床。韦步平就像探望病号似的,坐到他床沿,跟他讲话。此公却满不在乎,一下子张开嘴巴打呵欠,一下子伸伸胳膊,靠着枕头坐起来,穿上一件旱獭皮的坎肩,然后从枕头旁边摸出宽边眼镜,慢条斯理地向镜片哈口气,用手绢抹了抹,戴上。对韦步平讲福贵半夜逃回

来和他说的许多事,表示诧异,喃道:

"有这样的事?奇怪!我是年前二十八号在田州跟少英同志接上头的呀。他什么时候打这里出山的,二十一?那才一个星期嘛,他要是被敌人捉了去……不,绝不可能。嗯,老韦,是不是姓全的这个同志认错人啦?这是有可能的。有的人长相就蛮相像哩,比方你跟志高就像哥俩,只是你个子高点。嗯,老韦,我不知道福贵是怎么一个同志,靠得住吗?他到底在敌人那边住了那么长的年月?那里,哎,花花世界,金钱美女,嘿,什么钢铁心肠也会软化啊。我说,这件事大可怀疑一下。黎柏初不是被人说成老狐狸吗,还有他的总参'活诸葛',哼,都是鬼得很。你说,会不会是苦肉计?"

甘诚一边说,一边下床,趿着鞋,到放脸盆架的地方洗脸刷牙。

"我正为这个事纳闷儿。"韦步平说完,坐到桌旁边凳上沉思。

"那你说,怎样处置呢?"甘诚洗漱完了,转身过来叠被子。完了,坐在床沿上歪个脑袋瞅着韦步平试探。

韦步平讲了讲,问他有什么意见?

"对,对!应该这样。"甘诚站起来,坐到桌子另一头的凳子上,"目前敌我双方正是剑拔弩张的非常时刻,不能不采用非常手段。"

"我想,马上派个人下山去打听一下,对证福贵说的到底是真是假。"

"在敌人那里还有我们的同志吗?姓全的那小子在那儿跟什么人联络?"甘诚对此特别机警,盯着韦步平的眼睛紧问。

韦步平看对方那样焦急,不免一怔,立刻改变口气,淡淡地说:"不知他是怎样活动的:他跟这边一直是单线联系。唔,那个联络参谋的工作做得怎样?让他滚蛋吧。"

"他讲,如果我们对他信不过,由我们派个人出去谈也行。"

"出去跟谁谈?跟王光宗谈吗?"

"跟谁谈,他没讲。唔,不是说姓全的那同志把王专员——王光宗打死了吗?"

"他讲是讲,是不是真的呢?唔,问问联络参谋看。"

"对,对,等一下我去问问他看。谈判如果没什么结果,明后天就送他走算了。”

“我找少英问问。事情一定要把它弄到水落石出。”韦步平说完，立刻就走。

闹了几天倒春寒，今天才转了东南风，阴雨给吹散了，遍地是艳阳天气。谷场上有几个女同志坐在稻草上晒太阳。有的纳鞋底；有的缝补衣裳；有的互相绞面、整容；有的捧着新编的“三字经”识字课本认字，拿小树枝在地上默写。少英不知从哪里钻出来，黄鼠狼似的蹑手蹑脚地走到正纳鞋底的重九背后，拿根稻草轻轻触动人家白嫩的脖子。她当是毛毛虫钻进衣领了，大吃一惊，失声叫起来，吓了大家一跳。各人回头一瞧，只见少英咧着嘴，眼睛眯成条线，嬉皮笑脸，猥亵地盯着重九。

“你要干什么？”重九嗔怒，轻蔑地瞪他一眼，掉过头去，躲开他那双邪里邪气的小眼。

“嗨吔，玩一下不行呀？真是封建脑瓜。”少英把稻草放进嘴里舐。

“花头鸭，死皮赖脸。”有人轻声细气地说。

“你们这些娘子到这儿摆龙门阵呀。备战工作都做妥了吗？”韦步平走过，望着大家说话，回头发现少英在场，马上收起笑脸，郑重地问他：

“你跑到这儿来闹什么？我看，叫盘大爷把你阉掉就好了。来，同我回去，有话跟你谈。”

少英乖乖地跟韦步平走了，一路上谁也不作声。进了小屋，韦步平把门掩上。然后叫少英也坐下来，问他这回去田州经过什么地方？到田州时是哪一天？都见过些什么人？回来的日子是哪一天？本来，这些事他回来已经讲过了的。为什么突然又盘问起来呢？少英一想，不禁心头直跳，一时紧张，全身血液都涌到脑袋上了，脸色一阵青一阵白，支支吾吾地说：

“咳，这些我刚回来时，不是都汇报过了吗？出去那么多日子，今天到这，明天到那，谁还记得那样清楚。”

“日期记不清，地点总该记得的吧？你说，你到底都经过些什么地方？”

“那还用问，去田州还不得要经过界牌圩。”

“你有没有到岚山县城去？”

少英一听，情不自禁地恐慌异常，赶快申辩：“没有，没有去。谁讲我去啦？

谁讲谁造谣，诬赖好人！”

“那你到田州去了没有呢？”

“当然去了嘛！唔，我不去，甘诚同志他怎么来的？这不是明摆着的嘛。”

“你不去，他也会来的。”

“那你说我是……咳！”少英给自己脑袋拍了一下，低下头来。

“我没有说你是什么。你是什么，你自己明白，旁人也会见得到。”

“呜呜，我……”少英居然把头埋到胳膊里，趴在桌上哭起来。哭了一会儿，抬起头来，一边抹泪，一边喃道：

“我知道你们怀疑我，不相信我……我有什么办法。我……我对天赌咒！”少英猛一下跪到地上，“老天爷在上，我梁少英如果做了坏事，天打雷劈！打仗时候给冷枪打死！呜呜，我少英干了半辈子革命，图个什么呀，别人嫌我，不原谅我，我都不管了，可韦家哥你，我们哥俩从小一块儿玩，一块儿长大，一块儿从军，一块儿打土豪，一块儿革命到今天，你还信不过我呀？呜呜……”

韦步平叫他这一闹，心情搅成一捆乱麻，又烦又躁，来回踱步，脚步越来越重，几乎要把地面踏破似的。回头瞅见地上跪着的人，泪痕满面，头发散乱，真是一副可怜的样子。

“起来吧。”韦步平说，“发誓赌咒是骗人的，没有用。是狼就是狼，是狗就是狗，混不了的。为人不做亏心事，半夜敲门心不惊，你怕什么？”

“我……我不怕，我怕什么？只是，我冤枉，我难过。”

“谁要你难过嘛，是我吗？”韦步平发了气，大声说道。

少英闻声一震，惊恐不已，嘴唇打颤。

“问你，你跟重九说了什么话？”韦步平突然问道。

少英仿佛临危获救，破涕为笑，赶快回答：“嘻嘻，那是好玩嘛，能有正经的？嗳，我就贱骨头，除非不见她，一见心头就发痒，自己也没法。”

“你这回出去见到她的人了吗？”韦步平双目炯炯，单刀直入，突然诘问。

少英又为之一震，瞪着茫然的目光，机械地答道：“没有。”

“有人却见到了你。”韦步平直盯着对方惶惑的目光。

“是福贵见到我？”少英勉强微笑，“乱弹琴。反正我……站正不怕影儿歪。

唔,你们倒是想想,福贵他出去那么久了,还是不是我们的人呵?看你是听他的,还是信我的吧?反正我从来没有半点对不住你的地方。”

韦步平听他这么一讲,心肠软了一些。心想:暂时也不好进一步追他,只好放一下。派人出去查对,弄明真相再讲。于是,也改变口气,说道:

“讲个人交情嘛,我们俩彼此都好说。讲公事,就要公办,是什么就是什么,可不能含糊。当时派你出山就是信得过你的嘛,现在也没有对你怎样呀。”

少英眼神一闪,异想天开,顺着竿儿往上爬:“喏,甘政委说要派个人同那个联络参谋下山跟黎、雷他们谈判,你们打算派谁去?”

“你想去?”

少英脸上涨红,喃道:“唔。不行吧,没那份口才。”

这时,玉姑怒气冲冲,闯进屋来,朝着韦步平劈头就叫:“韦家哥,你给断案吧,我要跟他离婚!”

少英乘这个空儿,看韦步平一眼:“没事我先走了。”说完,像漏网之鱼,急忙溜走。

韦步平望他背影喊:“喂,跟你讲的话不要乱讲出去呵!”

“你放心好了。”少英应一句,头也没回。

韦步平转回头,望着气呼呼的玉姑,脸带微笑,问道:“怎么的了?人家要对付敌人还忙不过来呢,你们小两口还有空闹家庭革命?讲吧,我听听婆说婆有理的话。”

玉姑气鼓鼓的,好像有一肚子的怨气倒不出来。

第五十一章

梁少英从韦步平小屋出来，马上奔炮楼找甘诚。当他急冲冲地闯进房间时，一眼见到甘诚同联络参谋正在嘀嘀咕咕，不觉一怔。甘诚抬起头问他什么事？少英瞟联络参谋一眼，欲言又止。甘诚会意，“哦”一声，离座到门口看了一下，转回头来说：

“没关系，讲吧。”

少英脸色惶恐，战战兢兢地悄声说道：“糟了，他们怀疑我了。”

“怀疑你什么事？”

“问我去过岚山没有？”

“你怎么说？”甘诚盯住他眼睛不放。

“我对天发誓，说没去过。”

“韦步平信了你赌咒？”

“反正他也只是疑心。”

甘诚望着联络参谋,意思是说:“怎么办?”

“我看是不是这样……”联络参谋把灯光捻小,挪动座位,凑近甘诚身边,交头接耳……

第二天大清早,少英煞有介事地跑来找韦步平说,联络参谋带来的马弁天没亮就跑了。他撵了去,没撵上。他是从山边一条小路跑的。捡回一件棉坎肩,发现口袋里面有一张纸条。说着,将叠成三角的纸条交给韦步平。韦步平展开纸条,纸片写着这样两行铅笔字:

上鞍骑马易,入山捉虎难!

与虎谋皮,谈何容易?

韦步平对着纸片,反复揣摩,沉思不语。

“纸上写的什么?”少英问。

韦步平将纸片递给他。少英看了一下,反问:

“这是灯谜嘛,谁懂它的鬼话。”

“那还不好懂。那个联络参谋叫黎柏初进攻马鞍山,虎岩这边难打;谈判不顺利。”

“那你说怎么办?”

“等会儿找老甘商量,他还不知道吧?这回你倒机警,抓到重要把柄,立了一功,可惜人没捉到。”

“反正我就是这样个人,本事就这么一点点大。”

“好好干吧。”韦步平拍拍他的肩膀。

少英轻飘飘地走出小屋,不到一袋烟工夫,福寿找韦步平来了。韦步平一看是他,由衷地高兴,大声说:

“呵,福寿,病好利索了吗?”

“好了,多亏盘大爷,他的草根树皮真顶事!看,劲头又来了。唔。少英他遇上什么好运道?看他打这里出去好得意的样子。”

韦步平把刚才少英来讲的事告诉了福寿。

福寿仔细听了，沉思片刻，半信不信地自己跟自己喃道："有这样的事？"

"坐。"韦步平说，"刚才我夸了少英两句，让他高兴。不过，事情很棘手。老鼠旁边都是盆盆罐罐，不好打。罗汉又走了，老甘新来，情况不熟，决心不好下呀……"韦步平表示踌躇。

福寿说："看来敌人是果子狸摘芭蕉——捡软的先吃。马鞍那边恐怕守不住。"

韦步平问："你也是这样估计？"

韦步平凝视福寿，福寿发了几天高烧，胡须没有刮，紫糖色的面容，就像秋末冬初的野地，显得枯槁，颧骨凸出，眼眶深陷；但眼光和嘴角却显得坚毅有神、刚直不阿。韦步平看他不再解释，站起踱步，沉默片刻，终于停步站在他面前，拿着纸片说道：

"我看这里头有鬼：一件背心又不是一副重担，而且里面还有密报，怎么轻易丢下呢？"

"那你说是蛇皮？"

"对，是毒蛇蜕的皮！是故意糊弄我们的花招，反面才是他的真话！"韦步平作了果决的判断。

"你是说……"

"我说他们真正的企图跟纸片的话恰恰相反。他们要先进山打虎，然后到地里跑马。如果我们将外围的屏障撤去支援马鞍山，让虎岩裸露于敌人面前，那就会落进敌人的陷阱。想想吧，要我们这个大本营给占了，等于人没了头脑，手脚怎能动弹？"

"那倒也是啵！"福寿睁大眼睛，"嗳，火烧到眉毛了，得赶快想法！前沿的部队是谁在指挥？"

"家福。"韦步平说，"他劲头可嘉，经验不足，必要时我们得上去加一把火！"

"我上去！打完这一仗，再回南江。"

"也好！你代表纵队司令部上去指挥，家福会听你的。来，看地图。我想，来他个将计就计：把一部分队伍佯作支援马鞍，往左翼开拔，一部分潜伏于右翼山上，打开袋口，让敌人乖乖投入怀里来，然后张开左右两支胳膀，捏它喉咙，把它捏死！”

“马鞍山那边呢？”

“那边罗汉自有办法。走，吃饭去。吃过饭再找老甘商量，看他同意不同意？”

“你们商量去吧。我就腻味婆婆妈妈的那一套。不管同意不同意，横直我都要到前沿去跟家福一道，干它这一场再讲。唔，盘大爷我真佩服他了，治跌打刀伤是他的看家本领。让他同我一起走怎样？吃过饭就开路。”

韦步平说：“这好说。”

“还有什么不好说的，干吧！”

韦步平在妇女队开罢备战工作检查会已经是夜里十点过了。回到小屋，一想，在会上看见玉姑那股别扭劲，确实是个事，弄不好是妨碍工作的。想了想，找志高去了。

志高住的土地庙就在韦步平草棚左近五十来米的地方。他也还没睡，庙里亮着灯。韦步平轻轻推开那扇用芦苇扎成的门，见志高坐在床头靠着墙，凑到神案的高脚盘灯下，专心致志地对着一本油印的小册子，嘴边嗫嚅，念念有词。

“还不睡呀？”韦步平先开腔，坐到床边上，“念的什么，可不是山歌抄本吧？”

志高不做声，将手上的小册子递给韦步平。原来是去年冬训时韦步平为同志们学文化编写的《新三字经》。

“都认得了吗？你念念我听听看。”韦步平把小册子交还对方。

志高接过小册子念出声音：

工农兵

一条心

为翻身

“唔，”志高把小册子合起，望着韦步平问，“昨天我说要同福寿哥到前沿去，为什么不批准？”

“哦，你就是为这事也闹情绪呀？嘿，我问你，昨晚为什么不回去？刚才她又向我告状来了：说要跟你离婚。哈哈，你看问题多严重。现在你回去吧，把僵局和缓一下。走呀，你敢不执行命令？”韦步平半开玩笑地把志高手上的小册子抢了过来。

志高下床来嘟哝着说：“命令、命令，还准不准民主啦？”

“不，这是特殊情况，你这个民主就不准发扬。走呀，一、二、三！”

“真要命！”志高无可奈何地嘟哝着走了。

韦步平见到志高枕边搁着学写单字的簿子，拿起来翻看，见里头还画些图画，记下年月日什么的，颇感兴趣，歪躺到枕上继续往下看。几天来，韦步平为着备战，弄得确实很乏，自己也不知什么时候眯上眼睛，竟睡着了。

志高到玉姑单独住的小屋，敲了半天门，玉姑故意难他，不应声，也不给开门。叫志高窝一肚子气，掉头就往回走。回到土地庙，打开电筒一照，韦步平歪躺在他床上打起呼噜，睡得正酣。只好轻手轻脚将他稍微挪动一下，给盖上被子，放下蚊帐；然后掩上芦苇扎的门户，转到韦步平的草棚小屋来躺下。

这是一个连星光都见不到的月黑夜。正当韦步平在妇女队开会的时刻，在炮楼上，甘诚却在做着机密而紧张的策划：叫少英去请联络参谋来“谈判”。

“侠公，阁下这一招真灵，姓韦的这一下可是钻进我们圈套了。”联络参谋一进房间，甘诚这个人就兴高采烈地对他的同伙报喜，“姓韦的说他，”说着，指指少英，“‘立了一功’！哈哈。”

“会不会同意把前面的队伍往马鞍山调？”联络参谋问。

“他没有反对。唔，他让南江那边来的那个姓全的支队长到前沿指挥去了。”

“不是说，姓全的家伙原来是死顶硬颈的吗？”

“都是你那个锦囊妙计显了神通咯!”

“还不能高兴得太早。”联络参谋说,“这只是走了第一步,还有第二步呢。要知道,我们的目标是要这个!”说话的人指着自己的脑袋示意,“这个家伙才是最大的障碍。没了头头,再多的队伍,也只能是乌合之众。”

“那怎么办?要是他离开这个窝,他就没咒念了。可他死也不肯就范。”

“我看就这样,一不做二不休。来!”

联络参谋招呼同伙。三个人凑到灯下,担心隔壁有耳,声音极小,有的话干脆拿铅笔写在纸上。最后,联络参谋拿出两把雪亮而锋利的匕首搁在桌上,同姓甘的耳语。

姓甘的听懂了姓缪的话,看看窗外一片漆黑,喜形于色,说道:“正好趁着月黑夜,天上一颗星都没有,天从人愿。嘿嘿。”

联络参谋将匕首交给梁少英,发现他的手在打颤,说道:“梁兄,怎么啦?镇定!你的差事是:派好明早凌晨两点到四点这一班的哨兵,完了,到土地庙去,这样!唔,懂得吧?”联络参谋对少英作个抹脖子的手势,“伙计,有酒没有?拿来!喝它两杯,壮壮胆!”

甘诚从床底下拿出一瓶桂林三花,搁到桌上,望着两人,脸色严厉,说道:

“鸡叫第三遍动手,拂晓报警,有两个钟点工夫,够了吧?”

“可以。有两个时辰,担保能走出警戒线。担心的倒是,阁下的收尾文章难做哪。”

“那不用担忧。有姓全的这个替死鬼,什么文章也能做得出来了。梁兄,你的单相思快收档了。明晚这时辰,嘿嘿,包你睡在……”那个姓甘的猥亵地向少英挤眉弄眼,往他肩上拍一下。

“回去向总座、参座问候,大后天准能凯旋岚山!”姓甘的转向联络参谋说。

联络参谋拿起一杯残酒递给姓甘的,然后自己端起另一杯来,两人对着眼说道:“来,把它干了!好,再见,保重。”说完摔掉空杯,掉头就走。

姓甘的转回头对梁少英下命令:“去,干完后,马上来我这里,有话吩咐。”

梁少英战战兢兢走下楼梯,灯火随即熄灭。

鸡鸣三遍后,不到半个时辰,梁少英气急败坏惊慌不已地跑到炮楼门口,轻轻地敲了三下。门开开缝，伸出一只手，一把拉他进了黑咕隆咚的炮楼。一个悄悄的声音问道："怎样？完了吗？看你的手……"

"完了！"梁少英透口气，声音打颤，结结巴巴，"他……他下了蚊帐，妈的，管他三七二十一，我使劲往帐里就是一刀！"

"人到底熄了火没有？"

"反正没了声气！"

"瞧你的脸，吓成这样！"甘诚点了灯，瞅着对方，"来，干一杯，压压惊。"

等梁少英把酒干了之后，一把钥匙递到他手上，咬他耳朵嘀咕。

梁少英默默地听从摆布，不容分说，稍定一会儿神，又从黑暗的炮楼溜了出去。

正当五更鸡啼鸣的时分，韦步平的草棚小屋起火了。人们从酣梦中惊醒起来，奔走呼唤，争先恐后，抢先奔过小河，往半山腰跑，不少人顾不得走跳石，也不管河水深浅，徒涉而过，拎着水桶，赶到半山腰的火场。个个奋不顾身，投入抢救。有的从河沟接力传递水桶往火场浇泼，有的就地折下树木枝叶冲到火边拼命扑打；有人急得跺脚，有人放声哭叫……但是，一间草棚小屋，顷刻间，全都化成灰烬。

"同志们，别难过，放火的坏蛋被抓到了！"

梁少英突如其来地从后头连喊带叫地赶了上来。

人们回头瞪他一眼，问道："人在哪？"

"在街上呢，跟我来！"

"啊，捉坏蛋去咯！"

人们一忽啦，又都往回跑。到了街上，见到炮楼前面的坪场上，有个人被五花大绑地绑在拴牲口的木桩上。人昂首正视，面不改色，但是他毕竟是面容瘦削，衣衫不整，在朦胧的晨曦中，叫人一时认不出是谁。只有重九一眼便看出来了，恐惧万分，猛喊一声："嗨呀，福贵！"膝盖一软，从她嫂子——马大嫂身边歪了下来。嫂子一手把她扶住。愤激，惊疑，悲恸，仿佛一阵旋风席卷了她，呼吸几乎窒息了，脑袋像扣上铅罩，箍得她感到发木。"怎么回事？"她陷入梦幻，痴痴呆呆地直眼瞅着大家。

认得福贵的人,个个面面相觑,一时都傻了,站在一旁发愣。

“弟兄们,打死他这条狗,为韦家哥报仇!”

不知谁猛吼起来,激动地举起拳头扑到被绑的人跟前。

“同志们,等一等!”

马大嫂大声高呼着,一跃向前,平伸两只胳膊,护住被捆绑的人,环顾全场说道:

“事情还没弄明白,不得乱来……”

“哦,甘政委来了。”

马大嫂的话被打断了。甘诚慢吞吞地从炮楼走出来,瞪大眼睛,惊讶地问:

“怎么回事呀,这个是什么人?”

梁少英冲到前面,指着福贵,结结巴巴地说道:“他……他……他是……是放……放火……”

“少英,你痛快点讲。你几时成了结巴啦?”有人大声喊。

甘诚给少英一个眼色:“你慢慢讲,把话说清楚。”

少英咽下口水,定定神才说:他五点钟时候,带着一个通讯员到小河对面巡哨,不料,发现有个人影从韦家哥的小屋溜了出来。向他喊口令,不应,转身就跑。他同通讯员赶紧撵。这时,忽然河面映出一片红光,回头一瞧,小屋起火了。可那个人还是拼命跑,他同通讯员一直撵到水礁地方才把人逮住。一瞧,原来是他!

“报告,那个联络参谋跑了!”突然,一个哨兵冲进场来,向甘诚报告。

“追!叫警卫连派骑兵追!”甘诚向哨兵挥手。

哨兵应一声转身就跑。甘诚望了被捆绑的人一眼,然后对大家说道:

“同志们,事情已经很清楚:这个人到了反动派军队去后,看来经不起敌人金钱、美女引诱,已经变了心,当了叛徒。他是前两天夜里回来的。他说是从反动派那里逃出来的,我们不大相信,把他隔离审查。现在,真相大白了。原来是他同那个联络参谋勾结连环,一前一后混回来,一个明里骗我们作假谈判,一个暗中杀人放火。嘿嘿,事情再明白不过了。我现在命令:把人推到打谷坪去,开大会公审这个叛徒、内奸!”

“同志们,听我把话讲明:真是黑天冤枉呀!”福贵拼命挣扎,满腔悲愤,“我……我,我……”

甘诚大声喊:“堵住他的嘴,不许他叫!”

“不。”马大嫂说,“他有话,不怕他讲。”

“对,让他讲。”好多个人嚷成一片。

甘诚看看众怒难犯,表示无可奈何。

福贵镇定自若,开腔直言:“同志们,我全福贵对得天对得地,对得住党,对得起同志。我是被叛徒出卖,从虎口逃脱出来的呀。韦家哥要我接受审查,等待找人对证,我没二话。昨晚半夜,有人来叫我去韦家哥小屋谈话,我就去了。谁知进得屋去,没个动静,屋里黑着灯。往床上一摸,人已经冰凉了。我赶紧往外叫人,刚到门口,有个人一下子把我抱住,往我嘴塞一团棉花。屋里马上就起了火……”

“胡说,编得倒挺像。把他拉走!”甘诚吼了一声,“大家走呀,到谷场上集合!”

人们怀着既愤慨又疑惑,既悲伤又惊奇的复杂心情,随着大流拥向指定的场地……

就在这个时刻,离土地庙约百步的山腰处,一丛竹篱梢头在摆动,发出息息嗦嗦的声响,不多一会儿,竹丛里钻出一个瑶人老头,阳光直射他的眼睛,一时睁不开,眨了两下才乍见到熟人似的,认出地方来了,衷心喜悦地回头朝竹丛后面的小洞口低声喊道:

“出来吧,到家了!”

话音一落,竹丛窸窸窣窣,一前一后钻出两个瑶家女子来,每人后背都背只竹篓。人一见阳光,仿佛梦里醒来,眨眨眼,对着露出山巅的朝阳呼了口长气,取下别在背篓绳索上的手巾,拍打膝盖上的尘土。

“整整钻了一夜。这就到了吗?”一位女子向老人家问着,举起手掌遮住晨曦,朝着晨雾笼罩的山谷眺望。山谷里零零星星的村屯,冒起缕缕炊烟,八哥鸟已经上树呼唤,斑鸠在深谷密林,咕咕地啼鸣;远处的瀑布声隐约可闻。

“到了,这就是我们的家。跟我走。”老头说。

老头就是盘大爷。前天他同福寿到了前线,家福把两位从上头派来的女同志交给他,说是任务火急,要他从小路走,能赶多快就多快。盘大爷这两年为了找寻草药,这一带的山山洞洞都摸熟了。昨天一早他就领着两位化装成瑶人妇女的同志,带上干粮,说是进山采药、挖笋,翻山爬岭,到天黑时候才钻进山洞。

“呵,右边有座小庙住着人,过去看看。”盘大爷领头弓腰钻进密密麻麻的杂树丛林,朝着土地庙这边走。快近庙墙时,听到里头传出哼哼唧唧的声音。盘大爷侧耳谛听,断定是庙里病人的呻吟,立即招呼后头两位女同志,赶快往庙门前走。用秫秸扎的庙门开了半边。盘大爷轻轻推门进去,问一声:“志高!”不见答应,呻吟声也停了。大爷往床边走近去,在朦胧的薄光下,看见帐门被捅破了一个大窟窿,旁边沾染一片血痕,把老人家吓了一大跳。帐里又一阵急促的呼呀呼呀的喘气声。大爷赶紧撩开帐子,激动而焦急地叫唤“志高!”

床上的人睁开惺忪的眼皮,认出了亲人,有气无力地说一声:

“盘大爷……”

“则明! 你? 志高呢?”老人一怔,失声喊叫,震惊不已;赶紧揭开被头,解开受伤人的衣扣,在左肩上找见了伤口……

“拿干手巾。”大爷叫道。

女同志急忙从背篓找出新手巾和干净的白衬衣来,扯成布片递给大爷。其中一位,一瞧那双炯炯如火的目光,不能自已地惊叫一声:

“步平!”立即蹲到床边,握住对方的手,泪水模糊了她的视线……

韦步平喜出望外,眼眶噙着泪花,含着笑意说:“言真……不要紧。唔,这位……”他望着站在跟前的另一位女同志。

“认不出吗?”女同志笑道,摘下脑袋上盘着大捆的头巾,露出庐山真面目。原来她是罗汉那口子——林千红。

韦步平问她,两人怎么遇到一道的。说罗汉来过,才回巴龙不几天;还说有要紧事等她回来问个明白哪。千红说:是船上老江交代她把干城同志领上这边来的。韦步平一听干城这个名字,立刻睁大了眼睛,不禁惊愕地反问:

“什么? 甘诚,你的名字?”

言真含笑点点头:“是我。干戈的干,城池的城……”

“糟糕!”

“怎么,名字起得不好吗?”言真看到对方痛苦的表情,惶惑不解。

“大爷,快……叫人……”韦步平一激动,伤口又渗出血渍。

“不,不,你不能大动。”盘大爷焦急地把人按住。

“大爷,你别管我,快……快去,去找大嫂……抓住那个甘……”韦步平显然流血过多。讲话很吃力。千红从茶壶倒了一杯水,他“咕嘟咕嘟”一口气都喝了,急得挥着手,催大爷走。

正在这个急死人的时刻,外头听到急促的呼喊:“志高,志高!还不起床呀?”随着呼声,马大嫂和玉姑闯进了庙里。玉姑更是不顾死活使劲把人推开,往床边喊一声:“志高!”韦步平睁开眼,吓得玉姑和马大嫂都愣住了。

玉姑“哇”的一声:“哎呀,志高……我的天呀……”她捂着脸,跪在床前,扑到韦步平被上,号啕大哭。

“韦家兄弟,你……”马大嫂站在韦步平跟前,拎起衣襟抹泪。

“大嫂,我不要紧,快,抓姓甘的去:这是干城同志!去吧,快去,把福贵放了,少英是坏蛋……去,快!”

马大嫂眼睛闪着火星,拉住言真,讲不出话,立即掏出驳壳枪,把子弹推上膛,向言真、千红招呼一声:“走!”

“我要给孩子他爹报仇!”玉姑站起来,抹掉眼泪,跟着大家冲出了门。

盘大爷撵出门口大声喊:“喂,叫医生快来!”

韦步平等到盘大爷又回到床前,对他流露着懊悔的神情,叹道:“大爷,我,错了!我瞎了眼。千不该万不该信了少英这个败类……唉!”

“是的咯,少英这个人……哎!可你别着急呀!”

这时,街头的晒坪围拢着将近一两千人,黑压压一大片。那甘政委和梁少英神气活现,站立在稍高的土堆上。姓甘的摆着十分得意、威风凛凛的架势,宣布全福贵罪状:说他到了反动派军队后,经不起敌人金钱、美女引诱,出卖了同志,投降了敌人搞了“苦肉计”。到这里瞎说是遭受敌人严刑拷打,自己挣扎逃脱回来的。为了掩饰自己反革命嘴脸,还昧着良心,恶毒地诬告他——中央特派员和革命多年的老同志梁少英。幸亏步平同志警觉性高,没有上他当,把他隔离起来审查,要他反省、认罪。不想,他不但不肯革面洗心,放下屠刀,立地成佛,倒反跟那个联络参谋的马弁暗中勾结连环,密谋杀人放火。昨晚半夜,步平同志提审他的时候,乘人不备,居然丧尽天良,同那个联络参谋一起把韦家哥和志高刺死了,然后割了韦家哥脑袋,装进麻袋扛走,拿去向反动派领赏银!但是,天网恢恢,疏而不漏。他万想不到,狐狸尾巴被抓住了。在这件事上,少英同志立了一大功……

姓甘的讲到这儿,扫视全场,提高声音问:“大家说,这样一个败类该不该枪毙?”

“杀!”

“杀死他!”

千百个愤怒的声音吼起,山谷响起巨大的回音。

马大嫂和言真一行赶到一旁听了,恨得直咬牙。玉姑跺着脚,几次要冲到队前去。马大嫂把她拉住,说:“走!”她把言真、林千红和玉姑领到一个角落。对言真和阿红说:

“你俩在这儿等着。你,”大嫂转对玉姑,“跟我找人去。”

不一会儿,警卫队长和锄奸保卫委员都找来了,马大嫂指着言真和林千红作介绍:

“这位是韦家哥的爱人,中央特派员干城同志。这位叫林千红,小名阿红,是罗汉家里的,唔,也是我们同志。那个甘诚是冒名顶替的坏家伙,少英出卖了同志,福贵被冤枉了……”马大嫂气喘吁吁,话讲得很急促。

“嗳,原来是这样,快,走!”警卫队长直跺脚。

“你别急呀,”马大嫂拦住急着要走的人,“听我说,我们几个分头进场,紧盯住他们,不准乱开枪。走!”

马大嫂把人分成两组,挤到场子前面,选好适当地方,聚精会神地看住那个冒充的特派员和少英。警卫队长给负责看守福贵的两个队员使眼色。其中一个赶紧到队长跟前来听候吩咐,连连点头,然后又回到另一位伙伴身边,咬耳朵说话。

冒充特派员的家伙扫视全场一眼,问道:“还有谁要讲什么没有?”

全场鸦雀无声,气氛紧张异常。

“我说,冤枉人呀!”福贵猛一声绝叫。全场为之一震,个个面面相觑。

“堵他的嘴!”那个特派员大声咆哮。

两个警卫员直立不动。

“谁来打这一枪?”梁少英举起手枪。

“我!”重九怒火中烧,跳上去接枪。

全场轰一声,个个伸脖踮脚都要往前挤。正当千钧一发之际,玉姑一跃,抢上一步,拦住重九的手,“叭”的一声,子弹朝天空呼啸飞去。

“住手!”马大嫂英勇地跳上土堆,枪口顶住那个特派员。就在眨眼工夫,警卫队长和锄奸保卫委员同时跳到前面,对准梁少英威严地喝道:

“不许动!”

“你们被捕了!”锄奸保卫委员说。

全场一片惊愕。

马大嫂向全场挥手,大声疾呼:

“同志们,不要乱动,听我说!”她拉过旁边的言真,让她和大家见面,“这位干城同志,才真正是中央特派员。大家拍手欢迎!”全场一阵掌声。

马大嫂接着指指那个冒牌特派员:“这个家伙是假的,他是反动派的参谋,叫孔继武。他冒名顶替中央特派员钻到我们队伍里来,可惜名字也没弄准确;人家叫干城,他却叫甘诚。当面对证,麒麟皮下露了马脚。方才他同大伙胡说一通,给福贵数了一大堆罪状。那些罪状,恰恰要算在梁少英身上。梁少英才真正干了那些坏事,出卖了福贵,把姓孔这只狼引进家来,要吃掉我们!请同志们说说看,梁少英这个叛徒犯这些罪可恨不可恨,该杀不该杀?”

“杀,我要给孩子他爹报仇!”玉姑扑向梁少英,却被身边的同志拉住了。

马大嫂继续说:“福贵是我们的好同志。重九,他是你的好男人哪,给他解绑吧!”

重九给福贵解绑,两人相对流下了泪。

“同志们,静一静。”马大嫂继续说下去,“方才那个冒牌特派员不是蛮得意地讲,我们的韦家哥叫他们那个联络参谋砍了头拿去领花红了吗?告诉你,”马大嫂转脸对着那个假特派员，瞪了一眼，“你别做梦！我们韦家哥活着哪！”

全场“嗡”一声，掀起一片欢呼声。马大嫂向大家摆摆手：“可惜，昨夜晚志高他到韦家哥小屋去睡，被敌人当作韦家哥杀害了……”

梁少英听到这儿，脸色早已吓得发白，膝盖一软，“扑咚”跪到地上，低下脑袋，苦苦哀求：

“弟兄们，饶了我吧！敌人逼得我没办法……可怜可怜我……”

“他，孬种家伙！”全福贵向着大家，狠狠地指着梁少英说，“为了活命，出卖同志……”

“打死他这个癞皮狗！”玉姑猛吼，随即“叭”一声枪响。

梁少英一晃，歪倒在地上。

人们又一阵激动，挤挤撞撞，都要朝前挤。言真移步靠近马大嫂身边说句什么话。马大嫂点点头，向着全场大声说道：

“同志们，静一静！现在，特派员有话同我们讲。”

这样一来，仿佛一锅沸腾的滚水，对上了冷水，声音顿时沉寂下来。多少双眼睛全都注视着那个新来的特派员。这时候，大家才注意，她穿的是瑶族人的衣衫，头发却是普通的女教员那样。面孔瘦削，鼻子笔直，嘴唇抿得挺紧，眼眉飞扬，皮肤晒得黑黑的，像个漂亮的小伙子。看她的神气，不慌不乱，举止沉着、庄重，眼神和蔼、热情。

“同志们，我是新来乍到，亏得盘大爷领我们钻山洞，才来到这里，东南西北还认不出来，好多事往后还得请同志指点哪……”

“自己人，不用客气！”不知谁大声高呼。

“对，我就老实讲。”言真说，“同志们都是从四面八方来的。来干什么呀，不能在这儿呆一辈子吧？那么又朝什么方向走呢？目标到底在哪儿？这些问题，各人脑子都得明白个大概。要不，就成了瞎子骑瞎马，掉进山沟回不来了。不要笑，这是危险的事。总之是，我们不是来赶歌圩，也不是来进赌场、逛庙会，更不是过年过节走亲戚、访朋友。我们是干革命来的。革命就是要打倒封建势力的压迫，抵抗世界列强帝国的侵略，反对地主、资本家剥削。目标是要达到民族国家独立，建立平等、自由新社会；最后还要解放全人类。要做到这一步，我们就得时刻抓紧手上的刀枪,随时准备迎接战斗！眼前,敌人硬的打不散我们,便来软的花招,借口联合抗日,派人来讲和。那是放的烟幕弹,麻痹我们,派来坏蛋当内奸,瓦解我们队伍。这次事件,大家都亲眼看到了:敌人终归是敌人。哪个是敌人,哪个是朋友,哪个是同志,必须分清,不能含糊半点。狼跟羊是不能成朋友的。这个人,"言真顿一下,指着垂头丧气,站在一边的孔继武,"就是个无耻的叛徒!"她说,这回她路过广州,探望老母,无意中遇见凌云青。是凌云青告诉她:孔继武是个投机分子,原先曾经混进党里来过,所以懂得几句革命名词,四年前反动派导演的那场"四一二"大屠杀,把他吓破了胆,甘心当了夏雷的走狗,为反动派卖命。

"最后,我提议,"言真说道,"就这件事,各人回到队上组织讨论,吸取教训。"

马大嫂接着高声说道:"同志们,看也看了,听也听了。要革命,就要跟敌人你死我活地搏斗,没有什么好讲的。大家记住特派员的话,回去认认真真地讨论。特派员是我们中央派来领导我们革命的,她还是我们韦家哥的爱人,往后,我们就得听她指挥。革命同志团结起来！打倒反动派!"

最后,马大嫂举起拳头,领着全场喊了两句口号,山鸣谷应,巨大的声浪在山谷里回荡。

锄奸保卫委员向警卫队长说:"把孔继武带走,派人把死人埋掉!"

第五十二章

大家一心惦挂着韦家哥的伤势，散了场都跟着马大嫂、言真一起，蜂拥蹚过小河往土地庙跑。

医生、护理员和盘大爷忙了一阵，已经把伤口包扎好。此刻护理员正在给韦步平喂鸡蛋粥。盘大爷刚出庙门，马大嫂和言真一大帮人迎面来了。

“人怎么样，好点没有？”马大嫂朝着大爷劈头就问。

“好歹还难讲。医生照顾着哩。我这就赶回瑶山，找千金草，土洋配合进攻。”

盘大爷说罢，回头一见玉姑，哭哭啼啼往山上走来，脸色沉了下来，暗自叹气，望着马大嫂说：“玉姑她……”

“大爷放心，我们会招呼她。”重九代她嫂子答腔。

大爷又叹口气，喃道：“可怜的孩子！星星这两天好吗？”

重九又说："好，老叨念着公公哪。"

"嗯，我得早去早回。叫玉姑想开点咯。哎！"盘大爷拄着尖尖上装有小铲子的拐棍，往旁边山坳走了。

马大嫂望着老人背影，关心地叫唤："大爷，山岩不好攀，可要当心啊！"

"放心，爬山过岭，马骝还让我三分哪！"老人应着，连头也不回。

马大嫂和身边的言真交换眼色，笑着喃道："这老大爷真是老来红。"说着进了庙门。

这时，护理员给韦步平喂完了粥，收拾着碗筷。医生对着言真和马大嫂小声说：包扎不及时，血流过多，身体虚弱，不能过分兴奋，注意让病人休息。说医疗所有几个病号等着，他先回了。马大嫂看庙里又潮又暗，大家来回招呼又不方便，叫住医生，问能不能把人抬下山，住到炮楼去？医生同意，叫通讯员先把房子消好毒，再用担架抬。

庙里是容不下几个人的，来探望的人又多，挤也挤不进。有的进得来，只瞅上一眼也就满足了。从圩场过小河，从河边到半山，一路来人不断。重九迎着大家，一路下山一路说：

"不用上去啦，人好好的。小庙挤不进去，快回炮楼吧。"

不多一会儿，来了担架，把人抬下山。人们驻足路边，引颈踮脚，都等着一睹韦家哥容颜才肯罢休。韦步平盖着军用的灰色棉毯，露出笑容，注视每个俯首慰问的目光。担架在自发形成的夹道行列中，徐徐通过。有的女同志摘来杜鹃花枝，轻轻搁到他胸前的棉毯上，有的人情不自禁地淌下眼泪，有的人悄悄地擤着鼻涕……气氛肃穆、凝重。

晚间，言真她一个人陪着韦步平，坐在床前，含情脉脉地凝视半天，终于轻声说道：

"你在这儿真得人心啊！"

韦步平欢喜地以目光反问："是吗？"

两人各自沉思，默默相对。多年阔别，各自都有过惊涛骇浪的日子；甘苦哀乐，私情公谊，都有各自的经历。真是一部二十四史不知从何谈起。

韦步平伸出手来握住言真柔软而温暖的手，凝眸相对，流露着喜悦。

“那样看人？”言真含笑嗔道，“你看变了没有？”

“不。”韦步平摇摇头。眉梢堆着笑意，“在我的心目中，进化论在你身上是例外。”

“又是例外……老喽！”

“真，我们结婚吧！”他的眼睛睁得那样大。头一回闪耀这样稚气而灼热的光芒。

言真一怔，把手收回，满面飞红，情难自持；拿困惑的目光反问对方：“看你急的！”

“我就要气一下黎柏初和夏雷，让他们知道我还活着，活得称心！”

两人相对而笑。

“你呀、你呀，你真会作弄人。”言真欢喜地瞟他一眼。

“就这样定了吧？结婚！”

言真点点头。

“等一下叫马大嫂向大家宣布，把话传出去。你看怎样？”

“结了婚可就不能由你自己一人自由自在，爱怎样就怎样了啊！”

“这就看你怎样对待啰，有人说是绊脚石，有人说是左右手。”

“啊，你把人当作工具呀？”

“反过来也可以嘛。我当你的助手不行吗？算，算，不扯了，讲点开心的事给我听吧。江西那边准有不少新闻。见到章（斌）没有？”

言真说：他们工作不在一个地方，不常见面。临来的时候，特意去看他。他知道她要走，就说去看看平平吧。平平在红军大学学习。真是有其父必有其子，长得很像乃父，也挺懂事。他现在叫天白，不叫平平了。问他为什么要改名字？你猜他怎么讲？他说，章伯教他念诗，其中有一句，他记得最牢：“雄鸡一声天下白。”说他就是要为着黎明去奋斗的。讲得叫人乐淌了眼泪哪。言真还问他的党支书：他学习成绩怎样？支书说：“他学习是标兵，政治、军事，每科都考满分。工作、劳动、团结互助方面也都是积极分子。”

“小孩子容易自满，不要宠坏了。”

“对咯，我几乎忘了，他有张照片。”

言真起身去把小包袱解开，捡出个小本本来翻了翻，拿出一张两寸的半身相片。

做父亲的接过相片瞧了瞧，嘴角流露出喜悦的笑纹，转对言真说道："后浪推前浪，按照进化论的观点，应当是后来居上啊。至少他不至于像父亲再去走那样多的弯路吧！不堪回首话当年，不谈也罢。唔，这次从江西出来，走哪条路？福建，上海……没有到广州老家弯一下？师母她老人家还硬朗吗？"

"去了。妈身体还好，还特意叫我带来你喜欢吃的一小盒佛山盲公饼呢！可路上叫我给吃掉了。这不怪我，只能怪贵省水陆交通太差劲，从梧州搭上的小火轮，到蒲庙滩，遇礁搁浅，船上断炊，只好拿它来给大家共产了。不过，你也别为它遗憾。我还为你带来另外一件好东西。"

"什么东西？"

"你猜。"

韦步平瞪着迷惑的眸子，喃道："又是谜。"

"看你猜不着吧？不是谜，是实物哪。喏。"言真说着，从胸袋掏出一只银壳的天文台牌的怀表，拎起表链，让它在对方面前摇摆。

韦步平把表贴到耳朵旁谛听，由衷地感激："走得好，马蹄声。谢谢师母。"

"看你，还叫师母！"言真瞪他一眼，含笑嗔道，"这可不是妈给的，要谢就谢桂姐吧。"

"桂姐？"

"唔，桂姐。你猜不到吧，是品微叫我送你的。说别的你不一定稀罕，这玩意你可能用得着。你看大姐对你这位老弟还很有故人之情呐。"

"你们在什么地方遇到的？"

"五羊城下。"

韦步平一愣，目瞪口呆。

"瞧你眼睛睁得这样大。"言真说，"不过，也难怪，连我也是梦想不到跟她竟有这番邂逅。而且就在我舅父家见面，而且……"

"而且？"

"而且还会到了一位你梦想不到的人。"

“谁?”

“你猜?”

韦步平瞪眼望她,不言语。

言真含笑漫声说道:“谅你也不会猜得着,别费心机了。是凌云青!想不到吧?”言真说,凌现在当了哲学教授,受聘于中山大学,开讲《庄子》。说他跟她舅父都是“中大”教授,两人有交往。桂品微说是为治病,去的广州,在她母亲那里落脚。有天凌云青来找她舅舅,两人终于不期而遇。真是无巧不成书。

“他俩怎样?”

“什么怎样?”

“云青还是一个人吗?”

言真说,云青在香港文名颇盛,有个痴心的姑娘崇拜他,现在在“中大”文学院上学,早夕追随左右;云青却只当女弟子相与周旋。赶到桂姐出现之后,问题就复杂起来。对待故人,品微是一往情深,云青则旧情难忘,两人,一个遇人不淑,一个受人戏弄;曾经沧海难为水,不免同病也相怜。品微得到她舅父帮忙,在“中大”图书馆有了职业,便不回邕州了。“往后,说不定他们俩会……”言真讲到这儿,把话又咽回去。

稍停一会儿,韦步平才喟然而叹:“本来他俩是天生的一对。王光宗这家伙,从中插上一脚,再加海小姐逢场作戏,两头一扯,就像好端端的花园闯进了猪猡,多少美好的事全都糟蹋了!”

“看你,这有什么值得伤感的。”言真说,“正因为有王光宗、海银华之流那样的行径,才有我们的事干。要是地上都没了垃圾,清道夫就要失业了。”

“嚯,你也成了哲学家。”

言真瞪对方一眼,两人相视而笑。

“嗯,凌兄对我意见不少吧?”沉默一会儿,韦步平又问。

言真说:“云青意兴阑珊,不大乐意深谈往事,提起来直摇头,总是念叨‘不堪回首话前尘’,以此来搪塞过去。对你,”言真说,“他讲:说起干革命,敢于向旧世界横冲直撞,你的勇气是可嘉的。遗憾的是,使用的手段未免过火。他说,哲学上有所谓‘度’的极限,凡事一过了头——超越一定的限‘度’,就会起质的变化。”

“真不愧是个哲学教授。”韦步平说完，沉思半分钟，才又喃道，“也许他旁观者清吧？”

“哎哟，事情还没商量完呀？”马大嫂突然冲上楼来，望着韦步平、言真说。

她后头跟上来的是千红和重九。也都注视着新来的人。言真脸颊微红。韦步平说：

“我们在说闲话，正说从前我们的凌县长呢。”

马大嫂瞅着言真问：“哦，见到他啦？他可是个老好人啊，只是心肠软了点。他现在过得怎样？还是单身？仍旧念叨他那句‘不好意思？’哈哈。唔，干同志，床铺安好了，走吧。早点休息。”

“大嫂，……”言真嗫嚅着，欲言又止。

马大嫂看着她，等她把话讲明。

“把床安到这儿来吧，我来服侍步平。”

马大嫂把两人看一眼，点点头笑道：“行！我这就去叫把床板铺盖搬来，不过，……唔，重九、千红，我们走吧。”

马大嫂她们才要转身，忽然，“轰隆！轰隆！”连声巨响，引起山鸣谷应，像旱天打闷雷，大家都愣住了。

“什么声音？”言真沉下脸，屏着气倾听。

“山炮！”韦步平神情镇定。

马大嫂望着韦步平：“乌龟王八真是要爬上来了。”

韦步平说：“炮声是从西北方向来的，一定是马鞍山那边先开的火。”

“罗汉他……”千红神色紧张，以询问的目光望着韦步平。

“不要紧。”韦步平安慰着这位放心不下的妻子，“至大芭蕉叶，哈哈。”

马大嫂扯千红袖口：“走，抬床板去。”回头又对言真说道，“你别动了，就在这儿陪他。”

言真腼腆地说：“不，让千红她们去得了，你不要走，我们两人做伴。”

马大嫂拿眼睛指着床上的人说：“他不是人呀！”她朝言真眨一下眼睛，笑笑。

言真忸怩地低下脑袋。

入夜，一切都睡了，万籁俱寂。细听才闻到远处传来瀑布的水声。

言真本来是没有择席的怪癖的，今晚却迟迟合不上眼皮。她注意听听，韦步平也没鼾声。终于按捺不住，轻轻问道：

"步平，睡了吗？"

"唔？你没睡？"

"人家睡不着。"

静了一会儿，楼下好几只老鼠互相追逐，吱吱地叫唤。

"给我讲点什么吧。"

"给你哼哼催眠曲？"

"不，讲故事。讲……唔，随你讲什么我都爱听。"

言真想了想才说："步平，你知不知道，别人是怎样传说你的？可神啦！江西苏区的老俵都流传你的故事呐。我听到过，是讲你小时候为人打抱不平的那些英雄、风流事。我想准是从这儿出去的弟兄，想起你而谈起来的。这回，在邕州开往田州的轮船上，也听到不少的议论，那更加玄乎：有的说你是青龙变的，说什么有一回几个人明明看见你在前头走，可撵到了跟前，一眨眼，人不见了。揭起旁边一顶破草帽，啊哈，一条草花蛇！一次，县里警兵赶你，都快捉到了，你却摇身一变，成了钓鱼郎。一次明明是你坐轿子跑的，一帮团练、县警追到跟前，把轿帘一掀，嗨，轿里全是石头……"

"还有哪，"韦步平打断言真的话，告诉她说：十年前在这山弄地方，夜间拿手电筒照明，在当时的老乡们看来，简直是一种神物。那年他从四川回来，有天月黑夜，与志高上瑶寨，打手电筒照路。后来就听瑶人传出话来说，是天帝拿神灯来接上天议事的……

"你说，好笑吧，唔，你睡啦？好，睡，睡吧……"韦步平声音渐渐微弱下去。

言真嘟嘟哝哝，翻着身。

凌晨，天还未亮的时刻，韦步平突然在梦中惊呼，说着胡话，显得烦躁不安。言真起身，点上灯，拿体温计放到他腋窝探温，问他哪地方不自在？他指指太阳穴，不做声，讲话都吃力了。言真急得心头怦怦直跳，摸摸他额头，感到烫手，病人脸色发红,抽出体温计拿到灯光下一瞧:39.8℃!

“身上有没有汗?”言真问。

韦步平摇摇头:“发冷。”

言真转身把自己床上的被子给他盖上,往两边掖紧,坐在病人床边关切地注视着他。他好像是突然瘦了,显得憔悴,眼神迷惘。伸出手来让言真握着,互相对视无言。过了半个钟点,再量一次体温。水银柱升到40.1℃的刻度上了。人满面通红,想要喝水,嘟嘟哝哝,讲起不连贯的话。

言真慌了手脚,赶紧找马大嫂一道去请医生。医生和护理员一齐赶来了。这位大夫中西医都懂一些,他先探温、听诊、抽血,又望、闻、问、切,两套规矩都认真仔细地作了诊察。

“大夫,你看……”言真问。

大夫心情沉重,望着言真小声说道:“验了血才知道,只怕是破伤风……”

“呀?”言真不觉一惊,趴到马大嫂肩膀上流下了泪水。

马大嫂抱住她,哄着说:“不要紧,伤风流鼻涕,算得什么病,煮碗姜糖水喝,睡一觉,出身汗,没事!”

“不,要是破……破……”言真抽抽噎噎。

马大嫂以询问的目光望着医生。

医生说:“不一定,看检验结果才能确诊。盘大爷的办法倒是多点。”医生望护理员问:“唔,大爷他昨晚没赶得回来?”

护理员摇摇头,说老人家是回瑶山找千金草去的,不知什么缘故,没见回来。医生思忖,感到棘手,催护理员赶快把血化验出来;另外,用羚羊角冲开水让病人喝,先退烧。

羚羊角很见效,天亮以后,病人的高烧逐渐往下退,神志清醒了一些。吃过早餐,言真看看病人安详地酣睡,愁云惨雾的心怀,仿佛绽露出阳光。前线福寿派回骑兵送来十万火急的战报:不出所料,敌人昨天午夜开始炮击东山坳。我方让出一处豁口,诱敌深入一步,等到自己的队伍运动到敌人后面,进入了阵地,才发出信号,出其不意,前后夹攻,战斗还在进行。马鞍山那边,派人给罗汉送信去了。要他协同配合,务必打赢这一仗。要求后方加紧催民伕、担架队和医务人员赶到前线。

言真看完战报,刻不容缓,马上找马大嫂召集人来开会商量,组织担架队、运输队,开上前线去。同时,后方也要腾出房子、安好床铺,准备接收彩号;磨谷舂米,预备吃的。言真有江西苏区的经验,部署周到,要求具体。每个人都闲不着,个个都很紧张。前线并不太远,炮声隐隐约约在山谷回荡,气氛是紧张的。但是,各人见到这位新来的同志那样镇定自若,不慌不乱,自己也放了心。她要重九给她翻译本地话,从这到那,从营房到民户,从炊事班到医疗所,从列宁室(俱乐部)到打靶场,到处访问、调查,逢人就问。什么事都引起她兴趣,什么事也瞒不过她的眼睛。她同人说完话走了,人家总是望她背后,表示诧异:

"哪儿掉下来的仙女啊?我们的事,她样样都问到?"

"真是出奇:女子打扮男人穿戴?说话是男人口气,长相却是姑娘的眉眼。"

"你们吵吵什么啊,人家是韦家哥的……唔,新名儿叫什么,爱人?听说,人家是带过兵的穆桂英哪。"

…………

白天一天,言真被工作抓住了,几乎忘了炮楼上的病人。到晚饭时候,医生才带着悲戚的愁容,拿来一张化验单,摊开放在她饭桌上面,躬下身躯,在她耳边悄声说道:

"感染了破伤风菌!"

"什么?"言真惊叫,忽一下站起,急切地往化验单上扫一眼,不禁凄怆地凝视着医生,又是求救,又是质问。

医生站在一边发愣。

言真离席奔回炮楼。马大嫂也把饭碗放下,跟着来了。

楼上,重九、玉姑、千红和护理员都围在病人床边,给病人头上敷手巾、喂汤药。病人一见言真来了,脸露喜悦,拿眼神暗示,要她坐到跟前来。言真接过重九手上的药碗,一勺一勺地喂他。喂完了药,病人把言真的手抓住不放,眼睁睁地凝视她的眼睛,表示无限感激,又是无比的爱慕,嘴唇直哆嗦,却找不到词儿来表达。

马大嫂催重九她们几个吃饭去,叫把言真和她的饭菜端来。重九她们正要

走,病人却说:

“不要走,叫大家都来……来呀,我们要在一起……嗯,前面战斗结束了吗?福寿、家福……他们怎么不来……”

病人神志恍惚,言真转过头来掉泪。

医生自己喃道:“盘大爷赶得到来,兴许能有希望。”

“大爷,他……他……他不是上……上前前线……线了吗?”

黄昏落下山谷,夜幕笼罩了山峰和林梢;星星在灰色的苍空一颗一颗闪现了;大半块月亮挂在高山峡谷上头,山高月亮也变小了似的。蛙声在附近的水田喧嚷,夜莺开始歌唱,杜鹃也在啼叫。

“轰隆!”炮声又在山谷回荡。

“敌人还没消灭完啊……”韦步平喃喃自语。

“好点没有?”言真体贴地悄声问道,深沉地瞅着他的眼睛。从他目光里,她得到勇气和信心。

重九和千红把饭菜端来了。马大嫂对言真说:

“让他休息,我们吃饭。”

夜深了。言真看看病人安静了一些,叫重九、千红和护理员回去休息,只留下马大嫂跟她同床合铺睡,好看护病人。马大嫂觉得这番意是不好推诿,只怕对方过不惯,稍微踌躇一下说道:

“我这个粗手糙脚的乡巴婆,不碍你呀?”

言真含笑看她一眼:“大嫂,你把我看成什么人了?”

“唔,你不要说,从前那个同凌县长来的海女士,不也是洋学堂出来当的女官吗?看她眼角可高哩,见到我们这些脚板沾着牛屎的,离得老远就拿小手巾捂鼻子。”

“哪能都一样?”

“唔,她后来怎样?又当了什么女官吧?”

“当了省主席太太了。”

“哦!看她就是那号人。那凌县长又干的什么呢?”

“教书。”

"嗯,这倒是他的本分。"

"什么本分,难道不能改吗?"

"可有的人就改不了,狗就改不了吃屎。唔,睡了吧。要嘛我先睡,你守着他,我睡一觉再换班。"

"亮着灯,能睡着?"言真问。

"怎么,你要看书?看吧,看吧,不用黑灯,我把头蒙住。"

言真拿起火柴梗挑着蓖麻油的盘灯灯捻,就着荧荧如豆的灯光阅读这地区的斗争情况材料,准备给省工委写工作报告。

夜越来越深沉,不时传来布谷的叫声。

到天快亮时候,韦步平突然要水喝,还断断续续喃喃梦呓,神情又恍恍惚惚,瞪着眼睛,暗示言真和马大嫂坐到他床边来。言真伸手摸他额头,觉得烫手,心也慌了,对马大嫂小声说:

"又烧起来了,叫医生来吧。"

马大嫂转身就走。

"什么时候啦?"病人喝了水,望着言真问。

言真从他枕头下边摸出品微送的怀表,打开一瞧:"四点四十三分,快亮天了。"

"真……你……留下……不……不要走……"韦步平的手哆哆嗦嗦地握住言真的手,眼睛深邃,凝神盯住对方。

言真眼眶噙着泪花。

"别难过,我……你看……不是好好的?唔,大嫂呢?上……上前……前线了……大嫂是……受了一辈……辈子苦,叫……叫她……同……同福寿……唔,重九呢?……福贵……他……他们……"

"步平,你……你安静一会,大嫂请医生去了。"

"嗳,再给我点水。"

言真又给倒大半碗水,韦步平费力地喝了。

"哎,真渴呀。心口发闷……你太累了吧。"韦步平仔细端量着言真,流露无限的怜爱,叫言真更加难过。

医生、护理员同马大嫂来了。马上给探温、把脉。一会儿,医生从病人口腔拿出体温计,就着灯光瞧。

“多少?”言真问。

“四十度二,又升上去了!”医生满面愁容,转向护理员,“注射。”

护理员给病人打了一针强心剂。

马大嫂用乞求的目光望着大夫:“医生,医生就是要把人救活的嘛,不能多想点办法吗?”

“我们再尽最大努力。”

“要不要再输血?大家都争着要把血输给他。”

“现在先不要。盘大爷怎么不见回来啊?”

“要不要派个人找他去?”

骤然间,外面响起急促的马蹄声,紧跟着就是一声嘶鸣。片刻工夫,罗汉冲上楼来。嚯,瞧他一身打扮,可把大家惊呆了!他披着一件领边袖口都绾着红边的酱色的军呢大衣,满面春风。一进门就大声嚷道:

“我们胜利了!我们依照韦家哥的部署,打胜了。”

马大嫂马上给他使眼色,指着床上的病人。

“怎么,韦……”罗汉一惊,立即走到床前坐下来,睁着困惑的眼睛,对着病人,“哇”的一声,含泪嚎叫:“韦家哥!”

大家都跟着落泪,一会儿,马大嫂等罗汉抬起头来,才把发生的事告诉了他。然后又介绍他和言真认识:

“这才是中央特派员干城同志呐。”马大嫂说,“你的人也同她一道来了。”

“罗汉同志,我叫言真。”

“好,欢迎啊!你来就加上一根顶梁柱,我们的江山更保得牢了。”

罗汉的话才落音,重九、千红和福贵几个,唧唧喳喳都上楼来了。千红见到自己丈夫,顿时显出怪不好意思的样子,低下头来,站在一边。

“怎么不认得啦?”罗汉脱下大衣,对着千红笑道。

言真对罗汉说:“坐下说吧。同志们坐。”

“这是夏雷的虎皮哩,叫我们给他剥下来了!”罗汉把胜利品放到韦步平床上,“可惜,牲口一夜赶百四十里地,太乏了,又走了岔道,没撵上,让他跑了!”

罗汉讲话像打机关枪,连声不断。说是敌人真的没出韦家哥的预料,他们用一个团的兵力佯攻马鞍山,而拿三个整团放在界牌一线,等待堵截虎岩调出支援马鞍的主力队伍,然后乘虚猛攻虎岩,企图一举端走我们的老窝。罗汉从这里赶回去,根本没按那个冒牌特派员的命令部署作战,死守马鞍,而是照韦步平的密令把部队分成两股,跳到外线,埋伏在两个进出口要塞两边的山坳,居高临下,让敌人像一群马蜂张牙舞爪地进入了口袋之后,才出其不意,将山口一堵。敌人落下陷阱,进退维谷,施展不了火力,只好举手缴械。马鞍山的战斗解决之后,他立即马不停蹄,从一条小路飞驰,赶到虎岩这边的前线来,见到福寿和家福。福寿已上到前线协同家福作了部署:将正面守军撤退到第二防线坚守;同时,调动大部分人马由福寿率领,用急行军速度,秘密绕到敌人两侧,屯兵于其背后。部队运动到了阵地后,从山顶发出信号。等到敌人向虎岩发起总攻时刻,就在敌人的屁股后面点火,配合坚守阵地的队伍,前后夹击。这样,敌人首尾受敌,顷刻之间,阵脚大乱,土崩瓦解……

“请喝口水吧。”言真给罗汉倒了碗水。

罗汉也真渴了,大半碗水,几乎一口气喝完了。用手背抹一下嘴,开心地望着每个人的脸孔。

“饿了吧?”马大嫂问,转向重九说道,“去,看看早饭得了没有,先弄点来顶火。”

“我去。”千红说着,转身就走。

“人倒不打紧,先喂牲口。”罗汉望着楼梯口隐没下去的背影说道。

“看,夏雷这副鬼样。”罗汉从胸袋掏出一只压花的橙色皮夹往韦步平面前递。言真接住,把它打开,落下两张照片。

一张是夏雷的马上英姿:一身中将戎装,两撇胡须,不可一世的样子。一张则是海银华在香港照相馆照的,亭亭玉立,袅娜多姿,俨然是个少奶奶的色相,穿着黑色乔其纱旗袍,隐隐约约透露着白色衬裙;照片还上了彩色,嘴唇和脸庞都染得挺娇艳。

言真看着看着,不免感慨万千,喃喃说道:“历史真无情:想当初,哪里料得到会有今天——他们的照片竟然成了我们缴获的战利品……你看吧。”言真把照片递给韦步平,拿嘲讽的神情同他交换眼色。

“原来是这样!”韦步平冷淡而鄙夷地把照片翻扣过来。抬眼望着罗汉,热情而专注地问:

“福寿和家福没有来?”

“他们还在前面打扫战场呐。”

“好呀,这……我就放心了!”韦步平说。

医生看病人说话有点吃力。叫言真过来悄悄耳语,言真点点头,转向大家说:

“同志们,先回吧,让病人安静一会儿。”

韦步平睁开眼睛望着将要移步的人们说:“不,不要走……过来,叫大家都来。我要看看大家……”

大家又站住了,回过头来看着床上的人。刚才打了一针,神情是清醒一些,现在又有点恍惚了,喘着气,声音显得微弱。

炮楼的小窗口透进一缕曙色。“布谷,布谷!”远处传来一阵一阵杜鹃啼唤。

“什么声音,布谷鸟,快要下田插禾了。”韦步平自言自语。

在场的人,心头都像压着块石磨,透不过气来,你瞅我,我看你,悲戚满面。韦步平抬起松弛的眼皮,对着面前的人,一个也不漏地瞥视,表情那么亲切又那么生疏,好像那样熟悉,又仿佛头回见面。

“步平!”言真坐在床边,握住他的手。他手心沁着薄汗。

“韦家哥!”重九喉头发哽,眼眶含着泪。

“唔……盘大爷呢?他……他怎么不……还……还有玉……玉姑……”病人吃力地断断续续地叨念着。

医生搔着头发,干着急,好像感受着病人的痛苦。

马大嫂自言自语:“大爷走了两天……”

“我找他去!”罗汉转身要走。

“罗汉吗,来……都来!”病人睁开眼睛望着站在面前的人。看他又清醒又懵懂。

各人往前挪动，贴到床边，围了一圈，痴痴地瞅着多年相处无间的战友。

“瞧，”韦步平伸出右手的指头让大家瞧，使着气力说道：“五个指头有长短……有长短才能……瞧，拳头！”他握紧拳头朝着大家表示，“同志们……有句话：‘藤凭树干……攀得高，树靠藤攀……长得牢……’记住吧？”

“记住了！”几个人同声应道。

病人颔首，嘴边掠过笑影，专对言真凝视半晌，恳切地说道：

“真……你……给我唱支最好听的歌吧！”

言真默默点头，对他报以微笑。站了起来，掠开额前的头发，望了大家说：

“同志们，来吧，一齐唱《国际歌》，一、二，唱！”

各人满怀深沉而激动的情绪，从胸中哼出了声音。声波轻轻地沉重地从屋内飞出窗口，冲击着拂晓的苍穹……

病人开头跟着同志们一道哼哼，随着歌声激昂迂徐的音阶，嗫嚅着苍白的嘴唇。言真一直注视着他的目光，当歌声唱到“国际苏维埃，终有一天要实现”①的一瞬间，他那双憧憬信念的眼睛，徐徐闭合下来……

“步平！”言真惊呼一声，扑到病人胸前，把他的手紧紧握住不放。

霎时间，罗汉、大嫂……所有在场的人，有趴到床上的，有挤到枕边的，有弓着腰呼喊的，有侍立抹泪的。医生从病人的胸口上取回听诊器，以无望的目光对言真说：

“心脏很微弱！恐怕……”

屋里寂然无声。桌上的盘灯不知什么时候熄灭了，碗底的油已干涸。

言真回头对大家才要开口，楼下突然一声招呼：

“盘大爷来了！”

随即，楼梯响起急促的声音，梯口立即冒上一只盘着大捆头巾的脑袋。盘大爷一身湿露，背着满背篓的草根树皮，另外还有一把鲜艳的杜鹃花。

“则明，则明！”盘大爷迅速撂下背篓，拨开人，挤到床前。“则明，你醒醒，我来了……”老人家趴到床沿上，歪着脑袋，拿耳朵贴到病人胸前。

---

① 当时《国际歌》的译词。

韦步平微微睁开眼皮，望着大爷，望着言真，望着罗汉……

“则明！”大爷惊叫起来。

“步平！”言真掉下泪珠。

“韦家——哥！”重九拖长着声音呼喊。

“哇……韦家哥……”

忽一下，大家都掩面失声……

“布谷，布谷！”杜鹃一声一声啼唤，远处隐隐约约传来瀑布的水声……

1964 年 4 月 18 日草稿；

1980 年 11 月 18 日二稿；

1982 年元月 30 日三稿。